사랑과 혁명

1

일러두기

1. 1권 2권은 음력을, 3권은 양력을 따랐다. 누가 쓰고 누가 읽느냐에 따라 음력과 양력이 구분되거나 뒤섞인 19세기의 양상을 소설 속에 나타내려 한 것이다. 당시 천주교는 양력에 근거하여 첨례일을 정했고, 조선은 음력으로 삶의 흐름을 꾸렸다.
2. 소설에 등장하는 복음서의 내용과 표기법은 한국교회사연구소에서 영인한 한글본 『셩경직히』(전 3권)를 따랐다.
3. 소설에 등장하는 세례명과 인명은 『기해일기』(성·황석두루가서원), 『치명일기』(성·황석두루가서원), 『기해·병오 순교자 시복재판록』(천주교수원교구) 등을 참고하여 19세기 천주교인의 표현을 따랐다. 그 현대 표현을 확인할 수 있도록 각 권 끝에 찾아보기로 수록했다.
4. 세례명과 인명 외에 천주교 관련 용어도 19세기 표현을 따랐으며, 필요시 용어 의미를 병기했다.

김탁환 장편소설

사랑과 혁명

일용할 양식

1

해냄

'네 이웃을 사랑해야 한다. 그리고 네 원수는 미워해야 한다'고
이르신 말씀을 너희는 들었다. 그러나 나는 너희에게 말한다.
너희는 원수를 사랑하여라. 그리고 너희를 박해하는 자들을
위하여 기도하여라.

—「마태오 복음서」 5장 43절~44절

작가의 말

지금 우리에게 필요한 것은 사랑과 혁명이다. 흔한 사랑이 아니라 압도적인 사랑, 예측 가능한 혁명이 아니라 본 적도 들은 적도 없는 혁명.

추문이 따라붙었다. 사랑도 뭣도 아니란다. 혁명 축에도 못 낀단다. 원수를 사랑하는 것은 위선이며, 잡혀 죽을 줄 알면서도 순순히 그 길을 간 것은 승산 없는 패배자의 변명이라고.

목숨을 잃고 가족이 풍비박산 나는데도, 사랑 같지 않은 사랑 혁명 같지 않은 혁명을 갈망하며 모여 마을을 이뤘다. 그 마을을 쓰고 싶었다.

인간의 마을에서 신의 마을까지! 공동체라고 바꿔 불러도 좋겠다. 혹자는 마을이 세상을 구한다고도 했고 혹자는 마을로 자족하지 말고 국가권력을 장악하고 시스템을 바꾸는 것이 핵심이라고도 했다. 이 논쟁은 예수가 갈릴래아에서 활약하던 때부터 19세기

조선을 거쳐 지금까지 유효하다.

10년 전 이 주제를 다루려 했다. 백탑파 시리즈로 영조와 정조 시대를 훑고, 개화開化를 다룬 몇몇 소설로 이 땅에 자본주의가 어떻게 시작되었는가를 살피고 나니, 19세기가 깊이를 알 수 없는 검은 늪처럼 내 앞에 놓였다. 나라는 있되 정치는 실종되고, 예절을 강조하되 극악과 무도가 판을 쳤던 시절이다. 대를 이어 억울하고 대를 이어 원통한 나날이기도 했다. 다른 세상을 꿈꾸는 목소리들이 곳곳에서 분출한 민란의 시대였다.

집필에 들어가려 할 때 세월호 참사가 터졌고, 다음 해 메르스 사태가 이어졌다. 19세기만큼이나 지독한 어둠이 내 발밑을 무너뜨리고 우리 사회를 집어삼킨 것이다. 생명을 지키고 존중하는 최소한의 안전망도 없었음이 여실히 드러났다. 도서관을 떠나 거리로 나섰다. 사회파 소설을 쓰는 동안 40대가 끝났다.

『사랑과 혁명』을 쓰기 위해 섬진강 들녘으로 내려왔다고 하면 과장이겠지만, 20년 대도시 생활을 접은 것은 사실이다. 면적은 서울의 10분의 9인데 인구는 2만 7천 명에 그치는 곡성에서 구상하고 쓰고 고쳤다. 농촌에 살며 쓴 첫 장편이다. 논밭을 일구면서, 이야기학교부터 마을영화제까지 함께 꾸려가면서, 마을에서 살다가 죽는 의미와 가치를 곱씹었다. 1827년 정해박해에 대한 관점도 달라졌다.

서울에서 쓰지 않은 것이 얼마나 다행인지 모른다. 도서관에 기댔던 예전이라면, 1827년 봄에만 집중해서 긴장감을 한껏 높여 이야기를 꾸렸을 것이다. 정신을 고양하여 세계와 맞서는 영혼은 눈부시지만, 긴 시간 희로애락을 나누며 마을을 가꾸는 어깨동무를 담진 못한다. 정해박해가 일어난 곡성과 섬진강 그리고 겹겹이 등장하는 골짜기들을 오가면서, 소설의 꼴이 바뀌었다.

1801년 신유박해는 한양과 경기도 중심의 천주교 지도부를 붕괴시켰다. 주문모 신부를 비롯하여 정약종과 강완숙으로 대표되는 회장들이 치명하였고, 정약용과 정약전 형제 등도 귀양을 떠났다. 최악의 상황에서 지방 곳곳에 교우촌이 생겨났다. 곡성 교우촌은 한양으로부터 가장 먼 곳에 자리 잡은 믿음의 마을이다. 낯설고 물선 곳까지 간 사람들은 어떻게 은밀히 마을을 꾸리고, 일용할 양식을 마련하면서, 새로운 삶을 시작했을까.

그들의 삶에 접근하려면 19세기와 곡성과 천주교가 통로이긴 하겠지만, 결국 지금 우리 앞에 드리운 참담한 현실을 어떻게 넘어설 것인가 하는 문제로 이어진다. 나는 희망과 절망, 미움과 사랑, 의심과 믿음을 갈라 언행을 평하고 답을 구하지 않았다. 편을 가르는 순간, 건널 수 없는 강이 생긴다. 둑엔 금이 가고 마을은 무너진다. 배교와 치명 사이, 교우 마을과 외교인 마을 사이, 신과 인간 사이를 더 오래 들여다보고자 했다. 흐릿하고 복잡하고 지루한 혼돈의 날들이여! 스미고 젖어 빛이 되기도 하고 어둠이 되기도 했다. 빛이 어둠이었고 어둠이 빛이었다.

섬진강 들녘으로 내려온 뒤, 옥터 옆에 텃밭을 일구며 살고 있다. 정해박해 때 붙잡혀 온 천주교인들이 갇혀 고문받던 감옥 자리엔 곡성 성당이 세워졌다. 성당 바로 옆, 텃밭이 백 평이나 되는 마당집을 얻은 것은 우연일까 필연일까. 어둑새벽 밭으로 나갈 때마다, 성당 뒷마당 신부님 댁과 길 건너 수녀님 댁엔 벌써 불이 환하다. 밭을 매다 보면, 성당 종소리가 들려온다. 호미를 쥐고 감옥 자리를 향해 선 채로 서른세 번 종소리를 듣는다. 기도하지 않아도 기도하는 마음이다. 기르고 숨고 흐르는 마음을, 이렇게 매일 내 문장으로 옮기며 4년을 보냈다. 옥터 옆 텃밭에서 은총 고구마를 거두며 『사랑과 혁명』을 세상에 내놓는다. 열매를 씨앗으로 삼아, 농부가 농사를 짓듯이, 독자들도 저마다의 마을에서 평범하고 거룩한 날들을 꾸렸으면 좋겠다.

섬진강 들녘의 마음으로

2023년 9월

김탁환 쓰다

차례

3장 안팎

서

읽는 마음

신神은 읽고 인간은 쓴다.

이야기가 신이라고 주장하는 거짓말꾼이 있었다. 허튼소리를 접한 것은, 내가 26년 가까이 교우들의 이야기를 모아 치명록致命錄, 순교자의 행적을 기록한 책을 써왔기 때문이다. 본명本名, 세례명이 귀도이고 옛 이름이 장구張邱인 나는 천주님의 뜻을 드러내는 도구로 이야기를 쓸 뿐이지, 태초에 이야기가 있었고 그 이야기가 곧 신이라는 억지를 부리진 않는다.

내게 이야기가 잔돌처럼 하찮은 것은 아니다. 언젠가 자전自傳 비슷한 글을 끼적인 적이 있는데, 고치다 보니 세 문장만 남았다.

—천주를 믿었다.
—곡성을 떠나지 않았다.
—이야기를 썼다.

이 군난窘難, 박해만은 쓰지 않으려 했다. 고백하자면 쓸 수 없을 줄 알았다. 내가 감당할 무게가 아니기에, 믿음이 더 굳건하고 이야기 솜씨가 훨씬 나은 교우가 맡기를 바랐다. 그러나 지금까지 쓰겠다는 이가 나오지 않았고, 정해년丁亥年, 1827년부터 기해년己亥年, 1839년까지를 겪은 이들도 대부분 선종善終했다. 3년 전에는 병인 대군난丙寅大窘難, 1866년에 일어난 병인박해까지 일어났다. 눈앞에 치솟은 불기둥이 별빛을 집어삼킨 꼴이다.

결국 화살이 내게 돌아왔다. 마시고 싶지 않은 잔이지만 마냥 사양할 형편이 아니었다. 내내 어둠 속에 있다가 빛으로 나아와 복된 말씀을 전한 요왕의 심정이 이와 같을까. 어둠은 빛을 이길 수 없다.

쓰기로 작정한 후, 이야기를 모으고 사람들을 만났다. 내 몸이 불편하고 노쇠했기에 교우들의 귀한 손과 발을 빌렸다. 거짓말 일수一手, 그러니까 조선 최고의 거짓말꾼 모독牟獨이 지금까지 살아 있을 줄이야! 내가 교우촌 최연장자가 되었으니, 그의 나이도 백 살에 가까웠다. 비록 농담이지만 한때는 악마의 자식을 자처하던 그가, 장림절將臨節을 앞둔 초겨울 동이산을 괴나리봇짐까지 진 채 홀로 넘어왔고, 밥 두 공기를 뚝딱 비웠다. 밭은기침을 할 때마다 양 볼의 검버섯들이 기괴한 춤을 추었다.

"여전히 미덥지가 않아. 오며 가며 자네가 써낸 치명록을 읽었네만, 천주를 믿으라는 목소리만 높고 이야기는 호지부지 재미가 없더라고."

"직접 쓰시지 않을까 기다렸습니다."

"써보지 않았을 것 같아? 자네처럼 치명만 중심에 두고 다듬는다면 못 할 것도 없었겠지. 내가 원하는 건 두 가질세."

"말씀하십시오."

"'천주십계' 운운하며 자르거나 뭉개지 말 것!"

"모두 담겠습니다. 외교外敎, 천주교가 아닌 종교일지라도, 우리를 핍박한 자라도 업신여기거나 빼지 않겠습니다. 바다는 샘과 내와 강을 탓하지 않습니다."

"자신만만하군. 아무리 더럽고 흉하고 사악한 삶에도 신의 위대함이 깃든다 이건가."

"원하시는 나머지 하나는 뭔가요?"

"감당하기 어려우면, 자네도 나처럼 깨끗이 포기할 것! 엉성하게 먹물을 뿌리기보단 훗날을 기약하며 묻어두는 편이 낫지."

놀랍고 반가웠다. 내가 주저하며 나아가지 않은 길을 그는 벌써 덤볐던 것이다. 힘겨운 나날이었으리라. 정해군난을 써달라고 청하는 교우들에게 나도 여러 번 강조했었다. 쓰고 싶지 않고 쓸 능력도 없지만 만에 하나 쓴다면 마칠 때까진 누구에게도 보여주지 않을 것이며, 뜻한 수준에 도달하지 않으면 태워 없애겠다고.

내가 두 가지 조건을 받아들이자, 모독은 봇짐을 서안에 올리곤 풀었다. 내 글의 화목火木으로 삼으라며 묶어온 서책이 모두 열두 권이다. 귀 기울여 적거나 옮겨 써서 모은 기록들이었다. 정확히 알아야 거짓말다운 거짓말도 한다고 했던가. 역사의 검은 구멍들을, 오직 나만 들여다보며 이야기로 푼다는 두려움과 자부심이 밀려들었다. 내가 평생 떨쳐버리지 못한 욕심이기도 했다.

1부

신은 기르고 인간은 거둔다

적게 용서받은 사람은 적게 사랑한다.

—「루카 복음서」 7장 47절

정해년丁亥年, 1827년 사학죄인邪學罪人 들녘 공초供招, 죄인의 진술

좌포도청 부장 공원방*

'윤응복, 고태화, 전장두, 승려 태선 등 다양한 가명으로 팔도를 오가며, 교우촌 삼십여 군데와 사학죄인 수백 명을 적발한 간자間者.'

곡성현 이방 류태종

정해년 사 월 십오 일부터 사 월 십팔 일까지

* 이름 아래 가는 붓으로 올챙이가 춤추듯 휘갈겼다. 거짓말 일수 모독이 첨언한 듯하다.

1장

밖

십자가

하나 둘 셋 넷 다섯 여섯 일곱 여덟 아홉 그리고 열 십, 십자가. 백토白土로 빚었다. 달빛에 은은하고 별빛에 담담하다. 세로 막대는 일 척이고 가로 막대는 오 촌이며, 막대의 너비는 똑같이 칠 푼이다. 목사동 골짜기로 오기 전 마지막으로 만들었다. 동창으로 든 해가 가장 먼저 닿는 벽에 걸어뒀다. 십자가와 함께 시작하는 하루. 그것이 당신네와 다른 우리 삶이다.

성부와 성자와 성신의 이름을 인하여 하나이다. 아멘.

내 본명本名, 세례명은 이시돌, 옛 이름은 들녘이다. 무진년戊辰年, 1808년 봄 전라도 곡성현 장선마을에서 나고 자랐다. 마을 이름이 심심하면서도 깊다. 착함善이 순자강鶉子江, 섬진강의 별칭처럼 길게長 이어지기를!

추관推官, 심문관인 당신과 마주 앉은 이 방의 이름은 '다정多情'이다. 물렛간 곁방을 만들 때부터 옹기로 가득 채울 계획을 했다. 정을 듬뿍 나누기에 이보다 좋은 방이 어디 있는가. 입교 전에는 공설이孔雪伊였고 곡성 교우촌에선 이아기로 불린 아가다와의 추억이 담겼다. 다정의 옹기들이 모두 상상품上上品은 아니다. 함께 한 날들을 떠올리게 만든다면, 산산이 부서진 파편마저 소중했다.

지금부터 내가 하는 말은 모두 사실이다. 믿기 힘든 사건도 있겠으나 꾸며 더하거나 덜어낸 부분은 없다. 이 방의 옹기들이 내 이야기의 물증인 셈이다. 상세히 설명하겠으니 팔과 다리를 옥죄는 결박부터 풀어달라. 추관이 보지 못하는 것을 내가 보고 듣지 못하는 것을 내가 들으니, 그것들을 하나하나 짚어가며 이야기하고 싶다. 당신이라면, 당신이 원한다면, 저 옹기들을 만지고 두드리고 흔들어도 좋다. 천하를 유람하며 적은 글도 있다지만, 내게는 이 방이 천지요 우주다.

강은 흐르는 길이다. 산과 들에선 두 발을 멈추면 길도 멈추지만, 강에선 두 발을 멈추더라도 길이 움직인다. 맨몸으로 강을 거슬러 오르는 짓은 용기가 아니라 만용이다. 강과 맞서려면 새로운 흐름을 타야 하는데, 그때 필요한 것이 바람이다. 돛을 활짝 펴 바람을 키울 줄 아는 늙은 어부들은 하나같이 충고한다. 강과 맞서지 마라!

장선마을을 구렁이로 치면 우리 집은 검은 꼬리다. 오죽烏竹이 초가를 에워쌌기에 오죽네라고도 불렸다. 대대로 무당이 살았던, 터가 센 곳이다. 잠자는 방 하나에 부엌 하나 신당 하나가 전부였다. 마지막 무당이 액막이굿을 하다가 돌림병에 걸려 죽은 뒤, 초가는 십 년 가까이 비어 있었다. 들을 가로질러 강으로 가던 고라니나 삵 들이 가끔 머물렀다. 늦은 밤 비라도 내리면 낯선 소리로 가득 찼다. 처량한 곡소리라고도 했고, 모여 쉬는 원혼들이 이 가는 소리라고도 했다. 내 엄마 성류聲流는 그 집에 덧씌운 흉한 소문을 듣고도 두려워하지 않았다. 오히려 소리에 대한 만정을 떼기 딱 좋은 곳이라며 기꺼워했다.

전라감영 관기官妓였던 엄마는 어려서부터 줄곧 전주에만 머물다가, 기적妓籍에서 이름을 지우고 곡성으로 왔다. 대나무 중에서도 오죽을 특히 아꼈기에 이 집을 보자마자 둥지로 삼았다. 명창으로 이름이 높았던 엄마의 삶도 오죽처럼, 꺾일지언정 휜 적은 없었다. 소리 또한 내川가 흐르는 동굴처럼 축축하고 검었다. 동기童妓 때는 아주 잠깐 초록빛을 띠기도 했다지만, 내가 들은 엄마의 소리는 햇볕 쨍한 들보다 어둠이 몰려드는 강에 어울렸다. 살아 꼿꼿하되 죽음의 기운이 서렸다고나 할까. 소리 없이 천년만년 서 있을 법한, 엄마는 그런 사람이었다. 오죽에 둘러싸인 초가로 이사를 하고 다섯 달 만에 아들을 낳으니, 그 아기가 바로 나다.

엄마는 돌실이란 강아지를 한 마리 데리고 오죽네로 들어갔다. 암캐였다. 돌실이는 한 달 넘게 밤마다 오죽을 향해 짖었고, 낮에는 땅바닥에 배를 깐 채 꾸벅꾸벅 졸았다. 오죽에 숨은 들짐승이나 날짐승 때문이라고도 했고, 오죽에 매달려 이 얘기 저 얘기 하는 원혼들 때문이라고도 했다. 엄마는 돌실이를 자랑스러워했다. 원혼을 보는 개니까, 앓다가 죽거나 달아나지 않고 그 집에서 버텼다는 설명이 따라붙었다.

내가 쉬이 잠들지 못한 것은 돌실이의 울음 때문만은 아니다. 꿈길을 방해한 것은 오죽이었다. 달 밝은 밤 손바닥만 한 창문에 어른거리는 그림자들이 마음을 어지럽혔다. 산발한 귀신이 당장 창을 찢으며 뛰어들 것 같기도 하고, 강만 흐르던 먼먼 날에 처음 이곳을 지나간 어부들의 부르튼 발바닥이 보이는 듯도 했다. 잠을 더욱 방해한 것은 지붕을 긁어대는 댓잎 소리였다. 눈을 감은 채 창을 등지고 누울수록, 스르락 스락, 소리가 점점 더 분명하게 들렸다. 따라붙었다가 떨어지고, 흐르듯 스쳤다가 돌아와 때리고, 어디에도 닿지 않은 채 커지고 작아지는 소리들. 뭉개고 지운 적은 없다. 댓잎의 움직임을 따라 이야기를 만들었고, 바뀐 소리를 따라 새 이야기가 얹혔다. 이야기들이 엉켜 쌓인 새벽엔 머리가 아프고 열이 올랐다. 내일 밤이 두려웠다.

엄마는 그 새벽 내 이마에 찬 수건을 올린 뒤, 햇살이 가장 빨리 드는 서쪽 벽을 향해 돌아앉아선 몸을 오죽처럼 흔들었다. 어젯밤까진 없었던 검은 십자가가 어깨너머로 보였다가 안 보였다. 깜빡 잠들었다가 벽을 우러르니 십자가는 없었다. 행방을 물었지만, 엄마는 그 벽엔 아무것도 걸지 않았다며, 키 크는 꿈이라도 꾼 모양이라고 했다.

먹보

물독을 완성하고 남은 흙으로 뚝딱뚝딱 빚은 소라면 믿겠는가. 흙으로 만든 먹보는 손바닥에 올려놓을 만큼 작지만, 오죽네 먹보는 장선마을에서 가장 크고 힘센 황소였다. 멍에를 매지 않은 날에도 나를 따라 들로 나갔고, 더운 여름엔 모래밭을 걷다가 강으로 뛰어들어 멱도 감았다. 들로 나가기 전이나 들에서 돌아올 때는, 순자강을 따라 한참을 걸었다. 배가 고파도 더 걷겠다며 고집을 부렸다. 강물을 끌어 논물을 대는 날이면, 고개를 치켜든 채 콧김을 힘껏 불며 오래오래 울었다. 이 물이 어디서부터 오는지 다 안다는 듯이.

논은 강이다. 봄 논에 물을 댈 때면 쉽게 확인할 수 있다. 앞들로 들어오는 물은 전부 순자강에서 끌어온다. 강에서 논으로 흐르는 물소리가 경쾌하다. 논에 물이 들면, 강에 머물던 왜가리며 중대백로며 해오라기가 앞들로 날아든다. 논두렁에 가지런히 앉아 깃을 털고, 뿔뿔이 흩어져 긴 다리를 들었다 놓으면서 논을 가로지른다. 부리를 넣었다가 뺄 때마다, 강을 따라 헤엄치던 생선들이 한 마리씩 물려 올라온다. 강이 없으면 논도 없고 논이 없으면 벼도 없고 벼가 없으면 사람들은 굶주릴 수밖에 없다.

엄마는 잠시도 쉬지 않고 일했다. 보리나 콩에 풀뿌리와 나무껍질을 섞어 먹더라도 끼니를 이은 것은 엄마의 탁월한 바느질 솜씨 덕분이다. 신당이던 방을 외양간으로 바꾼 뒤, 수송아지를 데려온 때는 내 나이 일곱 살 겨울이었다. 엄마는 내게 이름을 지어보라 했다. 먹보. 양껏 먹으며 살라고 붙인 이름이지만, 소작농의 소가 배불리 먹는 날은 손에 꼽을 정도다. 엄마는 들 일 강 일 산 일 가리지 않았다. 먹보도 밤에는 외양간에서 쉬었지만, 엄마는 흐린 등잔 밑에서 삯바느질을 계속했다. 어느 양반 어느 아전이 맡긴 빨래를 한다며 한겨울에도 언 강을 돌로 깨고 맨손을 넣었다. 전라감영에서 뽐내던 소리 몇 가락이면 편히 먹을거리를 마련했겠지만, 엄마는 몸단장하고 사람들 앞에 서지 않았다. 그 대신 부지런히 몸을 놀리며 하루하루를 보냈다. 턱으로 가슴으로 배꼽으로 흘러내리던 엄마의 땀. 바느질을 시작하면 외아들인 내가 곁에 오는 것조차 싫어했다. 결국 나는 마당으로 골목으로 들로 강으로 골짜기로 혼자 떠돌았다.

석곡石谷 사는 장성댁 감甘 씨의 이름은 귀남貴男이다. 엄마는 감귀남을 종종 산수유라고 불렀다. 유난히 노란 얼굴이 산수유꽃을 닮았을 뿐만 아니라 부푼 허리가 산수유 가지들과 비슷했기 때문이다. 감귀남은 집 뒷마당에 산수유를 스무 그루나 기르기도 했다. 이명耳鳴이 잦은 엄마를 위해 산수유 차와 산수유 술을 담아 들고, 바느질할 옷을 이고 지고 대황강과 순자강을 따라 걸어 장선마을까지 왔다. 감귀남은 마당으로 들어서기 전에 종종 〈물레노래〉를 꼭두머리물레 손잡이에 끼워서 돌리는 도구를 돌리듯 팔을 둥글게 휘저으며 흥얼거렸다.

"물레야 자세야 어리빙빙 돌아라"

돌실나이를 제대로 배운 것이다. '돌실'을 한자로 옮기면 곧 석곡이고 '나이'는 길쌈이란 뜻이다. 돌실나이는 모시처럼 곱기로 하삼도에 이름이 났다. 감귀남은 장례에 쓰는 농포나 두루마기를 만드는 중포에도 능하지만 곡성현감을 넘어 전라감사까지 탐내는 세포 짜기에 뛰어난 재주를 보였다.

바느질감이 너무 많은 날엔 남편인 전원오全元悟가 소달구지를 몰고 따라오기도 했다. 전원오는 벽오동 같은 사내였다. 낯빛이 푸르기도 하거니와 항상 가슴속에 음률을 품고 살았다. 소리만 만들고 부를 수 있다면 어려움이나 불편함은 기꺼이 감내했다. 봉황을 기다리는 벽오동처럼 완벽한 작품을 꿈꿨다. 뜻대로 소리가 만들어지지 않을 때는 자책하느라 끼니도 끊고 잠도 자지 않았다. 아무리 먹어도 살이 찌지 않아, 소슬바람에도 두 무릎이 휘청일 지경이었다. 주위에선 가을 벽오동 꽃잎처럼 노랗게 떨어지지나 않을까 걱정했지만, 그때마다 감귀남이 전원오를, 어미닭이 서리 병아리 품듯 보듬고 겨울을 났다.

전원오는 두꺼운 안경을 두 개씩이나 가지고 다녔다. 안경이란 물건을 처음 본 내가 곁에 앉자, 써보겠느냐고 권했다. 둘 중 어느 것을 써도 세상이 빙글빙글 돌았다. 방을 나서지도 못한 채 탁주에 취한 소처럼 주저앉았다. 전원오도 감귀남도 엄마도 나를 보며 웃었다. 안경을 왜 쓰느냐 물었더니, 더 잘 보기 위해서라고 답했고, 왜 두 개씩 갖고 다니느냐 물었더니, 하나는 멀리 풍경을 볼 때 쓰고 하나는 가까이 서책을 읽을 때 쓴다고 했다. 전원오는 엄마에게도 안경을 선물했다. 덕분에 엄마는 바늘귀에 실을 단번에 꿰었다.

전원오 부부와 나누는 이야기가 깊어지면 엄마는 잠깐 말을 끊고 나를 내보냈다. 여기서부턴 내가 들어선 안 된다는 뜻이다.

"놀다 와."

골목으로 나섰다가 곧바로 되돌아간 날도 있었다. 방문에 귀를 대자 전원오의 소리가 아주 작게 들려왔다. 사설이 정확히 들리진 않았지만, 엄마만큼 뛰어나진 않더라도 꽤 하는 듯했다. 엄마는 전원오와 감귀남의 소리만은 들어줬다. 그렇게 소리를 한 날엔 석곡으로 돌아가는 부부의 표정이 밝지 않았다. 소리하지 않았으면 웃으며 귀가할 텐데, 왜 엄마 앞에서 스스로 목청을 울려 마음을 다칠까. 어른들의 세계는 알다가도 모를 일이었다.

나는 장선마을 아이들과 어울려 다니지 않았다. 혼자 심심하지 않냐는 질문을 받기도 했다. 심심할 때도 있지만 심심하지 않을 때가 더 많았다. 내가 들에서 가장 오래 자주 즐긴 것은 구름 구경이다. 당산나무 아래에 앉거나 누우면, 들을 에워싼 산자락 위로 구름들이 가고 또 왔다. 경상좌도 울산 앞바다에서 수자리를 서다가 왜구가 쏜 총에 두 다리를 잃은 대장 할배는 장선마을 구름 선생이었다. 아이도 어른도 와서 물었다.

"무겁고 탁합니다. 바람도 세고, 제비가 논두렁에 배를 댈 만큼 낮게 납니다. 비가 곧 올……."

대장 할배는 하늘을 쓱 올려다보곤 단언했다.

"안 온다, 비."

할배 말대로 그날은 비가 내리지 않았다.

"희고 가벼운 구름만 몇 점 떠 있으니, 압록진까지 놀다 올랍니다."

"가지 마. 장대비 곧 쏟아져. 마당에 내놓은 닭들부터 챙겨 가둬."

그날은 그해 중 가장 많은 비가 내렸다. 대장 할배에게 구름의 마음을 어떻게 아느냐고 물은 적이 있다. 할배는 혀를 찼다.

"구름한테 마음 같은 건 없어."

없는 것부터 알아나갔다. 나는 아빠가 없다. 나는 땅이 없다. 나는 잠이 없다. 나는 빠름이 없다. 떠오르는 대로 답하는 내게 사람들은 바보 같다고 수군거렸다. 엄마는 아들이 지나치게 착해서라고 우겼다.

친구까지 없었다면 어땠을까. 자신의 금고를 금은보화로 가득 채운 왕이 금고가 하나도 없는 이웃 왕에게 왜 금고가 없느냐고 물었다고 한다. 그때 이웃 왕이 대답했다.

"내 금고는 벗의 마음에 있다네."

은행나무 술통

열 모금이면 통이 빈다. 내게 허락된 양이다. 천 년을 넘긴 천덕산 은행나무를 본떴다. 가지와 줄기와 뿌리에 갇히지 않으려 했다. 나무에 발뒤꿈치를 붙이고 팔꿈치를 깎고 어깨까지 씌웠다. 주둥이 위로 튀어나온 것은 취객의 뒤통수다.

장선마을 아이들은 얼키설키 짠 그물과 대나무를 깎아 만든 낚싯대를 들고 강으로 간다. 생선을 얻은 날은 손에 꼽을 정도였고, 어살[漁箭]을 방해하지 말라며 내쫓기는 날이 더 많았다.

나루에 배가 나고 들 때마다 빼앗듯 짐을 드는 아이들도 있었다. 남원장이 서는 날엔 떡이라도 한두 줄 얻지만, 나머지 나흘은 굶으며 졸았다. 나루의 아이들에게 인기 높은 사내의 이름은 장엇태였다. 내 나이 여덟 살 즈음부터 그를 봤다. 마른 몸에 키가 크고 안색이 노래서 '해바라기 아저씨'로 통했다. 별명답게 턱을 자주 들곤 하늘을 우러렀다. 햇빛이 따가워도 눈을 감지 않고 누군가를 찾기라도 하듯 쳐다보았다. 아이 한 명이 들어가고도 남을 옹기를 열 개 이상 새끼로 묶어 지게에 지곤 남원 장날에 맞춰 나루에 나타났다. 새벽 배에 오를 때는 옹기에 신경을 쓰느라 아이들과 눈도 맞추지 않았지만, 해 질 무렵 배에서 내릴 때는 빈 지게에 덜렁덜렁 묶인 보자기를 열고 장떡이며 감자전이며 식은 밥을 나눠 줬다. 남원장에서 재미를 보고 돌아온 장사꾼 중에서 해바라기 아저씨만이 아이들을 챙겼다.

아이들이 장엇태를 따른 것은 먹거리를 나눠 줬기 때문만은 아니다. 해마다 나루 근처에서 아이들이 한두 명씩 빠져 죽었다. 강물에 둥둥 떠내려가는 아이를 보고도 선뜻 구하려 드는 어른이 없었다. 장엇태만은 예외였다. 옹기를 팔러 가는 길이든 팔고 오는 길이든, 나루 아래에서든 배 위에서든 강으로 뛰어들었다. 그가 구한 아이만도 스무 명이 넘었다. 희한한 소문이 따라붙었다. 장엇태의 팔과 다리가 물에만 들어가면 쭉쭉 늘어 더 빠르고 더 멀리 헤엄친다는 것이다. 목숨을 건진 아이들은 늘어난 팔다리를 보진 못했지만, 괴력을 지닌 것은 인정했다. 은혜를 갚겠다며 부모나 친지가 찾아오면 보답 따윈 필요 없다고 거절했다. 돈이며 비단이며 보석을 받진 않았지만, 그들이 지게에서 옹기를 사는 것까진 말리지 않았다.

나는 낮에 멱을 감는 것보다 밤에 강 나들이를 즐겼다. 살쾡이처럼 발소리를 죽이고 강으로 내려가면, 풀숲이나 버드나무 가지 사이로 둥둥 떠오는 빛이 보였다. 어느 밤엔 그 빛이 하나였고 어느 밤엔 오십 개가 넘었다. 다가가서 반딧불이를 붙잡았다고 자랑하는 이들도 있지만, 나는 그 빛을 가지고 싶지 않았다. 가진다는 것은 빼앗는 것이니까. 순자강이 거기 있고 버드나무가 거기 있듯 초여름엔 반딧불이가 거기 있는 것이다. 빛을 내는 곳도 거기고 빛이 스러지는 곳도 거기여야만 했다. 반딧불이가 나를 따라 들을 지나 집까지 따라온 적도 있었다. 돌아가라 쫓진 않았다. 강에 머무는 것도 반딧불이 마음이고 내 뒤를 따라 마을로 오는 것도 반딧불이 마음이다. 마당으로 들어서면 그때까지 흐린 등잔 옆에서 삯바느질하던 엄마가 한마디 했다.

"오줌 누고 자."

여름 장마 탓에 나루는 물론이고 장선마을까지 물에 잠긴 적도 있었다. 저녁을 먹기 전 엄마를 따라 강둑으로 갔다. 마을 사람들이 불어난 강물을 보며 한숨을 내쉬거나 혀를 차댔다. 임실과 순창을 서친 상으로 나눗가지며 이불이며 밥상이며 심한 경우 개와 돼지와 소까지 떠내려왔다. 그런 밤엔 마을 여자들이 오죽네로 모여들었다. 언덕이라고 부를 정도는 아니지만, 오죽네가 마을에서 가장 높았다. 순자강이 범람해도 물이 들지 않는 곳이라는 사실을, 마을 사람들은 이곳에 무당이 살 때부터 알고 있었다. 남자들은 물에 휩쓸려 내려오는 물건들을 강둑에서 챙기느라 바빴다. 여자들도 몇몇은 남자들을 거들었지만, 병아리 같은 아이들과 함께 오죽네로 피한 이들이 더 많았다. 엄마는 방과 부엌과 외양간 등 비를 피할 수 있는 곳이면 어디든지 들어와 머물도록 했다. 끼니마다 식사를 내왔고 틈틈이 간식까지 마련했다. 엄마는 힘들어하기는커녕 신바람을 냈다. 내 코를 살짝 비틀면서 흥얼거렸다.

"어쩜, 오죽네가 거대한 어리가 되었네."

솔개나 삵을 걱정할 필요 없는 암탉들처럼, 여인들 사이에서 간간이 웃음이 흘러나왔다. 엄마가 건넨 이런저런 이야기 덕분이었다. 엄마는 소리만큼이나 아니리와 너름새에도 능했다. 배꼽 빠지게 웃기는 이야기를 손짓 발짓에 어깻짓과 얼굴짓까지 섞으면, 눈물 쏟던 이들도 웃음 짓지 않을 도리가 없었다. 엄마의 춤을 본 적은 없지만, 작은 손짓도 눈에 띄게 깨끗하고 고왔다. 어린 시절 교방敎坊에서 소리보다 춤을 더 많이 배우고 익혔던 것이다. 아이들은 외양간에서 먹보의 등을 쓸거나 닭장에서 장닭 대두를 비롯한 닭들을 쫓거나 개집에서 곤히 자는 돌실이를 깨웠다. 먹보가 콧김을 슬쩍 뿜거나 대두가 날개를 파닥이거나 돌실이가 머리로 가볍게 밀기만 해도, 아이들은 와르르르 웃음을 터뜨렸다. 여자들이 따라 웃었다. 그 소리만 듣는다면, 마을이 장맛비에 잠겼다는 사실을 모를 정도였다.

밤새 내린 비가 그친 후 엄마와 나루에서 배를 타고 남원장으로 갔다. 우리는 고물에 앉았고 장엇태는 이물에 섰다. 내가 지게에 층층이 묶인 옹기들을 구경하려고 엉덩이를 떼면, 엄마는 먼저 알아차리고 팔을 당겼다. 장엇태가 가장 먼저 내렸고 나는 엄마를 따라 제일 마지막에야 남원 땅을 디뎠다. 장에서는 장엇태와 다시 만나지 못했다. 지게에 옹기를 겹쳐 높이 쌓았으니, 내 맘대로 장을 한 바퀴만 돌면 그를 쉽게 찾아냈을 것이다. 엄마는 장으로 들어서지도 않고 초입에 자리를 잡고 앉았다. 장에 간 이유가 딴 데 있었던 것이다.

장터에 닿기 백 보 전부터 경탄성이 들려오긴 했다. 백여 명의 구경꾼들이 둥글게 모여 만든 판에 사내 하나가 서 있었다. 빼빼 마른 몸에 작은 눈을 보니 생쥐가 떠올랐다. 입이 크고 입술은 두껍고 사각턱이었다. 오른손엔 푸른 호리병이 들렸는데, 아침부터 취한 듯 비틀거렸다. 호리병을 머리 위로 들자 왁자지껄하던 판이 조용해졌다.

"순자강에서 은어잡이 해봤는감? 전라감사가 그 맛이 궁금하다며 나들이를 갔지. 따르는 관원에 아전에 하인이 백여 명을 넘었지만, 낚시에 그물에 무슨 짓을 해도 은어 구경이 힘들었어. 은어가 잡히면 소리를 시키려고 데려갔던 관기 중 하나가 나서더니, 물었대. 은어를 잡으면 소원을 들어주겠느냐고. 감사가 좋다고 하며 낚싯대를 주랴 그물을 주랴 물었지. 관기는 다 필요 없다며 강 가운데로만 데려다달라 했어. 그 배엔 뱃사공 빼곤 관기와 바로 나 모독 이렇게 단둘만 올랐지. 왜 내가 거길 올랐느냐고? 들어본 적 없나, 모독의 기절초풍할 소리북 장단을? 거짓말 솜씨보단 새끼손톱만큼 못하지만, 웬만한 고수보단 열 배 백 배 더 멋진 북소리를 내왔지.

강 가운데에서 관기가 소리를 시작했는데, 참으로 놀라웠어. 겨우 장단을 맞추긴 했지만, 소리북은 필요 없었을지도 몰라. 그 소리가 어떠했느냐 하면 말씀이야, 아이고 답답하여라 답답해! 이 몸이 흉내에도 재주가 있어, 들짐승 날짐승 가리지 않고 하다 못해 은어 하품하는 소리까지 따라 하지만, 그날 배 위에서 들은 소린 한마디도 못 따라 하겠네. 명창이라는 소리꾼 수십 명을 만나 북 장단을 쳐줬지만, 그처럼 오묘한 소린 처음이었지. 아름다운 듯 추하고, 느린 듯 빠르고, 높은 듯 낮고, 밀치는 듯 당기고, 깨우는 듯 재우고, 가르는 듯 잇고, 태우는 듯 얼리고, 삼키는 듯 뱉었으니까. 하여튼 관기가 소리를 시작하고 대여섯 마디도 지나지 않아, 은어들이 수면으로 튀어 오르더니 뱃전에 떨어졌어. 더 가까운 곳에서 소리를 듣고 싶어서였을까. 나룻배는 곧 은어로 가득 찼지. 그날 잡힌 은어의 대부분은 나랏님께 진상품으로 올라갔대. 관기는 기적에서 이름을 지운 후 전주를 영영 떠났지."

구경꾼들이 동시에 외쳤다.

"거짓말!"

곡물과 과일이 든 보자기와 엽전이 사내의 발아래 비 오듯 떨어졌다. 거짓말값이었다.

거짓말꾼의 이름은 모독이었다. 콧잔등이 입보다 낮았기에, 옆에선 크고 두툼한 입술밖에 보이지 않았다. 그 입술로부터 쉼 없이 흘러나오는 이야기에 빨려드는 것은 옻에 오를 줄 알면서도 옻닭을 먹는 것과 같은 이치였다. 모독은 호리병을 기울여 주둥이에 입을 대곤 술을 두 모금 마신 뒤 머리 위로 올렸다. 판이 조용해졌다.

"그 밤에 다시 배에 올랐어. 뱃사공도 없이 단둘이서. 내 눈으로 이미 봤지만 믿기 힘들더라고. 소리를 한 번만 더 해달라 청했지. 그러자 내게 묻더군. 소릿값으로 무엇을 내겠느냐고. 뭐든지 소원을 들어주겠다 했지. 나는 소리북을 쳤고 여인은 소리를 시작했어. 은어가 뱃전으로 튀어 올라오진 않았어. 소리가 끝날 때까지 은어든 뭐든 튀어 오르는 건 없었지. 그렇다고 실망하진 마. 더욱 더 놀라운 일이 벌어졌으니까. 소리하는 동안, 강을 따라 내려가던 배가 거슬러 올라왔던 거야. 바람 탓은 하지도 마. 실바람도 불지 않던 날이었으니까. 배에 노와 키가 있었지만, 소리북을 치던 내가 그것들을 저었을 리도 없지. 소리가 강물의 방향을 바꾼 거야. 틀림없어."

구경꾼들이 동시에 외쳤다.

"거짓말!"

다시 거짓말값이 쏟아졌다.

장이 끝난 후 남원에서 곡성으로 건너올 때는 장엇태와 모독이

고물에 나란히 앉고 나는 엄마와 이물에 섰다. 모독은 거기서도 장엇태에게 지껄였지만, 작고 빠른 소리가 내 귀까지 들리진 않았다. 장엇태의 빈 지게를 보니 장 구경을 못 한 것이 더 아쉬웠다. 그들에게 가려 하자, 엄마가 손목을 쥐고 놓질 않았다. 나는 엉덩이를 빼며 손목을 흔들어댔다. 그 순간 급류에 든 배가 갑자기 맴을 돌았고, 내 두 발이 갑판에서 튕겨 올랐다. 엄마가 팔에 힘을 줬지만 이미 내 손은 엄마의 손아귀를 빠져나간 뒤였다. 나는 등부터 강에 빠졌고, 강물이 코와 입으로 마구마구 밀려들었다. 그때 장엇태가 강으로 뛰어들었다. "야!" 하고 나를 부르는 소리가 들렸다. 물을 들이켜면서도 이제 살았다는 생각이 들었다. 장엇태가 순자강에 뛰어들어 구하지 못한 아이는 없으니까. "야!" 다시 소리가 들려왔다. 처음보다 더 멀고 작았다. 겨우 수면으로 눈만 내밀고 보니 장엇태가 아주 멀리서 힘겹게 헤엄치고 있었다. 제 한 몸 가누기도 어려워 보였다. 내가 여기서 죽을지도 모른다는 생각이 드니, 잡아당기듯 두 발이 무거워졌다.

바로 그때 소리가 들렸다. 장엇태가 나를 찾는 소리가 아니라 여인의 높고 맑은 소리. 산 공부로 갈고닦은 엄마가 내지른 소리였다. 소리가 두 손과 두 발을 감았다면 믿겠는가. 손발을 감더니 흐르는 물살과 반대편으로 나를 힘껏 밀고 갔다면 거짓말이라고 여기겠는가. 장엇태가 나를 구한 것은 맞지만, 그와 나 사이의 거리가 오십 걸음에서 다섯 걸음으로 순식간에 줄어든 것은 엄마의 소리 덕분이다.

오죽네까지 나를 업고 온 이는 장엇태가 아니라 모독이었다. 튀어나온 어깨뼈가 볼을 자꾸 찔러댔다. 모독이 아랫목에 나를 뉘어놓자, 엄마는 부엌에서 저녁을 짓느라 바빴다. 나는 잠들기 전 옆에 슬쩍 누운 모독과 눈을 맞추며 물었다.

"아버지입니까?"

모독이 새우눈을 더욱 작게 뜨곤 되물었다.

"내가 거짓말 일수란 건 알지?"

나는 눈만 껌뻑였다. 일수다운 솜씨를 남원장에서 충분히 봤다.

"아버지라면 넌 내 말 믿을래?"

고개를 저었다.

"아버지가 아니라면 그건 믿고?"

고개를 또 저을 수밖에 없었다.

일용할 양식을 얻기 위해 가까운 순자강 대신 먼 천덕산을 택한 것은 엄마 때문이다. 엄마는 어려서부터 소리에 매혹되었다. 관기가 된 후로도 전라감사의 허락을 받고 해남, 강진, 화순, 구례에서 소리를 익혔다. 곡성에 와선 천덕산에 들었다. 기교가 화려한 짧은 소리短歌를 지나 고저장단이 강마다 흐르고 골짜기마다 엮이는 긴 소리長歌로 나아갔다. 약속한 열흘을 훌쩍 넘겨 여름이 지나서도 돌아오지 않자, 감영 교졸들이 천덕산을 뒤져 찾아냈다. 치도곤을 당하고도 남을 짓이었지만, 전라감사는 엄마가 천덕산에서 익힌 소리를 굽이굽이 듣고는 손뼉을 치며 용서했다. 용서했을 뿐만 아니라, 엄마가 임신한 후엔 기적에서 이름을 뺐다. 그 때문에 내가 전라감사의 핏줄이라는 억측이 꽤 오래 따라다녔다.

엄마는 천덕산 천 년 묵은 은행나무가 내 아빠라고 했다. 돌실이의 아빠가 도림사 너럭바위라고 한 적도 있다. "바위가 암캐를 낳왔다면, 암캐가 바위를 낳기도 해요?"라고 따져 물었더니, 엄마는 어떻게 알았냐며 끌어안았다. "나무가 어떻게 아빠예요?"라고 묻자, 엄마는 나를 데리고 나섰다. 늦가을 자시子時, 밤 11시~1시를 훌쩍 넘긴 밤이었다. 앞들이 그토록 무서운 적이 없었다. 강을 건너온 바람이 코에 닿기도 전에 땅이 먼저 울었다. 하늘을 우러렀지만 달도 별도 없었다. 논과 길과 마을과 강과 산과 하늘이 전부 깜깜했다. 걸음걸음 디딜 때마다 절벽으로 곤두박실할 것 같았다. 뒷걸음질 치는 내 손을 잡아끌며 엄마가 소리를 시작했다.

"중 하나 올라간다. 중 하나 올라간다. 다른 중은 내려온디 이 중은 올라간다. 이 중이 어디 중인고, 미륵사 화주승이라. 절을 중창 허랴 하고 시줏집 내려왔다. 날이 우연히 저물어져 흔들흔들 흔들거리고 올라갈 제……."

흔들흔들 엄마가 어깻짓을 하자 나도 따라 흔들렸다. 흔들릴 때까지 흔들리고 나자 놀랍게도 땅이 굳고 울음이 밀려와도 놀라지 않았다. 들을 지나고 산으로 접어들자 울음이 잦아들었고 엄마의 소리도 끊겼다. 여전히 내 눈엔 길이 보이지 않았지만, 엄마는 안방에서 부엌 가듯 부엌에서 뒷간 가듯 뒷간에서 안방 가듯 바삐 걸었다. 빗물이 타닥타닥 정수리를 때리다가 멈췄다. 은행나무 아래에 도착한 것이다. 엄마와 나는 팔을 이어 잡고 벌렸지만, 나무의 반의반도 끌어안지 못했다.

손등으로 얼굴을 비비다가 눈을 떴다. 노랑 뒤에 노랑이 있고 그 뒤에 다시 노랑이 있었다. 무수한 틈이 마른 논바닥처럼 갈라졌지만, 그 틈까지도 모조리 노랑으로 들어찼다. 아무리 다치고 찢기고 흔들린대도, 노랑으로 덮을 수 있다는 은행나무의 자신감이랄까.

천 년이 가장 짧은 추측이었다. 천오백 년 아니 이천 년이라는 주장까지 있었다. 그 새벽에 무수한 노랑에 눌려 생각한 것은 은행나무의 나이가 아니었다. 많고 많은 나무 중에서 엄마가 왜 하필 이 나무를 아빠라고 점찍었는지를, 나는 비로소 이해했다.

고개를 든 채 일어나선 양팔을 활짝 벌리고 은행나무 밑동을 다시 끌어안았다. 오른손 끝이 닿은 지점에 왼손 끝을 옮겨 대는 식으로 다섯 번이나 옆걸음을 걷고도 다섯 뼘이 더 남았다. 사마귀처럼 툭 튀어나와 검게 뭉친 옹이는 내 얼굴보다 컸다. 그 옹이를 만지다가 다리를 뻗어 딛고 올라섰다. 손가락으로 잡고 버틸 만큼 껍질이 울퉁불퉁했다. 배와 가슴을 바짝 붙인 채 천천히 다리와 팔을 움직였다. 나이를 먹는다는 것은 흉터를 남기는 것이다. 상하좌우로 고개를 돌리기만 하면, 더 높이 딛고 오를 틈과 옹이와 부러진 가지들이 눈에 띄었다. 아름드리 줄기가 끝나고 열 개도 넘는 가지들이 사방으로 뻗어가는 데까지 오르니, 한 사람이 앉아 쉴 만한 자리가 나왔다. 길거나 짧고 흐물거리거나 빳빳한 각색 깃털이 뒤섞여 군데군데 떨어져 있었다. 지친 날개를 쉬는 새처럼 골짜기를 향해 앉았다. 비스듬히 뻗은 가지들 중에서 유독 두 가지가 눈에 띄었다. 하나는 내 몸을 가르듯 곧게 위로 뻗었고, 다른 하나는 지평선에 가까울 만큼 평평하게 누웠다. 열십자의 중심에 내가 앉은 꼴이었다. 수직의 가지에 이마를 대고 수평의 가지에 두 팔꿈치를 얹은 채 골짜기를 살폈다. 미래불을 받들던 절이 있어 미륵골이었다. 한때는 골짜기에 천여 명이 오가기도 했다지만, 대웅전을 비롯한 불당은 전부 불타 없어지고, 당幢을 올리는 장대를 지지하던 석주石柱 한 쌍만 덩그러니 남았다. 언덕마루 폐사廢寺까진 훤히 보이지만, 그 너머 가파른 비탈을 따라 우거진 풀숲부터는 산포수나 심마니들이 오가는 길조차 찾을 수 없었다. 멧비둘기 한 마리가 폐사를 지나 비탈을 오르더니 사라졌다. 나도 문득 뒤따라 날고 싶었다.

은행나무를 "아빠!"라고 부르는 것은 남자와 몸을 섞지 않고 아이를 낳았다는 주장만큼이나 받아들이기 힘들다. 훗날 아가다에게 성신으로 말미암아 아기가 잉태되는 것이 어떻게 가능한지 거듭 물었다. 아가다도 이 대목만은 내가 받아들일 만큼 풀지 못했다. 나는 거듭 따지진 않았다. 나 역시 은행나무로 말미암아 태어났음을 차근차근 설명하긴 어려웠으니까.

은행나무에게 가려고 천덕산을 오르내리진 않았다. 굶어 죽지 않기 위해 산으로 갔다. 산과 들에 풀과 나무가 가득하니 초근목피를 거두면 끼니를 이을 듯도 하지만, 그것은 하나만 알고 둘은 모르는 헛소리다. 주린 배를 채우겠다며 풀과 나무를 함부로 거둬 먹다간 설사를 해대거나 열이 나거나 온몸이 근지러워 피가 날 때까지 긁어대거나 혹은 불과 한 식경 만에 독이 옮아 죽고 만다. 내 나이 열 살이 넘어서는 소작을 부쳐 들에서 농사를 지었지만, 그 전엔 일할 곳이 없었다. 그때 내게 먹어도 되는 것과 먹어선 안 되는 것, 먹어야 하는 풀과 나무를 하나하나 상세하게 알려준 이는 엄마였다.

"산 공부에 재미를 붙이니, 약속한 날보다 짧게는 닷새 길게는 한 달씩 더 머물고 싶더라. 챙겨간 양식이 똑 떨어지고 나면, 그때부턴 산에서 나는 풀과 나무로 버텨야 했지. 소리 공부하러 들어왔는데, 물에서 고기를 취하기도 싫고 산에서 고기를 얻기도 싫더

라. 독풀과 독버섯을 먹는 바람에 죽을 고비를 넘기기도 했단다. 운 좋게 다시 깨어난 뒤론 허기를 채울 풀과 나무 들을 조심조심 신중하게 찾았지. 배만 채운 게 아니라, 내 몸과 마음을 튼튼하게 할 뿌리와 줄기와 꽃과 열매를 골라 먹었단다. 그러니 이제부턴 순자강이 아니라 천덕산으로 가. 강나루에는 주린 아이들만 수십 명이니 네게 기회가 오지 않을 거다. 하지만 천덕산에 들면 너 혼자고, 초봄부터 늦가을까지 먹을 것이 가득하단다. 단 하나 문제가 있긴 해. 산에는 범과 늑대와 여우와 멧돼지가 돌아다니니, 그 녀석들을 피하는 법부터 알려주마. 딴 건 다 잊어도 이건 꼭 외워야 한다. 그래야 네 목숨을 지킬 수 있어."

소리를 없애고 냄새를 없애고 발자국을 없애고 그림자를 없애고 그림자를 만드는 몸까지 없애면 천덕산의 들짐승들에게 당하지 않는다고 했다. 그것이 어떻게 가능하냐고 묻자, 엄마는 기다리지 않고 답했다.

"우선 마음을 먹고, 그 마음에 따라 움직여. 내가 가벼워야 내가 산다. 내가 무색무취해야 내가 산다. 내가 없어야 내가 산다."

엄마를 따라 여섯 살 봄부터 천덕산을 두 해 다녔고, 그다음부터는 줄곧 혼자 능선을 타고 골짜기에 머물며 들풀을 거뒀다. 개망초, 개똥쑥, 광대나물, 꽃다지, 냉이, 뱀밥에 소루쟁이까지, 망태기에 담고 내려오면 부엌에 들어가기 전부터 배가 불렀다. 응달에는 여전히 눈이 쌓였고, 봉우리를 넘어 내려오는 바람살이 줄기와 잎을 때리고 할퀴었지만, 들풀들은 저마다의 방식으로 자리를 잡고 햇볕을 쬐며 쑥쑥 자랐다. 엄마는 망태기에서 들풀을 절반도 넘게 덜어내며 욕심부리지 말라고 나무랐다. 나는 한 망태기로는 어림도 없고 두 망태기 세 망태기로도 부족하다며 버텼다. 엄마는 손자국이 남을 만큼 등을 세게 때렸다. 우리가 다 캐 먹으면, 천덕산의 토끼와 노루는 무얼 먹고 사느냐는 것이다. 나는 엄마가 바라는 양보다 한 줌이라도 아니 반 줌이라도 망태기에 더 담았다. 토끼까지 잡겠다고 쫓다가 비탈을 굴러 이마가 깨진 날도 있었다.

엄마는 또 단단히 일렀다. 은행나무까진 다녀도 좋지만, 그 뒤편 골짜기 그러니까 미륵골로는 들어가지 말라고. 이유를 묻자 도깨비 이야기를 슬쩍 꺼냈다.

"망태기 든 사람만 골라 나무에 꽁꽁 묶는단다. 참매가 와서 오른 눈을 파먹고 들쥐가 와서 왼 눈을 파먹지. 매화범표범이 와서 오른 다리를 뜯고 여우가 와서 왼 다리를 뜯어. 눈이 멀고 두 다리를 잃어도 나무에 묶인 채 죽지도 않아. 도깨비가 요술을 부린 탓이란다. 갈비뼈가 죄다 부러지고 까마귀들이 심장까지 쪼아 먹은 뒤에라야 겨우 숨이 끊겨. 그렇게 죽어가긴 싫지?"

나는 천덕산 도깨비가 순자강에 어살을 쌓는 도깨비와 같냐고 조심스럽게 물었고, 엄마는 아마도 형제일 거라고 답했다. 천덕산 도깨비는 변신술에도 능하며, 여자로 변했을 때 가장 위험하다고 덧붙였다. 산에서 마주치면 곧장 뒤돌아 나오라고 했다.

내 나이 열다섯 살 여름의 일이다. 먹구름이 산자락까지 내려왔고, 미륵골 은행나무 가장 높은 가지가 안개에 잠긴 듯 보이지 않았다. 금불초를 꺾다가 굴러 어깨에 피멍까지 들었다. 온종일 길이 흐릿했으니, 엄마가 말한 도깨비가 나타나기 딱 좋은 날이었다. 바람이 제멋대로 휘돌아 바위도 치고 풀도 치고 나무도 쳤다. 느티나무 높은 가지의 까치 둥지가 뒤집히는 바람에 알들이 우박처럼 떨어졌다. 뒤늦게 나타난 까치 두 마리가 내게 달려들었다. 발톱에 긁힌 이마에서 나온 피가 눈썹을 타고 흐르는 바람에 왼 눈이 자꾸 감겼다. 손등으로 훔쳤지만 눈을 뜨고 있기도 힘들었다. 산마루를 크게 돈 까치가 오른 눈을 노리고 날아내렸다. 고개를 숙이며 피했지만 나무뿌리에 걸려 고꾸라졌다. 땅에 가장 먼저 닿은 왼뺨이 밤송이 가시에 찔렸다. 작년 가을 떨어져 썩은 녀석이었다. 정신없이 밤송이를 떼다가 주변을 둘러보며 경계했다. 도깨비가 달려들어 나무에 묶을 것만 같았다.

큰 짐승이 울었다. 지금까지 들어보지 못한 천둥 같은 울음이었다. 산군山君, 범일까. 두려웠지만 텅 빈 망태기가 내 발목을 잡았다. 닷새 꼬박 장대비가 내려 물만 먹으며 버틴 것이다. 오늘은 어떻게 해서든 들풀을 뜯어가고 싶었다. 은행나무 뒤로 가만히 숨어 거친 숨을 가라앉히며 귀 기울였다. 다행히 울음이 또 들리진 않았다. 계곡으로 내려가선 흐르는 물에 얼굴을 씻었다. 군밤을 두세 톨 채워 넣은 것처럼 뺨이 부풀었다. 손끝으로 귀밑에서부터 더듬었다. 뽑지 못한 가시는 없는 듯했다. 두 손 가득 물을 떠 머리에 끼얹었다. 아빠라는 은행나무를 지나고 절터를 처음으로 넘었다.

비탈에서 미끄러진 것이 전화위복이었다. 밭이라고 불릴 만큼 지칭개가 많았다. 무릎과 손바닥이 까지고 뺨이 부은 것도 잊은 채, 부지런히 호미를 놀렸다. 엄마는 뿌리부터 고추장에 무쳐 내고, 잎은 물에 이틀만 우린 후 된장국을 끓일 것이다.

호미질을 멈췄다. 토끼도 노루도 삵도 꿩도 참새의 냄새도 아니고, 장선마을 농부들에게서 나는 흙내나 땀내도 아니었다. 바람이 살짝만 불어도 흩어질 엷고 맑은, 냄새를 남기지 않으려고 애쓴 뒤에도 겨우 남는 그런 심심한 냄새. 도깨비일까. 호미를 손에 쥔 채 지칭개를 찾는 척하며 곁눈질했다. 그 순간 발소리가 났다. 체중을 발가락에도 신지 않고 뒤꿈치에도 담지 않은, 오른발을 떼자마자 곧장 왼발도 땅을 아주 조금만 재빨리 딛고 허공으로 향하는 지극히 가벼운 걸음이었다. 일곱 명이 내게서 스무 걸음쯤 떨어진 솔숲으로 황급히 들어섰다. 모두 여자였다.

도깨비가 분명해! 서둘러 비탈을 내려와선 돌아보지 않고 달렸다. 앞들을 한달음에 지나 집으로 들어와서 큰 숨을 몰아쉰 다음에야 호미를 두고 왔다는 사실을 깨달았다. 망태기만 챙긴 것이다.

아가다는 훗날 자신이 그 산도깨비 중 한 명이었다고 주장했다. 그날 주운 호미를 물증으로 내놓기까지 했다. 언젠가는 내 논을 갖겠다는 마음으로 손잡이에 네모를 새긴 바로 그 호미였다. 문초를 받는 이곳, '다정'에 놓인 물건 중에 아가다나 내가 만들지 않은 것은 바로 저 호미뿐이다. 올해도 들풀을 캐고 화전을 일굴 때 늘 쥐고 다녔고, 틈틈이 날도 갈아줬다. 청나라에선 서서 김을 매기에 호미 자루가 길지만, 우리는 논이든 밭이든 숲이든 앉기부터 하는지라 자루가 짧다. 호미만 쥐면 파고 펼치고 북돋고 뒤집는, 그 모든 일이 가능하다. 농부에게 호미는 졸卒이자 신神이다.

성 이시돌

성聖 이시돌은 괭이를 어깨에 지고 평생 들에서 일한 이서파니아以西把尼亞, 에스파니아 농부다. 무엇보다도 그는 농사에 최선을 다했다. 첨례일을 지키기 위해 매주 하루는 들로 나가지 않았지만, 첨례일에도 일한 농부들보다 수확량이 서너 배는 많았다. 이시돌은 씨를 뿌릴 때나 김을 맬 때나 추수할 때 무릎을 꿇고 기도부터 했다. 가난한 이웃에게 일용할 양식을 기꺼이 건넸다.

나는 농부다. 일군 흙에 작물을 심어 양식을 취할 뿐, 흙을 빚어 무엇인가를 만들지는 않았다. 논의 흙이나 밭의 흙은 가꾸고 키우기 위한 흙이다. 흙만 있다고 농사를 지을 수 있는 것은 아니다. 퇴비도 넣고 똥거름도 뿌린다. 논흙이 제구실을 하려면 꼬박 삼 년은 걸린다. 물을 대고 모내기한 벼가 자라고 나락을 맺고 추수하기를 서너 번 반복하면서 벼는 흙에 친숙해지고 흙도 벼를 아끼게 된다. 흙이 벼와 어울리지 않으면, 농사를 열심히 지어도 망칠 수밖에 없다. 들에 나서면 흙부터 쥔 채 살피고 냄새 맡고 맛보는 이유다. 논에 든 농부는 벼를 위하는 것만큼이나 흙을 위한다. 가뭄이 들어 흙이 쩍쩍 갈라지면 눈물을 쏟는다.

농부도 옹기꾼도 흙과 더불어 살지만, 흙으로 하는 일은 확연하게 다르다. 옹기꾼이 다루는 흙에서 새싹이 돋고 풀이 자란다면 어찌 되겠는가. 옹기꾼의 흙에는 생명의 기운이 단 한 톨도 담겨선 안 된다. 씨앗을 발견하면 기를 것이 아니라 떼어 내버려야 한다.

언문을 배워 글을 알게 되었을 때, 아가다가 권한 서책에서 흙이 등장하는 대목만 찾아 읽고 외웠다. 내가 들에 나가 매일 일하는 까닭이 고스란히 담겨서 좋았다. 우리 모두 흙에서 나왔으니 흙으로 돌아갈 때까지 땀 흘려 일하는 것이 당연하다는 말씀을 접했을 때는 농부의 삶을 잘 아는 신이라고 확신했다. 복된 말씀에 담긴 농부가 등장하는 비유들을 접했을 때도, 부전자전이구나 여겼다. 그러다가 첫 인간인 아담은 흙으로 빚은 사람이고 둘째 인간인 예수는 흙으로 빚은 것이 아니라 하늘에서 곧바로 내려왔다는 이야기를 들었을 때, 낯설긴 했지만 곧 다시 농부인 내 식대로 받아들였다. 땅을 제아무리 잘 일군들 하늘의 도움 없인 풍년이 들지 않는다. 하늘에 있는 해와 달, 하늘에서 내리는 비와 눈의 조화로 땅에서 온갖 생명이 태어나고 자라고 죽고 다시 태어나는 법이다. 하늘 기운이 땅 기운과 어우러져야 농사가 가능하다는 사실을 터득했기에, 첫 인간은 흙 사람이고 둘째 인간은 하늘에서 온 독생자라고 하더라도 거부감이 없었다. 내 상상과 설명을 들은 아가다는 그 흙이 순자강 들판의 논흙이 아니고 그 하늘이 지리산을 넘나드는 구름 낀 하늘이 아니라고 친절하게 바로잡았다. 그러나 그때 나는 아가다의 설명을 완전히 받아들이진 못했다. 농부보다 흙과 하늘의 변화무쌍함을 세세히 아는 이가 어디 있으랴.

흙을 만지거나 걸음마를 딛기 전에 맛부터 봤다. 돌실이도 마을에서 흙 먹는 개로 유명했다. 둘 다 흙으로만 배를 채운 날이 많았다. 똑같이 생긴 나무가 없듯 똑같은 맛이 나는 흙도 없다. 논흙과 밭흙이 다르고, 나무 아래 흙과 바위 아래 흙이 다르며, 순자강 들의 흙이라고 해도 아래쪽 곡성현의 흙과 위쪽 남원부의 흙이 다르고, 강둑 이쪽과 저쪽도 그러하다. 작년 흙과 올해 흙이 다르고, 어제 흙과 오늘 흙이 다르며, 아침 흙과 저녁 흙이 다르다. 단 하루도 똑같은 흙은 없다. 그 차이에 적절히 대응하는 사람이 농부다. 하루나 이틀 들에 나가지 않더라도 벼가 알아서 자라리란 생각은 흙의 변화를 모르는 헛소리다. 벼를 기르고 보리를 기르듯, 돌실이를 키우고 먹보를 키우듯, 흙을 기르고 키웠다. 햇볕이 매일 얼마나 어떻게 드느냐에 따라, 한 달에 비가 몇 번 내리느냐에 따라, 같은 장소의 흙맛도 변한다. 오랫동안 흙을 맛봐왔고 또 그 흙에서 작물과 나무와 풀이 자라는 것을 지켜본 세월에 기대어 설명하자면, 좋은 흙은 맛도 좋고 나쁜 흙은 맛도 나쁘다. 여기서 좋은 흙이란 작물과 풀과 나무 그리고 지렁이와 나비와 꿀벌에 더하여, 농부와 그 가족까지 탈 없이 살아가도록 만드는 흙이다.

골짜기나 능선 혹은 봉우리의 흙 맛까진 어느 정도 예측하지만, 전혀 짐작이 안 되는 흙도 있다. 신선이 산다는 먼바다 외딴섬이 아니라, 오죽네 내 방에서 평생을 바라본 곳이기에 더더욱 기묘하다. 전라도엔 넓은 들이 유난히 많지만 장선마을 앞들만의 자랑거리도 두어 가지 정도는 된다. 하나는 엄마의 젖줄처럼 곁에서 흐르는 순자강이고 또 하나는 그 들을 병풍처럼 둘러싼 산자락이다. 동서남북 중 한두 군데에 산이 드리운 들은 흔하지만, 사방팔방 겹겹이 이어진 산줄기 속 넓은 들은 드물다. 순자강 너머로는 천마산이고 맞은편은 동악산이며 강줄기가 흘러가는 남쪽으론 형제봉이 다투듯 나란하다. 광양이나 순천 혹은 낙안 사람들은 탁 트인 바다가 없어 답답하다 평했지만, 나는 산으로 둘러싸인 들이 담장을 두른 집처럼 편안하다. 곡성의 다채로운 골짜기엔 놀러도 가고 일하러도 갔다. 풀 맛도 돌 맛도 나무 맛도 흙 맛과 함께 이미 봤기 때문에 손등이나 무릎에 혀를 댔을 때처럼 설명할 수 있다.

구름은 익숙한 풍경을 순식간에 낯설게 바꾸기도 한다. 뭉친 구름이 점점 더 어둡고 탁하고 무거워지면 어김없이 들로 나갔다. 구름이 비를 뿌리기 시작하면 걸음도 바빠졌다. 부족하면 가둬 지켰고 넘치면 길을 냈다. 출렁이는 산과 강을 살필 겨를도 없이 청개구리처럼 뛰었다. 비가 잦아들어 젖은 옷을 갈아입거나 있는 찬으로 주린 배를 채우기 전, 턱을 들고 팽이가 돌 듯 산줄기를 봤다. 산으로 내려왔다가 미처 올라가지 못하고 뒤처진 구름들이 거기 있었다. 장승처럼 멈췄는가 싶었는데 가만히 움직였다. 진군하듯 몰려들어 비를 뿌릴 때와는 다르게, 조금씩 높고 조금씩 낮게 또 조금씩 왼쪽으로 조금씩 오른쪽으로, 느릿느릿 흐르는 구름 사이로 땅이 드러났다가 숨고 또 드러났다. 봉우리이기도 하고 능선이기도 하고 골짜기이기도 했다. 구름 위의 땅들은 내가 알던 그 땅이 아니었다. 일찍이 혀를 댄 그 어떤 흙과도 다른 맛일 듯했다. 훗날 천당에 대해 들었을 때, 나는 가장 먼저 마을 앞들에서 바라본 구름 위 땅들을 떠올렸다. 천당에 대해 궁금한 것이 무엇이냐는 질문에 그곳의 흙 맛을 보고 싶다고도 했다. 농담처럼 들렸겠지만 진담이다. 흙 맛을 모르면 그 땅과 그 마을과 그 나라를 아는 것이 아니다. 내게는 그렇다.

해 뜨기 전부터 들로 나갔고 해 지기 전에는 들에서 돌아오지 않았다. 철마다 가져가는 농기구들이 달랐다. 땅을 갈 때는 쟁기와 따비를 챙겼고, 삶이를 위해선 써래와 쇠스랑과 곰방메와 고무래와 가래를 썼다. 모내기 땐 못자와 못줄을 잊지 않았다. 허리를 숙여야 하는 풀낫보단 서서 논이나 밭 바닥을 후리는 벌낫을 자주 썼고, 손홀태로 벼이삭을 샅샅이 훑어 알곡을 모았으며, 어깨를 여러 번 흔든 뒤 도리깨를 내리치기도 했다. 키로 곡물을 까불릴 때, 넉가래로 모으고 고무래로 펼 때, 노랫가락이 절로 흘렀다. 채소는 옹구, 볏단은 걸채, 곡물은 다래끼를 주로 썼다. 옮길 작물이 많은 날엔 빈 지게부터 챙기곤 집을 나섰다. 내 딴에는 제철을 놓치지 않고 농사를 지었지만, 새벽이나 저물 무렵에만 들일을 하는 농부보다 피를 많이 뽑지도 않았고 밭을 더 갈지도 않은 것은 사실이다. 종일 들에 머물면서도 논밭을 일군 양이 적은 내게, 게으르다는 손가락질이 돌아왔다.

그들보다 오래 서 있긴 했다. 허수아비처럼 새들을 쫓기 위함이 아니다. 오히려 새들이 내 머리와 어깨에 내려와 쉬었다. 내게 해칠 마음이 없다는 것을 아는 것이다. 참새나 제비가 와서 앉을 땐 그러려니 하지만, 까치나 꿩은 무거워 힘이 든다. 그렇다고 소리를 지른다거나 머리나 어깨를 흔들진 않는다. 한 그루 느티나무처럼 버틴다. 버티려면 나무도 움직여야 한다. 사람이나 들짐승처럼 땅을 딛고 돌아다니지 않을 뿐이다. 뿌리는 아래로 내려가고 줄기와 가지는 위로 뻗는다. 위쪽이더라도 제각각이다. 줄기가 곧장 하늘로 향한다면, 줄기에서 갈라져 나온 가지는 위쪽이되 비스듬하다. 사람이나 들짐승은 하루에도 백 리를 갈 수 있지만, 나무의 뿌리와 줄기와 가지의 움직임은 매우 작다. 작게 움직인다고 움직이지 않는 것은 아니다. 문득 보니 가지가 늘었고, 또 문득 보니 가지마다 꽃이 피지 않던가. 나 역시 뿌리와 줄기와 가지 들을 떠올리며 서 있는 중이다. 살갗이 간지럽거나 팔다리가 저리면, 바람에 나뭇가지가 흔들리듯 몸 여기저기를 움직인다. 새들이 날아가지 않을 딱 그만큼.

허리를 숙인 채 가만히 있는 시간도 제법 길다. 땅에 머리를 대고 조느냐는 질문도 받았고, 다가와서 슬쩍 다리나 엉덩이를 미는 농부도 있었다. 나는 단 한 번도 들에서 존 적이 없다. 허리를 숙이고 그 자리를 지키는 것은 논밭 작물들과 인사를 주고받기 위해서다. 그곳 벌레들과 작은 동물들과 새들과 제법 심각한 이야기를 나누기도 한다. 내가 건네는 이야기들이란, 방금까지 서서 보고 듣고 냄새 맡고 만지고 맛본 것들에 근거한 충고가 대부분이다. 햇살이 뜨거우니 물을 충분히 머금으라거나, 비가 내릴 테니 모처럼 목욕할 준비를 하라거나, 바람이 거셀 테니 뿌리로 흙을 더 꽉 움켜쥐라고도 했다. 짝이 필요한 우렁이들을 옮겨주기도 하고, 굶주린 두더지들을 위해 감자 몇 알을 선사하기도 했다. 나는 서두르지 않고 천천히 그들과 두루 이야기를 나눈 후 늦은 밤 집으로 돌아와선 엄마에게 처음부터 다시 이야기했다. 엄마는 내게 논의 피를 얼마나 뽑았는지, 밭이랑을 얼마나 만들었는지 묻지 않았다. 다 함께 잘 지내면 농사가 안 될 리 없다는 것이 엄마의 믿음이다. 엄마가 옳았다.

늦은 저녁을 먹고 나면 외양간에서 먹보와 함께 지냈다. 먹보는 적게 먹고도 오래 되새김질했다. 밤새 입을 우물거리면서 고개를 들고 밤하늘을 우러렀다. 북극성을 먼저 찾고 그다음엔 자미원과 태미원과 천시원을 오갔다. 새벽에 먹보를 데리고 앞들로 나갈 때마다 미리 단단히 일러놓았다. 밤에 충분히 별 볼 시간을 줄 테니, 새벽부터 하늘을 우러르지 말라고. 열에 아홉은 내 말을 따랐지만 한두 번은 걸음을 멈췄다. 그땐 힘주어 고삐를 당기는 대신 기다렸다. 먹보는 고개만 돌리는 것이 아니라 아예 자신이 원하는 별을 향해 달리고 싶은 눈망울이었다.

먹보를 데리고 들로 나설 땐 든든했다. 논밭으로 들어서면 먹보가 고민도 더 많이 하고 욕심도 더 부렸다. 제 마음에 쏙 들 때까지 흙을 파 뒤집었다. 다른 농부들은 고함도 지르고 등을 때리기도 했지만, 먹보와 나는 침묵을 지키며 일했다. 쟁기에 흙 뒤집히는 소리만 들렸다. 똑똑하고 힘센 먹보의 씨를 받겠다며 암소를 가진 농부들이 줄을 서기도 했다.

내가 게으른 농부인지 아닌지는 수확량을 놓고 따져보고 싶다. 다른 소작농들보다 적어도 두 배는 더 나락을 거뒀다. 세 배에 달한 해도 있었다. 해마다 진사 박웅朴雄은 내 논을 앞세워 다른 소작농들을 꾸짖었다. 직접 나를 불러 수확량이 이토록 많은 까닭을 묻기도 했다.

"논을 가는 방식이 다르냐?"

"같습니다."

"모내기하는 법이 다르냐?"

"함께 모여 진사 어른의 논들에 차례차례 모를 심기 때문에, 다를 수 없습니다."

"더 많이 심느냐?"

"같습니다."

"특별한 거름을 만들어 쓰느냐?"

"같습니다."

"그럼 도대체 나락을 곱절 더 거두는 이유가 무엇이냐?"

나는 답했다.

"위로하고 칭찬했습니다."

"위로와 칭찬? 누구를 위로하고 누구를 칭찬했다는 게야?"

"벼입니다. 봄부터 가을까지 매일 들에 나와 애쓴다 위로하고 잘한다 잘한다 칭찬했습니다. 그게 답니다."

잠시 침묵이 흘렀고, 박 진사가 갑자기 웃음을 터뜨렸다. 곁에선 마름과 하인들도 따라 웃었다. 그들은 농담으로 받아들였지만 내 말은 진담이다.

다른 논보다 두세 배 더 수확해도 끼니를 잇기 어려웠다. 마름인 봉식奉食은 내가 열 섬을 거두면 열 섬을, 스무 섬을 거두면 스무 섬을, 백 섬을 거두면 백 섬을 가져갈 근거를 꾸며댔다. 내가 진 빚은 해마다 늘었고 그 빚을 갚으려면 더 열심히 농사를 지어야 했다. 더욱더 열심히 농사를 짓더라도 빚이 줄지 않는 것이 문제였다. 해결책은 내게도 농부들에게도 봉식에게도 박웅에게도 곡성 관아 아전이나 현감에게도 없었다. 한두 섬이라도 빼돌리고 수확량을 줄여 말하란 충고를 받았지만, 끼니를 잇기 위해 대부분 그런 속임수를 썼지만, 봉식도 소작농들이 그딴 짓을 하리라 여기고 모조리 빼앗으려 들었지만, 나는 줄이지도 빼돌리지도 않았다. 땅이 정직하듯 나도 정직하고 싶었다. 그 결과 찾아드는 굶주림은 고스란히 내 몫이었다.

비 맞는 버드나무

강가에서 쑥쑥 자라는 버드나무다. 모두 열두 그루인데, 바닥에 흙판을 깔고 나란히 세웠다. 보이진 않지만 뿌리끼린 다 이어져 엉켰다. 열두 그루지만 결국 한몸이다. 예수의 열두 종도宗徒, 사도, 제자가 그러하듯이. 볕 좋은 날이 아니라 비 쏟아지는 날 버드나무다. 나무들도 떠들고 그 아래 세 친구도 떠든다. 들리는가, 바보들 웃음소리.

나를 만나러 오는 친구는 둘뿐이다. 우리 셋은 농부들이 보기에 무엇인가 조금씩 부족했다. 부족한데도, 그 부족을 메우려고 애써 노력하지 않았다. 그래서 붙여진 별명이 '바보'다. 바보가 아니라면, 그딴 식으로 살진 않는다면서.

들어가서 누우면 개다리소반 하나도 옆에 두기 어려울 만큼 좁은 방에 풀과 나무 들이 사방 벽을 따라 빼곡하게 자라는 중이다. 아주 어렸을 때부터 그랬다. 마당이나 골목이나 들이나 강이나 숲에서 놀다가, 시들시들한 풀이나 가지 꺾인 나무 앞에서 한참을 울먹거렸다. 내 호미가 생긴 다음부턴 뿌리째 담아 가지고 왔다. 엄마가 물었다.

"가지고 싶었니?"

"너무 아프다고 해서……. 돌봐준 뒤 돌려보낼 겁니다."

엄마는 내가 풀과 나무를 가져와도 꾸짖지 않았다. 풀은 그나마 벽을 따라 가지런히 놓으면 되지만, 나무는 방에 들이기조차 어려웠다. 옹기로 만든 사각형 화분에 흙을 채운 뒤, 들이나 강이나 숲에서 마르고 썩어가는 나무들을 옮겨 왔다. 혼자 나르기 어려울 때는 두 친구의 도움을 받았다. 돌보고 싶은 나무가 느는 만큼 화분도 많아졌다. 나무 화분 열두 개와 풀 화분 서른 개가 기본이었다. 화분 사이에 몸을 한껏 웅크린 채 누웠다. 조금만 몸부림을 쳐도 풀과 나무에 닿았고 잎들이 이마에 내려앉았다. 논밭을 돌보느라 지친 밤에도 방으로 들인 식구들을 챙겨야 했다. 방바닥엔 흙과 풀과 잎이 떨어져 뒹굴었고, 모양과 색깔이 제각각인 벌레도 기어 다녔다. 풀벌레들을 노리며 날아든 새들이 내 가슴과 어깨와 머리에 앉아 울기도 하고 웃기도 했다. 내 방을 들여다본 사람들은 하나같이 혀를 차며 싹 다 치우라고 했다. 화분들부터 꺼낸 뒤, 흙과 벌레와 나뭇잎과 풀잎을 비로 쓸고 걸레로 방바닥을 닦으라는 것이다. 그 방에 사는 동안 심각하게 아픈 적이 단 한 번도 없었다. 그 방에서 잠들어야지만 몸도 마음도 가벼워지고 힘이 났다.

거위 다섯 마리를 앞세우고 자주 내게 왔던 친구의 성은 장이고 이름은 구인데, 몸 오른쪽을 못 쓰는 폐질자廢疾者, 장애인였다. 머리가 크고 앞뒤 모두 튀어나와 짱구라고 불렸다. 귓불이 넓고 두꺼워 절에 갈 때는 부처님 귀 구경들 하시라고 외친 후 머쓱하게 웃곤 했다. 내가 벼와 보리와 풀과 나무를 돌보듯 짱구는 거위들을 챙겼다. 순자강에서 어미 잃은 새끼 거위 열 마리를 거둔 것이다. 식탐이 엄청난 짱구가 구걸한 음식을 새끼 거위들에게 양보한 것 자체가 신기했다. 짱구가 뒤뚱거리며 앞장을 서고, 새끼 거위들이 더욱 뒤뚱거리며 뒤따르는 모습이 한동안 사람들 입에 오르내렸다. 열 마리 중 살아남은 다섯 마리가 든든한 호위병이 되었다. 짱구는 거위들을 궁상각치우라고 불렀다. 고저를 살려 멋지게 소리를 내기 때문이 아니라, 귀를 찢듯 엉망인 소리가 나아지기를 바라며 지은 이름이다. 짱구는 초봄부터 오죽을 돌며 원추리 원추리 노래를 불렀다. 엄마가 마당에서 순을 따 고추장에 무쳐 나물로 내놓으면, 서너 접시를 순식간에 비웠다. 봄나물 중 특별히 원추리가 맛있느냐고 물었더니, 당연한 것 아니냐며 고개를 끄덕이며 원추리나물이 담긴 쪽박을 옆구리에 낀 채 말했다.

"어, 어디서 들었는데……, 원추리가 마, 망우초라며? 근심을…… 잊는 풀! 그래서 먹는 거다. 그, 근심도 잊고…… 아픔도 잊고."

짱구는 태어날 때부터 오른발과 오른손에 힘을 싣지 못했고, 오른쪽 귀는 들리지 않았으며, 오른쪽 혀로는 아무런 맛도 볼 수 없었다. 미열에도 거품을 물며 쓰러져 온몸을 떨었다. 생각이란 걸 하면 머리가 뜨거워지고 그다음엔 온몸이 들끓어 목숨까지 위태롭다고 믿었기에, 반드시 생각해야 할 순간이 닥쳐도 숨거나 피했다. 말을 더듬는 데다가 고갯길을 오르는 꼬부랑 노파처럼 군데군데 날숨을 뱉으며 쉬어가는 바람에, 마을 아이들은 짱구의 이야기를 끝까지 듣지 않고 비웃거나 침을 뱉거나 돌을 던졌다. 떠돌이 개한테나 하는 짓이었다.

나는 짱구가 아무리 허무맹랑한 이야기를 더듬더듬 늘어놓더라도 "끝!"이라는 외침이 들릴 때까지 참고 기다렸다. 사람들은 짱구를 싫어했고 짱구도 사람들을 싫어했지만, 돌실이나 먹보나 또 새들은 짱구를 좋아했다. 짱구가 와도 달아나거나 숨지 않고 오히려 다가왔다. 아이들은 짱구를 놀리고 때리기까지 했지만, 짱구는 장선마을을 떠나지 않았다. 떼까우 궁상각치우 외에 짱구를 도운 이는 나와 길치목吉治木뿐이었다. 그런데 길치목은 자주 마을을 떠나 산을 돌아다녔기 때문에 필요한 순간엔 대부분 우리 곁에 없었다. 나는 언제나 느릿느릿 걸었지만 얻어맞는 짱구를 발견하면 뛰었다. 이불처럼 내 몸으로 짱구를 덮고는 외쳤다.

"야 이 새끼들아! 하지 마. 범추라고."

주먹질과 발길질이 그치지 않고 이어졌다. 코가 부러지고 입술이 터져도, 짱구는 눈을 치뜨고 소리쳤다.

"때, 때려! ……죽여라! ……네놈들 얼굴 모, 몽땅 다 봐놨다! 당장 주, 죽이지 못하면, ……네놈들 모두 무, 무, 무간지옥으로 던질 거야. ……야차들이 부, 불에 달군 쇠창으로 네놈들 배를 푹…… 찔러 퀠 거다."

무간지옥에 야차까지 등장하자 주먹질과 발길질이 더욱 매서워졌다. 일이 어떻게 흘러갈지 뻔히 알면서도, 짱구는 얻어맞을 때마다 지옥을 들이밀며 저주와 악담을 계속했다. 덩치 큰 두 녀석이 백 날 천 날 얻어맞기만 하냐고 대장 할배가 혀를 끌끌 찼다. 짱구는 싸우고 싶었지만 팔다리가 따라주지 않았고, 나는 싸움이 싫었다. 차라리 몇 대 혹은 몇십 대 혹은 몇백 대 맞는 편이 나았다.

강보에 싸인 채 동이산 태안사 능파각에서 발견된 짱구는 절에서 자랐다. 오른 팔다리를 못 쓰는 사내아이가 곡성에 나타난 것은 다섯 살 무렵이었다. 태안사 주지가 회초리도 치고 법당에 가두기도 했지만, 짱구는 동자승 노릇이 싫다며 한사코 골짜기를 따라 마을로 내려왔다. 꼬박꼬박 끼니마다 나오는 따듯한 절밥을 마다하고 이 동네 저 동네 걸식하며 다니기 시작했다. 태안사에서 동자승으로 보낸 시절을 말해 달라고 조르면, 말라버린 샘의 마지막 물방울처럼 더욱 심하게 말을 더듬었다.

"……숟가락과 젓가락을 쥐라는데…… 그, 그게 쉽지가 않더라고. 그냥 매, 매 맨손으로…… 밥이든 국이든 나물이든 집어 먹었지. 툭하면…… 능파각으로 끌려갔어. 지금도 그렇지만 그때도 흐르는…… 무, 물소리가 엄청났지. 내가 하도 우니까…… 물소리로 울음소리를 덮으려고 했었나 봐. ……잘못했습니다! ……용서해 주세요! 두 손을 모으고 이렇게 빌었다면…… 느, 능파각까지 끌려가지도 않았을 거야. 한데 그땐 정말 비는 게…… 너무 싫더라. 그랬더니, 거기 스님들이…… 도, 돌아가며 내게 와선 지옥 이야기를 하나씩 들려줬어. 들을 때도 무서웠지만, ……호, 혼자 남아 능파각에 서서 물소리를 들을 때가 더 무섭더라. ……물소리가 물소리로 들리는 게 아니라, ……파, 팔열지옥과 ……파, 팔한지옥 그러니까 열여섯 지옥에서 ……고통받는 자들이 내는 울부짖음으로 들렸어. 끝!"

짱구는 거위들과 함께 어느 집으로나 들어가고 어느 집에서나 잤다. 밥상 대신 쪽박에 식은 밥과 반찬이 담기고, 방이 아니라 외양간에서의 한뎃잠이지만, 지독한 보릿고개에도 굶어 죽지 않았고 한겨울에도 얼어 죽지 않았다. 다년생 들풀처럼 살아나고 또 살아났다. 먹을거리와 잠자리를 챙긴 마을 사람들 덕분이다. 짱구는 허겁지겁 주린 배를 채운 뒤, 고맙다는 말 대신 국도 한 그릇 내오지 않는다거나 김치도 한 쪽 얹지 않았다며 화를 냈다. 오죽네에서만 겸상을 했고 내 방에서 함께 잤다. 짱구가 외양간이 편하다며 방에서 나가 먹보 옆에 누우면 나도 따라가 누웠다. 내가 이야기를 시작하면 짱구가 받았고 짱구가 이야기를 시작하면 내가 받았다. 달팽이가 오가듯 매우 느리게, 때론 말보다 침묵이 길기도 했지만, 내가 말을 끊은 적은 없었다. 별을 쫓던 먹보가 울음으로 가끔 끼어들었는데, 그때마다 우리는 누가 먼저랄 것도 없이 웃음을 터뜨렸다.

짱구처럼 자주 오진 않지만, 가끔 와서 신나게 이야기보따리를 풀어놓는 친구가 길치목이다. 매부리코에 키가 큰 산포수는 첫눈처럼 흰 피부를 내세우며 스스로를 자작나무와 같다고 자랑하곤 했다. 나도 짱구도 자작나무를 본 적이 없기에 곧바로 맞장구를 치진 못했다. 길치목은 아버지를 따라나섰다가 강원도에서 만난, 하늘로 곧게 뻗은 자작나무 숲의 위용을 거듭 설명하곤 했다. 짱구와 나는 길치목의 환심을 사고 싶을 때면 가끔 "어이, 자작!"이라고 불렀다. 그러면 길치목은 우리가 당장 먹고 싶은 고기가 토끼인지 꿩인지 물었다. 어느 쪽이든 우리는 좋았다.

할아버지와 아버지 그리고 길치목까지 모두 산포수였다. 길치목은 올 때마다 사냥한 동물을 가져와 내밀었다. 엄마가 그걸로 고기반찬을 만들면, 나는 짱구와 함께 배불리 먹었다. 길치목은 한두 점 먹는 둥 마는 둥 했다. 질리도록 먹는 것이 고기라며, 내가 뜯어와 무친 나물 반찬을 더 좋아했다. 짱구와 내가 고기를 먹어치우는 동안, 길치목은 사냥감을 찾아 오른 산과 내달린 골짜기와 마주친 들짐승과 놓친 날짐승 이야기를 나물 위에 올려놓았다. 우리에게 제일 먼저 들려주려고 물풀매에 묶어 옆구리에 매달아뒀던 이야기라고 했다. 고기가 식어가는 것도 잊은 채 몰두해서 들은 이야기는 범 사냥이었다.

"진짜…… 버, 범이 쓰러지는 걸 봤어?"

나보다 먼저 짱구가 물었다.

"열 번은 졸랐던 것 같아. 아버지는 마지못해 허락하셨어. 당신 명령에 무조건 복종한다는 조건으로! 동이산 자락, 태안사 너머였지. 하루를 꼬박 산을 탔어. 발자국을 따랐던 거지. 늘 맞바람을 택하셨어. 그래야 우리는 범 냄새를 맡고 범은 우리 냄새를 못 맡으니까. 바위가 없고 나무도 없는, 풀도 무릎 아래로 난 넓고 평평한 터를 고르셨지. 범은 도약에 능하니까 바위에서 높이 뛰면 총을 겨누기 어렵고, 나무가 많으면 총알을 가슴에 박아넣기 힘들거든. 아버지는 나를 소나무 꼭대기로 올려 보내셨어. 무슨 일이 있더라도 내려와선 안 된다고 신신당부하셨지. 사냥에 실패해서 범이 아버지를 해치더라도 내려오지 말라는 뜻이었어.

소나무로 올라가서 가장 높은 가지에 걸터앉았지. 까마귀 한 마리가 건너편 가지에 앉더라. 팔을 휘휘 저으며 위협했지만 날아가질 않더라고. 죽음의 냄새를 맡기라도 한 걸까. 아버지가 그러셨어. 범 사냥을 다니면 까마귀들이 유독 따라붙는다고. 범이 나타났어. 아버진 총을 겨눈 채 우뚝 서 계셨지. 범이 아버지를 노려보며 크게 울었어. 나무에 숨어 앉은 내 손발이 덜덜 떨리더라. 하지만 아버진 꿈쩍도 하지 않고 범을 노리며 총구를 겨눴어. 범이 다가왔지. 한 발 또 한 발. 거리가 점점 가까워졌지만 아버진 그대로셨어. 하필이면 그때 내가 기침을 한 거야. 양손으로 급히 입을 막았지만 이미 늦었어. 범이 천천히 머리를 들어 나를 노리더군. 눈과 눈이 마주쳤어. 가슴이 답답해지면서 눈앞이 어질어질했지. 주먹으로 가슴을 쳤지만 숨을 쉴 수 없었어. 그때 범이 앞발을 들며 나를 향해 울더군. 그 울음에 맞아 떨어질 뻔했다면 믿겠어? 범의 눈빛과 울음에 제압당해 잡아먹힌 최초의 산포수가 될 판이었다고. 나는 눈을 질끈 감았어. 어떤 경우에도 눈을 감지 말라고, 아버지에게 배우고 또 배웠지만 그 순간엔 감을 수밖에 없더라고. 어둠 속에서, 탕! 하고 총소리가 났어. 그걸로 끝이었지."

길치목은 평소엔 멀쩡했지만, 그러니까 나처럼 느리지도 않고 짱구처럼 흙먼지를 잔뜩 묻힌 채 절뚝대며 다니는 것도 아니지만, 화만 나면 제멋대로 굴었다. 무릎을 잠시 흔들다가, 바람을 타고 능선으로 번져가는 불길처럼, 이길 수 없는 상대에게도 달려들기부터 했다. 뼈가 부러진 적도 여러 번이었다. 사람에게 달려들 때는 목숨까지 위태롭진 않았지만, 들짐승들에게 덤벼들 때는 위험천만이었다. 평소엔 순한 산양이나 노루라도, 사내아이 정도는 뒷발로 걷어차 뼈를 부러뜨리거나 기절시키고도 남았다. 화를 가라앉히고 나면, 길치목은 자기가 한 짓을 제 몸에 난 상처로 뒤늦게 확인했다. 달려든 데까진 기억하지만 그다음은 순서대로 떠올리지 못했다. 열두 살에 총을 쥔 다음부터 얻어맞진 않았다. 충혈된 눈을 부라리며 세상을 향해 윽박질렀다.

"너 뒈지고 나 뒈져봐?"

길치목은 물풀매를 늘 가지고 다녔다. 허리춤에서 물풀매를 꺼내 들면 어느새 작은 돌이 망에 담겼다. 늘어진 두 줄을 함께 잡고 머리 위에서 빙빙 돌리다가 줄 하나를 놓았다. 날아간 돌은 빗나가는 법이 없었다. 나도 가끔 물풀매를 썼지만, 추수를 앞둔 들로 날아드는 참새를 쫓기 위해서였다.

내가 산도깨비 이야기를 꺼냈을 때, 짱구는 도깨비가 어디 있냐며 고개를 저었지만, 길치목은 주저하지 않고 맞장구를 쳤다.

"도깨비 많아, 천덕산에도 동악산에도 동이산에도."

산에서 벌어진 일이라면 들짐승이든 날짐승이든 도깨비든 모르는 것이 없다는 식이다. 길치목이 나나 짱구보다 산에 해박한 것은 사실이다. 내가 들에서 일하고 짱구가 마을을 돌며 구걸할 때 길치목은 산을 누볐다. 나는 봄과 여름과 가을의 들풀을 구별하는 정도지만, 그는 비싼 값을 받는 약초 이름을 줄줄 외워댔다.

"너, 너, 너도 봤어?"

짱구가 왼손으로 오른 팔뚝을 긁어대며 물었다.

"보다마다. 같이 씨름도 하고 물수제비도 던지고 자치기도 했는걸. 근데 생각보다 도깨비들은 구멍이 많아."

이번에는 내가 받았다.

"구멍? 무슨 구멍?"

"허술하다고. 처음엔 씨름도 내가 이겼고 물수제비도 내가 이겼고 자치기도 내가 이겼어. 근데 도깨비랑 내기할 때 이기면 안 돼."

"왜?"

"자꾸 또 하자고 덤비니까. 도깨비는 자기가 이길 때까지 겨루려 들더라고."

"비가 올 때까지 기우제를 지내는 무당처럼?"

"그러니까 도깨비를 만나면 첫판에 그냥 져."

"지라고? 지면 순순히 풀어줘?"

"너희들, 도깨비가 사람 죽였다는 얘기 들어본 적 있어? 없지? 도깨빈 장난치는 거야. 겨뤄보고 싶은 거고. 도깨비를 이기겠다고

기를 쓰고 덤비다간 제풀에 지쳐 다치거나 죽지. 도깨비를 만났다 싶으면 욕심부터 버려. 그럼 아무 일 없이 지나가. 근데 산에서 만난 요상한 사람들이 둔갑한 도깨비인 것만은 아냐."

"둔갑한 도깨비가 아니면?"

"여자애들을 본 적이 있지. 심마니도 다니기 힘든 높고 험한 숲에서! 아버지가 그러셨어. 요망한 것들이니 모른 척 지나치라고. 괜히 말 걸고 얼굴을 맞댔다간 낭패를 당해. 천덕산, 들녘 네가 도깨비를 봤다는 근처에서 나도 여자애들을 봤지. 처음엔 아버지 말씀대로 지나쳤어. 근데 두 번 세 번 네 번 다섯 번 봤을 땐 못 참겠더라. 발소리를 죽이고 조용히 따라갔어. 혹시 꼬리라도 보이면 확 잡아채려고."

"꼬리?"

짱구가 말꼬리를 잡아챘다.

"여우 꼬리! 잡아먹은 사람 숫자와 공력에 따라 하나부터 아홉까지 다양해."

"보, 본 적 있어?"

"있고말고. 넌 순자강 따라 논밭을 낀 마을만 주로 다니니까 산이나 골짜기에서 둔갑한 요물들 만날 일이 없지. 여우만이 아니야. 멧돼지로 변하는 요괴도 있고, 푸른 구렁이 모양을 한 요괴도 있어. 붉은 용이나 흰 용이 내려와서 사람을 홀리기도 해."

"요, 요괴를 만나면⋯⋯ 어떻게 해?"

"총을 겨누는 거지."

"쏴?"

짱구의 두 볼이 기대로 가득 찼다. 길치목이 고개부터 저었다.

"아니! 요괴를 쏘면 악한 기운이 평생 따라붙어. 겨누기만 해도 요괴들은 알아차리고 도망쳐. 요괴들도 산포수와는 웬만해선 맞서려 들지 않거든. 하여튼 천덕산에서 만난 여자애들은 꼬리가 없었어. 모두 일곱 명이었는데 다들 어려. 딱 봐도 우리 또래더라고. 근데 좀 이상하긴 하더라."

"뭐가 이상해?"

"신나게 웃고 떠들다가 갑자기 무릎을 꿇고 두 손을 모은 채 기도를 드려. 그러다가 다시 막 떠들고 웅얼웅얼 뭔가를 외워. 끌어안고 울기도 하고. 울다가 웃기도 하고. 근데 말이야. 그중에서 내 맘에 쏙 드는 얼굴이 있었어."

짱구가 또 말꼬리를 잡았다.

"얼굴이…… 쏙 들어? 마음에?"

길치목이 웃으며 고개를 끄덕였다.

"각시 삼고 싶을 만큼."

"각시?"

나도 질문을 보탰다.

"이뻐?"

"이쁘다는 말만으론 부족해. 당연히 이쁘긴 해, 거기 일곱 명 다! 내가 각시 삼고 싶은 여자애는 당당하더라."

"당당하다? 그걸 어떻게 알아?"

"오르막길에선 제일 앞장을 서. 뒤따라오는 애들을 일일이 부축해서 끌어올리기도 하고. 모임이 끝난 후엔 제일 마지막에 자리를 떠. 혹시 빠뜨린 게 없는지 챙기는 것도 그 애 몫이더라고. 기도할 때도 제일 먼저 자세를 잡고 웃고 떠들 때도 가장 먼저 입아귀가 올라가. 무슨 말인가 하면, 다른 애들은 그 애가 이끄는 대로 따른다는 거야."

짱구가 받았다.

"그 여자애가…… 와, 왕초네."

"왕초는 거지 떼에게나 쓰는 말이고."

"두, 두, 두령이네."

"두령은 도적 떼."

"그, 그럼 대장……."

"하여튼 그 여자애가 전후좌우를 챙기니, 나머지도 숲에 머물면서도 두려워하지 않더라. 그래서 도깨비처럼 장난을 좀 쳤지."

"장난?"

"별건 아니고, 마침 사로잡은 새끼 토끼가 있어서, 둥글게 모여 엎드려 기도하던 여자들을 향해 던져봤어. 비명을 지르며 놀라더라고. 근데 내가 점찍은 여자애만 침착하게 주변부터 살피더라. 토끼에게 다가가선 품에 안고 혹시 다쳤는가 조심조심 만지고. 다른 애들을 먼저 떠나보낸 후 뒤늦게 자리를 떴지. 침착하고 당당해."

나는 연이어 질문했다.

"여자애들을 뒤따라갔다고 그랬지? 어디야, 그 애들이 닿은 곳은? 산에 살아? 가볼 수 있어?"

길치목이 말을 돌렸다.

"가다가…… 말았어."

"왜?"

"부지런히 따라가긴 했는데……."

"했는데?"

"갑자기 사라졌어. 물소리 요란한 폭포를 지나갔는데, 그다음엔 흔적이 없더라고. 그래서 생각했지. 그 일곱 여자가 산도깨비는 아니지만……."

"아니지만?"

길치목이 짱구와 내 얼굴을 보며 잠시 뜸을 들인 후 말했다.

"선녀구나! 폭포 아래로 내려와 놀다가 다시 거기서 하늘로 올라가버렸나 봐."

짱구와 길치목이 오죽네로 오면 엄마는 화전을 구웠다. 어둠이 깔릴 때까지 화전으로만 배를 채운 적도 있지만, 화전을 반도 먹지 못한 채 일어서는 날이 대부분이었다. 강바람이 불고 비라도 내리면 나는 참지 못하고 강을 향해 달렸다. 길치목이 뒤따랐고, 짱구는 화전을 입에 물고 왼손에도 든 채 뒤뚱대며 걸었다. 우리가 함께 웃자 궁상각치우가 따라 울고 동네 개들도 따라 짖었다. 돌담이나 흙담으로 올라온 고양이들은 마루 밑으로 도로 숨었고, 웃음에 이끌려 마당으로 나온 아이들은 엄마나 아빠에게 붙들렸다. 그래도 빗길을 달리겠다며 떼를 쓰는 아이가 열 명이 넘었다. 대장 할배처럼 담뱃대를 흔들며 우리를 반기는 어른도 있었으나 대부분은 혀를 차며 쓴소리를 해댔다.

버드나무 열두 그루가 나란히 선 강둑에 도착했다. 길치목에 이어 짱구가 도착할 때까지 기다렸다가, 우리는 고개를 들고 눈을 감았다. 그후로도 오랫동안, 먹구름이 서서히 강으로 모여들면, 장선마을 사람들은 빗속을 달리며 낄낄대던 세 바보 이야기를 꺼냈다. 물론 우리는 바보가 아니다, 버드나무들 웃음에 동참했을 뿐!

책 읽는 남매

흙 사람 중에서 가장 먼저 내 손에 들어왔다. 당신의 새끼손가락보다도 작다. 키가 큰 쪽은 남자고 작은 쪽은 여자다. 그들의 무릎을 덮은 것은 서책이다. 펼쳐놓은 서책 모서리를, 남자는 왼손 여자는 오른손으로 쥐었다. 턱을 당기며 고개를 숙이니, 눈길이 서책에 머무른다. 아가다가 내게 이름을 붙여보라기에 '책 읽는 남매'라고 지었다. 흡족한 표정이 아니었다. 생각해 둔 이름이 따로 있느냐고 물었더니, '성경 읽는 남매'는 어떠냐며 속마음을 내비쳤다. 성경인데 왜 한 글자도 없느냐고 묻자, 다 넣기 위해 하나도 새기질 않았다는 답이 돌아왔다.

천주께서 당신의 모습을 본떠 흙으로 사람을 빚었듯이, 후손인 아가다도 흙으로 사람을 빚는 것이다. 천주께서 흙으로 빚어 코에 생명의 숨을 불어넣은 사람은 숨 쉬며 살다가 늙고 병들어 죽었지만, 아가다가 빚은 흙 사람은 변함없이 그대로다. 처음엔 천주의 권능이 부러웠지만, 지금은 아가다의 솜씨에 자꾸 눈이 간다. 그렇지 않은가.

열 살에 논 두 마지기를 진사 박웅에게 빌려 소작을 시작했다. 흙이 좋은 논은 전혀 아니었고 강에서도 가장 멀리 떨어져 있었다. 논물을 들일 때도 앞들의 논들이 모두 채워진 다음에야 내 차례가 왔다. 벼농사를 지어본 적 없는 열 살 아이에게 수확이 잘 되는 논을 선뜻 내줄 리 없는 것이다. 바람이 불면 벼들이 가장 먼저 쓰러졌고, 돌림병이 돌면 제일 빨리 줄기와 잎의 색이 변했고, 거머리는 물론이고 뱀들까지 자주 나타나서 종아리를 물었다. 앞들에서 수십 년 벼를 수확한 농부들은 저주받은 논이라고까지 했다. 그러나 나로선 좋은 논 나쁜 논 가릴 처지가 아니었다. 소작을 부쳐주는 것만도 감지덕지했다.

모를 심기 전, 텅 빈 논에서 나를 맞은 것은 나무 두 그루였다. 해가 뜨는 모서리엔 산수유나무가 서 있었고, 해가 지는 모서리엔 목백일홍이라고도 하는 배롱나무가 아담했다. 더러 논두렁을 끼고 나무들이 있었지만, 마주 보듯 자리를 잡은 논은 여기뿐이었다. 내가 맡은 논을 향한 농부들의 험담을 들으며, 산수유나무에서 배롱나무까지 갔다가 다시 배롱나무에서 산수유나무로 왔다. 나무에서 나무로 오가는 동안, 어떻게든 농사를 짓겠다는 마음이 커졌다.

매일 논에 가서 흙과 씨름했다. 땅심을 키운다는 풀이 있다면 어떻게든 구해 넣었다. 있는 힘 없는 힘 다 쏟으며 흙을 뒤집다가 허리를 폈는데, 놀랍게도 노란 꽃이 가득 피었다. 산수유꽃이었다. 그날 그 나무의 이름을 '벌써'라고 정했다. 진달래나 개나리는 산등성이에 이미 폈지만, 앞들에서 꽃을 볼 기대도 여유도 없었던 것이다. 배롱나무에서 붉은 꽃이 핀 것은 한여름이었다. 모내기에 이어 대여섯 번 김을 맨 뒤였다. 다른 논에선 피를 다 뽑아 김매기를 마칠 즈음이었지만, 내가 맡은 논엔 여전히 피가 많았다. 농부들은 내가 벼와 피를 구별 못 해서라고 했다. 논에서 너무 오래 숙이고 다녀 허리가 끊어질 듯한 여름, 목백일홍이 피었다. 가쁜 숨이 가라앉고 흐르는 땀이 사라질 때까지 붉은 꽃을 보며 서 있었다. 여태껏 애썼다고 나를 토닥여주는 듯했다. 여름 지나 가을이 깊을 때까지 붉은 기운이 바래지 않았다. 벼농사 짓는 내내 꽃이 백 일이나 붉다는 이야기가 과장이 아니었다. 추수를 앞두고도 붉음을 잃지 않은 꽃 아래에서 나무 이름을 '아직도'라고 지었다. '벌써'와 '아직도' 덕분에 온종일 논에 머물러도 외롭지 않았다.

헤아리다가 포기한 것들이 있다. 밤하늘의 별, 순자강과 대황강이 만나는 압록진의 모래 그리고 추수할 무렵 앞들 논두렁의 메뚜기. 별이나 모래는 움직이지 않지만, 메뚜기는 천지사방으로 날았다. 이 무렵 돌실이는 아예 입을 벌린 채 논두렁을 걸었다. 그 입으로 쏙쏙 들어온 메뚜기들을 씹지도 않고 꿀꺽꿀꺽 삼켰다.

풍년에도 굶주렸고 흉년에도 굶주렸다. 삼 년을 연이어 가뭄이 드니, 벼농사를 짓고도 밥 한 공기 먹을 쌀이 없었다. 두 해까진 추수한 낟알을 남김없이 거둬 가는 것으로 끝냈는데, 세 해째는 거기에 얹어 쌀 쉰 섬을 변상하라고 했다. 곡성에서 곳간이 가장 크기로 소문난 박 진사의 명령이었다. 열 살 나던 해부터 칠 년이나 박 진사의 논에서 농사를 지었다. 피뽑기도 다른 논보다 서너 벌 더 하고, 논물도 아침저녁으로 살피고, 가을엔 새들을 쫓기 위해 태를 돌리며 허수아비를 자처했다. 다른 소작농보다 두세 배 더 나락을 거뒀다. 그런데도 내 손에 쌀 한 톨 남지 않고 오히려 빚이 쉰 섬이라는 것이다. 마름인 봉식에게 가서 따졌더니, 상상도 못 한 답이 돌아왔다. 다른 논은 흉작인데 내 논만 풍작인 것은 내가 논물을 독점했을 뿐만 아니라 독충들을 다른 논에 퍼뜨렸다는 것이다. 봉식은 앞들 농부 대부분이 그와 같은 주장을 폈다고 했다. 누구인지 이름을 알려달라 했지만, 그건 어디까지나 제 맘이라며 거절했다. 그들의 주장이 틀렸다면, 내 논만 풍작인 이유를 설명하라고도 했다. 똑같은 순자강 강물을 끌어다 쓰고, 똑같은 바람과 햇볕과 비를 맞으며 자랐는데, 왜 내 논의 벼들만 다르냐는 것이다. 내 빚은 다섯 섬이지만, 다른 농부들이 갚지 못한 마흔다섯 섬까지 내게 얹혔다. 농부들을 갈라 서로 책임을 떠넘기는 건 마름인 봉식이 흔히 쓰는 수법이었지만, 그때는 몰랐다.

쌀 쉰 섬이 내 삶을 엉뚱한 방향으로 굴렸다. 내가 들풀을 캐러 천덕산에 머무는 사이, 엄마가 진사 박웅을 찾아간 것이다. 박웅은 빚 독촉을 하며 독풀인 박새까지 소작농에게 들이미는 사람이었다. 그 고약한 성정은 박웅의 아버지인 박한朴僩이나 할아버지 박두朴斗도 마찬가지였다. 입에서 입으로 전하는 이야기에 따르면, 박두는 소작료가 스무 섬 밀린 농부에게 박새 나물을 한 접시 비우면 빚을 절반으로 줄여주겠다고 했다. 박새 나물을 먹은 농부는 마당을 벗어나기도 전에 피를 토하고 죽었다.

끼니를 건너뛰더라도 내가 먼저 박웅에게 갔어야 했다. 엄마는 죄인처럼 앞마당에 꿇어 엎드린 채 사정했다. 쉰 섬은 지나치다고, 겨울은 고사하고 가을을 버틸 양식도 없다고, 내년 봄 논에 모를 심기 위해서라도 선처해 달라고. 박웅은 가타부타 답하지 않고 술상부터 내오도록 했다. 그리고 엄마를 대청마루로 불러올려 상 앞에 세우곤 소리를 시켰다. 일찍이 그 소리에 반한 전라감사가 기적에서 이름을 빼줬다고 하니, 송도 기생 황진이가 환생한 듯하다는 소리부터 한 대목 하라는 것이다.

전주를 떠나 곡성으로 내려와서 오죽에 둘러싸인 초가로 들어간 뒤, 엄마는 소리를 삼갔다. 저물 무렵 노을이 고우면 마루에 앉아 흥얼거리던 소리도, 내가 소작을 시작할 즈음 그만두었다. 그러나 그날 박웅의 청은 거절하지 않고 받아들였다. 농부인 아들을 위해서였다. 농부는 씨앗이 없으면 농사를 짓지 못하고, 그 씨앗을 뿌릴 논밭이 없어도 농사를 짓지 못한다. 씨앗도 논밭도 박웅이 가졌다. 하삼도 최고 명창이란 칭송을 받던 엄마의 소리를 어찌 쌀 쉰 섬과 바꿀 수 있으랴. 소리를 쌀과 바꾸자는 것 자체가 엄마에겐 모욕이었다. 박웅은 소리하지 않으면 나를 잡아들여 쌀 한 섬에 대곤 열 대를 치겠다고 했다. 쉰 섬이면 오백 대니 목숨이 붙어 있기 어려울 것이다. 엄마가 주저하자, 쌀 한 섬의 가치를 대곤 스무 대로 올렸다. 나랏법이 엄연히 있어도, 현감은 현감대로, 진사는 진사대로, 마름은 마름대로, 법을 무시한 채 제 욕심을 채웠다. 엄마는 결국 아들인 나를 살리기 위해 소리를 시작했다. 제 신세를 탄식하듯, 〈춘향가〉의 '기생 점고' 대목으로 들어갔다.

"호장이 기생 점고를 허랴 허고 양창 앞에 기안妓案, 기생 명부을 펼쳐 들고 차례로 부르난디."

소싯적에 엄마는 성춘향과 이몽룡을 행복하게 만든 다음 심봉사가 눈을 뜨고 흥부가 박을 타서 부자가 되는 데까지 쉬지 않고 내달렸다. 소리도 일품이지만 지치지 않고 판을 엮어가는 솜씨로도 이름이 높았다. 곡성에 와서 나를 낳고 소리를 끊었다 해도, 그날 엄마에게 닥친 불행은 되살필수록 갑작스럽고 원통하다. 기생 점고에서 변학도가 춘향이를 찾는 데까지도 이르지 못한 것이다. 엄마는 마루에서 비틀대다가 쓰러져 앞마당까지 굴렀다. 엎드린 채 헉헉거리며 온몸을 떨었다. 박웅은 소리하기 싫어 꾀병을 부린다며 하인들에게 멍석말이를 시켰다. 매타작을 당한 엄마가 정신을 놓은 뒤에야, 박웅은 혀를 차며 뒷마당으로 나갔다. 봉식의 명을 받은 하인 하나가 엄마를 지게에 지고 오죽네로 와선 마당에 던져놓고 가버렸다. 그날따라 오죽 그림자가 더욱 짙었다. 나는 저물 무렵에야 집으로 돌아왔다. 엄마는 그때까지도 모로 누워 떨며 토하다가 혼절하고 또 토하다가 혼절했다. 토할 때마다 허리가 꺾였다. 희멀건 물만 나오다가 아무것도 뱉지 못한 채 헛구역질을 했다. 그날부터 엄마는 목소리를 잃었다. 내 이름조차 속삭이지 못했다.

봉식이 살포를 어깨에 걸치고 찾아온 것은 사흘 뒤였다. 그는 박웅이 소작으로 돌린 논 오백 마지기와 밭 백 마지기를 관리했다. 환갑이 지났는데도 허리는 꼿꼿하고 팔자걸음엔 힘이 넘쳤다. 지팡이 대신 들고 다니는 살포는 물도랑을 내기보다 쥐고 흔들며 소작농들의 잘못을 나무라기 위해 썼다. 미끈한 자루 끝에 달린 손바닥만 한 날에는 앞뒤로 엽전 꾸러미를 새겼다. 돈 되는 일이면 앞뒤 가리지 않고 하고, 돈 안 되는 일은 하늘이 두 쪽이 나도 안 하는 사람이 바로 그였다. 살포로 마루를 틱틱 두드렸다. 마당 구석에 묶어둔 돌실이가 짖었다. 방문을 열고 나온 내게 당장 쌀 쉰 섬을 내놓으라며, 살포로 아랫배를 찌르려 했다. 나는 날을 쥐고 버텼다. 쉰 섬은커녕 한 섬 아니 한 줌도 없었다. 돌실이가 앞발을 들곤 더욱 맹렬하게 짖자, 외양간의 먹보도 긴 울음을 울었다. 봉식을 부엌으로 데려가선 빈 쌀독을 보인 후 밀었다. 봉식이 저만치 나뒹굴며 엉덩방아를 찧었다. 그쯤에서 절뚝이며 돌아갔다면 좋았을 것을! 봉식이 손바닥에 묻은 흙을 마주 털며 일어나선 말했다.

"소리라도 제대로 하지. 그럼 한두 섬 깎아주셨을지도 몰라. 또 이렇게 당장 쌀을 받아오라는 명을 내리지도 않았을 테고. 명창은 개나 주라지. 쌀이 없으면 저 소라도 끌고 갈 수밖에. 이름이 먹보랬나? 제법 힘을 쓴다니 후하게 쳐줄게."

몸을 날려 봉식의 배를 걷어찼다. 가슴을 타고 앉아 주먹을 휘둘렀다. 봉식의 코에서 피가 터지고 두 볼이 부풀어 올랐다. 일 년 열두 달 들에서 지냈다. 누구보다도 일찍 나서고 누구보다도 늦게 들어왔다. 논두렁을 베개 삼아 누워 잠든 날만도 한 달이 넘을 것이다. 단 하루도 풍년을 빌지 않은 날이 없었다. 그러나 어느 해는 비가 너무 많이 왔고 어느 해는 비가 너무 적게 왔다. 어느 해는 찌는 듯 더웠고 어느 해는 얼어붙듯 추웠다. 어느 해는 매서운 바람에 벼가 쓰러졌고 어느 해는 독한 병에 보리를 걷지 못했다. 이 잘못을 농부인 내게 돌린다면, 일 년 내내 흙을 품고 지냈더라도 내 책임이 가장 크다고 한다면, 받아들였을 것이다. 그러나 쌀 한 줌 못 받고, 거기에 쌀 쉰 섬까지 내놓아야 하는 까닭을, 내가 다른 농부들의 논물을 빼앗고 독충을 퍼뜨린 탓으로 돌리는 것은 받아들이기 어려웠다. 게다가 병든 엄마가 소리를 하다가 쓰러진 것까지 잘못이라질 않는가.

농부들이 와선 봉식과 나를 떼어놓았다. 미치광이풀을 먹은 듯 날뛴 사내는 봉식이 아니라 나였다. 봉식은 피를 철철 흘리며 업혀 나갔고, 나는 그가 남긴 살포를 쥐곤 모여든 이들을 노렸다. 훗날 이웃들이 말하길, 그처럼 도끼눈을 뜬 사람은 처음 보았다고 했다. 봉식이 사라지자 농부들도 주섬주섬 돌아갔다. 그들을 원망하진 않는다. 착함이 긴 장선마을 농부 중에서 봉식을 좋아하는 이는 없다. 그들은 행여 내가 마름을 때려죽이지나 않을까 걱정했을 것이다. 자신들의 흉작을 내 탓으로 돌렸대도, 그건 빌린 쌀을 내놓으라는 봉식의 추궁을 벗어나기 위한 궁여지책이리라. 엄마는 다가앉는 내 무릎을 밀었다. 밀고 또 밀었다. 눈을 맞추자, 이번엔 오른팔을 들어 당장 나가라는 손짓을 했다. 일어나는 대신 엄마의 팔을 당겨 안았다. 박 진사네 하인들에게 매타작을 당한 팔꿈치와 손목과 손등의 피멍과 피딱지가 독버섯 같았다. 엄마가 다시 나를 밀쳐내곤 입술을 떨었다. 가, 어서!

마름을 두들겨 팼으니 이대로 묻힐 일이 아니었다. 박 진사네 하인들이 들이닥치기 전에 피하라는 것이다. 발이 떨어지지 않았다. 업고 함께 피하려 했지만 엄마가 고개를 저었다. 가, 너 혼자! 엄마는 일어나 앉을 힘도 없었다. 고개만 들어도 숨이 턱까지 차올랐다. 업고 나섰다가, 늦가을 찬바람에 다시 온몸을 떨며 헛구역질을 할 수도 있었다. 내가 도망친 걸 알면 하인들이 엄마를 괴롭힐 것이다. 엄마가 여기서 몇 대를 더 맞는다면 목숨까지 위태롭다. 가지 않겠다. 갈 수 없었다! 엄마가 등잔을 집어 내게 던졌다. 연꽃 모양 옹기 등잔이 꽃대가 뚝 부러지듯 깨졌다. 그다음엔 물이 반쯤 담긴 대접이었고, 그다음엔 들국화가 담긴 꽃병이었다. 옹기 조각들이 튈 때마다 물러나고 물러나고 또 물러났다. 나는 거듭 놀랐다. 엄마는 그 누구도 위협한 적이 없었다. 게다가 내게 던진 것은 모두 엄마가 틈만 나면 씻고 닦으며 애지중지 아끼던 옹기들이었다. 엄마는 고개를 좌우로 저으며 던져 부술 것을 다시 찾았다. 이 집에 있는 옹기를 모두 깨버리더라도 나를 내보내려는 것이다.

들을 달렸다. 멀리서 돌실이 울음이 들려왔다. 마을 개들이 따라 짖었다. 돌아보니 오죽이 불행을 몰고 온 악귀처럼 시커멓게 흔들렸다. 내 어깨엔 언제나처럼 꼴망태가 들렸다. 구름에 가린 달이 얼굴을 내밀자 갈라진 논바닥이 드러났다. 이 밤에 서둘러 달아나야 하는 처지가 한심하고 억울했다. 뒷걸음질하며 마을의 불빛들을 눈에 담았다. 빛과 빛 사이 어둠에 덮인 길을 머릿속으로 잇고 또 이었다. 지금이라도 되돌아갈까. 봉식을 찾아가서 무릎이라도 꿇을까. 그것도 아니면 박 진사네 대문 앞에 넙죽 엎드려 이마로 땅이라도 찧을까. 문득 엄마도 그 셋을 이미 헤아렸으리란 생각이 들었다. 어느 쪽도 내 목숨을 구할 방편은 아니었다. 지금은 밀려오는 해일부터 피하는 것이 상책이었다.

꺼진 아궁이의 마지막 불씨처럼 조그만 빛이 아슴푸레했다. 저녁 참이면 흐린 빛 따윈 무시했겠지만, 천하가 고요하고 만물이 잠든 늦은 밤, 행선지를 정하지 못한 이에겐 길잡이별이 되고도 남았다. 걷다 보니 들을 지났고 더 걷다 보니 왕벚나무 울창한 당고개 주막이었다. 천덕산을 오갈 때마다 넘곤 했으므로, 머리보다 발이 먼저 기억한 셈이다. 족제비처럼 마루로 올라가선 문틈을 엿보았다. 별처럼 반짝인 등잔 아래 서책이 놓였다. 그 앞에 앉은 여인은 오다가다 인사하는 주모였다. 코를 골며 아랫목에서 잠든 혹부리 남편 전주원田主原은 물 한 잔 값도 내라며 까칠하게 굴었지만, 아내인 화순댁 이동례李東醴는 홀어미 모시고 애쓴다며 탁주 한 사발을 그냥 건네기도 했다. 이목구비가 큼직큼직한 만큼 마음 씀씀이도 컸다.

이동례가 서책을 읽으리라곤 상상도 못했다. 부엌에서 음식을 만들고 술을 내오고 길손들을 응대하는 것이 전부였으니까. 안경을 쓴 이동례는 검지로 한 글자 한 글자 짚으면서 입술을 오물거렸다. 책 읽는 소리가 작긴 했지만 문지방 너머 마루에서도 들릴 만큼 낭랑했다. 어린 시절 화순에서 소리 공부를 하다가 말았다는 이야기가 헛소문이 아닌 듯했다. 그래서 내게 더 친밀하게 구는지도 몰랐다.

"또 이른바 네게 가까운 자는 사랑하고 네 원수를 미워하라 함을 너희가 들었으나 나는 너희에게 이르노니 네 원수를 사랑하며 너를 미워하는 자들에게 은혜를 베풀어 너를 핍박하고 망증하는 자를 위하야 기구祈求하야 하여금 선인이나 악인이나 태양으로 다 비추시고 공의한 자에게나 불의한 자에게나 비를 다 주시는 하늘에 계신 너희 성부의 아들이 되게 하라."

이동례는 여기서 되돌아가선, 양손을 꼭 모으곤, "원수를 사랑하며?"라고 묻더니, 고개를 돌려 잠든 남편을 쳐다보고, "원수를 사랑하며!"라고 답했다. 허튼소리였다. 원수를 사랑하라? 원수를 어찌 사랑한단 말인가. 쌀 쉰 섬을 내놓으라는 진사 박웅을 사랑하고, 박 진사의 명령을 받들어 나를 괴롭히고 황소 먹보까지 빼앗으려는 마름 봉식을 사랑하라? 이동례가 열독 중인 서책이 무엇인진 몰라도 한심한 글들이 가득 담겼구나 싶었다.

이동례가 이번에는 묵주를 품고는 엎드려 기도문을 외웠다. 장단을 살린 〈성신강림송〉이 귀에 더 잘 들어왔다.

"임하소서 성신이여. 엎디어 구하오니 하늘로서 네 빛을 쏘사 내 마음에 충만케 하소서. 너는 가난한 이의 은주恩主시오 고독한 이의 아비시오 영성靈性의 빛이시오 근심하는 자의 위로시오 괴로운 자의 평안함이시오 수고하는 자의 쉼이시오 우는 자의 즐거움이시오 내 마음을 화化하는 손님이시니 임하소서 성신이여."

둠벙을 기어오르는 능구렁이처럼 뒤틀린 망상이 찾아들었다. 훗날 아가다는 망상의 대부분이 악마로부터 온다고 했다. 내가 비록 주모 이동례의 원수는 아니지만, 이 밤엔 원수처럼 굴어보면 어떨까. 뒷마당으로 갔다. 나란히 놓인 술독 열 개 중에서 쓸 만한 독을 곧바로 알아차렸다. 범 한 마리가 들어앉을 만큼 큰 독이었다. 뚜껑을 열자마자 시큼한 술내가 콧구멍을 파고들었다. 주위를 둘러보았으나 술 바가지가 보이지 않았다. 독 안으로 머리부터 밀어 넣었다. 사막을 건너오느라 목마른 장사꾼처럼 입을 한껏 벌리고 벌컥벌컥 들이켰다.

대취했다. 그전까진 천덕산을 오가며 이동례에게 얻어먹는 탁주 한 사발이 전부였다. 농부들이 들일을 하다가 짬짬이 모여 술을 마실 때도 나는 끼지 않았다. 새참 마친 농부들은 그늘을 찾아 누워 낮잠을 자거나 언성을 높이며 싸웠다. 술 힘에 기대 곧장 일을 시작해도, 흙을 잘못 밟아 비틀대거나 벼를 세심히 살피며 챙길 수 없었다. 바가지로 떠서 마셨다면, 서너 바가지에서 멈췄을 것이다. 그러나 얼굴 전체를 술독에 넣고 마시노라니 가늠이 되지 않았다. 술이 코로 들어오면 머리를 들고 허리를 펴며 기침을 했다. 턱을 타고 가슴까지 누런 술이 흘렀다. 기분이 좋아졌다. 진작 이리로 와서 훔쳐 마실 일이었단 생각까지 들었다. 이 꼴을 이동례에게 들킨다면 어찌한다? 그 질문이 대책 없는 웃음의 시작이었다. 나는 이미 답을 알고 있었으니, 다시 술독에 얼굴을 처박으며 뇌까렸다. 원수를 사랑하라? 원수를 사랑하라니!

걸을 때마다 어깨가 흔들렸다. 무릎이 꺾여 땅이 산처럼 솟았다. 고꾸라졌다가 일어서고 또 넘어졌다. 나무를 등지고 허리에 힘을 실어 무릎을 폈다. 옴폭 들어간 등받이가 넓고 편안했다. 땅에 가까울수록 오목한 부분이 넓어졌다. 이렇듯 편안한 등받이는 곡성에서 하나뿐이다. 다닥다닥 소리를 내며 머리와 어깨로 무엇인가가 떨어졌다. 우박인가 싶었는데 은행이었다. 뒤이어 다시 내 가슴을 때린 것이 바로 흙으로 빚은 '책 읽는 남매'였다. 나란히 붙은 작디작은 흙 사람 둘을 쥐곤 주변을 살폈다. 내 키보다도 울창한 풀숲이었는데도 여자애 얼굴이 눈에 들어왔다. 아가다였다, 그땐 이름을 몰랐지만.

눈썹이 짙었다. 눈이 크고 왼뺨에 보조개가 깊고 입술도 산작약처럼 붉고 고왔지만, 눈썹부터 보였다. 그 눈썹이 위아래로 빠르게 움직였다. 내게 던진 은행 열 개와 흙 사람에 이은 경고였다. 그래도 내가 앉아 있자 황급히 말했다.

"달아나요, 어서! 저들이 곧 와요."

조각조각

다시는 주워 맞출 수 없다. 무엇으로 내리쳤을까. 분노가 가득 담긴 쇠지팡이였을까. 조각이 작을수록 가늠하기 어렵다. 나는 아가다가 만든 옹기만큼이나 부순 옹기도 기억한다. 자신이 빚은 옹기를 이유 없이 부수진 않는다. 공들여 만들고도 산산조각 나는 건 옹기만이 아니다.

제 땅을 갖는 것은 농부의 꿈이다. 소작의 힘겨움도 여기서 비롯한다. 평생 정성껏 가꿔도 이 논밭이 내 논밭이 아닌 것이다.

오십보백보였다. 추격자들은 천덕산의 위와 아래를 막고 포위망을 좁혀왔다. 박 진사네 하인들이 올라오는 것보다 곡성 교졸들이 내려오는 것이 더 빨랐다. 아가다의 경고를 듣고 미륵사 절터를 향해 언덕을 오른 것이 교졸들의 오라에 더 쉽게 걸려든 꼴이었다. 쓰러진 내 등을 밟고 선 교졸이 욕을 해댔다.

"이 새끼! 술독에 빠졌다가 나왔나?"

내가 천덕산에서 종종 들풀을 뜯는다는 이야기를 듣고 혹시나 싶어 올라왔던 것이다. 미륵골 은행나무 아래에서 대취한 채 밤을 보낼 줄은 몰랐을 것이다. 오죽네에 머무르지 않고 달아나기로 작정했다면, 적어도 곡성은 벗어났다고 여겼으리라. 오라를 받고 끌려 내려오는 나를 뒤늦게 발견한 하인들이 이를 갈고 침을 뱉었다. 방망이를 허공에 휘둘러 화풀이를 해댔다. 교졸도 아니면서 하인들 손엔 육모를 넘어 팔모 방망이가 들렸다. 하인들에게 붙들려 팔모 방망이 세례를 받았다면 살이 찢기고 뼈가 부러져 죽었을 것이다. 산을 거의 내려왔을 때, 하인 중에서 나이가 가장 많은 억쇠가 교졸들에게 청했다. 광대뼈가 튀어나오고 턱과 뺨에 수염이 가득해 억새라고도 불렸다.

"저희에게 맡겨주십시오. 마름에게 함부로 덤벼드는 기세부터 꺾어놔야 합니다. 목숨은 붙여서 관아로 넘기겠습니다. 당고개 주막에서 잠시 목이나 축이고 계십시오."

교졸들이 거절하자 억쇠가 고쳐 제안했다.

"집에 쌀 한 줌도 없는 놈입니다. 저렇듯 취했으니 틀림없이 술을 훔쳐 먹었을 겁니다. 주모를 위협하고 때렸을 수도 있고요. 도둑질한 죄까지 합쳐 곱절로 손을 보도록 허락해 주시겠습니까?"

교졸들이 의논한 후 연장자인 최순범이 허락했다. 눈귀와 눈썹이 말 잘 듣는 강아지처럼 처졌지만, 사람이 순해도 범은 범이라는 우스갯소리가 뒤따랐다. 조용히 지내다가 결정적인 순간에 사람의 목숨을 들었다 놨다 했다. "산삼이 없으면 더덕이라도 가져오든가"라는 말을 입버릇처럼 해서 별명이 더덕이었다.

이동례 혼자 장사 준비가 한창이었다. 열 명도 넘는 교졸과 하인 들이 들이닥치자 부엌에서 놀란 눈으로 나와 맞았다. 이렇듯 아침 손님이 많은 경우는 드물었다. 곡성 거쳐 압록진 지나 구례나 하동 혹은 순천으로 내려가거나 거꾸로 곡성 지나 남원이나 임실 혹은 더 멀리 전주까지 올라가는 길손은 점심 이후에나 찾아들곤 했다. 교졸들이 밥을 내오라면 밥을 내와야 하고 술상을 차리라면 또 차려야 했다. 교졸들 심기를 건드렸다가 장사를 접은 주막이 한둘이 아니었다.

"아침 드릴까요?"

이동례는 오라를 받은 나를 애써 외면했지만 대파를 든 오른손을 떨었다. 그걸 놓칠 교졸들이 아니었다.

"밤새 안녕했는가?"

"술시戌時, 저녁 7시~9시 끝날 즈음 옥과로 가는 보부상 둘을 보내곤 잠자리에 들었다가 묘시卯時, 새벽 5시~7시에 딱 일어났어요. 여기서 터 잡은 뒤 십오 년 내내 똑같아요. 그때부터 준비해야 이렇게 간혹 아침에 밥 한술 뜨려는 길손들을 맞을 수 있거든요."

"간밤엔 깨지 않고 주욱 잤다?"

"네."

"이상한 소릴 듣진 않았고?"

"깰 즈음 장닭이 길게 울긴 했죠. 어제도 그랬고 그제도 그랬습니다."

최순범이 팔을 들어 가리켰다.

"저기 저놈, 누군지 아는가?"

이동례가 그제야 내 얼굴을 쳐다보았다.

"알죠."

"안다?"

"장선마을 오죽네 성류 형님 외아들이니까요."

"성류?"

"소리 성聲에 흐를 류流, 그 형님 소리가 순자강처럼 유장하여 붙은 별명이랍니다. 전라감영에선 매향梅香으로 통했는데, 곡성에 와서 이름을 바꾸셨지요. 전주에선 매화 향기 그득한 겨울부터 봄

여름 가을까지 감사가 원할 때면 언제든 소리를 하셨지만, 곡성 온 뒤론 입은 닫고 물소리에 귀만 기울이며 사셨어요."

최순범이 말허리를 잘랐다.

"언제냐, 저놈을 마지막으로 본 게?"

"열흘인가 보름인가, 오며 가며 본 거라 가물가물하네요."

"밥을 사 먹었는가?"

"지나가기만 했어요."

"술은?"

"불러 앉히려 했지만 가야 한다더군요. 엄마를 위해 저녁을 지어야 한다며. 종일 굶은 듯해, 밥 대신 탁주 한 사발 건넨 적은 몇 번 있어요."

"한 사발? 한 동이가 아니고?"

"아무리 성류 형님 아들이라도 공술을 동이로 주진 않습니다. 그렇듯 선심 썼다면 벌써 이 장사 접었죠. 딱 한 사발이었어요. 허기를 면하고 장선마을까지 걸어갈 만큼만. 더 줄까 물은 적도 있긴 한데 그땐 이 아이가 고개를 저었고."

"열흘 전에도 한 사발을 줬나?"

"그땐 망태기 가득 풀 뜯어 오는 것만 봤어요. 술을 건넨 건 다섯 달도 더 됐고요."

"확실해?"

"네."

최순범이 질문을 그치자 잠시 침묵이 맴돌았다. 나는 이동례를 보며 눈으로 물었다. 정말 제가 원수같이 군 걸 몰랐습니까? 이동례는 눈을 천천히 깜박였다. 걱정하지 말라는 어미 고양이의 눈

같았다. 밤사이 내가 한 짓은 이미 확인했을 것이다. 어둑새벽 독을 열고 장맛과 술맛부터 보는 것으로 장사 준비를 시작했을 테니까. 술독에 다가서면서부터 땅바닥에 흥건한 탁주를 보며 얼굴이 굳었으리라. 뚜껑을 열었을 때는 미간을 찡그리며 코를 쥐었을지도 모른다. 맛 좋은 술 대신 구토물이 독을 채웠으니까. 이딴 짓을 하고 사라진 놈을 엄벌해 달라는 기도를 올렸을 수도 있다. 억쇠가 최순범을 비롯한 교졸들 눈치를 보다가 나섰다.

"술독은 어디 있느냐?"

이동례가 아무렇지도 않게 되물었다.

"목부터 축이시게? 찬은 없지만 술상을 봐옵지요."

"술은 됐고, 독부터 보여주게."

이동례가 뒷마당으로 사내들을 데려갔다. 늘어선 독 가운데 가장 작은 독 옆에 서선 뚜껑을 열었다. 술 냄새가 마당을 덮었다. 교졸과 하인 들이 동시에 군침을 삼켰다. 억쇠가 다그쳤다.

"또?"

"지금 술이 든 독은 요것뿐입니다. 이래도 속이 깊어 한 순배씩은 돌리고도 남습니다."

따지려 드는 억쇠에게 눈짓한 뒤 최순범이 술독을 육모 방망이로 툭툭 치며 물었다.

"장난쳐? 겨우 요걸로 하루를 버티겠다고? 지리산 범을 집어넣고도 남을 만큼 큰 술독이 있었지 않은가?"

"그게…… 깨졌습니다, 하필 오늘 새벽에."

"깨졌다?"

"심마니인 친구 만나러 구례를 다녀오겠다는 남편을 배웅하곤 술독이나 닦아볼까 하고 뒷마당으로 갔어요. 뚜껑을 꺼내 옆으로 놓으려다가 손에서 미끄러졌죠. 재수가 옴 붙었던지 뚜껑이 하필 독의 불룩한 배를 쳤어요. 쩡 하는 소리와 함께 술독이 맥없이 깨져버리더라고요. 주막 열 때 제일 먼저 들인 고맙고 귀한 독이거든요. 얼마나 아쉽고 화가 나는지……."

"어디로 치웠어?"

이동례가 즉답 대신 낮은 돌담 옆으로 걸음을 옮겼다. 부서진 조각들이 담 아래 움푹 팬 구덩이를 채웠다. 최순범이 따졌다.

"웬 구덩인가?"

"김칫독 묻던 곳이에요. 손바닥만 한 주막이지만 망하지 않으려면 술맛과 김치맛이 중요하거든요. 다행히 여길 파고 독을 묻은 후론 순자강 인근에선 김치맛 좋은 주막으로 손꼽혔답니다. 먹어들 보셨으니 알 것 아닙니까?"

교졸과 하인 들이 동시에 고개를 끄덕였다. 그들 역시 탁주와 근사하게 어울리는 김치에 감탄한 적이 여러 번이었다.

"지난여름 미리 꺼내 썰어두려고 새벽에 김칫독을 열다가 깜짝 놀랐어요. 뒷마당 왕벚나무 근처에서 종종 보이던 살모사 한 마리가 독 안에 떡하니 있더라고요. 막대기로 건드려봐도 움직이질 않았어요. 이미 죽은 거죠. 행여 독이 묻었을까 싶어 김치는 몽땅 버리고 독까지 파내 깼죠. 김칫독은 저기 왕벚나무 뒤에 하나 더 파서 묻었고요. 오며 가며 요 구덩이를 보니 늘 뱀이 들락날락거리더라고요. 하나같이 독사들이었어요. 그놈들을 내쫓을 용기도 방법도 없어서 나무판으로 대충 덮어뒀답니다. 오늘 새벽 술독이 깨진 후 조각들을 주워 치우려는데 문득 구덩이가 궁금하더라고요.

나무판을 들었더니 또 다른 살모사가 당장이라도 달려들 것처럼 고개를 빳빳하게 들더군요."

하인과 교졸 들이 짧게 번갈아 내뱉었다.

"뱀들이 좋아하는 곳이 따로 있지. 똬리를 튼 데 또 트는 법이고."

"다친 덴 없고? 살모사에 물리면 약도 없어."

"작년에 죽인 살모사의 새끼인가? 부모 원수라도 갚으려고 온 셈인가?"

"조각을 모을 게 아니라 흙으로 묻어버렸어야지."

"혹시 지금도 저기에 살모사가 살아?"

그들이 훈수를 충분히 둘 때까지 기다렸다가, 이동례가 답했다.

"없어요, 이젠! 제가 죽였거든요. 살모사랑 한집에 산다 생각하니 화가 나는 거예요. 저나 남편은 조심조심 피해 다닌다 쳐도, 길손 중 한 사람이라도 물리면, 주막을 닫아야 할 판이니까요. 제 인생 망치려고 저 뱀이 왔는가도 싶고. 술독이 깨진 게 괜히 살모사 때문인 것도 같고. 옹기 조각 중에서 제일 크고 날카로운 걸로 골라 양손으로 요렇게 쥐곤 내리쳤어요. 내리치고 또 내리쳤죠. 머리를 맞은 살모사가 찢기고 눌려 죽었답니다. 살모사를 죽이고 나니 구덩이를 술독 조각들로 채워버리고 싶더라고요."

큰 술독이 깨졌으니 나를 도둑으로 몰 수도 없었다. 이동례는 왜 술독을 깨뜨려 나를 도왔을까. 내 엄마인 성류에게 소리를 배우고 싶었다고 해도, 교졸들 앞에서 살모사 운운하며 거짓말까지 늘어놓을 줄은 몰랐다. 이동례는 잔머리 굴리는 여우라기보다는 우직한 곰에 가까웠다. 술을 더 팔기 위해 거짓 웃음을 건네는 대신, 장아찌 하나라도 제대로 만들려 애썼다. 나를 돕고 싶었다 해도, 스스로 술독을 깨고 그럴듯한 변명을 주섬주섬 지어낸 것은 이동례답지 않았다. 이동례가 탁주라도 마시고 가시라 권하자, 교졸들이 먼저 구덩이를 등졌고 하인들도 곧 따랐다.

그들이 낮술에 취하는 동안, 나는 왕벚나무에 묶였다. 봄이면 벚꽃을 보러 엄마와 함께 와서 거닐었지만, 개처럼 묶이긴 처음이었다. 낮은 돌담 너머 길이 있고 그 너머 다시 흙담이 있었다. 흙담 위로 머리 하나가 쏙 올라왔다. 이마를 지나서 곧고 짙은 눈썹이 드러났을 때, 이 일을 꾸며 나를 구한, 이동례에게 할 짓과 할 말을 알려준 이가 누군지 알아차렸다. 산도깨비 아가다였다, 이름은 몰랐지만.

주막에서 몰매를 맞진 않았어도 행운은 거기까지였다. 곡성 관아에 닿으니, 옥에 넣지 않고 앞마당으로 곧장 끌고 갔다. 대청마루에서 곡성현감 조봉두趙奉頭와 나란히 앉아 이야기를 주고받는 이는 진사 박웅이었다. 마당 한가운데 엎드린 채 떨며 신음하는 사내는 마름인 봉식이었다. 형방 남근주南根株가 뱀눈을 뜬 채 혀를 날름거리며 다가와선 오늘 내가 맞을 대곤의 횟수를 장난처럼 말했다.

"백 대만 우선 맞자."

나는 곤장 틀에 묶였고 대곤을 든 교졸 둘이 곁에 나란히 섰다. 뚱뚱한 쪽은 지망섭池望燮이고 키 큰 쪽은 장공태張公太였다. 둘 다 장선마을에서 나고 자랐기에, 골목에서도 앞들에서도 마주친 적이 있었다. 교졸로 뽑혀 처음 관아로 가는 날, 그들이 입을 더그레를 만든 이가 바로 내 엄마였다. 그 옷이 마음에 드는지 바느질 삯 외에 엄마에게 따로 곶감을 놓고 가기도 했다. 지망섭이 눈치를 보며 내게 말했다.

"마름을 패긴 왜 패? 참았어야지."

장공태가 거들었다.

"패고 달아났으면 잡히질 말든가."

답할 말이 떠오르질 않아 눈만 맞췄다. 지망섭이 충고했다.

"눈 풀어. 몸도 풀고. 매를 이기려 들지 마."

처음 맞아보는 곤장이었다. 온몸에 힘을 잔뜩 준 채 이를 앙다물고 버티려 들다가, 혀와 입술을 깨물었다. 엉덩이와 허벅지가 찢기고 피가 흘렀다. 두 눈에 실핏줄까지 터져 관아 건물들이 저물녘처럼 불그스름했다. 그제야 매를 이기려 들지 말란 충고를 알아차렸다. 스물아홉 대까지 헤아리곤 그다음은 기억나지 않았다. 내가 혼절한 후에도 백 대를 악착같이 채웠다고 한다. 지망섭과 장공태가 번갈아 업고, 한시라도 빨리 치료하기 위해 장선마을까지 달렸다. 내 피로 그들의 등이 온통 붉었다.

석 달 하고도 열흘을 꼬박 앓았다. 허리를 세워 앉지도 못한 채 누워만 지냈다. 말문을 막은 엄마가 기어 다니며, 내 입에 풀죽을 억지로 나눠 넣고 핏빛 똥오줌을 받아냈다. 하루 만에 정신은 돌아왔지만 사흘 내내 앓는 소리만 냈다. 나흘째부터는 눈물이 줄줄 흘렀다. 아파서 울고 슬퍼서 울고 억울해서 울었다. 엄마는 물풀처럼 흐물흐물 젖은 내 얼굴을 깨끗한 수건으로 닦고 또 닦았다.

꿈을 꿨다. 낮에도 꾸고 밤에도 꿨다. 소리가 먼저 들려오는 신기한 꿈이었다. 슬픔을 기쁨으로 지우는 이는 많지만, 슬픔을 더 큰 슬픔으로 지우려 드는 이는 드물다. 내가 눈물을 쏟을 때마다, 엄마가 깊고 깊은 산에서 익힌 슬프디 슬픈 대목들을 들려주는 꿈이었다. 가락은 슬펐지만 목소리는 맑고 컸다. 열 마리의 오리, 백 마리의 참새, 천 마리의 벌들이 동시에 우는 듯했다. 엄마는 산공부를 하던 폭포 앞에서 물소리를 단박에 뚫을 때까지, 얼굴이 젖고 가슴이 젖고 아랫도리가 젖어도 떠나지 않았다. 소리를 토하다가 토할 것이 없으면 피를 토했고, 피를 토하다가 그마저 끝나면 기억을 토했으며, 기억을 토하다가 남은 것이 없으면 오장육부를 돌아다니는 것들을 몽땅 끄집어내어 토했다. 꿈을 깨면 엄마는 아무것도 토하지 않고, 내가 토한 것들을 닦기만 했다. 나 때문에 엄마가 얼마나 소중한 것을 잃었는지 비로소 깨달았다.

"먹보는?"

나흘째 정신을 차리고 처음 던진 물음이다. 사흘 동안 사경을 헤매면서도 귀는 열려 있었다. 스스삭! 바람에 흔들리는 오죽잎, 엄마가 앉거나 설 때 내는 끄응! 하는 신음, 돌실이의 컹! 짧지만 단호한 울음. 뒤이어 먹보의 긴 울음이 들릴 법한데, 기다려도 들리지 않았다. 잘 참고 잘 견디는 먹보지만, 별이 제때 뜨지 않으면 흙벽을 뿔로 박으며 울고 또 울었다. 엄마가 내 이마를 가만히 누르며 고개를 저었다. 먹보가 외양간에 없다는 뜻이다. 마름 봉식이 박 진사네 하인들을 앞세우곤 와서, 장닭 대두를 비롯한 닭들과 함께 먹보를 끌고 간 것이다.

웃기는 셈법이었다. 나중에 알았지만, 쌀 쉰 섬과 먹보를 바꾼 것이 아니었다. 마름을 두들겨 팬 잘못을 대곤 백 대로 벌한 것은 곡성현감의 방식이었고, 먹보로 젓값을 물은 것은 박 진사의 방식이었다. 먹보를 빼앗기고도, 쌀 쉰 섬 빚은 고스란히 남았다.

대곤이 엉덩이와 허벅지뿐만 아니라 허리까지 쳤을까. 옆구리에 조금만 힘을 실어도 가슴과 어깨까지 찌르듯 아팠다. 누운 채 똥 누고 오줌 싸는 것만큼이나 죽 먹는 것도 힘들었다. 고개를 모로 돌려 한 숟가락 입에 넣고 혀로 밀어 넘긴 뒤 또 한 숟가락 겨우 받아먹었다. 절반 넘게 방바닥에 흘렸다. 흘린 것을 모아 다시 한 숟가락씩 삼켰다.

"어디서……?"

죽 쑨 쌀이 누구에게서 왔을까. 빌렸을까. 마름을 팼다고 관아에서 곤장까지 맞은 소작농에게 쌀을 꾸어줄 이가 누굴까. 착함이 강물처럼 긴 마을이니, 엄마에게 신세를 진 이웃이 적지 않으니, 몰래 쌀 몇 줌 건넬 의리는 남아 있는 걸까. 내가 죽이나마 먹는다는 사실이 발각되면, 그 이웃도 한통속으로 몰려 고생을 바가지로 할 것이다. 엄마는 입술을 열지 않고 웃기만 했다. 고개를 끄덕이면서 웃고 고개를 저으면서 웃고 고개를 움직이지 않은 채 웃었다. 보름째부터는 숟가락을 받아먹지 않고 버텼다. 식은 죽을 물끄러미 쳐다보던 엄마가 검지를 들어 하늘을 가리켰다. 하늘이 주셨단 뜻이다.

백 일을 누워 지내면 생각이 많아진다. 어떤 생각은 한 번 왔다가 사라지지만, 어떤 생각은 봄처럼 돌아오고 돌아온다. 어떤 생각은 푸릇푸릇한 봄 들을 지나다가 사람과 마주쳐 성난 뱀처럼 고개를 든다. 그 고개가 나무처럼 자라 언덕을 이루고 봉우리까지 뻗어 다른 생각들을 가린다. 나는 결국 참지 못하고 엄마에게 물었다. 질문과 질문 사이 엄마의 표정과 손짓에서 답을 그려보긴 했지만 즉답을 기대하진 않았다. 몸을 쓰지 못하는 내가 그때 할 수 있는 짓이 그것뿐이었다.

"하나만 알려줘요."

"……."

"관기가 아니니 전주에 살 필요가 없었단 건 알겠습니다. 관기 매향을 알던 이들에게서 멀어지고 싶었겠죠. 제가 엄마라면 우선 전라도에서 벗어났을 것 같아요. 곡성이든 화순이든 옥과든 구례든 다들 전주와 연결되어 있으니까. 전라감영이 있는 전주의 맛난 것, 전주에서 벌어진 심각한 사건, 전주의 아름다운 길, 전주에서 요즈음 즐기는 소리와 춤! 소리와 춤에 관심을 둔 전라도 사람이라면, 그 소리와 춤에 능한 이의 이름도 기억해 두려 합니다. 엄마는 곡성에서 소리 한 소절 춤 한 사위 한 적 없지만, 곡성에서 풍류를 즐긴다는 이들은 다들 엄마 명성을 알고 있었어요. 소리와 춤으로 이름을 떨친 전주 시절을 영원히 지우려면, 전라도를 벗어나 멀리 강원도나 혹은 북삼도 그러니까 황해도나 평안도나 함경도 어디쯤으로 숨었어야 합니다. 하필이면 바로 그때 저를 임신하고 있어서였다는 핑계를 댈 건가요. 임신한 몸을 놀리는 것이 쉽지 않았다고 쳐도, 강을 따라 하루만 더 내려가면 하동입니다. 거기서부턴 경상도 땅이죠. 전라도 곡성에 자리를 잡는 것과는 무척 달랐을 거예요. 왜 곡성으로 왔습니까?"

"……."

엄마는 눈으로만 웃었다. 웃음이 새털구름처럼 둥둥 떠다녔다.

"곡성에서 산 공부를 열심히 했었다 그랬죠? 그때만큼 소리가 제대로 나온 적이 없었다고. 하지만 이젠 소리를 접었으니 곡성으로 가서 추억을 곱씹을 이유도 없잖아요? 제가 소작을 시작하기 전 그러니까 예닐곱 살 즈음엔 엄마가 가끔 저를 데리고 강으로도 가고 골짜기로도 갔었죠. 어디였는지는 또렷하게 기억나진 않지만, 제가 계곡물에 발을 넣고 있는 동안 엄마는 어마어마하게 넓은 바위 한가운데 앉아 소리를 했어요. 남들 앞에선 입을 닫았지만 그렇게라도 숨어 소리를 하기엔 곡성의 깊고 험한 골짜기가 좋았던 건가요? 제가 열 살 나던 봄, 소작을 시작하고 새벽부터 저녁까지 들에 머무는 동안, 엄마 혼자 골짜기로 가서 노래를 혹시 계속 불렀던 겁니까? 거기가 산 공부를 한 곳이었나요?"

"……."

엄마의 표정을 살피지 않고 이야기를 더 풀었다.

"그 생각이 첩첩 쌓이다 보니 꿈까지 꿨습니다. 엄마는 여전히 너럭바위에 혼자 앉아 소리를 내지르는 중이었죠. 저는 걸음을 옮겨 엄마 쪽으로 가려다가 바위 건너 솔숲을 봤습니다. 나무가 많고 풀까지 무성해서 그 속에 무엇이 있는지 잘 보이진 않았어요. 하지만 뭔가 있긴 있었거든요. 긴가민가하지만 소리북 장단을 들었던 것도 같습니다. 타고난 소리꾼은 귀신도 감동시킨다 하였으니, 정말 귀신이었을까요. 타고난 소리꾼은 짐승도 모여들게 한다고 하였으니, 혹시 들짐승이었을까요. 아니면 사람? 사람이라면 누구였을까요? 그 사람은 왜 너럭바위로 나와 앉지 않고 숲에 숨어 북을 치며 소리를 들을까요? 곡성에 온 뒤론 현감이 소리를 청해도 거절하던 엄마가 왜 그 사람 앞에선 소리를 했을까요?"

"……."

엄마는 손바닥으로 내 두 눈을 덮었다가 떼더니 고개를 저었다. 꿈이란 것이다. 숲엔 귀신도 짐승도 사람도 없었단 뜻이다.

백 일을 앓고 겨우 걸음을 뗐을 때 이번엔 엄마가 앓아누웠다.

진작부터 아팠지만 장독이 올라 다 죽어가는 나부터 챙기느라 버틴 것이다. 이제 내가 엄마를 돌봐드려야 했다. 새벽부터 눈 내린 들을 가로질러 천덕산으로 향했다. 봄부터 가을까지, 새벽이면 들로 나와 일도 하고 담배도 피우고 논을 향해 혼잣말도 해대던 농부들은 보이지 않았다. 나락을 주워 먹느라 바쁜 참새나 멧비둘기도 없고, 논두렁을 가볍게 넘어 첨벙 물로 뛰어들던 개구리도 없고, 무겁게 고개 숙인 벼도 없었다. 언 땅으로 내려 쌓인 묵은눈을 밟을 때마다 발바닥부터 발가락과 발목과 무릎이 시렸다. 바삐 걷고 싶은 마음이 일어날 때마다 걸음을 늦췄다. 허벅지와 허리와 가슴과 어깨를 지나 앞니가 탁탁 부딪칠 만큼 추운 기운이 올라왔을 때, 멈췄다. 칠 년을 꼬박 돌본 논이다. 쌀 쉰 섬을 갚기 전엔, 다가오는 봄 이 논에 물을 대고 모를 내고 피사리를 하고 추수할 수 없다. 열 번도 넘게 꿰맨 이불을 엄마의 목까지 올려 덮으며 삼킨 말을 꺼냈다.

"엄마! 우리, 떠날까요?"

이동례는 나를 보자마자 부엌에 딸린 뒷골방으로 데려갔다. 해가 지기 전인데도 낮술을 시작한 사내들이 열 명을 넘었다. 그중 서너 명은 안면이 있었다. 이동례의 변명으로 주막에서 술을 훔쳐 마신 일은 운 좋게 넘겼지만, 교졸은 내가 어디서 대취했는지를 여전히 알고 싶어 했다. 지망섭과 장공태가 달래듯 물었지만 답하지 않았다.

"그 눈썹, 여인은 누굽니까?"

"눈썹이라니?"

이동례는 젖은 손을 마른 천에 닦으며 반문했다.

"왜 거짓말하셨습니까? 제가 큰 술독에 든 탁주를 다 퍼마셨다는 걸 아셨지 않습니까?"

"그럼 사실대로 말해? 여기서 초상 날 판인데, 사람 목숨은 구하고 봐야지. 살벌했어, 박 진사네 하인들 눈빛이."

"술독은 왜 깬 겁니까?"

"그게, 씻어내다가 그랬지. 잔뜩 토해놓았으니……."

"죄송합니다."

"장독은 좀 풀렸어?"

"걸을 만합니다."

"다행이야. 며칠을 넘기지 못할 거라는 풍문까지 돌았는데……. 엄마의 지극정성이 아들을 살렸군. 성류 형님은 여전히 말을 못 하셔? 황소까지 빼앗겼다며? 먹을 건 있고?"

주막 술상에는 곡성에서 벌어진 크고 작은 일들이 안주로 올라왔다. 소작농이 마름을 두들겨 팬 것은 백 년 만에 처음 있는 일이었다니, 앞뒤 이야기가 술맛을 돋울 만했다.

"죽을 드셨습니다."

이동례가 내 눈을 똑바로 보았다.

"들풀은 저기 천덕산에서 충분히 뜯어놨습니다. 말려서 걸어둔 것들도 있고. 하지만 죽을 쑬 쌀은 한 톨도 없었습니다. 이웃들도 우리와 엮이는 걸 두려워하고요. 몰래 쌀을 대주셨습니까?"

이동례가 눈물을 글썽였다.

"그러고 싶었지만, 말문까지 막히셨다니 성류 형님을 도와야 하는데, 용기가 나질 않았어. 어둑새벽에 들른다 해도 당고개에서 장선마을까지 오가는 동안 누군가의 눈에 띌 테니까. 내 도움이 오히려 형님을 힘들게 할 수도 있고."

"그 짙은 눈썹은…… 누굽니까?"

다시 물었다.

"몰라. 눈썹 짙은 여자가 한둘인가? 나도 짙어 눈썹!"

이동례가 먼저 웃었지만 따라 웃지 않았다. 캐묻는다고 순순히 알려줄 것 같지 않았다. 사내들이 목청껏 허세를 부리며 주모를 불렀다. 탁주가 떨어진 것이다. 이동례가 일어나 돌아서다가 고개만 돌렸다.

"곡성 뜰 생각 혹시 해?"

족집게였다.

"누가 저 같은 놈에게 소작을 주겠습니까?"

"알긴 아네. 조금만 더 참지 그랬어……."

나 역시 후회하지 않는다면 거짓말이다. 이미 깨진 술독이었다.

"지게는 곧잘 지나?"

질문을 던진 까닭을 몰라 주춤주춤 답을 못 했다.

"땔감이야 늘 해오죠. 추수 때는 벼를 두 섬씩 지긴 합니다."

"겨울은 나야 하니까, 나무나 하며 지내는 건 어때?"

"땔감이 필요하십니까? 제가 해드리겠습니다."

그렇게라도 고마움을 표시하고 싶었다. 주모의 남편이 투전치기를 즐겨 구례와 하동으로 쏘다닌다는 소문을 듣긴 했다. 이동례가 입아귀를 올리며 짧게 웃었다.

"나는 내년 봄까지 넉넉하고. 내일 새벽 일찌감치 지게 지고 동악산 신선바위로 올라가봐. 가봤어?"

"삼 년 전 여름에 기우제 지내러 갔었습니다."

"아, 그때!"

가뭄의 시작이었다.

"거기, 누가 있습니까?"

"당연히, 신선이 계시지."

삼 년 전, 똥도 참고 오줌도 참고 동악산을 올랐다. 사내들이 앞장서고 여인들이 뒤따랐다. 신선바위에 도착한 사내들은 바위에 대고 똥을 싸고 오줌을 내갈겼다. 여자들은 그 곁에서 술판을 벌이고 먹고 마시며 떠들어댔다. 푸른 하늘을 향해 삿대질하며 욕을 퍼부었다. 목욕재계하고 두 손 모아 비를 내려주십사 기원하는 다른 고을 기우제와는 딴판이었다. 신이 홧김에 비를 뿌리도록 만들려는 것이다. 나도 신선바위에서 다섯 번이나 오줌을 내갈겼다. 이런다고 비가 올까 싶었는데, 동악산을 내려와서 장선마을에 닿기도 전에 비가 흩뿌리기 시작했다. 이 비는 하늘에서 들려오는 소리와도 같을까. 소리가 소리로 들릴 때도 있지만 때론 물이나 불로 내려오기도 했다. 사랑의 소리일 때도 있었고 분노나 저주의 소리일 때도 있었다. 빗방울이 점점 힘찼다. 나무들이 먼저 웃자 사람들도 따라 웃었다. 누가 나무고 누가 사람인지 구별하기 힘들 정도였다.

바둑통과 바둑알

색을 칠하진 않았다. 흙을 고르고 뜨거움을 달리하니 흰 것은 더 희고 검은 것은 더 검었다. 돌보다 단단했다. 아가다도 나도 바둑을 둘 줄 몰랐고 바둑판도 없었다. 가끔 느릅나무 그루터기에 마주 앉아, 나이테를 따라 바둑알을 놓곤 했다. 아가다가 흑을 쥐면 나는 백, 아가다가 백을 쥐면 나는 흑. 나오면 들어갔고 오르면 내렸으며 흩어지면 뭉쳤고 굽으면 폈다. 파면 채웠고 박으면 뽑았고 타오르면 얼어붙었다. 먼 미래를 이야기하면 더 먼 과거를 노래했다. 차디찬 겨울, 바둑만으로 넉넉하게 보냈다는 고승들 이야기가 허풍이 아니었다.

신선이라기엔 덩치가 너무 컸다. 머리카락이 한 올도 없어서 처음엔 도림사 승려인가 싶었다. 바위를 딛고 서기 무섭게 술 냄새가 코를 찔렀다. 아침 햇살이 스러지기 전인데도 벌써 술잔을 꽤 기울인 것이다. 나중에 알았지만 사내는 평생 하루에 한 끼만 먹었다. 그날은 아침밥 대신 곡주를 석 잔 연거푸 들이켠 후 산을 탄 것이다. 바람이 코와 귀를 동시에 얼릴 만큼 차가웠다. 혹시 얼어 죽은 것은 아닌지 가까이 다가가서 살폈다. 얼굴과 목은 갈맷빛인데, 볼은 달처럼 부풀고 턱은 세 겹이었다. 사내가 눈을 번쩍 뜨더니 팔을 뻗어 멱살을 쥐곤 물었다.

"웬 쥐새끼?"

나는 캑캑거리며 겨우 당고개 주모 이름을 댔다. 사내는 나를 끌어안더니 등을 토닥였다.

"잘 왔어. 논흙보단 나무 만지는 게 훨씬 편해. 나무는 해봤나?"

"겨울을 나야 하니까요."

장선마을 아이들은 대여섯 살부터 제 몸에 맞는 지게를 지고 나무를 했다. 나도 예외는 아니었다. 사내는 세워놓은 내 지게를 턱짓으로 가리키며 물었다.

"하루에 몇 짐이나?"

"논일 마친 후 한두 짐씩 했죠. 벼 베고 종일 다섯 짐을 나른 게 제일 많이 한 겁니다."

다섯 짐을 옮긴 날은 저녁을 먹기도 전에 곯아떨어졌다. 지게에 얹은 나무가 돌이 되고 쇠가 되는 악몽까지 꿨다.

"그걸로는 부족해. 매일 최소한 열 짐은 해야지."

열 짐을 진 채 허리를 펴고 무릎에 힘을 주며 산길을 오르내릴 수 있을까. 어쩌다 하루도 아니고 매일 열 짐을?

"저는 논흙이 편합니다. 나무도 좋아하지만, 나뭇짐을 지는 쪽이 아니라 심고 돌보는 걸……."

나무꾼 대신 다시 농부로 돌아가고 싶다는 뜻을 돌려 말했다.

"사람이 왜 이랬다저랬다 해? 보름만 따라와. 흙 만지며 사는 것보다 백배 낫다고 내게 절하며 고마워할걸."

동악산과 동이산과 천덕산, 사내는 곡성의 세 산에서만 나무를 했다. 심마니나 산포수 들이 지리산에 금강산 혹은 백두산과 한라산을 논할 때도, 다른 산을 오르고 싶은 욕심은 없었다. 누군가 평생 탁주를 대준다면 그날로 지게를 벗어 던지고 순자강에 낚싯대 드리운 채 세월을 낚았을 것이다. 사람들은 그를 곡곰이라 불렀다. 곡성의 세 산과 그에 딸린 골짜기만 돌아다니는 곰.

곡곰은 다 자란 불곰과 맞설 정도로 덩치가 클 뿐 아니라, 한 짐 가득 지게를 지고 비탈길을 뛰어다닐 만큼 날렵했다. 크기와 무게가 각기 다른 도끼들을 틈만 나면 숫돌에 갈았다. 나무를 벨 때나 창고에 머물 때, 곡곰은 양지바른 언덕의 갈매나무 같았다. 떼로 몰려와 자신들이 거쳤던 숲을 자랑하는 오목눈이들의 수다에도 묵묵한 갈매나무, 어미 멧돼지가 새끼 멧돼지들 보란 듯 어깨로 쿵쿵 들이받아도 가만한 갈매나무, 탁족 마친 사내들이 사냥이랍시고 쏜 화살이 날아와 박혀도 고요한 갈매나무. 그렇듯 침묵을 지키다가도 누군가 나무 이야기를 꺼내면, 작달비를 맞는 나무나 발등눈이 내리는 나무나 된바람에 휘청대는 나무 이야기를 끊임없이 이어갔다. 가지에 가지를 치고 뿌리에 뿌리가 돋았다. 돌도 흙도 풀도 물도, 엄청나게 비싼 값으로 팔리는 산삼이나 범 가죽도 관심을 끌지 못했다. 곡곰이 세 산의 나무들을 죄다 심었다면 허풍이겠지만, 각각의 나무들이 언제부터 그 자리에 있었고 자라면서 어떤 일을 겪었는지를 그보다 더 잘 아는 이는 없었다. 의자든 마루든 대들보든, 손바닥으로 쓸기만 해도 수령樹齡과 재질을 술술 읊었다. 사자를 피하다가 곰을 만나 낭패를 본다는 이야기를 훗날 듣기도 했지만, 곡성 산골짜기에서 곡곰을 만난 건 최고의 행운이었다. 세 산 어디에서든 안전할 것이고, 또 탁주 몇 사발로 대목수의 솜씨를 구경할 기회도 생길 듯했다.

훗날 천주를 떠받드는 교인들에 대해 곡곰과 이야기 나눌 기회가 있었다. 그때 곡곰이 궁금하게 여긴 것은 십자가에 매달린 사내의 말과 행동이 아니라 십자가 그 자체였다. 그는 세상 나무들에 두루 관심이 많았다. 조선 팔도에 없는 나무, 나아가 청나라에도 없는 나무가 등장하면, 긴 시간을 들여 꼼꼼하게 묻고 듣고 따졌다. 게다가 십자가에 매달린 사내 예수의 직업이 목수라고 하자 더더욱 관심을 쏟았다.

곡곰은 농담을 진담처럼 하고 진담을 농담처럼 했다. 나는 언제 웃어야 할지 몰랐던 탓에 한동안은 농담이든 진담이든 웃지 않았다. 그는 독생자 예수가 목수 일에는 서툴렀을지도 모른다는 이야기를 내게 했다. 홀로 산속에서 긴 시간을 나무하고만 지내면, 마을을 이루며 사는 사람들과는 다른 생각을 품는다고도 했다.

첫날 나는 곡곰에게 그토록 빼어난 솜씨를 지닌 목수라면서 힘들게 산을 오르내리며 나무를 해온 이유를 물었다. 곡곰은 눈꺼풀에 걸쳤던 졸음을 털어내곤 손바닥을 마주치며 입바람을 후후 불었다. 겨울을 견딘 나뭇가지에서 홍매화를 피우듯 뜨겁게 이야기를 쏟아냈다.

"흙이 다 같은 흙이 아니듯 나무도 다 같은 나무가 아냐. 이 나무 저 나무 긁어모아 땔감이라고 무게를 달아 파는 짓은 하지 않는다 이 말씀이지. 나무를 미리 정하고 가서 벨 건 베고 거둘 건 거둬. 산을 타다가 우연히 좋은 놈을 만나는 식으로는 일하지 않아. 그러니 네가 가장 먼저 할 일이 뭐겠어? 나뭇짐은 열흘 뒤부터 시작하고, 그때까진 동악산과 동이산과 천덕산을 다니며 어디에 어떤 나무가 얼마나 있는지 파악해. 너 혼자 알아 오라 하면 십 년이 가도 다 못 할 거야. 지리산보다 낮다고 세 산을 우습게 보면 안 돼. 곡성 산들의 특징이 뭔 줄 알아? 골이 깊다는 거야. 골짜기에 갇히면 순식간에 길을 잃어. 좋은 나무를 발견하고도 다음에 다시 그 나무가 있는 숲으로 찾아들지 못한다 이 말씀이야. 그러니 여기 이것들부터 완벽하게 외워."

곡곰이 품에서 두루마리를 꺼내 던졌다. 묶은 실을 풀고 펼치니, 동악산 동이산 천덕산의 지형을 각각 그린 지도가 석 장이었다. 붉은 동그라미로 숲의 위치와 나무의 수량을 표시했다. 동그라미 하나가 백 그루였다. 특별히 기억할 나무는 따로 선을 긋고 이름을 썼다. 천덕산 미륵골 천 년 묵은 은행나무가 제일 먼저 눈에 들어왔다. 그 나무의 이름은 놀랍게도 '우부목又父木'이었다. 또 아버지 나무. 엄마가 그 나무를 내 아빠로 지목한 이유가 있었다. 곡성에서 자라는 모든 은행나무의 아버지란 뜻과 함께 사람 아버지가 아닌 나무 아버지란 뜻도 담기지 않았을까.

"나무를 옮기긴 하겠습니다만 베진 못합니다."

나는 심각했지만 곡곰은 대수롭지 않게 받아넘겼다.

"처음엔 다 그래. 도끼질이 쉽진 않지. 자꾸 하면 늘어. 보고 배워. 밤에 혼자 도끼질 연습도 하고."

"그게 아니라…… 도끼질을 하고 싶지 않습니다."

"왜?"

"나무를 죽이는 짓이니까요."

"장선마을에 사는 동안에도 나무를 한두 짐씩 했었다며?"

"땅에 떨어진 가지들만 주워 담았습니다."

"헛소리! 내가 나무를 자르는 건 못할 짓이고, 네가 벼를 베는 건 괜찮아?"

나는 이랑에서 두더지가 튀어나오듯 받아쳤다.

"벼는 어차피 겨울이 오면 다 죽습니다. 나무는 겨울을 이겨내고 봄을 맞지요."

곡곰이 코웃음을 쳤다.

"억지도 가지가지 한다. 어차피 겨울을 못 넘기니 가을에 베었다고? 한살이가 끝나 저절로 시들어 죽는 거랑 낫으로 베는 건 차이가 커."

"벼를 베어야, 낟알을 모으고 탈곡을 해서 쌀을 얻지요."

"나무도 마찬가지야. 감이든 밤이든 열매 맺는 나무에게 도끼를 들이대는 일은 거의 없어."

"나무도 모두 열매를 맺습니다. 사람이 먹느냐 못 먹느냐의 차이죠."

곡곰이 짜증을 냈다.

"꼬박꼬박 말대답이군. 벼 베는 농부는 멀쩡하고 나무 베는 나무꾼은 잔인하다 이건가?"

나는 태어나서 지금까지 언제나 농부였다. 들에서 흙을 일구고 씨를 뿌리고 모를 내고 잡풀을 뽑았다. 벼나 보리 혹은 토란에 대해선 밤을 새워 이야기할 수 있지만, 나무를 베고 옮기고 다듬고 지키는 나무꾼의 마음은 몰랐다. 조심스럽게 한 걸음 물러났다.

"벼 베기와 나무 베기의 같고 다름에 대해 더 고민해 보겠습니다. 당분간은 도끼질을 배우고 싶진 않습니다. 그 대신 짐은 부지런히 나르겠습니다."

"그렇다면 하루에 열다섯 짐."

다섯 짐을 늘린 것이다. 제안을 받아들였다.

강을 낀 들의 겨울과 골 깊은 산의 겨울은 하늘과 땅 차이였다. 장선마을의 겨울은 물안개와 함께 왔다. 가을에는 새벽에만 잠시 들렀다 가던 물안개가 겨울에는 진시辰時, 아침 7시~9시가 끝날 때까지 순자강은 물론이고 장선마을과 앞들까지 뒤덮었다. 물안개가 퍼지면 들을 두른 산들이 전혀 보이지 않았다. 물새는 둥지에서 젖은 깃을 다듬었고 수달은 모래톱으로 올라와선 밀린 똥을 쌌다. 바람에 안개가 살짝 밀리기만 해도 물 먹던 고라니는 고개를 들곤 달아났다. 대한大寒에도 순자강은 좀처럼 얼지 않지만 나루로 나온 사공은 없었다. 안개 자욱한 강에서 배와 배가 부딪치기라도 하면 더 많이 다치고 더 빨리 가라앉았기 때문이다. 물안개가 올라오지 않는 천덕산 창고에서 맞는 겨울 새벽은 맑고 건조했다. 흐릿한 구석이 한 군데도 없었다. 잎 다 떨어지고 앙상하게 선 나무는 나무대로, 시든 풀은 풀대로, 새나 쥐의 뜯긴 몸은 몸대로 또렷했다. 쨍한 삶과 분명한 죽음이었다.

곡곰은 도끼질을 배우지 않겠다는 내게 오히려 강조했다. 탐나는 나무가 있더라도 맘대로 베면 안 된다고. 그딴 짓을 하다간 곤장을 맞거나 옥에 갇히거나 아예 목숨이 달아날 수도 있다고. 곤장이란 단어에 손이 저절로 엉덩이로 갔다. 다시는 곤장 틀에 묶여 엎드리고 싶지 않았다.

"제 집 아궁이에 땔 나무를 하는 거야 눈감아줘. 하지만 우리 일은 달라!"

곡곰은 관아 아전들을 두루 챙겼다. 벌어들인 돈의 절반을 곡성 이방 류태종柳泰鍾에게 정기적으로 바쳤고, 철마다 고기와 생선과 과일을 따로 보냈다. 그 돈과 선물이 현감에게 얼마나 올라가는지는 모르지만, 간혹 아전이나 교졸 들을 언덕이나 고개에서 마주치더라도, 방해받거나 제지당하거나 끌려간 적은 없었다. 오히려 그들에게서 부탁을 받았다. 바쁘고 힘들고 남는 게 없다며 엄살을 부렸지만, 나무를 따로 골라 챙겨달라는 부탁을 곡곰이 거절한 적은 없었다.

나무를 자르자마자 지게에 지고 주문한 이에게 곧장 가져가는 경우는 손에 꼽았고 대부분은 창고에 넣어두고 충분히 말렸다. 굵고 긴 나무를 넣기 편하도록 문은 높고 넓었으며, 통풍을 위해 사방으로 창문도 냈다. 세 길이 넘는 나무를 세워두고도 남았는데, 비탈에 땅을 두 길이나 판 다음 집을 올린 덕분이었다. 그런 창고가 동이산에 하나, 동악산에 하나, 천덕산에 하나가 있었다. 나무들은 창고로 옮겨져 짧게는 한두 달 길게는 몇 년씩 묵었다. 벌목하러 나가는 곡곰과 동행하지 않는 날엔 창고에 머물렀다. 벌레 먹거나 휘거나 벌어진 나무를 골라내면 곡곰이 돌아와서 적절한 처분을 내렸다. 흠결이 생긴 나무를 섞어서 팔진 않았다. 땔감으로 두거나 창고에 필요한 목가구들을 뚝딱뚝딱 만들었다. 흠결을 고치는 곡곰의 솜씨가 출중했다.

악산惡山이 따로 있는 것이 아니다. 겨울 산은 모두 악산이다. 산에 앉는 눈은 들에 내리는 눈보다 열 배는 더 사람을 힘들게 했다. 들이나 강가 마을에서라면, 폭설이 내리더라도 길과 담과 집은 구별했지만, 산에선 한 걸음도 편히 내딛기 어려웠다. 설이雪異라도 들이친 날이면 들짐승은 물론이고 새 한 마리 날지 않았다. 나 빼놓고 이 산에 아무도 없는 듯한 착각이 들 정도다. 눈발이 날리기 시작하면 반가움보다 두려움이 앞섰다. 고립을 대비하여 쌀과 반찬과 장작을 넉넉히 마련해 두었어도, 겨우겨우 다닐 곳이 마당 안으로 줄었고, 할 일도 그만큼 적었다.

하루나 이틀은 눈꽃 핀 나무와 눈이 끝내 덮지 못해 더 어두운 빛깔의 바위와 깔린 눈이 달빛에 비쳐 밤에도 새하얀 숲을 음미하며 시간을 보냈지만, 그다음부터는 밖을 내다보는 횟수가 현저하게 줄었다. 눈 때문에 갇힌 것이 아니라 스스로 할 일이 있어 겨울 산에 남았다는 착각이 들 만큼, 창고에 틀어박혀 이것도 해보고 저것도 해보았다. 가지런히 뉜 나무들의 위아래를 바꾸기도 하고, 축축하고 마른 정도를 따져 풀거나 묶었지만, 곧 지루함이 밀려들었다. 지루하기 시작한 뒤로는 잠도 서산심마니들의 은어로 쥐처럼 달아났다. 깊은 밤 마당으로 내려서면, 외로이 찍힌 내 발자국이 보였고, 가라앉힐 수 없는 화가 치밀었다. 겨우 눈길을 헤치고 천덕산에서 동악산 혹은 동악산에서 동이산에 도착해도 사정은 나아지지 않았다. 반나절만 눈이 더 오면 옮겨 간 창고에 또 갇혔던 것이다. 식량이나 장작이 넉넉한데도 겨울 산막에서 스스로 목숨을 끊은 나무꾼 이야기를 들었다. 지루함이 자살의 원인이란 것은 들에 사는 농부들은 받아들이기 어렵다. 나는 그 겨울 세 산을 오가며, 또 창고에 갇혀 지내면서, 눈이야말로 나무꾼을 괴롭히는 가장 무서운 적이란 걸 느꼈다.

눈이 녹고 길이 다시 보일 즈음, 길치목이 창고에 나타났다. 언제나처럼 사냥한 토끼 한 마리를 선물이라는 듯 던졌다. 곡곰과는 안면이 있는지 길치목이 꾸벅 머리를 숙여 인사했다. 곡곰이 가볍게 받았다.

"아버진 안녕하시고?"

길치목의 아버지 길태식吉太植 역시 하삼도에서 유명한 산포수였다. 산포수와 나무꾼이 서로 알고 지내는 건 당연했다.

"여전하십니다."

"죽곡 당동 마을에 아직 계시지?"

"아버진 거기 사시죠."

길태식이 산포수일 때는 장선마을에 살았지만, 총을 놓고 토란 농사를 시작한 오 년 전부터 죽곡으로 거처를 아예 옮겼다. 범에게 옆구리를 물려 내장이 흘러나오고도 목숨을 건진 뒤였다.

"날 풀리면 찾아뵙겠다고 말씀드려라."

곡곰이 내 손에서 토끼를 넘겨받아 나갔다. 창고에 붙은 움집 부엌에서 토끼의 배를 가르고 피를 빼고 가죽을 벗기려는 것이다. 길지목은 발소리가 멀어지길 기다렸다가 종주먹을 보이며 말했다.

"나랑 가!"

"어딜?"

"곡곰, 저치 밑에서 몇 명이나 죽어나간 줄 알아?"

"죽다니?"

"나무를 지고 험한 산길을 오르내리다가, 어떤 이는 절벽에서 떨어져 죽고 어떤 이는 멧돼지에 들이받혀 죽고 어떤 이는 동상에 걸려 다리가 썩어 죽고. 그렇게 죽은 나무꾼이 내가 아는 사내만 다섯이야. 팔다리가 부러지거나 허리를 다쳐 반병신이 된 이는 열 명이 넘는다고. 너도 일해 봤으니 얼마나 고된 줄 알 거 아냐. 그래도 계속 여기 있을 거야?"

숨이 막혔다. 내가 맞닥뜨린 어려움을 정확히 짚은 것이다. 장선마을에서 하던 나뭇짐과는 비교할 수 없었다. 그때는 나뭇가지를 주워 묶어 옮기는 것이 전부였다. 이곳에선 곡곰이 자른 굵고 단단한 나무들을 지게에 지곤 가파르고 좁은 산길을 오르내려야 했다. 눈이라도 내린 날엔 두 손을 땅에 붙인 채 개처럼 기었다. 곡곰에겐 반나절이면 끝날 일을, 나는 닷새고 열흘이고 매달려야 했다. 그마저도 성공하지 못해 처음으로 되돌아가는 경우가 적지 않았다.

"들로는 못 가. 논으론 못 돌아간다고."

장선마을로 돌아가면, 박 진사네 하인들에게 끌려가서 몰매를 맞을 것이다. 박웅이 곡성뿐만 아니라 옥과와 구례까지 소문을 냈을 테니, 내가 소작할 땅은 없었다.

"마름 두들겨 패고 장선마을에서 사라졌다기에 어디 먼 데 가서 꼭꼭 잘 숨어 있겠거니 했는데, 도망친 데가 고작 여기야? 곡성에서 가장 지독한 나무꾼 밑에서 일하다 뒈지겠다고? 가! 차라리 나랑 같이 다녀. 일어나 얼른."

길치목이 서두를수록, 나는 눈만 끔벅거렸다.

"그냥…… 나무나 할래."

"왜?"

천덕산 창고로 옮겨 밤을 보낸 뒤였다. 그 새벽엔 지게 가득 소나무 죽데기만 담았다. 죽데기는 아주 센 불을 붙일 때 필요했다. 겹으로 감발을 했는데도 찬 기운이 발목을 지나 무릎까지 올라왔다. 곡곰은 죽데기를 나보다 네 배나 지고도 성큼성큼 앞서 걸었다. 하산하거나 골짜기로 빠지는 것이 아니라 능선을 타고 올라갔다. 봉우리 근처 어딘가에 암자라도 있는 걸까. 울창한 솔숲으로 들어갔다. 숲까지는 길이 났지만 이제부턴 길도 없었다. 가파른 절벽 위에 암자가 더러 있긴 해도 오가는 길은 마련해 두는 법이다. 그 길을 안전하게 걷는 것 역시 수행이라 했다. 나는 결국 발을 헛디뎌 넘어졌다. 곡곰이 되돌아와선 내 짐까지 제 지게에 올리며 물었다.

"다친 덴?"

"길이 없잖습니까?"

곡곰이 지게 작대기로 내 이마를 때렸다.

"넌 땅 보고 가지? 난 나무 보고 간다. 길은 땅에 있는 게 아니라 나무에 있어. 그걸 알아야 진짜 나무꾼이지. 비 오고 눈 내리고 잡풀 무성하게 자라면 길은 덮이거나 무너지지만, 나무는 그렇지 않거든. 가지 몇 개 꺾이거나 부러져도, 나무와 나무가 이어져 만든 길은 변하질 않아. 땅을 보고 걸으면 자꾸 넘어져. 오늘부턴 나무를 봐. 땅을 기억하지 말고 나무를 기억하라고. 알아들어?"

죽데기를 풀어놓은 곳은 눈이 잔뜩 쌓인 응달이었다. 사철 푸르른 솔숲 한가운데에 참나무가 스무 그루쯤 몰려 자랐다. 그중에서도 한 그루가 유난히 넓게 가지를 뻗었다. 숲속 참나무 아래 응달! 곡곰식으로 장소를 외웠다.

"안 내려갑니까?"

곡곰은 발감개를 고쳐 매고도 지게를 지지 않았다. 부려놓은 죽데기들이 훤히 보이는 소나무 뒤에 서선 담뱃대를 꺼내 물었다. 연기가 모락모락 올라갔다. 농부들은 너나 할 것 없이 담배를 가까이했다. 배앓이를 해도 담배를 피웠고 속 기침이 잦아도 담배를 피웠고 등이나 배에 두드러기가 나도 담배를 피웠고 궁리할 문제가 생겨도 담배를 피웠다. 담배가 없으면 이 고생을 어찌하느냔 푸념을 자주 했다. 그러나 나는 농부들이 탁탁 논에 털어대는 담뱃재를 볼 때마다, 내 집 안방을 더럽히는 것만 같아 싫었다.

"빈 지게로 갈 순 없지."

곡곰이 담뱃대로 소나무 밑동에 무엇인가를 끼적거리며 알 듯

말 듯 웃었다. 역시 암자가 있는 건가. 이처럼 깊고 높은 겨울 산에 외따로 머물 사람이 승려들 외엔 없을 듯했다. 참나무 사이로 무엇인가가 움직였다. 너무 빠르고 너무 가볍고 너무 조용했기에, 노루나 여우라고 여겼다. 응달로 나온 것은 놀랍게도 사람이었다. 한 명도 아니고 열 명이 쥐 죽은 듯 걸음을 옮겼다. 그들은 곡곰과 내가 내려놓은 죽데기를 각자의 지게에 나누어 진 뒤 참나무 사이 왔던 길로 들어갔다. 마지막 죽데기를 지게에 얹은 이가 붉은 보자기를 응달에 내려놓고는 곡곰과 내가 숨은 소나무를 쳐다보았다. 얼굴이 그제야 보였다. 곧고 짙은 눈썹이 내 가슴을 때렸다.

보자기를 펼치자 흙으로 빚은 바둑통이 두 개 나왔다. 바둑통 안에는 마찬가지로 흙으로 빚은 흰 돌과 검은 돌이 가득 들었다. 바둑통을 열고는 흡족하게 웃는 곡곰에게 물었다.

"이게 뭡니까?"

"뭐긴 뭐야, 죽데깃값!"

글자판

편백나무로 만들었다. 나무함에 넣고 다니기 편하도록, 글자가 한 손에 쏙 들어갈 정도로 작다. 눈을 감고 함에 손을 넣어 잡히는 대로 소리 내어 읽기도 했다. 곡곰에게 언문을 배웠는데, 그의 발음이 정확하지 않아서 어려움을 겪었다. 나무꾼들이 대부분 그러하듯이, 곡곰도 나무를 베고 옮길 때 힘을 쓰느라 이를 꽉 다무는 바람에 어금니들이 부러지거나 뽑힌 것이다. 'ㅈ'과 'ㅊ'이 특히 많이 헛갈렸다.

내가 글을 배울 줄은 몰랐다. 흙 만지고 벼 키우는 법을 가르쳐 준 장선마을 농부들은 낫 놓고 기역 자도 몰랐다. 하늘의 소리는 하늘에서 듣고 땅의 소리는 땅에서 듣고 벼와 보리의 소리는 벼와 보리에서 들으면 그만이니까. 그걸 다시 옮겨 쓰거나 읽을 필요가 없었다.

"짙은 눈썹? 그랬던가?"

곡곰은 처음 듣는다며 대수롭지 않게 받아넘겼다.

"이름이 뭡니까? 사는 곳은요?"

"여인으로 둔갑한 산도깨비냐고 묻진 않네."

"봤습니다."

"봤어, 전에도? 어디서?"

짙은 눈썹을 가진 또래 여자를 만났던 순간들을 털어놓았다. 곡곰은 담뱃대를 뻐금뻐금 빨면서 듣기만 했다. 당고개 주막에서의 일까지 듣고 나선 잘라 말했다.

“몰라 나도.”

“모르신다고요? 그들에게 나무를 팔아왔던 거 아닙니까?”

“거래를 텄다고 이름과 거처를 알아야 해? 넌 거래가 뭔지도 모르는구나. 거래라는 건 내 걸 최대한 감추고 상대방 걸 최대한 알아내는 데서 출발해. 그래야 내게 유리하거든. 그들과의 거래 조건 중엔 얼굴을 확인하지 않고 말을 섞지 않는다는 게 들어 있었어. 그러니 여자인지 남자인지 눈썹이 옅은지 짙은지 몰랐지.”

“말을 섞지 않고 흥정을 어찌합니까?”

“글을 섞으면 돼.”

“글?”

“글 몰라?”

“…… 모릅니다.”

“까막눈이다?”

“언제 배우셨습니까?”

“나무를 팔다 보니 이런저런 문서가 필요하더라고. 그때마다 사람을 사서 대필시키기도 어렵고, 거래하는 쪽에서 내민 문서를 검토하지 않고 수결手決할 순 없더라고. 장사판에서 누굴 믿겠어. 목마른 놈이 우물 판다고, 언문을 배웠지. 의논할 게 있으면 간단히 서찰을 주고받아.”

“어제는 그럼 어떻게 연락이 온 겁니까?”

“화살.”

“화살이라고요?”

“서찰을 화살에 묶어 쐈어. 일 년에 한두 번, 급히 나무가 필요할 땐 그리하더라고. 솜씨가 제법이라서, 나를 맞힌 적은 없고, 내게서 제일 가까운 나무에 어김없이 박혀."

"눈썹, 그녀가 활도 쏩니까?"

"직접 쐈을 수도 있고 다른 이를 시켰을 수도 있고. 하여튼 그 눈썹과 통하고 싶으면 몇 자 써서 보내."

"대신 써주시겠습니까?"

"싫어."

"글값은 드리겠습니다. 몇 짐이면 되겠습니까?"

"나무꾼 다 됐네. 나뭇짐으로 흥정을 하겠다? 그딴 걸로 해결 못 할 일도 있단 걸 알아야 해. 그토록 간절하다면 배워."

"어느 세월에 배웁니까?"

"한 달이면 돼, 언문은."

"그렇게 금방 끝낸다고요?"

"글자를 익히는 건 사나흘이면 되고. 짧은 서찰이라도 쓰려면 한 달."

곡곰이 솔가지를 뚝뚝 부러뜨려 언문 자모를 만들었다. 가을의 가 나무의 나 다람쥐의 다……의 시간이 시작되었다. 곡곰은 한 달이면 충분하다고 장담했지만 나는 믿지 않았다. 꾸준히 오래 할 자신은 있어도 빨리 익혀 써먹는 덴 서툴렀다. 온종일 언문만 익히는 것이 아니라, 여전히 세 산을 돌며 나뭇짐을 날라야 했다. 피곤이 바윗덩이처럼 등을 눌러 글자판을 꺼내다가 잠든 적도 있었다. 당고개 주막에서 깨진 술독 조각들을 가져와선 참나무 아래에 두었다. 눈썹 짙은 여인이 그것들을 만지며 나를 기억해 주길 바라는 마음에서였다. 닷새 후 다시 참나무 아래로 갔다. 조각들은 여전히 그 자리에 있었다. 편히 쉴 만한 곳이라 여겼는지 토끼들이 동글동글한 똥까지 싸놓았다. 다녀갔을까. 산도깨비처럼 흔적이 전혀 없었다.

한 달이 지나고 천덕산 미륵골 은행나무 앞에 매화가 피었다. 꽃을 보며 첫 서찰을 썼다. 단 한 줄이었다.

—내 이람 들녁

'이람'은 '이름', '들녁'은 '들녘'이라고 적었어야 한다. 답장은 없었다.

두 번째 서찰도 역시 한 줄이었다.

—당고개 주막 본다

'당고개 주막에서 당신을 봤소'라고 적었어야 했다. 단어들을 나열할 순 있지만, 내 마음을 서찰에 담기엔 턱없이 부족했다. 역시 답장은 없었다.

세 번째 서찰은 두 줄을 썼다. 답답한 마음에 한 줄을 더 얹은 것이다.

—곡곰과 함께 나무합니다
이름이 무엇입니까

곡곰에게 미리 보여준 덕에 '곡곰' 다음에 '은' 대신 '과'를 넣고,

이름 다음에 '과' 대신 '이'를 넣을 수 있었다. '곡곰' 다음에 '은'을 넣었다거나 '이름' 다음에 '과'를 넣는 것이 얼마나 어색한지 깨달았다. 나중에 서찰을 한 장 가득 채울 수 있게 된 후에도 '은는'과 '이가'는 자주 헷갈렸다. 곡곰도 마찬가지였다.

네 번째 서찰은 석 줄을 썼다. 곡곰에게 보였더니, 문장을 고치는 대신 엉뚱한 지적을 했다.

"그만하지? 잘 쓰기도 어렵지만, 쓴다 한들 답장할 마음이 없으면 끝이야."

"마음이 있는지 없는지 어찌 압니까?"

"세 통이나 보냈잖아? 한두 번은 마음이 흔들릴 수도 있어. 하지만 세 번이나 답장이 없으면 끝내는 게 낫지. 홍정도 딱 세 번이야. 그 이상 하면 매달리는 꼴이라서 최악으로 떨어지고 만다고. 아쉽겠지만 여기서 관둬!"

개나리를 꺾어 서찰 위에 얹었다.

—내 이름은 들녘입니다
장선마을에 삽니다
당신을 알고 싶습니다

답장은 없었다. 진달래 한 송이가 대신 놓였다. 눈을 비비고 다시 봐도 진홍빛이 아니라 흙빛이었다.

진달래

하나하나 떼어 화전이라도 부치고 싶을 만큼 얇다. 세울 순 없고 뉘어 놓은 채 내려보아야 한다. 나를 위해 흙으로 빚은 것은 이 꽃이 처음이다. 왜 하필 진달래인지 그 후로도 따져 묻진 않았다. 개나리를 두었으니 진달래로 답한 것이라면, 진달래를 두었으면 개나리로 답했을까.

곡곰은 내가 가져온 흙빛 진달래를 보며 감탄했다. 자신이 나무로 깎아도 저렇듯 똑같이 만들진 못한다고. 나는 머리맡에 진달래를 두곤, 그만두려 했던 서찰을 다시 썼다. 동이산이나 동악산 창고에서 묵더라도, 해 뜨기 전부터 서둘러 서찰을 품고 천덕산을 올랐다. 다섯 통이 열 통이 되고 열 통이 서른 통이 되었다. 다섯 줄이 열 줄이 되고 열 줄이 스무 줄이 되었으며, 한 장을 채우고도 모자라 한 장을 더 썼다. 새벽에 일어나 늦은 밤 잠들 때까지 머릿속으로 문장을 만지고 또 만졌다. 밥을 먹으면서도 만지고 나무를 베면서도 만지고 능선을 타거나 골짜기로 들면서도 만지고 곡곰의 나무 이야기를 들으면서도 만졌다. 그렇게 만지다 보니, 종이를 펼친 후 붓을 들자마자 적어 내려갈 문장들이 앞다투어 떠올랐다. 거기서 곧바로 붓을 놀리지 않고 멈춘 채, 다시 한번 눈을 감고 문장을 만졌다. 양만 늘어난 것이 아니라, 단어도 풍부하고 문장도 가지런했다. 곡곰이 자신보다 내가 더 서찰을 잘 쓴다고 인정할 정도였다. 벚꽃에 철쭉까지 꺾어 서찰 위에 올렸지만 그 후론 답이 없었다. 그녀가 서찰을 읽지 않는 것은 아니다. 내가 서찰을 써서 참나무 아래로 가면, 전에 뒀던 서찰은 사라지고 없었다.

"진달래가 처음이자 마지막인가 봐."

곡곰은 또 가장 불길한 방향으로 단정 지었다. 나는 새끼줄로 나뭇단을 묶으며 답하지 않았다. 대꾸하다 보면 그가 상상하는 어두컴컴한 굴로 끌려 들어갔다. 그는 쉽게 빠져나왔고, 나 홀로 굴 안에서 걱정 근심에 휩싸이곤 했다.

"마름 두들겨 패고 들에서 쫓겨나 산에서 나무나 하는 놈에게 답장할 처녀가 어디 있겠어? 한 걸음 다가오면 열 걸음 물러나는 게 당연하지. 포기해 그만."

그 말이 저주였을까. 나는 한동안 서찰을 쓰지 못했고 참나무 아래에 올려두지도 못했다. 새벽에 길치목이 헐레벌떡 천덕산 창고로 왔다. 엄마가 방에서 아예 나오지 못하신다고 했다. 곡곰에게 알리지도 않고 곧장 하산했다. 당고개를 넘고 앞들을 가로질러 장선마을로 갔다. 마당에 묶인 돌실이가 꼬리를 흔들다 말고 힘없이 엎드렸다. 방으로 들어서자 악취가 코를 찔렀다. 적어도 사나흘을 내리 굶었을 뿐만 아니라 똥오줌도 누운 채 속곳에 싼 것이다. 부엌으로 가선 물부터 끓였다. "엄마!" 하고 불렀지만 답이 없었다. 어깨를 흔들어도 눈을 뜨지 않았다. 가슴에 가까이 귀를 대니 숨소리가 끊길 듯 겨우 이어졌다. 엄마를 안아 들었다. 발채도 얹지 않은 빈 지게마냥 가벼웠다. 지겟작대기보다 살짝 더 무거울까. 부엌으로 옮겨 똥오줌 묻은 옷부터 벗겼다. 엄마의 몸은 작아지고 작아지고 더 작아졌다. 그대로 쓰러져 누우면 젖은 흙으로 스밀 것처럼. 더운물 한 바가지를 떠 조금씩 등에 부으며, "엄마!" 하고 다시 부르자, 엄마의 눈꺼풀이 희미하게 떨렸다. 정신을 완전히 잃진 않은 것이다. 참았던 눈물이 흘러내렸다. 엄마의 자글자글 주름진 입술이 열리려다 닫히고 또 열리려다 닫혔다. 나는 고개를 저으며 말했다.

"우선 씻고! 편안히 가만히…… 제가 다 알아서 하겠습니다. 마음 푹 놓으세요. 괜찮아요. 이제 다 괜찮습니다."

사흘이 지난 뒤 곡곰이 장선마을로 찾아왔다. 반쯤 열린 문틈으로 아랫목에 누운 엄마를 살피곤 내게 말했다.

"곧 건너가시겠군. 준비해야겠어."

준비? 두 글자가 귀를 파고들었다. 엄마를 저승으로 보낼 준비를 어떻게 한단 말인가.

"장례 치를 돈은 있어?"

그제야 준비하란 말이 북망산으로 엄마를 보낼 돈을 마련하란 것임을 알았다. 돈 없이는 망자를 저승으로 보내기조차 어려웠다. 지금 나는 하루하루를 구걸로 연명하는 짱구와 다르지 않은 빈털터리였다. 빚 없는 짱구보다 박웅에게 쌀 쉰 섬을 갚아야 하는 내가 더 가난했다. 곡곰은 장례비를 빌려주진 않았지만, 무덤 자리는 원하면 내주겠다고 했다. 나중에 묻히려고 봐둔 곳인데, 자신은 아직 오십 년은 거뜬하게 살 듯하니, 그곳으로 엄마를 모시라는 것이다.

엄마 곁에 머물렀다. 죽 먹는 양이 급격히 줄었다. 첫날엔 내가 뒷머리를 손바닥으로 받치고 일으켜 숟가락을 입술에 대면 먹는 시늉이라도 했다. 세 숟가락이 두 숟가락이 되고 한 숟가락 반으로 줄더니, 닷새째부터는 아예 입술을 열지 않았다. 곡기를 완전히 끊자 똥오줌을 받아내는 횟수도 줄어들다가 멎었다. 무명천에 물을 적셔 엄마의 입술에 대는 것이 전부였다. 나는 엄마의 튀어나온 광대뼈와 옴폭 들어간 볼을 손바닥으로 쓸었다. 엄마가 검은 눈동자를 좌우로 움직여 괜찮다는 뜻을 전했다. 나는 물안개처럼 몰려드는 두려움을 숨길 수 없었다.

"전 이제…… 어떻게 살아요?"

엄마가 내 손을 잡으려 했지만, 힘이 실리지 않았다. 손을 붙들고 순자강이나 천덕산 골짜기로 다니던 엄마가 아니었다.

엄마가 죽기 전날 밤, 마름인 봉식이 박 진사네 하인 두 명을 뒷배로 세우곤 찾아왔다.

"효자라는 소문이 사실인가 보네. 관아 교졸들 앞세웠으면 어쩌려고 집으로 기어들어 왔어?"

교졸이 아니라 하인들을 데려왔다는 것은 나를 당장 관아로 끌고 갈 뜻이 없다는 것이다. 마루로 올라서려는 봉식을 막아섰다. 하인들이 좌우에서 내 팔을 붙들고 등 뒤로 꺾었다. 봉식이 주먹으로 명치를 올려쳤고, 나는 새우처럼 허리를 접었다. 두 무릎이 동시에 흔들려 휘청거렸다. 하인들이 붙들지 않았다면 고꾸라져 뒹굴었을 것이다. 봉식이 머리채를 쥔 채 당기며 비웃었다.

"억울해?"

엄마 앞에서 얻어맞는 꼴을 보이고 싶지 않았다.

"여기서 이러지 말고, 나갑시다. 때리면 맞고 밟으면 밟힐 테니……."

봉식이 뺨을 후려쳤다.

"끝까지 자기 맘대로네. 어딜 나가자 말자야? 그건 내가 결정해. 어떻게 널 팰지 밟을지 죽일지 다 내 맘이라고. 오늘은 여기서 끝장을 봐야겠어. 하나뿐인 아들이 얼마나 못된 짓을 했는지, 어떤 벌을 받는지, 황천 가는 에미도 똑똑히 보고 들어 가슴에 새겨야지. 안 그래?"

때리고 또 때렸다. 봉식이 주먹을 고쳐 쥐고 다시 턱을 올려치려는데, 아랫목에서 비명이 들렸다. 문풍지를 찢어버릴 듯 날카로웠다. 엄마가 마지막 힘을 모아 내지른 소리였다. 봉식이 오른팔을 흔들어대며 히죽거렸다.

"곧 뒈질 것 같다더니, 목소린 짱짱하네."

기어코 방까지 들어왔다. 엄마는 숨도 제대로 내쉬지 못한 채 눈을 감고 천장을 향해 누웠다. 봉식은 다가앉아 엄마의 볼을 꼬집고 입술까지 비튼 후 고개 돌려 내게 악담을 퍼부었다.

"이런 걸 보면 하늘은 참 공평하단 말씀이야. 너 이 새끼, 나한테 달려들 때부터 알아봤어. 천벌받은 거야. 자식새끼 땜에 에미가 뒈지는 거라고. 잘 들어! 너 행여 곡성 뜰 생각일랑 하지도 마. 빚 다 갚기 전엔 어림도 없지. 도망치다 붙잡히면 그땐 목이 잘릴 거야, 땡강!"

봉식이 오른팔을 들어 손날로 목을 치는 시늉을 했다. 엄마가 갑자기 눈을 떴다. 물수제비를 놓듯 목과 등이 방바닥에서 튕겨 올랐고, 늙고 병든 여인이 지르는 소리라곤 믿지 못할 만큼 크고 모나고 독기 가득한 괴성과 함께, 입에서 피가 샘처럼 솟구쳤다. 악취와 비린내가 뒤섞인 피가 고스란히 봉식의 얼굴을 덮쳤다. 봉식은 너무 놀라 피하지도 못한 채 돌처럼 굳었다. 나는 엄마를 끌어안았다. 엄마의 몸은 해파리처럼 흐물흐물했다. 봉식이 양손으로 눈을 비비며 소리쳤다.

"눈! 내 눈! 안 보여, 아무것도."

하인들이 봉식을 업고 뛰쳐나갔다.

그 새벽 돌실이가 내게 어깨를 줬다. 늙어 털도 뭉치고 눈과 귀까지 거의 먼 개는 닫힌 방문을 바라보며 밤을 꼬박 새우면서 기도문을 외우듯 웅얼거렸다. 방에서 나와 섬돌에 주저앉은 내게로 다가왔다. 기대기 좋도록 등을 세우곤 곁에 앉았다. 돌실이의 온기가 전해지자마자 나는 울음이 터졌다. 돌실이가 컹! 짧게 짖었다. 그 새벽에 돌실이가 없었다면, 그 어깨에 기대지 않았다면, 얼마나 더 외로웠을까. 돌실이는 함께 즐길 줄도 알지만 함께 울 줄도 아는 개였다. 기쁨과 슬픔을 나누지 못하는 사람보다 나았다.

동이 틀 때까지 엄마 손은 따듯했다. 아침 햇살이 방을 비춘 탓인지도 모르겠다. 야윈 몸을 덮었던 이불로 엄마를 곱게 싸곤 섬거적으로 다시 두른 후 묶었다. 지게를 찾아 씻으려고 마당으로 나갔더니, 길치목과 짱구가 서 있었다. 다가와선 나를 안았다. 울음이 다시 터졌다. 두 친구는 내가 실컷 울 때까지 기다렸다. 봉식을 두들겨 패지만 않았다면, 어떻게든 장례비를 마련해서 문상객을 맞았을 것이다. 그러나 내가 장선마을로 내려왔다는 소식이 관아에 알려지면 교졸들이 들이닥칠 것이고, 장례를 마치기도 전에 감옥에 갇힐 수도 있었다. 길치목이 엄마의 시신을 지게에 올려 줄로 묶곤 등에 졌다. 짱구만 다리를 절며 따라왔다. 장선마을 이웃들에겐 알리지 않았다. 의지하며 살아온 세월이 길었지만, 그들에게 도움을 청하지 않은 것도 봉식 때문이었다. 지금은 나를 위로하고 도왔다는 사실 자체가 그들을 찌르는 비수였다.

동악산 초입에서 짱구를 설득해 거위들과 함께 기다리게 했다. 끝까지 따라가겠다고 고집을 부렸지만 그 몸으론 무리였다. 거위들이 너럭바위에 올라갔다가 바위 사이 흐르는 물에 목을 축이고 물웅덩이로 뛰어들어 헤엄까지 치는 걸 본 후에야 짱구도 마음을 고쳤다. 곡곰이 일러준 곳은 신선바위에서도 오백 보쯤 더 올라가야 했다. 지난겨울 곡곰을 처음 만나러 갔을 때는 바위에 도착하기도 전에 숨이 차오르고 무릎이 후들거렸지만, 이젠 하루에 봉우리를 서너 개씩 넘어도 끄떡없었다. 가파른 비탈길을 앞서 걷는 길치목에게 말했다.

"힘들지? 바꿔. 이제 내가 질게."

길치목이 거친 숨을 쉬면서도 고개를 저었다.

"넘어지지 말고 잘 따라오기나 해."

풀숲을 헤치고 들어가니 빈 구덩이가 나왔다. 곡곰이 자신의 무덤으로 파뒀던 곳이다. 길치목이 지게를 내린 후, 작대기로 넘어지지 않게 괴었다. 섬거적으로 싼 엄마의 머리는 내가 잡고 다리는 치목이 잡아 조심조심 내려놓았다. 고인 눈물을 손등으로 훔쳤다. 하늘도 땅도 나무도 풀도 모두 흐렸다.

"얼씨구, 왔구나! 왜 이리 늦었어?"

사내들이 흥겹게 장단을 맞추며 솔숲에서 몰려나왔다. 앞장선 이는 봉식이었고, 뒤따르는 이들은 억쇠를 비롯한 박 진사네 하인이었다. 길치목이 내 앞으로 썩 나섰다.

"뭐야 너희들?"

봉식이 길치목의 단단한 어깨를 검지로 밀며 말했다.

"혼자 오겠거니 했는데 둘이라 누군가 했네. 길치목, 너 선택 잘 해라. 산포수 노릇 하며 먹고살려면 여기서 빠져. 조용히 돌아가면 기특한 우정이라 여기고 눈감아주지. 허나 계속 저 새끼 편들면 네놈도 똑같이 혼낼 수밖에 없어."

길치목이 물러나지 않고 받아쳤다.

"나중에! 따질 게 있으면 나중에 하쇼. 사람이 죽었습니다. 철천지원수라도 오늘만큼은 방해해선 안 되는 거 아닙니까?"

봉식은 여전히 비웃었지만, 뒤에 선 억쇠와 하인들 얼굴엔 난처한 빛이 어렸다. 초상난 곳, 그것도 무덤 쓸 자리까지 몰려간 적은 없었던 것이다. 박웅은 하인들에게 봉식의 말을 자신의 명령처럼 따라야 한다고 못 박았다. 봉식이 고개를 반만 돌리며 말했다.

"뭣들 해. 줄 거 주고 내려가자고. 지리산 너머에서 먹구름이 몰려오는 게 한바탕 비를 뿌리겠구먼. 지체하다간 물에 빠진 토끼 꼴 된다고."

홀쭉이와 뚱뚱이로 통하는 하인 둘이 각각의 지게에 똥장군을 진 채 나아왔다. 똥을 받는 아가리가 넓고 어깨가 떡하니 벌어졌다. 앞서 걷던 홀쭉이가 돌부리를 걷어차는 바람에 뒤따르던 뚱뚱이가 넘어질 뻔했다. 지겟작대기로 땅을 짚으며 버텼지만, 똥오줌이 출렁인 탓인지, 뚜껑을 덮었는데도 구린내가 진동했다. 길치목이 도끼눈을 뜨곤 물었다.

"저, 저건 뭐요?"

봉식이 킬킬거리며 답했다.

"뭐긴 뭐야. 구덩이를 팠으면 똥오줌을 듬뿍 넣고 묻어야 잡풀이라도 돋아나지 않겠나?"

"무덤 자리에 똥을 뿌리겠다고? 천벌 받아! 이러고도 무사할 것 같소?"

"총이라도 쥐었으면 쏠 기세네. 총 없는 산포수는 도끼 없는 목수지."

하인들이 이어받았다.

"호미 없는 농부."

"붓 없는 서생."

"물레 없는 옹기꾼."

"안 돼! 이 개새끼들아!"

길치목이 구덩이를 건너뛰어 뚱뚱이의 가슴을 걷어찼다. 그 바람에 뚱뚱이는 엉덩방아를 찧었고, 똥장군이 지게와 함께 떨어져 깨졌다. 하인들이 코를 잡으며 뒷걸음질 쳤다. 봉식이 외쳤다.

"뭣들 해. 붙잡아!"

하인들이 주춤주춤 다가서는 것보다 길치목이 두 번째 똥장군을 돌려찬 것이 더 빨랐다. 홀쭉이는 네댓 걸음 뒤뚱거리며 물러나 균형을 잡으려다가 똥장군을 진 채 구덩이에 빠졌다. 지게를 벗고서야 겨우 올라왔다. 길치목이 봉식까지 노리고 몸을 날렸지만 하인들에게 붙들렸다. 뚱뚱이와 홀쭉이의 앙갚음이라도 하듯, 그들은 더 세게 걷어차고 더욱더 힘껏 밟아댔다.

"대충들 해. 그 살쾡이가 누구 자식인 건 다들 알지?"

봉식의 말에 하인들이 발길질을 멈췄다. 길치목의 아버지 길태식은 범 사냥에 능한 백발백중 명포수였다. 지금은 사냥을 접고 토란 농사를 짓지만, 아들의 복수를 위해서라면 언제든 총을 다시 들 것이다.

"어찌할까요?"

가장 나이가 많은 억쇠가 물었다. 화가 나서 무작정 때리긴 했지만 명령에 따라 마무리를 짓고 싶은 것이다. 그리하면 길치목을 두들겨 팬 것 역시 봉식이 시켜서 한 일이 된다. 봉식이 답하려다가 고개를 돌려 나를 살폈고 피투성이가 된 길치목을 다시 내려다보았다.

"눈물겨운 우정이니, 오래오래 잊지 못할 추억 하나 만들어주고 가자고. 못 올라오게 꽉 묶어 던져."

하인들은 똥장군을 감쌌던 줄로 길치목과 내게 재갈을 물리곤 손발까지 얽어맸다. 똥장군 파편과 똥오줌이 질퍽대는 구덩이로 우리를 함께 묶어 밀어 넣었다. 봉식이 멀찌감치 물러서선 말했다.

"박 진사 어른이시니 살려주시는 거다. 나한테 달려들었을 땐 이 정도 각오는 했어야지. 농사 외엔 할 줄 아는 게 없는 놈이 쌀 쉰 섬을 어찌 갚을까? 소작이라도 다시 부쳐 먹으려면, 당연히 내 가랑이라도 기면서, 제발 살려줍쇼! 빌어야 하는 거 아냐? 한데 나한텐 코빼기도 뵈질 않고 이렇듯 버티고만 있으니, 에미 죽고 이 사달이 나는 게지. 코흘리개들도 아는 이치를 왜 몰라! 퉷!"

침까지 뱉고는 돌아서며 억쇠에게 엽전 꾸러미를 던졌다. 돈을 챙긴 하인들 표정이 순식간에 밝아졌다.

"목이라도 축이도록 해. 너무 많이 퍼마시진 말고."

"같이 안 가십니까?"

"둘러볼 논밭이 한참 남았어. 게을러터져서 맨날 하늘 탓만 하는 농사꾼들이 왜 이리 많은 건지……. 천석꾼의 마름은 아무나 하는 줄 아는가? 챙길 게 한두 가지가 아니야. 먼저 내려가게."

"알겠습니다요. 언제든 불러주십쇼."

길치목이 먼저 결박을 풀기 시작했다. 똥밭을 뒹군 돼지처럼, 그도 나도 바지와 저고리는 물론이고 손과 발과 얼굴에 온통 똥이 덕지덕지 묻었다. 눈물과 콧물이 재채기를 따라 끝없이 흘렀다.

"저 미친 새끼, 봉식이 놈, 총으로 쏴 죽일 거야. 이마에 구멍을 뚫어버리겠어. 썅! 아, 이건 또 왜 이렇게 안 풀려. 뒷자리에 똥을 끼얹다니! 썅! 돌아버리겠네. 머리가 터질 것 같아. 썅!"

내가 앞니로 손목을 묶은 줄을 뜯는 동안, 길치목은 죽이겠단 맹세를 수십 번 욕설과 섞었다. 그러나 길치목 혼자선 구덩이를 벗어나지도 못했다. 하인들에게 발목과 무릎을 짓밟힌 탓이다. 일어서려고 다리에 힘을 싣는 순간, 비명을 지르며 똥투성이 바닥에 주저앉았다. 내가 먼저 웅덩이를 기어 나온 다음 길치목의 어깨를 줄로 묶어 끌어올렸다. 두 번이나 미끄러진 다음에야 겨우 웅덩이 밖에 등을 대고 누울 수 있었다. 길치목에겐 허리를 접고 앉을 힘도 없었다.

"여기서 기다려."

길치목이 돌아서는 내 발목을 붙잡았다.

"하지 마."

대꾸하지 않자 길치목이 거듭 강조했다.

"네 맘 알아. 하지만 하지 마. 마름에게 또 덤비면 그땐 정말 끝이야. 그러니까……."

"난 이미 끝났어."

봉식을 죽이고 싶었다. 누군가를 영원히 이 세상에서 지워버리려는 마음이 든 것은 그때가 처음이었다. 하산하는 내내 죽일 방법을 떠올렸다. 길치목은 내 발목을 잡곤 하지 말라고 했다. 그러나 이대로 묻고 넘어갈 순 없었다. 내가 오늘 겪은 수모는 곡성 전체로 퍼질 것이다. 봉식은 다른 소작농을 위협하는 방편으로 내 이름과 똥오줌을 퍼부은 몟자리를 들이대겠지. 이대로 둘 순 없다. 나는 그렇다 쳐도, 죽은 내 엄마를 조롱거리로 만들진 않겠다.

노랫가락이 들렸다. 술에 취한 듯 고저도 장단도 전혀 맞지 않았다. 뒷모습도 눈에 익고 목소리도 귀에 익었다. 산길을 비틀비틀 내려가는 사내는 봉식이었다. 소작지를 둘러보겠다며 박 진사네 하인들을 먼저 내려보내놓고, 계곡에서 탁족濯足이라도 하며 홀로 술을 마신 듯했다. 허리춤에 독주가 담긴 작은 술병을 차고 다니면서 낮밤 가리지 않고 마셔댄다는 풍문이 거짓이 아니었다. 그 바람에 코가 물앵두처럼 빨갛고, 화를 내지 않아도 성난 얼굴이었다. 나는 속으로 쾌재를 불렀다. 사방 평평한 들보다 나무와 풀이 겹겹인 산이 누군가를 죽이기엔 훨씬 나았다. 달려들어 엉겨 싸우지 않고 단숨에 봉식을 제압할 방법이 떠올랐다. 서른 걸음을 더 가면 길이 활처럼 휠 것이다. 곡곰은 그 길을 조심하라고 누누이 강조했다. 절벽은 아니지만 거기서 굴러떨어지면 울퉁불퉁 솟은 바위에 살갗이 찢기고 뼈가 부러져 목숨을 부지하기 어렵다는 것이다.

진양조로 흘러가던 노래가 뚝 끊겼다. 봉식이 산도깨비라도 만난 듯 놀라며 옆걸음을 걷다가 소나무에 부딪혔다. 썩 나선 사내는 짱구였다. 산 아래에서 기다리기 답답해 올라왔을까. 오른쪽 팔다리가 불편한 짱구로선 산길을 오르내리는 것이 힘들었다. 봉식은 제 앞을 막아선 사내가 짱구란 걸 알고 화를 버럭 냈다.

"뭐, 뭐야? 이 병신 새끼가 왜 거기서 튀어나와?"

그때 나는 짱구의 얼굴을 똑똑히 보았다. 두 뺨은 흘러내린 눈물로 얼룩졌고 두 눈은 분노로 가득 차 번뜩였다. 내가 품었던 그 살의였다. 먼저 내려간 박 진사네 하인들에게서 길치목과 내가 당한 이야기라도 들었을까. 다가선 봉식이 멱살부터 움켜쥐었다.

"너 지금 날 째려보는 거야? 눈 풀어 당장! 확 쑤셔버릴까 보다. 앞도 못 보고 기어 다니고 싶어?"

"커어억 컥컥!"

짱구는 숨이 막히는지 기침을 해댔다. 둘을 갈라놓아야겠다는 생각을 하고 내달리려는 순간, 귀를 찢는 괴성이 들렸다. 거위 울음이었다. 궁상각치우가 짱구의 기침 소리를 듣고 올라온 것이다. 날개를 활짝 펴곤 봉식에게 달려들었다.

"이, 이것들이…… 야! 이 거위들 치워. 치우라고."

짱구는 봉식의 말을 따르지 않았다. 거위들이 날아오르며 팔과 다리와 얼굴을 부리로 쪼아댔다. 봉식이 뒷걸음질 치며 양팔을 휘저었지만 거위들의 공격을 물리치지 못했다. 번갈아 달려들던 거위들이 한꺼번에 얼굴과 가슴으로 날아내렸다. 봉식이 그 기세와 무게를 견디지 못하고 거위들과 함께 뒹굴었다. 내가 봉식을 밀어버리고 싶었던 그 비탈이었다. 처음 한두 번은 봉식의 비명과 거위의 울음이 뒤섞였지만 곧 잠잠해졌다. 짱구가 비탈길 끝까지 가선 고개를 내밀고 외쳤다.

"얘, 얘들아! ……궁상각……치, 우! 올…… 라와. 궁……상각치우! 올라……오래도."

거위들은 올라오지도 않았고 울음으로 답하지도 않았다. 나는 비탈을 내려가려는 짱구의 왼팔을 잡아끌었다.

"비, 비, 비 비켜."

"어서 하산해. 장선마을까지 곧장 가. 넌 산 아래에서 우릴 기다리다가 그냥 돌아간 거야. 여기까지 올라온 적도 없어. 알겠지?"

"그래도…… 아, 아직 목숨이 ……붙어 있……을지 모, 몰라. 보보보, 봉……식도 거위……들도."

"내가 내려가볼게. 살아 있으면 어떻게든 구할게. 그러니 넌 가. 넌 오늘 마름을 만난 적도 없는 거다. 빨리 가!"

짱구가 시야에서 사라진 뒤, 나는 봉식과 거위들이 떨어진 비탈을 내려가기 시작했다. 먼저 발견한 것은 목이 꺾이고 날개가 부러져 죽은 거위들이었다. 하늘을 훨훨 날지는 못하지만, 봉식에게서 떨어져 날개를 파닥대며 균형을 잡았다면, 처참하게 죽지는 않았을 것이다. 살아남을 궁리보다 봉식을 죽이려 덤빈 것이다. 짱구의 살의가 거위들에게 옮겨 갔을까. 다섯 마리 거위를 찾은 뒤에도 봉식은 눈에 띄지 않았다. 비탈을 따라 비스듬히 뻗은 상수리나무들이 시야를 가렸다. 봄을 맞아 돋아난 잎에 이마와 볼을 긁혔다. 피가 흐르진 않았지만 살갗이 부풀면서 근지러웠다. 거위들이 땅에 부딪혀 죽는 동안, 봉식은 훨훨 날아갔는가. 하늘을 날고 싶다고 틈만 나면 고개를 젖힌 채 뇌까린 친구는 짱구였다. 짱구를 따라 거위들도 하늘을 우러르며 매일 짖어댔다.

봉식을 찾긴 찾았다. 내가 찾았다기보다는 하늘이 알려준 것에 가깝다. 비탈을 내려올 때까지도 봉식의 흔적은 없었다. 사람이 굴렀으면 풀이 눕거나 흙덩이가 흩어지거나 돌멩이에 피라도 묻는 법이다. 상수리나무 그늘로 들어가선 밑동에 기대앉았다. 미끄러지지 않으려고 잔뜩 긴장하며 내려왔던지라 나 역시 지쳤다.

그때 하늘에서 참매 한 마리가 빙빙 돌다가 날개를 접고 화살처럼 떨어졌다. 빡 빡 빡 빡! 똑같은 간격으로 짧고 빠르게 끊어치는 소리가 났다. 참새나 멧비둘기나 까치나 까마귀 울음은 종종 듣지만, 매 울음을 가까이에서 듣기는 처음이었다. 무거운 엉덩이를 일으켜 울음을 따라 걸었다. 잎과 가지와 풀로 뒤엉켜 덮인 웅덩이를 발견할 때까지 울음은 계속되었다. 참매는 웅덩이 한가운데 선돌에 앉아 있었다. 웅덩이는 다섯 평이 겨우 될까 말까였지만 물풀이 자라는 젖은 땅은 그보다 서너 배 넓었다. 나는 멈칫 서서 그때까지도 울고 있는 참매를 쳐다보았다. 참매가 움켜쥔 것이 돌이 아니라 사람의 두 발이란 것을 깨달았다.

뒷걸음질을 쳤다. 다섯 걸음 어쩌면 열 걸음. 멀어지니 더욱 분명하게 보였다. 거위들의 처참한 몰골을 차례차례 발견할 때부터 봉식의 목숨도 위태롭겠다는 생각은 했다. 불길한 예측을 하는 것과 발바닥이 허공으로 향한 두 다리를 보는 것은 완전히 달랐다. 식은땀이 흐르고 무릎과 어깨와 턱이 동시에 떨렸다. 차디찬 바람이 옆구리를 치고 돌아 이마를 때렸다. 뒤돌아서서 달아나고 싶었다. 수면 위엔 두 다리밖에 없지 않은가. 가슴과 배와 팔 그리고 머리는 수면 아래에 이미 잠겼다. 죽은 것이다. 내가 죽인 것이 아니다. 짱구가 죽인 것도 아니다. 굳이 따지자면 거위들이 봉식을 죽이고 자신들도 죽었다. 그러나 거위들이 봉식을 죽인 사실을 누가 믿을까. 믿어준다 쳐도, 이미 죽은 거위에게 죄를 물을 수는 없으니, 그 잘못은 고스란히 짱구와 내가 져야 할 것이다. 손등으로 땀을 훔치곤 두 다리를 다시 살폈다. 바람이 불어도 바위처럼 꿈쩍하지 않았다. 좁은 길조차 없는 비탈 아래 웅덩이지만, 심마니

든 산포수든 누구라도 오가면 웅덩이에 솟은 저 두 다리를 볼 것이다. 바위가 아니라 사람의 다리란 걸 깨닫자마자 기겁을 하고 달려가선 관아에 알리리라. 저대로 두고 돌아갈 순 없다. 또 다른 물음이 스멀스멀 올라왔다. 다리의 주인이 봉식이 확실한가. 아직 얼굴을 확인하지도 않았으니, 단정하긴 이른 것이다. 이 생각까지 겹치자 더더욱 달아나기 어려웠다. 뒤돌아서서 깊게 숨을 쉬며 손과 무릎과 턱을 번갈아 쥐었다. 돌아서선 천천히 웅덩이를 향해 걸음을 옮겼다.

차디찬 물이 발목을 타고 무릎을 지나 허리까지 차올랐다. 콧구멍을 찌르고 눈물을 쏟게 만드는 악취 때문에 시시때때로 고개를 치켜들어야만 했다. 흐르지 않고 고여 썩은 것이다. 웅덩이에 들어오기 전에 천을 찢어 콧구멍부터 막았어야 한다고 후회했지만 이미 늦었다. 열 걸음만 더 가면 선돌이라고 착각한 다리를 쥘 수 있었다. 주저하는 마음이 다시 일었다. 이제라도 돌아갈까. 저 다리를 잡는 순간, 세상의 불운이란 불운이 모두 내게 옮겨 올 것만 같았다. 아랫배는 물론이고 엉덩이와 손등이 동시에 근질거렸다. 손톱으로 긁어댔지만 가려움이 사라지는 대신 바늘로 찌르듯 아팠다. 손등을 확인하니 피멍처럼 부어올랐다. 거꾸로 박힌 두 다리가 더 또렷하게 보였다. 짚신은 벗겨졌고, 발을 감았던 천도 오른쪽만 겨우 남아 무릎까지 흘렀다. 맨발인 왼발은 검고 축축했다. 살갗에 붙은 것은 진흙일 수도 있고 새똥일 수도 있다. 검은 발을 보며 염불하듯 읊조렸다.

"차라리 다 가라앉지……."

결국 나는 팔을 뻗어 불어터진 두 발목을 쥐었다. 아주 뜨겁지도 몹시 차갑지도 않고 뜨뜻미지근했다. 어중간한 온도가 불편하고 불쾌했다. 벌레가 살갗을 찢고 기어 나올 것만 같았다. 조심조심 뒷걸음질을 쳤다. 그 순간 참매가 울음을 그치고 날아올랐다. 누군가 잡아당기기라도 하듯, 내가 쥔 두 다리가 쑥 내려갔다. 손목으로 버티며 아귀힘으로 끌어올리려 했지만, 처음 쥐었을 때보다 열 배는 무거웠다. 그래도 나는 발목을 쥔 채 세 걸음이나 물러섰다. 결국 다리의 무게를 견디지 못하고 허리를 숙일 수밖에 없었다. 이대로 잠시만 더 있다간 내 몸 전체가 머리부터 웅덩이로 빠질 것이다. 허리가 끊어질 듯 아팠다. 이곳을 빠져나가는 방법은 다리를 포기하는 것뿐이었다. 결국 나는 발목 쥔 손을 풀었다. 내려가는 다리를 보며 뒷걸음질로 웅덩이에서 빠져나왔다. 봉식의 다리가 수면 아래로 완전히 잠겼다. 혹시 하체가 가라앉는 대신 상체가 떠오르는 것은 아닐까 기다렸지만, 탁한 물은 아무것도 감춘 것이 없다는 듯 고요했다.

길치목을 먼저 동악산 창고로 옮겨 씻기고 또 씻긴 다음, 발목과 무릎에 부목을 댔다. 똥오줌이 묻은 옷을 벗고 흐르는 계곡물에 몸을 담갔다. 봉식과 박 진사네 하인들이 부린 행패를 곡곰에게 간략하게 들려줬다. 봉식과 거위들의 혈투는 숨겼다. 곡곰이 천덕산에 새로운 묏자리를 알려주었다. 훗날 자신이 죽으면 쓸까 하고 봐둔 명당이라고 했다. 그가 봐둔 명당이 곡성에 몇 군데나 더 있을까 궁금했다.

엄마와 나, 둘만 남았다. 지게에서 엄마를 내린 후 구덩이에 넣기 전 소리부터 한 대목 했다. 그때까진 엄마의 소리를 듣기만 했고, 내가 부른 것은 그날이 처음이었다. 청승맞게 엄마를 보내긴 싫었다. 엄마도 내가 통곡하며 배웅하기를 원치 않을 것이다. 엄마는 강변이나 숲을 홀로 거닐 땐 몇몇 소리를 드물게 했다. 〈권주가勸酒歌〉도 하고 〈춘면곡春眠曲〉도 했다. 〈상사별곡想思別曲〉도 하고 〈매화타령梅花打令〉도 했다. 그중에서 내가 가장 좋아하는, 그래서 사설을 전부 외워버린 판소리 눈대목은 바로 이것이다.

"어사또 생각허되, '어허 이리하다가는 이 사람들 굿도 못 보이고 다 노치것다.' 마루 앞에 썩 나서서 부채 피고 손을 치니, 그때의 조종들이 구경꾼에 섞여 섰다 어사또 거동 보고 벌 떼같이 모여든다. 육모 방맹이 둘러메고 소리 좋은 청파역졸 다 모아 묶어 질러, '암행어사 출또여! 출또여, 암행어사 출또 허옵신다!' 두세 번 외난 소리, 하늘 덥쑥 무너지고 땅이 툭 꺼지난 듯, 수백 명 구경꾼이 독담이 무너지듯 물결같이 흩어진다. 장비의 호통 소리 이렇게 놀랍던가? 유월의 서리바람 뉘 아니 떨것느냐?"

천덕산 창고로 내려와선 하룻낮 하룻밤을 꼬박 잤다. 꿈들이 계속 파도처럼 출렁거렸다. 강 따라 흘러가는 놀잇배 위에서 소리하는 동기童妓는 분명 엄마였다. 얼굴이 또렷하게 보이진 않았지만, 소리만 듣고도 나는 금방 엄마란 걸 알았다. 배는 임실과 순창과 곡성과 구례를 거쳐 하동까지 강을 따라 내려갔고, 소리는 한 순간도 멈추질 않았다. 배를 탄 채 노래를 듣는 이들은 스무 명이 넘었는데 모두 화장을 곱게 한 소년들이었다. 엄마가 소리를 하다가 질문할 때마다 소년들의 답은 똑같았다.

"바다로 가세. 바다로 가. 바다에 가면 다 끝난다네."

답을 들은 엄마는 지나온 강과 산과 마을을 돌아보며 소리를 이어갔다. 마을에서 들에서 때론 강가에서 여자들이 손을 흔들었다. 엄마가 또 질문을 던졌다.

"여러분의 엄마, 여러분의 누이가 저렇듯 손짓하며 돌아오라고 하질 않습니까? 여기서 배를 돌리는 것이 어떤가요?"

소년들이 한목소리로 답했다.

"바다로 가세. 바다로 가. 바다에 가면 다 끝난다네."

엄마

머릿결까지 똑같다. 볼의 검버섯과 튀어나온 광대뼈와 자글자글한 입술. 임종 직전의 엄마다. 멀리서도 단번에 알아봤다. 거듭 서찰을 보내도 답장하지 않더니, 엄마의 얼굴을 흙으로 빚어 보낸 까닭은 무엇일까. 양손으로 감싸곤 들어 올렸다. 가볍다. 이 가벼움조차 엄마다.

엄마의 두상 밑에 놓인 첫 답장이 흰나비처럼 날았다.

서툰 솜씨예요. 도깨비나 귀신을 빚는 게 힘들다고들 하지만, 사람, 그중에서도 노인을 빚는 작업이 가장 어렵습니다. 살며 바뀐 몸이 부모로부터 물려받은 몸 위에, 산이 솟고 웅덩이가 고이듯 절벽을 깎고 굴을 파듯, 더해져 있거든요. 특히 얼굴엔 세월의 자국들이 곳곳에 어렸지요. 보는 것만으로는 부족하답니다. 꼭 기억하고 싶은 얼굴이 있으면 조심스럽게 묻곤 해요. '만져봐도 될까요?' 대부분은 턱을 당기며 허리를 젖히고 엉덩이를 빼는데, 성류 선생님은 그러지 않으셨습니다. 환하게 웃으면서 고개를 크게 두 번 끄덕이시더라고요. 이 사람을 믿을까 말까, 첫걸음을 딛기 전엔 잠시 고민하셨겠지만, 믿기로 정한 다음부턴 제 부탁을 뭐든 들어주셨어요. 첫 눈맞춤부터 설명을 드려야겠네요. 하삼도 제일의 소리꾼이란 칭찬과 매향이란 이름을 들은 적은 꽤 되었지만, 직접 가서 뵌 건 작년 추수를 마친 후였어요. 더 자세히 적자면, 장선마을 오죽으로 둘러싸인 끝집에 엄마와 둘이 사는 소작농이 마름에게 대든 죄로 대곤을 맞은 다음 날 새벽이었죠.

방에서 끙끙 앓는 소리가 부엌까지 들렸답니다. 급히 오느라 많이 챙기지는 못했어요. 석 줌이나 될까요. 이 쌀은 그냥 드리는 것이라고 말씀드렸지만, 꼭 갚겠다 하셨습니다. 내가 아니면 내 아들이라도 갚을 테니, 빌려 쓴 것으로 하겠다고요. 닷새 후에 다시 석 줌, 그 닷새 후에 또다시 석 줌, 그렇게 새벽에 와선 부엌에 잠시 머무르다 갔답니다. 행여 아들이 깰까 봐 필담을 나누기도 했죠. 소문답게 전라감영 관기들은 어려서부터 언문은 물론 한자까지 배워 시 짓고 글 쓰는 솜씨가 남다르더군요. 붓 대신 숯막대기로 아궁이 불빛에 의지하여 몇 글자 주고받았답니다. 필담도 대여섯 번 가면 한 번 할까 말까였고, 대부분은 침묵 속에서 손을 마주 쥐곤 웃기만 했죠. 황량하고 황폐한 상황인데도 언제나 먼저 웃으셨고 또 제 웃음이 끝난 후에도 한참 더 미소를 머금으셨어요. 약간 다른 이야기지만, 단식할 때 얼굴을 더 깨끗이 씻어야 한다는 말씀을 읽은 적이 있답니다 슬프고 괴로우니까 울상을 짓거나 눈물이 뒤따르지만, 그럴 때일수록 씻을 것 그리고 웃을 것! 솔직히 말씀드리자면, 그 웃음을 자주 보고 싶어 열 줌 스무 줌이 아니라 딱 석 줌씩만 가져갔답니다. 제가 무슨 말을 하든지 다 들어주실 것만 같은, 아무 말 하지 않더라도 제 맘을 다 아실 것만 같은, 웃음! 그 웃음을 만드는 얼굴을 흙으로 빚어보고 싶었습니다. 부탁하면 거절하진 않으셨겠지만, 입이 떨어지지 않더군요. 당신 마음이 온통 장독올라 신음하는 아들에게 가 있었거든요. 이승에서 선생님의 삶이 여기까지일 줄 알았더라면, 걱정과 근심이 깔린 웃음일지언정 서둘러 빚어 보여드릴 걸 그랬습니다. 소리꾼 성류의 얼굴을 흙으로 빚다가 하나 더 깨달았어요. 바다엔 강의 기운이 깃들고 강엔 샘의 기운이 깃들 듯, 아들의 얼굴엔 엄마의 얼굴이 담긴다는 것을! 물론 아직 더 갈라지고 휘고 꺾이고 색이 바래거나 짙어질 자리가 남았지만, 그 몸의 밭과 그 마음의 논은 엄마입니다.

가까이 두고, 엄마가 그리우실 때 보고 만지셨으면 해요. 제 이름은 아직 가르쳐드리지 못하겠어요. 거짓 이름을 말씀드릴 순 없으니까요. 이름은 다 귀하겠지만, 제 이름은 더더욱 그렇답니다. 성류 선생님이 지은 들녘이란 이름 참 좋습니다. 아름다워요. 들녘이란 이름으로 살아가는 이에겐 당연히 논과 밭이 어울리지만, 들을 내려다보며 다니는 나무꾼도 거기서 멀리 떨어진 건 아니에요.

짙은 눈썹이 오죽네로 통하는 내 집을 드나들었을 줄은 꿈에도 몰랐다. 산만 타는 도깨비인 줄 알았는데 순자강 가까운 마을까지 왔던 것이다. 하기야 당고개 주막에서도 짙은 눈썹을 보았으니, 인적 드문 때를 골라 앞들을 가로질러 장선마을까지 오는 것은 일도 아니었다. 서찰에 적힌 엄마 역시 낯설기는 마찬가지였다. 짙은 눈썹은 아궁이 불을 쬐며 숯막대로 쓴 엄마의 글씨를 칭찬했지만, 나는 엄마가 글을 쓰거나 서책을 읽는 것을 본 적이 없었다. 전주에서의 삶은 입도 뻥긋하지 않았으며 거기서 배운 기예를 뽐내지도 않았다. 답장을 쓴 짙은 눈썹의 글씨도 내게는 놀라웠다. 삐뚤삐뚤 각이 질 뿐만 아니라 때로는 터무니없이 길고 때로는 지나치게 넓은, 내 못난 글씨와는 완전히 달랐다. 순자강을 닮은 글씨라면 상상을 하겠는가. 둥글둥글 부드럽게 술술, 끊어지거나 모난 데 없이 흘러내렸다. 엄마의 글씨가 이보다도 더 뛰어났단 걸까. 전라감영 관기들은 시와 소리와 춤에 두루 능한 것이 당연한데, 나는 왜 엄마를 나처럼 까막눈이라 여겼을까.

친절하고 긴 서찰이지만 알고 싶은 핵심이 전부 담기진 않았다. 내가 곤장을 맞고 개처럼 끌려온 다음 날 새벽, 장선마을에 살지도 않는 사람이 왜 엄마에게 몰래 쌀을 갖다 주었을까. 누구에게서 내게 닥친 불행을 들었을까. 향청鄕廳을 좌지우지하는 진사 박웅이 두려워서라도 피할 일이 아닌가. 엄마와 그날 처음 만났다고 하니, 사사로운 도움을 주고받아온 사이도 아니다. 내가 산으로 올라와 곡곰의 일을 도우면서 겨울을 나는 동안에도, 그녀는 계속 엄마를 보살폈다. 엄마는 빌리는 것이라고 했지만, 갚기 힘든 처지라는 건 알고도 남음이 있지 않은가. 이처럼 많은 질문은 건드리지도 않고, 그녀는 답장에서 엄마를 자주 만나기 위해 쌀 석 줌을 고집했다는 점만 거듭 강조했다. 풀숲으로 뱀 굴을 가리는 것과 다르지 않다.

웃는 엄마의 머리가 놓였던 참나무 아래에 내가 둔 서찰은 사라졌지만, 이번에도 답장은 없었다. 답답했다. 내가 원할 때는 소식이 없고, 짙은 눈썹 그녀가 필요할 때만 불쑥 흙으로 무엇인가를 빚거나 나도 모르는 엄마와의 일을 적어 보냈다. 그녀에게서 두 번째 답장을 받기 전엔 서찰을 건네지 않으리라 다짐했지만, 참나무 아래로 한 번 가고 두 번 가고 세 번 가서 아무것도 없는 날엔 또 서찰을 썼다. 지게를 열 짐 진 날에도 썼고 스무 짐 진 날에도 썼다. 스무 짐 진 날은 곡곰도 피곤한지 해도 지기 전에 곯아떨어졌다. 나도 졸리긴 마찬가지지만, 계곡물에 얼굴을 씻거나 웃통을 벗고 등과 가슴에 물을 끼얹은 후 돌아와선 붓을 들었다. 쓰고 고치고 또 쓰고 고치는 시간이 이어졌다. 뒤통수가 근질거려 돌아보면 곡곰이 진짜 불곰처럼 등 뒤에 서 있었다.

"잠이나 자두지. 또 쓰고 앉았어? 오르지 못할 나무는 쳐다보지도 말라 했는데……."

"같은 나무 그늘에 머문 것도 인연이라 했습니다."

"함께 머문 건 아니잖아?"

"서찰을 주고받았으니 더 인연이 깊겠지요. 소나무가 말라 죽으면 잣나무가 슬퍼한다는 말이 있습니다. 잣나무의 마음으로 엄마 얼굴을 빚어 제게 줬을 겁니다. 받기만 하고 끝내긴 싫습니다. 소나무가 무성하면 잣나무도 기뻐하지 않겠습니까?"

"숲이 크면 범 나온단 소린 못 들었어?"

"지나치십니다. 눈썹이 짙은, 어여쁜 여인입니다."

"범만 범인 게 아냐. 범처럼 굴면 범인 게지."

"범처럼 굴다뇨? 어떻게 구는 게 범처럼 구는 겁니까? 사람을 괴롭혔나요? 들짐승들 목숨이라도 빼앗았나요?"

"그딴 짓 할 사람은 아니지. 범처럼 군다는 건…… 산 아래 사람과는 다르다는 뜻이야. 무엇이 다르냐 하면, 들을 수 없는 것을 듣고 볼 수 없는 것을 보고 먹을 수 없는 것을 먹고 맡을 수 없는 냄새를 맡고 만질 수 없는 것을 만져. 품은 이야기들도 하나같이 기묘해."

"이야기가 기묘하단 건 어찌 아셨습니까?"

"나무에 대해서라면 나보다 더 많이 아는 사람은 없다고 여기며 지냈지. 평생 나무와 살면서 나무에 관한 이야기를 모았으니까. 하지만 그 여자에게서 완전히 새롭고 무시무시한 나무 이야기를 들었어. 그때부터 원하는 나무는 언제든 해다 줬어."

"완전히 새롭고 무시무시한 이야기…… 그게 뭐죠?"

"말 못 해. 오동나무로 관을 짜고 들어가 누울 때까진 누구에게도 옮기지 않겠노라 맹세했거든."

곡곰이 단호하게 잘랐기 때문에 더더욱 매달렸다. 하나만 해달라고 했다가 절반만 해달라고 했다가 등장하는 나무의 특징만 알려달라고 했다가 제목이라도 알고 싶다고 했다. 곡곰은 전부 거절했다. 나는 약속을 이토록 철저하게 지키는 이유를 물었다.

"나무 이야기를 또 얻어야 하니까. 다음 이야긴 뭘까 기대하며 기다리지 않으면 사는 맛이 안 나. 내가 늙어 죽을 때까지 매일 하나씩 음미하고도 남을 만큼 무궁무진하다 그랬거든."

곡곰은 산을 능숙하게 타듯이 나무에도 곧잘 올랐다. 덩치에 어울리지 않게 다람쥐처럼 몸을 놀렸다. 그날 베려던 것은 동이산 오동나무 네 그루였다. 태안사 주지인 창해滄海 큰스님이 참선방을 새로 짓는 데 필요하다고 특별히 부탁한 것이다. 오며 가며 태안사에서 얻어먹은 절밥이 삼층 석탑을 쌓고도 남았다. 곡곰이 양팔을 쫙 편 채 오동나무를 끌어안았다. 손끝이 닿지 않을 만큼 굵었다. 뒤돌아서선 뚜벅뚜벅 걸어 도끼를 쥐었다. 대부분의 나무꾼들은 도낏자루를 쥐기 전 어깨와 허리와 손목을 돌리고 양손에 침도 뱉지만, 곡곰은 그냥 바로 쥐었다. 한번 쥐면 나무가 넘어갈 때까지 놓지 않았다. 처음부터 한 몸인 것처럼!

곡곰이 고개를 들고 왼발을 주춤주춤 옆으로 놀렸다. 나도 따라서 오동나무와 그 위로 펼쳐진 푸른 하늘을 살폈다. 도끼질을 주저할 이유가 없었다. 그런데도 곡곰은 왼발을 한 걸음 더 옆으로 디디면서 도끼 자루에서 오른손을 뗐다. 왼손까지 떼곤, 양손을 모아 앞으로 뻗으며 쓰러졌다. 솔부엉이 새끼가 그 손에 담겼다.

울음이 들렸다고 했다. 나는 듣지 못했다. 솔부엉이 한 쌍이 나무에 앉아선 우리를 내려다보는 중이었다. 곡곰이 솔부엉이 새끼를 내게 건네곤 짚신을 벗었다.

"뭘 하시게요?"

"새끼가 한 마리 더 있어. 울음이 들려."

이대로 나무를 베었다간 둥지 속 솔부엉이 새끼가 떨어져 죽고 말 것이다. 곡곰이 나무에 붙어 빠르게 올라가기 시작했다. 나는 솔부엉이 새끼를 망태기에 넣었다. 계속 시끄럽게 울었다. 곡곰이 다가오자 솔부엉이 두 마리가 가지에서 날아올라 허공을 돌았다. 이내 돌아와선 곡곰의 어깨와 등을 발톱으로 할퀴었다. 살점이 떨어져나가고 피가 뚝뚝 떨어졌다.

"위험해요. 조심하세요."

곡곰이 내려다보며 답했다.

"공격받는 게 당연해. 이 녀석들 둥지로 우리가 쳐들어온 셈이니까."

여섯 길은 족히 넘고도 남은 곳까지 오른 곡곰이 나무 구멍에 손을 집어넣었다. 예측대로 솔부엉이 새끼가 있었다. 곡곰은 새끼의 등을 왼손으로 붙든 후, 두 발과 오른팔만 놀려 천천히 나무를 내려오기 시작했다. 올라갈 때보다는 느렸지만, 내가 나무를 타는 것보다는 서너 배 더 빨랐다. 내려서던 곡곰이 나를 향해 외쳤다.

"피해!"

"뭐라고요?"

상황 파악을 못 한 채 고개를 들고 물었다. 곡곰이 오른손까지 떼어 내 뒤를 가리키면서 다시 외쳤다.

"멧……!"

돌아서는 순간, 멧돼지 한 마리가 달려오는 것이 보였다. 내가 껑충 뛰어 오동나무 뒤로 숨자마자, 멧돼지가 밑동을 들이받았다. 곡곰이 우박처럼 멧돼지에게 떨어졌다. 두 발로 버티기엔 나무가 심하게 흔들린 것이다. 엉덩이로 멧돼지 등을 친 후 비탈로 굴렀다. 곧장 땅으로 떨어졌다면 엉덩이뼈와 허리뼈가 무사하지 않았을 것이다. 그날 심하게 꺾인 것은 멧돼지의 등뼈였고, 곡곰 역시 왼 무릎과 오른 발목과 오른 팔목까지 부러졌다. 곡곰은 끔찍하게 아팠을 텐데도 고개를 들고 나부터 살폈다. 쓰러진 채 헉헉거리는 멧돼지가 네발로 서지 못한다는 것을 확인한 뒤, 왼손에 들린 부엉이 새끼를 내밀었다. 떨어져 뒹구는 와중에도 왼손만은 땅에 닿지 않도록 치켜들었던 것이다.

제아무리 상처가 빨리 아무는 곡곰이라 해도, 서너 달은 팔다리에 부목을 대고 누워 지내야 했다. 세 산의 창고 중에서 천덕산 창고에서 여름을 나겠다고 밝혔다. 창해 큰스님이 한사코 오동나무를 쓰겠다고 고집하였기 때문에, 솔부엉이 둥지를 굴참나무로 옮기고 오동나무를 베는 일은 내 몫이 되었다.

"약속이 틀리잖습니까? 저는 나무를 다듬고 옮기고 창고를 지키는 일만 맡기로 했습니다. 벌목은 다른 나무꾼을 불러 시키십시오."

곡공이 비스듬히 누운 채 미간을 찌푸렸다. 불같이 화를 낼 것이라 여겼는데, 오히려 낮은 목소리로 말했다.

"여기 소가 한 마리 있다고 쳐. 소 잡는 건 못하겠지만, 일단 소를 죽이고 나선 먹기 좋게 부위별로 자르는 일은 하겠다면, 그놈이 제정신일까?"

"소 잡는 얘긴 왜 하십니까? 저는 소를 죽인 적도, 요리한 적도 없습니다."

"벌목은 남한테 미루지만, 벤 나무를 옮기고 불태우기 좋게 말리는 건 도맡아 곧잘 하니까 하는 소리지."

"그거랑 그거랑 같습니까?"

"다를 게 없지. 소가 되었든 오동나무가 되었든, 궂은일은 남 시키고 혼자만 깨끗하게 지내겠단 속셈이잖아? 장선마을 농부들은 네가 굼뜨긴 해도 착하고 성실한 효자라더군. 하지만 내 눈엔 다르게 보여. 넌 안전한 틀을 정해두고 거기서 한 걸음도 벗어나질 않아. 문제가 생길 것 같으면 다른 이에게 책임을 떠넘기고 물러나거나 달아나지. 너 같은 놈들을 알아. 적당히 거리를 유지하고 지내면 세상에 이보다 더 좋은 사람이 없거든. 하지만 허물없이 가까운 사이가 되면, 그게 가족이든 친구든 꼭 상처를 입히거나 피해를 줘."

그래도 나는 곡공의 명령을 따르지 않았다. 도끼날을 나무 밑동에 댈 자신이 없었던 것이다. 곡공이 다쳤다는 말을 듣고 태안사 주지 창해가 더벅머리 사내 둘을 데리고 천덕산 창고까지 찾아왔다. 사내들을 밖에 세워둔 채 혼자 방으로 들어왔다. 걸어둔 도끼들을 보며 자기들끼리 눈웃음을 지었다. 창해는 곡곰과 짧게 이야기를 나눈 뒤 나와선 사내들을 곁에 세우곤 내게 말했다.

"이런 일이 생길 줄 부처님께서 미리미리 아셨나 보다. 인사들 해. 이쪽은 도담 저쪽은 큰품! 중노릇하려고 태안사로 올라온 지 이제 겨우 열흘밖에 안 됐어. 한데 이 녀석들이 속세와 인연을 끊기 전엔 목수였다네. 집을 올리기 전에 나무부터 직접 다 골라 자르는 솜씨가 제법이었다나 봐. 들녘이라고 했나? 목에 칼이 들어와도 도끼를 들지 않겠다고 했다며? 그 고집이 얼마나 어리석은지 깨우쳐주고 싶지만, 참선방을 짓는 일이 급하니 오동나무 베는 일은 도담과 큰품에게 맡기도록 해. 지금부터 당장 시작하자고."

도담과 큰품에게 곡곰이 다친 연유를 들려줬다. 두 사람은 솔부엉이 둥지를 옮기려다 멧돼지의 공격을 받았다는 이야기를 듣고 합장한 채 눈물까지 글썽였다. 곡곰에겐 미치지 못했지만 도담과 큰품의 솜씨도 나쁘지 않았다. 나쁘지 않은 정도가 아니라 역할 분담이 확실하여 허투루 힘을 쓰지 않고 능숙하게 나무를 베었다. 두 사람은 도끼를 들기 전 오동나무로부터 스무 걸음도 더 물러나 생쥐처럼 소곤거렸다. 지게를 세워두고 지켜보는 내 귀에도 들리지 않을 만큼 작은 소리였다. 입김이 닿을 만큼 그들에게 다가서선 물었다.

"여긴 우리 셋뿐인데, 왜 그리 속삭이는 겁니까?"

도담이 작은 소리로 답했다.

"나무들이 듣잖소. 어디를 어떻게 벨 건지 나무들이 미리 알면,

도끼날이 제대로 들어가질 않거든."

"나무……들이라뇨? 나무가 들을 리도 없지만, 설령 듣더라도, 베려는 나무에게만 숨기면 되는 거 아닙니까?"

도담이 혀를 쯧쯧 차며 되물었다.

"농사를 짓긴 한 게요?"

따지고 싶은 마음을 꾹 누르고 답했다.

"벼농사만 칠 년입니다."

"그럼 잘 알겠네, 벼는 벼끼리 뿌리를 엉겨 큰 바람을 견딘다는 걸."

"물론 압니다."

"나무들도 뿌리로 이야길 나눈다오. 스무 걸음이나 떨어졌으니 저 오동나무는 우리 얘길 듣기 힘들겠지만, 여기서 다섯 걸음 떨어진 소나무가 듣고 고자질할 수 있지. 그러니 나무가 아니라 나무들이라오. 벼가 아니라 벼들이듯."

곡곰보다도 덩치가 좋은 큰품이 도끼를 들고 나섰다. 흰 얼굴에 펑퍼짐한 몸매가 민들레 두상화를 닮았다. 머리 위로 도끼를 서너 번 돌린 뒤 오동나무 곁으로 갔다. 까무잡잡하면서도 누렇게 뜬 살갗에 고들빼기처럼 마른 도담은 큰품의 도끼보다 크기도 무게도 절반인 도끼를 어깨에 걸친 채 숫자를 헤아렸다.

"하나 둘 셋 넷 다섯 여섯 일곱 여덟 아홉 열!"

열에 이르자 큰품은 물러섰고 도담이 나아가 도끼질을 이었다. 큰품이 힘으로 몰아붙였다면 도담은 나무가 쓰러질 때와 방향까지 살피며 도끼를 휘둘렀다. 큰품보다 힘은 덜 싣고 손놀림은 더 빨랐다.

두 그루를 베고 능파각에서 땀을 식혔다. 도끼질 솜씨를 봐선

네 그루를 한꺼번에 베고도 남지만, 도담과 큰품은 서로 또 눈을 맞추곤 속삭인 뒤 오후로 미뤘다. 곧바로 태안사에 가서 점심 공양을 할 줄 알았다. 두 사내는 계곡물로 배를 채우고 바위에 부딪히며 흘러내리는 소리로 귀를 채우고 물가에서 자라는 나무와 풀들을 보며 눈을 채우는 것으로 점심을 대신한 후, 넓은 난간에 드러누웠다. 나는 눕지 않고 맞은편 난간에 기대앉았다. 도담이 넘겨짚었다.

"어찌하여 머리를 깎으려는 것인가 묻고 싶은 게요?"

나도 허기를 잊을 무엇인가가 필요하긴 했다. 도담이 나를 향해 모로 눕고는 이야기를 꺼내놓았다.

"거제 오아포에서였소. 섬 하나 없는 바다가 내려다보이는 자리에 암자를 짓기로 하고 선금까지 두둑이 받았지. 대들보로 쓸 소나무를 베려는데 마침 큰 바람이 불어, 도끼질을 두어 번 하다 말고 방풍림 뒤 움집으로 피했다오. 답답한 마음에 탁주를 꽤 마셨던가 보오. 큰품과 내가 언제 잠이 들었는가는 확실하지 않지만, 깨어난 순간은 또렷이 기억하지. 왜냐하면 둘이 동시에 비명을 질렀거든. 똑같은 꿈을 꾼 게요. 우리가 베려던, 삼백 년은 족히 넘은 소나무에 목을 매단 꿈!"

큰품이 받았다.

"믿기 어렵겠지만 사실이라오! 꿈을 확인하기도 전에 각자의 도끼를 들고 밖으로 나갔소. 파도가 포구를 삼키듯 달려들고 있더군. 우리가 닿은 곳은 소나무 옆 바위였소. 네 군데 모서리가 반듯했는데, 성벽을 쌓기 위해 깎고 다듬었다고 했소. 임진년 왜란이 일어났을 때, 경상우수영 수군들이 이런 바위로 쌓은 석성石城에 의지하여 왜군과 맞서 싸웠답니다. 아무튼 꿈에 우리가 본 바위가 바로 이 바위였소. 이 바위가 그 바위란 걸 어찌 아느냐고? 바위 옆면 그러니까 네 군데 사각형을 뺑 둘러 홈이 일곱 개 나 있었소. 꿈에서 그걸 봤다오. 가서 확인해 보니 과연 홈이 일곱 개더군. 우린 그 길로 오아포를 떠났소."

나는 말머리를 돌렸다.

"그 꿈과 머리 깎는 일이 무슨 연관이 있습니까?"

도담이 두 눈을 번갈아 찡그렸다.

"그날부턴 도끼를 들 때마다 그 꿈을 또 꿨소. 오아포의 소나무가 바람에 흔들리면, 목을 매단 줄이 보이기도 전에 둘 다 깨어나려고 발버둥을 쳤다오. 하지만 나무에 매달려 뒈진 우리 얼굴을 보고서야 눈이 떠졌소. 우린 나무를 베진 않고 집만 짓기로 했소. 그런데 나무를 베지 않고 만지기만 했는데도 또 그 꿈이 찾아드는 게요. 나무가 없는 곳으로만 다녔소. 황당한 나날이었다오. 나무와 더불어 삼십 년을 떠돌았는데, 나무를 피해 움직여야 하다니! 한데 나무가 없는 곳을 찾기란 참으로 어려웠다오. 조심하느라 애썼지만, 결국 나무를 만지게 되고 악몽을 꾸는 날의 반복이었소. 그때 창해 큰스님을 경상도 산청에서 만났다오. 큰스님은 우리 이야기를 들으시더니 답을 주셨소."

"어떤 답을?"

"중노릇하라고. 삼십 년 동안 도끼질한 횟수보다 만 배 더 목탁을 두드리라고. 목탁을 두드리는 동안엔 악몽을 꾸지 않을 것이라고."

나는 사족을 달았다.

"삼십 년 동안 도끼로 나무를 벤 것이 두 분에게 업보 아닙니까? 큰스님 법력이 대단하시단 건 저도 들었습니다만, 오동나무를 베는 게 옳은 일일까요?"

"다른 집도 아니고 큰스님 참선방 짓는 일인데, 당연히 옳소. 문제가 생기더라도 막아주실 게요. 우린 큰스님 명령을 따르면 됩니다. 딴생각 안 해요. 자, 이제 슬슬 시작해 봅시다. 지게로 나를 준비는 마치셨소?"

세 번째 오동나무는 더 빨리 넘어갔다. 도담은 숫자를 일곱까지만 헤아렸다. 큰품이 마지막 오동나무 앞에 섰을 때, 나 역시 지게에 얹어둔 도끼를 찾아 들었다. 도담과 큰품이 오동나무 네 그루를 전부 베고 나면, 쓰러진 나무를 정돈하는 것은 내 몫이었다. 이미 쓰러진 세 그루부터 손질해도 되지만, 마지막 나무까지 지켜보기로 했다. 도담이 숫자를 또박또박 다시 셌다.

"하나 둘 셋 넷 다섯 여섯 일곱 여덟 아홉 열 열하나 열둘 열셋!"

이번에는 열셋까지나 갔고 큰품의 얼굴이 달아올랐다. 물러서지 않고 도끼를 든 채 도담에게 따졌다.

"열하나면 충분했어. 열셋까지 갈 일이야, 이게?"

도담도 지지 않았다.

"도끼질 횟수는 내가 정해. 나무가 쓰러지는 방향도 내가 정하고. 지금까지 내 말을 따랐다가 낭패 본 적 있어?"

큰품이 답하지 않고 물러섰다. 도담은 큰품이 섰던 자리로 가선 능숙하게 도끼를 휘둘렀다. 때로는 강하고 빠르게 때로는 약하고 느리게, 춤을 추듯 날렵하고 막힘이 없었다. 새 떼가 갑자기 동이산 하늘로 날아올랐다. 참새나 쇠기러기 들이 무리 지어 나는 건 본 적이 있지만, 숲에 앉았던 새란 새가 모두 날아오르는 장관은 처음이었다. 뜻밖의 기쁨이라기보다 갑작스러운 두려움에 가까웠다. 무엇이 새들을 숲에서 모조리 쫓아버렸을까. 그 답이 순식간에 들이닥쳤다. 흙먼지를 동반한 회오리 돌풍이었다. 큰품과 나는 동시에 개구리처럼 엎드렸다. 굉음과 함께 흙바람이 가장 먼저 뒤통수를 후려쳤고 팔다리와 몸통을 들썩이게 했다. 이마를 땅에 댄 채 악착같이 버텼다. 여기서 휘감겨 날려가면 목숨을 지키기도 어려웠다. 잠시 후 굉음이 사라지자 언제 그랬냐는 듯이 바람도 멎었다. 나는 고개를 들었다. 그런데 갑자기 더 큰 굉음이 바로 옆에서 들리면서 땅이 울렸다. 내 몸이 튕겨 올랐다가 떨어질 정도였다. 이마를 다시 땅에 붙이곤 곁눈질을 했다. 큰품이 놀란 얼굴로 일어서는 것이 보였다.

마지막 오동나무가 쓰러진 것이다. 아직 넘어갈 때가 아니었지만 돌풍에 버티질 못했다. 밑동이 부러진 나무는 엉뚱한 방향으로 누워버렸다. 도담이 예상한 방향은 동쪽인데, 남동풍을 만난 나무는 서북쪽으로 기울었다. 여기서 문제는 도담이 서쪽에서 동쪽을 보며 도끼질을 했다는 점이다. 생각이 거기까지 미친 나는 끔찍한 결말을 떠올리며 큰품을 따랐다. 주위를 훑었지만 도담이 보이지 않았다. 쓰러진 나무를 뛰어넘은 큰품이 고함을 질렀다.

"어딨어? 어디야?"

쓰러지는 나무를 피하지 못하고 깔린 것이다. 나무가 서쪽이 아니라 서북쪽으로 넘어가면서 도담의 가슴이나 머리가 아니라 왼팔을 덮친 것이 불행 중 다행이었다. 도담은 자신을 향해 쓰러지는 나무를 보며 오줌을 지리면서 기절했다. 큰품이 머리맡으로 가선 도담의 이마를 손바닥으로 쳤다. 석 대를 연이어 맞은 도담이 신음을 뱉었고, 곧이어 끔찍한 비명을 지르다가 다시 정신을 놓쳤다. 큰품이 도담의 뺨을 쓸며 말했다.

"내가 꼭 너 살릴게."

나는 도담의 왼 어깨와 팔을 살폈다.

"부, 부러지면서 뼈가 살갗을 찢고 나왔나 봅니다. 피가 계속 흐릅니다. 저대로 두면 목숨이 위태롭습니다."

"닥치시오. 죽긴 누가 죽는다 그래? 내가 꼭 살릴 거요. 이리 와서 같이 듭시다. 당장!"

큰품과 내가 힘을 썼지만 쓰러진 나무는 꿈쩍도 하지 않았다.

"안 되겠소. 이대론 못 들어. 우선 나무부터 벱시다."

큰품이 나무를 손으로 쓸며 다섯 걸음 내려간 후 도끼를 들어 힘껏 내리쳤다. 그 순간 도담의 비명이 터져 나왔다. 도끼질에 나무가 흔들리면서 왼팔의 고통이 극심해진 것이다. 큰품이 도끼를 든 채 도담에게 달려왔다. 왼팔에선 피가 계속 흘렀다. 눈을 뜨는 것조차 힘든지 눈꺼풀이 자꾸 감겼다. 큰품이 말했다.

"그걸 할게."

도담이 고개를 끄덕였다. 내가 물었다.

"그거라뇨? 그게 뭡니까?"

큰품이 대답 없이 지게로 가선 가지들을 모아 묶을 때 쓰는 새끼줄을 가져왔다. 도담의 왼 어깨 밑으로 줄을 넣더니 겨드랑이로 바싹 끌어당겨 힘껏 묶고 또 묶었다. 그리고 바지를 벗어 도담의 왼팔 위에 덮은 후 나를 노려보며 명령했다.

"지금부터 내 말을 바로바로 따르지 않으면 당신부터 찍어버리겠소. 자, 이리 가까이 붙으시오! 우선 도담의 오른 어깨와 가슴을 깔고 앉는 게요. 그렇지! 그다음엔 목을 양손으로 잡곤 품에 안듯이 당기시오."

"뭘 할 겁니까?"

짐작은 했지만 확인하고 싶었다.

"단숨에 자를 테니까 꽉 눌러야 하오. 자르자마자 당기시오. 알겠소?"

"피를 너무 많이 흘렸습니다. 여기서 팔까지 자르면……."

"다른 방법 있소? 어차피 저대로 둬도 죽는다고. 뭐든 해봐야지. 나무에 깔렸다가 도끼로 두 팔이 다 잘리고도 멀쩡하게 살아난 늙은이를 만난 적 있소. 팔 하나 잘린다고 곧바로 죽는 건 아니오. 자, 단단히 잡으시오."

큰품이 도끼를 머리 위로 들었다. 나는 그가 시키는 대로 도담의 목을 당겨 품는 수밖에 없었다. 도담의 고개가 왼쪽으로 젖혀지기라도 하면, 내려치는 도끼날에 머리가 먼저 부서질 것이다. 자세를 잡았지만 곧 도끼가 떨어지진 않았다. 그 짧은 순간에, 일어날 수 있는 온갖 불행이 떠올랐다. 큰품의 도끼가 도담의 왼팔을 찍었다. 퍽! 소리와 함께 피가 눈까지 튀었다. 도담이 비명을 지르면서 내 턱을 물어뜯었다. 살점이 뜯겨나갔다. 사람이 낼 수 없는 소리를 들으며 또 내가 질러대며 도담을 껴안았다. 큰품이 피로 물든 바지로 도담의 잘린 어깨를 감쌌다.

창해 큰스님의 도력이 미치지 않았다고 여길 법도 한데, 큰품과 도담은 원망하지 않았다. 외팔이가 되긴 했지만 도담은 목숨을 건졌고, 둘은 창해를 도와 참선방을 지은 후 머리를 깎고 중노릇을 시작했다. 그리고 나는 도끼 다루는 법을 배웠다. 도담이 사경을 헤매는 동안, 식음을 전폐하고 울던 큰품에게 청했다.

"당신을 부리는 나무꾼이 따로 있다 들었는데, 왜 내게 도끼질을 가르쳐달라는 거요?"

"곡곰 아저씨도 다쳤습니다. 큰품 당신뿐입니다."

큰품이 다시 물었다.

"나무를 다듬고 나르기만 할 뿐 베진 않겠다 하여, 도담과 내가 불려간 걸로 아는데……. 그사이 마음이 바뀐 게요? 변덕쟁이요?"

"바뀐 겁니다. 바뀌라고 있는 게 사람 마음 아닙니까? 누군가를 살리려면 잘라내야 할 때도 있더군요. 이쪽은 죽더라도 그로 인해 저쪽은 살아나는……."

큰품은 덩치에 어울리지 않을 만큼 꼼꼼하게 가르쳤다. 제아무리 천하장사가 오더라도 힘으로 도끼를 휘두르면 네댓 번 만에 지친다고 했다. 팔보다 더 잘 돌려야 하는 것이 어깨고, 어깨보다 더 잘 돌려야 하는 것이 허리이며, 허리보다 더 잘 돌려야 하는 것이 무릎이라고 했다. 나무와 다투지 말라고도 했다. 말뜻을 모르겠다고 했더니, 나무꾼들이 흔히 하는 장담을 늘어놓았다.

"열 번이면 충분해."

"다섯 번이면 끝이지."

"세 번도 많아."

나무꾼은 자기들끼리 실력을 겨룬다고 여기지만, 나무와 다투는 짓이다. 나무와 다투는 나무꾼은 열에 아홉은 다친다고 했다. 도끼를 쥐고 휘두르기 시작하면, 나무가 언제 어떻게 넘어갈 것인지 판단하기 어려우니, 동행하는 노련한 나무꾼의 의견을 들어야 한다는 것이다. 목숨을 맡기는 일이라고도 했다. 큰품에게는 도담이 바로 그런 나무꾼이었다.

주지 스님 창해에게서 솔부엉이 새끼들이 든 망태기를 다시 건네받았다. 지게에 나뭇짐을 잔뜩 지고 세 산을 오르내리는 것도 힘들었지만, 굴참나무를 타고 올라가서 둥지에 솔부엉이 새끼를 두 마리 넣는 것도 힘들었고, 달려드는 솔부엉이 부부를 설득하는 것도 힘들었다. 처음 한 마리를 둥지에 넣을 땐 맹렬하게 달려들던 솔부엉이 부부가 남은 한 마리를 망태기에 담고 오를 땐 공격하지 않았다. 건너편 느티나무 가지에 나란히 앉아 멀뚱멀뚱 쳐다보기만 했다. 새끼 두 마리를 구멍에 무사히 넣고 땅으로 내려오고 나니, 솔부엉이 부부가 그 구멍으로 날아 들어갔다.

큰품이 벤 오동나무를 나르기 쉽도록 잘라 참선방을 지을 곳까지 옮겼다. 큰품이 돕겠다고 해도 거절했다. 나무를 베는 법이 있듯 나무를 나르는 법도 따로 있었다. 지게질 역시 힘만으로 버티다간 허리와 무릎과 발목을 다친다. 닷새가 지난 뒤 도담이 큰품과 함께 능파각까지 따라 나와선 나를 배웅했다. 그들이 자른 오동나무 네 그루를 내가 전부 옮긴 날이었다. 도담은 고통을 참느라 아랫입술을 깨물고 미간을 찡그렸지만 오른팔까지 흔들며 웃어 보였다. 소매를 말아 묶은, 왼팔이 있어야 할 자리로 자꾸 눈이 갔다.

연가

굴뚝 위에 얹는다. 연통煙筒이 아무리 커도 연가煙家 구멍이 작으면 아궁이 불이 약하다. 두꺼비도 두어 마리 빚어 얹고, 둥글게 꽃무늬를 두르면 지금보단 훨씬 예뻤겠다. 하지만 아가다는 두꺼비도 꽃무늬도 넣지 않고 구멍 모양에만 집중했다. 그렇다, 연기가 나오는 구멍이 열십자다. 뜨겁고 컴컴한 연통을 지나는 마지막 구멍이자 세상과 만나는 첫 구멍, 십자가.

그 밤에 곡곰은 사발을 내밀며 탁주를 직접 따라줬다. 당고개 주막에서 먹던 바로 그 맛이다.

"먼저 말해 두는데, 나는 이 세상에 신이 여럿이라고 믿는 사람이야. 특히 목신木神 그러니까 나무 신을 믿지. 산을 오르내리다가 문득 빽빽하고 깊은 숲을 보면 이 많은 나무를 누가 키웠을까 싶거든. 벼나 보리는 농부가 기르지만, 산의 나무는 흙을 일구는 사람도 없고 퇴비를 만드는 사람도 없고 물을 주는 사람도 없이 저절로 자라니까. 넌 장선마을 앞들에서 소작을 오래 부쳐 먹었으니 아마도 토신土神 그러니까 흙 신을 믿겠구나."

"흙 신에게 풍년을 빌며 농사를 짓진 않습니다. 농부들 대부분이 뭔가를 빌 땐 하늘을 우러르지요."

"천신天神 그러니까 하늘 신을 믿는단 거야?"

나는 잠시 생각한 뒤 답했다.

"하늘 신이라기보단 그냥 하늘을 믿는 것 같습니다."

"하늘 신이 아니라 하늘이라고? 그게 어떻게 달라?"

"하늘이 신이구나 느낄 때도 있고 그렇지 않을 때도 있거든요. 하늘의 도움 없인 풍년을 거두기 어렵지만, 그렇다고 하늘에게 매달려 이것저것 바라진 않습니다. 농부들은, 저를 포함해서, 하늘에게 빌고 싶을 때라도 쟁기를 한 번 더 닦거나 피를 한 번 더 뽑습니다. 나무 신을 믿으신다고요?"

신들에 관한 이야기를 꺼낸 이유가 궁금했다.

"전에 내게 기묘한 이야기를 들려달라 했었지?"

"오동나무 관에 들어갈 때까진 말할 수 없다고 하셨습니다."

"나무 신이 돕지 않았다면 정말 관에 들어갈 뻔했지. 하필 오동나무인 것도 우연이 아닐 테고. 난 아주아주 오래 살 거야. 관에 들어갈 뻔하다가 이렇게 뼈만 몇 군데 부러지고 말았으니까. 기묘한 이야기를 꽤 많이 듣긴 했는데, 그중에서도 나무에 관한 이야기들은 잊히질 않아. 그런 나무가 진짜 있는지 찾아 나서고 싶다니까. 좋아하는 과일이 뭐야?"

"감을 자주 먹었습니다. 집 앞마당에 감나무가 두 그루 있거든요. 홍시도 엄청 달지만 엄마가 말려주신 곶감은 최고죠."

"감을 먹기 전과 먹고 나서 달라지는 게 있나?"

"글쎄요. 똥이 잘 나오지 않는 거 외엔 별다른 게 없습니다."

곡곰이 엉덩이를 흔들며 자세를 고쳐 앉았다.

"옛날 아주 먼 옛날 이야기래. 얼마나 먼 옛날인가 하면, 세상을 처음 만들 때 이야기라더군. 조물주인 신이 첫날 빛과 어둠을 만들었으니 곧 낮과 밤이야. 그럼 나무는 몇째 날에 만들었을까?

셋째 날이야. 둘째 날엔 물을 만드셨겠지? 물이 없으면 나무가 살 수 없으니까. 하늘과 바다. 바다가 닿지 않는 곳은 땅이 되었는데, 거기서 바로 풀과 나무가 자라났다는군. 세상을 창조한 엿새 중에서 나무가 셋째인 걸 보면 그래도 이 조물주는 나무 귀한 걸 알았나 봐. 사람은 제일 마지막 여섯째 날에 만들었지. 이 세상에 사람이 단 두 명밖에 없었다는군. 남자와 여자. 그들 이름이 따로 있긴 하지만, 오늘 이야기에선 남자 이름을 들녘이라고 할게. 여자는 뭐가 좋을까? 눈썹이 좋겠다고? 눈썹이 여자에게 어울리는 이름은 아니지만 네가 눈썹을 권하니 눈썹이라고 치자. 들녘과 눈썹은 지당地堂, 에덴동산에서 매일 먹고 마시며 놀았대. 지당은 겨울도 여름도 없이 늘 따듯하고 선선했으며, 애써 씨앗을 심지 않아도 오곡백과가 저절로 자라나 열매를 맺었대. 날짐승과 들짐승이 두 사람 명령에 순종했고, 맹수들도 감히 덤벼들지 못했지. 신이 말씀하시길, 지당에선 뭐든지 먹을 수 있지만 열매를 먹어선 안 되는 나무가 있다고 하셨대."

"독이 들었습니까?"

"독이라? 맞아. 말하자면 마음의 독이겠지. 먹는다고 곧장 독사에 물린 것처럼 죽진 않아."

"마음의 독이라면, 혹시 미쳐서 날뛰게 됩니까?"

"오히려 그 반대지."

"반대라뇨? 안 미치는 겁니까?"

"아니! 더 똑똑해져."

"똑똑해진다고요? 그게 왜 독입니까?"

"그 열매를 따 먹으면 선과 악을 알게 된다는 거야."

"그전에는 무엇이 선이고 무엇이 악인지도 몰랐단 말인가요? 선악을 모르면서 살 수 있단 말입니까?"

"나도 상상이 안 되지만 그랬대. 신의 명령에 따라 평화롭게 살았대나 봐. 여기서 중요한 건 선과 악을 알게 하는 나무 열매를 먹기 전엔 사람이 일하지도 않고 죽지도 않았다는 거야."

"안 죽어요? 영원히 산다는 겁니까? 백 살이든 천 살이든."

"천 살이든 만 살이든."

"정말 황당한 이야기네요. 그렇게 안 죽고 사는 사람이 있다면 만나보고 싶습니다."

"신이 절대로 먹어선 안 된다고 명령한 나무 열매를 들녘과 눈썹이 먹었대. 뱀이 와서 권했다고 하는데, 뱀이든 뭐든 결국 들녘과 눈썹이 책임을 져야지. 열매를 먹자마자 들녘과 눈썹은 선과 악을 알게 되었어. 그리고 두 사람이 가장 먼저 한 짓이 뭐였을까?"

"모르겠습니다."

"알몸을 가렸대. 그 전엔 옷을 아예 입지 않고 벌거숭이로 돌아다닌 게지. 그런데 열매를 먹고 나니 알몸인 게 부끄러웠어. 재미있지 않아? 선과 악을 알고 나서 가장 먼저 깨달은 것이 알몸이었다니! 나무가 알몸인 걸 부끄러워할까? 잎이 무성하면 무성한 대로 잎이 다 떨어져 가지만 앙상하면 또 앙상한 대로 살아가는 거야. 그런데 열매를 먹은 남녀는 알몸이 부끄럽고 옳지 않다 여겼지. 그 바람에 신도 들녘과 눈썹이 열매를 따 먹었다는 사실을 알았어. 결국 두 사람은 지당에서 쫓겨났고, 먹고살기 위해 계속 일해야 했고, 범이나 늑대는 물론이고 하찮은 벌레들까지 사람의 명령을 따르지 않았으며, 결국 들녘과 눈썹을 포함하여 후손들까지 누구나 늙고 병들어 죽어갔다는 이야기. 기묘하지 않아?"

"기묘합니다. 그 나무가 어디 있는지 혹시 아십니까?"

"나도 물어보긴 했는데, 모른다더군. 들녘과 눈썹이 신의 명령을 어겨 추방되었기 때문에, 지당으론 돌아갈 수 없대."

"선과 악을 알려주는 나무는 아니지만, 천덕산에도 희한한 나무들이 꽤 있습니다. 과거와 현재뿐만 아니라 미래까지 얽힌 나무를 아시겠지만……."

"미륵나무를 말하는 건가?"

"맞습니다."

"하지만 그건 나무가 아니잖아?"

"나무가 아니지만 나무입니다. 제게 들려주신, 선악을 알게 한다는 나무가 나무는 아니지만 나무이듯이."

"무슨 말이야 그게?"

"나무로 인해 선악을 알게 되었다는 걸 진짜로 믿으십니까? 미륵나무 역시 그처럼 믿기 힘든 이야기를 품고 있단 겁니다."

"봉우리 바로 아래에서 보긴 했지만, 그게 왜 미륵나무야? 미륵암이라면 또 모를까."

"향나무를 쏙 빼닮은 바위란 건 인정하시죠?"

"나무 닮은 바위가 어디 한두 갠가? 소나무도 있고 참나무도 있는데 향나무란 것도 이상해. 길쭉한 꼴이 나무를 닮긴 했지만, 향나무인지는 아무리 봐도 모르겠어."

"그 자리에 향나무를 심은 이는 고려의 큰스님 지눌知訥 선사라고 했습니다. 향나무가 뽑히는 날 미륵불이 내려오며 세상을 지금과는 완전히 다르게 만들리라는 예언을 남겼다는군요. 그래서 미륵나무로 불렸던 겁니다. 육백이십여 년 전에 지눌이 나무를 심은 뒤부터, 이승의 삶이 힘겨운 사람들이 천덕산 향나무를 찾기 시작했습니다. 나무를 뽑아서 미륵불을 불러오기 위해서였죠. 처음엔 향나무가 작았기 때문에 사람들 눈에 띄질 않았습니다. 바람도 많이 불고 물도 적고 흙도 거칠어 향나무는 매우 느릿느릿 자랐다는군요. 그래도 백 년이 지나자 소나무들 사이에서 우뚝 솟게 되었습니다. 그때 지눌 신사의 부탁을 받은 용이 하늘에서 내려와선 향나무를 휘감고 하룻밤을 보낸 후 올라갔습니다. 그러자 향나무는 거대한 바위로 바뀌었고, 사람들이 백 명이나 달려들어 쓰러뜨리려 했지만 끄떡도 하지 않았다 합니다. 그래서 지금도 그 바위는 미륵바위가 아니라 미륵나무라 불립니다."

"미륵나무가 뽑힐 날이 올까?"

"뽑힌 뒤가 궁금하긴 합니다. 미륵불이 정말 올 건지, 지금과는 완전히 다른 세상은 또 어떤 세상인지."

"영원히 못 뽑을 거니까, 그딴 헛소리가 붙은 거겠지. 온통 미륵 이야기로만 가득한 골짜기 아닌가! 미륵사도 엄청나게 큰 절이었다며? 도림사나 태안사나 관음사는 아직 있는데, 미륵사만 흔적을 찾기 힘들 정도로 사라진 이유가 뭘까? 그것도 미륵나무와 관련 있어?"

"미륵나무 때문은 아니고, 저도 대장 할배에게서 들은 얘깁니다만, 돌림병 때문이랍니다."

"돌림병?"

"미륵불을 기다리는 많은 이들이 모여들어 골짜기를 꽉 채운 적도 있었다 들었습니다. 승려 절반에 중생이 또 절반이었고요. 낮밤 없이 연회를 열고 탑을 돌며 미륵불이 오기만을 빌고 또 빌었다는군요. 그런데 오라는 미륵불은 오지 않고 설사병이 퍼졌답니다."

"설사병?"

"하루에 스무 번도 넘게 설사를 줄줄 하는 병이었답니다. 먹는 건 죄다 설사로 나와버렸대요. 지독한 갈증에 시달리는데, 그때 물을 벌컥벌컥 마시면 곧바로 팔다리와 얼굴이 퉁퉁 붓고, 끝없이 토하고 또 토하다가 정신을 놓고 죽었답니다. 마주 앉아 밥 한 공기 물 한 그릇 나눠도 옮았다는군요. 다들 살기 위해 골짜기를 나와서 흩어졌대요. 끝까지 미륵사를 지켰던 다섯 승려와 일곱 중생까지 한꺼번에 사라졌다고 합니다."

"사라졌다? 죽은 게 아니고?"

"시신을 찾진 못했답니다. 돌림병을 두려워한 탓에 삼 년이 지난 뒤, 교졸들이 천으로 코와 입을 가린 채 미륵사로 올라갔고요. 한데 텅 비었더래요. 단 한 구의 시신도 발견하지 못했답니다. 대장 할배가 가끔 그러더라고요. 그들은 죽지 않고 승천하여 구름을 타고 순자강과 미륵골을 지금도 내려다보고 있다고. 어쨌든 그 후론 미륵골을 왕래하는 이가 거의 없었습니다. 곡성에서 나고 자란 사람치고, 겁도 없이 갔다가 원귀들을 만나 겨우 목숨만 건졌다는 이야기와 비나 눈이 내리는 밤이면 원귀들 울음이 유난히 크게 들린다는 이야길 모르는 이는 없습니다. 천덕산을 내 집 안방처럼 드나드는 심마니들도 스치듯 다른 골짜기로 지나갈 뿐입니다."

"설사병 때문에 절이 문을 닫았다는 소린 또 처음일세."

내가 곡곰에게 확인하고 싶은 것은 따로 있었다.

"선악을 알게 만든 그 기묘한 나무 이야기를 제게 왜 들려주시는 겁니까?"

청하지도 않은 이야기, 무덤까지 가져가겠다는 이야기를 털어놓는 까닭이 궁금했던 것이다. 곡곰이 기다렸다는 듯이 답했다.

"지당의 선악과 이야길 내게 들려준 사람을 위해 할 일이 생겼어. 몸이 성하면 당연히 내가 맡겠지만, 이 꼴로는 고개 하나도 못 넘지. 그러니 나 대신 해줘. 그래서 미리 이 얘길 들려준 거고. 우리랑 완전히 다른 신을 믿고 우리랑 완전히 다른 이야길 하는 사람들이야. 내키지 않으면 안 해도 되지만, 내 생각엔 네가 꼭 하겠다고 나설 것 같네."

"왜 그렇게 확신하십니까?"

곡곰이 왼손으로 제 눈썹을 쓸며 답했다.

"지당의 선악과 얘길 내게 적어준 사람이 바로 짙은 눈썹이거든. 맞아, 네가 언문을 익히고 정성을 다해 쓴 서찰들을 가져가고도 답장하지 않는 바로 그 여자."

고래

사람도 꿀꺽 삼키는 고래다. 고래 등에 앉은 흙 사람은 손톱만 한데, 흙으로 빚은 고래의 길이를 재려면 내 양팔을 활짝 벌리고도 모자란다. 고래 배 속에 들어갔다가 나온 흙 사람은 눈코입귀가 전부 있을 뿐만 아니라, 기쁨의 눈물까지 두 뺨을 타고 흐른다. 그 사람 얼굴이 나를 쏙 빼닮았다. 고래 배 속으로 들어가긴 싫다. 지독한 어둠에 갇히느니 차라리 허공에 묶여 매달리겠다.

곡곰이 부탁한 눈썹 여인의 일을 하기 전 불청객을 만났다. 언젠가 이런 날이 오리라 예상은 했지만, 산을 오가며 나무를 나르다 보니, 한참 세월이 지난 후에 닥치거나 아니면 영영 일어나지 않을지도 모른다며 미뤄왔다. 아침저녁으론 여전히 서늘한 봄기운이 남아 있었지만, 한낮에는 그늘부터 확인하게 만드는 초여름 열기가 뜨거웠다. 그날 억쇠가 천덕산 창고로 찾아온 것이 너무 늦었다고 볼 수도 있다. 그는 푹 고아 먹으라며 곡곰에게 쇠고기 뒷다릿살을 건넸다. 곡곰은 관아 교졸뿐만 아니라 박 진사네 하인들과도 형 동생 하며 지냈다. 억쇠가 나를 데리곤 창고 뒷마당 호랑가시나무 옆으로 가선 물었다.

"내가 왜 왔을까?"

"빚진 쌀 쉰 섬은 어떻게든 갚겠습니다."

"그건!"

억쇠가 검지를 들어 좌우로 흔들었다. 그는 먼저 나서는 법이 없었다. 잘잘못을 따질 때도 목청을 높이지 않았지만, 한번 화가 나면 마른 숲을 태우듯 앞뒤 가리지 않는다고도 했다. 눈짓만으로 뺨에 칼날이 닿은 기분이었다.

"내 입으로 네게 쌀을 갚으라 한 적 있어? 그건 마름인 봉식이 맡은 일이야. 그날 이후 마름을 언제 봤지?"

역시 봉식 때문에 온 것이다.

"본 적 없습니다. 나무들 나르느라 바빴거든요. 한데 그건 왜 묻는 겁니까?"

눈을 똑바로 뜬 채 시치미를 뗐다. 들숨과 날숨의 간격이 점점 짧아졌다. 억쇠가 찬찬히 내 눈을 쳐다보다가 말했다.

"사라졌어, 그날!"

"그날이라뇨?"

"네가 엄마를 묻으러 갔던 날! 봉식은 둘러보겠다던 논으로 가질 않았더라고. 거기서 우리랑 헤어진 뒤 본 사람이 없어."

나는 받아쳤다.

"그걸 왜 제게 와서 따지십니까? 엄마 묘로 쓰려고 잡아둔 구덩이에 똥오줌을 들이부은 것도 모자라서, 길치목과 저를 묶어 처넣었잖습니까?"

"그랬지. 나라고 맘이 편했겠냐? 진사 어른이 신신당부하셨거든. 마름이 시키면 군말 없이 다 하라고. 어겼다간 난장을 치겠다고. 어쨌든 내가 너라면 마름을 죽이고 싶었을 거야. 안 그래?"

"묶여 있었습니다, 우리는!"

억쇠가 말꼬리를 잡아챘다.

"언제 구덩이에서 나왔지?"

시선을 내리거나 고개를 숙이지 않으려고 애썼다. 죽곡에 가서 길치목을 만나고 왔을까. 길치목과 내 대답이 다르면 억쇠는 집요하게 추궁할 것이다. 길치목을 미리 만나 대비를 해둘까 고민도 했었다. 그러나 봉식이 이미 죽었다는 사실이 드러났을 때, 길치목과 짱구가 벌을 받도록 만들기는 싫었다. 두 친구는 나를 돕고 위로하기 위해 장지까지 따라온 것뿐이다. 짱구에겐 그날 봉식을 만난 적이 없다고 해야 한다며 못을 박은 후 보냈다. 길치목 역시 궁상각치우와 봉식의 다툼을 전혀 몰라야 했기에 따로 설명하지 않았다. 두 친구를 위해서는 이렇게 하는 편이 옳다고 믿었다.

"꼬박 하루 지나서요."

길치목의 말버릇을 앞세우기로 했다. 사냥감을 얼마나 쫓았느냐고 질문하면 돌아오는 답이 똑같았다. 물 한 모금 먹지 않고 꼬박 하루! 길치목은 나만큼이나 박 진사네 하인들을 싫어했다. 마름인 봉식을 앞세웠지만, 그들 역시 뒷배로 어슬렁거리며 농부들을 위협하고 괴롭혔다. 내 엄마를 멍석 말아 두들겨 패지 않았던가. 그러므로 길치목은 억쇠의 질문을 받더라도 정직하게 답하진 않았을 것이다. 건성으로 대충 넘기려 할 테니, '꼬박 하루'가 툭 튀어나오지 않았을까. 내 대답을 들은 억쇠가 입맛을 다셨다. '꼬박 하루'에 대해 토를 달 것이 없었던 것이다.

"곡곰 아저씨 밑에서 일하는 걸 알면서도 왜 저를 내버려둡니까?"

억쇠가 답했다.

"잡아다가 족쳐 쌀 쉰 섬이 나온다면 그리했겠지. 하지만 평생 땅만 일구고 살아온 네가 소작을 못 하게 되었으니 빈털터리일 건 뻔하고, 곡곰 따라 나무꾼으로 지내면 어쨌든 곡성 안에 있는 거고. 혹시 알아. 나무꾼 노릇 잘하면 거기서 돈 벌어 빚 갚을지."

억쇠가 팔을 뻗어 내 뒤통수를 붙잡고 당겼다. 날숨이 서로의 코에 닿을 만큼 가까웠다. 그는 고개 돌리거나 얼굴 찡그리지 않고 말했다.

"아무도 믿지 마라. 무리에서 제일 약한 놈을 골라 가장 약한 부위를 물고 늘어지는 건 사람이나 동물이나 마찬가지거든. 넌 약점 투성이야. 뒈졌어도 벌써 열 번은 뒈졌을 만큼. 챙겨주는 놈이 있더라도, 그놈 역시 널 이용할 대로 이용해 먹고 버릴 거야. 당하기 전에 어찌해야겠어? 먼저 쳐. 그래야 네 목숨이나마 건져. 명심해."

얼마 뒤 박웅은 억쇠를 속량贖良 즉 노비에서 풀어준 후 마름으로 삼았다. 억쇠가 천덕산 창고까지 나를 찾아온 것은 봉식의 행방을 수소문하기 위해서라기보다는 불쑥 되돌아올 가능성을 살피기 위해서였다. 내 대답은 봉식을 곡성 사람들 기억에서 지우려는 억쇠의 뜻과 썩 잘 어울렸다. 봉식을 금강산에서 보았다거나 묘향산에서 보았다는 풍문까지 돌았다. 억쇠가 은밀히 낸 소문일 듯했다. 봉식은 마름질하며 챙긴 돈을 들고 곡성을 뜬 것으로 정리되었다.

곡곰의 작업 지시는 간단했다. 천덕산 창고에 쌓아놓은 소나무 중에서 가장 구석에 놓인 녀석들을, 내가 서찰을 올려두는 참나무 아래로 옮기라는 것이다.

"날랜 사내로 다섯 명만 쓰는 거 어때요?"

나까지 여섯이 덤벼들면 하루에 끝날 일이다. 장선마을에서 힘 좀 쓴다는 농부들 얼굴이 재빨리 지나갔다. 곡곰이 단호하게 잘랐다.

"혼자 해."

꼬박 엿새는 걸릴 일이다.

"엿새까지 마치기로 이미 약속했어. 그보다 늦어지면 곤란하지만. 조건이 하나 더 있어."

불길했다. 혼자 저 많은 소나무를 옮기는 것도 힘든데, 조건이 덧붙는다니.

"뭡니까?"

"지게는 해 진 뒤부터 지고 해 뜰 땐 세워둔다."

"밤에만 옮기란 겁니까?"

"맞아."

"발이라도 헛디뎌 구르면 어떡합니까?"

"아직도 길을 다 못 익혔어?"

"거의 알긴 압니다. 하지만 밤에 산을 타는 건 길만 안다고 끝나질 않습니다."

"멧돼지라도 들이받을까 봐?"

곡곰의 부목 댄 양발을 보며 말했다.

"범이 내려올 수도 있고."

"지게를 지기 전 나무 신께 빌어. 무사히 옮기게 도와달라고."

눈썹 여인이 주문한 일이 아니라면 못 하겠다고 버텼을지도 모른다.

"나뭇값은 직접 받나요?"

곡곰이 당부했다.

"나무를 전부 옮기고 다음 날 그러니까 이레째 새벽에 빈 지게만 달랑 들고 다시 그곳으로 가. 충고하는데 눈썹을 만나려고 애쓰진 마. 내게 적어 보낸 이야기가 기묘하듯 사람을 대하는 방식도 기묘해. 만나 이야기하려 들면 거래를 끊겠대. 해마다 서너 차례 소나무를 왕창 사 가는 중요한 고객이야."

"그 말씀은, 약속 장소로 가더라도 만나진 못한단 겁니까?"

"맞아."

"그럼 거길 왜 갑니까?"

곡곰이 한심하다는 듯, 이마에 주름을 잡으며 쳐다보았다.

"받을 건 받아야시, 나뭇값!"

"만나지도 못하는데, 어떻게 받죠?"

"나무 신이 도우실 거야. 걱정 마."

엿새 동안 밤마다 혼자 나무를 옮기는 일이 쉽지만은 않았다. 나무를 몇 년 동안 충분히 말려 물기를 뺀 것이 그나마 다행이었다. 나무를 베자마자 옮겼다면 엿새가 아니라 보름으로도 부족했을 것이다. 달이 충분히 차올랐지만 밤길은 만만치 않았다. 첫날부터 나무뿌리에 걸려 한 번, 돌부리를 걷어차며 또 한 번 넘어졌다. 나무를 붙들고 버텨 뒹굴지는 않았다. 뒹굴었다면 발목이나 팔목 중 한 군데는 부러졌을 것이다. 두 번째 넘어질 때 탱자나무를 붙드는 바람에 가시에 찔렸다. 계곡물에 손을 씻고 천을 감았는데도 아픔이 가시질 않았다. 새벽에 일을 마치고 천덕산 창고로 와서 누웠을 때는 주먹을 쥐기 힘들 만큼 손이 퉁퉁 부었다. 돌실이가 와선 가엽다는 듯 손을 핥으려 했지만 저만치 물리쳤다. 지겟작대기를 쥐는 오른손이 아니라서 불행 중 다행이었다.

닷새째 밤을 보내고 새벽에 들어왔더니, 곡곰이 불편한 몸으로 삼계탕을 끓여놓았다. 닭과 인삼을 어디서 구했는지는 따져 묻지 않았다. 곡곰은 내가 뼈까지 다 씹어 먹길 기다렸다.

"이제 하루 남았네. 엉뚱한 짓 마."

"무슨 엉뚱한 짓 말입니까?"

"소나무 빼돌리려는 짓."

"도둑으로 모는 겁니까? 제가 그딴 짓을 왜 합니까?"

"도둑이라면 아예 일을 맡기지도 않았지. 누군가를 만나려는 욕심에 괜한 짓을 꾸미는가 싶어서……."

어둑새벽에 마지막 짐을 부리며 그 생각을 했다. 내일 소나무를 한두 짐 내놓지 않으면, 왜 부족하냐는 서찰이라도 주지 않을까. 그땐 그러면 만나서 설명하겠다는 답장을 보내는 거다. 나무가 꼭 필요하다면 직접 만나러 오지 않을까. 곡곰이 내 계획을 싹둑 잘라버렸다.

"하지 마. 그딴 얄팍한 수작에 놀아날 사람이 아니니까."

"어찌 그리 잘 아십니까? 만난 적도 없으면서."

"만나려고 해봤으니까 알지."

"아, 그럼 짐을……."

"석 짐을 덜 옮겼더랬어. 서찰이 오긴 했지. 이런 식이면 거래를 끊겠다고. 만나서 풀자고 적어서 같은 자리에 뒀지만 묵묵부답! 문득 그런 생각이 들더라. 남원, 옥과, 곡성, 구례, 하동에 나무꾼이 나 혼자도 아니고, 석 짐 정도 소나무를 구하려면 얼마든지 수를 낼 거라고. 또 결정적인 문제는 나뭇값을 아직 내가 받질 못한 거야. 나무는 석 짐 빼곤 다 넘겼는데 나뭇값을 못 받으면 나만 손해지. 너도 마찬가지야. 눈썹은 네가 수작을 부린다고 결코 끌려나오지 않아."

엿새째 밤엔 소낙비가 내렸다. 오르막으로 접어들었을 때부터 비를 맞는 바람에 두 손을 땅에 대고 기다시피 했지만, 마지막 짐까지 약속대로 마쳤다. 지게를 내려놓자 비가 그쳤다. 참나무 아래 쌓은 소나무들을 쳐다보았다. 이제 곧 날이 샐 것이고 저 소나무들을 가져가기 위해 사람들이 올 것이다. 그중엔 짙은 눈썹 여인도 있을 것이다. 얼굴을 볼 기회였고, 운이 좋으면 다가가서 말을 붙일 행운이 생길지도 모른다. 곡곰은 만나서 말을 섞으면 절대로 안 된다고 했지만, 나는 만날 결심을 굳히고 이 궁리 저 궁리를 했다. 만날 수밖에 없는 상황을 떠올렸다. 말벌집을 건드린다면, 범 울음이 들린다면, 폭우가 쏟아진다면.

해가 떴고, 새털구름이 빠르게 구례 쪽으로 흘러갔다. 여름 해가 나무 사이사이를 비추자 젖은 흙이 달아오르기 시작했다. 개미와 지네와 사마귀들이 바삐 기어 다녔고, 잠자리들이 몰려날며 벌레로 배를 채웠다. 꿩은 높이 오르고 까치는 낮게 파고들었다. 날개를 편 채 동악산 하늘을 빙빙 돌던 솔개는 끝내 날아내리지 않았다. 인기척이 들린 것은 오시午時, 낮 11시~1시였다. 열 명의 사내가 발소리를 죽이며 바람에 팔랑거리는 토란잎처럼 다가왔다. 그들은 내가 밤새 옮긴 소나무 열 짐을 지게에 나눠 졌다. 밤을 응시하던 부엉이처럼 눈을 크게 뜨고 그들 주위를 살폈다. 여자는 없었고, 사내 열 명이 전부였다. 한 짐씩 나무를 묶어 진 뒤 참나무 사이로 사라졌다. 나는 짐을 두었던 곳으로 바삐 갔다. 곡곰은 나뭇값을 받아오라 했다. 마지막 짐을 가져가고 나면, 내가 서찰을 두던 자리, 눈썹 짙은 여인이 흙으로 빚은 물건을 놓던 자리에 나뭇값을 둔다는 것이다. 그 자리엔 아무것도 없었다.

좀더 기다리기로 했다. 지게로 나르는 것은 사내들 일이고, 나뭇값을 치르는 일은 눈썹 여인의 일이 아닐까. 사내들만 왔다 갔으므로 나뭇값을 아직 지불하지 않았을 수도 있다. 나뭇값을 내려면 그 여인이 와야 한다. 나타난다면 나는 어떻게 할까. 뚜벅뚜벅 정면으로 걸어 나갈까. 아니면 참나무 사이를 지나 되돌아가는 여인을 잠시 따르다가 전망 좋은 언덕에서 말을 걸까. 언덕에 미리 가서 기다릴까. 질문이 꼬리에 꼬리를 물고 이어졌다. 하나씩 질문을 던질 때마다 기분이 나아졌다. 내가 떠올리는 깊은 산 곳곳이 전부 그 여인과 처음 만날 소중한 곳으로 바뀌었다. 거절의 순간은 떠올리지 않고 승낙의 순간만 덧붙였다. 입가에 살짝 비치는 미소가 눈과 코와 입을 모두 움직이는 함박웃음으로 바뀌었다. 소리 내어 웃고 또 웃다가 스르르 소나무에 기대어 앉았다.

깜빡 든 잠이라고 생각했다. 이백 보 아니 백오십 보 정도 걷는 시간만큼일까. 소나무 둥치에서 등을 떼고 일어나 습관처럼 참나무 쪽을 쳐다보았다. 거기, 무엇인가가 있었다. 두 팔을 활짝 벌려야 겨우 길이를 잴 만큼 컸다. 보자마자 알 수 있는 동물이었지만, 깊은 산과는 전혀 어울리지 않았기에, 눈을 비비며 다가섰다. 흙으로 빚은 고래였다. 엄지손톱만 한 사람이 고래 등에 놓였다. 무릎을 꿇고 두 손을 모은 채 기도하는 자세였다. 나는 급히 참나무 주위를 둘러보며 토끼처럼 뛰어다녔다. 곡곰이 받아오라는 나뭇값이 바로 이 흙으로 빚은 고래라면, 그 고래를 갖다 둔 사람은 눈썹 여인이 분명했다. 이렇듯 큰 고래를 여자 혼자 옮기긴 힘드니 사내들이 따라왔을 것이다. 그들이 와서 고래를 두고 사라지는 동안, 나는 소나무에 기댄 채 곯아떨어진 것이다. 엿새 밤을 꼬박 새워 소나무 단을 지게에 얹고 산길을 오르내렸다고 해도, 밀린 잠에 빠져 이 순간을 놓친 것이 너무나도 아쉬웠다. 스스로 주먹을 들어 이마를 두드리고 가슴을 때렸다. 분이 풀리지 않았다. 혹시 서찰이라도 남겼을까. 고래를 살짝 들기도 하고 주변을 살피기도 했지만 아무것도 없었다.

엿새 동안 옮겼던 소나무 대신 흙으로 빚은 고래를 지게에 지고 창고로 돌아왔다. 고래를 조심조심 내려놓으니, 곡곰이 부러지지 않은 왼팔을 신나게 흔들며 즐거워했다. 나는 짜증부터 냈다.

"이깟 고래가 뭐 그리 비쌉니까? 엿새 동안 옮긴 소나무에 비하자면……."

"세상에서 이 고래는 딱 하나뿐이야. 그게 중요해. 혹시 사람 삼킨 고래를 본 적 있어?"

"삼켜요, 사람을?"

곡곰은 눈썹 여인에게 기묘한 이야기를 나뭇값으로 받아왔다. 이야기가 적힌 서찰을 읽고 실망한 적이 단 한 번도 없었고, 지나치게 감동한 나머지 다음 거래에서 나무를 몇 단 더 선물로 주기까지 했다. 사람 삼킨 고래도 곡곰이 크게 감동한 이야기였다.

"선과 악을 알게 하는 나무 열매를 먹은 들녘과 눈썹을 지당에서 내쫓은 신, 기억하지? 그 신이 어떤 사내에게 고을을 하나 찍어서 가라고 했대. 그 사내 이름이 무척 희한했는데, 기억나질 않네. 귀찮으니까 또 그냥 들녘이라고 하자."

"이번에도 제 이름인가요?"

"왜? 싫어? 아는 사람 이름 넣어 이야기하면 난 집중이 더욱 잘되더라. 네가 싫다면 바꿀까?"

"아닙니다. 들녘이라고 해두죠."

"자, 시작해 볼게. 들녘은 신이 정해준 고을로 가는 걸 두려워했어. 왜냐하면 저잣거리에 서서 이렇게 외치라고 시켰거든. '너희가 저지른 죄악이 신에게까지 치솟았다!' 붙들려 난장을 맞기 딱 좋은 외침이지. 들녘은 두려운 나머지 다른 고을로 달아나려고 배를 탔어. 한데 갑자기 폭풍이 일어 배가 부서지기 직전이었지. 다들 겁에 질려 안절부절못하면서 배 무게를 조금이라도 줄이려고 가져간 짐을 전부 바다로 던졌는데, 들녘만 배 밑창에서 쿨쿨 잠이 들었더래. 뱃사람들이 들녘을 깨운 후, 바다가 난리가 났는데 어찌 그리 편히 잠이 드냐고 물었대. 그리고 바다가 거칠어진 것이 누구 때문인지, 배를 탄 사람 전부가 제비를 뽑았다더군. 들녘이 딱 걸렸대. 들녘은 이 배를 탄 까닭을 솔직히 털어놓았고, 자신을 바다에 던지면 폭풍이 잦아들 것이라고 했대. 뱃사람들이 들녘을 희생 제물로 바다에 내던졌고, 바다는 곧 잠잠해졌지."

"희생 제물이라! 그런 얘긴…… 많이 들었습니다. 심청도 뛰어들었죠."

"뛰어들었지."

"심청처럼 들녘도 용궁으로 갔나요? 용왕의 도움으로 연꽃 속에서 발견되었고요?"

"아니! 심청 이야기엔 부처님도 계시고 용왕님도 계시지만, 들녘에게 명령을 내린 신은 오직 하나니까, 바닷속으로 들어가봤자 용궁도 없고 용왕을 만날 일도 없지. 대신 그 신은 들녘과 같은 사람에게뿐만 아니라 바다에 사는 동물들에게도 명령을 내렸어. 고래에게 들녘을 산 채로 삼키라고. 들녘은 자그마치 사흘이나 고래 배 속에서 지냈지."

"갑갑했겠어요. 컴컴하고 미끌미끌거리고. 살아도 산 게 아니죠."

"들녘이 참회의 기도를 드렸더니, 신이 사흘 만에 고래에게 들녘을 육지로 뱉어내게 하셨어. 그리고 들녘은 처음 신이 가라고 명령한 고을로 가서 외쳤지. 사십 일이 지나고 나면 신이 고을을 무너뜨릴 것이라고."

"무너졌나요?"

"아니! 들녘의 경고를 들은 고을 사람들이 먹지도 않고 마시지도 않고, 자루 옷을 꺼내 입고 참회의 기도를 올렸대. 그래서 신이 그 고을을 멸망시키지 않았다는 이야기. 사흘이나 사람을 산 채로 삼켰다가 다시 뱉은 고래는 세상에 단 한 마리밖에 없을 거야. 그래서 이번 나뭇값으로 그 고래를 빚어달라 했지. 이젠 확실히 알겠어. 사람 삼킨 고래가 어찌 생겼는지."

사람 삼킨 고래는 곡곰에게 확실해졌지만, 그 고래를 흙으로 빚은 눈썹 여인은 내게 더 모호해졌다. 세 산을 오르내리며 나무를 베고 나르는 일을 꾸준히 하면서도, 야음을 틈타 당고개에서부터 천덕산을 오갔다.

사람이 살지 않고 들짐승만 머물던 골짜기도 어느 날 가보면 움집과 함께 밭이 생겼다. 마을 초입엔 못 보던 어린나무들도 심겨 있었다. 그들은 이 골짜기로 들어오기 전에 어디서 무엇을 했으며 성과 이름은 무엇인지 밝히기를 원치 않았다. 갑자기 사라지기도 했고 또 갑자기 나타나기도 했다. 가난한 농부들은 땅을 빌려 일구다가 먹고살기 막막해졌을 땐 떠나는 수밖에 없었다. 감당하기 벅찰 만큼 세를 못 내고 빚을 진 경우가 많았으니, 추격자들을 피해 멀리 달아나 숨었다. 그곳이 곡성일 수도 있었고 구례일

수도 있었고 하동일 수도 있었다. 들판에 자리 잡은 고을보다는 골짜기가 많은 곡성 같은 고을이 숨기엔 좋았다. 앞도 첩첩이요 뒤도 첩첩이었다.

천덕산 초입에서 성난 목소리가 들렸다.

"멈춰!"

아직까지 곡성의 산들을 오르내리며 산적을 만나 봉변을 당한 적은 없었다. 순자강 건너 지리산에서 산적들이 남원과 구례까지 내려와선 훔치고 빼앗고 죽인다는 풍문이 들려왔다. 그러나 곡성은 범이나 멧돼지 때문에 다치거나 죽긴 하지만, 사람이 사람을 해치는 경우는 드물었다. 가지 끝마다 꽃이 핀 전나무 뒤에서 웃음이 흘러나왔다. 나는 곧 그 목소리를 기억해 냈다.

"몸도 성치 않은데, 예서 뭐 해?"

절뚝거리며 나온 사내는 역시 산포수 길치목이었다. 박 진사네 하인들에게 짓밟힌 무릎과 발목을 돌보느라 볼살이 쏙 들어가는 바람에 사람이 더욱 길어 보였다. 길치목이 가볍게 내 어깨를 치곤 답했다.

"너 기다렸지. 어떻게 한 번을 안 와보냐?"

"걸을 만해?"

"일찍도 물어본다. 걸을 때마다 무릎에서 서걱대는 소리가 나긴 하는데, 괜찮을 거야."

"바빴어."

"알아. 곡곰이 지독한 욕심쟁이니, 너는 밤을 새워도 할 일이 남았을 거야. 게다가 곡곰까지 다쳤으니 더더욱 일이 많았겠지."

길치목이 주변을 살핀 후 따지듯 물었다.

"너냐?"

"뭐?"

나는 그가 묻는 이유를 알면서도 모른 척 받아쳤다. 길치목은 단정 짓듯 한 걸음 다가서며 물었다.

"억쇠가 다녀갔어. 내가 하지 말랬지?"

역시 억쇠는 죽곡에서 길치목을 먼저 만난 후 내게 왔던 것이다.

"나 아냐."

"아냐?"

언제 어디서일지는 모르지만, 길치목이 이렇게 따져 물으리란 예상은 했다. 그때 나는 솔직하게 모든 걸 털어놓을 것인가. 거위들과 함께 봉식이 비탈에서 굴러떨어졌다고, 웅덩이에 거꾸로 박힌 두 다리를 발견했다고, 들어가서 끌고 나오다가 놓쳤다고, 웅덩이 속으로 다리가 잠겨버렸다고. 전부 고백하는 상상을 한 적도 있지만, 막상 길치목과 마주 서자 입이 떨어지지 않았다.

"너 아니면 누군데? 누가 봉식을 그렇게 해?"

"그렇게 하다니?"

"몰라서 물어?"

나는 잠시 숨을 들이켰다가 물었다.

"……시신이라도 나왔어?"

"곡성엔 골짜기가 백 개도 넘어. 파묻으면 영영 못 찾지. 네가 죽이겠다고 뛰쳐 내려간 건 맞잖아?"

"꼬박 하루…… 만에 웅덩이에서 나왔다는 거짓말은 왜 했어? 하루는커녕 사각四角, 1시간도 채 지나지 않아 결박을 풀었고, 내가 봉식을 죽이겠다며 혼자 내려갔다고 사실대로 말하지 그랬어?"

"그딴 소릴 억쇠한테 내가 왜?"

"사람을 죽였으면 벌을 받아야지."

사람을 안 죽였으니 벌을 받지 않겠다는 뜻이다. 침묵 속에서 시작된 눈싸움을 접은 쪽은 길치목이었다.

"정말 아냐, 너?"

"아니래도."

"그럼 누구야?"

"그걸 왜 나한테 물어?"

길치목이 내 눈을 들여다보았다.

"짱구 만났어?"

"짱구?"

"그날 산 아래에서 짱구 만났냐고? 우리가 내려올 때까지 기다리기로 했잖아?"

"내가 내려갔을 땐 없었어."

"확실해?"

"짱구도 거위들도 없었다니까."

"짱구가 사라졌어."

"사라지다니?"

"그날 이후 짱구도 없어졌어. 억쇠가 동악산 아래에서 짱구를 본 게 마지막이야."

"어딘가 있겠지. 전에도 장선마을에서 목사동 꽃구경 간다며 배에 올랐다가, 압록에서 대황강 가는 배로 바꿔 타질 못해 광양까지 내려가는 바람에 바다를 실컷 봤다잖아? 그때와 비슷할지도 몰라."

길치목이 고개를 저었다.

"그날 짱구가 왜 압록에서 내리지 못했는지 벌써 잊었어? 지독한 뱃멀미 때문에 토하고 또 토하느라 지나쳤던 거야. 보름을 걸어와선 우리에게 했던 말 기억해? 두 번 다신 배를 타지 않겠다고. 아무리 험해도 걸어가겠다고 다짐했지. 짱구가 다리를 심하게 절며 거위들과 함께 걷는다면, 거기가 죽곡이든 석곡이든 목사동이든 소식이 들려오게 마련이야. 궁상각치우가 울어대는데 어찌 숨어다니겠어? 그런데 아무런 흔적이 없어. 거위들 울음을 들었다는 사람도 없다고. 마름인 봉식과 짱구와 거위들이 모조리 사라진 거야. 이걸 어떻게 설명해야 할까?"

나는 슬쩍 떠보았다.

"짱구가 봉식을 해치고 숨기라도 했다는 거야?"

길치목이 어깨가 흔들릴 만큼 웃었다.

"말이 되는 소릴 해. 짱구가 봉식을? 제대로 서 있지도 못하는데? 차라리 봉식이 짱구를 해치고 숨었다는 게 말은 되겠다."

"봉식이 짱구를?"

길치목이 자신의 말을 뒤집었다.

"그것도 말이 안 되네. 마름이 거지를 왜 죽이겠어? 혹시 거위들이 탐났을까?"

답을 못한 채 눈만 끔벅거렸다. 길치목이 내 등을 손바닥으로 쓸며 말했다.

"농담이야 농담! 궁상각치우, 난 그냥 가져가래도 싫어. 게다가 녀석들은 짱구가 엄마인 줄 알고 짱구 말만 듣잖아? 딴 데 팔 수도 없어."

길치목과 짱구 이야기를 길게 나눠서인지 꿈에 짱구가 나왔다. 꿈에서 짱구는 말을 더듬지도 않았고 숨이 가빠 말문을 닫지도 않았다. 오른쪽 팔다리가 불편한 것은 여전했다. 짱구는 거위들을 앞세우곤 천덕산 창고로 놀러 왔다. 꼬리를 흔들며 반기는 돌실이의 등을 쓸면서 장선마을과 앞들 소식부터 전했다. 동악산이나 천덕산에 올라 산 아래 펼쳐진 들을 볼 때마다 칠 년이나 가꾼 논 생각이 나긴 했다. 나는 짱구에게 내 지게를 보여줬다. 등에 찰싹 붙는다는 것, 오르내림이 심할수록 중심이 잘 잡힌다는 것, 짐으로 올리는 나무들과 금방 친해진다는 것. 짱구는 새고자리에서 윗세장과 밀삐세장과 허리세장을 거쳐 가지와 등태와 목발과 밀삐와 발채에 지겟작대기까지 구석구석 지게를 어루만지며 눈물을 내비쳤다. 나는 눈썹 여인이 엄마에게 쌀 석 줌씩을 갖다준 이야기를 들려줬다. 그녀에게 서찰을 쓰기 위해 내가 언문을 배운 이야기까지 들은 짱구가 물었다.

"답장이 안 오면?"

"기다려야지. 또 서찰을 보내고."

"그래도 안 오면? 자꾸자꾸 안 오면?"

"올 거야. 오게 만들어야지."

"농부가 애쓴다고 꼭 풍년이 드는 건 아냐. 농사는 하늘이 짓는다고 네가 그랬잖아? 답장은 눈썹 여인이 쓰는 거야."

돌실이

손바닥 위에 올려놓기 딱 좋은 이 개의 이름은 돌실이다. 백구는 많지만 이렇듯 두 귀와 꼬리가 삐죽 서고 눈이 깊은 진돗개는 돌실이뿐이다. 흙으로 빚은 돌실이는 손바닥에도 올려놓지만, 실제 돌실이는 송아지만 하다.

처음부터 눈이 깊었던 것은 아니다. 엄마가 돌실이를 얻어 왔을 때는 호기심만 가득한 눈이었다. 무엇이든 먼저 물고 그다음에 냄새를 맡고 마지막으로 앞발로 누르거나 툭툭 쳐댔다. 메주 묶은 새끼줄을 자주 끊었고, 떨어진 메주엔 시원하게 오줌을 갈겼다. 풀어놓아도 집 밖으로 나가는 법이 없었다. 마당을 돌다가 여름엔 돌 위에 앉고 겨울엔 짚더미를 차지했다. 신나게 마을을 누비는 동네 개들의 울음에도 동요하지 않았다. 고개를 돌린 채 조용히 쉬다가, 개든 고양이든 마당으로 들어서면 득달같이 가서 짖어댔다. 강아지 시절에도 몸이 두 배는 더 큰 개들에게 덤볐다. 등이나 목을 물려 죽을 고비를 넘겼지만, 다음에 똑같은 경우가 닥치자 다시 달려들었다. 곁을 허락하는 수캐도 드물게 있었다. 그 개가 오면 밥그릇에서 슬그머니 물러났고, 밥을 다 먹을 때까지 턱을 괴고 엎드려 쳐다보았다. 그때 돌실이의 눈이 조금 더 깊어졌다. 새끼를 낳고 나서도 마찬가지였다. 강아지들이 아무리 귀찮게 굴어도 밀어내지 않고 받아줬다. 마당과 집 주위를 옮겨 다니며 강아지들에게 여러 동작을 선보이고 가르쳤다.

엄마가 이승을 떠난 봄날, 돌실이는 뒷마당에 웅크린 채 하늘을 올려다보았다. 돌실이만 집에 남길 수 없어 데리고 산으로 들어갈 때는 걱정이 많았다. 평평한 들에서도 얼마 걷지 못하는데 험한 산을 오르내릴 수 있을까. 창고에서만 엎드려 자다가 세상을 버리는 것은 아닐까. 의외로 돌실이는 산에 잘 적응했다. 적응하는 정도가 아니라 맘껏 돌아다녔다. 천덕산 창고에서 멧돼지를 향해 달려든 적도 있었다. 내가 마당으로 나갔을 땐 멧돼지는 이미 쓰러져 거친 숨을 몰아쉬었고, 돌실이는 얼굴과 등에 피를 잔뜩 묻힌 채 또 달려들려고 했다. 피를 씻어내고 살펴보니 돌실이는 상처 하나 없이 깨끗했다. 주둥이를 물린 멧돼지가 흘린 피였다. 산으로 들어온 후 돌실이는 시도 때도 없이 잤다. 노을이 질 때나 비나 눈이 내릴 때, 산 아래 풍경을 오래 바라보다가 문득 졸았다. 그러다가 눈을 뜨고 고개를 살짝 흔든 후 다시 보곤 했다. 몸은 여기 있지만 마음은 딴 곳을 돌아다니다가 오는 듯했다.

동이산에서 이틀, 동악산에서 하루를 보내고 천덕산으로 돌아온 저녁이었다. 돌실이를 앞세우고 저녁 산책을 나섰다. 강과 들은 여전히 더웠지만, 천덕산 숲은 언제나 시원했다. 여름으로 접어들자 돌실이의 걸음이 점점 느려졌다. 눈앞에 다람쥐가 달아나도 쫓지 않았다. 능선에 오른 후 나는 너럭바위를 택해 앉았다. 돌실이가 발밑에 엎드렸으므로 오른손으로 뒷목을 쓸어줬다. 차가운 돌에 등을 붙이고 누웠다. 이른 저녁이지만 벌써 별들이 반짝였다.

긴 잠은 아니었다. 오른손이 허전해서 눈을 떴다. 어둠이 짙었고 그믐이라 달도 뜨지 않았다.

"돌실아!"

서너 차례 목청껏 불렀다. 기다렸지만 돌아오지 않았다. 창고에서 멀지 않은 언덕이었으므로 나 혼자 걸어 내려왔다. 창고에서 돌실이를 기다리며 앉았다가 누워 잠들었다. 아침에 눈을 뜨자마자 밖으로 나가선 이름을 부르며 찾았지만 없었다. 불길했다.

"올 거야. 평생 너만 따라다닌 개니까."

곡곰이 목발을 짚고 서선 위로랍시고 말했다. 돌실이는 사람보다도 더 사람의 마음을 잘 헤아렸다. 내가 걱정하는 줄 아니까, 늦어도 아침까진 창고로 돌아왔어야 한다. 오지 않았다. 다음 날까지도 돌아오지 않자 찾아 나섰다. 천덕산엔 나무와 풀만 자라는 것이 아니다. 멧돼지는 싸워 물리쳤지만, 범도 돌아다니고 늑대들이 지나가기도 했다. 들짐승과 맞서다가 다치기라도 했다면 빨리 찾아 치료해야 한다. 마음이 급했다.

하루가 더 지났다. 돌실이는 여전히 돌아오지 않았다. 돌실이와 저녁 산책을 했던 너럭바위에서 발자국들을 찾기는 했다. 내가 일을 하거나 잠이 들었을 때, 방해하지 않고 주변을 경계하던 돌실이의 모습이 눈에 선했다. 발자국들이 너럭바위에서 멀어졌다. 어딘가로 바삐 가는 것이 아니라, 나아갔다가 뒤돌아서고 다시 나아갔다가 뒤돌아서기를 반복했다. 산길로 내려와선 발자국을 따라 걸었다. 그때까지만 해도 이 길을 따르노라면 돌실이를 찾을 수 있겠다는 희망을 품었다. 계곡이 나왔고 경쾌한 소리와 함께 물이 흘러내렸다. 발자국은 거기서 끊겼다. 올라도 가보고 내려도 가봤지만,

노루와 삵 발자국만 찾았을 뿐 돌실이 발자국은 없었다.

걷다 보니 다시 너럭바위였다. 돌실이를 마지막으로 만진 곳이다. 그 밤처럼 드러누웠지만, 먹구름이 몰려든 탓에 별도 달도 보이지 않았다. 눈을 감고 오른손을 바위 아래로 내려 만지작거렸다. 손바닥과 손가락에 돌실이의 등과 머리가 닿았으면! 턱을 들며 눈을 떴다. 하늘과 나무와 풀이 거꾸로 보였다. 손을 뻗으면 쥘 만한 곳에 사내아이 하나가 서 있었다. 눈이 마주쳤다. 눈과 눈 사이에 점처럼 사마귀가 나서, 눈이 세 개란 착각이 들 정도였다. 놀라서 황급히 허리를 접고 일어났다. 열 살쯤 되었을까. 이 밤에 산을 혼자 돌아다닐 나이가 아니었다. 누구냐고 묻기 전에, 팔을 뻗어 어깨나 손목을 쥐기도 전에, 아이는 돌아서서 달리기 시작했다. 나도 아이를 따라 걸음을 뗐다. 지게에 나무를 가득 지고 밤길을 오르내린 내가 아닌가. 곧 따라잡으리라 여겼지만 쉽게 잡히지 않았다. 거리를 좁혔다 싶으면 아이는 방향을 꺾었고, 그때마다 숨어들기 좋은 바위들과 쓰러진 고목들이 나타났다.

그렇게 얼마나 쫓았을까. 솔숲에서 아이가 갑자기 사라졌고, 나는 허리를 숙인 채 거친 숨을 몰아쉬었다. 산도깨비였을까. 가슴을 밀던 맞바람이 둘로 나뉘었다. 등을 보인 채 서 있는 사람의 어깨를, 팔을 뻗어 붙들었다. 이번엔 놓치지 않았다. 그런데 아이의 작은 어깨가 아니었다. 어깨를 잡힌 사람이 고개를 돌리지도 않고 물었다.

"돌실이를 찾으시죠?"

돌실이는 네발로 서려고 안간힘을 썼지만 비틀대며 주저앉았다. 나는 왼 무릎을 꿇은 채 돌실이의 머리를 끌어안고 등을 쓸었다.

"괜찮아. 다 괜찮으니까 그대로 있어."

돌실이가 흘린 침 때문에 내 양손과 허벅지가 축축했다. 돌실이는 나를 반기면서도 낑낑대며 신음했다. 기쁨과 고통이 한꺼번에 밀려든 것이다. 눈썹 여인이 돌실이의 머리를 쓰다듬으며 말했다.

"저를 찾아왔더라고요. 이틀 전 새벽에 문을 여니 고개를 들고 쳐다보더군요. 그 깊고 슬픈 눈이라니! 굶으며 먼 길을 오느라 기진맥진했는지, 서 있지도 못하고 모로 쓰러졌답니다. 심하게 떨기에 이대로 숨이 끊기지나 않을까 걱정했어요."

말허리를 잘랐다.

"어떻게 그쪽을 찾아갔죠? 혹시 이틀 전 그 밤에 천덕산 창고 근처로 왔었나요?"

"생각하시는 창고로 이틀 전에 가지 않은 건 확실해요. 이건 어디까지나 추측이지만, 돌실이가 제 체취를 맡았나 봐요."

"체취⋯⋯ 몸 냄새를 맡았다고요?"

"죽 쑬 쌀을 석 줌씩 드리려고 오죽네로 몰래 갔었단 얘긴 썼었죠? 그때 부엌문 앞엔 늘 돌실이가 있었어요. 그 모습이 하도 늠름해서 쓰다듬기도 하고 마른 북어를 구해주기도 했답니다. 제가 오죽 숲을 벗어날 때까지 북어엔 입도 대지 않더군요."

"눈도 어둡고 귀도 거의 먹었어요. 냄새까지 제대로 맡지 못하고."

"노인들이 귀를 먹고 눈이나 코나 혀가 예전만 못한 것과 돌실이가 똑같다고 여기면 안 돼요. 귀가 먹었더라도 사람보다 훨씬 잘 듣고, 냄새를 못 맡더라도, 개코인 걸요. 어쨌든 이상한 일이긴 해요. 산에서 저의 체취를 맡았다고, 주인 곁을 떠나 밤을 새워 돌아다니진 않죠. 진돗개가 흔히 하는 짓이 아닙니다. 주인 곁에 머물며 집을 지키니까요. 주인에게서도 멀어지고 집을 지키지 못하더라도, 꼭 제게 와야 할 이유가 돌실이에겐 있었던 겁니다. 그게 뭘까요? 이틀 동안 그 마음을 들여다보려 애썼어요. 예전에도 돌실이가 이렇듯 누군가를 찾아 멀리 간 적 있나요?"

"없습니다."

"평생 개를 기른 이웃 할머니가 돌실이를 살펴보시곤 그러시더라고요. 진즉 황천길을 떠나야 했는데, 숨이 붙어 있는 게 신기하다고. 온몸이 불에 덴 것처럼 아플 테지만, 뭔가 한 가지를 더 이루기 위해 이렇듯 버티는 거라고. 돌실이는 저를 데리고 자신의 주인에게 돌아가고 싶은 게 분명해요. 그 소망을 이루기 위해 진돗개답지 않게 먼 길을 더듬어 온 것이고요."

"그래서 돌실이를 데려온 겁니까? 땔감을 넘기는 나무꾼과는 말을 섞지 않는다는 원칙까지 깨고?"

"원래 계획은, 돌실이에겐 미안하지만, 이 충직한 개를 천덕산 창고 앞에 두고 올 생각이었어요. 지금은 잠시 숲으로 숨긴 했지만, 제 친구 둘이 그 길에 동행하겠다고 나섰죠. 한 친구가 돌실이를 지게에 졌고 또 한 친구가 솔가지로 발자국을 지우며 뒤따랐거든요. 발자국을 지우며 따라온 친구는 이미 만나셨죠?"

매화범보다 빨리 달린 아이를 뜻하는 것이다.

"한데 왜 창고 앞까지 오질 않고 여기서……?"

"그게…… 돌실이가 어디서 그런 힘이 솟았는지, 갑자기 지게에서 뛰어내렸답니다. 그리고 꼼짝도 하지 않는 거예요. 숨이 거칠어지더군요. 이 밤을 넘기기 힘들 듯싶어, 친구를 보낸 겁니다."

"이렇게 당신과 대화를 나누게 된 것도 돌실이 뜻이다?"

"맞아요. 사람이든 개든 진심이 있으니까요. 돌실이는 당신만 남겨두고 떠나는 걸 슬퍼합니다."

나는 짱구와 궁상각치우를 떠올렸다. 짱구가 슬플 때 거위들은 알을 품듯 다가와선 짱구를 품었고, 짱구가 기쁠 때 거위들은 양껏 날개를 휘저으며 춤추었다. 짱구는 길치목이나 내게 하듯 거위들에게 말을 건넸고, 우리와 이야기를 하다가도 거위들이 짖으면 일어나서 다녀오곤 했다.

겨우 머리를 들고 버티던 돌실이가 완전히 엎드렸다. 거친 숨을 쉴 때마다 네 다리가 동시에 떨렸다. 힘차게 땅을 딛고 내달리던 다리들이 뒤틀려 허공을 휘저었다. 그 다리들을 쳐다보는 돌실이의 눈에 두려움과 안타까움이 가득 찼다. 다리뿐만이 아니었다. 머리도 어깨도 하다못해 꼬리까지도 생각대로 움직이지 않았다. 저 다리의 경련이 돌실에게 아직 숨이 붙어 있다는 증거였다. 나는 돌실이를 끌어안았다. 떨리는 다리들을 꽉 잡았다. 돌실이의 깊은 눈이 반쯤 감겼고 탁한 눈물이 흘렀다. 고개를 겨우 돌려 나와 눈을 맞췄다. 마지막 안간힘이었다. 그 눈을 들여다보며 눈썹 여인에게 물었다.

"고래 배 속에 든 사람을 사흘 뒤 구한 신에게 돌실이를 살려달라고 하면 안 되겠습니까?"

그녀는 다가앉아 돌실이의 등을 쓸며 침착하게 답했다.

"기도는 돌실이가 저를 찾아온 순간부터 계속 드리는 중입니다. 더 오래 주인 곁에 머물렀으면 좋겠으나, 제 바람을 살피지 말고 당신 뜻대로 하시라고."

화가 났다.

"무슨 기도가 그따웝니까? 소원을 이뤄달라고 기도해야지, 기도하는 사람의 바람 대신 신의 뜻대로 하라? 신의 뜻이 대체 뭡니까?"

"모르니까 기도하는 거죠. 신의 뜻을 알면 그 뜻을 받아들이고 행할 일입니다. 그쪽은 봄에 씨앗을 심을 때 흉작일지 풍작일지 알아요?"

파종할 때 추수를 가늠하긴 어렵다. 그녀가 덧붙였다.

"돌실이가 오래 살기를 바라긴 하죠. 하지만 그 바람을 꼭 이뤄달라 빌진 않아요. 파종 후 반드시 풍년이 들게 해달라고 빌지 않듯이. 욕심을 채우는 게 기도는 아니니까요."

돌실이가 얕은 기침을 뱉고는 눈을 감았다. 신음이 잦아들고 힘겹게 이어지던 다리 경련도 멎었다. 돌실이를 이제 데려가는 것이 신의 뜻이듯이, 돌실이의 마지막을 나와 아가다가 함께하는 것도 정녕 신의 뜻이었을까. 물론 그때는 이름도 몰랐지만.

붓통

붓을 꽂아두는 통이다. 아래가 넓고 중간은 잘록하며 위는 한껏 벌린 붕어 주둥이처럼 둥글다. 붓을 충분히 꽂고 쉽게 빼기 위함이다. 대나무 마디 문양을 잘록한 중간에 세 번 둘렀다. 곧고 바른 글을 쓰라는 권유이기도 하고, 맺고 끊음을 분명히 하라는 암시이기도 하다.

돌실이를 엄마 곁에 묻었다. 순자강이 훤히 내려다보이는 언덕마루에 구덩이를 파고 묻는 동안, 눈썹 여인이 곁에 있어줬다. 손이 더러워지니 물러나 있으라고 만류했지만, 그녀는 파낸 흙을 양손으로 떠 선바위 아래까지 옮겼다.

깊은 밤 숲은 잠시도 가만있지 않고 온갖 소리를 낸다. 풀과 나무가 내는 소리도 있고 그 숲에 깃들어 사는 벌레들이 내는 소리도 있고 밤에 더 익숙한 동물들이 내는 소리도 있다. 그 소리에 잠시라도 마음을 빼앗기면 기회를 잃는다. 그러므로 눈썹 여인을 내 앞에 두고 보면서 걷는 쪽을 택했다.

"또 이렇게 걸을 날이 있겠습니까?"

"걷고 싶나요?"

"네."

"왜 그런 마음이 들까요?"

나도 반격했다.

"왜 저를 도운 겁니까? 쌀 석 줌씩을 건네기 전부터 두 번이나 도왔잖습니까? 흙으로 빚은 책 읽는 남매를 제게 던진 적 있죠? 당고개 주막에서 제가 비운 술독을 깨뜨려 구덩이에 넣은 것도 그쪽이죠?"

"돕지 않으면 죽게 생겼는데, 그냥 둬요?"

역시 그녀가 주도한 일이다. 당고개 주모 이동레의 머리에서 나올 꾀가 아닌 것이다.

"발각되면 그쪽도 끌려가 곤장을 맞을 뿐 아니라 큰 낭패를 당합니다. 우연히 보고 도울 마음이 생기더라도 숨었어야 합니다. 제가 그쪽의 원수도 아닌데……."

그녀가 돌아서선 나와 눈을 맞췄다. 마주 보며 선 것은 나란히 앉는 것과는 또 달랐다.

"무슨 말이죠, 그쪽의 원수도 아니라는 건?"

"당고개 주모가 기묘한 서책을 펴놓고 읊조렸습니다. 제가 헛것을 듣지 않았다면, 주모는 틀림없이 원수를 사랑하라고 했습니다. 사랑한다면 도울 수밖에 없는 것 아니겠습니까, 원수더라도?"

말이 말을 낳는 식이다. 받아들이기 힘든 주장이었기에, 거기서 가지처럼 뻗은 말까지 어지러웠다. 그래도 구태여 이동레의 말을 끌어당긴 것은 그들의 신이 내가 아는 신과 무척 다르다는 곡곰의 귀띔 때문이었다. 내 자리를 고집하지 않고 손끝이라도 뻗어야 이야기가 섞일 듯싶었다. 그녀가 자작나무 껍질처럼 굳은 얼굴로 물었다.

"그 얘길 누구에게 또 했나요?"

"처음 털어놓는 겁니다. 저를 곡곰 아저씨께 소개한 이도 당고개 주모입니다. 그쪽이 주막에서 가장 큰 술독을 깬 건 주모의 허락 없이는 불가능합니다. 제가 농사를 짓는다고 생각 없는 바보 취급 하진 마십시오. 농사는 하늘이 팔 할을 짓고 땅이 일 할을 맡습니다. 농부는 제아무리 부지런하게 들을 오간다 해도 일 할을 넘기 힘들지요. 다시 말해 구 할이 이미 갖춰졌단 얘깁니다. 난알이 익은 벼를 가리키며 자신이 길렀다고 하는 농부는 농사가 무엇인지 모르는 허풍쟁입니다."

"하늘이 팔 할이라고요?"

"솔직하게 말하자면 구 할에 가깝지요."

"언제부터 그런 생각을 했죠?"

"열 살! 소작 부친 논에서 처음 벼를 거둘 때부텁니다. 잠도 안 자고 들로 나갔지만 흉작도 그런 흉작이 없었습니다. 여름 가뭄이 길었고, 난알이 익어야 하는 가을엔 한 달 내내 비가 왔거든요. 그때 농부는 하늘만 쳐다보며 기다립니다."

"그렇군요. 처음 알았어요."

"피장파장이죠. 나도 그쪽이 믿는 신을 잘 모르니까."

그녀는 약속했다. 내가 하고 싶은 이야기를 서찰에 적어 참나무 아래에 두면, 답을 남기겠다고. 만나야 하면 만나겠다고. 나는 돌실이의 뜻이 이루어졌다고 여겼다.

솔직히 고백하자면, 그날 그녀 뒤를 밟았다. 서찰을 쓰고 증표를 받고 다시 만나는 것도 좋지만, 어디서 누구와 무엇을 하며 사는지 알고 싶었다. 천덕산 야행이라면 자신이 있었지만 결국 놓쳤다. 그녀는 길 아닌 곳으로만 걸었다. 눈을 크게 뜨고 주위를 살펴도 내게 익숙한 나무들이 없었다.

다음 날 그녀를 놓친 언덕으로 가선 다시 걸었다. 익숙한 길을 만나면 지나쳤고, 나라면 결코 가지 않을 곳만 골라 헤맸다. 미끄러져 굴렀고 늪에 발이 빠졌다. 풀더미에 가려진 절벽으로 곧장 나아갔던 순간이 가장 위험했다. 거기에 절벽이 있다는 건 이미 알고 있었다. 미끄러지지 않으려고 둘러 갔던 곳이다. 그러나 내 키보다 높이 자란 풀 때문에 절벽까지 스무 걸음 정도 여유가 있다고 착각했다. 밑에서부터 불어 올라온 찬 바람이 두 다리와 가슴과 턱을 차례차례 때리곤 허공으로 향했다. 절벽 끝인 것이다. 엉덩이를 한껏 빼려 했지만, 내달리던 걸음을 멈추긴 어려웠다. 이대로 추락할 수밖에 없었다. 어처구니없는 개죽음이었다.

"우훅!"

낯선 고함과 함께 손이 쑥 올라오더니 내딛던 내 오른 무릎을 힘껏 밀었다. 그 힘을 받아 나는 겨우 멈췄다. 절벽을 내려다보며 놀라 물러섰다. 새끼줄을 머리에 묶고 망태기를 허리에 두른 사내가 호미로 풀더미를 이리저리 헤치고 올라왔다. 수염이 턱과 입과 뺨까지 온통 덮었다.

"어쩌려고?"

질문이 짧았다. 처음 보는 사내였지만, 그는 나를 아는 눈치였다. 내가 답을 하지 않자, 사내가 질문을 더했다.

"절벽이 있는 줄 뻔히 아는 놈이 뛰어들긴 왜 뛰어들어? 목숨이라도 끊으려 했나?"

"아닙니다."

"죽으려는 게 아니라면 왜 그랬어?"

"저를, 아십니까?"

"알지. 곡곰 밑에서 일하잖아?"

"처음 뵙습니다만."

사내가 혀를 찼다.

"저기 하늘을 도는 황조롱이 보이나? 저 새도 너를 알아. 또 저기 참나무 가지에 붙은 다람쥐도 널 알지. 이 산을 오가는 짐승이면 널 모를 리 없지. 나 여깄소 하고 흔적이란 흔적은 다 남기고 다니는데 어찌 모를 수 있겠어. 아무리 나무꾼 노릇이 처음이라도 너처럼 서툰 녀석은 보다 보다 처음일세."

"저를 봤다고요?"

"산을 오갈 때 기본 중의 기본이 뭔지 알아? 숨어 다니는 거야. 쫓는 이도 쫓기는 이도, 조용조용 스스로를 감추지. 너처럼 시끄럽게 다니다간, 어느 순간 급습을 당해. 황천길이란 뜻이야."

"지겟짐이 워낙 무거워서……."

"지게에 나뭇짐 얹은 나무꾼이 너 하나야? 다들 제 몸보다 세 배 네 배 무거운 나무를 얹고서도 발소리도 내지 않고 다녀. 너처럼 힘들다는 티를 목에도 얹고 등에도 얹고 발에도 얹진 않아. 절벽으로 뛰어들던 놈 구해줬는데, 고맙단 인사는 언제 받누?"

나는 그제야 허리를 접었다.

"고맙습니다."

"고맙다는 거 보니, 죽으려던 건 정말 아니었나 보네."

"길을 찾고 있었습니다."

"길? 멀쩡한 산길 벗어나 풀로 뛰어들어놓곤, 무슨 길을 찾아?"

심마니 박돔주 덕분에 목숨을 건진 날엔 흙에 관한 이야기를 서찰에 적었다. 나무를 지고 산을 오르내리는 것도 나쁘진 않지만, 땅을 일구며 살고 싶다고. 먹여 살릴 식솔도 없으니, 소작을 부칠 까닭이 없지 않느냐고 묻는 이도 있겠지만, 내가 일군 흙에서 자라는 작물을 볼 때면 내 땅인가 아닌가는 전혀 문제가 되지 않는다고. 소작하던 논밭이 형편없어지면 눈물이 흐르고 화가 난다고. 그 흙에서 시들시들한 작물을 볼 때면 미안해서 잠을 이루기 힘들다고. 참나무 아래 둔 후 다음 날 다시 갔더니, 내가 쓴 서찰은 사라지고 대신 붓통이 놓였다. 붓통 속에 흙으로 빚은 바둑알이 두 개 들어 있었다. 이틀 후에 만나자는 뜻이었다.

다음 날은 새벽부터 바삐 움직였다. 곡곰이 동이산과 동악산 창고를 둘러보고 오라 했기 때문이다. 태안사 능파각을 지날 즈음 해가 떠올랐다. 텃밭에서 김을 매는 큰품과 도담에게 손 흔들어 인사했다. 창해 큰스님에게 수계受戒하며, 도담은 각우覺祐, 큰품은 명심明心이란 법명을 받았다. 그들을 등 뒤로 두곤 흐르는 계곡물로 발소리를 지우며 올랐다. 지난봄에 자른 너도밤나무에 옷을 걸쳐두고 창고 앞 물웅덩이로 뛰어들었다. 선녀들이 와서 씻고 간다는 이야기가 따라다녔지만, 멧돼지나 고라니 들만 종종 찾았다. 알몸으로 덜렁덜렁 창고로 돌아가니 기척이 들렸다. 문 옆에 걸어둔 꽹과리를 집어 들고 냅다 치기 시작했다. 들짐승이라면 내쫓기 위해서였다.

"그, 그만!"

"귀청 떨어지겠어."

들짐승이 아니라 사람이었다. 늙은 두 사내가 양손으로 귀를 막은 채 잔뜩 찡그린 얼굴로 창고에서 나왔다.

"뉘십니까?"

주먹코 늙은이가 내게 손가락질하며 꾸짖었다.

"꼴이 그게 뭔가?"

창고로 뛰어 들어가선 옷부터 챙겨 입었다. 도둑처럼 보이진 않았다. 나무만 잔뜩 쌓아둔 창고인데, 늙은이 둘이서 훔칠 것이 무엇이겠는가.

"곡곰은?"

"천덕산에……."

얼굴이 좁고 길며 턱이 코보다 더 나온 늙은이가 한숨을 내쉬었다.

"제가 천덕산으로 가자고 했잖습니까?"

주먹코 늙은이가 손바닥으로 입술을 훔치며 받았다. 아랫입술이 제멋대로 떨려 침이 흘렀다.

"곡곰이 전에는 주로 이곳 동이산에 머물렀다니까. 셋 중 하나인데, 번번이 만나질 못하는군."

곡곰과도 인연이 있는 것이다. 나는 느릅나무 그늘이 넓고 바람이 시원한 뒷마당으로 안내했다. 그들은 익숙하게 평상으로 올라가선 나란히 앉았다. 나는 그 앞에 무릎을 꿇었다. 왠지 그래야 할 것 같은 분위기였다. 주먹코가 웃으며 말했다.

"편히 앉게. 벌주러 온 거 아니니까. 이름이 뭔가?"

"들녘이라 합니다."

"나는 고해중高海重일세."

나중에 들었지만, 고해중의 별명은 개옻나무였다. 가볍고 빠르고 당차다고 어렸을 때부터 따라다닌 별명이라고 했다. 옻을 피하듯 겁 없이 덤비는 고해중을 사람들이 피했다는 것이다. 얼굴 긴 늙은이가 이어 말했다.

"강성대姜成大, 그게 내 이름일세."

역시 나중에 들었지만, 강성대의 호는 침향沈香이다. 사마천의 『사기』를 탐독한 뒤 맑은 향기를 천리만리 퍼뜨리겠노라 스스로 지은 이름이라고 했다.

"여기까진 어인 일로 오셨는지요?"

강성대가 되물었다.

"곡곰이 우리 얘기 않던가?"

나는 고개를 저었다.

"오 년 전에 미리 나뭇값을 두둑하게 치렀네. 우리 나무는 특별히 세 군데 창고 중 제일 바람이 잘 드는 자리에 나눠 말리겠다고 했고."

"그러셨군요."

"일 년에 두어 번씩 온다네. 이왕이면 곡곰과 만나 우리 나무가 그사이 어찌 지냈는지 들으려는데, 번번이 길이 엇갈려. 언제 곡곰을 봤었지? 이 년 전 겨울인가?"

"그때도 못 봤고, 그전 여름에 동악산에서 본 게 마지막입니다."

강성대의 설명에 고해중이 고개를 끄덕였다.

"그랬었나? 자네가 나보다 십이 년이나 젊으니, 그 말이 맞겠지."

내가 끼어들었다.

"어느 마을에서 오셨습니까?"

강성대의 눈빛이 날카로워졌다.

"그딴 거 따져 묻지 않는다 해서 거래를 튼 건데……."

"죄송합니다. 제가 온 지 얼마 되질 않아서요……. 맡기신 나무를 보시겠습니까?"

"이미 봤다네. 잘 있더군."

"곡곰이 다쳤단 소문을 듣고 걱정했는데, 창고의 나무들은 변함이 없어. 자넨 언제부터 나무를 다뤘는가?"

"얼마 되질 않습니다. 칠 년 동안 소작 부친 논밭을 일구며 지냈거든요. 흙이라면 조금은 알지만 나무는 전혀 모릅니다. 알려주시는 대로 할 뿐입니다."

고해중이 불쑥 이름 하나를 꺼냈다.

"똥철이었지, 그 녀석이?"

강성대가 확인하듯 되물었다.

"동철이 말이죠?"

"일은 안 하고 이것저것 닥치는 대로 먹어 똥을 하루에 열 번이나 싸대는 놈이니, 동철이가 아니라 똥철이지. 하여튼 똥철이는 똥을 딱 백 번만 싸고 도망갔어. 지게에 나뭇짐을 싣고 오르막길로 접어들기만 하면 똥이 뒷구멍으로 질질 흐른다면서."

이번에는 강성대가 일꾼을 기억해 냈다.

"바위도 있었죠."

"어깨가 넓고 가슴도 두꺼워 이번엔 나무 좀 제대로 지겠다 싶었던 놈."

"맞습니다. 힘이 좋긴 했는데 눈물이 너무 많았습니다. 해만 지면 외롭다고 울어댔다면서요? 마을로 내려가봤자 말도 못 붙일 만큼 여렸지만, 그래도 사람 사이에서 살고 싶다고 울면서 빌었다고 들었습니다. 덩칫값을 못했습니다."

고해중이 내게 물었다.

"오 년 동안 우리가 본 일꾼만도 스무 명이 넘어. 보름 이상 버티질 못했지. 힘들지 않은가?"

두 늙은이를 차례차례 쳐다보았다. 고해중은 양 손바닥을 번갈아 제 입술로 가져가선 침을 훔쳤고, 강성대는 눈웃음을 짓기만 했다. 힘들지 않다고, 그럭저럭 견딜 만하다고 둘러대고 넘어가면 그만이었지만, 그들에겐 아무렇게나 답하지 말자는 생각이 고슴도치의 성난 등처럼 불쑥불쑥 올라왔다. 고해중과 강성대가 처음 보는 나를 앞에 두고 편히 이 말 저 말 들려준 탓일까. 결국 나는 속에 꾹꾹 눌러둔 진심을 꺼냈다.

"힘듭니다. 힘들지만, 들은 들이라서 힘들고 강은 강이라서 힘들고 산은 산이라서 힘들다 여겼습니다. 사는 건 어디로 가든 다 힘드니, 달아날 마음을 품진 않았습니다."

고해중이 침 묻은 검지를 들어 허공을 천천히 휘저었다.

"좋네. 노래에 얹기 딱 좋은 목소리야."

강성대가 물었다.

"외롭진 않고?"

"죽음이 뭘까, 요즘은 자주 궁금하긴 합니다."

"죽음이 궁금하다? 외로움을 물었는데 죽음으로 답하는 사람을 만난 적이 있었던가요?"

고해중이 답했다.

"없지. 젊은 녀석이 왜 죽음이 궁금하단 게야?"

"소중한 이들이 죽었습니다. 엄마도, 기르던 개 돌실이도. 땅에 묻고 나선 곁에 있겠거니 하며 이야기를 하고 하고 또 했습니다. 한데 자꾸 뚝뚝 끊어지더군요. 입도 벙긋 않더라도, 살아 곁에 머무는 것과 죽어 땅에 묻힌 것은 완전히 다릅니다. 외롭냐고 물으셨습니까? 외로울 때도 있습니다만, 그건 얼마든지 견디겠습니다. 들에도 친구들이 많고 숲에도 친구들이 많거든요. 하지만 죽음은 견딜 수 있을까 잘 모르겠습니다. 소중한 이들이 죽어도 이 정도인데, 제 자신이 죽는다면, 그땐 어떨까요? 엄마도 돌실이도 자신의 죽음을 상상하진 못했겠죠? 쥐꼬리만큼도 모른 채 맞이하는 것이 죽음일까요?"

깊고 깊은 산에서 사람들을 연이어 만났으니 드문 날이긴 했다. 박돔주와 고해중과 강성대를 내게 보낸 사람이 아가다라는 것은 시간이 한참 지난 뒤에야 알았다. 세 사내와 재회하리란 것도 그때는 몰랐다.

확독

확돌이라고도 한다. 가루가 될 때까지 빻는 그릇이다. 실과 바늘처럼, 확독에는 확공이가 있어야 한다. 확독의 안과 확공이의 머리가 밋밋하면 빻기 힘들다. 벌 떼나 개미 떼가 왜 무서운 줄 아는가? 크기는 작지만 숫자가 지나치게 많아, 한두 마리를 죽인대도 밀려오는 놈들을 막기 힘들다. 확독과 확공이의 무수한 오돌토돌함도 마찬가지다. 부지런히 빻고 그다음을 궁리할 일이다.

고해중과 강성대를 배웅하고 동이산을 떠나 동악산 창고로 갔다. 동악산에선 기다리는 사람이 없었다. 오늘만 지나면 눈썹 여인과 만날 것이다. 얼굴을 떠올리는 것만으로도 손발이 뜨거워져, 어둠이 깔린 창고를 스무 바퀴도 넘게 돌았다. 사람에게 그것도 여자에게 이렇듯 끌린 적은 없었다. 도움을 받았다면 고맙게 여기고 갚을 일이다. 서찰을 쓰기 위해 언문까지 배운 것을 단순한 호기심으로 돌릴 순 없다.

잡힐 듯 잡히지 않는 이유를 떠올리다 보니, 문득 덕실마을로 가고 싶었다. 그녀가 덕실마을에 산다는 물증은 없지만, 두 가지 생각이 앞서거니 뒤서거니 나를 자꾸 그곳으로 이끌었다. 첫째는 당고개 주막에서 그녀가 나를 훔쳐보았다는 점이다. 그 밤에 여자 혼자 주막을 오갔다면, 근처에 숙소가 있는 것이 아닐까. 관아를 등지고 천덕산을 바라보며 당고개를 넘으면 곧 덕실마을이다. 둘째는 흙으로 빚은 물건들의 수준이다. 눈썹 여인은 흙을 만져 꽃도 만들고 고래도 만들었다. 심심풀이 솜씨가 아니라 오랫동안 갈고 다듬어 익힌 솜씨다. 흙으로 무엇인가를 빚는 이들이 바로 옹기꾼 아닌가. 덕실마을은 곡성에서도 옹기가 예쁘고 단단하기로 소문난 옹기촌이다. 그러니 그녀가 덕실마을과 인연을 맺었을 가능성은 충분했다. 주막을 나와 고개를 내려가서 덕실마을로 들어서는 모습이 눈에 어른거렸다. 이 밤만 참으면 재회하겠지만, 그녀가 정한 참나무 아래에서 만나는 것과 내가 덕실마을로 가서 그녀를 찾아 만나는 것은 전혀 달랐다.

결국 참지 못하고 늦은 밤 산을 내려와 덕실마을로 향했다. 마을을 감싸듯 숲을 이룬 소나무들이 굵고 높아서 자연스럽게 울짱 아닌 울짱이 되었다. 덩치가 송아지만 한 개들을 키웠는데, 밤에는 솔숲에 풀어놓는다고도 했다.

"멈춰. 이 밤에 무슨 일로 왔수?"

개보다 먼저 나를 발견한 사내의 손엔 곰메가 들렸다. 뚝메와 함께 흙을 치는 몽둥이였다. 당고개 주막에서 사내를 본 적이 있었다. 탁주를 연이어 들이켜면서 걸걸한 목청으로 이야기를 잔뜩 늘어놓았으므로 저절로 눈이 갔다. 곡성이 처음인 길손들에겐 자신을 옹기 대장 최돌돌崔乭乭이라고 말했다. 곰메나 뚝메는 생질꾼이 주로 맡아 다루고 건아꾼도 가끔 거들지만, 옹기 대장이 들지는 않는다. 옹기꾼들은 철저하게 역할을 나눠 일했다. 생질꾼이 생질 즉 흙을 찾고 빚기 좋게 만들어 작업장으로 들이면, 건아꾼이 옹기 대장을 도와 뒷일들을 대부분 맡았고, 옹기 대장은 물레에 앉아 옹기를 빚었다. 생질꾼과 건아꾼의 도움 없이는 아무리 뛰어난 옹기 대장이라도 질 좋은 옹기를 만들기 힘들었다. 나중에 안 사실이지만, 최돌돌은 옹기 대장인 적이 없었다. 대장이 되고 싶었으나 여러모로 부족했다. 건아꾼으로 지내긴 했지만 옹기 대장을 그림자처럼 보조하는 일을 싫어했고, 집 밖에서 많은 시간을 보내야 하는 생질꾼으로 옮겨 가지도 않았다. 그는 타고난 허풍선이였고 거짓말쟁이였다. 최돌돌은 최소태라고도 불렸다. 소태나무는 옛날부터 산모들이 젖을 뗄 때 자주 썼다. 껍질을 젖꼭지에 문질러두면, 아기들이 물자마자 울음부터 터뜨렸다. 그 별명을 최돌돌도 마음에 들어 했다. 소태나무만큼 쓰다는 지적을 받아들인 것이 아니라, 신목神木으로까지 불리듯 오래 살며 많은 이야기를 떠들고 싶었기 때문이다.

"떡시루를 살까 해서요."

"한발 늦었수. 보름 전에 가마를 열었고, 그때 나온 옹기는 다 나갔수."

"그래도 남은 게 있을 거 아닙니까?"

"주둥이가 비틀어지거나 밑이 뚫린 놈만 있수. 그딴 걸 팔 순 없지. 두 달 뒤에 가마를 하나 더 여니 그때 오슈."

"떡을 찌기만 하면 됩니다. 뒤틀려도 괜찮습니다. 몸져누운 홀어머니가 떡을 무척 즐기시는데, 하필 떡시루를 깨먹었지 뭡니까."

최돌돌이 내 얼굴을 찬찬히 뜯어보며 물었다.

"어디서 왔수? 낯이 익은데……."

"장선마을 삽니다. 왕벚나무 주막에서 몇 번 뵌 적 있습니다."

"그랬던가?"

최돌돌은 이야기를 시작하면 앞에 앉은 사람만 쳐다봤다. 판이 넓게 깔려도 좌중을 살피지 못하는 것이다. 이야기꾼으로선 치명적인 약점이었다. 남원장에서 만났던 모독과는 정반대였다.

"다른 집에 혹시 남는 떡시루가 있을지도 모르잖습니까?"

최돌돌이 곧메를 어깨에 걸치곤 헛웃음과 함께 설명했다. 슬그머니 말을 낮췄다.

"잘 듣게. 팔 만한 옹기는 하나도 없어. 내가 그걸 어찌 아느냐 하면 사고팔 옹기를 다 헤아린 후 옹기 배를 불러 옮겨 실은 사람이 바로 나거든."

"옹기 배라고요?"

"옹기만 실어 나르는 배. 몰라?"

"옹기는 지게에 지고 장에 내다 파는 거 아닙니까?"

생명의 은인 장엇태를 떠올리곤 자신만만하게 물었다. 하마터면 해바라기 아저씨의 이름까지 말할 뻔했다. 최돌돌이 곧메를 오른 어깨에서 왼 어깨로 옮기곤 되물었다.

"이거 혹시 쳐봤나?"

"쥔 적도 없습니다."

들에서 농부가 곧메를 칠 일은 없다. 내가 곧메에 관해 아는 것이 없음을 확인한 최돌돌의 턱이 올라갔다.

"힘을 전부 쓸 때는 오른쪽, 반만 쓸 때는 왼쪽 어깨에 얹지. 옹기를 팔 때도 마찬가지야. 곡성은 물론이고 남원이나 옥과 장날에 옹기를 가져갈 때는 지게로 져 날라. 하지만 덕실 옹기가 이래 봬도 제법 쓸 만하다는 소문이 하삼도에 두루 퍼졌거든. 그래서 전라도뿐만 아니라 경상도나 충청도 멀리 경기도에서도 주문이 들어와. 그땐 한두 개가 아니라 한 번에 적어도 쉰 개가 넘지. 그러면 어찌해야 하겠어? 지게나 소달구지로 옮기면 너무 오래 걸려. 길이 좁고 덜커덩거리니 가다가 깨질 위험도 있고. 그땐 옹기 배를 불러 한꺼번에 옮겨."

"장선 나루에선 옹기 배를 못 봤어요."

"구경꾼 많아 뭣 하려고. 옹기 배가 자주 서는 나루가 있고 그냥 지나치는 나루가 있어. 장선 나루는 옹기를 지게에 지고 남원장을 오가는 곳이니, 옹기 배까지 대진 않지. 다시 말하지만 옹기 배에 싣는 옹기들은 먼 고을로 가는 것들이야. 미리 주문이 들어온 경우가 대부분이니 곡성 이웃들이 달라고 해도 줄 수 없는 노릇이지. 괜히 사람들 손을 타다가 깨어지기라도 하면 곤란해. 급히 옹기가 필요하다며 떼쓰는 사람들을 만나는 것도 피해야 하고. 새벽에 조용히 괴내 나루로 옮겨 배에 빨리 싣는 게 상책이지. 옹기 배가 올 때는 옹기 대장들이 팔 만한 옹기를 대부분 내놔. 가마에 든 걸 다 가져가기로 약조하고 물레를 돌리기도 전에 미리 옹깃값의 절반을 받는 경우도 있지. 한두 개 남을 때도 있긴 한데, 이번엔 몽땅 다 배에 실었어. 오랜만에 옹기 배를 들였거든. 내 눈으로 똑똑히 확인했어. 그러니 그만 꺼져줄래?"

최돌돌에게 계속 매달리긴 어려웠다. 그때 골목에서 키 큰 사내가 나왔다. 흙담으로 쑥 올라온 노란 이마만 보고도 장엇태라는 걸 알아차렸다.

"해바라기 아저씨!"

별명을 큰 소리로 부르곤 알은체를 했다. 장엇태가 나를 노려보더니 인사를 받지 않고 최돌돌에게 물었다.

"무슨 일이야?"

"떡시루를 사겠답니다. 없다고 해도 자꾸 고집을 부리네요."

최돌돌의 답을 듣고 장엇태가 내게 확인했다.

"들녘이지, 너?"

이름까지 기억했다. 순자강에서 나를 구한 순간도 잊지 않았을 것이다. 장엇태 덕분에 옹기촌을 둘러볼 기회가 생기는가 싶었다.

"맞습니다."

"나루에서 들으니, 오죽댁이 세상 뜬 후 산으로 들어갔다던데……. 떡시루는 그럼 산에서 필요한 건가?"

최돌돌의 눈이 날카로워졌다. 어머니에게 떡을 쪄 드리고 싶다는 거짓말이 들통난 것이다.

"그, 그렇습니다."

"근데 떡시루가 있다 해도 어떻게 가져가려고? 지게도 없이 이 밤에 산길을 올라갈 참이야?"

예리한 지적이었다. 즉답을 못 한 채 머뭇거리자, 장엇태가 고개 꺾인 해바라기처럼 나를 내려보며 누런 송곳니를 드러냈다. 강으로 뛰어들어 아이들을 구하던 믿음직한 개의 눈이 아니라, 당장 달려들어 목이라도 물어뜯을 늑대의 눈이었다.

"내가 제일 싫어하는 사람이 누군지 알아? 거짓말하는 놈들이야! 겉으론 순하게 웃으면서 속으론 훔칠 게 뭐 없나 엿보는 놈들이지. 오늘 딱 한 번은 눈 감아줄게. 오죽댁이야말로 허튼소리라곤 평생 하지 않고 살다 가셨어. 그 피를 이어받았으니 너도 엄마처럼 살아. 또다시 속이려 들면 그땐 가만두지 않겠어. 떡시루가 필요해서 온 거 아니지? 이유야 어찌 되었든, 봉식을 따랐던 박진사네 하인들이 널 붙잡아서 멍석말이하겠다고 아직도 벼르고 다녀. 괜히 얼쩡거리다가 봉변당하지 말고 어여 산으로 올라가. 억수가 퍼부을 땐 사람이든 짐승이든 젖지 않도록 피하는 법이야. 성급하게 굴지 마. 봉식과 네가 어찌 엮였는지 난 관심 없어. 다만 우린 너와 얽히기 싫어. 썩 꺼져!"

옥과나 남원에 비해 들이 적고 좁은 곡성은 옛날부터 옹기를 구웠다. 질 좋은 옹기를 내려면 두 가지를 갖춰야 한다. 빚을 흙과 구울 나무! 여기에 옹기를 옮길 강이나 바다까지 가까우면 금상첨화다. 곡성은 알맞은 흙과 울창한 숲과 긴 강을 갖춘 드문 곳이다.

덕실마을은 형편이 좋을 때는 옹기 굽는 가마가 네 개나 있었다. 가마마다 네 가족 정도가 힘을 모은다고 치면, 열여섯 가족이 옹기를 구우며 살았던 것이다. 옹기꾼은 팔천八賤에 속한 천민이다. 흙을 만지며 사는 농부들조차 옹기꾼을 멀리하고 말도 섞지 않으려 들었다. 농부들이 한 마을에서 대대로 수백 년을 사는 것과는 달리, 옹기꾼들은 흙 따라 나무 따라 옮겨 다녔다. 넓은 들에서 모습을 드러낸 채 일하는 농부들과는 달리, 옹기꾼들은 흙을 찾는답시고 산과 골짜기를 뒤지고 물렛간에 들어앉아 흙을 빚고 가마를 만들어 옹기를 구웠다. 흙을 찾아다니면서부터 옹기를 완성하기까지, 다른 마을 사람들과의 왕래도 끊었다. 흙과 나무와 불을 다루는 일이 까다롭고 위험하다는 이유를 댔다. 나쁜 기운이 들어오는 것을 막고, 옹기 만드는 일에만 집중하기 위함이었다. 보름 전에 가마를 열었다면, 지금은 옹기를 만들지도 않을 텐데, 최돌돌과 장엇태는 나 같은 사람의 마을 출입을 아예 막았다.

천덕산으로 돌아가면 날이 밝을 듯했다. 발소리를 죽여가며 고개를 넘느라 흘린 땀을 계곡물에 씻고, 눈썹 여인을 만나기 위해 참나무 아래로 가면 될 일이었다. 그런데 나는 순탄한 길을 따르지 않고 길 아닌 길을 택했다. 당고개로 곧장 올라가선 가파른 비탈을 따라 마을까지 내려가기로 한 것이다. 최돌돌과 장엇태가 막은 까닭은 내가 보면 안 되는 사람이 마을에 있어서가 아닐까. 그 사람이 혹시 눈썹 여인이라면? 발소리를 죽여가며 없는 길을 내려가기가 쉽진 않았지만, 천덕산이나 동악산이나 동이산에 비해, 낭고개는 발 그대로 야트막한 고개였다. 비탈이 아무리 험해도, 굴러떨어져 목숨을 잃을 정도는 아니었다. 개 짖는 소리가 들릴 때마다 멈춰 기다렸다. 마을 전체가 어둠에 잠겼고, 가마 왼편 움집에서만 불빛이 새어 나왔다. 빛망울은 그곳이 짐승들이 사는 숲이 아니라 사람들이 머무는 곳임을 나타냈다. 정갈한 밥상과 따듯한 이불과 반가운 웃음이 기다릴 것만 같았다. 이끌리듯 빛을 향해 다가갔다. 움집과의 거리가 스무 걸음에 불과할 때 방문이 열렸다. 더 넓고 더 멀리 뻗은 빛이 내 몸에 닿았다. 담에 붙어 피한다곤 했지만 눈에 띄었을 수도 있다. 차가운 담에 댔던 이마를 떼곤 그 집을 다시 살폈다. 문지방을 넘어 방문을 닫고 몸을 반쯤 돌려 마루에서 신을 신는 여인의 귀와 볼이 흐릿하게 흔들렸다. 마루에 내려놓았던 매화 모양 등잔을 들고 일어섰다. 짙은 눈썹이 비로소 또렷하게 보였다. 산도깨비 그녀였다.

숨을 고르곤 눈을 크게 떴다. 주변을 살폈지만 사람도 개들도 없었다. 그녀는 내가 숨은 담을 향해 곧장 나아왔다. 당장 피하지 않으면 등잔불에 내 모습이 비칠 것이다. 물러나 숨을 것인가 피하지 않고 나아갈 것인가. 나는 곧 나아가는 쪽을 택했다. 그녀가 놀라 비명을 지를 수도 있으니, 빛 속으로 천천히 걸어가기로 했다. 얼굴을 똑바로 들고 걸음을 떼려는 순간, 가마가 열리더니 어깨에 북을 두른 사내가 나왔다. 힘껏 북을 쳐댔다. 눈썹 여인은 놀라 걸음을 되돌렸고 여기저기서 반딧불이가 돌아오듯 불이 켜졌다. 몇몇 집에서 사내들이 뛰쳐나왔다. 나는 걸음을 되돌려 달아났다.

여름비가 쏟아졌다. 눈썹 여인은 약속을 깼다. 나를 만나러 참나무 아래로 오지 않은 것이다. 비를 맞으며 온종일 기다리다가 창고로 돌아온 내게, 이제 겨우 목발을 짚고 다니는 곡곰이 말했다.

"저만치 두고 멀리서 봐야 아름다운 것도 있는 법이야. 나무가 자랄수록 물러나야 한다고. 탱자나무에 찔려본 적 있나? 사람을 만날 때도 마찬가지야. 너무 가까이 가면 찔려."

"찔리더라도 다가간 적 없으십니까?"

"있지. 그땐 그게 용기고 사랑이라고 생각했어. 지나놓고 보니 어리석음이야."

"후회하십니까?"

"내 인생에 후회는 없지. 다만 다른 방법으로도 얼마든지 용기와 사랑을 보여줄 수 있었단 생각은 들어. 다가가는 것만이 능사가 아냐."

"속삭여도 들리는 곳까진 가고 싶습니다. 상대의 가시에 찔려 내가 다칠까 봐 머뭇거리진 않겠습니다."

곡곰이 말머리를 돌렸다.

"네 가시에 상대가 찔려 다친다는 생각은 안 해봤어? 이건 다른 이야긴데, 나무꾼 노릇 제대로 해볼 생각 없나?"

"지금도 나무꾼이잖아요?"

"누굴 속이려고? 넌 아직 농부야. 몸은 숲에 있지만 마음은 들을 떠난 적이 없지. 소작할 땅이 없어 어쩔 수 없이 내 밑으로 들어왔지만, 기회만 생기면 언제든 논으로 돌아갈 사람이야. 장담하건대, 돌아가봤자 넌 불행을 되풀이해. 누구보다도 열심히 흙을 일구긴 하겠지. 하지만 그 땅을 네가 가질 날이 올까? 쌀 쉰 섬을 갚기에도 벅찰 거야. 죽자 살자 일했으니 그나마 빚이 그 정도인 게지. 잘 생각해. 난 이제 하산할까 싶다. 다리가 영 낫지가 않네."

"곧 멀쩡해지실 겁니다."

"더 늦기 전에 나무들 구경이나 하며 곡성을 벗어나 산천을 떠돌고 싶어. 이야기로 접한 나무들만 찾아다녀도 십 년은 금방 지나갈 거야."

"세 군데 창고는 어쩌시려고요?"

곡곰이 기다렸다는 듯이 적극적으로 권했다.

"맡아 해보지 않을래? 일꾼을 두는 건 알아서 하고."

"저도……."

그만두겠다는 말을 하려는데, 곡곰이 말문을 막았다.

"당장 답하라는 건 아냐. 달라지는 건 전혀 없고, 석 달에 한 번씩만 나무를 팔아 번 돈을 나랑 나누면 돼. 반반, 어떤가?"

파격적인 제안이긴 했다. 땅 주인이라고 으스대며 열에 아홉을 가져가고 소작농에겐 하나도 겨우 주는 세상 아닌가. 열에 다섯을 갖는 것은 상상하기 힘든 조건이었다.

사흘 밤 사흘 낮을 퍼부었다. 먹구름이 걷히지 않고 천덕산 중턱에 걸쳤다가 봉우리까지 올라갔고 다시 골짜기로 내려왔다. 창고에서 늦잠을 자고 일어난 후 비가 들이치지 않도록 문과 창을 확인했다. 창고를 삥 둘러 물길을 파서 창고 바닥이 젖지 않도록 했다. 구름 사이로 당고개가 내려다보였다. 작달비를 맞으며 바삐 오가는 사람들이 늘었다. 비가 내리면 나무꾼만 쉬는 것이 아니라, 흙길이든 물길이든 가야 하는 길손들도 마음을 거두었다. 장에 물건을 내다 파는 등짐장수와 봇짐장수 들은 더더욱 엉덩이를 방바닥에 붙였다. 신과 옷이 젖더라도 비를 맞으며 길을 나서는 경우는 열에 한둘 될까 말까였다. 그런데도 당고개로 사람들이 몰려든다는 것은 집에 머물러 쉴 수 없는 문제가 생겼다는 뜻이다. 도롱이를 걸치고 나서려는데 곡곰이 문을 열고 말했다.

"비 오면 방바닥에 등 대고 누워 뒹굴뒹굴 노는 게 나무꾼들 낙이다. 미끄러운 흙탕길 내려가다 넘어지기라도 하면, 천덕산 자락에서 도와줄 사람은 하나도 없어. 비 그치면 가."

"해 지기 전엔 올라오겠습니다."

"생각은 좀 해봤어?"

나는 되물었다.

"그 제안엔 그녀와의 거래까지 포함하나요?"

곡곰이 당고개 쪽을 내려다보며 답했다.

"포함하면 받아들이겠다? 나야 나쁠 게 없지만 네게도 이로울까? 그걸 잘 모르겠네."

"뭘 모른다는 겁니까?"

"나야 기묘한 나무 이야기들 읽는 걸로 만족했지만, 넌 더 욕심을 부릴 거잖아? 이 비를 맞고 내려가겠다는 것부터 욕심이고. 손해를 보더라도 탐나면 해야지. 욕심 없이 살아온 농부보다는 욕심 내며 사는 나무꾼이 멋있어. 너 나무꾼 해라, 꼭."

당고개 주막 근처로 내려갔다. 참나무 아래로 오지 않은 눈썹 여인을 혹시나 볼까 싶어서였다. 당고개는 이미 불어난 강물을 피해 모여든 이들로 가득 찼다. 주막 주인 전주원은 처마 밑에서 비를 피하는 이들에게까지 자릿값을 받으려 들었다. 당장 낼 돈이 없다고 하면 이름을 일일이 적어뒀다. 주모 이동례가 이 비에 돈 벌 궁리부터 한다며, 천벌 받을 짓이라고 하자, 전주원은 내 땅 내 맘대로 하는데 무슨 천벌을 받느냐며 턱 밑에 붙은 혹이 흔들릴 만큼 큰소리를 쳐댔다. 몰려들던 이들이 차츰차츰 줄다가 뚝 끊겼다. 주막에 머무르던 이들까지 자기들끼리 수군거리더니 젖은 옷을 고쳐 입고 떠났다. 전주원이 그들을 뒤따라갔다가 돌아와선 이동례에게 화풀이를 해댔다.

"다 망쳤어. 덕실마을, 저것들은 평생 도움이 안 돼."

이동례가 전주원의 팔목을 잡곤 뒷마당 왕벚나무 아래로 갔다. 나는 장독대에 숨어 그들의 대화를 엿들었다.

"덕실마을 사람들이 뭘 어떻게 했는데 망쳤다는 건가요?"

"빈 가마 속으로 다들 들어갔어. 장작불 피우고 흰밥에 보리와 밀과 콩까지, 전부 공짜로 나눠줘. 중생 구제에 힘쓰는 부처님 흉내라도 내겠다는 거야 뭐야? 푼돈이나마 벌어볼랬더니 틀려먹었네."

이동례가 합장한 채 어둡고 무거운 하늘을 올려다보았다. 그리고 다시 전주원과 눈을 맞추며 설득했다.

"우리도 지금부터 그렇게 해요. 사람부터 살려야죠."

"사람만 살리면 단가. 우리가 입는 손해는 누가 보상해 줘? 관아에서 챙겨줄 턱도 없고. 비 와서 장사 망쳤는데, 밥 주고 물 주고 자리 내주고 그러자고? 여긴 주막이고 당신은 주모야. 형편 봐서 한두 푼 깎아줄 수는 있지만, 공짜로 먹여주고 재워주는 곳이 아니라고. 우리가 왜 그래야 하는데?"

이동례가 불쑥 답했다. 더는 참기 힘들었던 것이다.

"사랑하니까요."

"사랑? 무슨 사랑? 범람한 강물에 빠져 죽지 않으려고 고개로 올라온 연놈들을 사랑한다고? 남편도 아니고 자식도 아닌 사람들을 사랑해?"

"남편 사랑하고 자식 사랑하는 거야 아무나 하죠. 피 한 방울 섞이진 않았지만 곡성에 사는 이웃이잖아요. 이웃을 내 몸과 같이 사랑하라고 말씀하셨습니다."

"이웃 사랑하다 우리가 죽게 생겼어."

"제가 다 알아서 감당할게요. 당신이 투전치기로 내다 버린 돈에 비하면 백에 한둘도 안 됩니다."

"거기서 투전 얘기가 왜 나와?"

전주원이 불뚝성을 내곤 젖은 담뱃대를 흔들며 나가버렸다.

나도 덕실마을로 향했다. 옹기촌을 맘 놓고 다닐 기회가 생긴 것이다. 굵은 비가 여전히 내렸지만 도롱이를 벗어버렸다. 쏟아진 비바람에 온몸이 젖었다. 따듯한 불과 마른 옷과 맛있는 밥이 간절했다. 이동례 앞에 나타나면 그 셋을 부족하나마 채워주려 할 것이다. 그러나 내겐 덕실마을로 가서 눈썹 여인을 찾는 일이 더 중요했다. 그녀를 만날 수만 있다면, 추위와 배고픔은 석 달 열흘이라도 감내하리라. 솔숲으로 들어서도 개들의 울음이 들리지 않았다. 비를 피해 흩어졌을까 아니면 따로 묶어 가뒀을까. 최돌돌이나 장엇태처럼 막아서는 사내도 없었다. 비가 더욱 세차게 쏟아졌다. 가마는 마을 북쪽 비탈에 나란히 두 개가 있었다. 눈썹 여인을 봤던 곳은 왼쪽 가마 옆 움집이었다. 골목을 지나 백 보만 올라가면 가마에 닿을 것이다. 숨이 가빴지만 걸음을 늦추지 않았다. 길을 오르는 사람들이 점점 늘었다. 둑을 넘은 강물이 마당과 마루를 지나 문지방에 이르자, 세간살이를 그대로 두고 겨우 몸만 빠져나온 것이다. 여기저기서 소들이 울고 개들이 짖었다. 당고개로 몸을 피한 이들이 함께 데려온 가축들이었다. 돼지나 닭 들은 묶어서 끌고 오기 힘들었으리라. 사람이든 짐승이든 제각각 살길을 찾아 무사하기를 바랐다. 자꾸 내 앞을 막는 어깨와 등이 불편했다. 나도 양보만 하진 않고 그들 사이로 파고들었다. 내 무릎에 밀려 사내아이 하나가 비명과 함께 쓰러졌다. 일으킬 겨를도 없이 뒷사람들에 의해 떠밀려 두 걸음을 뗐다. 아이의 울음 섞인 목소리가 귀를 파고들었다.

"도와…… 줘요."

고개를 돌려 아이와 눈을 마주쳤다. 세 개의 젖은 눈이 나를 올려다보았다. 세 번째 눈은 사마귀였다. 잃어버린 돌실이를 찾아 산을 헤매던 내 앞에 나타났던, 눈썹 여인이 보낸 바로 그 아이였다. 나는 목을 길게 빼곤 가마로 들어가는 사람들을 보았다. 가마 하나는 이미 발 디딜 틈도 없어서 나무판으로 입구를 닫아버렸고, 나머지 가마도 곧 다 찰 듯했다. 그녀가 가마로 피했다면, 거기서 그녀와 만나고 싶다면, 서너 명의 어깨를 당겨 옆으로 밀치며 서둘러 들어가야 했다. 그러나 나 때문에 쓰러진 아이의 울음이 차꼬처럼 발목을 잡아당겼다. 욕심이 났지만 나아가지 못한 채 돌아섰다. 누군가 쓰러진 아이의 허벅지를 밟고 지나갔다.

"아……."

나는 급히 몸을 날려 아이의 작은 몸을 감쌌다. 사람들이 내 머리를 어깨를 등을 팔을 다리를 치고 찌르고 밟으며 지나갔다. 더욱 웅크리며 아이에게 말했다.

"괜찮아. 괜찮아."

아이는 혼잣말로 웅얼거렸다.

"구해줘요. 살려줘요. 천주님!"

그 순간 번개가 쳤고 연이어 천둥이 울렸다. 곡성을 둘러싼 산들이 동시에 울음을 토하는 것만 같았다. 나는 고개를 들고 사방을 살폈다. 불길이 치솟았다. 벼락이 왼쪽 가마를 때린 것이다. 봉통 옆에 쌓아둔 나무에 불이 붙었고, 불길을 피해 가마 안에 있던 사람들이 뛰쳐나왔다. 나는 아이를 안아 들고 돌담으로 가선 내려놓았다.

"괜찮아? 다친 데는 없고?"

아이가 울먹이며 고개를 끄덕였다.

가마로 달려갔다. 조금 전과는 정반대로 가마에서 멀어지려는 이들과 어깨를 부딪쳤다. 피하거나 멈추지 않았다. 가마에 거의 닿았을 때, 불길이 가마의 입구를 지나 봉통까지 파고드는 것을 보았다. 입구로 나오긴 이제 어려웠다. 그때 최돌돌과 장엇태가 곧메와 뚝메를 각각 들고 가마 옆으로 올라갔다. 길쭉한 가마의 제일 위쪽 벽을 곧메와 뚝메로 번갈아 쳐 허물었다. 가마에 갇혔던 이들이 눈물을 쏟으며 기침하고 토하며 기어 나왔다. 나는 허물어진 벽 옆에 서서 팔을 잡아당기고 비틀대는 이들을 부축했다. 죽다 살아난 얼굴들을 하나하나 확인했다. 아는 얼굴도 있었고 모르는 얼굴도 있었다. 나를 알아보고 손을 더욱 굳게 잡는 이들도 있었지만, 밀린 이야기를 주고받을 겨를은 없었다. 쏟아지던 사람들이 순식간에 줄었다. 장엇태와 최돌돌이 번갈아 가마로 들어가선 사람들을 안거나 업고 나왔다. 그렇게 나온 이들은 눈을 뜨거나 고개를 들 힘도 없는 듯 축 늘어졌다. 대여섯 번 가마를 오간 장엇태와 최돌돌도 지치기는 마찬가지였다. 나란히 땅을 짚고 개처럼 엎드려 꺼억꺽 토했다. 장엇태에게 물었다.

"이게 답니까? 더 없습니까?"

장엇태가 제 가슴을 두드리며 답했다.

"이젠 없어. 들어가지 마. 위험해."

열기와 함께 매캐한 연기가 가마를 덮었다. 정녕 없는가. 없다면 그녀는, 왼쪽 가마가 아니라 오른쪽 가마로 피했는가. 만에 하나 그녀가 저 타오르는 가마 속에 정신을 잃은 채 쓰러졌다면, 지금 들어가서 구해야 한다. 저고리를 찢어 입과 코를 가려 묶은 후 가마 속으로 뛰어들었다. 뜨거운 기운이 이마와 눈을 친 탓에 눈물이 줄줄 흘러내렸다. 연기를 마시지 않기 위해 최대한 숨을 참으면서, 몸을 낮춰 양팔을 휘저었다. 눈을 뜨기 힘들었기에, 소리와 감촉으로 모든 것을 판단해야 했다. 역시 없는가. 숨이 막혀왔다. 나가야 한다. 돌아서는 내 손에 머리카락이 잡혔다. 희미한 신음이 들렸다. 우선 업고 기다시피 나왔다.

눈썹 여인, 그녀였다. 벽에 기대앉은 채 이마가 바닥에 닿을 만큼 거칠고 깊은 기침을 했다. 나도 나란히 앉아 가쁜 숨을 몰아쉬었다. 말을 건네고 싶었지만 눈물범벅이었다. 누군가 내민 젖은 천으로 얼굴을 훔쳤다. 그녀 역시 얼굴을 닦았다. 나는 일부러 천천히 숨을 내쉰 뒤 고개를 들었다. 양손에 수건 두 개를 든 사내아이가 서 있었다. 눈이 세 개인 바로 그 아이였다. 아이가 그녀와 나를 번갈아 살폈다. 그녀가 나와 눈을 맞춘 후 아이에게 말했다.

"고마워, 박마수朴馬水! 할아버지는?"

"옹기 배 보러 덕실 나루로 가셨어요, 제대로 묶여 있는지……."

아이가 다시 울먹였다. 그녀는 아이를 품고 토닥였다. 그러다가 다시 나와 눈이 마주쳤다.

"아가다예요. 제 이름."

처음 그녀의 이름을 들었다. 아가다. 기이한 이름이었다.

"옛 이름은 아기랍니다. 이아기!"

이아기 아가다는 내 이름을 이미 알겠지만, 나는 그래도 또박또박 밝혔다.

"들녘입니다."

그때 다시 천둥이 울렸다. 웃음이 맺혔던 두 눈에 두려움이 차올랐다. 번개가 연이어 번뜩였다. 천덕산이 시뻘겋게 불타올랐다. 아가다가 오른손을 들어 한 곳을 가리켰다. 그 손이 가리킨 곳을 나는 곧 알아차렸다. 천덕산 창고였다.

당고개엔 큰비가 퍼부었지만 천덕산엔 바람만 세차게 불 뿐이었다. 그 바람이 골짜기에서 산등성이로 불길을 옮겼다. 나는 아가다와 박마수의 곁을 떠나 천덕산을 올랐다. 선 채로 불에 탄 나무들이 쩌억 쩍 소리를 내며 넘어졌다. 나무가 쓰러져도 놀라 튀어나오는 동물은 없었다. 숲을 활보하던 동물들은 이미 멀리 달아났거나 불길에 휩싸여 죽었다. 참새며 꿩이며 매며 멧돼지며 토끼며 노루며 삵이며 여우의 검게 탄 사체들이 발에 자꾸 걸렸다. 숲이 붙어 있을 때의 온기는 사라진 지 오래였다. 창고로 향한 걸음이 더욱 빨라졌다. 곡곰도 이들처럼 타버렸을까. 창고를 지나 언덕 너머 계곡까지만 달아났다면, 흐르는 계곡물을 따라 내려왔다면, 목숨을 구할 수도 있었다. 목발을 짚고 마당을 오가기도 힘겨워한 곡곰이지만, 그래도 불길을 피해 숨었기를 바랐다. 평소보다 산길을 오르는 것이 서너 배는 힘들었다. 불에 휩싸였던 나뭇가지들에서 재가 우박처럼 떨어지고 검은 흙들에서 남은 불티가 송곳처럼 올라오는 탓이다. 길과 길 아닌 곳의 경계도 흐릿해, 조금만 마음을 놓으면 돌부리에 걸렸다. 불어닥친 맞바람이 얼굴과 가슴을 쳤다. 뒤이어 큰 소리가 굴러와선 내 몸을 휘감았다.

"멈춰!"

태어나서 단 한 번도 들어본 적 없는, 산 전체가 울리는 소리에 걸음을 멈췄다. 사방으로 고갯짓하며 소리 지른 사람을 찾았다. 동서남북 매캐한 기운만 가득하고 사람의 흔적은 어디에도 없었다. 바람이 그쳤고, 온몸 온 맘을 떨게 한 소리도 사라졌다. 헛것을 들었을까. 양손 검지로 두 귀를 파곤 걸음을 뗐다. 그때 다시 소리가 바위처럼 굴러 내려왔다.

"멈춰!"

멈칫하는 순간, 불기둥이 나를 향해 성난 범처럼 달려들었다. 이 능선을 불태우고 다른 능선으로 갔던 불길이 역풍을 만나 돌아온 것이다. 산과 하늘이 이어진 거대한 불기둥이었다. 갑자기 몰아친 열기에 고개를 숙이거나 허리를 굽힐 엄두도 못 냈다. 내게 남은 것은 죽음뿐이었다. 그 순간 무엇인가가 내 등을 움켜쥔 채 끌어당겼다. 두 발이 동시에 허공으로 떠올랐다. 내 몸이 새처럼 날아올랐다는 생각을 마지막으로 했다. 그리고 끝이었다.

죽었는가. 불기둥에 휩싸여 재가 되었는가. 하늘로 흩날린 뒤 구름이 되었다가 검은 비로 내렸는가.

등이 푸석푸석했다. 물을 전혀 머금지 않은, 농사엔 최악인 흙이었다. 손바닥을 땅에 붙였다가 눈 가까이 들어 올렸다. 시커먼 재였다. 죽었다면, 왜 아직도 이렇듯 재로 덮인 땅에 누웠는가. 혼백은 훨훨 날아 구천을 떠돈다고 하지 않는가. 혹시 죽지 않고 살았는가. 밀려오는 불기둥을 피했는가. 겨우 몸을 일으키고 앉아 고개를 드니, 눈앞이 바로 창고였다. 참담하긴 창고도 마찬가지였다. 대들보는 거대한 숯이 되어 뒷마당 장독대를 덮쳤고, 사각의 꼴을 갖췄던 기둥들도 전부 쓰러져 타버렸다. 기둥들이 쓰러졌으니 지붕도 무너졌고 마당을 두른 담까지 사라졌다. 창고에 쌓아놓고 몇 년째 바람과 온도를 살펴 말린 질 좋은 나무들도 전부 숯으로 변했다.

창고를 돌아 곡곰이 기거하던 방으로 향했다. 새까맣게 불탄 거대한 몸이 문지방에 걸쳐 있었다. 허리 위는 방 밖이었고 허리 아래는 방 안이었다. 시신의 머리를 감싸 안고 들었다. 불에 탄 고기 냄새가 코로 확 밀려들었다. 더욱 세게 끌어안았다. 검은 눈물이 흘러내렸다. 방으로 시신을 옮겨 넣은 뒤, 하늘을 우러렀다. 남쪽 구례와 북쪽 남원에서 먹구름이 몰려들어 머리 위에서 뭉쳤다. 무릎을 꿇었다. 잠시 멈췄던 비가 기어이 쏟아졌다. 불타 뚫린 천장에서 굵은 빗방울들이 내 몸을 할퀴듯 떨어졌다. 곡곰만 남겨두고 내려가는 것이 아니었다. 내가 있었다면, 그를 구했을 것이다. 내 잘못이다. 눈썹 여인, 아가다를 만날 욕심에 산에 그를 홀로 뒀다. 이렇게 허망하게 죽을 사람이 아니다. 마름 봉식을 두들겨 패고 갈 곳 없는 나를 받아준 고마운 사람이 아닌가. 나무를 베지 않겠다는 내 고집을 순순히 인정한 사람이 아닌가. 자신을 뒤이어 세 산을 맡겠느냐는 제안까지 했다. 울다 지쳐 시신의 가슴에 뺨을 대었을 때 땅이 울렸다. 태어나 처음 느끼는 진동이었다. 뒤이어 돌과 나무 들이 구르며 만든 굉음이 들렸다. 도깨비처럼, 사내가 방으로 뛰어들어와선 내 팔을 잡아끌었다.

"달려!"

산사태였다. 불에 이어 흙이 밀고 내려온 것이다. 몇 걸음 딛기도 전에, 곡곰의 시신이 놓였던 문지방에 발이 걸려 뒹굴었다. 일어나려 했지만, 무릎과 발목이 끊어질 듯 아팠다. 저만치 앞서 달리던 사내가 되돌아와선 나를 업었다. 쓰러진 나무들을 휙휙 뛰어넘으며 사슴처럼 내달렸다. 크고 두툼한 귓불이 어깨에 닿을 듯 흔들렸다. 불탄 창고를 휩쓴 흙들이 맹렬하게 쫓아오는 소리가 뒤에서 점점 크게 들렸다. 튕겨 날아든 흙덩이와 돌멩이와 숯덩이 들이 등과 어깨를 때렸다. 조금만 늦었다면, 나는 저 흙에 휩쓸렸을 것이고, 파묻혔을 것이고, 숨이 끊겼을 것이다. 범처럼 달려들던 소리가 어느 순간부터 작아지고 또 점점 멀어지다가 이윽고 멈췄다. 사내는 그제야 나를 내려놓았다. 사내의 어깨부터 돌려세웠다. 눈이 마주쳤을 때, 나는 너무 놀라 아무 말도 못 했다. 나를 업은 채 쏜살처럼 내달린 사내는, 오른 다리를 심하게 절며 장선마을 구석구석을 달팽이처럼 다니면서 구걸해 온 거지, 내 친구 짱구였다.

2장

암

달항아리

보름달처럼 둥근 항아리다. 옹기 대장들이 자랑삼아 아주 큰 달항아리를 만들 때, 아가다는 품에 쏙 안기는 작은 달항아리로 만족했다. 그믐에서 보름까지, 달이 차오르는 걸 좋아했다. 결점 많은 사람들을 버려두지 않고 차근차근 고쳐 결국 보름달처럼 만드는 것이 천주님의 뜻이라고도 했다. 보름에서 그믐까지, 달이 기우는 건 마귀들 짓인 셈이다.

온몸을 내맡기고 달리는 기분이었다. 이마와 뒤통수가 함께 튀어나온 짱구를 보면서도, 고개를 두 개나 넘었는데도, 나는 이 상황이 믿기지 않았다. 꿈인가 싶어, 달리며 내 볼을 꼬집었다. 눈물이 찔끔 나올 만큼 아팠다. 짱구는 업힌 내 숨이 가쁠 정도로 빨리 달렸다. 물 찬 제비 같다는 것이 무엇인지 처음 알았다.

놀라운 일은 또 있었다. 짱구가 천덕산을 내 집 앞마당처럼 아는 것이다. 장선마을 세 바보 중에서 산을 누비는 일이라면 산포수인 길치목이 단연 으뜸이다. 농부인 나도 나물을 뜯으러 천덕산을 자주 오르내린 데다가 곡곰 밑에서 나뭇짐을 진 채 낮밤 없이 다닌 탓에 웬만한 길은 눈에 선했다. 그러나 짱구는 평지를 걷기도 힘겨웠기에 산행은 엄두도 못 냈다. 길치목과 내가 땀을 뻘뻘 흘리며 번갈아 업고 올라야 여름 계곡에 발이라도 겨우 담갔다. 그런데 짱구가 질주했다. 길이 꺾이거나 바위나 나무가 길 가운데 놓여도 걸음을 늦추지 않았다. 어디서 오르거나 내리고 어디에 방해물이 있는지 전부 파악했다. 산포수도 넘보지 못할 경지였다.

"어디까지 가?"

업혀서도 어지러워 내가 먼저 물었다. 짱구가 고개를 돌리지 않고 답했다.

"다 왔어, 거의!"

산길에서 벗어나 빽빽한 솔숲으로 들어갔다. 나도 이 길을 지나간 적이 있지만 숲으로 들진 않았다. 곡곰에 따르면, 베기엔 아직 어리고 옮기기엔 이미 늦은 나무들만 가득해서 십 년 안엔 도끼 들고 찾을 일이 없다고 했다. 숲이 끝나는 자리에 겨우 눈비를 피할 만한 동굴이 있었다. 편평하고 둥근 돌판이 책상을 대신했다. 돌판 위로만 빛 한 줌이 들어왔다. 마주 보며 앉자마자 나는 짱구의 오른 팔다리부터 만졌다. 짱구는 내가 충분히 만지도록 내버려뒀다. 한참을 만지고 난 뒤, 짱구를 끌어안고 등을 소리 나게 치면서 웃었다. 이제 병신이라고 놀림받을 일은 없을 것이다. 오늘처럼 산도 마음껏 타고 강도 거침없이 뛰어들 것이다. 길치목과 내가 돌 던지고 욕하며 짱구를 괴롭히는 동네 아이들을 막는 것도 끝이다. 짱구도 내 등을 치며 따라 웃었다.

"무시무종無始無終 전지전능한 그분이 내 아픈 팔과 다리를 어루만지셨어."

팔과 다리만 나은 것이 아니었다. 셋이 다닐 때 떠버리는 길치목이었고, 나는 길치목의 절반이나 그보다 조금 못하게 거들었다. 짱구는 우리 둘의 이야기를 주로 듣는 편이었다. 말을 심하게 더듬었고, 호흡이 짧아 남들 한 번 쉴 때 열 번은 끊어야 했다. 길치목과 나는 충분히 기다려주는 편이었지만, 짱구는 왼손으로 이마를 긁적이면서 제풀에 포기하곤 했다.

길치목은 중요하지 않은 것도 중요하다고 강조했고, 나는 강조까지는 아니지만 하고 싶은 이야기는 끝까지 마치는 편이었다. 짱구는 중요하고 심각한 이야기도 스스로 밟아버렸다. 똑 부러지게 행동하고 말하는 것은 짱구와 거리가 멀었다. 그런데 자신의 몸을 고쳐준 천주의 은혜를 설명할 때는 확신에 찼다. 말을 전혀 더듬지 않았고, 서너 문장을 한꺼번에 쉬지 않고 이야기했다. 가슴을 내밀고 어깨를 편 채 당당했다.

"산길은 말씀이야, 올라갈 때보다 내려갈 때가 더 힘들어. 게다가 그날은 여러모로 끔찍한 사건의 연속이었지. 비탈 아래로 떨어진 봉식도 죽었을 것 같고, 내 목숨보다 중한 거위들도 죽었을 것 같고. 네가 뭐라고 하든 거기 더 머물렀어야 한다는 후회가 밀려들더라. 물론 오른쪽 팔다리가 불편한 나로선 비탈을 내려갈 형편이 아니었지. 너도 그게 걱정스러워 내게 먼저 가라고 말했고. 수습하는 데 짐만 되니까. 언제나 나는 짐이었어. 치목에게도 너에게도! 산을 내려가다 두 번이나 넘어질 뻔했지. 평지에선 그나마 쓰러지지 않을 만큼 오른발에 힘을 줬는데, 내리막에선 전혀 힘이 실리지 않으니 나무를 붙들지 않고는 견디기 힘들더라. 그러니 왼발을 딛고 나무를 잡은 채 오른발을 끌고, 다시 왼발을 딛고 나무를 잡은 채 오른발을 끌었어. 그러다가 내가 잡은 나뭇가지가 뚝 부러지는 바람에 굴러떨어질 뻔했고, 붙잡을 나무가 너무 멀어서 왼발을 연거푸 두 번 딛다가 오른쪽으로 쓰러지고 말았어. 그래서 나는 뒤돌아섰지. 어차피 이대로 내려가면 나뒹굴 게 뻔하니까 차라리 네가 있는 곳으로 돌아가선 기다리는 편이 낫겠더라고. 물론 넌 이미 비탈을 내려갔겠지만, 고함이라도 지르면 너도 내가 돌아왔다는 걸 알아차리겠지 싶었어."

"돌아왔었다고? 부르는 소릴 못 들었어."

"고함을 지르지 못했으니까. 돌아가지도 못했고."

"무슨 말이야 그게?"

"이번엔 왼발이 문제더라고. 내려갈 때 넘어지지 않으려고 왼발에 너무 힘을 실었던가 봐. 오르막길로 들어선 후엔 오른발을 놀리긴 한결 편했지. 편하다고 해도 잔뜩 긴장한 채 평지보다 더 멀리 오른발을 내밀려고 애써야 하지만, 그래도 나뭇가지를 먼저 찾아두지 않아도 오를 순 있었으니까. 오른발을 무사히 딛고 나서 너무 빨리 안심해 버린 거야. 왼발을 대충 디뎠다가 발목이 접혔고 그 바람에 태어나서 처음으로 왼쪽으로 쓰러졌지. 머리를 세게 땅에 부딪히면서 정신을 잃었어. 그래서 너한테 돌아가지 못한 거야."

"기절했던 거야? 얼마나 거기서 그러고 있었는데? 내가 내려갈 땐 널 못 봤어."

"마을로 돌아간 줄 알았을 테니까. 거기 쓰러져 있었더라도 찾긴 힘들었을 거야."

짱구의 추측을 곱씹다가 확인하듯 물었다.

"……쓰러져 있었더라도? 그 말은…… 거기 없었단 거야? 금방 깨어났어?"

짱구는 내 질문을 잠시 밀어둔 채, 돌 탁자를 손바닥으로 쓸었다. 왼손이 아니라 오른손이었다. 짱구의 손이 그렇게 큰 줄 처음 알았다. 손바닥을 펴지 못하고, 그렇다고 주먹을 쥐지도 못한 채,

늘 오그라든 오른손을 겨드랑이나 등 뒤에 숨기며 지냈다. 오른손이 그러하니 멀쩡한 왼손까지 드러내길 꺼렸다. 왼손을 본 사람들의 시선이 자연스럽게 오른손으로 향했기 때문이다. 오늘은 먼저 오른팔을 뻗고 오른손으로 탁자를 거듭 쓸었다. 자신의 멀쩡한 손을 얼마든지 보라는 뜻이다. 나는 추측을 더하여 물었다.

"깨어났을 때…… 몸이 달라지기라도 한 거야?"

짱구가 고개를 저었다.

"아니! 그대로였어. 그때 팔다리가 멀쩡해졌다면, 천주님께 영광을 돌리지 않았을 거야. 오히려 땅의 신을 숭배했겠지. 땅바닥에 머리를 찧고 나서 회복한 셈이니까. 천주님은 세심하셔. 내가 착각하지 않도록 정확하게 알려주시지. 오른쪽 팔다리는 여전히 불편했지만, 깨어났을 때 깜짝 놀라긴 했거든. 내가 누군가의 다리를 베고 누워 있었으니까. 처음엔 들녘 너인가 싶었지. 내가 쓰러진 사이에 산을 내려오다가 나를 발견했을 수도 있으니까. 그러나 곧 내게 다리를 내어준 사람이 네가 아니란 걸 알아차렸어. 냄새가 달랐거든."

"냄새?"

"네겐 늘 땀 냄새가 나. 길치목도 사냥할 땐 땀을 흘리지만, 총을 넣어두고 쉴 땐 그쳐. 농부인 넌 달라. 농번기는 물론이고 겨울에도 뭔가 계속 몸을 놀려 일감을 찾아다녔으니까. 땀 냄새라고 해도 내 몸의 악취에 비할 바는 아니겠지만! 난 늘 신기했어. 내가 맡아도 악취가 너무나도 지독한데, 넌 불평하지 않았으니까. 씻으라고도 하지 않고, 내게 꼭 붙어 잤으니까. 이젠 악취도 완전히 사라졌어. 난 네 땀 냄새가 좋았어. 너처럼 땀 흘리며 일하는 게 내 평생소원이었으니까.

물론 나도 땀을 흘려. 하지만 내 땀은 한 걸음 힘겹게 옮길 때, 떨며 겨우 말 한마디 뱉을 때 나와. 일할 때가 아니라 목숨을 지탱하려고 발버둥 칠 때! 네 땀엔 만족과 보람과 즐거움이 가득해. 하지만 내 땀엔 고통과 슬픔과 원망과 분노만 있지 기쁨은 없어. 그런데 기절했다가 깨어났을 때, 내가 맡은 냄새는, 내가 부러워해 온 네 땀 냄새가 아니었어. 익숙한 듯 매우 생소했거든. 흙과 꽃과 나무 냄새까진 알겠는데, 그것들을 감싸는 향은 태어나서 처음 맡는 것이었지. 눈을 뜨자마자 나를 내려다보는 눈과 마주쳤지. 웃는 눈이었어. 내가 왜 여기 이렇게 쓰러졌는지 다 알고 있다는 듯이. 그 사람이 누구냐 하면 말이야. 놀라지 마. 너도 아는 사람이야."

"내가 안다고? 혹시 치목이야?"

그 길을 오가는 이들은 심마니나 산포수나 나무꾼일 텐데, 그중에서 내가 아는 이는 길치목뿐이었다. 짱구가 갑자기 어금니가 보일 만큼 웃었다.

"치목은 아니지. 너와 난 꽃을 즐기지만, 치목은 꽃이라면 질색을 하니까."

"누구야 그럼? 내가 아는 사람 중에서 산을 누비는 이는 치목밖에 없어."

풀리지 않는 수수께끼였다. 짱구가 꽃잎을 하나씩 떼어 내 손바닥 위에 올려놓듯 말했다.

"아 가 다."

아가다란 이름을 듣자마자 나는 놀란 눈으로 짱구의 오른손을 쥐었다. 아가다와 나는 아는 사이일까. 나는 나무를 팔고 그녀는 나무를 샀다. 나는 그녀에게 서찰을 쓰기 위해 언문을 익혔고, 서툴지만 계속해서 글을 띄웠다. 그녀는 답장하지 않다가, 엄마가 죽은 뒤부턴 흙으로 빚은 물건을 두든지 글을 쓰든지 답을 했다. 이 정도면 아는 사이인 것은 맞다. 그러나 여전히 나는 아가다, 그녀를 모른다. 아가다는 내가 장선마을 오죽으로 둘러싸인 집에 산다는 것을 알지만 나는 아가다가 사는 마을을 모른다. 아가다는 내가 일군 논을 알지만 나는 아가다가 어디서 어떻게 옹기를 빚는지 모른다. 산도깨비처럼 돌아다니는 아가다가 천덕산만 오르내릴 리 없다. 산길이 이어진 동악산과 동이산까지 넘나든다 해도 이상한 일이 아닌 것이다. 그날도 혼절한 짱구를 산행 중에 우연히 발견한 걸까. 아니면 엄마를 묻기 위해 동악산으로 향하는 내 뒤를 몰래 따르기라도 했을까. 아가다와 엄마의 인연이 내가 상상하는 것보다 훨씬 깊을 수도 있다. 짱구가 이야기를 이었다.

"너도 알지? 나를 내려다보는 아가다의 그 미묘한 눈빛은, 뭐랄까, 한없이 이해하는 듯하면서도 냉정하게 꾸짖는 눈빛이었어. 네가 지금까지 한 짓을 모두 알고 있다는 눈빛이면서, 그따위 죄를 저지르고서 어떻게 아무 말도 하지 않고 가만히 있느냐고 따져 묻는 눈빛이었지."

"짱구 네가 무슨 죄를 지었다는 거야?"

짱구는 평생 당하며 살았다. 몸이 불편하다는 이유 하나만으로 얻어맞고 밟혔다. 장선마을을 비롯하여 순자강 들녘에 사는 이들이 그를 괴롭히기만 한 것은 아니다. 그랬다면 짱구는 벌써 세상을 버렸을 것이다. 깨진 쪽박에 음식을 채워 허기를 달래주었고, 헌옷과 이불을 가져와 추위를 견디도록 했다. 비와 눈이 오는 날엔 외양간이나 창고를 허락했다. 그러나 그것은 일방적인 동정이자 적선이었다. 짱구의 말을 끝까지 귀담아듣는 사람은 길치목과 나 외에는 없었다. 짱구가 용기를 내어, 제 뜻을 말하고 그 뜻에 따라 움직이기라도 하면, 당장 비웃음과 무시와 외면이 시작되었고 주먹질과 발길질도 예사였다. 처음엔 짱구도 소리를 지르거나 몸을 흔들어대며 맞섰다. 그럴수록 더 심한 모욕과 매질이 찾아들었다. 생각을 존중하고 이야기를 나눌 사람으로 여기지 않은 것이다. 때리면 맞고 밟으면 밟히며 지내는 동안, 짱구 자신도 사람이 아니라 길가에 자라는 제일 약한 풀처럼 굴었다. 힘으로 맞설 수도 있는 대여섯 살 아이들에게조차 개돼지 취급을 받고도 웅크린 채 가만히 있었다. 화를 내거나 따져 묻지 않았다. 선행이든 악행이든, 늘 당하기만 했지 행한 적은 없었던 것이다. 내 마음을 꿰뚫기라도 한 듯, 짱구가 단호하게 답했다.

"엄청나게 많은 죄를 저질렀지. 나를 괴롭히는 수많은 이들을 욕하며 저주했으니까."

"동네 아이들에게 퍼붓긴 했어. 하지만 어른들에게도 그랬었나?"

비명과 신음밖엔 들리지 않던 날들이었다. 짱구가 왼손으로 제 가슴을 가리키며 답했다.

"여기, 이 가슴속으로 그랬다고. 어른들 앞에서 입 밖으로 내면 얻어먹지도 못한 채 더 많이 두들겨 맞으니까. 내가 할 수 있는 가장 끔찍한 저주를 입 안에서 퍼부었지. 오늘 해가 지기 전에 벼락 맞아 뒈져라. 내일 해가 뜨기 전에 피 토하며 자빠져라. 목뼈가 부러져라. 똥구멍이 막혀라. 팔다리가 뒤틀려라. 범한테 잡아먹혀라. 괴질에 걸려라."

"마음만 먹은 거잖아? 네가 그렇게 저주해서 다치거나 죽은 사람 있어?"

"그때까진 없었지."

"그때까지 없었단 말은……?"

"몸을 일으켜 비스듬히 나무에 기대앉았어. 그리고 눈을 맞춘 채 아가다에게 전부 다 털어놓았지. 마름인 봉식을 내가 죽였다고."

"죽이다니? 넌 봉식 몸에 손끝 하나 대지 않았어. 봉식에게 달려든 건……."

"거위들이지. 내가 아끼고 사랑한 궁상각치우! 백 번도 넘게 봉식을 저주해 왔어. 너를 괴롭힐 때 저주한 것만도 스무 번이 넘고."

"나머지 팔십 번은?"

"봉식은 나만 보면 살포를 내밀어 이 땅 저 땅 가리키며 '뱀!'이라고 외쳤어."

"뱀?"

"다리를 절며 다니는 게 꼴 보기 싫다고, 기어가라더라고. 근데 기는 건 걷는 것보다 네댓 배는 더 힘들더라. 오른 팔다리를 제대로 못 놀리니 자꾸 맴을 돌더라고. 봉식은 한참을 비웃다가 와선 내 등을 밟아댔지. 그때마다 했던 저주가 팔십 번은 족히 넘어. 박진사네 하인들이 우르르 내려오는 것부터 이상했어. 동악산에서 그들이 할 일이 없었으니까. 억쇠를 비롯한 하인들은 눈만 부라리곤 그냥 지나갔어. 제일 마지막에 내려오던 하인이 내가 불쌍했던지 한마디 하더라. 너랑 치목이 내려오려면 한참 걸릴 테니까 마을로 돌아가라고. 난 그의 다리를 붙잡고 그 까닭을 알려달라 했지. 그는 난처한 표정을 짓더니 빠르게 말했어. 봉식이 똥장군을 깨뜨렸고, 거기에 너랑 치목을 묶어 던져 넣었다고. 봉식이 무슨 짓을 저질렀는지 그제야 알겠더라고. 그때부턴 고래고래 소리를 지르며 봉식을 저주했어. 비탈에서 굴러떨어져 머리가 박살 나고 뼈란 뼈는 죄다 부러지고 피란 피는 몽땅 계곡을 따라 흐르라고. 맞아, 거기서도 거위들이 내 저주를 똑똑히 들었던 거야. 그래서 봉식이 내려왔을 때 달려든 거고."

"거위들은 짱구 널 괴롭히는 사람들에게만 달려들었어. 널 지키려고."

"거위들은 내 맘을 읽어. 내 저주를 고스란히 듣는다고. 속으로 해도 그 정도인데, 고함을 질러댔으니, 거위들이 더욱더 화가 났겠지. 봉식을 정말 죽이고 싶었어. 내 손으로 직접 해치우고 싶었다고. 거위들 짓이 아냐. 내가 죽인 거야. 거위들은 내 불편한 팔다리 대신이었어. 내가 봉식을 죽였다고 고백하자, 아가다는 잠시 내 눈을 들여다보다가, 묻더군."

"뭐라고?"

"봉식이 죽은 게 확실하냐고."

"비탈에서 굴렀으니 죽었을 거라고, 봉식뿐만 아니라 거위들도 모두 대답이 없었다고 했더니, 가자고 했어."

"간다니, 어디로?"

"비탈 아래로!"

"그래서?"

"내려갔지. 아가다가 나를 부축했어. 군데군데 솟은 바위를 피하느라 몇 번 넘어질 고비가 있었지만, 결국 우린 가파른 내리막을 무사히 지나 평평한 땅에 닿았어. 맞아. 그 길에서 이미 목숨이 끊긴 내 고마운 친구들, 궁상각치우의 처참한 몰골도 봤지. 그리고 아가다와 나는 우리보다 먼저 비탈을 내려간 사람을 발견했어. 주위를 살피며 걷는 사람은 바로…… 너였지."

"그만!"

나는 자리에서 일어섰다. 그랬던가. 웅덩이까지 걸어갈 때 뒤따르는 사람이 있었던가. 비탈을 내려가면서부터 거위들과 봉식을 찾느라 바빴다. 날개가 꺾이고 목이 부러진 채 죽은 거위들을 한 마리씩 발견할 때마다 숨이 막혔다. 짱구는 거위들을 자식처럼 귀하게 여겼다. 족제비나 여우가 벌써 살을 찢고 뼈를 핥으며 삼켰을 다섯 번째 거위를, 비탈이 끝나고 평지가 시작되는 지점에 놓인 그루터기에서 발견한 다음에는, 이들의 죽음을 어떻게 짱구에게 전해야 할지 덜컥 겁이 났다. 짱구는 곡기를 끊고 적어도 열흘은 밤낮없이 울어젖힐 것이다. 그런데 내가 설명할 필요도 없이, 짱구도 거위들의 마지막 모습을 본 것이다.

"어디까지…… 봤어?"

"전부, 처음부터 끝까지! 널 부르려 했어. 내가 다시 돌아왔다고. 그런데 부축하며 나란히 걷던 아가다가 갑자기 멈춰 섰어. 놀라 쳐다보니, 고개를 젓더라. 소리 내지 말고 뒤따라 가보자는 뜻이었지. 그렇게 따랐더니 웅덩이에 닿았어. 갑자기 웅덩이 가운데로 참매가 한 마리 날아내렸지."

나는 담담하게 그때 내 마음을 밝혔다.

"봉식이 살아 있었다면 어떻게든 살리려 애썼겠지만, 수면 위로 나온 건 두 다리뿐이었어. 그마저 잠겨버렸고. 넌 내가 끝까지 다시 들어가서 두 다리를 붙들고 시체를 끌어냈어야 한다고 생각해?"

짱구가 답했다.

"아니! 나였다면 두 다리가 보여도 아예 웅덩이로 들어가지 않았을 거야. 넌 할 만큼 했어. 하지만 아가다는 생각이 달랐지."

"달랐다고? 아가다가 들어가기라도 했다는 거야?"

누구든 혼자선 헤어나오기 힘든 웅덩이였다. 몸의 절반을 쓰지 못하는, 궁상각치우를 잃은 슬픔과 분노가 뒤엉킨 짱구는 아가다에게 짐이면 짐이지 도움이 되진 않았을 것이다.

"나는 받아들였어. 봉식은 죽었고 이제 나는 살인자라고. 그때 아가다가 제안하더라."

"제안?"

"봉식을 건져 묻어주자고. 나는 거절했어. 방금 들녘이 겨우 빠져나온 걸 보지 않았느냐고. 둘이선 못 하는 일이라고. 그러자 아가다가 내게 물었어. '여기 우리 둘만 있는 것 같나요?' 내가 즉답을 못 한 채 눈만 멀뚱멀뚱 뜨자, 아가다가 천천히 고개를 들었어. 나도 따라서 하늘을 올려다보았지. 그리고 생각했어. 그녀가 믿는다는 신까지 합쳐 셋이란 뜻일까?"

나도 짱구와 같은 생각을 했다. 아가다와 짱구 그리고 천주!

"신을 가리킨 게 아니었어. 상수리나무 뒤에서 한 사람, 억새 덤불 뒤에서 한 사람, 바위 뒤에서 또 한 사람 이런 식으로 모두 여섯 사람이 나오더라고. 전부 여자. 아가다가 내게 묻더군. 일곱 여자와 사내 하나면 해볼 만하냐고. 사람이 늘어난 건 다행이지만, 나는 또 반대했지. 사람이 죽어나간 일인데 괜히 끼어들어 봉변당하지 말라고. 아가다는 내 눈을 똑바로 쳐다보고 묻더군. 봉변 운운하지 말고, 둘 중 하나를 택하라고. 웅덩이에 잠겨 썩어가도록 두고 싶은지 아니면 건져내어 양지바른 곳에 묻고 싶은지. 내가 그래도 머뭇거리자, 아가다는 자기들끼리라도 해보겠다고 했어.

손에 손을 잡아 긴 줄을 만들곤 서더라고. 제일 앞에 선 아가다가 먼저 웅덩이로 들어갔지. 무릎을 지나 허벅지, 허벅지를 지나 허리, 허리를 지나 가슴까지 물이 차올랐어. 아가다가 가슴이면 그다음 여자는 허리고 그다음 여자는 엉덩이까지 닿는 식이었지. 그렇게 들어갔는데도 봉식의 두 다리가 잠긴 곳에 이르진 못했어. 결국 처음엔 물 밖에서 버티려고 생각했던 마지막 일곱 번째 여자까지 웅덩이로 한 걸음 또 한 걸음 들어가야만 했지. 갑자기 제일 앞에 선 아가다가 휘청거렸어. 비명도 지르기 전에, 가슴까지 차오른 물이 목까지 그리고 입까지 이윽고 눈까지 덮여버렸지. 두 번째와 세 번째 여자가 아가다를 끌어내려고 뒷걸음을 쳤지만, 두 여자가 동시에 미끄러지며 그들 역시 정수리까지 물에 잠기고 말았어. 여기서 중요한 사실은 여자들이 결코 손을 놓지 않았다는 거야. 그렇게 세 여자가 잠기자 네 번째 다섯 번째 여섯 번째 여자가 딸려 들어갔어. 그 여자들까지 빠지면 그야말로 목숨이 위태로울 판이었지.

구경꾼처럼 저만치 떨어져 바라만 보던 나도 웅덩이로 뒤뚱대며 들어갔어. 그리고 일곱 번째 여자의 허리를 왼팔로 감아쥐었지. 당겼어, 힘껏! 당기고 당기고 또 당기다 보니 내 왼발이 물속에서 뒤로 한 걸음 나갔어. 그다음엔 오른발이 갔고, 다시 왼발이 갔고, 다시 오른발이 갔지. 수면으로 내려갔던 아가다의 머리가 떠올랐어. 두 번째 세 번째 여자도 동시에 일어섰지. 아가다가 고개를 돌려 외쳤어. '찾았어요!' 그 말이 얼마나 힘을 주었는지 몰

라. 나는 더욱 신이 나서 당겼어. 웅덩이로 들어갔던 내 몸이 마른 땅으로 올라왔지. 차례차례 여자들도 웅덩이 밖으로 나왔어. 여자들이 모두 힘을 합쳐 아가다를 도와 시신을 끌어냈지. 추측대로 마름인 봉식이었어. 비탈을 구르면서 머리가 깨지고 어깨뼈가 조각조각 부서져 내려앉은 데다가, 물에 팅팅 부은 살들이 거무튀튀했어. 귀와 목엔 살점이 뜯겨 너덜거리더라고. 내가 퍼부은 저주가 고스란히 눈앞에 드러난 꼴이었지. 온몸이 떨리더라. 저주가 실현된 걸 처음 봤으니까.

그때 여자들이 주저앉아 숨을 헐떡이는 나를 에워쌌어. 나는 여자들이 왜 나를 그렇게 내려다보는지 몰랐지. 아가다가 오른손을 내밀었어. 나는 습관적으로 왼팔을 뻗어 그 손을 쥐려 했어. 그런데 아가다가 손등으로 왼팔을 밀어버리더니, 오른팔을 쳐다보는 거야. 이 오른팔이 말이야, 쭉 뻗어지더라고. 이 오른손이 말이야, 쫙 펴지더라고. 아가다가 오른손을 잡아당겼고, 나는 일어섰지. 당기는 힘에 끌려 두 걸음 나아갔는데, 놀랍게도 뒤뚱거리지 않는 거야. 오른발도 왼발과 똑같이 나란히 움직이더라고. 오른쪽 팔다리가 왼쪽 팔다리처럼 멀쩡해진 거지. 그것만이 아니라 오른쪽 귀도 들리기 시작했고, 오른쪽 혀도 맛을 느끼고 말이 새지 않더라고. 오른뺨이 다 젖도록 흐르던 침도 멈췄지.

아가다를 구하기 위해 일곱 번째 여자의 허리를 왼팔로 감았더랬어. 늘 그렇듯이 접힌 채 옆구리 쪽으로 말린 오른 팔꿈치를, 왼손으로 붙잡은 뒤 힘껏 당겼었거든. 그래도 힘이 부족한 바람에 옆으로 쓰러지고 또 쓰러졌었어. 그러다가 어느 순간에 오른팔로 그녀의 허리를 감았던 것이고, 오른손으로 왼 팔꿈치를 잡곤 당겼던 거야. 아가다를 구할 마음이 급해 어느 팔에 힘을 쓰고 있는지도 알아차리지 못했지. 또한 그땐 물속이라서 불편한 오른발도 멀쩡한 왼발처럼 움직인다 여겼는데, 그게 아니었던 거야. 물 밖에서도 오른 다리가 왼 다리처럼 힘찼어. 나는 털썩 무릎을 꿇었고, 아가다를 비롯한 일곱 여자는 나를 에워싸고 서선 기도문을 중얼중얼 외우더군. 기적이 정말 일어났다면, 바로 그 순간 바로 그 웅덩이에서였어."

짱구가 하늘을 우러르며 긴 설명을 맺었다. 나 역시 구름 한 점 없는 푸른 하늘을 바라보았다. 믿기 힘든 이야기였지만, 믿지 않을 도리가 없었다. 나를 업고 산길을 내달린 짱구가 산 물증이었다. 말을 더듬은 쪽은 오히려 나였다.

"그, 그리고 아가다를 따라갔어?"

"당연한 일 아닌가. 천주님 은혜로 내 몸을 고쳤으니까."

팔다리를 고친 이야기만큼 충격적이진 않지만, 짱구는 내 마음을 흔드는 이야기를 하나 더 했다. 나는 꼭 집어 물었다.

"덕실마을에 있었던 거야? 박 진사네 하인들이 곡성뿐만 아니라 남원과 구례까지 전부 뒤졌지만 못 찾았어. 나 역시 천덕산과 동악산과 동이산을 오가며 살폈지만 허사였고."

짱구가 웃음을 머금었다. 두 입과 양 볼과 두 눈썹이 한쪽으로 치우치지 않고 나란했다. 표정까지 바뀐 것이다. 몸의 반쪽이 완전히 정상으로 돌아온 것이다.

"우린 이미 한 번 만났었는데?"

"만났다고 우리가? 언제? 어디서?"

기억을 아무리 되짚어도 짱구를 본 적이 없었다.

"덕실마을에 몰래 왔었잖아? 가마 옆 움집, 옹기 대장이 흙을 물레에 얹어 옹기를 빚는 물렛간에서 아가다가 나가고, 잠시 후 가마에서 소리북을 들고 나선 사내가 있었지?"

"그게 너라고?"

"어두웠고 멀었지만 난 널 곧 알아봤어. 어깨를 내리고 턱을 살짝 올려 바라보는 모습이 딱 너였거든. 들에 일 나가선 그렇게 사방을 돌아봤지."

"그 밤에 북은 왜 들었던 거야?"

"오른팔에 힘을 기르라고, 아가다가 붓과 소리북을 가르쳐줬어. 붓으로 언문을 쓰고 북으로 장단을 배웠지. 낮엔 제법 소리를 내며 북을 치다가도 밤엔 손바닥으로 북 대신 무릎을 조용조용 쳤어. 근데 그날 밤엔 북을 세게 치고 싶더라고. 가마로 들어갔지. 화문만 잘 닫으면 소리가 새어나가지 않거든."

"가마에서 나오는 사내가 너라곤 상상도 못했어. 오른손으로 북을 들고 똑바로 걸었으니까."

짱구가 오른 손목을 흔들며 답했다.

"하긴! 내가 이 팔로 북을 들 줄은 몰랐겠다."

나는 정색을 하고 따지듯 물었다.

"나란 걸 알았으면서, 북은 왜 친 거야?"

"넌 외교인이니까."

"외교인?"

"믿지 않는 사람! 외교인은 덕실마을로 들어오면 안 돼. 낮에도 막지만 밤에는 더더욱 엄히 금하니까. 게다가 넌 아가다를 찾아서 만날 마음이 급해 주변을 전혀 살피지 못했으니까."

"달아나라고 북을 친 거다?"

"맞아."

"붙잡히면 어찌 되는데?"

짱구는 즉답하지 않고 말을 돌렸다.

"덕실마을에서 네게 북을 치기 전에도 두 번 더 널 봤어."

그제야 나는 아가다가 사라진 돌실이를 데려왔을 때, 동행한 두 친구 중 한 사람이 짱구란 생각이 들었다.

"돌실이를 챙겨줘서 고마워."

"함께 가는 편이 여러모로 낫겠더라고. 아가다가 잘 보살폈고, 돌실이도 내가 곁에 있어서 안심했을 게야."

"또 한 번은 흙으로 빚은 고래를 참나무 아래로 옮겼을 때인가?"

"일곱 여인과 함께였지. 마침 요나에 대해 배우는 중이기도 했고."

"요나?"

"고래 등에 꿇어앉아 기도하던, 천주님의 말씀을 어기는 바람에 고래 배 속에 사흘이나 들어가 있었던 교인이 요나야."

나는 짱구에게 일어난 변화들을 처음부터 되짚어보았다.

"가만! 넌 웅덩이에서 오른 팔다리가 나은 후 아가다를 비롯한 일곱 여인을 따라갔지. 그래서 도착한 곳이 덕실마을이고? 덕실마을 옹기꾼들은 죄다 천주란 신을 믿고……."

"나도 하나만 물어도 돼?"

짱구가 오른손 검지를 내 콧잔등까지 세워 들었다. 나는 고개를 끄덕였다.

"덕실마을 옹기꾼들이 천주교인이라고 말했는데도 넌 왜 안 놀라? 알고 있었던 사람처럼."

어디서부터 이야기를 시작해야 할까. 당고개 주막에서 기도문을 외우던 주모 이동례를 엿본 밤부터? 아니면 내가 소작을 하기도 전에 벽에 걸린 십자가를 본 새벽부터? 아가다가 곡곰에게 나뭇값으로 들려준 이야기들을 들으면서, 곡곰이 흥미를 가진 낯선 나무들이 등장할 때마다, 나는 그녀가 믿고 좋아하고 존중하는 것들이 나라 밖 먼 곳에서 왔음을 알아차렸다. 그리고 그녀와 함께 그 믿음을 지켜가는 자들이 있다는 생각도 했다. 그것이 천주교이고 교우촌이었다. 이야기를 풀어놓기로 작정하고 입을 떼려는 순간, 짱구가 고개를 저었다.

"쉿!"

발소리였다. 어긋나 들리는 걸 보니 두 명 이상이었다. 누구야? 짱구를 쳐다보며 눈으로 물었다. 짱구가 안심하라는 듯 눈웃음으로 받았다. 소나무 사이를 뚫고 앞서 나온 사내는 교졸 중 가장 고참인 최순범이었고, 뒤따른 사내는 중갓을 쓴 아전이었다. 얼굴은 눈에 익었지만 육방 중 누구인지는 몰랐다. 나는 혹시 동행이 또 있는가 싶어 솔숲을 살폈다. 아가다나 그녀를 도운 여섯 여자들이 오는 것은 아닐까 잠시 기대했었다. 짱구가 일어나선 아전에게 허리 숙여 인사했다. 나도 짱구를 따랐다. 자리에 앉은 아전이 곁에 앉으려던 최순범에게 명령했다.

"주변을 살펴주게."

"……예. 필요하면 언제든 부르십시오."

최순범이 아쉬움 가득한 표정을 애써 감추곤 무릎을 편 후 방금 들어섰던 소나무 사이로 사라졌다. 사내가 손으로 갓을 들어올리며 노려봤다.

"곡곰 밑에 얼마나 있었지?"

"겨울과 봄을 났습니다."

그리고 여름이니 반년이 훌쩍 넘었다.

"내 얘길 하던가?"

머뭇거리자 짱구가 끼어들었다.

"공방 나리가 질문하시면 바로바로 답해야지."

이호예병형공. 사내는 곡성의 여섯 아전 중에서 공방인 석여벽昔如壁이었다. 소작농이 아전과 마주 앉는 경우는 흔치 않았다. 마름인 봉식에게 덤빈 후 천덕산으로 달아났다가 붙잡혀 관아로 끌려가서 대곤을 맞을 때, 현감 옆에 나란히 선 아전들 속에 그도 있었다. 그래서 얼굴이 완전히 낯설진 않았던 것이다. 그런데 짱구는 언제부터 공방과 알고 지냈을까. 팔다리를 질질 끌며 구걸하는 거지를 육방이 상대해 줄 리 없다. 몸이 낫고 나서 만났을까. 낫고 나선 내내 천주교인들과 지냈다는데, 육방을 무엇 때문에 만난단 말인가. 나는 사실대로 답했다.

"공방 나리에 대해선…… 들은 적 없습니다."

"없어?"

"네."

석여벽이 허리를 숙이며 털도깨비바늘이 날아들듯 물었다.

"곡곰이 다친 후 천덕산에서 소나무를 나른 적 있지?"

"있습니다. 아주 잘 마른 놈으로만 골랐습니다. 가마에 넣을 건가 싶었습니다."

석여벽이 말꼬리를 잡아챘다.

"가마에 넣는다고 누가 그러던가? 곡곰인가?"

"아닙니다. 그냥 제 추측입니다. 곡성에 옹기촌이 나타났다 사라지는 거야 흔한 일입니다. 천덕산에도 있고 동악산에도 있고 동이산에도 있습죠. 옹기꾼을 비롯하여 그릇을 빚는 이들에겐 제대로 마른 나무가 많이 필요하니, 그렇게 세 군데 산에 창고를 만든 게 아닌가 짐작했습니다."

석여벽이 시선을 돌려 짱구와 눈을 맞췄다. 짱구가 나를 찾아오기 전, 두 사람이 미리 대화를 나눈 듯했다. 이윽고 석여벽이 힘주어 말했다.

"명심하고 들어. 오늘부터 넌 동이산 창고나 동악산 창고엔 얼씬도 하지 마."

"거기 보관 중인 나무들은 어찌합니까?"

땅을 일구듯 나무들을 관리해 왔다. 바람과 습기와 햇볕을 매일 확인하고, 그에 따라 창문을 활짝 열 것인지 반만 열 것인지 아니면 아예 닫을 것인지를 택했다. 그 결정을 종일 유지할 것인지, 반나절만 하고 나머지 반나절은 바꿀 것인지도 판단했다. 봄 여름 가을 겨울에 따라 제일 높이 올릴 나무와 중간에 둘 나무, 제일 아래에 깔 나무도 다르게 했다. 창고에서 나무나 지키며 놀고먹는 줄 알겠지만, 나무꾼의 업무도 만만치 않다. 곡곰이 죽었으니 이제 그 일을 할 사람은 나뿐이다. 내가 자리를 비우면 나무들이 손상될 것이다.

"얼씬 말라면 얼씬 마. 무슨 잔소리가 그리 많아! 네 머리에서 곡곰이란 이름부터 지워. 창고 위치도 잊고. 지게 지고 산을 오르내린 적도 없다고, 누가 물으면 우기는 게 낫겠어. 아예 산을 오르지도 말란 거다. 알아들어? 오늘 이후 동이산이나 동악산에서 붙잡히면 대곤 일백 대를 치겠어. 창고 근처를 어슬렁거리면 목숨을 끊어주지."

"저는 그럼 어디로 갑니까? 들에서 쫓겨난 후 그나마 산에서 나무를 나르며 지냈는데, 그 일마저 말라 하시면, 갈 데가 없습니다."

석여벽이 짱구를 다시 슬쩍 보곤 눈을 돌렸다.

"아직도 똥오줌을 못 가리는구만. 네깟 놈 먹고살 길을 나보고 열어달란 게냐? 내가 왜 그래야 하는데? 곡곰을 죽인 죄로 네놈을 잡아들여 벌해야 한다는 얘기까지 돌고 있어. 이 정도면 감지덕지 고마워하고 떠날 일이지."

"죽이다뇨. 제가 곡곰 아저씨를 왜 죽입니까? 창고에 벼락이 떨어진 겁니다. 사람들이 다 봤어요."

"보긴 누가 뭘 봤다고 그래? 천둥이 울리고 벼락이 천덕산에 떨어지긴 했지. 하지만 창고가 있던 딱 그 자리에 벼락이 쳤다고? 그걸 누가 확실하게 봤지? 창고의 뒷마당이나 앞마당 혹은 옆에 떨어졌을 수도 있잖아?"

석여벽이 인정할 만한 물증을 대거나 증인을 데려오긴 어려웠다. 당고개 근처에서, 그것도 천둥 치고 벼락 떨어지고 비 쏟아지는 날에 천덕산 창고의 위치를 가늠할 수 있는 사람은 나뿐이었다. 내가 증인인데, 내 말을 믿지 않는 것이다.

"어쨌든 불이 났고 창고가 전부 탔습니다."

내가 계속 버티자 석여벽이 혀를 차며 말머리를 돌렸다.

"살아 있는 곡곰을 마지막으로 본 사람이 누구지?"

"접니다."

"시신을 발견한 사람은?"

"접니다."

"벼락이 칠 때 넌 어디 있었어?"

"그게…… 산을 내려왔었습니다."

"왜 내려왔나? 비가 억수같이 퍼부었을 텐데."

즉답을 못 했다. 아가다를 찾아 덕실마을로 갔다고 털어놓을 수는 없었다. 말머리를 돌렸다.

"어젯밤에 곡곰 아저씨가 제게 중요한 제안을 했습니다."

"중요한 제안? 뭔데?"

"이야길 미리 다 해두었으니, 자기 대신 창고를 맡아서 해볼 생각이 없느냐고요. 그땐 누구에게 이야길 해두었다는 건지 몰랐습니다. 오늘 공방 나리를 뵙고 나니, 알겠네요."

석여벽이 코를 실룩이며 짧게 말했다.

"계속해 봐."

"짐작은 했었습니다. 세 산의 나무를 잘라 사고파는 일을 곡곰 아저씨 혼자 맘대로는 못 한다 여겼으니까요. 뒷배가 든든하겠다고 짐작은 했지만, 누군지 몰랐습니다. 곡곰 아저씨가 뒷배 자랑을 할 리도 없고요. 공방 나리라면 뒷배가 되고도 남습니다. 나무를 베고 사고파는 일을 관장하는 분이시니까요."

"제법인데……. 곡곰의 제안에 답은 했고?"

"비가 그치면 하려 했습니다. 곡곰 아저씨 대신 공방 나리께 이제 해야겠네요."

"마음을 정했단 말인가?"

"그렇습니다."

"그 마음을 듣긴 해야겠군."

"논을 소작하며 지낼 길은 진작에 막혔습니다. 박 진사 나리가 곡성에 논밭을 지닌 땅임자들에게 절대로 저를 받아주지 말라 했으니까요. 게다가 마름인 봉식이 똥장군을 깨뜨려 저를 괴롭힌 후 사라진 마당이니, 소작을 얻긴 더더욱 어려워졌습니다. 저는 곡성을 떠나 다른 고을로는 가고 싶지 않습니다. 계속 지금처럼 산에 숨어 나무나 하며 살고 싶습니다. 곡곰 아저씨 자리에 다른 사람이 오더라도, 그 밑에서 일하게 해주십시오."

석여벽이 말했다.

"곤란해. 이미 널 산에서 내려보내기로 결정이 났어."

"갈 곳이 없다니까요. 저더러 이대로 죽으란 겁니까?"

석여벽이 혀를 차댔다.

"소문대로 꽉 막혔군. 잘 들어. 난 너를 산에서 쫓아낼 뜻이 없어. 마름을 두들겨 팬 네게 곡곰이 하던 일을 맡길 수는 없다는 주장도 물론 있었지. 그렇다 쳐도 널 하산시킬 필요는 없다는 게 내 생각이야. 그 자리로 다른 누굴 앉히고, 널 그냥 계속 일꾼으로 쓰면 좋겠더라고. 기껏 일을 배워 익숙해졌는데, 새 일꾼을 들이면 일 배우다가 반년이 또 훌쩍 가버리니까. 넘겨짚지 말고 똑똑히 들어. 곡곰의 뒷배가 나 혼자인 것처럼 말하는데, 착각하지 마. 곡곰에게 세 군데 창고를 관리하며 벌목을 맡기자고 정했던 이들은 훨씬 많으니까. 나는 다만 그들 뜻을 곡곰에게 전해왔을 뿐이야. 곡곰이 다쳐 누워 지내는 동안, 네가 세 군데 창고를 오가며 업무를 차질 없이 하는 걸 보긴 했어. 작은 문제들이 생기긴 했지만 첫해에 그 정도면 나쁘진 않아. 다들 나와 엇비슷한 입장이었는데, 너를 절대로 산에 둬선 안 된다는 사람이 생겼어."

"박 진사 어른이십니까?"

"느려 터진 순둥인 줄 알았는데, 머리를 굴릴 줄 안다 이거야? 헛짚었어. 박 진사는 찬성도 반대도 안 했지. 마름을 패긴 했어도 네 녀석이 착실한 농사꾼이었다고 칭찬한 적도 있고."

"그럼 누가 반대했죠?"

석여벽이 킬킬 기분 나쁜 웃음을 흘렸다.

"맨입에 알려달라는 건 설마 아니겠지?"

"무일푼입니다. 지금은."

"돈은 필요 없어."

"그럼?"

"내가 원하는 일 하나를 무조건 하겠다는 약속 정도는 받아야겠는데……."

"약속하겠습니다. 누굽니까, 저를 산에서 내려보내라고 한 사람이?"

미꾸라지 통

미꾸라지 잡는 통이다. 둥근 모양도 있고 사각 모양도 있는데, 아가다는 둥근 쪽이 나와 어울린다며 보름달 모양 통으로 정했다. 구멍 두 개를 마주 보도록 뚫은 후, 원을 반으로 가르는 칸막이부터 두며, 미꾸라지가 돌아 나오지 못하고 앞으로만 나아가게 하는 칸막이들을 또 만들었다. 된장 한 숟가락만 넣어두면, 반나절도 되기 전에 미꾸라지로 통이 가득 찼다. 통을 들고 두 구멍을 번갈아 들여다보았다. 끔찍한 어둠이었다. 아무리 맛난 먹이가 있더라도 함정인가 의심할 것.

진사 박웅이 아니라면, 내가 곡공의 후계자가 되는 것을 반대한 이는 누구일까. 공방 석여벽은 이름을 밝히진 않고 곧 만나게 해주겠다고만 한 후 최순범과 자리를 떴다. 짱구가 내게 말했다.

"소작을 못 하니까 어쩔 수 없이 산에 올라갔던 거잖아? 잠시 머무르는 곳 말고 영원한 안식을 누릴 곳을 찾아야 해."

영원한 안식? 끼니를 걱정하던 짱구에겐 어울리지 않는 말이다. 맞장구를 치지 않고 물었다.

"언제부터 공방과도 만나는 사이가 된 거야?"

짱구는 원하는 답을 주지 않았다.

"세상은 우리가 상상하는 것보다 더 크고, 훨씬 복잡하게 얽혔더라고. 오늘은 이 말만 할게. 내 몸이 나은 것도 또 내가 공방과 만나는 것도 전부 천주님 뜻이야. 당고개 주막으로 가봐."

"같이 가는 게 아니고?"

"나도 바빠. 종일 놀림받고 두들겨 맞느라 부서진 쪽박 끼고 타령은커녕 아쉬운 소리 할 힘도 없던 거지새끼 짱구, 주린 개처럼 엎어져 잠이나 처자던 병신 짱구가 아니라고. 매일매일 준비해야 해."

"준비? 무슨 준비?"

짱구가 고개를 들고 하늘을 우러렀다.

당고개 주막 뒷골방에서 나를 기다린 사람은 놀랍게도 아가다였다. 인사를 건네려는 순간 아랫목에 앉은 여인이 더 보였다. 웃을 때마다 양 볼에 들어가는 보조개가 고왔다.

"담양댁 아주머니 아니세요?"

담양댁 현월아玄月雅는 차분하고 바느질 솜씨도 좋아서, 엄마를 도와 삯바느질을 자주 했다. 살갗이 연한 노란빛을 띠는 데다 얼굴이 작고 고와서, 엄마는 그녀를 '감국甘菊'이라고 불렀다. 장선마을로 시집온 지 오 년 만에 남편이 가슴병을 앓다가 피를 두 말이나 토하고 죽는 바람에 시부모를 모시고 지냈다. 현월아가 아가다와 함께 나를 기다렸다는 것은 그녀도 천주를 믿는다는 뜻이다. 지금까지 전혀 그런 낌새를 알아차리지 못했다. 내가 앉기도 전에 아가다가 먼저 일어섰다.

"따르세요."

아가다와 현월아가 나란히 먼저 걷고 나는 열 걸음쯤 뒤에서 따랐다. 숲으로 들자마자 개들이 막아서며 짖기 시작했다. 아가다가 짧게 휘파람을 불자 그치고 물러났다. 최돌돌과 장엇태가 사내들을 각각 두 명씩 더 데리고 나와 서 있었다. 곧메나 뚝메를 들진 않았지만 살기가 느껴졌다. 소매나 허리춤에 단검이나 단창을 하나씩 숨긴 듯했다. 그들 사이를 지나자 옹기 굽는 가마 두 개가 나란히 보였다. 벼락 맞아 불길에 휩싸였던 왼쪽 가마는 얼굴에 재를 온통 묻힌 광대처럼 초라했다. 오른쪽 가마는 단단하고 고요했다. 아가다는 두 가마 사이를 지나 계속 올라갔다. 덕실마을로부터도 뚝 떨어져 솔숲으로 가려진 곳에 움집이 있었다. 멀리서 얼핏 보면 평평한 바위인가 싶을 만큼 낮고 작았다. 두 여자가 먼저 들어갔고 나도 따랐다.

어두컴컴하고 축축한, 창도 없는 방 한가운데 사내가 앉아 있었다. 방문 틈으로 스민 빛에 겨우 윤곽만 잡혔다. 등잔도 밝히지 않아서 얼굴이 보이질 않았지만, 사철 푸른 소나무처럼 곧은 허리와 그 소나무에서 날아오르는 수리처럼 날카로운 눈매만은 느껴졌다. 사내의 양옆에 아가다와 현월아가 앉았다. 나는 방문을 등진 채 사내와 마주보며 자리를 잡았다.

"아가다를 따라 일하고 싶다 그랬소?"

많은 곳을 갔고 많은 사람을 만났고 많은 일을 겪은 사람만이 내는, 살정이 하나 없는 낮고 굵은 목소리였다.

"맞습니다."

아가다에게 보낸 서찰에서 여러 번 그런 뜻을 밝혔다.

"분신술이라도 쓰겠단 게요?"

"무슨 말씀이신지……?"

"아가다에겐 그리 부탁해 놓고, 한편으론 곡곰처럼 나무꾼으로 계속 일하겠다고 하지 않았소? 몸을 둘로 쪼갤 판이니 하는 말이오."

공방 석여벽에게 했던 이야기가 벌써 사내의 귀에 들어간 것이다. 나는 답하지 않고 노려보았다. 아가다와 현월아가 곧바로 나를 이곳에 데려온 것은 이 사내가 덕실마을을 이끌기 때문일 것이다. 사내의 오른뺨에 깊게 팬 흉터가 흐릿하게 보였다. 내가 선뜻 답하지 않자, 사내가 나를 궁지로 몰았다.

"어느 쪽인지 밝히시오. 옹기꾼이오 나무꾼이오?"

나는 고개 돌려 아가다와 눈을 맞춘 후, 사내의 뜻대로 끌려가지 않고 버텼다.

"둘 다 하면 안 됩니까?"

아가다의 눈이 커졌다. 사내는 당겼던 고삐를 풀듯 읊조렸다.

"재밌군. 둘을 넘어 셋이나 넷이라도 할 기세야."

"어차피 옹기를 만들려면 가마에 불을 때야 하고, 그러기 위해선 나무가 필요하지 않습니까? 천덕산 창고는 불타버렸지만, 동이산 창고와 동악산 창고엔 나무들이 그득합니다. 제가 둘 다 하면, 미리미리 옹기 가마에 필요한 나무들을 챙겨 원하실 때 드릴 수 있습니다."

사내가 오른쪽 손바닥이 보이도록 내밀어 손가락을 하나씩 접은 후 다시 펴곤 물었다.

"한 단에 얼마씩 팔 거요?"

"곡곰 아저씨와 거래한 그대로……."

사내가 아가다를 쳐다보았고, 아가다가 대신 설명했다.

"가마 하나를 채울 나무를 받을 때마다 벌목하는 삯과 보관하는 삯과 운반하는 삯 외에 나무에 관한 묘한 이야기를 하나씩 해드렸습니다."

사내가 이어 물었다.

"이대로 해도 좋소?"

"상관없습니다."

"벌목과 보관과 운반, 셋을 합쳐 얼마였는지 묻지도 않는군."

"속일 분들이 아니잖습니까?"

"상관없다는 건 둘 중 하나라오. 흥정하는 상대를 무시하거나 아니면 손익을 따지지 못하는 멍청이거나."

"둘 다 아닙니다. 곡곰 아저씨는 나뭇값으로 묘한 이야기를 하나씩 받는다고만 하셨습니다. 세 가지 삯에 대해선 들은 적이 없습니다. 사소하다 여기신 듯해요."

침묵이 맴돌았다. 대답이 탐탁지 않은 것일까. 나는 고개를 돌려 현월아를 바라보았다. 오죽네를 드나든 아낙 중에서 정이 가장 많았다. 내게 먼저 다가와 표정을 살피고 엿이며 떡을 종종 쥐여주었다. 현월아는 고개를 살짝 돌려 내 눈길을 피했다. 나는 사내에게 물었다.

"곡곰 아저씨를 믿으셨습니까?"

곡곰은 천주교인이 아니다. 다만 교인들이 읽고 나누는 이야기에 등장하는 나무에 관심이 컸을 뿐이다.

"허튼짓하지 않는다는 건 믿었소. 곡곰은 나무 이야기 외엔 철저하게 돈만 챙겼으니까. 챙길 것 다 챙기고도 돈 얘긴 입 밖에 내질 않는 재주를 지녔다오. 사소하다? 그럴 리가! 당신에게 할 필요가 없었던 것이고, 당신을 부리기 좋은 쪽으로 맞췄던 것일 게요. 우리에게 나무를 대준 것도 다 돈벌이였소. 천주교인이든 불교도든 상관하지 않았을 거다 이 말이지. 당신이 곡곰처럼, 옹기꾼에 전혀 관심이 없고, 덕실마을을 기웃거리지 않으며, 언문까지 일부러 배워 서찰을 계속 띄우지 않았다면, 곡곰의 후임으로 올렸을 게요. 하지만 지금 당신에게 필요한 건 돈이 아닌 것 같소."

한 번 더 버티기로 했다.

"저도 돈 필요합니다. 돈 좋아해요. 이 세상에 돈 싫어하는 사람도 있나요. 엄마가 박 진사에게 왜 그 수모를 당하셨는데요. 마름인 봉식에게 빚 갚을 기간을 조금이라도 늘려달라고 부탁하고 매달린 것도 다 돈 때문입니다. 돈만 있었다면 소작도 하지 않았을 테고 엄마도 그렇게 돌아가시지 않았을 겁니다."

"나무 팔아 돈 벌면 당장 뭘 하고 싶소?"

그 질문에 숨이 턱 막혔다. 장선마을로 돌아가선 소작 부쳐 먹던 논을 살까. 내가 사겠다면 박 진사가 순순히 줄까. 그 논밭을 산들, 이미 세상 떠난 엄마에게 따듯한 밥 한 공기 차려드릴 수 없다. 돈이 있어도 할 일이 없는 것이다. 사내가 쐐기를 박았다.

"돈 좋아한다는 사람이 흥정도 하지 않고, 나뭇값이 얼마인지 관심도 없다? 돈이 없어 고생해 온 건 알겠소. 그렇다고 당신은 돈을 좋아하는 사람이 아니라오."

힘껏 받아쳤다.

"돈을 탐내지 않는다는 게 왜 제가 곡곰 아저씨를 잊지 못하는 이유가 됩니까?"

"곡곰과 나무를 거래하는 이들은, 박 진사를 포함한 향청 양반이든 육방 아전이든 하다못해 나 같은 옹기꾼이든, 한 푼이라도 싸게 나무를 사려 든다오. 근데 당신이 거기에 전혀 관심이 없으면, 그들에게 밀릴 수밖에 없소. 우습게 여기겠지. 턱없이 값을 후려칠 것이고, 무리한 요구를 해댈 거요. 당신은 밀리고 밀리며 괴로워할 것이오. 지금은 나무꾼도 거뜬히 할 수 있고, 또 우리에게 배려도 하겠다 장담하지만, 울상을 지으며 덕실마을로 와선 옹기꾼들에게 도움을 청하거나, 천주께 살려달라 기도할 게요. 내 눈엔 훤히 보인다오. 당신이 그렇게 아가다를 비롯한 옹기꾼에게 기대고, 또 잠시라도 숨을 돌리려고 덕실마을을 드나들면, 그 한심한 꼴을 이용하려는 자들이 뒤따라 덕실마을로 기어들어오려 할 게고, 그럼 어찌 되겠소?"

"곡곰 아저씨도 제게 세 군데 창고를 맡기고 싶다 하셨습니다. 벼락이 떨어지기 전날, 틀림없이 그리 말씀하셨어요."

"곡곰이 완전히 손을 떼려 했다고? 버는 돈을 당신이 몽땅 갖고?"

"반반 나누자 하셨습니다."

사내가 헛웃음을 흘렸다.

"당신이 만만해서 떠본 게요. 곡곰은 도끼질이나 지게질 한번 하지 않고 절반이나 먹고, 당신은 그 모든 일을 다 맡고 절반을 먹는 게 당연합니까?"

"그야 곡곰 아저씨가 주인이니까요. 어렵게 산중에서 터를 닦았고, 저는 아저씨 밑에서 일하는……."

"쯧쯧, 정신을 못 차렸네. 창고 주인이 아직도 곡곰인 줄 아는 게요? 곡곰도 따져보자면 당신이랑 같소. 곡성에서 해마다 나무가 필요한 이들이 돈을 모아 창고를 만들었소. 곡곰은 버는 돈의 절반을 창고 빌린 값으로 내왔소. 곡곰이 주인 행세로 당신을 속이며 잔꾀를 쓴 게요. 자기는 편히 놀고, 일은 전부 당신이 하고. 그러다 당신이 다치거나 죽으면 또 당신처럼 멍청한 놈을 어디선가 찾아서 들이겠지. 당신은 곡곰의 뒤를 이으면 안 되오. 당신 때문에 우리까지 당할 순 없으니까."

곡곰의 사람 좋은 얼굴과 넉넉한 웃음과 귀에 쏙쏙 들어오던 충고들이 떠올랐다. 그가 나를 이용해서 욕심을 채워왔다고는 상상할 수 없었다. 사내는 묵묵히 기다렸다. 반박할 테면 해보라는 식이다.

"나무꾼에 대한 미련은 그럼 버리겠습니다. ……옹기꾼으로 사는 건 허락하시겠습니까?"

사내가 내 질문의 한계를 예리하게 짚었다.

"천주교인으로 살겠다고 하지 않고 옹기꾼을 앞세운다……. 우리가 교인이란 걸 모르진 않을 게요. 당고개 주모인 이동례 더릐사 역시 천주님을 받든 지 오래되었고, 장선마을 아이들이 해바라기 아저씨라 부르고 또 당신을 순자강에서 구한 장엇태 말구 역시 교인이라오."

더릐사? 말구? 아가다만큼이나 낯선 이름들이다. 교우들이 왜 새로운 이름을 갖는지 그때는 몰랐다. 그래도 순순히 물러서긴 싫었다.

"그게 그거 아닙니까?"

"다르오. 옹기꾼으로 사는 것과 천주교인으로 사는 건 완전히 다른 이야기라오. 옹기꾼은 덕실마을 아니라도 많소. 흙 좋고 나무 무성한 곡성 골짜기에서 옹기 굽는 마을이 줄잡아 다섯 곳은 넘는다오. 옹기꾼으로만 살겠다면 그중 한둘을 소개해 줄 수도 있소. 천주교인으로 살려면 목숨을 걸어야 하오. 천주님을 믿다가 죽은 사람들에 대한 소문은 들었을 것 아니오."

"오래전에 순자강 근처까지 유배 왔던 천주쟁이가 있단 이야긴 얼핏 들었습니다……."

"옹기꾼으로만 살고 싶다면 지금이라도 일어서시오."

사내가 거듭 권하자 나는 마음이 급해졌다.

"아닙니다. 옹기꾼만을 고집하는 건 아닙니다. 천주교인으로 살 테니 받아달라 하지 않은 이유는…… 아직 천주를 믿지 않아서입니다."

짧은 침묵이 흘렀다. 소리 내어 웃은 사람은 아가다와 현월이였다. 사내도 그녀들 웃음을 막진 않았다. 웃음의 의미를 금방 알긴 어려웠다. 사내가 확인하듯 물었다.

"천주님을 믿지 않는다면서, 옹기꾼으로만 살려는 건 아니라고? 둘 다 아니면 무엇이오? 나무꾼이면서 옹기꾼도 하겠다고 우기더니, 이건 고집하는 방향이 정반대로군."

"알고 싶긴 했습니다. 아가다는 왜 엄마에게 쌀을 계속 대줬는지, 당고개 주모는 왜 손해를 보면서까지 거지와 병자 들에게 음식을 주고 잠자리까지 베푸는지, 또 제가 몰래 술을 훔쳐 마신 것도 왜 두 사람이 힘을 합쳐 덮어주는지……. 그녀들이 천주를 믿기 때문이라면, 천주란 과연 어떤 신일까, 궁금했습니다. 천주를 믿는 사람들로 이룬 마을이 따로 있는 것인지, 함께 모이는 날은 언제인지, 모여 무엇을 하는지, 어떤 서책을 읽는지, 무엇을 먹고 무엇을 먹지 않는지, 이익이 생기면 어떻게 나누고 손해가 생기면 또 어떻게 감당하는지, 다툼은 없는지, 다툼이 생겼을 때 옳고 그름을 어떻게 가리는지, 상은 무엇이고 벌은 무엇인지……."

"관아에 고변할 마음은 들지 않았소? 소작 부쳐 고생하던 날들을 단번에 바꿀 기회인 게요."

"제가 고변하면 당고개 주모도 아가다도 붙잡혀 옥에 갇히고 목숨까지 위태로울 것 아닙니까? 저를 도운 이들이 고생하는 걸 원치 않습니다."

"지금도 천주님과 천주님을 믿는 교인들 그리고 교인들의 마을이 궁금하오?"

"그렇습니다, 더욱더!"

"짱구를 만났기 때문에?"

순순히 인정했다.

"깜짝 놀랐습니다. 짱구는 천주, 그 신이 자신을 고쳤다고 하였습니다. 정말 기적이라면……."

"기적이라면?"

"기적이 간절했던 순간이 제게도 있었습니다. 그리고……."

천덕산에서 거듭 들린 '멈춰!'란 소리와 불기둥 앞에서 내 몸을 잡아끌었던 거대한 손에 관해 이야기하려는 순간, 아가다가 넘겨짚었다.

"엄마를 살리고 싶었나요?"

나는 아가다를 보며, 혀끝까지 올라왔던 이야기를 끌어내렸다. 아직은 그 특별한 목소리를 이야기할 때는 아닌 듯했다.

"이름을 하나하나 부르진 않았지만, 이 세상 모든 신들에게 빌었습니다. 하지만 엄마는 돌아가셨습니다. 짱구의 몸이 나은 건 너무나 기쁜 일입니다. 제 일처럼 좋습니다. 하지만 저는 묻고 싶습니다. 짱구가 천주를 알기 전인데도, 천주가 그와 같은 기적을 행하셨다면, 왜 저와 엄마에겐 그렇게 하지 않으셨을까요? 짱구는 기도하지도 않았는데 몸이 나았잖습니까? 저는 정말 간절히 기도했습니다. 천주라는 이름을 부르진 않았지만, 천주란 신이 정말 있다면 분명히 제 기도를 들었을 겁니다."

사내가 천천히 끊어가며 물었다.

"기적을, 경험한 적…… 혹시 있소?"

엄마를 살리고 싶었지만 기적이 일어나진 않았다는 고백 뒤에 붙긴 어색한 물음이었다. 살면서 숱한 질문을 받았지만, 이처럼 내 마음을 훤히 들여다보는 듯하고, 내 삶 전체를 되살펴야 겨우 답할 수 있는 질문은 처음이었다.

"짱구처럼 몸이 낫는 기적은 아니지만…… 있긴 있습니다. 칠 년을 꼬박 해마다 보았습니다."

"무엇이오, 당신이 칠 년이나 보았다는 기적이?"

"가을 추수 때 제가 거둔 나락이 다른 논보다 적게는 두 배 많게는 세 배입니다. 칠 년 내내 한 해도 거르지 않고 그랬습니다. 제가 부지런해서 그렇다고요? 다른 농부들보다 더 일찍 들에 나가고 더 늦게 집으로 돌아온 것은 맞습니다. 더 많은 피를 뽑기도 했고요. 하지만 그렇다고 수확량이 두세 배씩 차이가 나진 않습니다. 제가 다른 농부와 달랐던 건 하나밖에 없습니다."

"그게 무엇이오?"

"매일 칭찬해 줬습니다. 하지만 그 칭찬이 두세 배의 차이를 만들었을까요. 제 논만 풍년에 풍년을 거듭한 건 농부인 제 능력을 훨씬 넘어선, 농사가 무엇인지 아는 신이 하신 일입니다. 돌림병이 앞들을 휩쓴 적이 있습니다. 다른 논의 벼들은 시들시들 말라 죽어갔지만, 제 논만은 멀쩡했습니다. 큰 바람이 불었던 적이 있습니다. 제 논을 둘러싼, 산수유나무 '벌써'와 배롱나무 '아직도'가 있는 논두렁을 함께 쓰는 논들의 벼가 대부분 쓰러졌지만, 제 논만은 바람 한 점 맞지 않은 듯 괜찮았습니다. 마름인 봉식이 와서 농부들이 갚지 못한 빚을 제게 얹었을 때, 또 농부들이 돌림병을 만드는 독충을 제가 다른 논에 몰래 퍼뜨렸다고 했을 때, 터무니없는 모함이긴 했지만, 그들이 질투하고 시기할 만큼 제 논만 특별한 보살핌을 받았던 겁니다. 막연한 하늘이 아닙니다. 하늘에 계신 신의 손길이 제 논의 벼들을 어떻게 기르고 어떻게 강건하게 만들었는지, 나락 하나하나 잎사귀 하나하나 줄기 하나하나 뿌리 하나하나까지, 농부인 저는 상세히 알 수 있습니다. 기쁘고도 두려웠습니다. 여기에 담긴 신의 뜻이 무엇인지 알고 싶습니다."

사내는 좌우에 앉은 두 여인과 눈을 맞춘 뒤, 내게 말했다.

"잠시만 기다리시오."

세 사람은 방을 나갔다가 반 시진半時辰, 1시간 만에 돌아왔다. 앉자마자 사내가 물었다.

"언제부터 덕실마을에 머물 수 있소?"

갑작스러운 허락에 당황한 나는 말까지 더듬었다.

"어, 어, 언제든…… 당장이라도."

"오죽네로 가서 간단히 짐을 챙겨 오시오."

나는 즉답을 못 하고 머뭇거리다가 입을 열었다.

"박 진사에게 쌀 쉰 섬 빚이 있습니다. 북삼도에 봉식이 나타났단 소문도 돌지만 박 진사네 하인들은 아직도 봉식을 찾고 있고요. 봉식의 시신을 동악산 웅덩이에서 꺼냈다는 이야기는 짱구에게서 들었습니다. 어디에 묻은 겁니까?"

꼭 확인하고 싶던 질문에 이르렀다. 일곱 여인과 짱구가 힘을 합쳐 봉식의 시신을 웅덩이에서 건진 것은 놀랍지만, 힘을 쓰는 와중에 짱구의 몸이 나은 것은 더 놀랍지만, 내 마음 한구석이 여전히 불편했다. 그렇게 건져낸 봉식의 시신을 어찌하였을까. 관아에 알리거나 박 진사나 봉식의 가족에게 넘긴 것은 아니다. 사내가 되물었다.

"어둑새벽에 여름 숲을 거닌 적 있소? 무성한 나뭇잎이 대낮에도 햇빛을 가리는 그런 숲이 동악산에도 동이산에도 천덕산에도 꽤 많다오. 해가 뜨고 어둠이 걷힐 때, 한꺼번에 세상이 훤해지진 않지. 천천히 조금씩 스미듯 빛이 들어온다오. 여긴 아직 어두운데 저긴 밝고, 저긴 밝은데 거긴 아직 어둡고! 봉식은 우리가 좋은 땅을 골라 정성껏 묻었소. 그의 아내와 외동딸에겐 차차 알리도록 할 게요. 하지만 지금 당장은 곤란하오. 괜한 오해를 사는 건 피해야 하니까. 박 진사는 빚을 받으려고 할 게요. 한데 갚을 여력이 당신에게 없지 않소? 당신 등을 짓누르는 빚에 대해 난 조금 다른 생각을 한다오."

"어떻게 다릅니까?"

"칠 년이나 연이어 다른 농부들보다 두세 배 수확을 거두고도 생긴 빚이라면, 그 빚을 꼭 갚아야 할까……."

"무슨 말씀이신지 모르겠습니다."

"나아갈 구멍이 하나뿐이란 게요. 들어가면 물러설 수가 없다오. 평생 빚을 지고 지고 지고 지다가 죽는 게지. 그 빚은 소작농의 아내나 자식들 혹은 그 옆 논의 소작농에게 옮겨 간다오. 이런 빚을 갚아야만 하겠소? 고쳐 묻겠소. 이런 빚을 평생 갚아야 하는데도 농부로 돌아가고 싶은 게요? 그 논은 논이 아니라 당신을 빚더미에 앉히는 미꾸라지 통이라오. 땅 없는 농부에게 이 나라의 논은 모두 미꾸라지 통인 게요."

나는 갑자기 기침을 쏟았다. 논이 순식간에 미꾸라지 통으로 변하는 이야기에 숨이 막히고 앞이 캄캄했다. 가슴을 두드려도 쉽게 가라앉지 않았다. 사내가 이어 말했다.

"어쨌든 당신이 곡성의 여러 마을을 다니다가 운이 나빠 박 진사네 하인들을 만나더라도, 그들이 때리거나 붙잡아 끌고 가진 않을 게요."

"어찌 그리 확신하십니까?"

"당신이 장선마을과 앞들을 떠나 산으로 들어가서 곡곰 아래 머물 때도 박 진사의 허락을 받았다는 것만 알려주겠소. 박 진사의 목적은 빚을 받아내는 게요."

"제가 도망이라도 치면 대신 빚을 떠안기로 약조라도 하셨습니까?"

"나는 천주님 외엔 그 누구와도 약조하지 않소. 사람끼리 하는 약조는 깨어지기 마련이니까. 보이지 않는 곳에서 우리를 돕는 이들이 많다고만 여기시오. 덕실마을에서 그대가 머물 곳은 아가다가 알려드릴 게요."

논의를 마칠 분위기였다. 굽이굽이 좁은 개천을 흘러가다가 갑자기 망망대해를 만난 기분이었다. 서둘러 묻지 않을 수 없었다.

"저를 믿으십니까?"

"믿소."

"어떻게 믿으십니까? 오늘 처음 저를 만났지 않습니까? 이 마을은 믿지 않는 사람 그러니까 외교인의 출입을 엄하게 금하지 않습니까?"

사내가 되물었다.

"내가 어떤 결정을 내리리라 예상한 게요?"

"몇 번 더 만나 이것저것 따질 거라 여겼습니다만……."

사내가 처음으로 자신의 이름을 밝혔다.

"나 이오득李五得 야고버는 들녘 당신을 처음 만났지만, 많은 교우들이 이미 당신을 만났고 당신이 어떤 사람인가에 대해 들었소. 당신이 당신을 아는 것보다 우리가 당신을 더 많이 알고 있는지도 모르오. 옹기를 굽는 덕실마을에 들어오려는 이들은 하나같이 불편한 단절을 감내하며 또 변화를 꿈꾼다오. 저마다 겪은 이야기도 산을 이룰 만큼 많소. 그걸 여러 차례에 걸쳐 전부 듣는다고 그 사람을 믿을 수 있을까? 아니오. 내가 믿는 건 당신의 구구절절한 이야기가 아니오."

"그럼 뭘 믿습니까?"

"당신의 마음."

"제 마음이라고요? 저는 천주를 믿지 않습니다."

"내가 믿는 건 풀이든 나무든 하다못해 벼나 보리까지도 함부로 해치지 않는 마음이라오. 그들의 고통을 자신의 고통으로 느끼고 칭찬하는 마음이라오. 구름의 얼굴은 신이 보고 구름의 등은 농부가 본다는 당신의 마음이라오. 만물의 뒷모습을 살피며 아끼는 사람이라면, 덕실마을 교우들도 아낄 게요. 적어도 우리를 해치려 들지는 않을 것이오."

"그래도 이건 너무 빠릅……."

이오득이 내 말을 잘랐다.

"내가 겪은 이야기를 들려드려도 되겠소? 포졸들을 피해 떠돌다가 옹기마을로 들어섰더랬소. 옹기를 어디서 어떻게 만드는지도 몰랐소. 옹기꾼 네 가족이 함께 가마 하나에 옹기를 구워 먹고 살고 있었다오. 아무것도 묻지 않고 내게 밥을 주었고, 다섯 공기

나 연거푸 먹은 후 사흘을 꼬박 편히 잘 방을 주었고, 내 몸 여기저기에 난 상처를 약과 침으로 고쳐주었고, 황소바람도 버틸 두툼한 옷도 주었소. 처음에는 기력만 회복하면 떠날 작정이었지만, 떠나고 싶지 않더군. 생질꾼과 건아꾼 노릇 하며 반년 정도를 빌붙어 일하다가, 나이가 가장 많은 옹기 대장에게 진지하게 물었다오. 여기까지 온 사연을 왜 따져 묻지 않느냐고. 대장이 답했다오. 사람 취급 못 받고 힘들게 사는 꼴은 누구보다도 옹기꾼인 자신들이 더 잘 안다고. 노비가 되든가 산적이 되지, 옹기꾼으로 살진 않겠다고 집을 나간 자식이 한둘이 아니라고. 한 사람이 아쉽던 판에 먹여주고 재워주기만 해도 일을 하겠다고 찾아왔으니 받아들이지 않을 이유가 없다고. 이곳에 닿기 전에 무슨 잘못을 저질렀는지는 모르겠으나 함께 지낸 반년 동안 아무런 문제가 없었으니 그깟 잘못 캐물을 이유 또한 없다고. 원한다면 얼마든지 머물러도 좋고, 물레에 직접 앉고 싶다면 그것도 또한 가르쳐주겠다고.

그들은 가끔 내게 나만이 아는 특별한 이야기와 내가 믿는 신에 관해 묻기도 했소. 그 마을에 꼬박 이 년을 머물렀다오. 떠나려 할 때 나를 따라나선 이는 한 명도 없었소. 그들은 내 이야기를 즐기긴 했지만, 내가 믿는 신을 믿지도 않았고 나를 관아에 고변하지도 않았소. 그 신을 믿어 내 삶이 좀더 편안하길 바란다고 했다오. 믿지 않을 때보다는 훨씬 낫다고 내가 거듭 말했더니, 이 험하고 지독한 세상에서 그나마 모시며 의지할 신이 있는 사람은 행복하다더군. 한번 믿어보지 않겠느냐고 마지막에 권하기도 했는데, 대장은 그저 웃다가 한마디 했소. 신을 믿으면 옹기를 팔아 번 걸 신과도 나눠야 하는데, 그럴 만큼 형편이 넉넉하진 않다고. 내가 보기에, 들녘 당신은 젊은 날 옹기를 처음 배우던 나와 별반 다르지 않소. 당신이 궁금하게 여기는 것들에 대해서는 함께 풀어봅시다. 그러다가 이 마을에서 사는 게 괴롭고, 세상과 삶에 관한 질문들이 풀리지 않는다면, 그땐 언제든 떠나도 좋소. 이제 우리가 들녘 당신을 받아들이는 까닭을 알겠소?"

"완전히 알지는 못하겠지만, 어느 정도는……."

세 사람이 다시 웃었고, 이오득이 말했다.

"알면 안다 하고 모르면 모른다 하고 어느 정도만 알면 어느 정도만 안다고, 앞으로도 정직하게 답하도록 하오. 들녘 당신이 바보 농부에 가깝다는 소문을 들었는데, 왜 그런 이야기가 돌았는지 알겠군. 천주님 외에는 사람이든 사물이든 완전히 아는 이는 없소. 당분간은 옹기 일 하지 말고, 교우촌에서 살아가는 데 꼭 필요한 것들부터 배우고 익히도록 하오. 첫걸음이 엉망이면 이곳에서 살고 싶어도 쫓겨날 게요. 아가다가 오늘부터 당신을 이끄는 선생이오."

쌍구유

구유는 소나 말의 여물을 담는 통이다. 흔히 길고 넓적한 돌이나 나무를 쓰지만, 이건 질 구유다. 아가다가 소의 삶을 살피고 고민해서 꼼꼼하게 만들었다. 깊다고 좋은 것도 아니고 넓다고 좋은 것도 아니다. 소의 입에 닿기 좋은 깊이와 소의 배를 충분히 채울 넓이를 알아야 한다. 어미 소와 엇부루기수송아지를 위한 쌍구유이므로, 구유를 두 칸으로 나눴다. 열에 일곱은 엄마가 쓰고 나머지 셋은 엇부루기 몫이다. 덕실마을로 처음 들어갔을 때 외양간의 구유들을 보자마자 기분이 좋아졌다. 소의 몸과 마음을 아는 사람이 여기에도 있구나!

천주를 완전히 믿지도 않는데 교우촌인 덕실마을로 왜 들어갔느냐는 질문을 그 후로도 종종 받았다. 산포수 길치목이 제일 많이 했던 것 같다. 나는 왜 덕실마을로 들어가겠다고 먼저 말했을까. 아가다를 향한 마음이 크기도 했지만, 그것이 전부는 아니다. 알게 모르게, 직접 혹은 간접으로 천주교인들은 엄마와 나를 도왔다. 가난하고 병든 이들 곁으로 가선 그들을 도운 예수처럼, 교인이라면 응당 이웃을 내 몸처럼 아끼고 위해야 한다는 것을, 나는 나중에 알았다.

처음 한 달 동안 황소 세 마리를 돌보았다. 외양간은 마을 초입에 있었고, 사람들이 사는 집까진 완만한 비탈을 백 걸음 더 올라야 했다. 밤에 멀리서 흔들리는 등잔 불빛들을 보노라면, 마을로 들어왔으되 아직 완전히 속하진 않은 내 처지가 느껴졌다. 내가 소들을 능숙하게 다루자, 백 마리의 닭과 열 마리의 개도 맡게 되었다. 외양간 옆 닭장에서 닭을 치는 일 역시 식은 죽 먹기였다. 열 마리 개들과는 우여곡절이 있었다. 녀석들은 마을로 나고 드는 솔숲에서 낮에는 묶여 지냈고 밤에는 목줄이 풀린 채 마음껏 다녔다. 마을로 몰래 들어갔던 나를 기억하는 듯 선뜻 곁을 주지 않았다. 밥을 챙겨도, 꼬리를 치지 않고 멀찍이 맴돌다가 내가 저만치 물러선 뒤에야 와선 먹을 뿐이었다. 낮에는 그래도 묶여 지내니 괜찮았지만 밤이 문제였다. 외양간부터 마을에 사는 교인들은 공격하지 않는다는 이야기를 듣긴 했다. 밤에 마당에라도 나가면 등이 서늘했다. 아가다는 개들을 하루에 한 마리씩 외양간으로 데리고 와선 내 곁에 두었다. 그때부터 차차 개들도 나에 대한 경계심을 풀었다. 어떤 녀석은 곧 배를 드러내 보이며 반겼지만 어떤 녀석은 미심쩍은 눈으로 한참을 쳐다보았다. 열 마리가 전부 꼬리를 치기까진 반년이 걸렸다.

소와 닭과 개를 돌보다가 여유가 생겨도, 백 걸음을 걸어 마을로 들어갈 수는 없었다. 옹기 대장들이 작업하는 물렛간이나 가마도 당연히 출입 금지였다. 반대로 찾아오는 교인들을 막을 권리가 내겐 없었다. 새벽부터 밤까지, 그들은 오고 싶을 때 언제든 왔고 가고 싶을 때 언제든 갔다. 일하는 나를 말없이 쳐다보기도 했고, 자기들끼리 수군거리기도 했고, 내게 와서 참견도 했고, 어쩌다가 덕실마을까지 왔는지 묻기도 했다. 나는 혼자 일하는 데 익숙한 사람이었다. 들에서도 혼자였고 산에서도 혼자였다. 들에서는 벼를 비롯한 곡물과 채소, 산에서는 풀과 나무를 말벗으로 삼았다. 그런데 이곳에선 방에서 눈을 뜨자마자 누군가의 시선을 느껴야 했다. 문지방까지 넘어 들어와선 잠든 나를 쳐다보는 노파도 있었다. 외양간에서 선잠을 잔 첫 새벽이었다. 그 노파는 덕실마을뿐만 아니라 곡성 전체에서 나이가 가장 많았다. 백 살까지 헤아리곤 나이를 세지 않았다는 그녀의 이름은 조망실趙望實 골놈바였다. 나이만 듣고는 할미꽃 운운하는 이도 있지만, 마주 앉아 그녀의 맑고 환한 웃음을 볼 때면 연분홍 봉선화 꽃물을 열 손가락에 들인 소녀가 떠올랐다. 지팡이에 의지하긴 해도, 매일 서너 번씩 당고개를 넘을 만큼 아직 힘이 남아 있었다. 내 팔을 당겨 잡곤 손등을 쓸며 충고했다.

"이오득 야고버가 허락한 곳은 여기까지야. 마을로 진짜 들어와 살려면 교우들 마음을 얻어야 해. 힘들고 불편해도 곰방메로 콩콩 쳐 눌러! 참아!"

아가다와 매일 만난 것이 그나마 다행이었다. 외양간이든 닭장이든 아니면 솔숲의 개집이든 가리지 않고 이야기를 나눴다. 답장을 기다리며 애가 타던 나날에 비하면 꿈같은 시간이었다. 첫날 우리는 외양간에서 쌍구유를 바라보며 나란히 섰다. 아가다가 예비 신자인 나를 가르치기 전에 말했다.

"이제부턴 완전히 새롭고 신기할 거예요. 받아들이기 힘들고 의심스러울 땐 바로바로 질문하세요. 설명도 더 해드리고, 천천히 익혀나갈 수 있도록 맞출게요."

첫 질문을 던졌다.

"짱구가 이 마을에 왔을 때도 맡아 가르쳤습니까?"

아가다가 고개를 끄덕였다.

"제게 맞추지 말고, 가르쳐왔던 대로 해주십시오."

"충격이 만만치 않을 테니, 속에 쌓아두지 말고 이야길 해줘요.

그게 더 빨리 천주님을 영접하는 길이랍니다. 저도 천주님 품으로 옮겨 왔을 땐 많이 힘들었어요. 처음엔 누구나 마찬가지예요."

아가다의 처음을 상상할 수 없었다. 내가 덕실마을에 이르기까지 우여곡절이 있었던 것처럼, 그녀도 어려움을 겪었을 것이다. 많이 힘들었던 까닭을 하나하나 전부 알고 싶었다.

네 가지 충격을 우선 밝히겠다. 첫째, 교인들은 함께 밥을 먹었다. 당고개 덕실마을에 사는 이는 아이까지 포함해서 쉰 명인데, 그들은 하루에 두 번 아침과 저녁에 다 같이 모여 식사를 했다. 모내기나 추수처럼 농사일이 바쁠 때 농부들과 논두렁에 모여 새참을 먹은 적은 있지만, 두 끼를 마을 사람 전체와 나눈 적은 단 하루도 없었다. 예수도 무리들과 함께 식사를 즐겼다고 한다.

어디서 먹느냐고 물었더니 가마 안팎이라고 했다. 가마에서 가장 가까운 움집이 식사를 준비하는 곳이었다. 순서를 정해서 돌아가며 밥과 반찬을 지었다. 여자들만 부엌을 출입하는 것이 아니라, 남자 두 명과 여자 두 명이 같이 일했다. 장선마을에 사는 동안 나는 들로 나가 농사만 지었고 음식 장만은 엄마 몫이었다. 덕실마을에선 남자도 여자와 함께 밥을 짓고 반찬을 만들었다. 나물을 조물조물 무치고 국을 시원하게 끓이고 전을 지글지글 부쳤다.

둘째, 내가 맡아 돌본 소들은 주인이 없었다. 정확히 말하자면 덕실마을이 소 세 마리를 가졌다. 마을이 가진 것은 더 있었다. 백 마리의 닭과 열 마리의 개! 마을 북쪽 가마 두 개는 누구 것이냐고 물었더니, 아가다는 소들의 경우와 같다고 했다. 옹기를 만들기 위해 각 움집에 흩어져 있는 도구들, 물레를 비롯하여 뚝메와 곤메와 가래와 다양한 모양과 크기의 깨끼칼들, 수레와 도개와 근개와 가새칼과 정금대와 물가죽과 부드레, 도롱태와 도장형과 들채와 들보, 긁갱이와 쳇다리의 주인은 누구냐고 물었더니, 아가다는 또 소들의 경우와 같다고 했다. 도구 창고에 두는 것을 원칙으로 하되, 각 물렛간에서 옹기를 만드는 대장과 생질꾼과 건아꾼의 판단에 따라 짧게는 한 식경부터 길게는 몇 달까지 가져가서 사용한다고 했다. 그래도 손에 익은 도구가 따로 있지 않냐고 다시 물었더니, 어떤 옹기꾼이 수십 년을 즐겨 쓴 도구라 하더라도 마을에 속한다는 사실은 변함이 없다고 했다. 나는 한 걸음 더 나아가서, 옹기를 빚기 위해 모아둔 흙과 옹기를 굽기 위해 쌓아둔 나무는 누구 것인지 물었다. 흙과 나무를 사는 데는 많은 돈이 들었다. 돌아오는 답은 놀라웠다. 마을 재산이며, 어느 누구도 그 흙과 나무의 주인이라 주장할 수 없다는 것이다. 내 것 네 것이 없는데 관리가 되느냐고 묻자, 아가다는 내 질문을 이해하지 못했다.

셋째, 교인들의 이름을 외우느라 애를 먹었다. 결혼한 여자들도 '무슨무슨 댁'이라고 부르지 않았고 남자처럼 이름을 불렀다. 그런데 남자든 여자든 이름들이 하나같이 생소했다. 장선마을에 살며 덕실마을을 오가는 담양댁 현 씨의 예전 이름은 현월아였고 교우들 사이에선 마리아 막다릐나로 통했다. 오른뺨에 흉터가 도드라지는 이오득의 이름은 야고버였다. 사내아이 셋은 요왕과 다윗과 다니엘이었다. 여자아이도 하나 있는데, 이름이 사라였다. 네 아이를 거둬 먹이고 입히고 재우는 괴산댁 조 씨의 예전 이름은 조신숙趙信淑이며 누시아라고 불러달라 했다. 내가 여태껏 무슨 마음을 어떻게 먹으며 살아왔는지 이미 알고 있다는 이야기를 야고버로부터 들었을 때, 나는 아가다나 현월아 외에 당고개 주모

이동례를 떠올렸다. 그녀들이 내 삶을 이오득에게 상세히 알리지 않았을까. 이동례의 이름은 더릐사였다.

내가 외양간에 자리를 잡기 훨씬 전에 만난 교우들이 더 있었다. 엄마에게 안경을 선물했던 전원오와 장성댁 감귀남 부부도 그곳에서 재회했다. 전원오는 안또니, 감귀남은 글나라였다. 석곡에서 언제 이사를 했느냐고 물었더니, 오래전부터 석곡과 덕실마을을 오가며 지냈다고 했다. 동이산 창고에 불쑥 왔던 고해중과 강성대와도 다시 만났다. 고해중은 안드릐아, 강성대는 가별이었다. 해바라기 아저씨 장엇태는 말구, 최돌돌은 루가였다. 아가다에게 왜 이런 다른 나라 이름들을 쓰느냐고 묻자, 잠시 생각한 후, 예전 이름을 버리고 새 이름을 갖는 건 완전히 새롭게 시작하기 위해서라고 했다. 내가 고개를 갸우뚱거리며, 외교인으로 살다가 예비 신자가 되어 마을로 들어온 이는 언제 새 이름을 얻게 되느냐고 물었다. 아가다는 차차 자연스럽게 알게 될 것이라면서, 준비한 이야기부터 들려주겠다고 말머리를 돌렸다.

넷째, 아가다는 내게 주머니 하나를 건넸다. 주머니를 여니 손바닥에 쏙 들어가는 작고 얇은 종이 묶음 하나가 나왔다. 겉에는 '첨례표'라고 적혀 있었다. 해마다 〈첨례표〉를 만드는 것은 산도깨비 일곱 여인의 몫이었다. 그들이 만든 표는 조 골놈바를 거쳐 야고버 회장이 거듭 검토하고 확정했다. 표에는 서로 다른 날짜들이 두 층으로 나란했다. 위는 양력이고 아래는 음력이었다. 장림, 성탄, 할손례, 삼왕래조, 봉재 전과 봉재 후, 예수 수난, 부활, 승천, 성신 강림으로 이어지는 예수의 탄생부터 부활에 이르기까지 중요한 첨례일은 물론이고 일 년 동안 기억하고 살펴야 하는 성인들의 이름이 날짜 아래 빼곡했다. 제일 아래에는 스물네 군데에 이십사절기가 들어 있었다. 아가다는 예수님의 일생부터 알고 외울 것은 외워야 한다고 강조했지만, 나는 〈첨례표〉에 적힌 낯선 이름들에 압도되었다. 이 사람들은 도대체 언제 어디서 태어났고 어떤 일을 한 누구란 말인가. 아가다는 그들이 모두 성인聖人이며, 상당수가 치명하였고, 태어난 나라는 다양하며, 신분 역시 농부로부터 황후에 이르기까지 넓다고 했다. 예수가 탄생한 날부터 지금까지, 목숨을 걸고 예수를 따른 대표적인 사람들인 것이다. 그중에서 예수를 직접 만난 종도들도 있지만, 대부분은 예수가 부활하고 승천한 뒤 입문한 이들이었다. 남자들이 많긴 했지만, 성인의 반열에 오른 여자도 적지 않았다.

틈만 나면 주머니를 열고 〈첨례표〉를 꺼내 살폈다. 소 등을 긁으면서도 보고, 닭 모이를 흩뿌리면서도 보고, 마당을 쓸면서도 보고, 똥을 모아 두엄에 얹으면서도 보았다. 볼수록 머리와 눈과 가슴이 뜨거워졌다. 한양도 아니고 전라감영이 있는 전주도 아닌, 곡성이란 작은 고을 당고개에 붙은 덕실마을에서 천주를 믿는 것이 참 외로웠겠다는 생각을 했다. 순전히 내 착각이었다. 이렇게 많은 나라에서 이렇게 많은 사람들이 천주를 위해 목숨을 걸고 다양한 일을 하다가 죽었다. 참혹한 군난과 모진 고문에도 굴하지 않고 믿음을 지켰다. 그중에는 만석꾼보다도 더 부자인 자도 있었고, 한 나라를 좌지우지할 권세를 지닌 자도 있었다. 조선에선 천주교가 사학邪學으로 취급되고, 천주교인이라는 사실이 발각되면 옥에 갇히거나 심한 경우 목숨이 달아나고, 그래서 떳떳하게 드러내놓고 교인으로 살지 못하고 사람들 눈을 피해 흩어져 숨었다.

그러나 〈첨례표〉에 적힌 성인들의 헌신과 노력 끝에 나라 전체가 천주교를 믿는 곳도 적지 않다고 아가다는 넌지시 자랑했다. 비록 떨어져 따로 살고 있긴 해도, 이 세상에서 천주교를 믿는 모든 교인들이 〈첨례표〉에 따라 같은 날 같은 성인의 삶을 되새기고 같은 성경 구절을 읽는다는 것이다. 이 표를 품고 그에 따라 사는 것만으로도, 상상할 수 없이 많은 천주교인 중에 속한 기분이 들었다. 전혀 외롭거나 약하거나 어둡단 느낌이 들지 않았다. 혼자 있어도 무수히 많은 천주교인과 있는 것이고, 혼자 있어도 백만대군과 있는 것이고, 혼자 있어도 배우고 본받을 수백 명의 성인과 있는 셈이었다. 덕실마을 교인들이 늘 밝게 웃으며 편히 지내는 버팀목을 비로소 발견한 것이다. 내가 지금 굶주려도 더 굶주렸던 성인이 있고, 내가 지금 옹기를 빚다 지쳐도 더 지쳤던 성인이 있고, 내가 지금 절망해도 더 절망했던 성인이 있었다. 그들에 비하자면 내 앞의 난관과 고통은 아무것도 아니었다.

"기도는 어찌하는 겁니까?"

"기도는 어찌하는 겁니까?"

아가다는 질문을 따라 하며 웃었다.

"왜 웃는 겁니까? 모르는 건 다 물어보라면서요?"

"맞아요. 그 질문이 너무 좋아서 웃은 겁니다. 그리고……."

"그리고?"

"저도 다시 생각해 봤어요. 기도는 어찌하는지."

"기도를 많이 했을 것 아닙니까?"

"많이 했죠. 매일 아침 기도인 조과早課 저녁 기도인 만과晩課, 일을 할 때도 밥을 먹을 때도 기도를 드리죠. 정해둔 기도 시간이 아니더라도, 틈만 나면 묵주기도를 합니다. 마음이 잔잔하면서도 뜨거워져요."

"매일 한다니, 기도하는 법을 아주 잘 알 것 아닙니까?"

"알죠. 아는데……. 마을에 처음 들어온 분들을 꽤 만났지만 그와 같은 질문을 들은 적은 오늘이 처음이라서, 생각이 많아졌어요."

"어떤 생각 말입니까?"

"기도하는 법을 나는 언제 어디서 누구에게 배웠더라?"

"누구에게 배웠습니까?"

"기도문들을 정식으로 배운 건 야고버 회장님을 뵙고 나서죠."

"가장 먼저 배운 기도는 뭡니까?"

"「성호경」이죠. '성부와 성자와 성신의 이름을 인하야 하나이다. 아멘.' 「천주경」과 「성모경」과 「종도신경」과 「고죄경」과 「오배례」와 「회죄경」과 「예수도문」과 「소회죄경」 등을 모두 배우고 외웠어요. 한데 기도는 그 전부터 했답니다. 요즘처럼 두 손을 모으고 무릎을 꿇고 앉아서 기도를 드린 게 아니라, 팽나무를 빙빙 돌았어요."

"팽나무?"

"뒷마당에 팽나무가 제법 울창했어요. 고개를 들고 하늘을 보며, 그 나무를 빙빙 돌면서, 소리를 질렀어요. 그게, 지금 생각해보니, 첫 기도였어요. 천주님께 따질 게 있었거든요. 그때는 아직 복된 말씀을 제대로 알기 전이라서, 어딜 살펴야 답을 구할 수 있는지 몰랐어요. 마당에 나갔는데…… 슬프고 무서울 때도 팽나무를 끌어안으면 나아지더라고요. 하늘을 보며 돌다가 천주님께 여쭈었어요."

"기도를 듣고 응답해 주셨나요?"

아가다가 잠시 생각한 후 답했다.

"해주셨죠, 제가 원한 답은 아니었지만."

기도를 배우고 나선 천주가 누구인지 물었다. 순서가 바뀐 것이지만 아가다는 괘념치 않았다. 우리의 대화는 돌다리를 차례대로 밟으며 강을 건넌다기보다는 길 없는 길을 만들며 사막을 지나는 편에 가까웠다. 아가다는 조금의 망설임도 없이 답했다.

"하늘과 땅을 만들고 천신과 사람을 만들고 만물을 만드신 참 주재主宰시지요."

"조화옹造化翁이다 이겁니까?"

"조화옹을 아시는군요."

내가 설명을 덧붙였다.

"초봄부터 늦가을까지 매일 들로 나가서 농사를 짓다 보면, 조화옹이 계시다는 걸 깨닫습니다. 글 알고 서책 읽는 것과 전혀 상관이 없어요. 논이든 밭이든 흙을 일구고, 벼나 보리나 콩이나 밀이나 토란을 심습니다. 뿌리가 말라버리면 죽으니까, 농부들이 작물에 알맞은 물을 댑니다. 논은 아예 모를 낼 때부터 물속에 넣어 그와 같은 문제를 해결해 버립니다. 아무리 땅이 기름져도 작물이 곧장 쑥쑥 자라 꽃 피우고 열매 맺진 않습니다. 흙도 이왕이면 퇴비를 충분히 넣은 곳이 좋긴 하겠습니다. 하지만 논밭의 작물을 키우는 건 어디까지나 하늘입니다. 오뉴월에 장마가 지면 그해 농사는 망치고 맙니다. 작물을 심은 봄에는 비가 많이 와야 하고, 초여름부턴 해가 쨍쨍 내리쬐어야 알곡이 단단하게 들어차는 법입니다. 아무리 재주 많은 농부도 하늘은 어쩌지 못해요. 하늘이 작물을 키워 열매 맺도록 만든 이가 누구일까요? 사람은 결코, 이 나라의 임금이라 해도, 그걸 하진 못합니다. 오로지 세상을 만든 조화옹만이 가능합니다. 당신이 믿는 신이 '천주'이고 그 이름의 뜻을 들었을 때, 농부인 나는 받아들일 만하다 여겼습니다. 들에서 울고 웃는 농부라면 누구든, 가장 힘센 신이 하늘을 다스린다고, 그러니 하늘의 주인이라고 믿을 겁니다. 땅의 신이나 물의 신도 중요하겠지만, 뭐니 뭐니 해도 하늘의 신이 으뜸입니다."

아가다가 놀란 눈으로 물었다.

"그토록 귀한 생각들을 언제부터 해온 건가요?"

"옛 이름은 이아기고 지금 이름 그러니까 본명은 아가다라고 했잖습니까? 어떻게 하면 본명을 가질 수 있습니까?"

내가 닷새를 거듭 묻자 아가다가 답했다.

"성세聖洗를 받으면, 세례명을 갖게 됩니다."

"성세는 무엇입니까? 누가 성세를 줍니까?"

"핵심만 말씀드리자면, 성세란 봉교奉敎하기를 원하는 사람의 원죄와 본죄를 소멸하고 아울러 마땅히 받을 벌을 사하여 능히 천주와 성교회의 의자義子가 되게 하는 것입니다. 주교나 탁덕과 같은 사제로부터 성세를 받는 것이 원칙이지만, 사제가 없는 위급한 경우에는 교인이 성세를 줄 수도 있습니다. 조선에선 공소 회장이 성세를 준 경우가 많습니다. 이것을 대세代洗라고 하는데, 나중에 사제로부터 부족했던 부분을 채우는 보례補禮를 받습니다. 지금으로부터 이십사 년 전인 신유년에 대군난이 일어났고, 그때 주 탁덕께서 치명 그러니까 순교하신 뒤로 지금까지 탁덕이 다시 이 나라에 들어오지 못하였습니다. 따라서 덕실마을 교인들 대부분은 공소 회장에게서 대세를 받아 세례명을 가졌고, 신유년 이전부터 천주님을 믿고 따른 나이 든 교우 몇몇만 주 탁덕께 직접 성세를 받았습니다."

"공소 회장이 누굽니까?"

나는 눈이 깊은 사내를 떠올리며 물었다. 아가다가 내 추측이 틀리지 않았음을 확인해 줬다.

"이오득 야고버 회장이십니다. 야고버 회장님은 주 탁덕께 성세를 받았고, 저는 야고버 회장님께 대세를 받았어요. 들녘, 당신도 교리 공부를 열심히 하고 예수님의 복된 말씀에 따라 살면, 야고버 회장님께서 대세를 해주실 겁니다."

"새 이름 그러니까 세례명은 어떻게 정합니까?"

"우리보다 앞서서 천주님을 굳건히 믿고 따른 성인들이 있습니다. 그들의 삶은 참으로 놀랍고 아름답고 귀합니다. 성인들의 삶을 기록한 전傳들을 갖다드리겠습니다. 지니고 다니기 좋도록 작고 얇고 가볍습니다. 또한 그들 모습을 그린 상본像本들도 있으니 함께 보시면 더더욱 성인들의 삶을 생생하게 느끼실 겁니다. 가까이 두고 자주 읽으세요. 성인 중에서 당신이 따르고 싶고 또 보호받고 싶은 분을 가려두었다가, 대세 받기 전 공소 회장과 의논해서 결정하면 됩니다. 평생 그 이름으로 살아갈 것이니, 거듭 생각하고 신중하게 택해야 하겠지요?"

"혹시 짱구도 성세를 받았습니까?"

"받았어요. 제게 예수님의 삶과 천주교 교리를 배우고 익힌 이들 중에서 가장 빨랐답니다. 그러니 이제부턴 친한 친구라 해도 짱구라고 부르면 안 됩니다."

"짱구의 세례명은 무엇입니까?"

"귀도! 지극히 가난한 삶이 영혼에 크게 유익하다는 걸 증명한 성인이지요."

아가다는 예수의 삶을 몽땅 외워 술술 읊어댔다. 어떻게 그토록 자세하게 아느냐고 물었더니, 복된 말씀을 통해서라는 답이 돌아왔다. 복된 말씀을 쓴 이들은 마두, 말구, 루가, 요왕이라고 했다. 네 편의 복된 말씀을 읽고 싶다고 하자, 아가다 자신도 네 편을 처음부터 끝까지 읽지는 못하였고, 여러 서책에 나뉘어 흩어진 말씀들을 찾아 모았다고 했다. 함께 다니며 목격한 것처럼 예수의 삶을 가지런하게 엮어내는 걸 눈앞에서 직접 보고 들으니 감탄이 절로 나왔다. 아가다는 매주 품고 새길 구절과 해야 할 일과 기도 제목이 담긴 서책도 가져다주었다.

아가다가 복된 말씀에 담긴 이야기만 끌어온 것은 아니다. 예수가 태어나기 전에 일어난 일들을 모은 이야기는 물론이고, 네 가지 복된 말씀 외에도 바오로를 비롯한 종도들의 행적이 담긴 이야기에도 해박했다. 아가다는 최대한 쉽고 친절하게 말했지만, 내가 그녀의 이야기를 전부 이해한 것은 아니다. 이야기에 등장하는 나라와 고을과 마을 들은 조선이 아니라 먼 서쪽 나라였다. 예수가 살았던 때도 지금으로부터 일천팔백여 년 전이니, 조선이 세워지기도 전, 고려가 세워지기도 전, 고구려와 백제와 신라가 세워지기도 전이었다. 등장인물들의 됨됨이 역시 무척 낯설었다. 그러나 몇몇 대목은 듣자마자 풍경이 눈앞에 그려지기도 했다. 예수가 살았다는 갈릴래아 지방의 농부나 어부의 삶은 지금 전라도 농부나 어부의 삶과 비슷한 구석이 많았다. 고되게 일하는 것도, 가족을 챙기는 것도, 아주 가끔 찾아드는 기쁨도, 거기서 깨닫는 삶의 이치들도! 나귀도 제 주인이 놓아준 구유는 알아본다는 이야기. 소가 없으면 구유가 말끔해서 청소할 게 없겠지만, 소의 힘을 빌리지 않고 어떻게 농사를 제대로 짓겠느냐는 말엔 저절로 고개가 끄덕여졌다. 소를 키워보지 않은 아가다가 구유에 관한 이야기를 척척 꺼내놓는 비결이 궁금했는데, 전부 성경에 나오는 문장들이었다. 구유란 단어를 듣자마자 좋아서, 따로 구유가 등장하는 대목만 골라 적은 쪽지를 가지고 다니며 외웠다고 했다.

예수가 태어난 마을은 유다 지방 베들레헴이다. 다윗이라는 위대한 왕이 태어난 마을이라고 했다. 예수를 낳은 엄마는 마리아고, 마리아의 약혼자는 요셉이다. 약혼자인 요셉이 임신한 마리아를 데리고 원래 살던 나자렛이란 마을을 떠나 베들레헴으로 갔다고 한다. 나는 여기서 조금 헷갈렸다. 아버지는 누구고 어머니는 누구고 그 아들은 누구다, 보통 이렇게 이야기가 시작하지 않는가. 그런데 마리아를 엄마라고 밝히면서도 요셉은 아빠가 아닌 마리아의 약혼자라고만 했다. 나는 그 대목에서 끼어들어, 요셉이 예수의 아빠냐고 물었고, 아가다는 잠시 생각한 뒤 답했다.

"동침하여 예수님을 낳았느냐는 물음이면, 그렇지 않아요."

"그렇지 않다는 게 무슨 말입니까? 요셉이 아니라면 마리아는 누구와 동침하여 예수를 낳았습니까? 약혼자 요셉이 임신한 마리아를 데리고 나자렛을 떠나 베들레헴으로 갔다고 했죠? 다른 남자와 동침하여 임신까지 한 마리아를 내치지 않은 이유가 뭔가요? 장선마을에서 그런 여자가 있다면 혼약은 당장 깨어지고, 여자는 마을에서 쫓겨났을 겁니다. 그런 여잘 용서하고 받아준 남자도 이상하고, 마을도 이상합니다."

아가다가 단정하게 답했다.

"성모 마리아께서는 그 누구와도 동침하지 않고 예수님을 낳으셨어요."

그 말을 듣자마자 나는 웃음을 터뜨렸다. 아가다가 굳은 얼굴로 따졌다.

"왜 웃는 거죠?"

"미, 미안합니다. 옛날에 엄마가 제게 한 말이 떠올라서요. 저도 아빠가 누군지 지금도 모릅니다. 마을에서 어울리던 또래들이 아빠 없는 자식이라며 자꾸 놀려댔죠. 엄마에게 아빠가 누구고 어디 있냐고 여러 번 물었습니다. 그때마다 엄마는 제 눈을 똑바로 들여다보며 알려주셨죠. 천덕산 은행나무와 동침해서 저를 가졌대요."

"은행나무라고요?"

"네. 미륵사란 절이 있었던 골짜기 입구에 천 년 묵은 수은행나무가 한 그루 있습니다. 혹시 보신 적 있습니까?"

"알아요. 미륵골 은행나무! 그늘이 무척 넓고 잎이 유난히 짙죠."

"대장 할배라고, 구름을 살펴 날씨를 척척 맞히는 어른이 장선마을에 계십니다. 그 어른 말씀엔 그 나무가 이천 살이 가까웠다고 했습니다. 그 말이 사실이라면, 예수가 태어났을 때도 그 나무는 미륵골 입구에 서 있었겠군요. 어쨌든 혹시 예수를 낳은 마리아도 그랬던 건가요? 나자렛에 천 살이 넘는 영험한 나무가 혹시 있었습니까?"

아가다가 고개를 저으며 힘주어 말했다.

"아닙니다. 나자렛엔 그렇게 오래된 나무는 없었어요. 부탁드릴게요. 제가 예수님 이야기를 들려드릴 땐 이상한 상상을 함부로 덧붙이지 마세요. 사람이 나무와 동침하여 임신할 순 없어요."

나는 일을 배울 때, 모내기든 추수든 나무를 베고 옮기든, 처음에는 가르쳐주는 대로 했다. 열흘이나 보름쯤 고민하고 하루나 이틀을 곱씹은 다음 질문을 던졌다. 단 하나의 예외가 있다면 이야기를 들을 때였다. 열흘이나 보름은 터무니없이 긴 시간이고, 하루나 이틀이 아니라 일각一刻, 15분도 참기 어려웠다. 내가 미간을 찡그리거나 고개를 저으며 불만을 나타냈는데도 이야기하는 이가 다음으로 넘어가려 하면, 낫으로 풀을 베듯 끊고 따져 물었다.

아가다는 동정녀 마리아를 향한 집요한 질문을 들으면서 자꾸 내 얼굴을 쳐다보았다. 내리지 않는 비를 들에 서서 끈질기게 기다렸던 농부, 오지 않는 답장을 하염없이 기다렸던 나무꾼이 과연 맞는지 확인하는 것이다. 돌변한 내 모습에 당황했지만, 훗날 그것이 나에 대한 관심을 증폭시켰다고 했다. 좋은 게 좋다는 식으로 대충 듣고 넘어갔다면, 아가다도 나를 딱 그만큼만 응대했으리라. 내가 돗바늘로 찌르듯 따져 묻자, 다음 날부터 아가다는 지금까지와는 다른 자세로 외양간에 왔다. 나는 천주라는 단어만 들어도 눈물을 흘리려고 준비를 마친 예비 신자들과는 달랐다. 그 겨울 동안 검만 들지 않았지, 아가다와 나는 결투하듯 치열하게 이야기했다.

다음 날에도 아가다와 외양간에서 이야기를 나눴다. 닭장 옆으로 옮기려고 미리 자리까지 봐뒀지만, 아가다는 오늘까진 외양간이 좋겠다고 했다. 오른팔을 들어 묶인 소들의 머리 쪽을 가리키면서 어제 꺼내지 못한 단어부터 제시했다.

"구유, 소나 말의 먹이통! 바로 저기 있네요. 예수님은 바로 저런 구유에서 태어나셨습니다. 성모 마리아께선 아기 예수님을 포대기에 싸서 구유에 누이셨어요."

마리아가 남자와 동침하지 않고 임신했다는 어제 이야기보다는 낫지만, 그래도 마리아가 외양간에서 몸을 풀었고 아기를 구유에 뉘었다는 이야기도 곧이곧대로 받아들여지질 않았다. 내 식대로 따졌다.

"겨울인가요 그때가?"

"맞아요. 한겨울!"

"베들레헴이랬나요, 마을 이름이? 베들레헴 사람들은 곧 아기를 낳아야 하는 여인을 돕지도 않습니까? 한겨울에 구유라니, 끔찍합니다. 마을에 몸을 풀 집이 한 군데도 없었습니까?"

"빈방이 없었어요."

"방은, 그러기도 어렵지만 어쨌든, 전부 다 찼다고 칩시다. 하지만 임산부가 몸 풀 곳을 찾아 길을 헤맨다는 말을 들으면, 방에 있던 사람 중 몇 명은 자리를 마리아에게 양보했을 겁니다. 장선마을에서만도 그렇게 마음 쓸 사람을 줄잡아 스무 명은 알고 있습니다. 베들레헴에도, 아무리 온몸이 얼어붙는 한겨울이라 하더라도, 양보하겠다고 나서는 이가 있었을 겁니다. 그런 사람조차 만나지 못한 건 마리아의 약혼자 요셉이 게을러서입니까? 아니면 방을 꽉꽉 채우고 마리아에게 도움의 손길을 내밀지 않도록 만든 것까지 전부 천주의 뜻인 겁니까?"

"무슨 말인가요 그게?"

"마리아가 구유로 가려면, 베들레헴에 그녀가 들어가 몸을 풀

방이 단 한 칸도 없어야 합니다. 그렇지 않습니까?"

아가다가 짧게 확인시켜 줬다.

"복된 말씀에는, 그날 단 하나의 방도 없었고 단 한 명도 돕지 않았다고 적혀 있어요."

"추위를 피해 외양간이라도 들어갔다?"

"그랬겠죠."

"아기 받는 할머니는요?"

산파도 없었느냐는 물음에 아가다는 즉답하지 않았다. 내가 이어 말했다.

"방을 구하진 못했더라도 산파는 외양간으로 데려갔어야 합니다. 여자 혼자 낯선 외양간에서 몸을 푸는 건 너무나도 위험해요. 죽곡이든 석곡이든 목사동이든, 마을마다 다들 아기 받는 할머니가 있어요. 베들레헴도 당연히 있었겠죠. 그 할머니가 왔냐고 묻는 겁니다."

아가다가 얕은 숨을 뱉고는 답했다.

"요셉 외에 외양간에 다른 사람은 없었어요. 산파가 왔다면 그 이름이 복된 말씀에 적혔겠죠."

아가다의 설명을 내 식대로 정돈했다.

"마리아와 요셉이 외양간으로 갔고, 거기서 마리아는 아기 받는 할머니의 도움을 전혀 받지 못한 채 아기를 낳았고, 탯줄도 직접 끊었으며, 아기를 깨끗한 천으로 감싸 구유에 눕힌 거겠군요. 이 중에서 요셉이 도왔을 법한 일들도 있겠습니다. 탯줄을 혹시 요셉이 끊었을 수도 있고, 깨끗한 천에 아기를 받아 구유에 뉜 사람이 요셉일 수도 있지 않습니까? 몸 푼 마리아가 스스로 탯줄도 끊고 천에 아기도 받아 구유에 누이는 광경은 떠오르진 않네요. 어떤가요, 제 생각이?"

아가다가 짧게 답했다.

"그, 그랬겠어요."

외양간에서 아기를 낳아 구유에 뉘었다는 이야긴 태어나서 처음 들었다. 더군다나 그 아기가 그들이 믿는 신의 외아들이라니! 이보다 믿기 힘들면서도 흥미진진한 이야기가 어디 있겠는가.

아가다는 훌륭한 선생이었다. 예수에 관한 중요한 사건들을 알아듣기 쉽게, 관련 서책을 읽어본 적 없는 내 눈높이에 맞춰 이야기했다. 천주가 천하를 엿새 만에 창조한 과정도 들었고, 모세가 천주에게서 받았다는 열 가지 계명 즉 십계명에 대해서도 들었다. 이야기를 시작할 때와 마칠 때 '천주십계'를 함께 외웠다.

"일은 하나이신 천주를 만유 위에 공경하여 높이고, 이는 천주의 거룩하신 이름을 불러 헛맹세를 발치 말고, 삼은 주일을 지키고, 사는 부모를 효도하여 공경하고, 오는 사람을 죽이지 말고, 육은 사음邪婬을 행치 말고, 칠은 도적질을 말고, 팔은 망령된 증참證參을 말고, 구는 남의 아내를 원치 말고, 십은 남의 재물을 탐치 말라."

내가 이야기에 푹 빠져 묻고 또 물으면, 아가다는 친절하게 답하면서도 마지막엔 꼭 강조했다.

"이 모든 것, 만인과 만물보다 중요한 이가 바로 천주 성자 예수님이십니다."

소와 닭은 외양간과 닭장에서 곤히 잠들었지만, 열 마리 개들은 달랐다. 저물 무렵 목줄이 풀리면 다음 날 해가 뜰 때까지 솔숲을 비롯하여 마을 주변을 바쁘게 돌아다녔다. 밤에 외양간 앞마당이든 뒷마당이든 솔숲이든 닭장이든, 녀석들을 만나면 나는 짧게 명령했다.

"멈춰!"

멈칫 서서 고개를 돌리는 녀석도 있긴 했다. 그러나 내가 더 큰 목소리로 "멈춰!"라고 다시 말하면, 열 마리 모두 잽싸게 달아났다. 곡곰이 죽던 날 천덕산을 거듭 떠올려봤다. 멈추라는 소리는 여전히 또렷했고 내 등을 잡고 끌어당긴 손길은 너무나 강력했다. 멀어지는 개들의 꼬리를 쳐다보며 혼잣말을 했다.

"그것도 기적이었을까?"

병아리 물통

호롱 모양이다. 둥근 뚜껑을 열고 물을 채우는 것은 여느 물통과 같은데, 땅에 거의 닿을 정도인 제일 아래에 작은 구멍을 뚫은 것이 특별하다. 그 구멍으로 물이 조금씩 흘러나온다. 병아리들이 몰려와서 실컷 물을 마시고도 남는다. 우물로 가서 병아리 물통을 채우면 눈치 빠른 병아리들은 벌써 종종거리며 내 발뒤꿈치를 쪼아댄다. 모험심이 강해 멀리 나간 녀석들까지 불러들일 때, 아가다는 닭 울음을 울었다. 병아리들이 순식간에 모여들었고 물통에서 흘러나오는 물을 신나게 마셔댔다.

한 달 만에 마을 출입이 허락되었다. 덕실마을 교인들이 마음을 연 덕분이다. 지금까진 최단기간이 두 달이었다니, 한 달이나 줄인 셈이다. 아가다는 내게 이제 마을을 두루 돌아보아도 되고, 아침저녁으로 함께하는 식사에 참석할 수 있으며, 비어 있는 세 집 중에서 하나를 골라 이사를 하라고 권했다. 나는 교인들의 결정이 무척 고맙지만 아직은 마을로 들어가고 싶지 않다고 했다.

"이유를 알려줄 수 있나요? 혹시 덕실마을에서 살겠다는 마음이 바뀌기라도 했어요?"

"아닙니다. 아직은 제가 너무 부족해서입니다."

"예수님의 삶은 전부 말씀드렸어요."

"충분히 또 열심히 가르쳐주셨죠. 그래서 더 욕심이 생기나 봐요. 들으면 들을수록 포도송이처럼 생각들이 자꾸자꾸 늡니다. 이대로 끝내기엔 너무 아쉽습니다. 예수처럼…… 산다는 것은 불가능에 가깝겠지만, 그래도 두 가지 정도는 따라 해보고 싶습니다."

"무엇인가요, 예수님처럼 하고 싶은 일이?"

아가다와 마주 앉아 나눴던, 조금은 들뜬 이야기들 또한 적지 않다. 그녀와 함께 있으면 못 할 일이 없을 듯했다. 그러나 아가다가 돌아간 후 홀로 남았을 때, 나를 찾아와 흔들고, 궁지로 몰고, 울리기도 하고 웃기기도 한 생각들이 그보다 백배는 더 많았다. 내 마음의 논에 심겨진 듣도 보도 못한 작물을 처음으로 꺼내놓았다.

"예수처럼, 가난한 자 병든 자 약한 자를 위하며 사는 겁니다. 여자나 아이들을 위한 것 역시 이 때문이겠죠. 곡성만 해도 가난하고 병들고 약해서 도움이 필요한 사람들이 넘쳐납니다. 제 논만 챙기느라 그들의 슬픔과 외로움과 고통을 뻔히 보면서도 손 내밀지 못했습니다. 아가다 자매님이 장선마을 오죽네까지 온 까닭을 이제야 알겠습니다."

아가다가 고개를 끄덕였다. 나는 이야기를 이었다.

"예수처럼, 누가 왼뺨을 때리면 오른뺨까지 내미는 겁니다. 격려하고 칭찬하는 사람들만 가까이하는 것이 아니라, 가로막고 비웃고 욕하고 때리는 사람들을 미워하거나 원망하지 않고 위하는 겁니다. 정당한가 부당한가를 따지지 않고, 저를 어떻게 대하더라도 그들을 사랑하는 마음을 갖는 겁니다. 엄마와 저는 진사 박웅과 마름 봉식에게 억울하게 당하기만 했으니, 덕실마을로 들어오기 전까진 그들을 용서할 뜻이 조금도 없었는데, 세상에는 용서 못 할 사람이 없다는 걸 깨달았습니다."

"예수님께서 처음으로 말씀하시고 몸소 행하신 일입니다. 또 있습니까?"

"저는 두 가지를 행하는 것만도 벅찹니다. 충분히 못 한 채 삶을 마칠지도 몰라요. 예수처럼 하고픈 일이 물론 더 많습니다만, 입 밖으로 내는 것조차 부끄럽습니다."

"말하기조차 상상하기조차 부끄럽다는 말…… 귀한 말입니다. 그래도 하나만 더 알려주시겠어요?"

"예수처럼, 이 길로 가면 죽는 줄 알면서도 피하지 않는 겁니다. 예수의 삶을 처음 들었을 때 마냥 즐겁지만은 않았습니다. 특히 예루살렘으로 들어간 후부터는 답답하고 또 답답했어요. 갈릴래아에서 예루살렘에 닿기까지 행한 수많은 기적 중에서 한두 가지만 해도, 골고다 언덕을 오르지 않고 빠져나갈 기회가 있었습니다. 그런데 단 하나의 기적도 행하지 않았습니다. 죽음이 기다린다는 걸 알면서도 간 것이죠. 제게 주고 간 성인과 성녀 들 전傳에서도 비슷한 상황이 반복해서 등장하더군요. 살자고 마음을 먹었다면 길이 많았지만, 그들 역시 치명하였습니다. 처형당하더라도 제 할 일을 마지막 순간까지 하는 삶, 바라볼 수 없을 만큼 눈부셨습니다."

나를 바라보는 아가다의 두 눈이 젖어들었다. 나는 뿌리처럼 뻗어 새벽까지 잠 못 들게 한 상상을 서둘러 말했다.

"그러니 세 번째는 감히 '예수처럼'이라고 말하지 못하겠습니다. 예수를 따라 함께 걷고 함께 먹고 함께 마시고 함께 잠들었던, 열두 종도를 비롯한 많은 종도들은 골고다 언덕까지 가지도 않았습니다. 전부 달아났지요. 베드루만 예수를 부인한 게 아닙니다. 그들은 모두 배신자들입니다. 제가 그 시절 태어나 예수를 따랐다면, 저 역시 종도들과 다르지 않았을 겁니다. 그런데 그 배신자들이 회두回頭한 후 치명의 길을 걸었다면서요? 그들에게 대체 어떤 일이 있었던 걸까요? 가장 어두운 마음부터 제일 밝은 마음까지를, 제일 흔들리는 마음부터 가장 단단한 마음까지를, 제가 알고 받아들일 날이 올까요?"

아가다가 답하기 전 내가 먼저 답했다.

"없을 거예요. 저는 아픈 벼와 개와 소 곁에 머물려 하지만, 벼와 개와 소를 위해 죽진 않을 거니까요. 진작 눈치챘겠지만, 저는 아직 예수란 이름 뒤에 '님'도 붙이질 못하고 있습니다. 덕실마을 교인들이 모두 '예수님'이라고 할 때, 오늘도 저는 '예수'라고 했습니다. 존경하고 따르고자 하는 마음이 없어서는 결코 아닙니다. 백 가지 중에서 두 가지만이라도 따르고 싶다는 말씀은 이미 드렸습니다. 너무 거대하고 낯설고 아름다우니까, 함부로 '님'을 붙여선 안 되겠다는 생각부터 들었답니다. 기도문들을 외워 읊긴 하지만, 따로 기도를 드리는 것도 힘이 듭니다. 한 가지라도 예수처럼 살고 나면, 그때는 '님'이라 부르며 더 가까이 다가갈 수 있을까요? 제게 거듭 알려주신, 빈 무덤과 부활의 이야기들도 아직은 철저하게 믿고 받아들이진 못했습니다. 이렇게 느리고 어리석고 부끄러움이 많은 제가 한 달 만에 교우촌인 덕실마을을 두루 다니는 것이 옳겠습니까? 더 배우고 더 상상하고 더 고민할 시간을 허락해 주십시오."

아가다는 지금도 충분하다며 내 뜻을 받아주지 않았다. 야고버 회장 역시 같은 생각이었다.

나보다 앞서서 두 달 만에 교우들의 인정을 받은 예비 신자는 짱구다. 외양간과 닭장과 솔숲에만 갇혀 지낸 한 달 동안, 나는 짱구가 종종 찾아오리라 여겼다. 내가 짱구라면 하루에 한 번은 들렀을 것이다. 교우들 대부분이 다녀갔지만 짱구는 오지 않았다. 아가다에게 물으니 할 일이 생겨 잠시 곡성을 떠났다고 했다. 지금까지 짱구가 곡성을 벗어난 적은 없었다. 불편한 몸을 이끌고 죽곡이나 석곡이나 목사동까지 오가기도 힘겨웠다. 장선마을은 순자강을 낀 평평하고 넓은 들에 있지만, 나머지 마을들은 깊고 험한 골짜기에 자리를 잡았다. 짱구로선 어느 곳 하나도 쉽지 않았다. 길치목과 나는 짱구에게 남원이나 구례에 가보고 싶다면 데려가겠다고 권했다. 번갈아 지게로 옮길 수도 있고 작은 배를 빌려 셋이서 다녀올 수도 있었다. 그러나 짱구는 고개를 저었다. 지금 생각해 보면 짱구는 낯선 고을에서 받을 멸시와 냉대를 꺼렸던 것 같다. 곡성 바닥에서는 그래도 짱구를 가엾게 여기고 챙겨주는 사람들이 마을마다 있지만, 남원이나 옥과나 구례만 가도 타향이었다. 나는 짱구가 다른 고을로 가서 할 일이 무엇이냐고 물었다. 아가다는 천덕산을 넘어가는 새털구름을 바라보며 답했다.

"발 없는 말이 천 리를 가나 봐요. 전라도 몇몇 고을에서 교우들이 소문을 듣고 청하네요. 제발 한 번만 다녀가라고. 몸의 절반을 전혀 못 쓰던 사람이 멀쩡해졌으니, 직접 보고 싶고 또 만지고 싶은 거겠지요. 싫으면 거절하라 했는데 환하게 웃으며 갔답니다. 자기로 인해 한 명이라도 천주님을 믿는다면, 어디든 가겠대요."

교우들은 아무것도 숨기지 않았다. 한 달 동안 그들이 내 거처를 맘대로 오갔듯이, 나도 그들의 집에 갈 수 있었고 머물 수 있었고 이야기를 나눌 수 있었다. 대장들이 물레를 놓고 옹기를 빚는 물렛간은 세 곳이었다. 그 외에 흙을 보관하는 창고, 화목을 쌓아

두는 창고, 도구들을 모아놓는 창고가 각각 있었다. 내게 가장 특별한 곳은 가마였다. 옹기를 굽는 곳이라고 막연히 생각했는데, 교우들은 가마에서 많은 일을 했다. 가마 안팎에서 다 같이 아침과 저녁을 먹는다는 이야기를 아가다에게 듣긴 했지만 직접 보기 전까진 상상하기 어려웠다.

"한 달 동안 혼자 먹느라 쓸쓸했죠?"

덕실마을에 들어오기 전에도 나는 거의 혼자였다, 들에서도 산에서도.

"이렇게 다 함께 밥을 먹는 이유가 뭔가요?"

아가다가 답했다.

"예수님께선 따르는 무리의 끼니를 늘 걱정하셨어요. 손가락질 받던 세리나 군인의 집에서 식사하는 것도 마다하지 않으셨답니다. 종도들과의 식사는 너무 잦아 전부 기록하지 못할 정도고요. 예수님은 목자시고 따르는 이들은 모두 양들이지요. 어느 양은 되고 어느 양은 안 된다는 법은 없어요."

농부였던 내가 어찌 마름이나 양반과 함께 밥을 먹겠는가. 완전히 다른 세상이었다.

칠 일마다 하루씩은 아무리 바쁜 일이 있어도 반드시 쉬었다. 안식하는 날엔 아침과 저녁에 함께 모여 식사도 하지 않았다. 마을이 텅 비다시피 했다. 사시巳時, 아침 9시~11시에 가마에 모인 사람은 열 명을 넘지 않았다. 조망실 골놈바를 비롯하여 거동이 불편한 노인들이 대부분이었다. 나는 아가다에게 나머지 교우들이 어디에 있느냐고 물었다. 첨례일을 거룩하게 지키는 것은 천주교인이라면 반드시 지켜야 할 계명이었다. 아가다가 조용히 답했다.

"곧 알게 될 거예요. 그때까진 가마에서 저와 함께 공소 예절을 드리도록 해요."

마지막으로 들어온 야고버 회장이 가마 문을 굳게 닫은 후 등잔 하나만 밝힌 채 공소 예절을 시작했다. 먼저 모두 「성호경」을 함께 외웠다. 이오득은 매주 각기 다른 복된 말씀을 천천히 또박또박 읽었다. 아가다에게 이미 배운 말씀도 있었고 처음 듣는 말씀도 있었다. 말씀은 달라도 이오득이 강조하는 부분은 엇비슷했다.

"밤이 너무 깁니까? 새벽이 가까웠습니다. 오르막이 너무 가파릅니까? 곧 고개를 넘을 겁니다. 거의 다 왔습니다. 눈앞이 막막하다면, 지나온 세월을 되살피세요. 지금보다 더 어둡고 더 춥고 더 배고팠던 날들도 있었습니다. 그때도 우린 살아서 함께 천주님이 가르쳐주신 길을 따라 건넜습니다. 이번에도 마찬가집니다. 스스로 낙담하여 무너지지 맙시다. 힘을 냅시다."

공소 예절을 군더더기 없이 마친 뒤, 야고버 회장은 가장 먼저 문을 열고 나섰다. 교인들은 각자의 집으로 뿔뿔이 흩어졌다. 나는 소와 닭과 개 들을 돌보며 내 식대로 쉬었다. 안식일에도 동물들은 배를 채우고 물을 마셔야 했다. 훗날 알았지만, 내게는 통과할 관문이 하나 더 남아 있었다.

성인聖人 성녀聖女 이야기를 매일 읽고 들었다. 이렇게 많은 사람들이 목숨을 위협하는 핍박을 받으면서도 천주에 대한 믿음을 지킨 것이 놀라웠다. 내가 모르고 지냈을 뿐이지, 예수 탄생 천팔백 년이 넘도록 많은 나라에서 점점 더 많은 이들이 천주를 믿었던 것이다. 이 도도한 흐름으로 보자면, 전교傳敎의 길이 조선까지 닿은 것이 전혀 이상하지 않았다.

외양간으로 온 아가다가 내게 편경을 보여준 날이 있었다. 뒷면은 매끈했고 앞면엔 코가 유난히 크고 양 볼에 살이 하나도 없는 깡마른 사내의 얼굴이 붙어 있었다. 요단강에서 예수에게 세례를 준 요안이라고 했다. 어디서 구했느냐고 물었더니, 나중에 차차 알려주겠다고 했다. 덕실마을 교우들 중에도 편경을 품고 다니는 이들이 적지 않았다. 여자들은 대부분 예수를 낳은 성모 마리아의 편경이나 상본을 지녔다. 기도할 때 편경을 손에 꼭 쥐기도 했다.

아가다는 내게 성세와 성체와 고해와 견진이 무엇인지 거듭 알려주었다. 주교와 탁덕이 없는 조선에선 성체 성사와 고해 성사와 견진 성사를 할 수 없었다. 회장에게 허락된 것은 대세代洗 즉 사제를 대신하여 세례를 베푸는 권한뿐이었다. 교인들은 특히 성체聖體를 모실 수 없음과 죄를 고백하고 회개하지 못함을 몹시 안타까워했다. 나는 모든 것이 낯설고 서툴렀다. 엄마 품에 안긴 두세 살 아이도 외우는 기도문을 제대로 몰라 더듬거렸고, 서책을 받고서도 어느 면을 펼쳐 읽어야 하는지 몰랐고, 천주를 높이는 노랫말이 담긴 묶음을 받고도 고저와 장단을 몰라 헤맸다. 아가다에게 물었다.

"기도하고 서책 읽고 노래하는 순서와 방법은 누가 가르쳐준 겁니까?"

아가다의 시선이 가마 제일 안쪽에서 마주 보며 앉은 이오득 야고버와 조망실 골놈바에게 머물렀다.

"첨례드리는 법에 관한 서책이 적지 않습니다. 야고버 회장님과 골놈바 할머니께서 자세히 알고 계십니다. 궁금한 게 있으면 두 분께 여쭈세요. 제가 알기론 지금과 같은 첨례는 굉장히 오래전부터 행해졌어요. 거슬러 올라가면 예수님을 곁에서 모셨던 종도들에게까지 닿습니다. 예수님이 승천하신 뒤 모여 첨례를 드린 바로 그 종도들이죠."

"다 같이 모여 첨례를 드렸습니까?"

"가능한 한 그리했지요. 천주님을 믿고 첨례를 드리는 것이 불법일 때도 그들은 그리하고자 애썼습니다."

"이곳처럼 가마 속에라도 들어갔던가요?"

"가마보다 더한 곳에서도 모였죠. 높은 산꼭대기든 어두운 지하 동굴이든 목마른 사막이든 독충이 우글대는 밀림이든, 함께 모여 천주님을 믿을 수만 있다면 교우촌을 만들고 함께 살았어요. 그들이 어떻게 교회를 세우고 첨례를 이었는가에 대한 기록을 모은 서책을 나중에 보여드릴게요."

완전히 다른 세상에 들어왔다는 느낌이 또다시 들었다.

보름이 더 지나갔다. 저물 무렵 아가다와 마을을 산책했다. 우리가 함께 다녀도 이상하게 쳐다보는 교우는 없었다. 예비 신자 곁엔 가르치고 돌보는 이가 늘 동행했다. 아가다는 마을에서 이 일을 거의 도맡아 하는 사람이었다.

"이상합니다, 덕실마을은 참."

"뭐가 그렇게 이상해요?"

아가다는 오늘 나눌 이야기를 철저히 준비해서 왔지만, 꼭 그 이야기에 매달리진 않았다. 오늘 아니면 내일, 내일 아니면 모레가 있으니까. 나는 어디서부터 시작할까 고민하다가 되물었다.

"강성대, 그러니까 가별 할아버지는 양반이죠? 집에 한문으로 된 서책이 잔뜩 있더라고요. 가별 할아버지와 같이 다니는 고해중, 그러니까 안드릐아 할아버지는 소 잡고 돼지 잡던 백정이었다고 스스로 말씀하셨고요. 장엇태 말구 형제는 농부였다 하고, 최돌돌 루가 형제는 팔도를 돌아다닌 보부상의 아들이라 하고, 전원오 안또니 형제는 양반이긴 한데 서자라 하고. 어느 마을이나 뒤섞여 살긴 하지만, 신분에 따라 확실히 차이를 두고 대합니다. 양반은 나이가 많든 적든 중인이나 상민이나 천민에게 존대하는 법이 없죠. 천민은 아무리 나이가 많더라도, 양반이나 중인이나 상민에게 함부로 말을 붙여서는 안 됩니다. 백정인 고 안드릐아 할아버지가 양반인 강 가별 할아버지를 친동생 대하듯 하더군요. 관아에 끌려가서 치도곤을 당할 짓들을 이 마을에선 아무렇지도 않게 하네요. 어떻게 이게 가능합니까?"

"가능해요. 공통점이 둘 있으니까요."

"하나는 알겠습니다. 천주교인이란 것! 나머지 하나는 뭔가요?"

"옹기꾼이죠. 옹기꾼은 양반도 아니고 중인도 아니고 상민도 아니고……."

"천민입니다."

"맞아요. 우린 모두 천민이에요. 천주교인으로 살기 위해 곡성에 모인 우리는 천민이 되었죠. 곡성에 오기 전 신분대로 살고자 고집하는 교우는 단 한 사람도 없습니다. 가지런하게 밑바닥입니다. 이보다 더 아래는 없어요."

아가다가 넉넉한 웃음을 띄운 뒤 물었다.

"이상한 점이 또 있나요?"

"이 마을에서도 남자가 하는 일과 여자가 하는 일을 나누지만, 어떨 땐 그 선을 넘나들기도 하더군요. 장엇태 말구 형제가 흙을 지게로 져 나르는 건 당연하지만, 그 일을 감귀남 글나라 자매도

하고 또 다른 여인들도 하더군요. 나무를 들고 옮길 때도 고해중 안드릐아와 강성대 가별 할아버지만큼이나 조신숙 누시아와 네 아이들이 땀을 뻘뻘 흘리며 일합니다. 아가다도 사흘 내내 흙을 지게에 져 옮겼지요? 힘들지 않습니까?"

"힘이야 들지만, 힘들다고 남자들 일로 돌리고 여자들이 외면하진 않아요. 나중에 옹기를 가마에 넣어 굽는 데까지 참여하면 저절로 깨닫겠지만, 옹기를 낼 땐 남녀노소 모두 달려들어야 해요. 여자 일 남자 일 나눌 여유가 없죠."

"일을 가리지 않고 한다는 것 외에도 남자와 여자에 대해 이 마을이 다른 마을과 다른 점이 있습니다."

"뭔가요, 그게?"

"흙을 옮길 때는 감귀남 글나라 자매가 각자 할 일과 일의 순서를 정했습니다. 남자도 여럿 있었지만 그대로 따랐지요. 화목火木을 다룰 때는 조신숙 누시아 자매가 길게 설명을 했고, 두 할아버지를 포함해서 남자들은 고개를 끄덕이거나 맞장구를 치는 정도였습니다. 두 할아버지의 나무에 대한 지식과 경험은 곡곰 아저씨보다 훨씬 풍부하고 깊습니다. 조 누시아 자매가 명령을 내릴 때, 두 할아버지가 최소한 한두 마디 의견이나 충고를 하리라 여겼습니다만, 침묵하더군요. 저는 칠 년을 들에서 논밭을 일궜고, 가끔 나루에 가서 배가 나고 들거나 또 돌살을 놓아 은어를 잡는 구경도 했지만, 들이든 강이든 일을 정해 명령을 내리는 이는 언제나 남자였습니다. 여자들은 그 일에 끼더라도 돕는 정도가 고작이고, 의견을 내는 경우는 거의 없었습니다. 남자가 중심에서 이끌고 여자가 변두리에서 따라가는 게 이 나라 법도이고 이 세상 이치라고 생각했습니다만, 덕실마을에선 여자가 중심일 때가 종종 있습니다. 어떻게 이게 가능합니까?"

"솔직히 중심에 설 남자가 있으면 그 남자를 우선으로 둡니다. 하지만 감당할 적당한 남자가 없다면 여자라도 해야죠. 또 있나요?"

"정말 정말 이상한 게 있습니다. 이 마을에선 아이들에게도 의견을 구하더군요. 환갑이 훨씬 넘은 노인이 이제 겨우 열 살을 넘긴 아이들의 이야기에 귀 기울이는 건 태어나서 처음 봅니다. 저는 열 살부터 소작을 시작했습니다. 벼를 키우기 위해 논에 물을 넣고 빼는 일이 처음엔 여간 까다롭지 않았어요. 옆 논을 소작하는 농부에게 얻어맞으면서 배웠습니다. 아이인 제가 일을 제대로 못 하면, 어른들 일에 끼어들면, 말대꾸하면 얻어맞는 게 당연했습니다. 회초리로 맞은 적은 딱 한 번뿐이고 나머진 쥐어박히거나 따귀를 맞거나 발길질을 당했습니다. 어른들은 아이가 맞으면서 배우고 맞으면서 큰다고 하더군요. 어른들이 시키면 묵묵히 따라야 했습니다. 이 마을 아이들처럼 생각과 느낌을 어른들에게 말하는 경우는 결코 없습니다. 어떻게 이게 가능합니까?"

"차별은 사람이 만드는 거예요. 차별 없이 함께 나누는 삶이야말로 천주님 뜻이지요. 천민은 약자요 양반은 강자였습니다. 여자는 약자요 남자는 강자였습니다. 아이는 약자요 어른은 강자였습니다. 이 땅에 오신 예수님은 언제나 약자 편이십니다. 강자는 이미 수천 년 동안 많은 이득을 얻고 누렸습니다. 약자 편에 서고 또 서야 겨우 강자들이 지닌 권리들을 흔들 수 있어요."

"예수가 늘 약자 편이었단 겁니까? 천민 편, 여자 편, 아이 편?"

"그랬죠. 약하고 힘없고 가난한 이들의 편이셨어요. 갈릴래아에서 예루살렘으로 가실 때 어떤 사람들이 그 뒤를 따랐는지 아세요? 우리로 치면 농부나 어부나 목수나 나무꾼이나 옹기꾼이랍니다. 돈 많고 지위 높은 이들은 거의 따르지 않았어요. 또한 그 무리에는 유난히 여자들이 많았습니다. 예수님이 골고다 언덕에서 십자가에 못 박히셨을 때 그걸 따라가서 본 이도 대부분 여자였고, 텅 빈 무덤을 본 이도 여자였지요. 여자는 멀리 내치고 남자들만 종도로 받거나 가까이에 둔 예전 선생들과는 크게 달랐습니다. 또한 예수님은 아이들을 특별히 아끼셨어요. 이런 말씀도 하셨습니다. 너희 가운데에서 가장 작은 사람이 가장 큰 사람이라고."

어느새 마을을 한 바퀴 돌아 외양간으로 닿았다. 아가다는 이 정도에서 오늘 만남을 마무리 지으려 했다. 내가 그동안 생각하고 느낀 점들을 세 가지로 정리한 것만으로도 만족하는 표정이었다. 거기에 예수의 삶까지 얹으면 순항하던 배가 무거워 가라앉을지도 모른다고 여겼을까.

"교인들이 다들 야고버 회장의 뜻을 잘 따르더군요."

아가다는 시선을 내려 병아리 물통을 쳐다보았다. 쫄쫄 흘러나오던 물이 다 떨어지자, 물통 앞에 모였던 병아리들이 흩어졌다.

"태안사나 도림사에 간 적 있죠?"

나는 고개를 끄덕였다.

"거기서 불경 읽고 염불 외우고 신자들에게 부처의 가르침을 전하는 이가 누구입니까?"

"그야 승려들이죠."

"맞습니다. 우리에게도 승려처럼 평생 천주님을 받드는 이들이 있습니다. 남자 성직자들을 탁덕이라고 합니다."

"탁덕이라…… 희한한 이름입니다. 그 탁덕이 지금 어디 있습니까? 곡성에 있습니까? 전라도에 있습니까?"

"조선에 탁덕이 계셨던 적도 있지만, 지금은 없습니다. 탁덕이 다시 오실 때까지, 탁덕을 대신하여 우리를 이끄는 이가 바로 회장입니다. 회장은 착한 표양과 좋은 명성을 지녀야 합니다. 교리를 분명히 알아야 하고 일을 열심히 해야 합니다. 이런 역할을 제대로 하기 위해 회장이 갖춰야 할 덕목이 있습니다. 예수님을 간절히 사랑하여야 하고 인내하는 덕을 지녀야 하고 정결한 덕을 보존해야 하지요."

아가다가 제시한 단어들을 절반도 이해하기 힘들었다. 미간을 찡그리며 말허리를 잘랐다.

"대장이다 이겁니까…… 쉽게 말해?"

"대장이라기보다는…… 비유하자면 목자에 가깝겠습니다. 목자가 없으면 양떼들은 우왕좌왕 갈 길을 찾지 못하며 고통을 당하지요. 사람도 똑같습니다."

나는 또 머뭇거렸다. 아가다는 그동안 양을 치는 목자에 관한 이야기를 열 번도 넘게 했지만, 나는 아직 양을 직접 본 적이 없고 양 치는 목자 역시 마찬가지였다. 기껏해야 먹보를 데리고 들을 가로지르거나 순자강으로 나가 풀을 뜯도록 한 것이 전부였다. 목자 한 명이 백 마리 혹은 그보다 많은 양을 데리고 다니며 지킨다고 하니, 상상하기 어려웠다. 그래서 이렇게 바꿔 물었다.

"목자가 양들을 안전하게 지키며 풀이 많은 초장草場으로 데려간다 하지 않았습니까? 그건 병아리들을 데리고 이리저리 다니는 어미 닭과 같은 건가요? 어미 닭이 없다면 마당에 나온 병아리들이 살아남기 힘들 듯이, 목자가 없다면 양들도 늑대를 비롯한 맹수들로부터 안전하지 않은 것 아닙니까?"

"역할만 따진다면 그렇게 생각할 수도 있겠네요. 양들에게 목자는 병아리에게 어미 닭과도 같죠. 맞아요. 들녘 당신을 외양간까지 받아들이는 걸 야고버 회장님이 왜 혼자 결정하였느냐고 물었죠? 회장이 맡은 네 가지 중요한 일이 있답니다. 교인들의 영혼을 구하는 일, 병자를 보살피고 위험에 빠진 이들을 도와주는 일, 탁덕이 없을 경우 세례를 주는 일과 함께 천주님을 믿지 않는 이들에게 전교를 하는 일이 포함되죠. 전교한 사람을 옹기마을로 받아들이는 것 역시 마지막 일과 연관되니, 야고버 회장님이 결정하는 것이 당연해요."

"야고버 회장은 좋은 회장입니까?"

"좋은 회장, 좋은 회장, 좋은 회장……."

아가다가 혼잣말처럼 되풀이했다. 나는 질문을 바꿨다.

"덕실마을에 사는 이들 사이에는 강자와 약자의 차별이 없으니, 누군가 잘못을 하더라도 곧바로 지적하고 함께 고쳐나갈 수 있지 않습니까? 회장은, 아가다의 말에 따르면, 탁덕을 대신하여 이 마을을 이끄는 사람인데, 만약 회장이 나쁜 짓을 하거나 나쁜 마음을 품으면 어찌하나요? 누가 그걸 지적하고 바꾸느냐는 겁니다. 비유하자면, 예수님이 태어나신 그 나라의 양 치는 목자들이 모두 좋은 목자인 건 아니었죠? 양을 잃어버리기도 하고, 맹수들이 숨은 골짜기로 이끌고 가기도 하고, 양이 먹을 만한 풀이 없는 곳으로 데려가서 굶겨 죽이기도 하고, 그런 목자도 있었을 것 아닙니까?"

"있었습니다."

"목자가 그딴 짓을 할 땐 누가 막느냐는 겁니다. 아무리 숫자가 많더라도 양들이 목자에게 가서 따지진 못할 테니까요."

"야고버 회장님은 너무나도 좋은 목자입니다. 마을 사람들은 물론이고, 주님을 믿고 따르는 다른 마을 교인들도 야고버 회장님을 가까이에서 뵙고 싶어 하죠."

"야고버 회장도 사람입니다. 모름지기 사람은 잘못도 저지르고 실수도 합니다."

"맞아요. 그땐 양떼를 저버린 목자를 천주님께서 벌하실 겁니다. 천주님께서 내려주신 칼이 목자의 팔과 오른 눈을 칠 겁니다. 팔은 바싹 마르고 오른 눈은 영영 멀어버릴 거예요."

아가다는 끔찍한 저주의 말들을 아무렇지도 않게 쏟아내곤 했다. 특히 교인들을 속이거나 괴롭히는 자들에겐 분노하고 또 분노했다. 나는 그녀의 설명에 따라 팔과 눈을 잃은 목자를 상상하며 물었다.

"회장을 맡는 기간이 따로 정해져 있습니까?"

"아니에요. 특별한 문제가 없으면 계속 회장으로 일합니다."

"특별한 문제라는 건?"

"회장답지 않은 언행을 했을 때겠죠."

아가다는 자세히 설명하지 않고 넘어가려 했다.

"야고버 회장은 언제부터 회장이었나요?"

"덕실마을을 만들 때부터 그러니까 곡성에 오기 전부터 회장이셨어요. 야고버 회장님을 따라 곡성으로 옮겨 왔다는 게 더 정확하겠네요."

옹기꾼들은 흙을 따라 종종 거처를 옮겨 다녔다. 당고개 아래에 집이 네댓 군데 있긴 했지만, 사람들이 불어나 지금처럼 마을을 이룬 것은 을해년乙亥年, 1815년 가을 무렵이었다. 그때부터 지금까지 이오득 야고버는 계속 회장이었다. 나는 더 따져 묻고 싶었지만 굶주린 소들이 울기 시작했으므로 외양간 쪽으로 고개를 돌렸다가 다시 아가다를 보았다.

"이젠 고민을 천천히 해보셔도 되겠어요."

"뭘 고민합니까?"

"옹기를 만들 때 어떤 역할이 좋을지……. 덕실마을 교우라면 누구나 흙을 만져야 합니다. 마음에 둔 일이 있나요?"

"없습니다. 다만……."

"다만?"

"다만……."

아가다가 눈을 크게 뜨곤 나를 쳐다보았다. 나는 차마 그다음 말을 잇지 못한 채 돌아섰다. 수백 번 되뇐 말이었다. 다만, 아가다 당신 곁에서 일하고 싶습니다.

자라병

자라를 닮아 자라병이다. 물이나 술을 넣는데, 저 자라병엔 언제나 술이다. 둥근 주둥이를 살짝 올린 건 한 방울도 흘러내리지 않도록 막기 위해서다. 좌우 고리에 끈을 묶어 어깨에 메고 다닐 수도 있다. 길눈 내리는 겨울날 아랫목에 넣어뒀던 자라병을 꺼내 따라 마시는 술은 일품이다. 나는 늘 두세 모금이 부족하다며, 좀더 크게 만들어달라고 부탁했지만, 아가다는 이 정도면 충분하다고 버텼다. 그 차이가 내 손으로 반 뼘을 넘지 않는다.

옹기꾼은 물레를 직접 돌리는 옹기 대장과 흙을 파고 가져와서 관리하는 생질꾼과 물레에 앉진 않지만 옹기를 만들고 구울 때 자잘한 일을 도맡아 하는 건아꾼으로 크게 나뉜다. 흙을 물에 풀어 이물질을 걷는 수비꾼을 따로 두기도 하는데, 덕실마을에선 생질꾼이 그 일까지 함께 했다. 덕실마을의 옹기 대장은 네 명이다. 이오득 야고버와 한천겸韓天兼 아브라함과 조신숙 누시아 그리고 이야기 아가다. 옹기는 대장을 중심으로 돌아가기 때문에 네 사람의 입김이 센 것은 분명했다. 그러나 대장 셋의 힘을 다 합쳐도 야고버 회장에게는 미치지 못했다. 가마 불을 잘 다뤄 '불대장'이라고도 불리는 조신숙은 여자들과 아이들을 보살피는 일에 집중했고, 아가다는 야고버 회장을 스승이자 아버지처럼 따랐다. 야고버 회장과 그나마 맞설 만한 이는 한천겸뿐이었다.

한천겸과 제대로 말을 섞은 곳은 조망실의 집에서였다. 방 두 개에 부엌이 일一 자로 나란한 초가였다. 그곳에서 이틀에 한 번씩 밤마다 글씨를 쓰도록 내게 권한 이는 아가다였다. 내가 띄운 서찰들이 매우 짧은데도 글씨가 엉망이라 읽기 어려웠다고 했다. 조망실의 집은 내가 한 달을 머문 외양간에서 가장 가까웠다. 지팡이를 짚고도 민달팽이처럼 움직이는 그녀를 위해, 마을에서 가장 평평한 자리에 터를 닦은 것이다. 한때는 옹기 대장으로 솜씨가 탁월했지만, 곡성에 온 뒤로는 집에만 머물 뿐 흙을 만지지는 않았다. 대신 그녀는 서책을 베껴 썼다. 야고버 회장이 건넨 서책을 조과를 드린 후 만과에 이를 때까지 백지에 옮겨 적었다. 사이사이 짬을 내어 어른 아이 가리지 않고 언문을 가르쳤다. 한 글자 한 글자 정성을 다해 쓰지 않으면 누구에게나 회초리를 쳤다. 백 살을 넘긴 노파의 손이 매섭기 그지없었다.

조망실은 서안 앞에 눈을 감은 채 앉았고, 한천겸과 최돌돌은 그녀를 향해 나란히 앉아 세필을 들고 글을 쓰는 중이었다. 내가 들어서자, 두 사내는 기다렸다는 듯이 방에서 물러나 옆방으로 갔다. 한천겸은 자신이 쓰던 붓을 건네며 턱으로 백지를 가리켰다. 내가 그 옆에 앉자 조망실은 눈을 뜨지도 않고 말했다.

"이름!"

나는 이름을 말하려다가 붓을 먹에 찍어 백지에 큼지막하게 썼다. 조망실이 실눈을 떠 글씨를 확인하곤 혀를 찼다.

"미꾸라지가 기어가도 그것보다 낫지. 종아리 걷어."

회초리 석 대를 맞았다.

"이름!"

다시 이름을 썼고 종아리를 또 맞았다. 그날 내가 맞은 회초리는 서른 대가 넘었다.

절뚝대며 건넌방으로 들어서자, 한천겸과 최돌돌은 고개를 돌려 웃기부터 했다. 술내가 났다. 자리에 앉자마자 한천겸이 목을 빼고 안방을 살핀 뒤, 이불로 덮어뒀던 자라병을 꺼내 내밀었다.

"주욱 들게. 골놈바 마마님 회초리는 제아무리 천하장사라도 견디기 힘들어. 이럴 땐 마시고 취하는 게 특효약이지."

자라병에 입을 대진 않았다. 고통이든 슬픔이든 힘겨움이든 술로 지우긴 싫었다.

"마마님이라뇨?"

한천겸이 답했다.

"다섯 살에 궁녀에 뽑혀 입궁하셨고, 서른 살부터 삼십 년을 꼬박 상궁이셨대."

"궁이라면? 나랏님 계시는 대궐 말씀입니까?"

나는 놀라 거듭 물었다. 상궁을 직접 만나리라곤 상상도 못 했다. 최돌돌이 면박을 줬다.

"나랏님 아니 계시는 대궐도 있남! 궁녀들은 상궁을 마마님이라고 높여 부른대."

"상궁이셨던 게 분명합니까?"

"속고만 살았어? 옹기촌 들어오는 사람 치고 제 인생 꾸며대지 않는 이가 없다지만, 골놈바 마마님은 틀림없어. 궁녀로 들어가선 서책 옮겨 적는 일을 하다가 상궁이 되셨대."

"서책 옮겨 적는 궁녀도 있습니까?"

한천겸이 서책 하나를 내 무릎 위에 얹었다.

"두 눈 또릿또릿 뜨고 잘 봐. 나랏님 칭찬을 받을 만큼 솜씨가 탁월하셨대. 궁을 떠날 때 갖고 나온 서책이라셨어."

겉장에 적힌 제목이 『현씨양웅쌍린기』였다. 낯선 제목이라 어떤 서책인지도 모른 채 책장부터 넘겼다. 둥근 언문 글씨가 물 흐르듯 가지런했다. 두툼한 서책의 처음부터 끝까지 흐트러진 구석이 단 한 획도 없었다.

"글씨가 매우 이상합니다. 보름달처럼 둥글둥글."

최돌돌이 끼어들었다.

"대궐 안 궁인들만 쓰는 글씨야. 궐 밖 사람들 글씨에 비해 월등하게 곱고 가지런하지. 그중에서도 골놈바 마마님 솜씨가 최고야."

"대궐에선 왜 나오신 건가요?"

한천겸이 안방 쪽을 바라보며 목소리를 낮췄다.

"모셨던 후궁과 함께 나오신 거라네. 대궐에도 교인들이 있었단 건 아는가?"

내 귀를 의심했다.

"대, 대궐에 천주를 믿는 사람들이 있었단 말입니까?"

"쉿! 목소리 낮추게. 마마님은 그때 일만 꺼내면 사흘 밤 사흘 낮 눈물을 쏟으신다네."

최돌돌이 거들었다.

"끔찍한 시절이었지."

나는 더 묻지 않을 수 없었다.

"무슨 일이 있었던 겁니까?"

한천겸이 자라병에 입을 대곤 서너 모금 들이켠 뒤, 한숨을 길게 쉬곤 말했다.

"신유년辛酉年, 1801년 대군난이 일어난 후로 많은 교우들이 치명했다네. 정확히 몇 명인지는 확정하기 어려워. 이름과 치명한 시간 그리고 장소가 확인되는 이는 열 사람 중 고작 한둘이니까. 나머진 누가 언제 어디서 어떻게 치명했는지도 몰라. 치명자 중엔 궁인도 있다네. 한때는 나랏님과 같은 이불을 덮었던 후궁도 있고, 상궁과 궁녀는 수십 명이라고도 하고 백 명이 넘는다고도 해. 골놈바 마마님이 궁을 나온 건 모시던 후궁과 함께 교우촌으로 들어가서 천주님을 믿고 따르기 위함이었지. 대궐에서 숨어 기도하고 비밀 모임을 가져왔지만, 늘 살얼음판을 걷는 기분이었겠지. 어느 교우촌으로 갈 것인가도 미리 정했대. 한데 궁인 중 교인의 숫자가 늘어나자, 그 안에서도 배교자가 나왔고, 두 사람은 쫓기게 되었대. 골놈바 마마님은 구사일생으로 목숨을 건졌지만, 후궁은 붙잡혔지. 사약을 마시고 치명하였단 이야기는 나중에 들었대. 궁인들은 참하거나 목을 매달지 않고 사약을 먹여. 궁에 있었던 여인들의 최후를 백성에게 보이긴 싫었던 게지. 죽이는 방법까지 차별하는 나라야."

조망실의 집을 나와 한천겸을 부축해서 걸었다. 허리에 찼던 자라병을 한천겸과 최돌돌이 전부 비운 탓이다. 최돌돌은 걷는 것도 힘이 드는지 건넌방에서 자고 가겠다며 누워버렸다. 흙담을 돌다가 한천겸이 내 눈을 뚫어져라 노리며 물었다.

"어디로 갈지 정했어?"

"어디로라뇨?"

"건아꾼 할 거라며?"

농촌이든 옹기촌이든, 마을에 새 사람이 들어오면 다양한 이야기들이 따라붙는다. 나는 소와 닭과 개를 기르는 일에만 마음을 쏟았는데, 벌써 내가 맡을 일에 대한 소문이 돌았던 것이다. 답이 없자 한천겸이 두 마디 더 얹었다.

"나한테 와. 그래야 이 마을에서 편히 살아."

나는 아직 건아꾼이 되겠다고 정한 적이 없다. 설령 건아꾼을 맡고 옹기 대장을 택해야 한다면, 당연히 아가다에게 갈 것이다. 연이어 답이 없자, 한천겸은 화가 나는지 콧김을 뿜었다.

"잘 들어. 일 잘하는 건아꾼이면 혼자서 두 명의 대장을 도울 수 있어. 최돌돌 루가는 야고버 회장과 아가다를 지금까지 잘 맡아왔지. 조신숙 누시아와 나를 돕는 건아꾼은 강성대 가별과 고해중 안드릐아인데, 둘 다 너무 나이가 들었어. 작은 솥단지를 둘이서도 못 옮긴다니까. 나를 돕는 건아꾼이 아니라 아예 짐일 때가 더 많아. 내 생각은 간단해. 강 가별과 고 안드릐아는 건아꾼을 맡기보다 흙 창고와 화목 창고를 관리하며 편히 지내는 게 백배 나아. 최 루가는 지금까지 잘 해왔듯이 이 야고버 회장과 아가다의 건아꾼을 그대로 맡고, 자네가 조 누시아와 나 한 아브라함의 새 건아꾼이 되는 거야. 마을에 갓 들어온 이를 건아꾼으로 삼은 적은 내 옹기 대장 인생에서 없었어. 건아꾼이 세세하게 챙길 크고 작은 일이 무척 많으니, 숙달된 사람을 써왔지. 이번엔 특별히 기회를 줄까 해. 밤에도 계속 울던 소들을 편히 재웠다며? 암탉들은 알을 두 배나 낳고, 개들도 밤에 달을 보고 짖는 횟수가 확 줄었다고 들었지. 짐승에게 정성을 다하듯 옹기 대장에게 진심을 다하면, 건아꾼으로 뛰어나단 소릴 금방 듣게 될 거야. 그렇게 널 내가 만들 거라고. 내가 누구야? 믿음의 조상 아브라함, 아브라함이라고."

"아직…… 모르겠습니다."

"몰라? 아브라함이 믿음의 조상인 걸 정말 몰라? 큰일이네, 이거. 뭐가 뭔지 잘 모르는 사람은 대부분 야고버 회장이 시키는 대로 하지. 마을로 들어올 때 회장을 만났고, 또 회장의 허락을 받은 후 소와 닭과 개 들을 돌보니, 자연스럽게 그쪽으로 마음이 쏠려. 너는 좀 다르다고 여겼는데, 결국 아는 게 없다며 끌려가는 쪽인가?"

"다르다 여겼다고요? 저를 만나러 오지도 않았잖습니까?"

"나까지 갔으면 벌써 싸움 났지. 회장은 널 외양간으로 받아들였고, 아가다는 널 가르치는데, 나까지? 난 싸움은 질색이야. 건아꾼 하나 들이려 다투고 싶지 않아. 내가 아니더라도, 나 빼놓고 거의 다 널 보러 외양간에 다녀왔지. 그들이 지껄이는 이야기만 주워들어도 이번에 들어온 이가 어떤 사람인지 알아. 데면데면하다더군. 소와 닭과 개는 열심히 돌보는데, 나머진 그냥 그냥! 순해 보이긴 하는데, 꼭 이 마을에 들어오고 싶은지도 모를 만큼 그냥 그냥!"

"찾아오는 교우들을 전부 만났고 묻는 말에 대답도 다 했습니다. 제가 낯을 가리고, 처음 만나는 사람들에게 딱히 할 말도 없는 데다가……."

한천겸이 내 목을 끌어안듯 당기며 담에 기대앉았다.

"그게 다르단 거야. 지금까지 외양간에 들어온 예비 신자는 먼저 나서서 인사도 하고, 양팔 높이 들고 소리 높여 기도도 하고, 땅에 무릎을 꿇거나 엎드려 흐느끼기도 하고 다 그랬어. 근데 들녘 넌 달랐지. 오는 사람 환대하고 묻는 말에도 꼬박꼬박 답하긴 했어. 하지만 뭐랄까 교우촌에 드디어 들어왔다는 벅찬 기쁨이 느껴지지 않는달까. 너무 담담하니까 오히려 찾아간 이들이 놀라고 불편하여 물러날 정도였지."

알곡이 들어찼다고 들에서 소리치며 두 팔 들어 만세를 부를 수는 없는 노릇이다. 찡그리진 않고 가만히 웃으며, 벼를 칭찬해 주면서 일곱 해를 보냈다.

"교우촌에선 누구 위 누구 밑…… 이런 거 없다 들었습니다. 모두 천주의 품 안에 있으니까요."

한천겸이 고개를 들었다. 그의 크고 붉은 코가 내 뺨을 찌를 듯했다. 얼큰한 콧김을 얼굴에 뿜고는 피식 웃었다.

"말이 그렇단 얘기야. 하나만 알려줄게. 교우촌이라고 좋은 일만 있진 않아. 진정한 행복은 천당에 있지. 야고버 회장을 너무 믿고 따르진 마. 우리가 믿을 분은 천주님뿐이니까. 이오득 야고버가 영원히 회장을 할 것 같지만, 내가 보기엔 얼마 남지 않았어."

"얼마 남지 않았다는 게 무슨 말입니까?"

"고인 물은 썩는 법이라고. 새 술은 새 독에 담아야 해. 나중에 후회하지 말고, 새겨들어."

솔직히 그때까진 아브라함이 왜 믿음의 조상인지 정확히 몰랐다. 아가다가 천지창조부터 이야기를 풀지 않고 예수의 삶부터 들려줬기 때문이다. 물론 예수가 태어나기 전에 벌어진 사건들과 인물들에 대한 이야기도 간간이 들려줬지만, 어디까지나 예수의 삶을 더 잘 설명하기 위해서였다. 흙으로 빚은 최초의 사람인 아담이 선과 악을 알게 하는 열매를 따 먹고 지당에서 쫓겨났다는 이야기와 다윗 임금이 세종대왕만큼이나 위대하다는 이야긴 들었지만, 아브라함과 그 아들 이삭에 관한 이야기는 듣기 전이었다. 며칠 후 아가다에게서 천주의 명령에 따라 아브라함이 이삭을 죽여 제물로 바치려 했으니 얼마나 믿음이 깊으냐는 이야기를 들었으며, 그 후로 지금까지 다른 교우들에게도 같은 이야기를 여러 번 들었다. 아무리 천주의 명령이라고 해도, 아버지가 아들을 죽이는 것은 상상하기 힘든 일이었다. 내가 아브라함이 정말 믿음의 조상으로 불릴 만하다고 여긴 이야기는 따로 있다.

길을 떠난 아브라함이 조카 롯과 땅을 나눌 때, 롯이 동쪽 땅을 택하면 자신은 서쪽 땅을 갖고 롯이 서쪽 땅을 택하면 자신은 동쪽 땅을 갖겠다고 했다. 롯은 물이 넉넉하여 지당처럼 비옥한 동쪽 땅을 갖겠다고 했으므로, 아브라함은 서쪽 땅으로 갔다. 얼핏 보면 조카에 대한 애정과 너그러움이 담긴 이야기 같지만, 천주에 대한 굳건한 믿음이 없이는 하기 힘든 제안이다. 아무리 거친 황무지라도 작물을 기르고 양 떼를 살찌우도록 천주가 보살필 것이기 때문에, 롯에게 선선히 가장 좋은 땅을 양보한 것이다. 땅의 좋고 나쁨이 문제가 아니라, 천주의 뜻이 세상을 돌아가게 하는 이치이며 삶의 원칙인 셈이다. 아브라함은 이 원칙을 고수하며 평생을 살았다.

아브라함뿐만이 아니다. 성경에는 얼마나 사람도 많고 사건도 많은가. 거기에 더하여 천주를 위해 치명한 성자와 성녀 이야기 역시 이름만 훑어도 사나흘이 지나간다. 아가다가 나를 만나러 올 때 이야기할 사람과 사건이 부족한 적은 한 번도 없었다. 마주 앉아 백 살까지 이야기를 나눠도 다 다루지 못할 사람과 사건이, 천주를 따르는 이들을 기록하고 높인 서책들에 그득했다. 이야기를 즐기는 내게는 축복이었다. 미리 은혜를 입은 셈이다.

한천겸 아브라함의 요구를 순순히 받아들이진 않았다. 생질꾼이든 건아꾼이든 정한 적이 없었다. 한천겸은 끝까지 자기만 믿고 따라오라 했지만, 허풍과 과장이 심한 그를 신뢰하긴 어려웠다.

마리아 막다릐나의 삶을 살핀 아침, 마을 사람들이 모두 가마로 모였다. 그날 의논할 문제는 바로 나였다. 옹기꾼으로서 내가 어떤 역할을 맡아야 좋은지를 함께 의논하는 자리였다. 야고버 회장이 짧게 말문을 열었다.

“천주님께서 우리와 함께하십니다. 다들 편히 말씀들을 해보세요.”

한천겸이 가장 먼저 나서선 내게 했던 말을 되풀이했다. 야고버 회장의 시선이 내가 아니라 강성대와 고해중에게 향했다.

“한 아브라함의 뜻을 받아들이시겠습니까?”

강성대가 답했다.

“고 안드릐아 형님은 여든 살이 넘었으니 쉴 때도 되셨지만, 저는 이제 겨우 일흔 살입니다. 이곳에 오기 전에도 세 군데 옹기촌에서 건아꾼으로 일했고, 다 합하면 이십사 년이 훌쩍 넘습니다. 어깨와 무릎이 가끔 저리고 쑤시는 것 외엔 이제야 건아꾼이 뭘 해야 하고 뭘 하지 말아야 하는지 알 것 같습니다. 그만두고 창고에서 서책이나 넘길 뜻이 전혀 없습니다.”

이어서 고해중이 답했다.

“제가 강 가별 형제보다 열두 살이 많은 것은 사실입니다. 하지만 강 가별 형제는 건아꾼을 하기 전에 사십 년을 서책만 읽었지만, 저는 오십 년 넘게 소도 잡고 돼지도 잡으며 살았습니다. 죽은 소나 돼지를 피를 빼고 뼈를 발라내고 옮기는 게 얼마나 어렵고 고된지 여러분은 모를 겁니다. 지금도 제가 강 가별 형제보다 흙이나 나무를 두 배는 더 옮깁니다. 그만둘 사람이 있다면 제가 아니라 강 가별 형제입니다. 저는 아직도 십 년은 더 건아꾼을 할 수 있습니다."

야고버 회장은 이번엔 조신숙을 쳐다보았다. 조신숙은 어깨를 으쓱 들어올리며 의견을 밝혔다.

"강 가별과 고 안드릐아 형제님은 제가 만난 최고의 건아꾼입니다."

회장은 그제야 한천겸에게 물었다.

"한 아브라함! 그래도 건아꾼이 더 필요합니까?"

한천겸이 고개를 들고 한숨을 또 쉬었다. 강성대와 고해중이 건아꾼을 계속하겠다고 버티면 막을 방법이 없었다. 마음을 재빨리 고쳐 다시 제안했다.

"들녘 형제를 건아꾼으로 받으면, 대장도 넷 건아꾼도 넷이 됩니다. 대장 한 명과 건아꾼 한 명 이렇게 짝을 짓는 건 어떻겠습니까?"

나도 그 제안에는 귀가 솔깃했다. 아가다와 짝이 되면 옹기를 빚고 굽는 내내 곁에 머물 수 있다. 한천겸은 나를 원하겠지만, 내 눈은 계속 아가다를 향했다. 아가다는 옆에 앉은 감귀남과 귓속말을 속삭였다. 고개를 끄덕이며 듣던 감귀남이 의논을 처음으로 되돌렸다.

"들녘 형제를 건아꾼으로 확정한 겁니까?"

야고버 회장이 답했다.

"그건 아닙니다. 건아꾼 말고 다른 걸 하면 좋겠습니까?"

한천겸이 감귀남의 답을 기다리지도 않고, 내게 목소리를 낮춰 따지고 들었다.

"혹시…… 그럴 리야 없겠지만, 대장을 욕심내는 건가? 물레에 앉아 태림을 붙여나가는 게 쉬워 보이지만, 아무나 할 일이 아니야. 적어도 삼 년은 배워야 해. 게다가 지금 덕실마을엔 대장이 넷이나 되니, 또 다른 대장은 필요 없어."

나보다 먼저 감귀남이 받아쳤다.

"들녘 형제가 옹기 대장을 하겠다고 밝히기라도 했답니까? 혹시 들은 분 있으신가요?"

가마에 모인 이들 모두 고개를 저었다. 한천겸이 감귀남에게 짜증 섞인 목소리로 물었다.

"뭡니까, 그럼?"

감귀남이 기다렸다는 듯이 답했다.

"저는 들녘 형제가 생질꾼을 맡았으면 좋겠습니다."

마을 사람들이 웅성거리기 시작했다. 건아꾼에서 옹기 대장을 돌아 생질꾼에 닿은 것이다. 야고버 회장이 물었다.

"생질꾼으로 추천하는 이유는?"

감귀남이 나를 보며 눈웃음을 지은 후 답했다.

"장선마을 들녘의 집, 오죽네라고 부르는 그곳을 전 안또니와 함께 여러 번 오갔습니다. 얼음이 녹는 초봄이었는데, 저녁에 돌아온 소년 들녘이 자랑처럼 말하더군요. 올해 농사는 풍년이 들 거라고. 평소에 차분하던 사내아이가 그날따라 무척 들떠 있었습니다. 제가 그 이유를 물었더니, 삼 년 흙을 가꿨더니 이제야 원하는 흙이 되었다고 답했어요. 풍년이 들 흙인지 아닌지, 원하는 수준에 도달했는지 아닌지 어떻게 아느냐고 물었습니다. 돌아온 대답이 잊히질 않아요. '먹어보면 압니다.' 들녘 형제는 들과 산의 흙들을 일일이 맛본 사람입니다. 맛만 보고도 그 흙에 관해 종일

이야기할 수 있죠. 어떤 게 좋은 흙이고 나쁜 흙인지, 이 흙에 심었던 작물은 무엇이고 자랐던 풀과 나무는 무엇이고 노닐던 벌레는 무엇이고 살다가 죽은 동물들은 무엇인지. 그날부터 저는 만약 이 아이가 자라 천주님의 인도로 우리 마을에 들어온다면 생질꾼을 시켰으면 좋겠다고 생각했답니다. 질 좋은 옹기를 만들려면 대장의 솜씨도 좋아야 하고, 건아꾼의 도움도 빈틈이 없어야 하고, 가마도 바람과 땅의 흐름을 살펴 잘 지어야 하고, 소나무를 충분히 말려 잘 때야 하지만, 무엇보다도 흙이 좋아야 합니다. 좋은 흙이 아니면 그 후의 노력들이 헛될 수도 있어요. 흙을 눈으로도 찾고 냄새로도 찾고 촉감으로도 찾을 뿐만 아니라 맛으로도 찾을 사람이 우리에게 온 겁니다. 이보다 생질꾼에 어울리는 사람이 있겠습니까?"

야고버 회장이 내게 확인하듯 물었다.

"사실이오, 맛만 보고도 흙을 가려 안다는 것이?"

교우들의 시선이 내게 모였다. 아가다는 천천히 고개를 끄덕였다. 농부라면 흙 맛을 모르는 이는 없다. 내가 다른 농부들보다 조금 더 흙 맛을 많이 본 건 맞다. 천덕산에서 들풀을 걷을 때, 각각의 풀이 자라는 흙의 특징을 알고 싶었다. 흙을 알면, 거기서 어떤 들풀이 자랄지 알 수 있으니까. 들의 흙뿐만 아니라 산의 흙도 맛보았고, 산의 흙뿐만 아니라 강의 흙도 맛보았다. 내게는 먹고살기 위해 한 대수롭지 않은 짓이다.

"대수롭지 않습니다. 이렇게 흙을 엄지와 검지로 집어 혀 위에 살짝 얹고……."

내가 말을 마치기도 전, 교우들이 한꺼번에 손뼉을 쳤다. 야고버 회장도 좌중을 보며 담담하게 따라 쳤다. 내 역할이 생질꾼으로 결정된 것이다. 한천겸도 더는 고집을 부리지 못하고, 일그러진 얼굴로 마지막에 손뼉을 보탰다.

생질꾼인 내 입장에선, 예수가 흙을 어찌 생각하였고 또 어떻게 썼는지 궁금했다. 아가다가 들려준 두 가지 이야기가 떠오른다. 먼저 씨 뿌리는 농부에 대한 이야기다. 농부의 이름을 들녘이라고 하겠다. 들녘이 씨를 뿌렸는데, 어떤 씨는 길가에 어떤 씨는 돌밭에 어떤 씨는 가시덤불에 또 어떤 씨는 좋은 땅에 떨어졌다. 예수의 직업이 목수였다고 하지만, 씨를 뿌려본 적도 제법 많지 않을까. 예수가 살던 마을의 농부들은 장선마을 농부들과는 농사 짓는 방법이 많이 다른 것 같다.

나를 포함해서 장선마을 농부들은 길가나 돌밭이나 가시덤불에 씨를 함부로 뿌리지 않는다. 씨앗을 목숨보다 귀하게 여기니까. 마을 할머니들은 씨앗이 든 단지 그러니까 씨앗 단지를 행여 누가 볼까 싶어 은밀히 숨긴다. 들에 심으러 갈 때가 가까우면 단지에서 꺼내 씨오쟁이에 따로 담고, 쥐가 들지 않도록 높이 걸어둔다. 씨를 밭에 심을 때는 이랑과 고랑을 확실히 판 후, 씨앗 하나라도 헛되이 날아가지 않도록 심고 흙을 또 정성껏 덮는다. 씨를 휘휘 뿌리기만 했다가는 다른 농부들에게 놀림감이 되고 만다. 예수가 살았던 나자렛이라는 마을에선 씨가 더러 밭을 벗어나 길로도 가고 가시덤불로도 갔던 걸까. 아가다는 예수가 돌밭을 어떻게 설명했는지도 전했다. 싹은 돋아났지만 흙이 깊지 않으니 해가 떠오르자마자 타버리고 말았다고. 정확한 지적이다. 돌밭엔 뿌리가 깊이 내려가기 어려우니, 물을 제대로 빨아들일 수 없다. 좋은 땅에 대한 예수의 설명이 부족한 것이 조금 아쉽다. 예수가 생각하는 좋은 흙이란 무엇인지 알고 싶다. 서른 배 예순 배 백 배 열매를 맺게 하는 그 흙.

아가다는 예수가 직접 흙을 만진 이야기도 들려줬다. 실로암이라는 못 근처에서 벌어진 일이다. 눈먼 거지가 한 사람 있었다. 눈먼 거지의 이름도 들녘이라고 붙여보겠다. 예수가 땅에 침을 뱉고, 그것으로 흙을 개어 진흙을 만들었다. 그리고 그 진흙을 들녘의 눈에 바른 후 실로암 못으로 가서 씻으라 하였다. 들녘이 못에 가 눈을 씻으니 앞이 보였다. 나는 눈먼 자를 눈 뜨게 한 적은 없지만, 흙에 침을 뱉어 진흙으로 뭉쳐서 벌레 물린 자리에 붙이거나 풀이나 돌에 베어 피가 흐르는 곳에 붙여 피를 멎게 한 적은 여러 번 있다. 예수도 흙에 침을 뱉어 상처를 치료한 적이 많았던 걸까. 예수를 낳은 마리아도 그리하였을까. 아니면 마리아의 남편인 목수 요셉이 그리하였을까. 예수도 어려서부터 요셉을 따라 나무 다루는 법 돌 다루는 법 흙 다루는 법을 배우지 않았을까.

생질꾼 들녘으로 거듭난 날, 아가다는 옹기꾼에 관한 이야기를 축하 선물처럼 들려줬다. 사람이 함부로 신에게 항의할 수 없음을 옹기꾼에 비긴 대목이다. 어떤 타래로 귀한 그릇을 만들고 어떤 타래로 천한 그릇을 만들 것인지, 그 권한은 옹기꾼에게 있다는 것이다. 이제부터 덕실마을에서 생질꾼으로 살게 되었으니, 그 이야기가 무척 새롭게 다가왔다. 왜 이 타래는 귀한 그릇으로 하고 저 타래는 천한 그릇으로 하였느냐고, 옹기들이 옹기꾼에게 항의할 순 없다는 아가다의 설명이 곧이곧대로 받아들여지지 않았다. 내가 옹기꾼이라면 귀한 그릇을 만드는 진흙과 천한 그릇을 만드는 진흙이 달라서 그랬다고, 흙 맛을 보게 하면서 자세히 설명했을 것 같다. 옹기꾼 마음이니 따져 묻지 말라는 것은 답이 아니다. 답을 하기 싫다는 것은 답이 될 수 없다. 흙이 다르니 그릇이 다른 것이다. 그렇지 않은가.

교인들은 요셉이 목수였으니, 어린 시절 예수 역시 목수 일을 배웠을 것이라고 추측했다. 그러나 예수가 들려줬다는 농부와 흙에 관한 이야기들과 병자를 고치기 위해 그 흙을 다루는 솜씨를 듣고 나는 확신했다. 예수는 농부다. 요셉으로부터 목수 일을 배웠을지는 모르겠지만, 농사를 직접 지어본 자만이 할 수 있는 말과 행동인 것이다. 서책으로만 농사를 배운 자와 농사 짓는 것을 구경한 자는 결코 알 수 없는 깨달음과 느낌을 예수는 지녔다. 내가 농부라서 그 깨달음과 느낌이 더 짙고 분명하게 보이는 걸지도 모르겠다. 다만 내가 장선마을 앞들에서 기른 작물과 예수가 갈릴래아 고을에서 기른 작물은 차이가 난다. 차이가 있지만 결국 그 작물을 정성껏 길러 열매 맺기 위해 애쓰는 농부였다는 사실은 똑같다. 이처럼 같은 고민들이 나를 흔들고 놀라게 만들고 자신감이 들게도 했다. 기대하지도 않았던 귀한 날들이 지난 후 마침내 평안에 이르렀다. 그것은 명백하게도 농부의 평안이었다.

터줏단지

집터를 지키는 신을 모시는 단지다. 농부는 아무리 배가 고파도 터줏단지에 넣어둔 벼는 건드리지 않는다.

그 벼로 농부를 보듯 그 옹기로 옹기꾼을 본다. 아무리 정성을 다해도 옹기가 형편없으면 옹기꾼으로 살아남기 힘들다. 덕실마을에선 일 년에 세 번 봄과 여름과 가을에 옹기를 구워냈다. 흙도 나무도 옹기꾼의 두 손도 어는 겨울은 피했다.

내가 덕실마을로 들어간 을유년乙酉年, 1825년 여름엔 옹기꾼들 표정이 내내 어두웠다. 천덕산 창고에 벼락이 친 날, 덕실마을도 벼락을 맞아 화목 창고가 불타고, 마을 뒤편 언덕에 나란하던 가마 중 하나가 무너졌다. 게다가 그 여름은 유난히 더웠다. 잠시 몸을 놀리기라도 하면 땀이 이마에서부터 발바닥까지 흘러내렸다. 야고버 회장은 남은 가마로 옹기를 굽는 대신 설점設店을 택했다. 벼락 맞아 무너진 가마와 화목 창고부터 새로 짓기로 한 것이다. 나는 아가다에게 물었다.

"여름을 건너뛰지 말고, 하나 남은 가마에서라도 옹기를 굽는 게 낫지 않습니까?"

아가다가 되물었다.

"열 살 때 소작하라고 받은 논이 처음부터 마음에 들던가요?"

갑자기 그때 그 논을 끌어들이는 이유를 몰랐다.

"최악이었습니다. 논으로 쓰다가 소출이 적어 오 년 전에 밭으로 바꿨었답니다. 그러다가 다시 한 해 전에 논으로 돌린 뒤 제게 맡긴 겁니다. 보리나 콩이나 토란 소출도 형편없었나 봅니다. 앞들에서 제일 나쁜 논이었어요. 제가 마름이라도, 이제 소작을 시작하는 열 살 아이에게 좋은 논을 줄 리 없습니다."

"좋은 논과 나쁜 논의 차이는 뭔가요?"

"그야 흙이죠. 벼가 제대로 자랄 흙을 만들려면 최소한 삼 년은 걸립니다. 대풍이 들 만큼 볕과 바람과 물이 좋더라도, 그때까진 병도 잘 걸리고 벌레도 심하고."

아가다가 고개를 끄덕이며 말했다.

"가마도 마찬가지예요. 제 마음에 들려면 최소한 세 번은 옹기를 구워야 해요. 하지만 이 세상에 똑같은 가마는 없답니다. 넓이나 높이나 길이나 가마를 만든 흙이 똑같다고 쳐도, 가마가 놓인 비탈이 얼마나 기울었는지, 바람은 어느 쪽에서 얼마나 부는지, 햇볕은 또 언제 얼마나 내리쬐는지, 가마에 넣을 옹기들은 어떤 흙으로 빚었는지, 옹기를 구울 화목은 또 어느 산에서 얼마나 자란 나무인지에 따라 천차만별이죠. 그 가마에 딱 어울리는 옹기의 개수와 화목의 양, 바람이 나고 들 창의 크기 등을 찾아야 합니다. 근데 그건 머릿속으로 그린다고 나오는 게 아닙니다. 설점을 마치고 옹기를 구우면서, 빛이 나쁘거나 모양이 어그러지는 옹기의 숫자를 줄여나가면서, 가마의 특징을 파악해야 해요. 세 번 만에 찾으면 다행이죠. 어떤 가마는 열 번을 해도 옹기가 제대로 나오지 않아 결국 무너뜨리고 다시 짓는답니다. 그러니 새 가마를 만들 땐 모두 힘을 합쳐야 해요. 옹기꾼 중 절반은 새 가마를 만들고 절반은 예전 가마로 옹기를 굽고, 그렇게 나눌 수 없어요."

아가다의 설명을 금방 알아들었다. 나 역시 논흙을 일구는 삼 년 동안 벼만 키웠다. 소작농들은 대부분 논과 함께 밭도 경작했다. 틈이 나면 강에 나가 돌살도 쌓고 산포수를 따라다니며 몰이꾼도 했다. 그래야 겨우 식구들을 먹일 양식을 구할 수 있었다. 종일 논에만 나가 있는 농부는 어리석고 게으르다는 지적을 받았다. 그러나 나는 벼를 기를 때는 오로지 벼만 생각했다. 어쩌다가 강이나 산에 가 있을 때도 머릿속엔 벼만 가득 찼다.

"잘 알겠습니다. 그럼 저도 가마를 만드는 데 힘을 보태겠습니다."

"생질꾼들은 따로 할 일이 있어요."

"따로 할 일이라면?"

"화목 창고가 불타면서 그 옆 흙 창고까지 불길이 번졌습니다. 숯검정과 연기로 엉망이 되었어요. 오래 생질꾼을 맡아온 감귀남 글나라와 전원오 안또니 부부에 따르면, 이 흙을 그대로 쓰면 옹기가 갈라지거나 울퉁불퉁할 거랍니다. 흙을 씻고 다듬어 쓸 수도 있겠지만, 흙을 새로 찾는 게 더 낫겠다는군요."

아가다는 세례명에 익숙하지 않은 나를 위해 교우들의 옛 이름과 새 이름을 나란히 말했다.

"그럼 저도 감 글나라와 전 안또니 부부 그리고 장엇태 말구 형제님과 함께 다녀야 하겠군요."

"그 전에 야고버 회장님께서 도움을 청하셨습니다."

"제게 도움을요? 저는 여기 온 지 겨우 한 달입니다. 옹기에 대해선 아는 게 전혀 없습니다."

"사람은 사람을 도울 수 있습니다. 가난한 자도 부자를 돕고, 무식한 자도 유식한 자를 돕고, 천한 자도 귀한 자를 돕고, 아픈 자도 건강한 자를 돕지요."

장엇태가 앞장을 서고 야고버 회장과 내가 뒤따랐다. 오늘도 장엇태는 지게에 옹기를 잔뜩 졌다. 마을을 출발하기 전, 옹기를 지게에 차곡차곡 쌓는 것을 도우면서 물었다.

"옹기 배가 와서 다 실어갔다면서요? 이건 옹기가 아니고 뭡니까?"

"네 눈엔 이게 옹기로 보여?"

"옹기가 아님 뭔가요?"

"세稅!"

"새…… 라고요? 박새나 직박구리 같은 새 말씀이신가요?"

"그건 날아다니는 새고…… 가보면 알아."

동악산 도림사에 닿을 때까지 야고버 회장은 말이 없었다. 나는 내내 지게에 묶인 옹기들만 노려봤다. 아무리 보고 또 봐도 옹기였다. 도림사에 도착하니, 뜻밖에도 속명俗名이 도담인 각우가 일주문에서 기다리다가 외팔로 합장을 했다. 눈이 마주치자 빙긋 웃어 보였다. 내가 올 것을 미리 알았던 듯했다. 곁으로 가선 귓속말로 물었다.

"도림사엔 웬일입니까?"

"암자 지으러 왔소. 우리가 동이산에 지은 참선방이 너무 좋다고 소문이 났나 봅니다. 속세와의 인연을 이제야 끊고 불심을 닦아야 할 판에 여기저기서 자꾸 주지 스님께 부탁이 들어왔다오. 전부 거절했는데, 도림사 주지 판암 스님은 태안사 주지 창해 큰 스님과 같은 스승 밑에서 공부한 사형師兄이시더라고. 정말 이번이 마지막이란 약속을 받고, 명심과 함께 왔소. 한데 오늘 아침 판암 스님이 내게 귀하고 반가운 손님이 오는 중이라 하셨습니다. 누구냐고 여쭈었는데, 뜻밖에도 들녘이란 이름을 말씀하셨소. 그동안 많이 힘들었지요?"

곡곰의 갑작스러운 죽음은 각우에게도 충격이었다.

"저는 잘 지냅니다."

짧게 답했다. 각우도 더는 묻지 않았다.

"우리 도움이 필요하면 언제든 태안사로 와요. 곡곰 아저씨가 돌아가신 후 명심이 들녘 당신을 찾겠다고 곡성의 골짜기란 골짜기는 전부 뒤지고 다녔소."

각우는 대웅전을 왼편으로 돌아 우리를 산신각 뒤 별채로 안내했다. 별채 뒷마당의 오동나무를 올려다보며 선 이는 공방 석여벽이었다. 장엇태가 지게를 내린 후 줄을 풀고 옹기를 마당에 내려놓았다. 석여벽이 다가서선 숫자를 세고 빛깔과 모양을 살폈다.

"맞군. 다음 달엔 연적 스무 개를 더 가져오게. 사또께서 긴히 선물할 데가 있으시다네."

야고버 회장이 답했다.

"가을까진 어렵습니다. 월령月令에 연적은 없으니, 따로 빚고 구워야 하는데, 설점 중이라 여름엔 가마재임을 하지 않을 겁니다."

월령은 매달 관아에 갖다 바치는 옹기를 뜻했다. 장엇태가 오늘 등에 지고 옮긴 옹기를 옹기로 보지 않는 이유였다. 석여벽이 짜증을 냈다.

"바치라면 바치지 뭔 말이 그렇게 많은가. 덕실마을에 없다면 구례든 하동이든 다른 데서 빌려 오든가 사서 바치면 될 일 아닌가. 옹기꾼들끼린 흙길이든 물길이든 다 통한다며? 천하의 이 으뜸이 그리 엄살을 부려서 쓰겠나."

덕실마을 교인들은 이오득을 '야고버 회장'이라고 불렀고, 공방을 비롯한 관아 사람들은 그를 '이 으뜸'이라고 했다. 덕실마을 옹기 대장 중에서 으뜸이라는 뜻이다.

"인첩印帖까지는 아니더라도, 공방 나리가 수결한 문서라도 먼저 주십시오. 올해만 해도 사또께 따로 올린 옹기가 예순 개가 넘습니다. 매달 월령으로 옹기 열 개씩을 바치는데, 거기에 따로 예순 개를 합치면, 매달 스무 개를 올린 꼴입니다. 저희가 몇 개를 올렸는지 적어서 주셨으면 합니다."

인첩은 도장이 찍힌 문서다. 야고버 회장은 곡성현감의 도장 대신 공방이 붓으로 확인한 문서라도 받으려는 것이다. 석여벽이 주름을 펴곤 웃으며 달랬다.

"어허, 우리 사이에 이러긴가. 내가 자네들을 위해 얼마나 애쓰는지, 담양댁에게 못 들었어? 좋게 좋게 넘어가세. 이번 사또는 여간 까다로운 게 아니야. 괜히 연적 몇 개 아끼려다가 큰 낭패를 볼 수도 있음이야. 한데 저 녀석은 왜 쥐꼬리처럼 달고 왔어?"

졸지에 쥐꼬리가 된 나는 쓴웃음을 지으며, 야고버 회장이 어찌 답을 할까 기다렸다. 나도 내가 왜 도림사까지 왔는지 이유를 몰랐다. 석여벽이 담양댁 그러니까 현월아 마리아 막다릐나를 언급한 것도 놀라웠다. 야고버 회장이 뜻밖의 제안을 했다.

"동악산 창고의 화목을 빌렸으면 합니다."

"화목은 꿔준 적이 없다는 걸 이 으뜸이 더 잘 알지 않는가. 화목이 필요하면 늘 그래왔듯이 나뭇값을 내. 우리 여섯 아전이 창고 셋을 짓느라고 얼마나 고생한 줄 아는가. 거기엔 박 진사 돈도 절반이나 들어갔다네. 나는 빌려주고 싶네만 다른 아전들과 박 진사가 가만있지 않을 거야. 덕실마을 화목 창고가 불탔으니 여러모로 곤란한 건 알겠네. 하지만 빌려주는 건 내 맘대로 못해. 설점도 설점이지만, 가마를 그럴듯하게 지어봤자 화목이 없으면 소용없지 않은가. 저 쥐꼬리를 덕실마을로 내릴 것이 아니라, 곡곰에 이어 동이산 창고와 동악산 창고를 지키게 했으면, 눈에 띄지 않을 정도씩은 가져다 쓸 수 있었을 걸세. 한 치 앞도 내다보지 못한 겐가. 신중하기로 소문난 이 으뜸이 이런 실수를 하다니……."

석여벽은 야고버 회장 탓을 했다. 내가 곡곰의 후계자가 되는 것을 강력하게 반대하는 바람에 나무가 부족하게 되었으니, 스스로 제 무덤을 판 꼴이라는 것이다. 세 개의 창고를 짓는 데 진사 박웅이 돈을 절반이나 냈고 또 나와는 악연도 있으니, 박웅이 나를 반대했다면 받아들일 수 있다. 그런데 박웅이 아니라 야고버 회장이, 내가 곡곰의 뒤를 잇는 것을 원하지 않았던 것이다. 야고버 회장은 창고를 세울 때 어떤 기여를 했기에 박 진사와 아전들조차 그의 의견을 무시하지 못하는 것일까. 그도 돈을 냈을까. 가난한 옹기마을에서 산에 창고를 짓는 데 보탤 돈이 있을까. 꼬리에 꼬리를 물고 의문이 이어졌다. 야고버 회장이 나를 곁눈질하고는 석여벽에게 물었다.

"사람은 구하셨습니까?"

혹시 나를 다시 산으로 올려보내자는 제안을 할까. 석여벽이 눈을 소처럼 끔뻑이며 답했다.

"곡곰이 워낙 솜씨가 좋고 오랫동안 이 일을 해와서 말이야. 그만큼 유능한 이를 찾는 게 쉽진 않았네. 태안사에서 겨우 적임자를 만났어."

각우와 명심의 얼굴이 떠올랐다. 장엇태가 물었다.

"누굽니까?"

석여벽이 답했다.

"탁월한 목수가 둘씩이나 태안사에서 머리를 깎았더라고. 주지스님께 어렵게 부탁을 드렸다네. 새 사람을 찾을 때까지, 그러니까 내년 봄까지만이라도 그들을 데려다 쓰겠다고. 자네도 솜씨 좋은 그들의 이름을 듣긴 했을 거야. 속명이 도담과 큰품이라더군. 법명은 각우와 명심. 두 사람에게 동이산과 동악산 창고들을 맡길 거야. 이 으뜸 자네가 창해 스님과 잘 지낸다는 풍문을 듣기도 했고."

야고버 회장이 답했다.

"사정이 그러하다니 임시방편을 취하셔야겠지요. 받아들이겠습니다. 그 대신 우리가 화목을 빌려 쓰는 건……."

석여벽이 딱 잘랐다.

"그건 끝난 얘길세. 절대로 안 돼. 담양댁을 움직이려고 들지 마. 천덕산 창고가 사라지는 바람에 박 진사도 아주 예민하고, 다른 아전들도 창고 관리를 제대로 하라는 충고 아닌 충고를 하더라고. 이 판국에 이 으뜸 자넬 나서서 돕다가 문제가 생기면, 내 자리도 위태로워."

"그래도……."

나는 다시 부탁하려는 야고버 회장에게 눈짓을 보냈다. 대안이 있다는 뜻이다. 석여벽이 나를 노리며 물었다.

"산으로 돌아가고 싶지?"

"아닙니다."

"솔직히 말해. 흙에다가 벼를 심기만 하던 놈이 흙을 지고 나르게 생겼으니, 죽을 맛이겠지. 그렇다고 짱구처럼 기적을 입은 것도 아니고 말이야……."

나는 즉답하지 않고 야고버 회장과 장엇태를 번갈아 쳐다보았다. 석여벽도 교인인가. 교인이 아니고서야 짱구가 몸이 나았고 그래서 교인이 되었다는 것을 어찌 이렇듯 상세히 아는가. 교인이면 왜 야고버 회장에게 존대하지 않고 하인 부리듯 막말을 하는가. 야고버 회장이 나 대신 적당히 얼버무렸다.

"몸이 나아야 꼭 기적인 건 아닙니다. 믿지 않던 자가 믿는 것도 기적이지요. 한순간에 일어나는 것도 기적이지만, 어떤 기적은 한 달 혹은 일 년에 걸쳐 천천히 진행되기도 합니다. 공방 나리도 기적을 맛보실 수 있습니다."

석여벽이 손사래를 쳤다.

"난 이제 기적 따윈 필요 없네."

석여벽이 먼저 자리를 뜬 후, 우리는 그곳에서 잠시 이야기를 나눴다. 야고버 회장은 곧장 내게 대안을 물었고, 나는 기다렸다는 듯이 답했다.

"간단합니다. 각우와 명심에게 화목을 빌리는 겁니다. 두 사람은 제게 빚이 있거든요. 그들이 동이산과 동악산 두 군데 창고 관리를 시작하면, 제가 가서 질 좋은 화목을 구해오겠습니다. 우선 쓰고 차차 채워넣지요. 두 사람만 눈감아주면 감쪽같을 겁니다."

장엇태는 동악산의 흙들을 둘러보고 가겠다며 남았고, 야고버 회장과 나만 도림사에서 내려왔다. 너럭바위들이 잇달아 등장했고, 계곡물이 그 바위를 흘러내리며 곳곳에서 작은 폭포를 이뤘다. 물소리가 크고 시원했다. 움푹 팬 자리엔 일찍 떨어져 가라앉은 잎들이 둥글게 모였다. 물이 휘돌아 내릴 때마다 가장자리 잎들은 흔들리기도 하고 쓸려 내려가기도 했지만, 중심에 층층이 쌓인 잎들은 희미한 떨림도 없었다. 변치 않는 마음이 저와 같을까. 야고버 회장에게 더 가까이 붙어 나란히 걸었다.

"열두 개더군요."

회장이 고개만 살짝 돌려 나를 노렸다가 다시 앞을 보며 걸었다. 나는 덧붙였다.

"월령으로 내는 옹기가 열 개라고 하셨는데, 열두 개더라고요."

"구례에선 월령이 열다섯 개라 하고, 남원에선 스무 개라오. 월령을 열 개로 두고 십 년 넘게 올리지 않으니, 고마움의 표시는 해야 않겠소?"

"몰랐습니다. 곡성의 월령이 그렇게 적은지."

"구례에선 교졸들이 석 달에 한 번은 몰려와서 마을 곳곳을 뒤진다오. 남원에선 매달 한 번씩! 당고개로 들어와 옹기를 구운 후 교졸들이 마을을 헤집은 적은 단 한 번도 없소."

"교졸들이 왜 마을을 뒤지고 다닙니까?"

"이유야 관아에서 만드는 게요. 이유가 되는지 안 되는지도 관아에서 판단하고. 그 이유에 따라 때리면 맞고 부수면 치우고 가져가면 빼앗기는 게 농부든 어부든 옹기꾼이든, 우리네 삶이라오.

석 공방은 우리를 괴롭힐 이유를 만들진 않소."

남은 두 개는 공방 석여벽의 몫이라는 뜻이고, 옹기 두 개가 결코 아깝지 않을 만큼 도움을 받는다는 뜻이다.

"석 공방도 다른 이름을 지녔습니까?"

야고버 회장이 걸음을 늦추며 버드나무 사이로 하늘을 올려다보았다.

"언젠간 그리될 수 있으려나……?"

그렇다면 석 공방은 왜 덕실마을에 특별한 혜택을 주는 것일까. 달마다 받는 옹기 두 개 때문에? 대대로 곡성에서 아전을 하며 지낸 삶 전체가 흔들릴 각오를 하기엔 보상이 너무 적었다.

"잠시 쉬었다 갈까요?"

야고버 회장은 길에서 벗어나 바위 서너 개를 건너뛰더니 계곡으로 내려갔다. 너럭바위에 먼저 자리를 잡고 앉더니, 짚신을 벗고 흐르는 물에 두 발을 넣었다. 나도 곁으로 가서 따라 했다. 시원하다 못해 차디찬 기운이 발바닥에서부터 정수리까지 올라왔다. 야고버 회장이 발끝으로 물을 차올리면서 이야기를 꺼냈다.

"공방 석여벽은 담양댁 그러니까 현 마리아 막다릐나와 혼인하고 싶어 하오. 남편을 병으로 잃고 십 년이나 모셨던 시부모가 시름시름 앓다가 죽은 후였지. 공방 역시 십오 년 전에 아내와 사별했다오. 그녀는 처음 오 년 동안 공방을 대문 안으로 들이지도 않았소. 문 앞에 두고 간 각종 선물도 오 년이 지나서야 겨우 받기 시작했다오. 그러면서 오 년은 마당으로는 들이되 물 한 잔 건네는 것이 전부였소. 마지막 오 년 동안은 공방이 늦은 밤 찾아와서 동침하고 이른 새벽 나갔다고 하오. 두 사람은 나서서 자랑하진 않더라도 숨기진 않소. 관아의 여섯 아전 중에서 한자리를 대대로 맡고 있으니, 말을 잘못 퍼뜨렸다간 잡혀가 곤욕을 치른다는 걸, 순자강을 끼고 사는 이들이라면 모두 알았던 게요. 가끔 동침은 하되 재혼하여 부부의 인연을 맺진 않았소. 또 다른 소문들이 이어 붙었다오. 석 공방은 혼인하고 싶어하지만 담양댁이 거절한다는 이야기, 석 공방이 담양댁을 정말 사랑하기 때문에 거절을 당하고도 따지거나 응징하지 않고 오히려 더 비싼 선물을 건넸다는 이야기, 담양댁으로선 평생 선물만 받고 살아도 손해가 아니라는 이야기!"

그제야 나도 어렴풋이 몇몇 장면이 떠올랐다. 밤늦게 담양댁이 엄마를 찾아와선 새벽까지 이야기를 나눴고, 어느 날엔 울음소리가 새어 나왔다. 그녀를 좋아하는 사내가 여럿이라는 이야기가 흘러다녔고, 그중에 아전이 끼어 있다는 소문을 들었던 것 같다.

"담양댁 아주머니는 성세까지 받았는데, 왜 덕실마을로 들어오지 않는 겁니까?"

흐르는 물을 차올리던 야고버 회장의 발이 멎었다. 물살이 복숭아뼈에 부딪혀 넘어갔다.

"곡성에 교인이 몇이나 될 것 같소?"

"모르겠습니다만, 더 있겠죠. 덕실마을 교우들 외에 스무 명쯤?"

야고버 회장이 눈으로만 웃었다. 나는 숫자를 더했다.

"쉰 명쯤?"

다시 웃기만 했다.

"백 명이 넘습니까?"

야고버 회장이 다시 다리를 움직이며 말했다.

"믿는다고 전부 마을로 들어와야 한다면, 덕실마을이 다섯 개가 있더라도 부족할 게요. 각자 천주님이 정해주신 자리가 있다오. 현월아 마리아 막다릐나에겐 장선마을이 바로 그 자리라오."

"외교인과 동침하는 건 괜찮습니까?"

"현 마리아 막다릐나가 천주님을 믿기 전부터 둘은 서로를 아끼고 위하는 사이였소. 둘 다 교우가 되었으면 좋겠지만, 세월이 필요할 때도 있는 법이라오."

"석 공방은 담양댁 아주머니가 교인인 걸 압니까?"

"물론이오. 둘 사이엔 비밀이 없소. 알고도 석 공방은 계속 우릴 돕고 있소."

"석 공방의 도움이 필요해서, 두 사람을 용인한 건 아닙니까?"

"아내는 교인이지만 남편은 외교인인 경우, 엄마는 교인이지만 아들은 외교인인 경우, 딸은 교인이지만 아버지는 외교인인 경우가 얼마나 많은지 아시오? 석 공방과 현 마리아 막다릐나도 그중 하나일 뿐입니다. 두 사람은 다른 경우들보다 상황이 나은 편이지. 외교인인 남자가 교인인 여자를 핍박하고 믿음 생활을 못 하도록 막는 일도 적지 않소. 하지만 석 공방은 현 마리아 막다릐나를 전혀 막지 않소."

나는 말머리를 돌렸다.

"제가 그냥 동이산 창고와 동악산 창고를 지키며 나무꾼으로 지내는 것이 덕실마을에 이로웠을 겁니다."

야고버 회장이 답했다.

"마을의 손익을 따져 사람을 대하진 않소. 천주께서 그 사람을 어떻게 쓰려 하시는지만 생각한다오. 석 공방이 입교立敎하고 새로운 이름을 얻어 마을로 들어오겠다고 할 날이 올지도 모르지. 석 공방이 솜씨를 발휘할 만한 옹기꾼이 되려면, 생질꾼이든 건아꾼이든 대장이든, 한두 해는 걸릴 거요. 부지런히 애써서 옹기꾼이 되었다 쳐도, 공방으로 있는 것보단 마을을 위해선 손해일 것이고. 그렇지 않겠소?"

고개를 끄덕이지 않을 수 없었다.

"하지만 석 공방이 마을로 들어올 때가 무르익으면 나는 그를 받아들일 게요."

석여벽이 공방으로 있는 한 덕실마을은 안전할 것이다. 야고버 회장이 허리를 숙여 흐르는 물을 한 움큼 쥐었다가 허공으로 흩뿌렸다. 뺨에 파인 흉터가 더 짙고 깊었다. 이어 말했다.

"이익을 따진다면 당연히 들녘 당신이 나무꾼으로 그냥 있는 것이 낫소. 이왕이면 곡곰이 하던 일을 이어받아서! 그럼 화목에 대해선 전혀 고민할 문제가 없었을 테요. 그렇게 해달라고 하면 응낙했을 것 같소?"

아가다를 만나기 전까진 나무꾼의 삶도 나쁘지 않았다. 나무를 지고 산을 오르내리는 것이 쉬운 일은 아니었지만, 논 주인의 눈치를 보며 지내야 하는 들보다는 훨씬 자유롭고 편안한 구석이 많았다. 나무를 하고 창고를 두는 것 역시 박 진사가 뒷돈을 댄 줄은 몰랐다. 논밭은 박 진사가 전부를 다 가지고 있으니 소작농을 얼마든지 내쫓을 수 있지만, 나무를 베고 관리하고 파는 일엔 여섯 아전의 지분이 절반을 차지했다. 공방이 나를 끼고돈다면, 박 진사도 함부로 내치진 못했을 것이다. 하지만 아가다와 마주 보며 이야기를 나눈 후부터는 나무꾼 노릇이 싫어졌다. 정성껏 서찰을 쓴다 해도, 답장이 올 때까진 또 혼자였다. 곁에 머물고 싶었다. 아가다가 당고개 덕실마을에 산다면, 내가 갈 곳도 당연히 그 마을이어야 했다. 대답하지 않고 되물었다.

"하나만 더 여쭤도 되겠습니까?"

야고버 회장이 고개를 끄덕였다.

"저를 계속 지켜봐왔다고 하셨지만, 제 마음까지 훤히 아는 건 아니지 않습니까? 기대하는 대로 제가 움직이지 않을 수도 있고……."

야고버 회장이 말허리를 잘랐다.

"천주교를 나라 종교로 삼은 나라에 대한 이야기를, 아가다에게 들은 적이 있소? 어느 마을에서 태어나든 다 믿는 사람들에게 둘러싸이는 셈이오. 하지만 그렇지 못한 나라도 많소. 조선 사람이 첫 성세를 받은 후, 겨우 사십여 년이 지났을 뿐이라오. 전교란 말을 들어서 알 게요. 주님의 사랑을, 그 사랑을 모르는 이들에게 전하는 것이오. 믿는 사람이 믿지 않는 사람에게 가는 게요. 가서 함께 이야기하고 일하고 먹고 마시고 자고. 안 믿는 사람 중에는 허황하다며, 신기한 이야기를 들었다는 정도로 만족하는 이도 있지만, 믿는 사람을 따라나서는 이도 있다오. 자신이 가졌던 집과 재물 그리고 가족들까지 버리고."

"베드루 종도처럼요?"

아가다에게 들은 이야기를 떠올렸다. 예수를 따라나선 갈릴래아 호수의 어부들.

"맞소. 예수님의 열두 종도뿐이겠소? 복된 말씀이 전해지기 전까진 모두 안 믿는 사람들이었다오. 나 역시 마찬가지고. 안 믿는 사람을 안 믿는다는 이유로 멀리 두고 의심한다면 결코 그 사람을 주님 가까이 데려올 수 없소. 위험하다고? 배신자가 될 거라고? 믿음을 배반하는 사람이 배신자겠지. 누구에 대한 믿음일까. 그것은 안 믿는 사람과 믿는 사람 사이의 믿음이 아니라, 천주님과 각 사람의 믿음이라오."

"어렵습니다."

"저 사람이 주님을 믿을까 믿지 않을까를 믿는 자들이 판단해선 안 된다는 게요. 그 판단을 하실 분은 천주님이시라오. 중병이 낫는 것을 보고 다들 기적이라며 놀라워할 때, 예수님은 병이 나은 사람의 믿음을 보셨소."

묻지 않을 수 없었다.

"그 말씀은…… 천주님이 지금 제 믿음을 보신다는 건가요?"

덕실마을에 닿기 직전, 야고버 회장은 지리산으로 흘러가는 뭉게구름을 보며 말했다.

"사람이 사람에게 끌리는 것 역시 천주님께서 만드신 게요. 사랑이라거나 우정이라거나 관심이라거나 흥미라는 말들은 사람이 지어 붙인 것이지만, 그 마음을 막고 베고 버려선 안 되오. 아이들을 보시오. 끌리면 다가간다오. 돈이 많든 적든, 제 또래든 혹은 나이가 많든, 깨끗하든 더럽든, 아는 사람이든 처음 보는 사람이든, 그딴 건 문제가 안 되오. 무엇에 왜 끌리는가에 대해선 계속 궁금해하고 답을 찾으려 애썼으면 좋겠소. 엉뚱한 데서 답을 끌어와 꾸미는 이들도 종종 있어서 그렇소."

"회장님도 끌리셨던 겁니까? 누구에게 끌리셨는지 여쭤봐도 되겠습니까?"

야고버 회장이 손을 들어 하늘을 가리켰다. 구름 두 개가 나란히 앞장을 서고 나머지 하나가 뒤따랐다. 회장의 검지가 작고 느린 구름에 가 닿았다.

"두 사람이 있었소. 나이만 같고 모든 것이 다른! 내가 많이 부족했지만, 그들은 나를 벗으로 대했다오. 그들이 아니었다면 천주님의 가르침대로 살아가는 행운을 누리지 못했을 게요. 그들이 믿는 신을 알고 싶었고, 그들이 나누는 이야기에 끼고 싶었소. 아주 어려서부터 나는 여러 곳을 떠돌며 많은 이들을 만나고 다녔다오. 재주가 출중한 이들이 적지 않았는데, 왜 유난히 두 친구에게 끌렸을까? 요즘도 가끔 스스로 묻곤 한다오."

"답을 찾으셨습니까?"

"반은 찾았고 반은 아직."

앞섰던 두 구름이 하나로 뭉쳤다. 뒤따르던 구름도 그 속으로 안기듯 들어갔다.

훈

복숭아를 빼닮았다. 달걀처럼 길쭉한 훈壎도 있고 공처럼 둥근 훈도 있지만, 나는 복숭아 모양 훈을 좋아한다. 손가락으로 막고 여는 구멍이 앞에 세 개 뒤에 두 개가 뚫렸고, 속은 비었다. 세워도 넘어지지 않도록 바닥은 평평하다.

생질꾼이 되고 나서 배우기 시작한 악기다. 전원오가 내 스승이다. 도림사에 다녀온 후부터 감귀남과 전원오 부부를 따라 흙을 찾아 나섰다. 그들이 장선마을을 자주 들르고 또 배를 타고 구례나 하동까지 내려갔던 것도 생질꾼이기 때문이란 걸 그제야 깨달았다. 당고개를 넘어 관아 쪽으로 올라오지 않고 들을 지나 천덕산을 넘어 곧장 동이산으로 향했다. 나무를 한 짐씩 지고 오르내리던 길이라서 눈에도 익고 발에도 익었다. 지게도 없이 호미만 허리에 하나 찼으니 몸이 날아갈 듯 가벼웠다. 감귀남과 전원오의 걸음도 경쾌했다. 언덕을 두 개 넘은 뒤 팽나무 그늘에 앉아 잠시 땀을 식혔다. 걸을 때는 묵언수행을 하듯 뒤따랐지만, 물 한 모금에 질문이 하나씩 튀어나왔다.

"흙은 천덕산에도 많지 않습니까? 동이산까지 가는 이유를 모르겠습니다."

전원오는 안경을 고쳐 쓰곤 나뭇가지를 주워 땅에 무엇인가를 끼적거리는 중이었고, 답은 감귀남이 했다. 부부가 종종 오죽네로 왔었기 때문에 내게도 말을 편히 했다.

"벼에 어울리는 흙이 있듯 옹기에 맞는 흙도 있지. 그런 흙을 찾는 게 우리 생질꾼이 할 일이고. 논흙으론 오지그릇을 만들 수 있을까 없을까?"

"모르겠습니다."

감귀남은 이것이냐 저것이냐 둘 중 하나를 고르게 했다. 머리가 아팠다.

"예전엔 옹기라 하면 질그릇과 오지그릇 다 포함되었어. 요즘은 주로 오지그릇만 옹기라 불러. 유약을 바르지 않는 질그릇은 논이나 강가의 흙으로 빚어. 명개흙이라고도 해. 물기 많은 명개흙으론 유약을 바르는 오지그릇을 만들면 안 돼. 가마에 넣어 구우면 갈라지고 내려앉거든. 오지그릇은 질그릇 구울 때보다 훨씬 많은 나무를 더 짧은 시간에 태워야 해. 불 힘이 그만큼 세야 한다는 거겠지? 자, 그럼 어떤 흙이 오지그릇을 만드는 데 좋은지 더 고민해 볼까. 색깔이 하나면 좋을까 여럿이면 좋을까?"

"하나……."

질문하는 까닭을 알 수 없어 답을 하려다가 얼버무렸다. 농부가 흙을 고르는 마음과 생질꾼이 흙을 찾는 마음이 이렇게 다를 줄은 몰랐다.

"여럿이어야 해. 오색토五色土라고도 불러. 흰색, 노란색, 붉은색, 파란색, 회색이 함께 섞인 흙이지. 전 안또니는 오색토라고 하지 않고 따로 부르는 이름이 있지."

"무지개흙!"

전원오가 말했다. 오색 무지개니까, 그렇게 흙 이름을 연결시킨 것이다. 감귀남이 웃으며 이어갔다.

"다섯 색깔이 섞여 있어야 할 뿐만 아니라, 각 색깔이 선명해야 해. 살아 꿈틀대는 동물들이 내는 빛깔처럼. 오색토를 발견하면 그다음엔 어떻게 해야 할까? 맞아! 당연히 만져봐야지. 끈기가 많은 차진 것이 좋을까 끈기가 적은 메진 것이 좋을까?"

앞에서 명개흙은 너무 차져서 문제라고 했다. 나는 자신 없는 말투로 답했다.

"메진 흙이 아무래도……."

"적당히 차지고 또 적당히 메져야 해. 너무 차지면 병이 많거든. 말릴 때나 불에 구울 때 잘 깨져. 너무 메지면 그건 모래가 많다는 이야기니까, 구멍이 나서 물이 줄줄 샐 수도 있어."

"적당히…… 차지고 메진 흙을 어떻게 구하죠?"

"보자마자 적당한 흙을 만나는 건 십 년에 한 번 있을까 말까 해. 대부분은 차진 흙과 메진 흙 그리고 그 중간쯤 되는 흙을 따로 파 와서 섞지. 어떤 옹기촌에선 흙을 섞고 모래나 돌들을 골라내기만 하는 꾼을 따로 두기도 한다는데, 우리 마을에선 이 일도 생질꾼이 해. 흙을 구한 후 직접 섞을 때 알려줄게."

"근데 동이산까지 꼭 가야 합니까? 천덕산이나 동악산이 훨씬 가깝잖아요?"

"덕실마을에 처음 옹기점을 만들 땐 좋은 흙들이 근처에 많았어. 흙을 찾아다니지 않고 그때그때 퍼 나르면 그만이었지. 하지만 당고개 근처 흙을 다 쓴 후엔 천덕산과 동악산을 오르내리며 흙을 찾아야 했어. 곡성 흙이 유난히 좋아서, 옹기뿐만 아니라 백자를 굽는 마을도 있지. 경쟁하듯 서로 흙을 가져가다 보니, 이젠 천덕산과 동악산에서도 우리가 찾는 오색토가 거의 사라졌어. 동이산이 멀더라도 가야 해."

"흙을 따라 옮겨 다니는 게 옹기꾼 팔자라고 들었습니다."

"그렇긴 해. 곡성에 오색토가 전혀 나지 않는다면, 구례나 남원이나 옥과까지 가서 흙을 구해야 한다면, 사서 배에 싣고 와야 한다면, 그땐 곡성을 뜰 궁리를 진지하게 할 거야. 그냥 옹기만 빚어 먹고사는 옹기촌이라면, 천덕산과 동악산에서 오색토를 찾기 힘들어졌을 때 결정을 내렸을지도 모르지만, 우린 움직이는 게 그리 쉽지 않지……."

감귀남이 말끝을 흐렸다. 옹기 굽기 좋은 곳과 은밀히 모여 천주를 믿기 좋은 곳을 동시에 찾아야 하는 것이다. 다른 고을로 가면 공방 석여벽처럼 살펴주는 아전을 만나기도 어렵다. 어떻게든 곡성에서 오래오래 버텨야 했다.

훈을 들은 곳은 압록진이었다. 압록진에서 순자강에 대황강이 합쳤다. 두 강물이 만나 휘돌면서 생긴 모래밭이 넓었다. 전원오는 태안사로 갈 때마다 순자강에서 대황강으로 곧장 옮겨 가지 않고 압록진에 머물러 훈을 불곤 했다.

감귀남은 전원오가 왕버들 아래에서 연주하는 훈을 듣고 결혼을 승낙했다. 그곳이 압록진은 아니지만, 서로의 마음을 확인한 곳도 두 강이 만나는 두물머리였다. 그들은 그곳에서 열두 번을 만났고, 열두 번째 연주가 끝난 뒤, 전원오가 훈을 쥐었던 손으로 감귀남의 손을 잡았다.

열두 번째 만남도 좋았지만, 감귀남은 첫 만남을 자주 그리워했다. 더 떨렸고 더 반가웠던 더 젊은 날이었다. 두물머리에 닿으려면, 한양에서 흥인문을 나와 동쪽으로 배를 타고 한참을 가야 했다. 사대문 안에서 모임을 열기 어려워지자, 교인들은 더 먼 곳으로 숨어들었다. 초행길인 탓에 감귀남은 유난히 힘들었다. 미행을 염려하여, 길라잡이도 없이 여자 혼자 나선 길이었다. 배를 타고 한강을 반나절이나 거슬러 올랐고, 배에서 내려서도 반나절을 더 걸었다. 강을 따라 나루를 중심으로 늘어선 마을로 들어가진 못하고 인적이 드문 험한 길만을 택했다. 배에서 내릴 때까진 확신이 있었지만, 마을을 세 개나 지나치고 나선 제대로 가고 있는지 스스로 믿지 못할 지경이었다.

그때 훈이 들려왔다. 처음엔 낮고 긴 바람 소리겠거니 여겼는데, 밋밋하던 소리가 가락을 탔다. 올라갔을 때는 조각구름들을 건드렸고 내려왔을 때는 물풀 아래 숨은 생선들을 간지럽혔다. 오리의 날갯짓처럼 바쁘다가 송골매의 날갯짓처럼 느긋했다. 소리로 다가갈 것인가 소리로부터 멀어질 것인가. 이럴 때는 당연히 후자를 택해야 한다고 사대문 안 교우들과 다짐했었다. 길 위에서 우연히 닿은 마을을 피하듯 낯선 사람도 피해야 하는 것이다. 하지만 감귀남은 전자를 택했다. 그 소리가 마음과 몸을 끌어당겼다고 할까. 물 따라 바람 따라 구름 따라 흐르던 가락이 살짝 바뀌었다. 사대문 안 마지막 모임에서 겨우 입술만 열고 목소리는 내지 않은 채 따라 불렀던 가락이었다. 너무 아름다워 눈물을 뚝뚝 흘렸던!

세상영복 다 얻어도 죽고 나면 헛것이며

세상고난 다 받아도 죽고 나면 사라지네

'천주십계' 가르침은 천 년 만 년 영원하니

향주삼덕 굳게 품고 하루하루 걸어가세

강가 아름드리 왕버들 아래 깡마른 사내가 앉아 훈을 불고 있었다. 멀리서 훔쳐보니 푸른 낯빛이 눈에 익었다. 신문新門, 서대문 안 모임에서 본 적이 있었다. 보긴 했지만 말을 섞진 않았다. 훈 소리가 멎었다. 사내가 풀 위에 얹어둔 안경을 집어 쓰곤 감귀남이 숨은 버드나무 쪽으로 고개를 돌렸다. 들킨 것이다. 감귀남이 반걸음 옆으로 나서며 얼굴을 보였다. 서로를 보며 안도의 한숨을 쉰 첫날이었다.

전원오는 악공은 아니다. 양반이지만 첩의 자식 그러니까 서자였고, 서책은 보는 둥 마는 둥 하며, 어렸을 때부터 훈에 빠져들었다. 감귀남은 전라도 장성에서 상경하여 신문 안에서 모시를 파는 장사꾼의 외동딸이었다. 두 사람은 전원오가 훈을 분 강가를 걸었다. 수풀이 무성하여 길과 길 아닌 곳을 구별하기 힘들 지경이었다. 게다가 강으로 목을 축이러 내려온 들짐승과 날짐승 들이 깜짝깜짝 등장했다. 놀라긴 했지만 두렵진 않았다. 감귀남 혼자 걸었더라면 눈물을 쏟았을 것이다. 한 걸음 한 걸음이 고행이었을 텐데, 전원오와 함께 걸으니 마음이 한결 놓였다. 사실 전원오도 그날 그 길이 처음이었지만, 감귀남 앞에선 큰소리를 쳤다.

"우리가 가장 먼저 도착할 겁니다. 내기해도 좋습니다."

그 후로도 감귀남과 전원오는 두물머리에서 만났다. 포졸들의 추격이 매서울 때였으므로, 정해진 모임 외에 교우끼리 사사롭게 따로 만나는 것은 금지되었다. 신유 대군난이 시작된 날, 감귀남은 숭례문을 통과한 후 마포에서 배를 탔다. 목멱산에 집이 있었는데, 가족 중에서 도성을 벗어난 이는 감귀남뿐이었다. 아버지와 어머니 그리고 남동생이 좌포도청으로 끌려가 갇혔다는 이야기를 나중에 들었다. 불행한 일을 당하면 피하여 모일 곳을 교우들과 미리 정해두긴 했다. 서강에서 배를 내려 약속 장소로 갔다. 마을에서 멀리 떨어진 빈집이었다. 밤에도 불을 켜지 않고 하루를 꼬박 기다렸지만 오는 사람이 없었다. 잠들지 못한 채 묵주를 꼭 쥐고 기도문들을 외우는데, 이 말씀이 자꾸 떠올랐다.

'어서 빨리 예루살렘을 떠나라. 사람들이 나에 관한 너의 증언을 받아들이지 않을 것이기 때문이다.'

감귀남이 그 집을 나서서 언덕을 넘을 즈음에 포졸들이 들이닥쳤다. 도피처를 누군가 털어놓았던 것이다. 감귀남은 걷고 또 걸었다. 잠도 자지 않고 밥도 먹지 않고 달아났다. 마을을 지나자 논밭이 사라지고 길마저 희미해졌다. 달아나고 있다는 사실까지 잊을 만큼, 평온한 풍경이 이어질 즈음 멀리서 그 소리가 들려왔다. 틀림없이 훈이었다. 가봤자 거기 없으리란 절망이 반드시 거기 있다는 희망으로 돌변했다. 걷고 또 걸었다. 걷다가 뛰기 시작했다. 소리가 여름날 엿가락처럼 늘어졌다. 저러다가 훌쩍 사라질 수도 있으니까. 나룻배라도 한 척 타고 왔다면 그 배로 멀리멀리 가버릴 수도 있으니까. 소리가 그치기 전에 닿고 싶었다. 전원오의 입바람이 훈의 구멍을 들락거릴 때, 손의 온기가 훈을 여전히 감쌀 때! 감귀남이 달려와선 거친 숨을 몰아쉬며 멈춰 섰을 때에야 전원오도 훈에 넣던 마지막 입바람을 그쳤다. 젖은 눈이 감귀남에게 속삭이는 듯했다. 기다렸습니다, 당신을.

전원오는 포졸들이 잡으러 왔을 때, 도성 밖으로 나갈 궁리보다 목멱산 아래 감귀남의 집으로 곧장 달려갔다. 이미 포졸들이 다녀간 직후였다. 어렵게 좌포도청에 사람을 넣어 감귀남이 잡혀 왔는지 알아봤다. 부모와 남동생은 옥에 갇혔지만 그녀는 없었다. 도성을 빠져나가 배를 타고 서강의 움집으로 향했지만, 그곳도 이미 포졸들이 덮친 다음이었다. 마을 사람들에게 물으니 끌려간 이는 없다고 했다. 그때부터 전원오는 감귀남과 처음 만났던 두물머리로 가선 머물렀다. 가끔 강물로 목만 축이곤 기도를 올리다가 훈을 불고 기도를 올리다가 또 훈을 불었다. 훈 소리를 듣고 사람들이 올지도 모르지 않느냐고, 두렵지 않았느냐고 물었더니, 전원오는 빙긋 웃으며 답했다.

"포졸들이 오면, 그들을 위해서도 한 곡조 불어줄까 했지."

감귀남이 그곳으로 올 줄 어떻게 알았느냐고 물었더니, 소리 내어 껄껄 웃었다.

"기도에 응답을 들은 건 아냐. 고민해서 내린 결론이었어. 돌아다녀봤자 모래밭에서 바늘 찾는 꼴이니까. 감 글나라도 내가 보고 싶다면, 둘만 아는 곳으로 오겠거니 싶더라고. 내가 궁리하는 만큼 글나라도 궁리할 거니까. 기다리기로 했어, 글나라가 올 때까지. 가고 싶은 곳도 따로 없었고, 붙잡힌 교인들 생각하면 먹는 것도 죄스러웠지. 금식 기도 삼아 거기 그렇게 있었던 거야."

얼마나 있으려고 했는지, 다시 물었다.

"적어도 마흔 날은 기다려보려 했지. 그 정도를 굶고 나서도 걸을 수 있을까, 그때도 훈을 불 수 있을까 솔직히 몰랐어. 하지만 예수님은 광야에서 마흔 날 동안 머무셨으니, 나도 해보리라 마음먹었지. 그보다 훨씬 빨리 글나라가 왔어. 그날이 우리가 열두 번째 두물머리에서 만난 날이야. 남편과 아내로 살기로 정했지."

압록에서 전원오가 불어준 훈은 빠르고 맑았다. 제목을 묻자, 〈골짜기들〉이라고 했다. 곡성에 와서 골짜기들을 다니며 떠올린 가락이었다. 전원오는 훈을 불 뿐만 아니라 짧은 노래도 곧잘 했다. 처음 듣는 노랫말이었는데 역시 빠르고 힘이 넘쳤다. 〈흙을 파며 부르는 타령〉이었다. 그런 타령도 있냐고, 어디서 배웠냐고 했더니, 자신이 만들었다고 했다. 기억나는 대목만 불러보자면 이렇다.

흙이 무거운 건 이 내 몸이 무거운 탓이고
흙이 젖은 건 이 내 눈물이 흐른 탓이고
흙이 마른 건 이 내 가슴이 마른 탓이고
흙이 빛나는 건 이 내 용기가 무지개인 탓이라네

연주에 노래까지 마친 후, 전원오가 물었다.

"소리 해본 적 있나?"

"들에서 흙만 만지며 살았습니다."

감귀남과 전원오가 동시에 고개를 갸웃거렸다. 내 말을 믿지 못하는 눈치였다.

"성류 선생님이 부르시는 소리를 들은 적은?"

천덕산 골짜기가 떠올랐다. 엄마와 함께 걸어 올라가다가 혼자 기다려야 했던 숲은 조용하고 어두웠다. 엄마가 무얼 하는 걸까 궁금해서 몰래 뒤따랐다가 소리를 들었다. 가시나무에 닿으면 가시나무를 닮았고 이무기바위를 만지면 이무기바위를 닮았고 달아나는 장끼를 따를 땐 장끼를 닮았고 나무 타는 다람쥐 꼬리를 붙들 땐 다람쥐를 닮았다. 순간순간 변하니 품지 못할 소리가 없을 뿐만 아니라, 이 모두가 합쳐져서도 곱고 맑았다.

"몇 번 있긴 합니다."

감귀남이 끼어들었다.

"성류 선생님은 소리도 으뜸이시지만, 소리 짓는 솜씨도 남다르셨어. 전라감영에서 매향으로 지내실 땐 전해져 내려오던 소리들을 외워 부르셨지. 하지만 곡성에 오시고 이름을 성류로 바꾼 뒤로는 새로운 소리를 짓고 또 부르고자 하셨어. 전 안또니와 내가 찾아뵙고 이런저런 질문을 드렸을 때도 무척 좋아하셨고."

엄마가 곡성에서 새로운 소리를 짓고 부르려 하였다고? 이제 다시는 사람들 앞에서 소리를 하지 않겠다는 결심을 지켜온 날들이 아니었던가. 믿기지 않았다.

"소리를 배우러 오셨던 게 아니었습니까?"

전원오가 답했다.

"많이 배웠지. 하루 동안의 가르침이 십 년과 맞먹었을 정도였으니까. 배우는 것도 배우는 거지만, 우리가 만든 소리들을 들려드리고 싶어서였어. 앞으로 어떤 소리들을 만들어야 할까 여쭙고 싶기도 했고."

"두 분이 만든 긴 소리도 천주교에 관한 것인가요?"

두 사람은 당연한 걸 왜 묻느냐는 듯 고개를 끄덕였다. 나는 어린 시절 새벽 벽에 잠시 걸렸다가 사라진 십자가를 떠올렸다.

"엄마도⋯⋯ 교인이셨나요?"

두 사람은 서로 눈을 맞춘 후, 나를 보며 전원오가 답했다.

"우리가 교인인 건 아셨지."

감귀남이 이었다.

"소리가 새로우려면 새로운 이야기가 담겨야 한다는 데는 같은 생각이셨어."

"엄마에게 두 분이 만든 소리를 들려드려도 안전하다는 걸 어떻게 확신하셨나요?"

감귀남이 전원오와 눈을 맞추곤 답했다.

"성류 선생님은 고자질 같은 건 하지 않는 어른이시니까. 도움을 청하면 기꺼이 손을 붙들어주셨지. 전라감영에서도 존경하며 따르는 관기들이 많았다고 들었단다. 더군다나 우리가 도움을 얻고 싶은 게 딴것도 아니고 소리이니, 성류 선생님도 곡성에서 하고픈 일들을 아주 조금 우리에게 내비치셨던 게고."

전원오가 순자강을 향하던 눈길을 돌려 이 강으로 합류하는 대황강을 쳐다보며 말했다.

"몇몇 소리를 짓고 있어. 〈흙을 파며 부르는 타령〉, 줄여서 〈흙타령〉처럼 짧은 소리도 있지만, 좀더 긴 판소리도 완성하고 싶어."

"왜 소리를 만드시려는 겁니까? 교인들이 모여 옹기를 빚는 이유는 이제 알겠어요. 천주라는 신을 믿더라도 일용할 양식은 필요하니까요. 하지만 소리는 전혀 다르지 않습니까? 소리를 만들고 익히는 건 먹고사는 문제와는 상관이 없습니다."

"일용할 양식을 꼭 밥이라고 여기진 마. 이야기를 제대로 즐기려면, 물론 목청 좋은 이에게서 차분차분 들을 수도 있겠지만, 함께 소리하며 그 이야기를 몸에 새기면 또 다른 생각과 느낌이 찾아들거든."

"함께 소리를 한다고요?"

"어떤 소리는 혼자 하고 어떤 소리는 함께 하고. 노래로 부르면 외우기도 쉬워. 성류 선생님도 곡성에서 고민한 것들을 소리로 만들려 하셨지. 몇몇 소리는 완성하셨을지도 몰라."

엄마가 곡성에서 지은 소리를 듣지 못한 것이 아쉽고 안타까웠다. 전주를 떠나 곡성에서, 엄마는 무엇을 보고 듣고 느끼고 생각하였을까.

"저는 도움 드릴 게 없습니다. 소리는 해본 적도 없고 만들어본 적도 없으니까요."

"성류 선생님 피가 어디 가겠어? 지금까지 우리가 만든 사설들을 같이 살펴보는 건 어때? 곡조도 붙일 건데, 그때 함께 불러도 보고. 들녘, 넌 목소리가 무척 좋아. 소리하기 딱 어울리는 목청이지. 생질꾼 노릇 하다가 틈이 나면 같이 해보자는 거야. 이렇듯 산과 강을 누비며 흙을 찾아야 하는 일이니, 쉴 때 틈틈이 소리를 짓고 부르고 익히자고."

꿈인 듯 생시인 듯 떠올랐던 장면을 되새겼다. 엄마가 너럭바위에 앉아 소리할 때, 맞은편 숲에서 장단을 맞추는 소리가 났었다.

"혹시 소리북도 치십니까?"

전원오가 답했다.

"시늉은 하지만 제대로 친다고 말하긴 어렵지. 훈이라면 자신 있지만!"

감귀남이 거들었다.

"북이라면 야고버 회장님이 탁월하게 치시지만, 우리도 십 년 전에 딱 한 번 들었단다. 몇 번 권했지만 다 잊어버렸다며 북채를 잡지 않으시더라고. 그래도 안또니와 내가 소리를 만들겠다고 하자, 중요한 일이라며 지지해 주셨어. 이 긴 소리를 짓고 나면, 회장님께 첫판의 소리북을 쳐주십사 부탁드리려 해."

"완성하고 싶은 간절한 소리가 있으신 거군요. 뭡니까?"

두 사람이 동시에 웃으며 훈을 불듯 답했다.

"아직은 비밀!"

사흘을 꼬박 동이산에 머물렀지만 오색토를 발견하진 못했다. 전원오가 골짜기를 내려오며 훈을 부는 동안, 감귀남이 실망한 나를 다독거렸다. 생질꾼에겐 흔한 일이라고. 그렇다고 흙을 원망하진 말라고. 흙은 언제나 우릴 기다린다고. 천주께서 우릴 기다리시듯이.

호자

딱 봐도 범이다. 목까지 올린 범의 꼬리가 손잡이다. 고개를 왼쪽이나 오른쪽으로 돌린 놈도 있고, 정면을 바라보는 놈도 있다. 범의 얼굴이 들어갈 자리에 열린 구멍이 제법 깊다. 물이든 술이든 채운 뒤 들고 다니며 마시는 병이다. 호자虎子에 든 술을 마시면, 범의 기운을 받는 듯하다. 귀한 손님이 올 때, 그 손님과 중요한 이야기를 할 때, 호자에 술을 채운다.

동이산에서 덕실마을로 돌아온 나를 외양간에 딸린 방에서 맞은 이는 짱구였다. 못 본 사이 짱구는 몸이 더욱 마르고 눈도 날카로워졌다. 앉든 서든 어깨가 수평을 이루며 고개도 치우치지 않고 똑발랐다. 나는 기우뚱대지 않는 짱구가 아직도 낯설었다.

"왜 지금도 여기 살아? 집을 얻어 들어갔으리라 생각했는데."

강물처럼 흐르는 말투 역시 내 귀를 다시 만지도록 했다. 이 방에서 한 달을 지낸 후, 마을을 자유롭게 다녀도 좋다는 허락을 받았을 때, 살 만한 곳을 고르라는 말도 함께 듣긴 했다. 마을엔 빈집이 다섯 채나 있었다. 천당으로 올라간 교우들의 집이라고 했다.

"아직 턱없이 부족해서. 배울 게 많기도 하고. 마을에 예비 신자가 새로 들어오면 옮겨야겠지만, 그때까진 여기 머물려고."

"들녘답네. 앞들에서도 농사 솜씨가 출중한데 늘 부족하다고만 했었지. 기다렸어, 날?"

짱구는 한층 여유로웠다. 슬픔이든 기쁨이든 분노든 욕심이든 날것으로 드러내던 예전의 짱구가 아니었다.

"그럼. 기다리지 안 기다리냐?"

"덕실마을에 적응은 했고?"

"아직도 뭐가 뭔지 모르겠어. 네게 묻고 싶은 게 한두 가지가 아니야."

"그걸 왜 나한테 물어? 아가다가 있잖아."

"아가다도 많이 도와줬지. 하지만 우리끼리 나눌 얘기가 따로 있는 거잖아?"

"하긴 그래."

"한 달이나 어딜 다녀온 게야?"

짱구가 목소리를 낮추며 답했다.

"아직 거기까진 배우지 못한 모양이네. 교우가 어느 날 마을을 떠나 짧게는 며칠 길게는 몇 달이나 몇 년 보이지 않다가 다시 나타나더라도 그동안 어디서 누굴 만나 무얼 했느냐고 물어선 안 돼. 들녘 너니까 특별히 알려주자면, 이 세상에는 도마 같은 교인들이 적지 않아."

"도마?"

"예수님 종도인데 의심이 많았지. 눈으로 직접 못 자국을 보고 손가락을 그 못 자국에 넣고 또 창에 찔린 옆구리를 만져보기 전에는 부활을 믿지 않겠다고 했어. 예수님이 나타나셨고, 도마는 그 몸을 확인하고서야 믿었지. 그때 예수님이 도마에게 말씀하셨어."

내가 그다음을 외웠다.

"너는 나를 보고서야 믿느냐? 보지 않고도 믿는 사람은 행복하다."

짱구가 고개를 끄덕였다.

“오른쪽 팔다리를 전혀 못 쓰던 곡성 거지가 멀쩡하게 나았다는 소문이 입에서 입으로 여러 교우촌에 돌았던 모양이야. 그 소식을 듣는 것만으로도 감격하며 천주님께 영광을 돌리는 교우도 있지만, 어떤 교우는 제 눈으로 보기 전에는 믿지 못하겠다며, 와 달라는 요청을 야고버 회장께 했지. 도마와도 같은 교우들에게 믿음을 주려고 갔었어.”

“짱구! 네가…….”

말허리를 잘랐다.

“이제부턴 귀도라고 불러줄래?”

“알았어. 귀도! 그곳 교인들 중엔 네가 팔다리를 끌며 구걸하는 걸 본 사람이 없잖아? 어떻게 네 말을 곧이곧대로 믿지? 처음부터 멀쩡했던 게 아니냐고 의심하는 사람은 없었어?”

“있지. 있더라고. 그래서 장선마을에서 어릴 때부터 나를 지켜본 교우와 함께 다녔어. 네가 조금만 더 일찍 믿음의 울타리로 들어왔다면 너랑 다녔을 거야.”

장선마을에서 짱구의 힘겨운 시절을 지켜본 이가 누굴까 생각해 봤다. 얼굴 하나가 떠올랐다. 담양댁 현월아 마리아 막다리나.

“또 갈 건가?”

“가고는 싶지만 우선 좀 쉬어야 할 것 같아. 사람들 앞에 나서서 이야기하는 게 무척 힘들더라고. 내가 겪은 일인데도 말로 전하려 하니 적당한 단어나 문장이 떠오르지 않더라. 교우들 만나기 전날엔 뜬눈으로 잠을 설쳤어. 나만 못 잔 건 아니야. 야고버 회장님 역시 만나기를 청하는 교우들과 이야기를 나누느라 누울 시간이 없으셨거든. 전라도 교우촌들의 대소사를 하나하나 챙기셨어."

짱구가 다닌 곳과 한 일을 더 이상 말하기 꺼려했기에, 나는 말머리를 돌려 물었다.

"넌 정했어? 옹기를 만들 때 뭘 할 건지? 생질꾼 아니면 건아꾼?"

짱구가 애매하게 답했다.

"좀더 있다가……. 당분간은 조 골놈바 할머니를 도와드리기로 했어."

"너도 글씨 배우려고? 하기야 너나 나나 글을 써본 적이 없으니, 배우긴 배워야 할 거야."

나는 틈틈이 글씨 쓰는 법도 배우면서 생질꾼으로도 일했다. 짱구에겐 다른 역할이 있다는 것을 그때는 몰랐다.

짱구는 혼자 마을로 돌아온 것이 아니었다. 두 사람과 함께 왔는데, 한 명은 예측대로 현월아 마리아 막다릐나였고, 다른 한 명은 처음 보는 사내였다. 그는 덕실마을에서 하룻밤을 머물렀고, 단 세 사람만 만났다. 야고버 회장과 아가다 그리고 나였다.

짱구는 나와 이야기를 나눈 뒤 조망실의 집으로 갔다. 한천겸과 최돌돌이 내게 자라병에 든 술을 권했던 건넌방에서 당분간 머물려는 것이다. 짱구가 돌아와서 든든하긴 했다. 아가다가 친절하게 살펴줬지만, 외교인이 교우촌으로 들어오면서 겪는 어려움과 불편함을 모두 챙기진 못했다. 죽마고우이자 나보다 조금 빨리 덕실마을로 들어온 짱구라면 무엇이든 묻고 도움을 청할 만했다.

잠자리에 들려고 이불을 폈는데, 인기척이 들렸다.

"저예요. 아가다!"

방문을 열었다. 앞마당에 아가다가 서 있었다.

"혹시 방에 다른 사람 있나요?"

"없습니다."

아가다가 왼팔을 들자 담 뒤에 숨었던 사내가 마당으로 들어섰다. 큰 키에 삿갓을 썼다. 그가 먼저 내 방으로 올라왔고 아가다가 주변을 살핀 뒤 신발까지 챙겨 등 뒤에서 방문을 닫았다. 아가다가 그렇듯 조심하는 모습은 처음 보았다. 사내가 삿갓을 벗어 옆에 놓았다. 얇은 입술에 미소가 가만히 맺혔다. 살짝 처진 눈귀도 마찬가지였다. 물결 없는 호수와 마주 앉은 듯했다. 단 한 번도 만난 적이 없었지만, 밤을 새워 고민을 털어놓아도 되겠다는 생각이 들 만큼, 편안하고 깨끗한 기운을 드리웠다. 그는 내 얼굴을 가만히 쳐다보았고 나 역시 그 시선을 피하지 않았다.

"많이 닮았소. 눈매는 영락없는 매향이군."

전라감영 관기 시절 엄마 이름을 스스럼없이 말했다.

"제 어머니를 아십니까?"

"큰 도움을 입었다오. 매향이 아니었다면, 야고버 회장과 나는 세상에 없을지도 모르오. 매향의 아들이 덕실마을에 들어왔다는 소식을 듣고, 천주님의 뜻은 참으로 아름답다는 생각을 했소. 잘 왔소. 이렇게 될 일이었던 게요."

"제 어머니로부터 어떤 도움을 입으셨는지요?"

사내가 눈웃음을 지으며 답했다.

"차차 이야기할 기회가 있을 게요."

"이름이라도 말씀해 주십시오."

"그건……."

끼어들려는 아가다를 사내가 눈으로 만류했다.

"나는 요안이라 하오."

야고버 회장과 친구 사이라고 하니 넘겨짚었다.

"요안…… 회장님이십니까?"

"많이 부족하지만 그 일을 하고 있긴 합니다. 오늘은 반가운 마음에 밤이 깊었는데도 이렇게 찾아온 겁니다. 다음엔 밥이라도 함께 먹으며 길게 이야기를 나눕시다."

"그때가 언제일까요?"

그가 천장을 올려다보았다.

"천주님께서 알려주실 겁니다. 빠르면 빠를수록 좋겠다고 기도를 드릴 작정이긴 합니다."

등잔을 끄고 누웠지만 잠이 오지 않았다. 요안 회장은 엄마의 도움이 없었다면, 그와 야고버 회장의 목숨이 위태로웠다고 했다. 요안 회장이 내 얼굴에서 엄마를 떠올렸다면 야고버 회장도 그러했을 것이다. 그러나 야고버 회장은 단 한 번도 엄마에 관해 이야기하지 않았다. 알면서도 모른 척한 것일까. 한천겸은 외양간으로 들어온 예비 신자 중에서 나 같은 별종은 처음이라고 했다. 절박함도 떨어지고 천주에 대한 믿음도 얕다는 것이다. 그런데도 야고버 회장은 외양간을 돌보도록 나를 지목했다. 엄마와의 오랜 인연이 야고버 회장의 판단에 영향을 끼친 것일까. 아가다는 왜 사내의 본명이 요안이라는 것조차 감추려 했을까. 그만큼 요안 회장이 중요한 사람이라서 그럴까. 나 같은 예비 신자는 이름조차 알아서는 안 될 만큼? 요안 회장이 덕실마을에 왔다는 사실도 지우고, 나를 만났다는 것은 더더욱 지우려 한 걸까.

주섬주섬 옷을 챙겨입고 마당으로 나왔다. 반달이 높지도 낮지도 않게 떠 있었다. 골목으로 들어섰다. 마을이라도 한 바퀴 걷고 와서 잠을 청할까 싶었다. 조망실의 집을 막 지났을 때, 한 여인이 저만치 앞에서 걷고 있었다. 땋아 내린 긴 머리가 좌우로 흔들렸다. 뒷모습만 봐도 아가다였다. 요안과 함께 내 방에서 나간 지 반 시진이 지났다. 주변을 살폈지만 요안은 보이지 않았다. 아가다의 거처가 가까웠다. 인사라도 나눌까 하다가 마음을 거두었다. 이름을 부르는 소리가 들렸던 것이다.

"아가다!"

아가다가 고개를 돌렸다. 얼굴에 웃음이 가득했다. 곧장 나아와선 양손을 꼭 잡은 여인은, 덕실마을에서 본 적은 없지만, 천덕산 숲에서 아가다와 함께 있던 여섯 산도깨비 중 하나였다.

"수산나! 왜 여기까지 왔어?"

훗날 알았지만, 그녀는 아가다와 함께 동정을 지키며 평생 살기로 일찍부터 맹세한 강송이姜頌伊 수산나였다. 덕실마을 사람들과 두루 인사를 나눈 후, 나는 몇 가지가 궁금했다. 그중 하나는 천덕산에서 아가다와 함께 봤던 여섯 여인이 없다는 점이다. 그녀들은 교우촌이 아니라 다른 마을에서 외교인들과 함께 사는 걸까. 외교인 마을에 살면서도 함께 모여 기도하고 천덕산을 자유롭게 오르내릴 수 있을까.

"언니가 오지 않는다고, 회장님이 가보라 하셨어."

두 여인이 손을 꼭 잡고 아가다의 집을 지나 바삐 걸음을 옮겼다. 나도 무엇인가에 홀린 듯 그녀들을 뒤따랐다.

두 여인이 도착한 곳은 마을 제일 북쪽, 그러니까 가마를 지나서도 백 보쯤 더 들어가야 나오는 야고버 회장의 초가였다. 가시나무 울타리를 두른 그 집은 집주인인 야고버 회장 외에는 출입하는 이가 없었다. 다른 집들은 누구나 자유롭게 드나들지만 가시나무 집만은 예외였다.

교인들은 야고버 회장을 존경하면서도 두려워했다. 해마다 서너 명 정도 각각 따로 이 집에 머물렀다. 야고버 회장이 판단하기에 회개와 반성의 시간이 필요한 교인을 자신의 집으로 데리고 갔던 것이다. 그때는 회장 스스로 대문을 걸어 잠갔기 때문에, 교인은 위리안치된 상태에서 모든 시간을 함께할 수밖에 없었다. 야고버 회장의 일상을 따라 하는 것만으로도 고통이었다.

여인들이 대문 앞으로 다가서자 개들이 짖었다. 마을을 지키도록 솔숲에 풀어놓은 개들 중 몇 마리를 가시나무 안에 데려다놓은 것이다. 야고버 회장은 가끔 중요한 손님이 왔을 때 개들을 옮겨두었다. 잠시 후 한 사람만 겨우 들어갈 만큼 대문이 열렸고, 두 여인이 차례차례 그 안으로 사라졌다. 대문이 굳게 잠긴 뒤에야 나는 천천히 다가갔다. 가시나무 사이로 손을 쑥 들이밀었다. 흰 이를 드러내며 으르렁거리던 개들이 다가와선 냄새를 맡더니 꼬리를 흔들었다. 끼니를 챙겨 온 사람인 걸 알아차린 것이다. 발소리를 죽이며 가시나무 울타리를 따라 돌았다. 단칸방에는 불빛이 전혀 새어 나오지 않았다. 절반쯤 돌았을 때, 비스듬한 비탈에 바위 하나를 발견했다. 바위라고 해봤자 대부분은 묻히고 두 뼘 정도만 땅 위로 솟았다. 쭈그려 앉아 쓰다듬었다. 아가다의 집 앞에서 수산나가 불쑥 이름을 부르며 나타난 것도, 그만 돌아갈까 마음먹을 때 이 바위가 눈에 띈 것도 우연이 아닌 듯했다. 어둠이 깔린 숲에서 반딧불이가 조족등처럼 발밑을 자꾸 비추는 느낌이었다. 누가 나를 이곳까지 이끌었다면?

아주 천천히 고개를 들고 가시나무를 우러렀다. 돋아난 가시들에 찔린 듯 오돌토돌한 어둠이 높았다. 지금까지 작정하고 오른 나무는 미륵골 은행나무뿐이었다. 저고리를 벗어 바위를 딛고 섰다. 가시나무 중에서 가장 키가 작고 가시가 적은 놈을 골라 저고리를 얹었다. 옷을 덮어도 가시들이 천을 찢고 나왔다. 발뒤꿈치를 들며 옷 위로 나뭇가지를 잡았다. 단숨에 몸을 날려 나무를 넘었고, 가지를 붙든 채 마당으로 내려섰다. 가시에 찢긴 오른 손바닥에서 피가 흘렀다. 바지를 찢어 손바닥을 싸매 묶었다.

개 두 마리를 쓰다듬어준 후 집으로 다가갔다.

"우린 할 만큼 했소."

야고버 회장의 목소리가 크고 또렷하게 들렸다. 뒷마당으로 통하는 창문 아래에 도둑고양이처럼 납작 엎드렸다. 뒤이어 요안 회장이 낮고 작은 목소리로 말했다.

"그건 천주님께서 정하시는 걸세."

"벌써 이십사 년일세. 주문모 탁덕께서 치명하신 뒤, 새로운 탁덕을 모셔 오고자 청나라에 교인을 은밀히 보내고 또 보냈어. 연경을 오가고 또 그곳에서 탁덕들을 만나 의논하기 위해선, 적지 않은 돈이 들지. 그 돈을 마련해서 낸 게 이십사 년이 지났단 거야. 하지만 아직도 우리가 원하는 탁덕은 오시지 않고 있네. 꼭 보내주도록 힘쓰겠으니 가서 기다리란 이야기만 열 번도 넘게 들었다네. 기다리고 기다렸지만 오시지를 않아. 그래서 또 가고 가고 갔던 게고."

"이십사 년이란 시간은 길다면 길지만 짧다면 또 짧아. 다시 사람을 보내기로 했다고, 정하상 바오로께서 연락을 주셨는데, 우리가 모른 척할 순 없지 않나?"

야고버 회장의 목소리가 다시 높아졌다.

"단 한 번도 요청을 묵살하거나 거절한 적 없네. 지난번에도 전라도 교우들이 다른 지역 교우들보다 두 배나 많은 경비를 모았다는 건 자네도 알지 않는가?"

"알지. 아니까 하는 소릴세."

"흉년이 벌써 사 년째 이어지고 있네. 벼들이 쓰러지고 그나마 서 있는 녀석들도 시름시름 앓아. 흉년이 계속되면 옹기를 구워도 제값을 받기 어려워. 조 골놈바의 패물도 이게 마지막이라고 하네. 더는 낼 게 없어. 계속 이런 식으로 끌려갈 순 없어."

"끌려가다니? 누가 자넬 끌어당긴단 말인가? 탁덕을 청하는 것은 결코 멈출 수 없는 우리의 소명이야. 주 탁덕 한 분이 들어와서 이 나라에 얼마나 많은 사람들이 천주님을 믿게 되었는지는 자네가 더 잘 알지 않은가? 결코 중지할 수 없어."

"중지하자는 게 아니야. 오지 않는 탁덕을 기다리다가 교인들부터 굶어 죽게 생겼으니, 오 년 아니 삼 년이라도 내실을 다지잔 걸세. 탁덕이 오실 것이다 금방 오실 것이다 머지않아 오실 것이다, 이렇게 거짓말하지 말고, 우리 품 안의 굶주리고 병든 양들부터 돌보자고."

침묵이 맴돌았다. 아가다와 강송이도 그 방에 있었지만, 그녀들은 아무 말도 하지 않았다. 요안 회장이 침묵을 깼다.

"사정이 정 어려우면 야고버 회장 자네는 잠시 멈추도록 해. 나는 계속할 테니까. 한양과 인근 교우들은 우리보다 훨씬 더 어렵다네. 숟가락 젓가락까지 다 팔았다질 않는가. 그 짐을 정 바오로께만 맡길 순 없어. 나눠서 져야 해."

야고버 회장이 맥을 자르듯 짧게 물었다.

"장 귀도를 데려가겠다고?"

"구병산 인근에서 원하는 교우촌이 일곱 군데라네. 간절히 기다리고 있으이."

"간절한 건 요안 회장 자네 마음이겠지. 장 귀도는 성세를 받은 지도 얼마 지나지 않았어. 연경 갈 여비를 모으는 일이 아무리 급해도, 이제 믿음 생활을 시작한 이를 이용해선 안 돼."

"이용이라니! 말이 지나치군. 맹인이 눈을 뜨거나 앉은뱅이가 일어서거나 미친 자가 제정신을 차리는 기적에는 천주님의 뜻이 담긴 거라네. 가고 가지 않고를 결정하는 이는 장 귀도여야 해. 자네가 이곳의 회장이더라도 교우가 교우를 만나는 것을 막아선 안 돼."

"모르겠나? 장 귀도는 몹시 혼란스러워해. 몸이 달라진 만큼 마음도 금방 바뀌진 않는다네. 충분히 시간을 갖고 기적의 의미를 되살펴야 해. 샘이 채워지기도 전에 물을 퍼내는 꼴이야. 많이 지치기도 했고. 그래서 전라도를 다 돌지 못하고 돌아온 거라네."

"외교인의 눈을 피해 험한 산과 깊은 골을 지나 교우촌을 다니는 건 힘들지. 그건 자네도 나도 잘 아는 사실 아닌가. 힘겹지 않다면 오히려 이상해. 며칠 쉬고 나면 피로도 풀리고 마음의 파도도 잦아들 걸세. 그때 장 귀도에게 물어보게. 곡성에 머물 것인지 아니면 교우들을 만나기 위해 다른 고을로 갈 것인지."

"물어볼 필요도 없어. 당분간 장 귀도를 곡성 밖으로 내보내진 않겠네."

“어헛 참! 꼭 그래야겠나? 자넨 왜 이럴 땐 반대부터 하고 그러는가? 교우들이 기적을 보고 듣고 만지지 못하도록 막는 이유가 궁금하네.”

“막은 적 없어. 다만 기적에만 기대어 교우촌을 이끌 수는 없다는 거라네. 장 귀도의 이야기를 듣고 똑바로 걷는 모습을 보면 힘을 얻긴 하겠지. 하지만 그게 우리에게 닥친 문제들을 해결해 주진 않네.”

“자네는 도대체 어떤 해결을……?”

“쉿!”

야고버 회장이 말허리를 잘랐다. 그 순간 나는 뒷마당을 가로질러 울타리를 향해 한 마리 범처럼 내달렸다. 가지를 붙들고 기어올라 나무에 걸쳐진 옷을 잡고 울타리를 넘었다. 등 뒤에서 발소리가 들리고 개들이 짖었지만 돌아보지 않은 채 내달렸다. 찢긴 저고리를 걸칠 겨를도 없이 외양간까지 뛰었다. 문을 닫아걸고 소들 사이로 들어가 엎드려 거친 숨을 몰아쉬었다. 그제야 온몸이 쓰리고 아팠다. 양손은 물론이고 어깨와 가슴과 등에 찔리고 찢긴 상처가 가득했다. 명치에 박힌 가시 두 개를 배에 힘을 단단히 준 뒤 뽑았다. 피가 여기저기서 흘러내리는 바람에 바지까지 벌겋게 물들었다. 들숨과 날숨이 쉽게 가라앉질 않았다. 찬 바닥에 뺨을 대곤 눈을 감았다. 되새김질을 시작한 소가 내는 입소리에 맞춰 숨을 내뿜고 들이켰다. 흐르는 피가 저절로 굳을 때까지.

뚜껑

항아리를 덮는 뚜껑이다. 큰 항아리 뚜껑과 작은 항아리 뚜껑 두 개를 두었다. 둘의 공통점은 뚜껑 안쪽 십자가다. 큰 항아리 뚜껑의 십자가는 내가 검지로 그렸고, 작은 항아리 뚜껑은 아가다가 엄지로 그렸다. 아가다의 것이 뚜껑은 작지만 십자가는 훨씬 크다. 나는 뚜껑에 원을 상상으로 그리고 그 안에 십자가를 넣었지만, 아가다는 십자가의 위 끝과 아래 끝, 왼쪽 끝과 오른쪽 끝이 뚜껑의 가장자리에 닿도록 했다.

해가 뜨기 전에 바지부터 갈아입고 저고리까지 걸치고선 우물로 갔다. 항아리에 물을 담아오는 것을 본 교우는 없었다. 소들을 한쪽으로 몰고 빈 자리에 서서 옷을 모두 벗곤 물을 끼얹었다. 피가 굳긴 했지만, 찬물이 닿자 불에 덴 것처럼 화끈거렸다. 아랫입술을 깨물며 신음을 삼켰다. 고통이 옮겨 가기라도 한 듯, 소들이 울고 닭들이 푸드덕대고 개들이 짖었다.

다시 잠이 들었던가 보다. 배를 바닥에 붙이고 엎드린 채 눈을 떴다. 눈을 뜨기 전 오른 손바닥이 아파 주먹부터 쥐었다. 내 손 안에 다른 이의 손이 잡혔다. 급히 고개를 드니 아가다가 미간을 찡그리며 걱정스러운 눈으로 내려다보며 말했다.

"손!"

나는 몽우리처럼 쥐었던 오른손을 폈다. 내게 잡혔던 아가다의 손엔 젖은 수건이 들렸다. 찢긴 손바닥을 닦아주고 있었던 것이다.

"괘, 괜찮습니다."

"덧나면 큰일이에요. 한두 군데도 아니고……. 가시나무 울타리를 심고 나서 그걸 넘겠다고 덤빈 사람은 처음이에요. 바보같이 왜 그딴 짓을……."

정확히 짚는 바람에 숨이 막혔고 시치미 뗄 기회를 놓쳤다. 범처럼 도망쳤건만.

"……봤습니까?"

"어리석군요. 지금 그게 중요한가요? 피를 뚝뚝 흘리며 달아났으니, 본 것과 마찬가지죠. 그걸 지우느라 새벽부터 허리가 휠 지경입니다."

침입자가 누군지 따져 묻지 않더라도 어디 사는 누구인지 훤히 드러낸 꼴이다. 아가다가 수건으로 내 등을 두드리며 말했다.

"벗으세요."

나는 고개를 돌리며 일어나 앉으려 했다.

"됐습니다…… 내, 내가 알아서……."

아가다가 이번에는 등을 힘주어 누르며 명령하듯 말했다.

"빨리 벗어요."

다시 거절하지 못해 저고리를 벗고 엎드렸다.

"다리는?"

"다리는 괜찮습니다. 몇 군데 찔리긴 했지만, 저절로 나을 겁니다."

바지까지 벗을 순 없었다. 아가다도 거기까진 강요하지 않았다. 수건에 물을 다시 적신 후 뒷목과 어깨부터 상처 난 부위마다 닦기 시작했다.

침묵이 이어졌다. 수건을 상처에 댈 때마다 내 몸이 움찔움찔

떨렸다. 아가다는 허리를 가까이 숙인 후 입김을 후후 불었다. 입김이 어깨와 등과 허리에 닿는 동안엔 말을 꺼내기 힘들었다. 생각해 둔 말들도 안개처럼 사라졌다. 아가다는 상처를 닦는 데만 집중했다. 내 고통에 집중한다는 뜻이다. 처음엔 견딜 만했지만, 잘라낸 듯 각진 돌들이 등에 차곡차곡 얹히는 기분이었다. 겨우 말문을 뗐다.

"내가 그곳까지 간 건……."

"쉿! 나중에……."

아가다는 들으려 하지 않았다.

가시나무 울타리를 두른 야고버 회장의 초가에 다시 도착했다. 문은 열려 있었고 개들은 보이지 않았다. 고개를 돌려 왔던 길을 살폈다. 교인 몇 명이 멀찌감치 모여 서선 보고 있었다. 그들은 내 이름을 부르지 않았고, 회장의 초가로 왜 들어가느냐고 어깻짓으로 묻지도 않았다. 야고버 회장이 부르면 가야 하고, 가시 울타리로 들어가는 교인에겐 어떤 말도 건네지 않는 것이 덕실마을의 관행이었다. 그곳으로 들어간 까닭은, 시간이 많이 흐른 뒤 알려지기도 하고 영원한 비밀로 묻히기도 했다. 가시나무 울타리로 들어갔다가 나온 교인이 스스로 입을 여는 경우는 없었으며, 야고버 회장이 판단하여 간단히 몇 마디를 할 따름이었다.

나만 들여보내고 등 뒤에서 대문이 잠겼다. 줄곧 나란히 걸어왔던 아가다가 잠근 것이다. 그 문은 안에서도 잠글 수 있고 밖에서도 잠글 수 있었다. 울타리 밖에서 문을 열어주지 않는 이상, 내가 나갈 방법은 없었다. 가시투성이 나뭇가지를 옷으로 덮고 기어오르는 미친 짓은 한 번으로 족했다. 마당을 걸으며 땅바닥을 유심히 살폈다. 새벽에 빗질이라도 했는지, 사람 발자국은 물론이고 개 발자국도 없었다.

방문 맞은편 벽을 가득 채운 십자가가 눈에 들어왔다. 흙으로 빚고 가마에 구워 만든 십자가였다. 세로는 내 키만 했고 가로도 양팔을 뻗어야 겨우 품을 만큼 길었다. 상상을 도운 것은 십자가 오른편에 걸린 상본이었다. 내 눈이 닿는 곳에 사내의 짙푸른 눈이 있었다. 깡말라 튀어나온 광대뼈 위에 깊은 눈이 나를 휘감듯 쳐다보았다. 긴 머리는 상투를 틀거나 총각머리로 묶지 않은 채 헝클어졌고, 수염 역시 엉키고 늘어져 턱과 뺨을 가렸다. 전신全身이나 반신半身이 아니라, 어깨만 담고 얼굴을 집중해서 그렸기에 입은 옷의 모양까진 알 수 없었다. 길고 야윈 목에는 굵주림과 피곤이 가득했다. 그러나 얼굴은 절망과 비탄에 잠기지 않고 담담했다. 이 사내가 하는 말이라면, 먼 이방異邦의 말이라고 해도, 알아들을 수 있을 듯했다. 야고버 회장이 아직 방으로 들어오지 않았지만, 나는 상본의 사내가 누군지 알아차렸다. 독생자 예수!

두 개의 먹과 두 개의 벼루와 두 개의 붓과 두 개의 종이 그리고 물이 담긴 두 개의 연적. 나는 둘 중 어느 쪽에 앉을 줄 몰라 서 있었다. 아가다가 젖은 수건으로 상처를 닦은 덕분에 한결 몸이 가벼웠지만, 오른 손바닥과 어깨에 찢긴 살갗은 여전히 아렸다. 야고버 회장이 문을 열고 방으로 들어섰다. 내가 허리 숙여 인사했지만, 눈도 마주치지 않고 앉더니 연적을 기울여 벼루에 물을 따르고 먹을 갈기 시작했다. 나도 앉아 따라 했다. 그는 먹을 간 후 허리를 곧게 세우고 정좌하여 숨을 골랐다. 나는 또 따라 했다. 그 다음엔 붓을 집고 먹을 묻힌 뒤 글을 쓰기 시작했다. 이것까지 따라 하고 싶었지만 두 가지 문제가 있었다. 하나는 붓을 쥐자마자 손바닥이 바늘로 찌르듯 아팠다. 또 하나는 그가 무척 빠르게 붓을 놀렸다는 사실이다. 그가 석 줄을 쓰는 동안 나는 곁눈질을 하며 겨우 첫 줄을 시작했다. 그는 나를 기다려주지 않고 두 번째 장으로 넘어갔다. 나는 첫 장을 채우지도 못한 채 종이를 바꿔 그다음 장을 따라 적었다. 그는 해가 질 때까지 반복해서 적었고, 나는 스무 번을 따라 쓴 다음에야 겨우 문장 전부를 파악했다.

야고버 회장을 따라 쓴 문장은 「성사聖史, 복음 말구」 제칠 편이었다. 예수께서 귀 막히고 입 막힌 자들을 고친 사건이었다.

'주 저를 무리 중에서 따로 끌어내사 손가락을 들어 그 귓속에 넣으시고 침을 뱉어 그 혀에 바르시고 하늘을 우러러 탄식하시고 저다려 이르시대 에파타 하시니 풀어 이르면 열려라 즉시 귀도 열리고 혀의 매임도 풀려 바로 말하는지라'

나는 주문처럼 읊조렸다.

"에파타 에파타……."

열리고 열리라고 계속 말해도, 내 글씨는 새롭게 열리지 않았다.

해가 지자, 야고버 회장은 다시 벽을 향해 눈을 감고 정좌했다. 목소리는 들리지 않았지만, 미세하게 움직이는 입술을 통해, 그가 지금 만과 중임을 알았다. 나 역시 그처럼 눈을 감고 앉아선 기도문들을 차례차례 외웠다. 만과를 마친 후, 그는 다시 먹을 갈고 문장을 쓰기 시작했다. 낮에 썼던 바로 그 문장이었다. 나중에 알았지만, 성신 강림 후 제11주에 읽고 암송하는 문장이기도 했다. 내가 붓을 들다가 떨어뜨렸지만, 그는 눈을 돌리지도 않고 계속 써나갔다. 나는 겨우 자세를 고쳐잡고 붓을 집어 벼루로 가져가 먹을 묻힌 뒤 쓰기 시작했다. 붓을 너무 힘껏 쥐는 바람에 글씨가 삐뚤빼뚤 제멋대로였다. 새벽까지, 그의 글씨는 가지런했고 내 글씨는 형편없었다.

해가 뜨자, 야고버 회장은 만과를 드릴 때와 같은 자세로 조과를 드렸다. 나도 정좌하고 눈을 감았다. 손바닥에서부터 손목과 팔목과 어깨와 목을 따라 통증이 올라왔다. 허리를 세우고 똑바로 앉아 있는 것조차 힘겨웠다. 온몸에 힘을 준 채 버티면서도 졸음이 몰려들었다. 꼬박 하룻밤을 지새운 것이다. 고개가 내려갔다. 그때 천하를 흔드는 소리가 왼 어깨에서 터졌다. 딱! 졸음을 쫓기 위해 휘두른 대나무 죽비였다.

야고버 회장은 다시 문장을 쓰기 시작했다. 어제 낮과 밤에 쓴 바로 그 문장이었다. 나도 나란히 붓을 들었다. 문장은 이제 거의 외웠지만 빠르게 글로 옮기진 못했다. 저녁과 아침 두 끼를 건너뛴 배와 가시에 찔렸던 손이 따로 놀았다.

월요일부터 금요일 저녁까지 금식이 이어졌다. 나는 미리 알지 못했다. 회장이 굶으니 나도 굶어야 했다. 또한 나흘 밤을 꼬박 뜬 눈으로 지새웠다. 단 한 번도 등을 방바닥에 대지 못했다. 그가 밤을 새우니 나도 새워야 했다. 또한 그는 방문을 열고 마당으로 내려가지도 않았다. 요강을 열 개나 미리 쌓아뒀다. 나는 첫날 요강 하나를 채웠지만 그는 사흘에 하나도 쓸까 말까였다.

나흘 밤을 새우며 꼬박 굶고 난 금요일엔 실수가 더욱 잦았다. 요강에 앉아서도 꾸벅꾸벅 졸았고 문장을 쓰다가 종이에 코를 박았다. 그때마다 죽비가 두 어깨를 번갈아 내리쳤다.

엄마는 끝까지 천덕산 미륵골 은행나무가 내 아버지란 주장을 바꾸지 않았다. 그러나 이미 나를 임신한 채 곡성으로 왔기에 그 나무가 아버지일 리 없었다. 전라감영에서부터 엄마를 알았던 사내 중에서 내가 처음 만난 이는 거짓말 일수 모독이다. 어린 마음에, 당신이 혹시 내 아버지냐고 묻기도 했다. 그리고 나는 엄마의 전주 시절을 기억하는 사내 둘을 더 만났다. 요안과 야고버! 그들은 엄마 덕분에 목숨을 건졌다고 했다. 엄마는 전주를 떠나 아는 사람 하나 없는 곡성으로 왔노라고 종종 내게 말했다. 그러나 그 말은 거짓이다. 곡성엔 아직 교우촌을 꾸리진 않았지만, 엄마 덕분에 목숨을 건진 이오득 야고버가 살고 있었으니까. 생각이 여기까지 미치자 나는 또 묻고 싶었다.

금요일 만과를 마친 뒤, 야고버 회장은 종이와 붓과 벼루와 먹과 연적을 윗목으로 치웠다. 나는 그와 마주 앉았다. 야고버 회장 역시 나와 마찬가지로 밤을 지새우며 굶었는데도, 충분히 먹고 잔 듯 얼굴이 평온했다. 그가 이런 식으로 가시나무 울타리에 들어온 교인들을 몰아세웠다는 생각이 들었다. 잘못을 지적한 후 금식과 철야를 명령할 수는 있지만, 함께 굶으며 밤을 지새우는 것은 어렵다. 더구나 그는 막힘없이 외울 뿐만 아니라 수천 번 옮겨 쓴 문장을, 처음 본 듯 내 옆에서 정성껏 다시 썼다. 그가 닷새 만에 처음으로 물었다.

"파종을 마치자마자 추수할 순 없단 걸 알지 않소? 성급하게 덤비다간 다치는 법! 칠 년이나 농사를 지어왔고, 다른 농부들보다도 더 오래 더 천천히 벼들을 돌보았다 들었는데, 어찌하여 울타리를 야밤에 넘은 게요?"

즉답하지 않았다. 그 밤의 행동이 나답지 않다는 건 알지만, 다시 그때로 돌아간대도 가시나무 울타리를 넘을 것이다. 밤 산책에서 아가다를 본 것, 아가다의 집 앞까지 따라갔다가 그녀를 부르는 소리를 들은 것. 세 번의 연이은 우연을 필연으로 받아들였으니까. 신이 나를 이끄는 듯했으니까. 나는 지금처럼 그와 마주 앉을 기회가 오면 무조건 던지려던 질문을 떠올렸다. 닷새 동안 못 자고 못 먹으며 되짚은 질문이기도 했다.

"혹시…… 제 아버지십니까?"

야고버 회장이 잠시 나를 노렸다.

"왜 그리 생각하는 게요?"

"엄마는 매향에서 성류로 이름을 바꾸고, 전주에서 곡성으로 온 후 다섯 달 만에 저를 낳으셨습니다. 제 아버지는 전주에서 엄마와 연을 맺었던 것이지요."

"관기 매향이 전주에서 만난 남자가 어디 한둘이겠소? 소리로 이름이 높았으니, 전라도에서 풍류를 안다는 양반치고 매향의 소리를 청하지 않은 이가 없다오……."

말허리를 잘랐다.

"곡성에선 만나셨습니까?"

야고버 회장은 즉답을 미룬 채 더욱 날카롭게 쳐다보았다. 답을 기다리지 않고 이어 말했다.

"엄마가 전주에서 만난 남자들이야 말씀하신 대로 많고도 많겠지요. 엄마가 곡성으로 온 까닭이 중요합니다. 임신한 여인이 곡성에서 사내를 만났다면, 그이가 제 아버지가 아닐까…… 그런 생각이 들더군요."

"난 곡성에서 성류를 만난 적이 없소."

다시 말머리를 돌렸다.

"전주에선 만나셨지요? 요안 회장이 저를 찾아오셨습니다. 제가 엄마를 많이 닮았다 하시더군요. 게다가 엄마가 두 남자의 목숨을 구했다 하셨습니다. 한 사람은 요안 자신이고 또 한 사람은 야고버! 이번에도 부인하시렵니까? 엄마는 야고버 회장이 계신 곡성으로 왔습니다. 이것이 우연일까요?"

"망상이오."

"제 아버지가 누구냐고 물을 때마다 엄마는 천덕산 은행나무라 답하셨습니다. 어찌 제가 은행나무의 아들이겠습니까? 그곳으로 종종 갔지만 나무를 바라보며 웃었습니다. 저물 무렵 나무를 등지고 당고개 쪽을 내려다본 적이 있습니다. 덕실마을이 한눈에 들어오고, 가시나무 울타리를 두른 이 집이 가장 도드라지더군요. 엄마가 괜히 그 나무를 언급한 게 아닙니다. 너무 늦게 깨달았어요."

"망상이오."

"전원오 안또니와 감귀남 글나라 부부에게서 회장님이 명고수였단 이야기를 들었습니다. 엄마는 천덕산 골짜기로 들어가선 가끔 소리를 했습니다. 핏대를 내더라도 들리지 않을 만큼 깊이 들어갔죠. 골짜기 입구에서 기다리라 했지만, 엄마가 사라진 길을 몰래 뒤따르기도 했답니다. 그러던 어느 날 저는 분명히 들었습니다. 엄마가 넓적바위에 앉아 소리할 때, 맞은편 숲에서 장단을 맞추는 소리가 들렸습니다. 소리북과는 달랐지만 소리를 이끌기엔 부족함이 없었습니다. 명고수만이 가능한 일입니다. 그때 그 숲에 회장님이 계셨던 건 아닙니까?"

"이보다 더 심한 망상은 없겠소. 똑똑히 들으시오. 전주에서 누가 누구의 목숨을 구했네 하는 이야기는 그 말을 뱉은 요안 회장에게서 듣도록 하오. 솔숲에서 소리가 났다고 했소? 그 소리가 대체 뭐요? 지팡이로 땅을 내려치는 소리? 돌멩이로 나무를 긁어대는 소리?"

"잘 모르겠습니다. 처음 듣는 소리라서……."

"무슨 소린지도 모른 채, 내가 낸 게 아니냐고 따지다니, 이보다 황당한 경우가 어디 있겠소?"

"정말 아닙니까?"

야고버 회장의 반격이 시작되었다.

"듣기로는 전주에서 매향이라 불렸고 곡성에선 성류로 이름을 고친 그 여인이 매우 강한 사람이라고 했소. 홀로 아들을 낳아 키웠을 뿐만 아니라 장선마을 여인들이 어려움을 겪을 때마다 내 일처럼 나서서 돕고 해결했다고. 맞소?"

"맞습니다. 강한 분이시고, 마을 여인들을 가족처럼 위하셨습니다."

"듣기로는 소릿값을 넉넉히 주겠다는 자리가 있어도 결코 가지 않았다고 했소. 소리를 하면 하룻밤이면 쥘 돈을 반년 넘게 삯바느질로 벌었다고도 들었다오. 맞소?"

"맞습니다. 이제부터는 소리나 춤 같은 기예로 벌어먹지 않겠다고, 곡성에 오며 결심하셨습니다."

"그렇게 강하고 뜻이 굳은 여인이 아이의 아버지에게 의지하기 위해 곡성에 왔다고 추측하는 건 앞뒤가 맞질 않소. 또한 성류는 천주교에 입교하지도 않았다오. 입교하면 나를 더 자주 만나고 또 더 가까이에서 살 기회가 있지만, 그리하지 않은 게요. 이래도 성류가 내 곁에 있기 위해 곡성으로 왔다고 주장하오?"

야고버 회장의 반박을 부술 증인도 물증도 내겐 없었다. 요안 회장이라도 곁에 있으면 두 사람의 대답을 듣고 그 사이를 비집고 들어가선 엄마의 전주 시절을 캘 수도 있겠지만, 지금 내 앞엔 야고버 회장뿐이고 그는 말을 아꼈다.

"저 십자가는 손수 만드셨습니까?"

복된 말씀을 옮겨 쓰는 내내 바라본 십자가였다. 야고버 회장이 답했다.

"옹기꾼으로 사는 작은 보람이라오. 만든 것들 중에선 제일 크오. 교우들이 청하면 아무리 바쁜 일이 있더라도 빠짐없이 만들어줬소. 크기도 색깔도 제각각이오. 곡성뿐만 아니라 다른 교우촌까지."

"상본도 그리셨습니까?"

야고버 회장이 십자가에서 상본으로 눈길을 옮겼다.

"흙은 좀 만지지만, 붓을 쥐고 그려내는 재준 내게 없소."

"저 상본은 그럼 대국에서 사온 건가요?"

"왜 그리 생각하는 게요? 우리가 십자가도 만드는데 상본은 못 그릴까."

"우리나라 화공이 그렸단 겁니까?"

"그렇소. 이 상본을 그린 사람은 이 루가라오."

이 루가의 옛 이름이 이희영李喜英이란 것은 나중에 아가다에게서 들었다.

"이 루가……! 그가 그린 상본을 더 가지고 계십니까?"

"없소. 그건 왜 묻는 게요?"

"저도 하나 간직하고 싶습니다. 인적 드문 밤에는 방에 걸어두기도 하고."

그 마음을 이해한다는 듯 야고버 회장이 고개를 끄덕였다.

"이 루가가 그린 상본이 하나 더 있다면 주겠소만, 이것도 겨우 마련한 게요."

"희귀합니까?"

"그렇소."

"많이 그리진 않았나 봅니다."

"치명하셨다오, 신유 대군난 때."

이십사 년 전에 순교한 것이다. 그가 물었다.

"지금까지 상본을 몇 점이나 보았소?"

"열 점 정도입니다."

"그중에서 가장 마음에 든 상본은 무엇이고?"

"예수께서 어린 양을 품에 안으셨습니다. 멀리 언덕 위엔 포도나무가 있고요."

아가다가 외양간에서 내게 보여준 상본이었다. 회장이 잠시 방을 나갔다가 두루마리 하나를 양손에 받쳐 들고 들어왔다. 그리고 조심스럽게 폈다. 벽에 걸린 상본처럼 어깨 위로만 예수의 얼굴을 담았다. 깊고 푸른 눈은 여전했지만, 이 루가가 그린 차가운 듯 강인한 느낌의 상본과는 달리 부드럽고 따듯했다. 회장이 두루마리 속 예수와 눈을 맞추며 말했다.

"내가 세상을 떠나더라도 아가다가 계속 십자가를 빚듯이, 이 루가가 치명하더라도 예수님의 상본을 그리는 교우는 사라지진 않는다오."

"누굽니까, 이걸 그린 화공은?"

"진 도마라고만 알고 있으시오. 그는 살아 있고, 지금도 많은 상본을 그린다오."

진 도마의 옛 이름이 진목서陳目書이고 한양을 중심으로 활동한다는 것도 역시 훗날 들었다.

"탁덕을 모셔 오는 일이 그렇게 중요합니까?"

나는 야고버 회장과 요안 회장의 대화를 엿들었음을 스스로 밝혔다. 숨긴다고 넘어갈 문제가 아니었다. 그는 한심하다는 듯 죽비를 쥐었다가 놓고는 답했다.

"비유하자면, 절에 중이 없으면 어찌 되겠소? 그 절이 온전히 돌아가겠소?"

"덕실마을은 지금까지 야고버 회장님이 잘 이끌어오지 않으셨습니까?"

"교인들 가운데 회장을 두는 것과 탁덕이 있는 것은 전혀 다르오. 회장은 탁덕이 하는 일의 극히 일부를 대신할 뿐이오. 덕실마을만 봐도 수많은 일들이 매일매일 벌어진다오. 어떤 일은 '천주십계'에 근거하여 잘잘못을 따지면 되지만, 어떤 일은 첨례와 교리에 관한 서책들을 오래 찾아볼 필요가 있소. 그런데 서책을 보아도 답이 명확하지 않은 경우엔 어찌해야 하겠소?"

"형편에 맞게 판단하면 되지 않습니까?"

"그 판단을 누가 어떻게 결정해야겠소?"

"쉬운 건 회장이 하고, 어려운 건 각 마을 회장들이 모여서……."

야고버 회장이 말허리를 잘랐다.

"이야기를 나눌 수도 있고 의견을 밝힐 수도 있지만, 회장들끼리 모여 결정해 버렸다가 그것이 올바른 결정이 아닌 게 밝혀지면 큰 낭패 아니겠소? 지금은 따져 살필 문제가 생기면, 연경에 머무르는 탁덕에게 가서 묻고 답을 얻는다오. 조선엔 탁덕이 네댓 명이 와도 부족하오. 팔도를 돌며 교인들을 만나 삶의 문제들을 들어야 하니까. 어떤 문제는 탁덕 혹은 주교가 결정하지만, 주교도 결정이 어려우면 교화황教化皇께 보고하고 답을 받는 게요."

나는 한 번도 만나지 못한 탁덕을 상상하기 어려웠다.

"우리나라로 탁덕을 보내는 결정은 누가 하는가요?"

"교화황 성하께서 하시오."

"이십사 년이나 탁덕을 보내달라 청하셨다면서요? 계속 거절당한 건가요?"

"거절은 아니오. 복된 말씀을 조선에 전하는 일을 거절하는 교화황이 어디 있겠소. 다만 우리나라에 들어올 탁덕을 고르는 과정이 하루 이틀에 뚝딱 되지는 않소."

"아무리 형편이 어렵더라도, 이십사 년 동안 단 한 명의 탁덕도 오지 않은 건…… 이상한 일 아닙니까? 회장님께서 직접 연경에 다녀오실 생각은 안 하셨습니까? 돌아가서 기다리라고 그냥 돌아오는 것이 아니라 탁덕이 나설 때까지 버티며 기다리는 일이라면, 회장님이 적임자일 듯합니다만……."

야고버 회장은 말을 아꼈다.

"내겐 전라도에서만도 챙겨야 할 일이 너무 많소. 연경을 다녀오라 해도 감당하기 어렵지. 해오던 사람들이 하는 게 낫소."

"계속 기다릴 겁니까?"

"기다려야 하오. 탁덕을 보내고 아니 보내고는 우리가 결정할 일이 아니니까. 기다리긴 기다리는데, 기다리기만 해선 안 되오. 기다리고 있으니 할 일은 다 했다고 스스로 만족하진 말자는 겁니다. 교화황 성하와 청나라에 있는 주교와 탁덕 들이 자신들 형편을 살피듯, 우리도 우리 형편을 살펴가며 기다리자는 것이라오."

어느새 날이 밝았다. 닷새 동안은 새벽에 어둠이 서서히 사라지는 것을 느꼈는데, 토요일 새벽은 해일처럼 들이닥쳤다. 이야기에 몰두하다가 문득 양손을 덮은 햇볕을 발견한 것이다. 야고버 회장이 간밤에 한 말을 반복했다.

"성급하게 덤비다간 다치는 법!"

내 식대로 받았다.

"장 귀도는 곡성을 벗어나 여러 교우촌을 다녀왔습니다."

"거기에 장 귀도를 갖다 댈 필요는 없소. 장 귀도는 장 귀도이고 들녘은 들녘이니까."

낚싯대를 채 올리듯 물었다.

"기적이 일어난 자와 일어나지 않은 자를 차별하십니까? 기적을 겪은 자는 더 믿는 자이고, 기적이 일어나지 않은 자는 덜 믿는 자입니까?"

"차별한 적 없소. 각자 빠르기가 다를 뿐이니까. 고양이가 범처럼 달릴 수 없고, 뱁새가 물수리처럼 날 수 없지. 천주님은 제각각 알맞은 능력과 역할을 주시는 게요. 다른 사람과 비교하며 자신의 자리를 찾으려 들지 마시오. 누구보다 착하다고 천당에 오르는 것도 아니고 누구보다 악하다고 지옥에 떨어지는 것도 아니니까."

내 마음 바닥에 박힌 모난 돌 하나를 꺼냈다.

"먼저 말씀을 주시리라 기다렸습니다. 천덕산에서 아가다를 본 적이 있습니다. 혼자가 아니라 여섯 여인과 함께였지요. 한데 덕실마을엔 그때 제가 본 여섯 여인이 없었습니다. 그들은 어디에 있을까요? 어디서 지내다가 아가다와 함께 천덕산을 오르내렸을까요? 그 밤에 본명이 수산나인 여인을 봤습니다. 아, 방금 궁금한 게 하나 더 생겼습니다. 이건 비교하려는 게 아니라 그냥 든 생각입니다. 장 귀도는 여섯 여인이 사는 곳을 이미 알고 있습니까? 저는 계단을 하나하나 기어올라야 하는 달팽이고, 장 귀도는 계단을 훨훨 날아오르는 황새인가요?"

야고버 회장이 답했다.

"남녀노소가 천주님 앞에 동등하다 하여, 똑같은 일을 하고 똑같이 알아야만 하는 건 아니라오. 나는 이 공소를 책임진 회장이고, 장 귀도는 성세를 받았고, 그대는 아직 예비 신자라오. 회장과 성세를 받은 교인과 예비 신자가 마을의 여러 일들을 똑같이 하고 똑같이 안다면 그게 이상하지 않겠소? 가시 울타리를 함부로 넘는 짓이 그대에게 어떤 영향을 미칠까 아직도 걱정이지만 그 일만 탓하고 머물 순 없소. 이미 물은 엎질러졌고 불은 붙어버렸고 항아리 뚜껑은 열렸으니! 앞으로 나아가고자 그대를 이곳으로 불러 금식과 철야를 함께한 것이라오."

등종지

등불 켜는 종지다. 심지를 비스듬히 뉘어 종지 밖으로 나온 끝에 불을 붙인다. 심지가 하나인 외심지와 둘인 쌍심지가 대부분이며 셋인 삼심지는 거의 쓰지 않는다. 뒤엉키기 쉬운 탓이다. 아가다는 외심지나 쌍심지 대신 삼심지만을 고집했다. 심지 셋을 함께 두려면, 심지 놓는 종지 안쪽이 움푹 더 들어가도록 엄지로 힘껏 눌러야 한다. 종지 사이가 조금이라도 가깝거나 지나치게 멀면 등종지답게 타오를 수 없다.

토요일 아침엔 처음으로 앞마당까지 나갔다. 요강을 비운 후 씻어 뒤집은 다음 장독대에 줄지어 말렸다. 야고버 회장은 맑은 물부터 한 잔 들이켜라고 권한 후 손수 끓인 희멀건 죽을 내왔다. 간장 한 종지 곁들이지 않았다. 죽을 먹기 전 물부터 마시는 것은 배탈이 나거나 속이 비었을 때 음식을 받아들이는 엄마만의 방식이었다. 맑은 물 한 사발과 죽 한 사발, 그게 다였다.

기다리기로 했다. 물부터 마신 후 반찬 없이 죽을 먹는 것을 어디서 배웠는지 따지고 싶었다.

"천주를 사랑하며 또 네게 가까운 자를 자기와 같이 사랑하라는 계명은 알고 있소?"

"듣고 거듭 외웠습니다."

"여기서 가까운 자란 어떤 사람이겠소?"

피붙이? 마을 이웃? 마음에 품은 여자? 떠오르는 이들이 너무 많아서 오히려 답을 못 했다. 야고버 회장이 이야기를 풀어놓았다.

"길에서 도적을 만나 가진 것 다 빼앗기고 몸도 다쳐 위독한 사람이 있다고 칩시다. 탁덕이 길로 내려오다가 이 사람을 보고도 그냥 지나갔고, 부제副祭는 다가와선 걱정스럽게 쳐다보긴 했지만 탁덕을 뒤따랐소. 그다음에 나타난 사마리아인은 황급히 달려와선 기름과 술로 상처를 씻겨 싸고, 자신이 탔던 말에 그를 실어 숫막주막으로 데려와 조섭調攝, 건강이 회복되도록 몸을 보살피고 건강을 다스림했다오. 다음 날엔 숫막 주인에게 돈을 주며 이 사람을 보살펴 달라고 신신당부를 했고, 혹시 돈이 부족하면 돌아와서 갚겠다고 하였소. 탁덕과 부제와 사마리아인 중 길에서 도적 만난 사람에게 가까운 자는 누구요?"

"도적 만난 사람을 측은하게 여기고 도운 사마리아인입니다."

"그렇게 만인을 측은하게 여기고 도우며 평생 살 수 있겠소?"

한숨을 쉰 후 물었다.

"그렇게 산 사람이 있습니까?"

"예수님!"

가을엔 애덕愛德 그러니까 사랑에 관한 이야기를 아가다와 많이 나눴다. 해도 해도 더 할 것이 남았다. 건아꾼들이 옹기 대장의 물렛간에 머무는 동안, 생질꾼들은 흙을 찾아 곡성의 산과 골짜기를 다녔다. 천덕산이나 동악산은 새벽에 출발해서 밤늦게라도 돌아왔지만, 동이산과 대황강에 가선 하룻밤이나 이틀 밤을 보내고 오는 날도 흔했다. 감귀남과 전원오 그리고 장엇태는 하루나 이틀 전에야 흙을 찾으러 갈 장소를 일러줬다. 옹기 대장들은 작업량을 살펴 건아꾼들에게도 미리미리 계획을 알리지만, 생질꾼들은 지난밤 꿈이라거나 새들의 울음이라거나 구름의 빛깔이라거나 바람의 세기에 따라 행로를 바꾸는 일이 잦았다. '변덕쟁이 생질꾼'이란 농담도 그래서 나왔다.

예수는 결혼하였느냐고, 했다면 아내는 누구냐고 물었다. 아가다는 결혼하신 적 없다고 답했다. 예수는 사랑을 하였느냐고 또 물었다. 천주 성부님을 사랑하고 이웃을 사랑하고 원수를 사랑하는 것 말고, 사랑하는 여인이 있었느냐고. 아가다는 들은 적도 읽은 적도 없다고 답했다. 나는 예수도 사랑을 하였을 것이라고 단언했다. 아가다는 이유를 물었다.

"예수의 외모에 대해선, 복된 말씀을 쓴 네 이야기꾼은 관심이 없었나 봅니다. 얼굴이 상본마다 다르더군요. 한 사람이 철에 따라 장소에 따라 기분에 따라 다른 것이 아니라, 아예 다른 사람이었습니다. 야고버 회장님 댁 방에 걸린 이 루가란 화공의 상본과 아가다 당신이 보여준 진 도마란 화공의 상본이 다르고, 그보다 솜씨가 떨어진 이들이 그린 예수는 또 다른 얼굴이었습니다."

덕실마을 교우들은 내게 묵주와 성모상과 성인들의 얼굴을 새긴 편경을 자랑삼아 보여줬다. 허리에 찬 주머니를 열고 상본을 꺼내는 이도 있었다. 상본의 주인공은 대부분, 여자면 성모 마리아이고 남자면 예수였다. 아가다가 꼭 집어 물었다.

"이 루가의 예수님과 진 도마의 예수님이 어떻게 다르던가요?"

"이 루가의 예수는 강인합니다. 아무리 힘든 일이 닥쳐도 앞장서서 뚫고 나갈 것 같습니다. 반면에 진 도마의 예수는 정겹습니다. 근심과 걱정 많은 제 손부터 붙들고 함께 눈물을 쏟을 것 같습니다.

전혀 다른 얼굴이고 상반된 분위기입니다. 그렇지 않습니까?"

아가다가 되물었다.

"하고 싶은 이야기가 뭔가요? 상본마다 예수님 얼굴이 다른 것이 예수님이 누군가를 사랑하셨을 거라는 추측과 어떻게 연결되죠?"

나는 주저하지 않고 말했다.

"지금까지 이 세상에서 예수를 그린 상본이 몇 점이나 될까요? 수천 점 아니 수만 점에 이를 겁니다. 상본들을 보면 볼수록 예수의 진짜 얼굴은 더더욱 알기 어렵겠습니다. 하지만 절대로 추남은 아니군요. 오히려 그 반대죠. 눈이 큰지 작은지 코가 큰지 작은지 입이 큰지 작은지 광대뼈가 튀어나왔는지 들어갔는지 눈썹이 짙은지 옅은지는 상본마다 다르지만, 확실한 사실은 사람을 끄는 힘이 대단하단 겁니다. 갈릴래아 호수에서 시몬 베드루와 안드릐아를 만나고 또 야고버와 요왕을 만났을 때, 예수는 장황하게 자기 자신을 설명하지 않았습니다. 나를 따라오라고. 너희를 사람 낚는 어부로 만들겠다고. 그게 전부지 않습니까. 베드루를 비롯한 어부들이 그때 사람 낚는 어부가 무슨 말인지 정확히 알았을까요. 사람을 왜 낚아야 하는지, 어디서 어떤 사람들을 낚아야 하는지, 네 명의 어부는 몰랐을 겁니다. 그런데도 어구와 가족과 고향을 버리고 따라나선 것은 예수에게 끌려서였겠지요. 몇 마디 나누지 않아도, 척 보기만 해도, 이 사람을 스승으로 모시고 따라나설 만하다고 여긴 겁니다. 남자들만 그랬을까요. 그렇지 않습니다. 갈릴래아에서 예루살렘으로 가는 동안 뒤따르는 무리 중 많은 수가 여자였습니다. 그 여자들 역시 예수에게 푹 빠진 겁니다. 그중에서 예수를 사랑한 여자가 한 사람도 없었을까요. 없었다면 그것이야말로 정녕 이상한 일입니다. 있었겠죠, 틀림없이 있었을 겁니다. 사람 마음을 정확히 꿰뚫어 보았으니, 그 여자들의 사랑을 알아차렸을 겁니다."

"짝사랑이에요. 그건."

아가다가 말허리를 잘랐다.

그때 아가다와 나는 열여덟 살이었다. 장선마을에선 혼인한 사이가 아니고선 남녀가 어울리는 것은 양풍미속良風美俗을 해치는 일로 금지되었다. 교우촌인 덕실마을에서도 어느 정도 내외하긴 했지만, 남녀가 함께 일하고 함께 밥 먹고 함께 첨례를 드렸다. 고백하자면 묘한 질투심도 있었다. 나는 아가다를 사랑하지만 가을과 겨울 내내 털어놓지 못했다. 예수의 생애를 들려주는 아가다를 쳐다보노라면, 그녀가 사랑하는 사내는 내가 아니라 독생자 예수란 생각이 들었다. 사랑이란 단어를 예수와 나란히 자주 언급했다. '저희를 사랑하는 예수님'이라고도 하고, '사랑하는 천주 성자님'이라고도 했다. 아가다가 얼마나 예수를 사랑하는지 알고 싶었다. 그 전에 우선 예수가 사랑한 여자가 한 명 혹은 그 이상 있지 않았을까 하는 물음이 내 가슴에 싹텄다. 아가다를 똑바로 보며 말했다.

"복된 말씀을 기록한 이야기꾼들은 예수의 외모뿐만이 아니라 나자렛에서 자라는 동안 누굴 만나 우정을 나눴고 또 누굴 만나 사랑을 했는지에는 전혀 관심이 없었습니다. 나자렛에서 어린 시절 어울렸던 친구들의 이름을 혹시 아십니까?"

"몰라요."

그때 장엇태가 외양간 창틀에 턱을 올려놓았다. 노란 얼굴이 거기에 걸치니 해바라기가 따로 없었다.

"무지개흙을 찾았대."

아가다가 손뼉을 치면서 일어섰다. 나도 따라 웃긴 했지만 박수를 보태진 않았다. 이야기를 마칠 때까지 잠시만 기다려달라고 장엇태에게 부탁할 생각이었지만, 아가다가 일어나는 바람에 분위기가 깨어졌다. 그날 이야기를 더 나누었다면 어땠을까. 용기를 다시 내기란 쉬운 일이 아니다.

무지개흙을 발견한 곳은 목사동 아미산 아래, 대황강에서 멀지 않은 언덕이었다. 절이 열여덟 개나 있었던 골짜기라 하여, 十에 八을 합하여 木이 되고 거기에 절寺과 골洞을 붙이니 목사동木寺洞인 것이다. 열여덟 개의 절이 있었던 마을의 산이니, 대국大國, 중국의 불교 성지로 이름 높은 아미산峨眉山이란 이름도 가져왔다. 장엇태와 함께 다시 천덕산을 넘었다. 감귀남과 전원오를 따라 처음 길을 나설 때보다는 한결 편했다. 장엇태는 곧장 목사동으로 가지 않고 압록으로 향했다. 나는 그도 거기서 악기를 연주하는가 싶어 나란히 걸으면서 곁눈질을 했다.

"뭘 그리 보나?"

키 큰 장엇태가 고개를 꺾어 땅만 보는 해바라기처럼 물었다.

"대금 같은 거, 혹시 부십니까?"

가야금이나 거문고를 묻진 않았다. 손에 든 악기가 없었으니까. 피리 정도면 등에 붙이고 다닐 만했고, 장엇태처럼 덩치가 큰 사내에겐 소금보단 대금이 어울렸다. 무슨 뚱딴지같은 소리냐는 듯 답했다.

"태어나서 악기라곤 단 한 번도 잡아본 적 없어."

압록에 도착하니 모래밭에 배 한 척이 기다리고 있었다. 길이가 사십 자에 돛이 세 개인 풍선風船이었다. 앞돛이 가장 작고 뒷돛이 가장 컸다. 어림잡아 뒷돛의 길이가 스물다섯 자는 넘어 보였다. 이물에 앉았던 사내가 일어섰다. 머리카락도 수염도 눈썹까지 흰 사내가 입에 물었던 담뱃대를 휘휘 흔들었다. 눈과 볼에 주름이 많고 깊었지만, 허리는 꼿꼿하며 어깨도 넓고 단단했다. 배를 향해 걸어가며 장엇태에게 물었다.

"저 배는 뭡니까?"

"처음 봐, 옹기 배?"

"몇 번 보긴 했는데, 타본 적은 없습니다."

장선 나루에서 멀찍이 지나가는 옹기 배를 본 것이 전부였다. 아무리 멀어도 옹기 배는 한번 보면 잊기 어렵다. 크기도 제각각이고 모양도 제각각인 옹기를 배에 가득 실었으니까. 줄로 꽁꽁 묶었다고 해도, 그토록 많은 옹기가 세찬 바람에도 무너지지 않고 배에 실려 떠가는 것이 신기했다. 장엇태가 설명을 얹었다.

"옹기는 만드는 사람 따로 파는 사람 따로야. 남원 혹은 구례는 가까우니까, 내가 옹기를 지게에 지고 오가지만, 왕창 팔려면 뱃길로 다녀야 하거든. 옹기를 배에 잘 쌓아야 하고, 배를 잘 몰아야 하고, 또 각 고을을 다니며 제값 받고 잘 팔아야 하니, 옹기꾼들이 잘잘잘 할 일은 아니지."

뭉게구름처럼 질문들이 피어올랐다.

"저 옹기 배는 그럼 덕실마을 건가요?"

"선주 그러니까 배 주인이 누구냐를 따진다면, 저 배는 덕실마을 배가 맞지. 원래 저 영감 배였는데, 우리 옹기를 싣고 장사를 떠났다가 두 번이나 바다에 빠뜨리고 말았어. 하삼도 제일의 옹기 배 사공으로 이름이 높았는데, 실수를 반복하다니, 지금도 믿기 힘든 노릇이지. 하여튼 옹깃값을 외상으로 달아두고 떠난 장삿길에서 딱한 일을 당했지. 그때도 우린 배를 받는 대신 옹기를 한 굴 더 주려고 했어. 여기서 굴이 옹기 가마를 뜻한다는 건 알아? 가마 하나를 가득 채워 구운 옹기를 한 굴이라고 불러. 근데 저 영감이 다른 제안을 하더군. 옹깃값 대신 배를 드리겠다고. 우리로선 밑질 게 없지. 옹기 배 선주가 되면 마을에서 원할 때 언제든 배를 맘껏 쓸 수 있으니까. 그게 벌써 오 년 전이네."

"꼭 우리 마을 옹기만 싣고 다녀야 합니까?"

"그때그때 형편껏! 물론 우리가 굽는 옹기는 몽땅 저 옹기 배를 쓰겠지만, 우리가 일 년 열두 달 옹기를 굽는 건 아니니까. 영감이 열 살부터 오십 년 넘게 옹기 배를 탔으니 아는 이들이 오죽 많겠어? 해남에서 광양까지 형님 동생 하는 옹기꾼이 수백 명은 넘을 거야. 영감이 알아서 몰고 다녀. 우리 옹기를 내다 팔 때 문제만 없으면."

가까이 갈수록 배가 커 보였다. 코끼리가 저러할까 고래가 저러할까.

"목들 마르지?"

사공은 눈과 이마의 주름을 잔뜩 잡고 웃으며, 물수항에서 사발로 뜬 물을 건넸다. 장엇태가 절반을 비우고 건넨 사발을 내가 마저 마셨다. 장엇태는 손등으로 입술을 훔치며 먼저 나를 소개했다.

"말씀 들으셨지요? 들녘이라고, 오랜만에 들어온 생질꾼입니다."

"아, 자네였군. 느릿느릿 굴어도 할 일 다 한다며? 산길에도 밝고. 나는 박 다두야."

옛 이름은 박돌이朴突異, 그도 역시 교우였다. 덕실마을 옹기 배 사공이니 교인이 아니라면 이상한 일이다.

"들녘입니다."

"곡성 사람?"

"장선마을이 고향입니다."

"아, 장선!"

"아십니까?"

"오래전엔 그 나루에 배를 대고 옹기를 팔기도 했지. 장 말구 형제가 지게로 나르기 시작한 뒤론 맡기고 지나쳤지만. 곡성에선 보기 드물게 들이 넓어. 아무리 가물어도 물 걱정 없이 벼농사가 가능한 들이기도 하고. 그 마을은 농사를 짓든가 아니면 남원으로 장사를 오가든가 둘 중 하나던데……?"

"열 살 때부터 칠 년을 소작을 부쳐 먹고 살았습니다."

"박 진사네 논?"

"어찌 아십니까?"

"앞들에서 소작을 부친다면 열에 예닐곱은 박 진사네 논밭이라고 그러더만."

숲에서 사내아이가 모래밭으로 껑충 뛰어 내려왔다. 대추를 두 주먹에 가득 쥐었고, 양 볼에도 삼키지 못한 대추가 혹처럼 튀어나왔다. 이마에 사마귀가 있어서 눈이 셋인 것처럼 보였다. 박마수였다. 뒤이어 젊은 사내가 바지만 입은 채 나타났다. 저고리를 벗어 대추를 가득 담은 채 걸어오다가, 장엇태를 발견하곤 소리를 냅다 질렀다.

"말구 형님!"

장엇태가 벙글벙글 웃었다.

"산삼이라도 캔 건가? 아예 바지에 속곳까지 벗고 돌아다니지 그래?"

박돌이가 끼어들었다.

"점심 지을 밥이 없다고 칭얼대다가 사라졌길래, 어디서 낚시라도 하나 싶었는데, 대추를 따올 줄은 놀랐네. 애나 어른이나. 이참에 조동무랑 화장을 싹 바꿔버려야겠어."

장엇태가 내게 설명했다.

"조동무는 사공을 도와 일하는 사람이고, 화장은 밥도 짓고 잡일도 하는 사람. 옹기 배가 작으면 사공 혼자 다니기도 하는데, 이렇게 돛이 세 개인 큰 배엔 사공과 조동무와 화장 세 명이 반드시 필요해."

박돌이가 설명을 얹었다.

"열한 살 때부터 화장을 시작했지. 열네 살에 조동무가 되었고. 화장하고 조동무 거치면 자연스럽게 사공이 되는 게 아냐. 평생 화장과 조동무만 하다가 끝나는 경우가 훨씬 많지. 옹기 배 사공은, 내 입으로 이런 말 하긴 뭣하지만, 하늘이 내리는 거야. 다 갖춰야 하거든. 물길도 알아야 하고, 옹기도 알아야 하고, 봄 여름 가을 겨울 철마다 어느 마을에 가면 돈이 넘쳐 옹기를 팔 수 있는지도 알아야 해. 무엇보다도 떠돌이 생활을 견뎌야지. 옹기 가득 싣고 뱃길 나서면 한 달은 금방 지나가니까. 바람 불고 파도 거세면 포구에서만 자는 게 아니야. 배가 심하게 흔들리겠다 싶으면 갯가든 강가든 배를 대야 해. 아무도 없는 곳에서 날이 좋아지기만을 기다리며 비 맞고 바람 맞으면, 돈 못 벌더라도 이 짓 그만하고 농사나 짓고 살까 싶어져. 그걸 다 이겨내야 사공이 돼."

박마수는 강을 보고 앉아선 대추를 마저 씹었다. 달려온 청년은 저고리에 담아온 대추를 장엇태와 내게 내밀었다. 하나씩 집어 입에 쏙 넣었다. 청년은 키가 작고 눈매가 매서웠다.

"임 도밍고라고 합니다."

옛 이름은 임중호林重浩였다.

"들녘입니다. 조동무?"

"맞습니다."

"그럼 저 아이가 화장이겠군요."

박돌이가 끼어들었다.

"하나뿐인 손자라네. 다른 재주가 있으면 배는 태우기 싫었는데, 밥 짓고 옹기 묶었다 풀며 바다로 강으로 돌아다니는 게 좋다 하니 어쩔 수 없이 봄부터 함께 다녀. 올해 열 살, 나보다 한 살 먼저 화장을 시작한 셈이지."

임중호가 이어 말했다.

"겨우 반년 지났는데, 알 것 다 알고 모를 것까지 압니다. 조동무인 저를 가르치려 들어요. 아직 뱃길에 익숙하진 않지만, 그거야 시간이 해결해 줄 테고. 어려서부터 옹기와 함께 지내서인지 이름도 죄다 알고 만드는 법도 훤해요. 할아버지한테 배웠다는데, 정말입니까?"

"거짓말이야. 난 옹기에 관해 알려준 게 하나도 없어. 화장이 밥할 생각도 않고 게으름을 피우는군. 대추 몇 알로 배가 찰 리 없으니 제대로 된 점심은 목사동 가서 먹자고. 자, 다들 타시게. 마침 바람도 좋으니, 어서 가자고. 마수야, 어서 와. 대추 먹다가 배 놓칠래?"

박마수가 뛰어와선 올라타는 것을 마지막으로 배가 떠났다. 셋 중 가운데 돛만 폈다.

대황강을 거슬러 나아가는 동안, 장엇태와 임중호는 고물에 서서 이야기가 한창이었고, 박돌이는 배를 모느라 바빴다. 박마수는 검은 동자를 둥글둥글 돌리며 강 좌우를 토끼처럼 번갈아 살폈다. 나는 키를 잡은 박돌이 옆에 서서 뱃전에 부딪혀 갈라지는 강물을 바라보았다.

"옹기 밴데 흙도 가끔 싣나 봅니다?"

눈을 맞추진 않았지만 답은 따박따박 했다.

"화목 싣는 배, 흙 담는 배, 옹기 배, 다 따로 두는 게 원칙이야. 이 배가 내 배라면 단칼에 거절했겠지. 허나 다음 옹기는 구례에서 열흘이나 뒤에야 나온다고 하고, 야고버 회장님께서 급히 옮길 흙이 있다고 하니, 따라야지 어쩌겠나. 예전엔 당고개에서도 오색토가 나왔어. 삼 년은 엄청 편했을 거야. 어부의 집 앞에 강이나 바다가 있는 것과 같지. 삼 년이 지나자 당고개의 흙을 다 썼어. 그다음엔 천덕산과 동악산을 오가며 흙을 날랐지. 당고개보다는 멀지만, 지게로 지고 하루에도 서너 번은 오갈 정도니까, 할 만했지. 올해 봄까진 그럭저럭 버텼는데, 초여름에 야고버 회장님을 하동 화개동에서 우연히 뵈었거든."

"화개동에서요? 회장님을 왜 그곳에서?"

"나만큼이나 여러 곳을 다니셔. 곡성 교우들도 챙겨야 하지만 십 년이 지났으니 믿고 맡길 사람들이 있겠고, 전교할 마을이 전라도에 수십 군데는 되지 않겠어? 그러니까 가끔 뜻밖의 장소에서 회장님을 만나 뵙지. 대부분 내가 근처에 있단 걸 알고 찾아오셔. 동래에서 뵌 적도 있고, 해남에서 두 번, 화개동에서도 세 번! 회장님 뵈면 좋지. 빈손으로 오시진 않으니까. 돼지든 닭이든 고기를 한 덩이씩 내놓으셔. 옹기 배 모는 게 얼마나 힘든 줄 아시는 게지. 화장이 밥을 맛나게 짓더라도 반찬이 시원찮거든. 김치에 나물 몇 개, 지나가는 어선에서 가끔 사는 생선들이 전부야. 여름에 화개동에서 회장님이 그러셨어. 가을부턴 가끔 흙을 배로 옮겨야 할지도 모르겠는데 괜찮겠느냐고. 사공이 무슨 힘이 있겠어. 선주가 원하는 대로 해야지. 그 말을 따르기 싫으면 사공 노릇 접어야 해. 근데 눈물 날 만큼 고맙더라. 흙을 싣기로 했으니 그리 알라고, 다른 선주였다면 통보했겠지. 하지만 회장님은 사공인 내 뜻을 물으시더라고. 옹기 배에 흙을 실어도 되겠느냐고 말이야. 내가 뭐라고 답한 줄 알아? 지금 생각해 봐도 참 멋진 답이야. 뭐라 했느냐 하면 말씀이야, '얼마든지 실으십시오. 옹기도 따지고 보면 구운 흙 아닙니까. 가을부터 배에 실으려는 흙은 구워질 흙이고요.' 이 대답 멋지지 않아? 하하하."

바람을 제대로 탄 배는 날렵하게 강을 거슬러 올랐다. 노 하나 젓지 않고 바람의 힘으로만 움직이는 것이 바로 풍선이다. 신이 난 박돌이가 혼잣말을 하다가 갑자기 소리를 하기 시작했다. 매우 빠르게 휘몰아치는 그 소리는 내게도 익숙한 대목이었다.

"한 곳을 당도하여 뱃머리마다 좌판坐板 놓고 심청을 인도하여 뱃장배의 안쪽 바닥 안에다 올린 후 무쇠 같은 선인들이 각 채비를 단속한다 닻 감고 돛을 달아 키 잡고 뱃머리 들어 북을 두리둥 어기야 어기야 북을 두리둥 둥둥둥둥."

칭찬부터 했다.

"판소리를 정말 정말 잘하십니다."

"배 몰고 다니는 게 참 심심한 일이기도 해. 산이나 들이라면 사방팔방 뛰어다니겠지만, 사공은 아무리 기분이 좋아도 이렇게 키 잡고 딱 서 있어야 하거든. 처음엔 고함도 지르고 북도 하나 사서 두들기고 그랬어. 결국엔 소리를 하게 되더라고. 조동무나 화장은 귀를 막지만, 내가 사공이니 제깟 것들이 어쩌겠어. 할 말 못할 말 노랫가락에 실어 실컷 부르고 나면 기분이 한결 나아져. 그러다가 만경강에서 제대로 된 소리를 들어버린 거야. 옹기 다 풀고 돌아오다가 강가에 잠시 배를 대고 쉬는데, 정말 끝내주는 소리가 들리더라고. 그때부터였어. 소리 공부를 제대로 해보려고 옹기 팔아 번 돈을 참 많이도 썼지. 명창 소리 듣는 이들 찾아다니면서 배웠는데, 배울수록 좋긴 좋은데, 그 길로 가진 못했어. 옹기 이름이나 개수는 눈 감고도 훤히 외우는데, 소리는 서너 줄도 못 외겠더라고. 결국 공부를 접고 다시 옹기 배를 몰았지. 이 정도 소리라도 하는 건 곡성에서 성류를 다시 만나서였어. 성류가 누구냐 하면, 만경강 강가에서 내가 듣자마자 홀딱 빠진 소리를 했던 전라감영 관기야. 자배기 다섯 개를 안기고, 소리 한 소절만 가르쳐 달라 매달렸지. 그때 배운 거야. 춘향이 소린 이제 안 한다고, 심청이 소리라도 좋으면 배우라 하더군. 어디서 배웠느냐, 바로 이 배에서 배웠지. 조동무에게 잠시 키를 맡기고, 뱃전에서 나는 소리를 하고 성류는 여기저기 지적을 했지. 하여튼 십 년 돈 들여 배운 것보다 자배기 다섯 개 내고 성류에게 배운 게 훨씬 커. 옹기 배 사공들 중엔 그래도 내가 제일 소리를 잘할 거야. 어딜 가도 소리 대결에선 지지 않거든."

나는 그 인연을 이곳으로까지 끌어당겼다.

"소리꾼 성류가 바로 제 어머니입니다."

옹기 배가 목사동 심포로 들었다. 사내들이 열 명 넘게 강을 바라보며 서 있었다. 박돌이가 능숙하게 배를 나루에 대자, 화장인 박마수가 다람쥐처럼 뛰어내렸다. 나루에서 기다리던 전원오는 사내들에게 작대기로 받혀 세워둔 지게를 지게 했고, 감귀남은 배로 건너와선 박돌이에게 따졌다.

"왜 이리 늦었어요? 옮길 흙이 얼마나 많은데."

박돌이가 주름을 또 있는 대로 잡곤 억울한 표정을 지으며, 곁눈질로 내게 도움을 청했다.

"곧장 온 겁니다. 바람도 잘 탔고."

조동무 임중호가 거들었다.

"제가 키를 잡았다면 아직 효대나 구룡에도 닿지 못했을 겁니다. 사공이 박 다두 어른이니까, 바람과 물살을 정확히 읽어 이제라도 도착한 겁니다. 하기야 감 글나라 자매님은 이각二刻, 30분 정도는 미리 도착해야 마음을 놓으시니 이해는 합니다만, 저희 정말 안 늦었습니다."

내가 끼어들었다.

"저이들은 누굽니까?"

감귀남이 설명했다.

"목사동 이 마을 저 마을 사람들! 불심이 아주 깊지. 재작년 겨울 모진 바람에 천태암 장독들이 굴러 깨지는 변괴가 있었어. 쌀

독과 된장독, 간장독, 김칫독까지 열 개였지. 땅이 흔들리지도 않았대. 칼바람이 불긴 했지만, 그보다 심한 바람에도 끄떡하지 않았었는데, 희한한 일이지."

"바람 탓이 아니라면?"

"목조木鳥 짓이래."

"목조라뇨?"

"나무 새, 그 이야기 몰라? 천태암은 고려 고승 보조국사 지눌이 지은 암자야. 하루는 지눌 큰스님이 천태암에서 나무 새를 만들어 날렸는데, 그 새가 조계산에 가 닿으니 그곳이 곧 송광사지. 나무 새가 하늘에서 지눌 큰스님을 지키며 천태암과 송광사를 오갔대. 큰스님이 입적한 뒤 나무 새도 함께 사라졌고. 한번 날아오르면 일 년을 꼬박 공중에 머물 만큼 힘이 좋은 대신 식탐이 엄청났지. 몸 전체가 나무니까, 먹자마자 날아오르기도 전에 전부 뒷구멍으로 싸버렸어. 천태암이든 송광사든, 나무 새가 내려앉으면 장독대부터 찾았대. 돌까지 얹어놓은 무거운 독을 기어이 열곤 김치며 장들을 먹어치웠지. 날갯짓이 워낙 빠르고 묵직해서, 독이 그냥 굴렀대. 재작년 겨울 독 열 개가 한꺼번에 깨졌으니, 다들 나무 새가 돌아왔다며 두려워했어. 천태암 독이 다 깨졌으니 그다음엔 심포로 와선 마을의 독들까지 노리지나 않을까 하고 겁을 먹은 거지."

전원오가 감귀남의 이야기를 넘겨받았다.

"두려움보다도 걱정이 앞섰어. 어떤 걱정이냐 하면, 천태암을 지키는 스님들 걱정이지. 독이 다 깨져버렸으니 김치도 없고 장도 없어. 돈을 모아 우릴 찾아온 것도 저기 저 왼쪽 귀가 짓이겨진 사내야. 성이 남 이름이 귀, 남귀南貴! 내 아내의 옛 이름은 감귀남인데, 거꾸로더라고. 웃기지? 남귀라서 남은 귀가 하나뿐이라고 우스갯소리도 곧잘 하더군. 다섯 살 때 아미산에 혼자 놀러 갔다가 만난 여우가 귀만 찢었대. 아예 머리를 깎으려고 천태암으로 올라갔었다더군. 천태암에서 쉰 걸음 정도 더 산길을 오르면 커다란 너럭바위가 있지. 지눌 큰스님이 나무 새를 날리신 곳이기도 해. 거기서 우뚝 솟은 모후산을 바라보며 좌선을 하며 앉았는데, 새가 싼 똥을 머리에 맞았대. 재수가 참 없구나 여기고 새똥을 닦아낸 후 자리를 옮겨 앉았는데 또 새똥을 맞았대. 그렇게 하루에 아홉 번 새똥을 맞곤 하산했지. 승려가 되지 말란 뜻으로 받아들인 거야."

목소리를 낮추며 물었다.

"믿는 신이 다르지 않습니까? 덕실마을 옹기를 절에도 넣습니까?"

잠시 침묵이 흘렀다가, 감귀남과 전원오와 박돌이와 임중호가 동시에 웃음을 터뜨렸다. 담뱃대를 맛있게 빨던 사내들이 일제히 쳐다볼 정도였다. 전원오가 설명했다.

"교인들에게만 옹기를 팔면 우린 굶어 죽어. 우리가 만든 옹기 덕분에 더 맛있게 먹고 더 오래 산다면 누구에게든 옹기를 팔지. 조선은 공자의 예법을 따르는 나라고, 고려와 신라는 석가모니의 가르침을 떠받든 나라였어."

"저들 중에도 혹시……?"

"교우가 있냐고? 모두 불심이 깊다고 말하지 않았던가?"

"그렇다면 혹시 저들 중에……?"

"우리가 천주교인이란 걸 눈치챈 사람이 있는가, 묻고 싶은 건가?"

전원오의 넘겨짚는 솜씨가 보통이 아니었다. 내가 고개를 끄덕이자 답했다.

"확인 안 했어. 사겠다는 이들이 문제 삼지 않는데, 만들어 파는 우리가 이것저것 꺼내 보일 필요는 없지. 그들 형편을 살펴 돕긴 했어. 코끝이 얼어붙는 겨울엔 옹기를 팔지 않거든. 하지만 그땐 심포 나루에 장독 열 개를 풀었지. 열 명의 사내가 각자 하나씩 지게에 지고 천태암까지 올라갔어. 비탈이 무척 가팔랐고 겨울이라 매우 미끄러웠지. 발을 헛디뎌 구르면 황천행이야. 장독을 풀어 배에서 내려놓으면서도 걱정이 되더라고. 어쨌든 열 명이 무사히 독 열 개를 천태암까지 옮겼어."

"흙을 옮겨달라고 저이들에게 도움을 청하신 겁니까?"

전원오가 동문서답을 했다.

"이게 다 내가 꾼 꿈 때문이야."

"꿈이라고요?"

"동이산은 물론이고 석곡과 죽곡과 목사동을 샅샅이 뒤져도 오색토가 없었어. 천태암에서 하룻밤 신세를 지고 새벽에 길을 나서기로 했어. 우리 부부가 방 하나를 쓰고, 때마침 올라온 남귀는 스님과 건넌방에 들었고. 그 밤에 내가 꿈을 꿨어. 정말 희한한 꿈이었지. 범에게 쫓겼거든. 근데 나를 붙잡으려는 범은 다 자란 큰 범이 아니라 고양이만 한 새끼 범이었어. 그것도 두 마리! 그 생각이 들더라. 달아나지 말고 여기서 그냥 저놈들과 싸울까. 그때 눈앞에 무지개가 보이더라고. 엄청나게 큰 무지개가 아니라, 반원이 완전한 무지개가 아니라, 반원의 절반이 뚝 잘린 그러니까 위로 올라가다가 끊긴 그런 무지개. 무지개에 닿으면 위기를 벗어날까 싶어 그쪽을 향해 달렸지. 목적지 없이 무작정 달아나는 것보다는 훨씬 마음이 편했어. 한참 올라갔더니 굴이 하나 나왔어. 무지개가 정확히 그 굴로부터 뻗어 나갔더라고. 무지개 속에 건장한 사내가 등을 보이며 서 있었어. 나는 껑충 뛰어 사내의 이름을 큰 소리로 부르며 업혔지. 이름을 틀림없이 부르긴 했는데, 무엇이라고 불렀는지 기억이 나질 않네. 들녘이라 하라고? 좋아. 들녘은 단숨에 내달리기 시작했지. 무지개가 뻗어 올라간 쪽이었어. 한참을 달려 무지개가 뚝 끊긴 자리에 이르자, 들녘이 나를 내려놓았지. 그런데 하필 거기에 구덩이가 있어서 빠지고 말았어. 내 머리가 완전히 들어갈 만큼 깊었지. 고개를 들고 양팔을 들어 들녘에게 빼내달라 청하려 했어. 그 순간 하늘로 뻗었던 오색 무지개가 내 얼굴로 쏟아져 내리는 거야. 너무 놀라 눈을 번쩍 떴지. 꿈에서 깬 거야. 깨고도 한동안 앞이 뵈지 않아서 기어다녔어. 그러다가 벽에 머리를 부딪혔는데, 그 소리가 워낙 커서 옆방 스님과 남귀까지 깨어나 건너왔지. 다행히 눈은 곧 좋아졌어. 한데 내 꿈 이야기를 듣고서 언쟁이 벌어진 거야."

"언쟁이라고요?"

"나를 업은 사내가 누구냐는 거지. 나는 당연히 예수님이라 했고, 스님과 남귀는 부처님으로 맞서더군. 예수님이든 부처님이든 남귀는 내가 빠졌던 구덩이를 찾자고 나섰고, 무지개가 시작된 굴이 어디쯤인지 알겠다는 거야. 밤길인데도 어렵지 않게 굴을 찾았어. 근데 새끼 범 두 마리가 정말 굴 앞까지 나와선 장난을 치며 엉켜 놀더라고. 어미 범이 가까이 있다는 얘기니까 빨리 자리를 옮겼지. 남귀는 내 꿈속에서 무지개가 뻗어 나간 방향을 짐작한 후 앞장서서 걸었어. 얼마나 갔을까. 남귀가 비명과 함께 사라졌는데, 바로 그 구덩이였던 거야. 그 자리를 더 깊이 팠더니 오색토가 나왔어. 우리가 찾아 헤맨 바로 무지개흙! 남귀는 그 흙을 옹기배까지 옮기는 걸 돕겠다며 저렇게 사내들을 데리고 왔어. 품삯이 얼마가 들더라도 일할 사람을 구해야 하는데, 범굴이 있는 골짜기를 잘 아는 사람들이 스스로 나서니, 우리로선 고마운 일이지. 재작년 겨울에 우리가 장독 열 개를 챙겨온 보답이려니 생각하자. 자, 그럼 이제 꿈에 내가 빠졌던 구덩이로 다 함께 가볼까?"

무지개흙을 가득 실은 옹기 배를 타고 목사동에서 돌아올 때도, 박돌이는 계속 떠들었다. 눈을 감고도 자유자재로 배를 돌린다 하여 박돌이로 불린다는 자랑이 이야기의 첫머리를 장식했다. 지금은 손자인 박마수가 화장이지만, 오 년 전엔 서른 살인 아들 박공천朴空天이 조동무와 화장까지 겸했다. 박공천도 열 살부터 옹기 배에 올라 이십 년이 흘렀으니, 조동무나 화장이 아니라 사공을 맡겨도 충분한 실력이었다. 몇 번 사공으로 갈 기회가 있었지만, 박돌이가 제 욕심에 붙들었다.

"스무 살 땐 정말 떠나려고 하더군. 한 번만 더 옹기를 풀고 가라, 이번이 마지막이다 마지막이다 이러면서 십 년이 지난 거야. 그때 일찌감치 내보냈더라면……."

그 말을 뱉은 후, 박돌이는 옹기 배가 침곡을 지나 당고개에서 제일 가까운 괴내 나루에 닿을 때까지 입을 열지 않았다. 배에는 사공과 조동무와 화장 그리고 생질꾼 넷 외에도 남귀를 비롯한 사내 열 명이 더 타고 있었다. 덕실마을에서 마중을 나올 것이니 배까지 탈 필요는 없다고 말렸지만, 남귀는 목사동에서 캔 흙이니 자신들이 끝까지 나르겠다며 고집했다. 나루에는 최돌돌을 비롯한 덕실마을 교인 십여 명이 기다리고 있었다. 모두 힘을 합쳐 무지개흙을 나르기 시작했다. 사내들은 대부분 지게로 졌고 여인들은 옹기에 담아 머리에 올렸다. 나도 돕기 위해 배에서 내리려는데 임중호가 막아섰다.

"남은 이야기가 궁금하지 않습니까? 여긴 일손이 많으니 마저 들으세요."

"다들 애쓰는데, 저만 그럴 순 없습니다."

임중호가 한 수 가르쳐주겠다는 듯 말했다.

"때론 이야길 듣는 게 흙 나르는 것보다 중요할 때도 있답니다. 옹기 배 사공의 마음을 얻을 기회가 흔하지도 않고."

"스스로 그쳤습니다. 제가 배에 남는대도 이야길 풀어놓겠습니까?"

"이야기를 즐기는 박 사공이 왜 그랬을까요? 듣는 귀가 많아서라고 저는 봅니다만……."

남귀를 비롯한 외교인들이 들어선 안 되는 이야기라서 말끝을 흐렸다는 것이다.

임중호의 짐작이 맞았다. 박돌이는 남귀를 비롯한 사내들이 멀어지기를 서서 바라보며 기다렸다가 키를 놓고 주저앉았다. 담뱃대를 천천히 피워 물었다가 빼 들곤 아랫입술을 삐죽이 내밀었다. 맞은편에 따라 앉은 내 이마를 향해 연기를 올려 뿜었다. 그리고 방금 자신이 거슬러온 강처럼 굽이굽이 이야기를 풀어놓았다.

"그때 일찌감치 내보냈더라면, 내 멋진 아들 공천은 살아서 서른다섯 살을 맞았겠지. 오지도 않은 미래를 예측하는 건 부질없지만, 적어도 두 가지는 확실해. 하나는 공천이 옹기 배 사공이 되었으리라는 것, 또 하나는 내가 다두란 본명을 갖진 않았으리라는 것. 오 년 전 옹기에 배를 가득 싣고 구례 하동을 지나 남해로 나왔지. 거기선 두 갈래 길이 가능해. 광양, 좌수영, 순천, 낙안, 흥양, 장흥, 강진, 해남으로 갈 수도 있고, 곤양, 고성, 통영, 거제, 웅천, 김해 지나 동래로 갈 수도 있고. 둘 다 수십 번은 가본 뱃길이야.

흥양과 해남에서 옹기를 사겠다는 언질을 미리 받아뒀기에 전라도 쪽을 택했지. 흥양에서 옹기를 꽤 많이 팔고 해남으로 방향을 잡았어. 가득 실었던 옹기가 절반도 넘게 비는 바람에 배가 날렵하게 바람을 탔지. 해남에서 남은 절반을 팔면 빈 배로 놀며 쉬며 돌아가겠구나 싶었어. 곧장 해남으로 가려 했는데, 발포 앞바다에서 만난 가리포 어부가 자꾸 자기 마을에서 며칠 머물다 가라고 졸라 계획을 바꿨지. 조동무 겸 화장인 공천은 가리포에 두어 번 갔지만 옹기를 별로 팔지 못했다며 해남으로 가자 하더라고. 나는 가리포에서 공짜 술 몇 잔 받아주겠단 소리에 아들의 권유를 깔아뭉갰어. 그딴 소린 네가 사공이 되고 나서 하라고 고함까지 질렀지. 사공으로 나가겠다는 녀석을 붙잡은 게 바로 난데도 말이야.

가리포 앞바다에서 기어이 사고가 터졌어. 새벽이었고, 안개가 제법 짙었거든. 맞은편에서 오는 옹기 배와 부딪칠 뻔한 거야. 강진 칠량 마을에서 출발한 옹기 배였어. 나보다 더 높이 옹기를 쌓았더라고. 귀신선인 줄 알았지. 공천이 괴성을 질렀어. 그 괴성이 내가 들은 아들의 마지막 목소리였다는 게 원통하고 절통해. 정면으로 부딪치면 옹기 배 두 척이 모두 바다에 빠질 판이었지. 키를 급히 돌렸고 가까스로 충돌은 면했어. 내 곁을 스치고 지나간 배는 멀쩡했는데, 안타깝게도 우리 배에선 와장창 옹기 깨지는 소리가 났어. 배가 기울면서 옹기들이 죄다 떨어지고 굴렀던 거야. 옹기를 가득 채운 배가 이럴 땐 더 유리하더군. 하지만 우리 배는 옹기가 절반이나 팔렸지. 새끼줄로 꽁꽁 묶어가며 옹기를 쌓긴 했지만, 배가 갑자기 방향을 틀자, 고물 쪽 빈 자리로 옹기들이 쏠리면서 줄이 터져버린 거야. 깨진 옹기보다 더 많은 옹기가 바다에 빠졌어. 키를 붙든 나는 달려가진 못하고 소리부터 냅다 질렀지.

'뭐야? 얼마나 깨졌어?'

대답이 없었어. 성질 급한 아비가 아무리 험한 말을 하더라도, 내 아들 공천은 좋든 싫든 답은 해. 더군다나 옹기가 깨진 판이니, 고물 쪽 상황을 내게 알려줬어야 해. 내가 화란 화는 다 내겠지만, 어쨌든 그게 공천의 역할이니까. 그런데 대답이 없었어. 두 번 세 번 불러도 마찬가지였지. 목청을 높이다가 잠시 생각했어. 짧은 침묵이 흘렀지. 떨어진 옹기에 맞고 쓰러져 기절이라도 했나 싶어 목을 이리저리 길게 빼곤 찾았지만, 없더군. 눈으로 쓱 훑으면 전체가 다 보이는 이 배에서 하나뿐인 아들 녀석이 사라진 거야. 바다에 빠진 게지. 옹기를 주우려고 했든, 옹기에 맞거나 떠밀려 떨어졌든, 배 위에는 없으니 바다에 있는 거야. 그때부턴 옹기보다 공천을 찾을 마음이 급했어. 만나기로 했던 가리포 어부까지 배를 몰고 나와 바다를 훑었지만, 공천은 사라졌어. 찾지 못했지. 경황이 없어서 그랬겠지만, 흥양에서 옹기 팔고 받은 돈까지 잃어버렸고. 그 바다에서 횡설수설 혼잣말만 해댔지.

당고개로 돌아와선, 외상으로 챙겨 실었던 옹깃값 대신 배를 넘기겠다고 했지. 야고버 회장님과 덕실마을 옹기꾼들이 한 번 더 기회를 주셨어. 이번에 옹기를 다 팔고 다음에 한 번 더 팔면, 옹깃값을 벌충할 수 있겠다고. 내가 가리포까지 다녀오는 사이, 굴

하나에 구운 옹기를 먼저 선뜻 주셨어. 마을을 나오는데, 임중호 바로 저이가 내 손을 꽉 잡고 말하더군. 기도드리겠다고. 그리고 내게도 권했어. 죽을 만큼 힘들더라도 죽지 말고 기도하라고.

옹기를 가득 싣고 구례 하동 지나 남해로 나섰지. 처음 계획은 경상도 쪽인 왼편으로 배를 꺾어 동래까지 다녀오는 거였어. 막상 강에서 바다로 나가고 보니 배를 오른편으로 꺾게 되더군. 순천이나 낙안이나 흥양에 배를 대지도 않고 곧장 해남을 향해 나아갔어. 배가 공천을 잃은 가리포 앞바다로 들어섰지. 나는 오른팔로 키를 잡고 왼팔을 번쩍 치켜든 다음 기도를 드렸어. 마음속으로 드리는 기도가 아니라 판소리하듯 외쳤지.

'제 아들 공천은 어딨습니까? 살았습니까 죽었습니까? 살았다면 이 못난 아비 품으로 오지 않을 이유가 없으니, 죽었겠지요? 벌써 스무날 가까이 지났으니, 바다에 빠져 죽어버렸다면 그 꼴이 참으로 끔찍하겠습니다. 옹기 배를 모는 동안 제가 건진 시신만 해도 열 구가 넘습니다. 옹기 잔뜩 싣고 뱃길 따라 이리저리 다니다 보면, 둥둥 떠 있는 시신이 눈에 딱 띄는 날이 있습니다. 재수 없다며 못 본 척 지나치는 사공도 있지만, 저는 보이는 대로 전부 건져 배에 실었습니다. 시신이라도 돌려달라고 울부짖는 가족들이 눈에 선했기 때문입니다. 가까운 포구에 도착하여 관아에 넘긴 후, 탁한 술이나마 한 잔 올리며 극락왕생을 빌었습니다. 남들이 다 극락왕생이라고 축원하니 저도 극락왕생이라고 한 겁니다. 뭐라고 빌었든, 이승에 미련은 다 버리고 부디 좋은 곳으로 가서 행복하게 살라고 기도한 겁니다. 아들놈 몰골이 어떠할지는 제가 너무나도 잘 압니다. 그래도 제게 돌려보내주십시오. 그러면 평생

당신을 믿겠습니다. 당신이 누구든 당신 이름이 무엇이든.'

기도를 마치고 가리포 쪽 바다를 쳐다보는 순간, 깜짝 놀랐지. 시신 한 구가 떠가고 있었어. 고금도 쪽으로 멀리 더 멀리! 배를 돌려 시신을 쫓으려 했어. 그런데 바로 그때 배가 크게 기울더니 옹기들이 바다로 떨어지기 시작했지. 지난번 사고도 있고 해서, 세 번이나 줄이 단단하게 묶였는지 확인했는데도, 옹기들이 미친 돼지들처럼 바다에 빠지는 거야. 돛을 걷고 배의 균형을 잡으며 옹기를 챙길 여유가 없었어. 옹기가 전부 빠지더라도 떠가는 시신만은 건져야 했으니까. 덕실마을 옹기꾼들이 정성껏 만든 옹기가 바다에 다 빠지고 나서야, 드디어 시신을 건졌어. 내 아들 공천이 맞더라고. 공천은 옹기를 나르다가 다쳐 오른손 검지와 중지에 손톱이 아예 없어. 머리 없는 시신의 오른손 검지와 중지도 손톱이 없더라고!

곡성으로 돌아와선 장례를 치렀지. 배를 덕실마을에 넘기려고 찾아갔더니, 야고버 회장님은 이번에도 받지 않겠다고 하더라고. 내가 마구 우겨서 결국 넘겼어. 사람이 염치가 있어야지. 그러자 내게 새로운 제안을 하셨어. 옹기 배는 장차 마을을 위해 쓰겠는데, 그 배의 사공을 계속 맡아줄 순 없겠느냐고. 재지도 않고 맡겠다고 했어. 공천의 시신을 배에 싣고 돌아오며 곰곰 생각해 봤거든. 시신이나마 건지게 허락한 신이 과연 누굴까 하고. 천주님이더라고. 배에 옹기를 다시 싣고 내 맘대로 가도록 허락한 이들이 바로 덕실마을 옹기꾼들이니까. 그들이 믿는 신, 천주를 나도 믿어야겠다는 생각이 들었어. 반년 후 박돌이에서 박 다두로 이름이 바뀌었지.

스무날이나 지난 후 넓디넓은 바다에서 아들 시신을 찾기란 불가능해. 바닷물은 매일매일 움직이니까. 한순간도 그 자리에 머물질 않아. 공천의 시신도 이리저리 흘러 다녔겠지. 바닷가로 떠밀리지 않고 떠다니다가, 가리포 앞바다로 다시 온 바로 그날, 내가 배에 옹기를 가득 싣고 같은 바다로 들어섰던 게지. 기적이야 이건, 불가능한 일이라고. 내가 간절히 소리치며 기도하고 맹세한 후 시신을 건졌으니, 천주님은 틀림없이 계셔. 내 기도를 들어주신 거야. 그렇고말고."

떡살

손에 쥐곤 도장 찍듯 각종 떡에 찍는다. 아가다는 순자강 생선 문양을 즐겨 새겼다. 은어, 왕종개, 큰줄납자루, 모래주사. 영산강에서 보았다며 백조어, 남방종개, 밀자개, 퉁사리를 아주 가끔 새겨넣기도 했다. 나는 생선이 십자가처럼 천주교를 뜻한다는 것을 나중에 알았다. 아가다는 오색실로 떡살을 다섯 개씩 묶어 팔았다. 이 방에는 순자강 생선 묶음과 영산강 생선 묶음만 있다. 낙동강과 금강과 한강도 한 묶음씩 지녔었는데, 교우들에게 빌려주곤 돌려받지 못했다. 낙동강과 금강과 한강을 그리워하는 이들이리라.

무지개흙을 확보한 다음에는 흔히 굴이라고 부르는 가마를 만드는 일에 덕실마을 교인들 모두 힘을 모았다. 생질꾼들이 흙을 찾아다니는 동안, 나머지 교우들은 야고버 회장의 지시에 따라 경사진 언덕에 땅부터 팠다. 여물이나 모래를 섞어 흙벽돌도 만들었고, 바닥에 깔 왕모래도 구해왔다. 옹기 대장 넷이 책임지고 벽돌을 쌓았다. 불을 넣어 옹기를 구울 땐 열기가 어마어마하기 때문에, 가마에 조금이라도 틈이 있으면 금이 가거나 부서져 내렸다. 아가다는 내게 벽돌 쌓는 법을 가르치기 전, 땅바닥에 가마를 그려가며 각각의 이름과 역할을 설명했다. 완벽하게 암기했는지 문답으로 확인까지 했다. 길게 뻗은 가마의 제일 아래쪽 출입구에 불통을 둔다. 불통의 열기가 비탈을 따라 서서히 올라가는 것이다. 가마의 위쪽 끝엔 열기가 빠져나가는 굴뚝을 세운다. 불통에서 굴뚝까지의 굴이 불방이다. 천장은 상현달 모양이며, 좌우 벽을 접발이라고 부른다. 불방엔 몇 군데 구멍이 있다. 화문은 옹기를 넣고 뺄 때 옹기꾼이 드나드는 문이다. 화문접발은 화문을 뚫은 벽이다. 창구멍은 창불을 땔 때 불기운을 살피며 나무를 넣는 구멍이다.

기존에 썼던 가마는 마흔 자12미터였고, 새로 만들려는 가마는 예순 자18미터가 넘었다. 모여든 교인들 속에서, 아가다와는 눈인사만 겨우 할 뿐 대화는 어려웠다. 외양간에서 소와 닭을 돌보며 둘이서 이야기하던 때가 그리웠다.

"화목을 가져오시오."

화문을 하나가 아니라 두 개 내기로 결정한 날이었다. 그만큼 한꺼번에 구울 옹기가 많으니 신속하게 움직여야 했다. 야고버 회장이 보름 남짓 마을을 비웠다가 돌아오자마자 나부터 찾아 내린 명령이었다.

"알겠습니다."

그래도 염려스러운지 확인하듯 물었다.

"목수였다는 태안사 승려들은 믿을 만한 게요?"

어차피 외길이었다. 곡곰의 뒤를 이어 창고들을 관리하고 나무를 사고파는 각우와 명심의 도움 없이는 화목 확보가 어려웠다. 나는 어깨를 펴고 말했다.

"꼭 가져오겠습니다."

"동악산과 동이산, 어디부터 갈 테요?"

"동악산이 가까우니 거기부터 가겠습니다. 남자 교우 다섯 명만 주십시오."

"알아서 하시오."

장엇태에게 나뭇짐을 옮길 사내들을 뽑아달라고 했다. 사전 모임에 다섯 사내와 함께 아가다가 왔다. 반가움을 감추고 걱정부터 했다.

"나무가 엄청 무겁습니다. 산길도 험하고."

아가다가 웃으며 답했다.

"화목을 헤아리고 적어둘 사람이 필요하다고 해서요."

각우와 명심은 동이산에 있을 수도 있고 동악산에 있을 수도 있었다. 아가다는 동악산에서 만나고자 하는 일시만 적어달라 했다. 짧은 서찰을 들고 두 승려를 수소문하여 능파각에서 만난 이는 박마수였다. 박마수는 옹기 배 화공을 쉴 때 야고버 회장이나 아가다의 명령을 받고 은밀히 다녔다. 길눈이 밝고 발이 빨랐으며, 배에서 음식을 만든 덕분에, 산에서든 들에서든 먹어도 괜찮은 것과 먹지 말아야 할 것을 구별했다. 각우와 명심은 내가 정한 날짜에 동악산 창고에 있겠노라고 박마수 편에 전했다.

도림사 계곡을 오르는 길은 만만치 않았다. 전날 소나기가 반나절이나 쏟아진 탓이다. 장마가 아니라도 비가 쏟아지고 나면 계곡물이 급격하게 늘었다. 혼자 다녀오겠다고 하자, 아가다가 물었다.

"저랑 같이 가는 게 불편하세요?"

"길이 질퍽질퍽하고 군데군데 물에 잠긴 곳도 있을 겁니다. 평소보다 서너 배는 힘들 텐데……. 그래서 그럽니다."

아가다가 내 눈을 똑바로 보곤 말했다.

"산도깨비인 줄 알았다면서요?"

계곡물은 예상보다 더 불어 있었다. 물놀이를 즐기며 여름 더위를 피하던 너럭바위도, 탁하고 성난 물에 잠겨 아예 보이지 않을 지경이었다. 바위와 나란히 뻗은 길 역시 사라지는 바람에, 길 아닌 길로 올라가야 했다. 물소리가 크고 거칠었기 때문에 자주 돌아보며 아가다의 위치와 안색을 살폈다. 그때마다 아가다는 미소와 함께 손을 흔들었다.

나는 조심조심 걸음을 떼면서, 아가다가 동악산 창고로 가겠다고 스스로 나선 이유를 생각했다. 옹기 대장인 그녀로선 가마를 깔끔하게 마무리하고, 목사동에서 가져온 무지개흙을 살피면서, 도구들을 챙기고 물레를 돌리는 편이 나았나. 가마에 불을 넣고 관리하는 책임은 조신숙에게 있었다. 화목을 챙기는 것 역시 조신숙의 일이었다. 그런데도 아가다가 나선 것은 내 곁에 머물며 나를 돕고 싶어서라고밖에 여길 수 없었다.

아름드리 소나무가 세 그루나 한꺼번에 쓰러지는 바람에 넘는 것이 쉽지 않았다. 어른 두 명이 손을 맞잡아야 할 만큼 두껍고 빗물에 미끄럽기까지 했다. 내가 먼저 올라간 후 돌아서서 손을 내밀었다. 아가다가 고개를 들었다. 내 손을 쥐지 않고는 혼자 올라설 방법이 없었다. 처음 아가다와 손을 잡는 순간이었다. 너무 힘껏 당겼던 걸까. 그녀가 올라서자마자 내 가슴을 어깨로 밀었다. 나는 균형을 유지하려고 했지만 두 발이 미끄러지며 허리가 넘어갔다. 아가다가 왼팔로 내 목덜미를 붙잡았다. 누가 먼저랄 것도 없이 우리는 끌어안았고, 나무 위에서 가까스로 버텼다.

동악산 창고에서 각우와 명심을 반갑게 만났다. 아가다는 창고와 보관 중인 나무들을 돌아보겠다며 나갔고, 셋만 남았다. 명심이 물었다.

"깨달음을 얻었소?"

"얻으셨습니까?"

"중노릇 며칠이나 했다고. 우리가 깨달음을 얻었으면 방방곡곡 절마다 부처가 넘쳐났을 거요. 근데 그 생각 안 드오?"

질문의 맥락을 몰라 되물었다.

"무슨 생각 말입니까?"

"우린 석가모니의 고향 천축국에 가고 싶다오. 천주교에서 신의 외아들이라 주장하는 이가 태어난 곳은……."

"베들레헴. 나자렛에서 자라셨고요."

"베들레헴? 나자렛? 거기가 얼마나 먼 곳인지 몰라도, 하여튼 예수의 삶이 펼쳐진 그곳으로 가고 싶지 않습니까? 나무도 풀도 꽃도 새도 조선과 너무 달라서, 서책을 읽어도 천축국이 명확하게 떠오르질 않소."

조선의 천주교인들은 탁덕이 오기만을 기다렸다.

"다녀올 수 있겠습니까?"

각우가 받았다.

"듣자 하니 신라와 백제와 고구려의 승려들은 천축국으로 많이 갔답디다. 우리라고 못 갈 것도 없지요. 그건 그렇고 할 만합니까?"

나는 글자 하나 바꾸지 않고 되물었다.

"할 만하셨습니까?"

두 사람이 마주 보더니, 각우가 답했다.

"죽을 노릇이지요. 안 그렇소?"

"그 정도는 아닙니다. 죽기까지야……."

각우가 설명했다.

"새벽부터 밤까지 잠시도 쉴 틈이 없소. 차차 나아진다고는 하는데, 그때가 언제람. 태안사에 계속 머물렀다면 환속했을지도 모릅니다. 산중 창고들을 맡은 후에도 태안사에서 지낼 때와 똑같이 하지만, 거긴 승려들만 이십여 명을 헤아리고 여긴 단둘이니까, 숨도 쉬고 마당도 쓸고 샘물 마시러도 가고 그럽니다. 천千이니 만萬이니 들먹이며 틈 없는 완벽을 논하지만, 내 생각엔 둘이면 충분한 것 같소. 하나는 둘을 낳고 둘은 만물일지니!"

앞들로 나가 농사를 지을 때는 나 역시 둘도 많다고 여겼다. 혼자면 충분하다. 내 곁엔 버도 있고 깅도 있고 새도 있고 하늘도 있고 구름도 있으니까. 아가다가 창고를 둘러보고 돌아왔다. 그사이 화목 이야기는 꺼내지도 않은 것이다. 아가다가 눈짓을 보냈고 나는 고개를 끄덕였다.

"제가 두 분을 뵙자고 한 건 화목이 필요해서입니다. 제가 생각하는 조건을 먼저 말씀드리겠습니다. 제 생각엔……."

각우가 말허리를 잘랐다.

"드리겠소."

"조건부터 듣고, 홍정을……."

명심이 각우를 두둔하며 말했다.

"우린 벌써 드리기로 결정했소."

"벌써가 언제죠?"

"창고를 우리가 맡은 순간부터! 이 자린 당연히 들녘 당신 거라오. 당신이 양보하지 않았다면 우리가 창고를 맡긴 어려웠을 거요. 원하는 만큼 가져가고 형편에 따라 천천히 갚도록 하오. 창고에 나무가 부족한 건 걱정을 마시오. 내가 며칠 바짝 일하면 나무를 베는 것에서부터 뒷정리까지 마칠 수 있다오."

각우가 이었다.

"조건이니 흥정이니 하는 장사꾼의 득실로 들녘 당신을 대하고 싶지 않소. 그건 당신도 마찬가지 아니오? 걱정하지 말고 와서 맘껏 가져가오."

하루에 네 번 오가는 것으로 정했다. 아가다는 처음에 같이 올라가서 창고에 머무르다가 마지막에 함께 내려왔다. 첫날은 순조롭게 계획대로 되었지만, 저물 무렵부터 몰려들기 시작한 먹구름이 문제였다. 별이 반의반도 보이질 않았다. 다음 날 나는 장엇태와 아가다를 만나 먼저 의논했다.

"오늘은 비가 꽤 내릴지도 모르겠습니다."

나무가 젖으면 몇 년 동안 창고에서 말린 정성이 헛수고가 된다. 장엇태가 하늘을 올려다보며 갸웃거렸다.

"지나가는 구름일지도 몰라. 남원 쪽은 더 어둡고 구례 쪽은 군데군데 파란 하늘까지 보여."

나는 고개를 돌려 아가다와 눈을 맞췄다. 매사에 꼼꼼한 사람이니 모험을 감행하진 않으리라.

"창불과 화문을 막고 늦어도 내일은 불통에 불을 넣겠다고, 야고버 회장님이 말씀하셨어요. 가마를 말리는 것이죠. 이틀이나 사흘 후 가마를 살펴 문제가 없으면, 옹기를 넣어도 됩니다. 시간이 얼마 없어요. 하루라도 아낍시다. 만에 하나 비가 내리면 그때그때 대응하고요."

아가다의 기도가 통했던 걸까. 비는 내리지 않았다. 하늘은 잔뜩 흐렸지만, 먹구름이 빠르게 북쪽으로 흘러갔다. 한 번 두 번을 마치고 세 번째 지게를 질 때, 아가다에게 권했다.

"같이 내려갑시다. 남풍에서 북풍으로 바뀌었어요. 비가 뿌리기 시작할 겁니다."

농부에게 비가 늘 반가운 것만은 아니다. 입추 지나 처서 즈음의 비는 벼를 괴롭혔다. 나락이 여물지 못하도록 막고 다 자란 벼를 병들게 했다. 그즈음엔 비가 내리지 않기를 바라며 하루에도 몇 번씩 하늘을 올려다보았다. 구름의 크기와 모양과 색깔뿐만 아니라 어디서 어디로 얼마나 빠르게 혹은 느리게 움직이는가를 바람의 방향과 세기에 맞춰 예측했다. 새들이 얼마나 낮게 나는지도 살폈다. 아주 작은 차이로 비가 내리거나 내리지 않았다.

"다녀오세요."

"빗발이 굵어지면 못 올라올 수도 있습니다."

"그럼 하룻밤 여기서 지내죠 뭐."

"혼자 무섭지 않겠습니까?"

"덕실마을로 내려오기 전엔 세 군데 창고를 돌며 홀로 잠든 밤이 많았다면서요?"

"그랬죠. 곡곰 아저씨가 다치고 나선, 동악산과 동이산 창고에 가면 늘 혼자였습니다."

"무서웠나요 그땐?"

"전혀!"

"저도 전혀!"

각우와 명심도 오늘은 동이산 창고에 머물렀다. 아가다는 동악산 창고에서 고요를 즐기고 싶었는지도 모르겠다.

억지로라도 데리고 내려왔어야 했다. 지게에 화목을 가득 진 사내들이 덕실마을에 닿자마자 폭우가 쏟아지기 시작했다. 나무는 젖지 않았지만 네 번째 나뭇짐을 가지러 가는 것은 취소되었다. 세찬 맞바람을 가슴에 안고는 평지도 걷기 힘들 지경이었다. 동악산 창고에 홀로 남은 아가다가 걱정이었다. 혼자라도 가서 아가다를 데려오겠다고 하자 장엇태가 만류했다.

"이 된비를 맞고 가겠다고? 구름이 굴등창가마 천장처럼 내려왔어. 앞을 분간하기 어려울 만큼 벌써 어둑하고. 가더라도 비 좀 그치고 날 밝으면 그때 가. 창고를 엄청 튼튼하게 지었두만. 거기서 겨울도 거뜬히 났다면서? 내 말 들어. 사서 고생하지 말고."

번개가 치고 곧이어 하늘이 무너질 듯 천둥이 울렸다. 나는 기어이 홀로 나섰다. 다시 천둥이 치고 번개가 번뜩였다. 걸음이 바빠졌다. 뛰다시피 걸으며 하늘을 향해 중얼거렸다.

"벼락이 동악산 창고로는 내리지 않게 해주십시오. 창고 근처 숲에도 떨어지지 않게 해주십시오. 곡곰 아저씨가 어떻게 세상을 떠났는지 저보다 더 잘 아시지 않습니까. 아가다를 잃을 순 없습니다. 벼락을 꼭 곡성에 치시겠다면 차라리 제게 치십시오. 제가 맞겠습니다. 제가 다 맞을 테니 아가다는 그냥 두십시오. 아가다는 오직 천주님을 위해 지금까지 살아온 사람입니다. 그런 사람은 벼락을 맞아선 안 됩니다. 그런 사람이 머무는 집에 벼락이 떨어져 불이 나서도 안 됩니다. 제가 가서 곁에 머물며 지키겠습니다. 꼭 벼락을 치시겠다면, 제가 창고에 도착한 후 하십시오. 아가다가 동악산에서 혼자 어려움을 겪도록 두지 마십시오."

훗날 아가다는 내가 중얼거린 말들을 듣더니, 기도를 제대로 했다며 칭찬했다.

도롱이를 쓰고 나섰지만 산길로 접어들자마자 거추장스러워 벗어버렸다. 그 후로도 벼락이 두 번 더 쳤지만 동악산으로 떨어지진 않았다. 비가 점점 더 퍼부었다. 이럴 때 숲길은 일장일단이 있었다. 울창한 잎과 가지들 덕분에 들이치는 비는 줄지만, 질퍽거리는 흙과 그 위에 덮인 잎에 미끄러져 나뒹굴 위험은 컸다. 그나마 자주 오르내리던 길이요 숲이어서 눈대중으로 안전한 곳을 찾아 디디며 나아갔다. 웅덩이 옆에서 엉덩방아를 연이어 찧기도 했다. 흙이 늘 젖어서 비가 내리지 않더라도 미끄러지기 쉬운 곳이었다. 발목을 삐거나 뼈가 부러지지 않은 것만도 다행이었다. 그루터기에 찧은 이마에서 피가 흘렀다. 수건으로 닦거나 천으로 묶을 겨를도 없이 벌떡 일어나 창고를 향해 뛰어올랐다.

빛이 보이지 않았다. 창고엔 만약을 대비하여 부싯돌과 함께 등잔을 준비해 두었다. 곡곰은 나무를 쌓아둔 창고에 잇대어 움집을 만들었다. 방 하나에 부엌 하나가 전부지만, 구들을 튼튼하게 넣어 한겨울에도 방이 설설 끓었다. 들짐승들의 침입을 경계하여 방문엔 두꺼운 나무판을 덧댔지만, 일어섰을 때 바깥 풍경이 보이는 작은 창엔 한지만 발랐다. 어둡고 어두웠다. 불길했다. 작달비 쏟아지는 밤에 홀로 산속 움집에 머문다면, 화등잔이라도 밝히지 않겠는가. 뛰어오르는 동안, 비 오는 날 동악산 창고에서 일어날 법한 온갖 끔찍한 불상사들이 떠올랐다. 천둥에 놀란 멧돼지들이 들이닥친 것은 아닐까. 멧돼지가 아니라 범이라면? 창고 주변 익숙하지 않은 길을 걷다가 넘어져 다치진 않았을까. 도울 사람 없는 산에선 몸을 가누지 못하면 곧바로 위험해진다. 다친 아가다를 맹수들이 발견했다면? 언덕 위로 올라오고 나서부턴 걸음을 늦췄다. 빗소리가 세찼다. 신음이나 비명이 들리지 않는지 귀 기울였다. 창고나 움집이 아니라, 마당이나 숲에 쓰러져 비를 고스란히 맞고 있다면, 찬 기운이 온몸을 휘감기 전에 빨리 찾아 옮겨야 한다. 아궁이에 불붙이고 언 몸을 녹여야 한다. 아무리 쳐다보고 또 쳐다봐도, 귀 기울이고 또 기울여도, 도움을 바라는 사람은 없었다. 창고에 닿았지만 들어가진 못했다. 문이 굳게 잠겼던 것이다. 아가다가 이 문을 잠갔다면 그녀가 머물 곳은 움집뿐이다. 움집 쪽으로 걸음을 옮겼다. 여전히 어두웠다. 저곳에도 없다면? 더 크고 참혹한 불길함이 밀려들었다.

질퍽한 마당으로 들어서는데 뒤통수가 싸늘했다. 비바람 때문이 아니었다. 먹이를 노리는 짐승의 살기! 천천히 고개를 돌려 젖은 나무 사이 깊은 어둠을 노렸다. 먼저 나타난 것은 싸늘한 총구였고 그다음은 그 총을 든 사내였다. 눈이 부딪치자마자, 나는 참았던 숨을 몰아쉬었다.

"놀랐잖아!"

산포수 길치목이었다. 내가 덕실마을로 들어간 후 만난 적이 없었다.

길치목과 나는 동시에 고개를 돌려 움집을 쳐다보았다. 여전히 어두웠지만, 희미하게 소리가 새어 나왔다. 길치목이 목소리를 낮춰 속삭였다.

"들어가보자."

"내게 맡겨."

방문으로 다가섰다.

"안에 있습니까? 데리러 왔습니다."

답이 없었다. 문고리를 잡아당겼지만 열리지 않았다.

"여세요. 밤이 깊었습니다. 서둘러 내려가야 해요."

그래도 답이 없었다.

"비켜!"

등 뒤에 섰던 길치목이 나를 지나쳐 내달렸다. 방문을 단숨에 걷어차려는 것이다. 오른발이 닿으려는 순간 문이 열렸다. 큰 눈이 어둠 속에서도 반짝였다. 그런데 눈이 두 개가 아니라 네 개였다. 앞서 방을 나선 이는 이야기 아가다였고 뒤이어 따른 이는 강송이 수산나였다. 길치목이 강송이에게 다가가선 물었다.

"다친 데는 없소?"

그 순간 나는 깨달았다, 길치목이 마음에 품은 여인을. 아가다가 강송이와 길치목 사이로 끼어들며 되물었다.

"산포수……가 여긴 무슨 일이세요?"

길치목이 나를 방패 삼아 적당히 얼버무렸다.

"들녘, 이 친구 만나러 왔소. 내가 강원도로 사냥을 떠나기 전까진, 세 군데 산에서 나뭇짐을 옮기고 또 창고들을 돌아가며 머물렀으니까. 도대체 둘이서 등잔불도 안 켜고 방에서 뭘 하고 있었던 거요? 도깨비놀음이라도 했소?"

"묵상 중이었어요."

천덕산 은행나무에서 헤어졌다. 비는 그쳤다. 강송이가 말했다.

"동악산에서 이곳까지 동행해 줘 고맙습니다. 덕분에 밤길이 편했어요."

길치목이 청했다.

"산도깨비가 아니고 사람이란 걸 확인한 날이니, 해 뜰 때까지 이야기나 더 나눕시다."

아가다가 대신 잘랐다.

"할 얘기 없어요."

"그걸 왜 그쪽이 답합니까?"

아가다가 대꾸하기 전에 강송이가 답했다.

"우린 함부로 아무나하고 말을 섞지 않으며 살아왔습니다. 조심히 내려가세요."

강송이가 돌아서자 아가다도 따랐다. 뒤따라가서 따지려는 길치목의 팔을 내가 붙들었다.

"아무나라니? 내 이름은 길치목이요. 산포수 길치목! 아무나가 아니라고."

멧돼지처럼 씩씩거리는 고함을 듣고도, 두 여인은 멈추거나 돌아보지 않았다. 바람에 날린 은행잎들만 길치목의 발등에 떨어졌다.

두 여인이 사라지고 나서, 우리는 은행나무에 기댄 채 침묵했다. 길치목은 사냥을 쉴 때는 좋은 게 좋다는 식으로 느슨하게 살았지만, 사냥감을 쫓기 시작할 땐 집요했다.

"멀리 다녀왔나 봐?"

"아버지 따라 처음 금강산까지 갔었어. 지리산하고 맛이 다르더라. 마음 같아선 백두산까지 올라가고 싶었지만 참았지."

"왜 참아? 팔도 명산을 두루 다니며 사냥하는 게 꿈이잖아?"

길치목이 스스로 생각해도 신기한지 턱을 들곤 헛웃음을 웃었다.

"기기묘묘한 바위들이 많긴 하더라. 근데 더 기기묘묘한 건 어느 산을 오르든지 바위들 중 하나가 꼭 그 여자처럼 보이는 거야."

"그 여자?"

"내가 말했잖아. 당당한 산도깨비."

"아! 그 산도깨비."

"곡곰 아저씨가 돌아가셨단 얘긴 당고개 주모에게 들었어. 곡성에 도착하자마자 그 주막 탁주부터 한 사발 마시고 싶더라고. 넌 괜찮아?"

"괜찮아……."

길치목은 아가다와 강송이가 걸어간 천덕산 쪽을 쳐다보며 말했다.

"저 산도깨비들…… 미륵골에 숨어 사는 천주쟁이들이야."

"미륵골? 천주쟁이?"

야고버 회장은 곡성에서 덕실마을 외에 교우촌이 더 있는 걸 인정하면서도 정확한 위치는 숨겼다. 자연스럽게 알게 될 것이고 가게 될 것이라고만 했다. 그런데 외교인인 길치목이 천덕산 미륵골에 교우촌이 있다는 사실을 이미 아는 것이다.

"아버지가 십 년쯤 전 겨울에 몇 번 그들을 위해 사냥한 노루와 멧돼지를 준 적이 있어. 갑자기 골짜기로 들어와서 엉성하게 집을 짓긴 했는데, 먹을 게 없어서 굶어 죽을 판이었대. 몇몇은 독버섯을 잘못 먹어 설사에 배앓이를 심하게 했지. 아버지가 그러셨어. 사람 목숨은 다 귀하니까 사냥한 고기를 건네긴 했지만, 나라에서 정한 법을 따르지 않는 자들이니 그림자도 섞지 말라고."

"그 얘길 왜 여태 내겐 안 했어?"

"아버지가 입을 닫으라 신신당부하셨어. 한데 넌 왜 밤에 비를 쫄딱 맞으며 동악산 창고까지 올라간 거야?"

길치목이 총을 고쳐 메곤 나를 쳐다봤다. 몇몇 핑계를 떠올렸다가 이내 지웠다. 길치목과 짱구에겐 거짓을 말한 적이 없었다.

"창고 화목들을 덕실마을로 옮기던 중이었어. 낮에도 왔었고."

"나도 오며 가며 보긴 했어. 곡곰 아저씨가 소나무를 몇 짐씩 지고 천덕산이나 동악산이나 동이산을 오르내리시더라고. 나무꾼이 지게에 나뭇짐 지고 다니는 거야 당연하지만, 마을로 내려가지 않고 자꾸 천덕산 골짜기로 깊이 들어가는 게 이상했지. 미륵골 천주쟁이들에게 나무라도 파는 건가 싶었는데 내 예상이 맞았네. 그럼 넌 곡곰 아저씨 대신 창고들을 관리하는 거야?"

"아냐. 그만뒀어, 그 일은."

길치목이 미간을 찡그리며 머리를 긁어댔다.

"이것 참. 뭐가 뭔지 정리가 안 되는군. 곡곰 아저씨 밑에서 하던 일을 지금은 안 한다며? 그런데 왜 네가 창고의 나무들을 덕실마을로 맘대로 옮겨? 비 쏟아지는 야밤에 창고까진 왜 올라왔고?"

"사실은 산을 내려가서 덕실마을로 들어갔어."

길치목이 이마에 주름을 잔뜩 잡으며 물었다.

"거길 왜? 옹기꾼이라도 하려고? 그게 얼마나 힘든 일인데, 농사보다 열 배는 더 고생해."

"교우촌이야, 덕실마을도."

"교…… 우…… 촌?"

"미륵골에서 네가 봤다는 마을처럼, 그렇다고."

길치목이 눈을 크게 뜨곤 물었다.

"들녘, 네가 천주쟁이가 되었다고?"

지난 일들을 설명하는 대신, 야고버 회장과 산포수 길태식의 인연을 더 알고 싶었다.

"이 으뜸을 전에도 만난 적 있어?"

'회장'이 아니라 '으뜸'을 택해 물었다. 길치목이 답했다.

"아버지가 몇 번 멧돼지를 사냥해서 갖다 줬더니, 동이산 산막까지 찾아왔더군. 그때 만났지. 두 사람은 만나기만 하면 저물 무렵부터 새벽까지 대취했고……."

산포수들은 비와 바람을 피할 오두막을 산에 두고 있었다.

"이 으뜸이 밤을 새워 술을 마셨다고?"

믿기 힘들었다. 가마를 열어 옹기를 꺼낸 날엔 옹기꾼들이 모여 술을 마신다는 설명을 언뜻 듣긴 했지만, 다른 날엔 술이라곤 입에도 대지 않는 사람이었다. 그래서 술 좋아하는 교인들의 원성을 샀다. 도움을 받았다지만 외교인인 산포수 길태식과 대취하는 모습은 상상하기 어려웠다.

"술 심부름을 꽤 했거든. 묻어둔 술독에서 밀주를 주전자로 퍼 날랐으니까. 아버지랑 그렇듯 오래 대작하는 사람을 본 적이 없어. 게다가 아버지와 이 으뜸은 말이 정말 잘 통했어. 술도 술이지만 이야기를 나누기 위해 만나온 것 같아."

"이 으뜸이 네 아버지를 전교하려고 이야기를 풀었단 거야?"

"아니! 처음 만나 아버지가 첫 잔을 따를 때 딱 자르셨거든. 도우려고 한 거지 딴 뜻은 없다고. 요상한 신을 말할 작정이면 이 잔만 마시고 돌아가라고. 첫 잔 다음 잔 그다음 잔까지 계속 마셔댔지만, 이 으뜸은 그가 믿는 신에 관한 이야긴 전혀 안 했어."

"그럼 무슨 이야기를 나눴어?"

"총 이야기만 해도 하룻밤이 짧더라. 이 으뜸이 아버지보다도 말이 많았어. 임진년 왜군이 쓴 총부터 지금 산포수들 총까지, 변천사를 줄줄 외더라고. 아버지는 짓궂게 이 질문 저 질문을 던졌지. 서책 몇 권 읽고 잘난 체하는 허풍선이가 아닌지 의심했던 거야. 하지만 이 으뜸은 총을 오래 쏴본 자만이 아는 비법들까지 술술 말하더라고. 그때부터 내 아버지, 꼬장꼬장한 그 어른이 술을 내오라고 하룻밤에도 대여섯 번씩 기분 좋게 웃더라."

총이라니? 총을 든 야고버 회장은 상상하기 어려웠다.

"또 무슨 얘길?"

"사냥 이야기도 사나흘 밤은 지새울 만큼 이어졌지. 산포수라면 사격 솜씨만 주로 따지는데, 물론 총도 잘 쏴야 하겠지만, 그 전에 사냥감을 제대로 몰아야 해. 내 육대조 길, 웅 자, 길웅吉雄 할아버지가 왜란이 터지고 유팽로柳彭老 장군께서 의병을 일으키셨을 때, 돌격장으로 특별히 뽑힌 것도, 사냥술에 능해서였거든. 산과 강과 들의 형세를 살펴 사냥감을 모는 것이나 왜군을 모는 것이나 방식은 비슷하니까. 사냥꾼에게 제일 유리하고 사냥감에겐 가장 불리한 곳까지, 나무와 바위와 물과 또 몰이꾼들로 몰아가는 게 중요해. 병법에서 진을 짜고 싸우는 방식이 여럿이듯 사냥술 또한 수십 가지야. 아버지가 그중 하나를 설명하면 이 으뜸이 묻고 아버지가 답해. 그러곤 순서를 바꿔 이 으뜸이 다른 하나를 논평하면 아버지가 묻고 이 으뜸이 답하는 식이었어. 아버지의 질문이 점점 많아졌지. 왜냐하면 아버지는 주로 곡성과 옥과에서 사냥을 했고, 멀리 간다 해도 지리산 자락이거든. 하지만 이 으뜸이 사냥술을 편 산들은 저 멀리 북쪽 백두산부터 시작해서 계룡산을 거쳐 남쪽 한라산까지 팔도의 산들을 모두 아울렀어."

잠시 설명을 끊더니, 길치목이 물었다.

"근데 이상하지 않아? 이 으뜸은 산포수가 아니라 옹기꾼이잖

아. 그런데 아버지랑 밤을 새워 술을 마시면서 사냥 이야기를 끊임없이 하다니! 옹기꾼이 되기 전에 혹시 산포수를 한 적이 있냐고, 어느 날 새벽엔 내가 묻기까지 했다니까."

"해봤대?"

"아니! 산포수였던 적은 없다더라."

나는 말머리를 돌렸다.

"이 으뜸과 관련해서 꼭 해줄 얘기가 이거야?"

"아니. 방금 한 얘기들은 그 일을 겪고 나서 모처럼 떠올랐던 것들이야."

"그 일이라니?"

"이레 전이었어. 경상도 산청에서 하루를 쉬고 다시 지리산으로 올라간 날이었지. 닷새나 쫓던 노루를 놓친 분이 풀리지 않더라고. 새 노루 발자국을 발견하고 따르던 중에 굴참나무 뒤로 급히 몸을 숨겼지. 험상궂게 생긴 사내가 바삐 내 쪽으로 달려오고 있었거든. 첫눈에 나는 사내가 서종권徐宗權이란 걸 알아차렸어."

"서종권?"

"너도 들어봤지? 어려선 『정감록』에 심취했고, 나이 들어선 전라도와 경상도를 돌아다니며 민란을 일으키는 봉기꾼! 삼십 년 동안 열두 군데 고을에서 난을 일으키고도 잡히지 않은 신출귀몰한 사람!"

중죄인의 얼굴들을 그린 방이 곡성 관아 앞에 종종 붙었다. 십 년 전에는 순창, 오 년 전에는 임실에서 난을 일으키고 달아난 자들이었다. 두 고을의 주모자 중에서 아직도 붙들리지 않은 사내의 부리부리한 눈과 두툼한 입술은 삼십 년 전 산청에서 난을 일으킨 청년과 닮았다. 그 청년의 이름이 바로 서종권이었다.

"첫눈에 서종권이란 걸 어찌 알았어?"

"허리를 반쯤 숙여 두 팔이 땅에 닿을 듯 달리는 자세 탓이지. 평지에선 다른 이들과 비슷하게 걷는데, 홀로 산을 누빌 땐 꼭 저렇게 날렵한 늑대처럼 군다는 거야. 나를 향해 달려오는 자세가 딱 그랬어."

"들켰어?"

"들켰다면 둘 중 하나는 죽었겠지. 내가 숨은 굴참나무는 보지도 않고 비탈을 올라가더라. 서종권과 마주쳐 잠시 가슴이 뛰긴 했지만, 난 또 내 갈 길을 가려고 했지. 근데 서종권이 달려왔던 길이 아니고, 남서쪽으로 비스듬히 난 또 다른 길을 통해 사람들이 올라오는 게 보였어. 나무 뒤에 숨어 더 지켜보기로 했지. 남자 일곱에 여자 다섯 그리고 아이 셋, 이렇게 열다섯 명이었어. 앞장선 사내가 손을 들자, 나머지 사람들은 일제히 멈췄지. 두리번거리는 사내 얼굴을 나는 곧 알아봤어. 누구였는 줄 알아? 오른뺨에 칼자국이 깊었거든. 아버지와 대작하며 밤을 지새웠던 바로 그, 이 으뜸이었지. 그들은 풀숲에 숨어 웅크리더군. 몇몇은 두 손을 모아 기도를 드렸고."

야고버 회장이 보름 남짓 마을을 떠났다가 돌아오긴 했다. 경상도 산청으로 가선 그곳 교인들을 만났던 걸까. 길치목이 이야기를 이었다.

"그때 포졸들이 달려 나왔어. 이 으뜸이 인기척을 느끼고 걸음을 멈췄던 게지. 포졸들은 내가 숨은 굴참나무와 이 으뜸 일행이 숨은 솔숲 사이로 난 길을 부리나케 달렸지. 포도군관이 양손을 들어 능선에 솟은 바위 두 개를 각각 가리켰어. 포졸들은 두 패로 나뉘어 산을 오르기 시작했고. 난 곧 알아차렸지. 포졸 중 한 패는 서종권을 뒤쫓고, 다른 한 패는 그가 달아날 곳을 예측한 후 미리 가서 기다렸다가 붙잡으려 한다는 것을. 토끼를 잡을 때 흔히 쓰는 몰이법이지. 신출귀몰 서종권이 어쩌면 오늘 지리산에서 붙들리거나 목숨을 잃을 수도 있겠단 생각이 들더군. 놀라운 일은 여기서부터야. 포졸들이 두 패로 갈라져 산길을 오르기 시작한 뒤, 이 으뜸이 길로 내려와선 포도군관이 양손을 들었던 자리로 가서 섰어. 서종권을 뒤쫓는 쪽을 쳐다보다가 몸을 돌려 기다리려는 쪽을 택해 산을 오르더라고."

포졸이 천주교인을 추격하는 이야긴 들었어도 천주교인이 포졸을 따르는 이야긴 처음이었다.

"이 으뜸을 따라온 나머지 교인들은 솔숲에 그대로 숨어 있었어. 나는 고개 숙여 노루 발자국을 살피다가, 오늘 사냥을 포기한 채 이 으뜸의 뒤를 밟기 시작했지. 포졸들을 쫓아간 이유가 궁금해서 견딜 수가 없더라고. 포졸들은 육모 방망이가 아니라 활이나 칼을 들었어. 산청 관아의 나졸이 아니라, 서종권처럼 사악하고 흉포한 죄인을 잡아들이기 위해 따로 움직이는 포졸이었던 게지."

포졸들이 서종권을 뒤쫓거나, 야고버 회장이 교인들을 이끌고 깊은 산으로 들어가서 천주의 복된 말씀을 나누는 것은 당연하지만, 야고버 회장이 교인들을 남겨두고 포졸들을 미행하는 것은 매우 이상한 일이었다.

"어떻게 됐어?"

"어떻게 됐을 것 같아?"

길치목이 곧장 답해 주지 않고 되물었다.

"포졸들이 서종권을 붙잡았어?"

길치목이 눈웃음을 지으며 답했다.

"이 으뜸이 아니었으면 붙잡았을 거야. 대단했지. 바위와 나무를 다람쥐처럼 오가면서 맨손으로 활과 칼을 든 포졸 다섯을 제압하더라고. 급소만 노려 기절시켰어. 어딜 때려야 기절하는지 아는, 오래 수련한 솜씨더라고. 이 으뜸이 포졸들을 전부 쓰러뜨린 뒤 얼마 지나지 않아 서종권이 나타났어. 그 순간이 또 잊히질 않네. 서종권이 이 으뜸을 보더니 걸음을 멈추는 거야. 이 으뜸 역시 숨거나 피하질 않고 서종권을 쳐다보았어. 둘은 아는 사이인 게 분명해. 그렇지 않고서야 포졸에게 쫓기던 서종권이 걸음을 멈출 리 없고, 이 으뜸이 서종권을 잡기 위해 길목에서 매복하려 한 포졸들을 제압할 리 없지. 이 으뜸이 서종권을 향해 똑바로 걸어갔어. 스치듯 지나치자, 서종권이 가던 길을 되돌려 함께 뛰더군. 나도 두 사내를 따르느라 숨이 차올랐어.

서종권과 이 으뜸은 포졸들을 급습하여 모두 때려눕혔지. 달아나던 죄인이 가던 길을 되돌려 기습하리라곤 포졸들도 상상을 못했던 게야. 게다가 한 사람이 더 붙어 공격해 대니, 제대로 대응을 못 한 채 무너졌지. 쫓는 포졸들에겐 너무나도 불리한 오르막이었어. 두 다리를 땅에 붙이고 균형을 잡기에도 가팔랐어. 활을 쏘기도 최악이고. 반면에 내려가면서 공격하기엔 너무 좋은 곳이야. 난 척 보곤 알았어. 서종권과 이 으뜸이 일부러 그곳을 골라 급습한 것이라고. 사냥술을 아는 두 사람에게 사냥감인 포졸들이 당한 꼴이지. 완승을 거두고서도 둘은 손 한번 잡지 않고 각자의 길을 갔어. 서종권은 능선을 올랐고 이 으뜸은 골짜기로 내려가더군. 나는 이 으뜸을 따랐지. 봉기꾼 두령 서종권과는 다시 볼 일 없지만 이 으뜸은 다르니까."

"당당한 산도깨비를 포함한 일곱 여인이 살아가는 교우촌의 으뜸 옹기 대장이니까?"

"맞아. 이번 사냥만 마치면 산도깨비도 찾아가고 이 으뜸과도 만날 생각이었거든. 어쨌든 서종권을 구해주고 돌아온 이 으뜸은 기다리던 교인들과 숲에서 기도문도 읊조리고 노래도 부르고 그러더군. 곡성으로 돌아가면 들녘 너랑 짱구에게 제일 먼저 이 기막힌 이야길 해주려고 했어. 사냥하며 겪은 일들은 지금까지 단 하나도 빼먹지 않고 전부 너희와 나눴으니까. 한데 그사이 들녘 네가 천주쟁이로 변했을 줄은 꿈에도 몰랐네."

이제 내가 길치목을 놀라게 만들 차례였다.

"나만 변한 게 아냐. 짱구도 변했어."

"짱구도? 장선마을을 돌며 찾았지만 보이질 않더라고. 그 녀석은 뭐가 어떻게 변했는데?"

"놀라지 말고 잘 들어. 짱구는 이제 오른 다리를 끌지 않고 반듯하게 걸어. 오른팔도 쭉 펼 수 있고. 말도 안 더듬어."

길치목이 못 믿겠다는 듯이 고개를 저었다.

"뭔 흰소리야? 짱구한테 기적이라도 일어났단 말이야?"

도침

옹기로 만든 베개다. 나무로 만든 목침이나 자기로 만든 자침이 많이 쓰이지만, 나는 장선마을에서부터 줄곧 도침을 고집했다. 옆 혹은 위에 구멍을 뚫고 냉수를 채운 도침을 베고 누우면, 뒤통수에서부터 목과 등을 타고 발가락까지 금방 시원해진다. 몸과 마음의 열을 내리는 데 도침만 한 물건이 없다. 여름에도 눈 내리는 꿈을 꾼다.

가마를 완성했다고 바로 옹기를 굽는 것은 아니다. 우선 바람으로 말리고 그다음엔 불로 말린다. 가마를 열어 바람을 맞이하고 가마를 닫아 불을 땐다. 바람과 불로 시험하고도 문제가 없어야 가마로 옹기를 들이는 것이다.

바람이 가마를 말리는 동안, 옹기 대장들은 가마에 넣을 옹기들을 마지막으로 고르고, 건아꾼들은 그것들을 물렛간 앞에 가지런히 놓았다. 불대장 조신숙의 명령에 따라, 불통에 화목을 넣곤 불을 붙였다. 화문과 창불 구멍은 꼼꼼하게 전부 막았다. 그때부터 가마를 지키는 것은 생질꾼들 몫이었다. 감귀남과 전원오는 흙을 더 손보겠다며 창고에 머물렀고, 장엇태는 밤에 나오겠다며 늦잠을 즐겼다. 신참인 나는 새벽부터 해 질 때까지 가마를 떠날 수 없었다.

해가 저문 후, 짱구가 가마로 왔다.

"동악산 오르내리느라 많이 힘들었을 텐데, 오늘은 가서 편히 자. 여긴 내가 있을게."

"치목을 만났어. 동악산 창고까지 찾아왔더라고."

"그래? 이번 사냥은 길었네. 다친 덴 없고?"

"금강산까지 올라갔다가 왔대. 산을 내려와 덕실마을에서 지낸다는 얘기 해줬어. 장 귀도 네게 일어난 일들도."

짱구는 능선처럼 흐르다가 봉우리처럼 솟은 가마 천장을 살피며 물었다.

"많이 놀랐겠네?"

"만나고 싶어 하지. 네가 두 손 두 발 편히 쓴다고 하니 정말 기뻐하더라."

"못 믿는 건 아니고?"

짱구가 정곡을 찔렀다. 길치목은 산포수답게 눈으로 확인한 사실만 믿었다.

"교우촌들 찾아다닐 때 위험한 적도 있었지?"

"……있었지. 사람들 눈을 피해 낮보단 밤에 걸어야 했고, 또 대부분 길도 없는 외딴곳에 마을이 있어서 오가기가 힘들었어. 사람보다 범이 더 자주 출몰하는, 치목이나 다니는 그런 곳들."

"맹수들에게 쫓긴 적은? 험한 고갯길에서 산적들을 만나진 않았고?"

"다행히 없었어. 설령 맹수나 산적을 만나더라도, 천주님이 함께 계시니 두렵진 않았고. 더구나 야고버 회장님이 늘 나를 지키셨어."

"지키셨다?"

"교우촌과 교우촌 사이, 길 위에서는 전혀 안 주무시더라고. 이틀이고 사흘이고 뜬눈이야. 번갈아 주변을 경계하자고 몇 번이나 권했지만, 회장님은 습관이 돼서 잠이 안 오신다더라고. 난 아예 못 잔 건 아닌데 잠을 설쳤지. 덕실마을로 오고 나선 이상하게도 꿈을 자주 꿔. 나 원래 꿈 같은 거 안 꿨거든. 오른발을 질질 끌며 겨우겨우 걸어 다니는 게 너무 힘들어서, 천주님이 내 몸을 고치시기 전까진 어디든 누우면 바로 잤어. 꿈 없는 잠이었지. 그런데 팔다리가 낫고 나선 하루도 건너뛰지 않고 꿈을 꿔. 여러 사람이 바뀌가며 등장하는데 계속 나오는 사람은 딱 한 명이야."

"그게 야고버 회장님?"

"맞아. 회장님이긴 한데, 두 가지가 이상해. 하나는 회장으로 등장한 적이 한 번도 없다는 것. 아이부터 늙은이까지, 남자부터 여자까지, 여러 가지 다양한 직업을 가지기도 하는데, 어쨌든 교우촌 회장은 아냐."

"다른 하나는 뭐야?"

"그게…… 회장님이 오른 다리를 질질 끌어. 오른팔은 팔꿈치가 굽어서 전혀 펴지지 않고. 그 꼴로 기우뚱대며 다니는 거지."

"예전의 너처럼?"

"맞아. 딱 나처럼."

나는 야고버 회장이 오른쪽으로 기운 몸을 가까스로 버티며 걷는 모습을 떠올려보았다. 그답지 않았다.

"꿈 얘길 딴 사람한테 했어?"

"오늘 너까지 치면 세 사람. 가장 먼저 말한 사람은…… 야고버 회장님! 처음 그런 꿈을 꾸고 나선 깨자마자 바로 말씀드렸지."

"뭐라고 하셨어?"

"당신도 종종 꿈을 꾼다고. 개꿈도 있지만 예지몽도 있대."

"예지몽?"

"미래를 알려주는 꿈. 하여튼 또 꾸면 말해 달라 하셨어. 내 꿈 이야기를 들을 때마다 마음을 다잡는다고도 하셨고."

"꿈 얘길 들려준 또 한 사람은 누구야?"

"최 루가."

"최 루가?"

"최돌돌 루가! 닷새쯤 전인가. 자기가 꾼 꿈을 스무 개도 넘게 이야기하더라고. 나한테도 꿈 이야길 해달래. 그래서 들려줬어."

야고버 회장은 아침저녁으로 가마를 보러 왔다. 가마에 불을 넣을 땐 곁을 떠나지 않고 머문다고 했다. 그때도 잠 한숨 자지 않는다는 것이다. 그러나 지금은 바람으로 가마를 식히는 중이기에, 구름과 바람의 변화를 헤아리며 하루에 두 번 가마를 살필 뿐이었다. 와서도 내겐 눈길을 주지 않았고 전원오나 감귀남과 주로 대화를 나눴다. 그 부부가 없을 땐 장엇태가 유쾌한 웃음과 함께 회장을 맞이했다.

나는 다른 생질꾼들 뒤에서 회장을 흘끔거리며 볼 뿐이었다. 길치목의 목격담은 사실일까. 범처럼 바위에서 바위로 뛰어다니고, 다람쥐처럼 나무에서 나무로 날까. 칼날이 아닌 손날로 포졸들을 단번에 쓰러뜨릴 만큼 무예가 출중할까. 봉기꾼 두령 서종권과 힘을 합쳐 칼과 활을 든 포졸들을 제압했다는 것은 허풍일까. 회장은 손바닥으로 가마를 짚어가며 걸음을 뗐다. 손바닥을 대는 것만으로도 어느 부분이 빨리 말랐고 어느 부분이 아직 젖었는가를 아는 눈빛이었다. 평생 옹기에 몰두한 꾼만이 이를 수 있는 경지였다.

둘째 날 저녁, 네 번째로 가마에 와선 내게 물었다.

"이런 가마를 만들 수 있겠소?"

"만들어야 합니까, 가마를?"

"옹기 대장 중에는 가마를 못 만드는 이들이 적지 않소. 물레를 돌리는 것도 힘든 일인 건 맞다오. 하지만 옹기를 아무리 잘 빚어도 가마를 잘못 만나면 옹기가 운다오."

"운다고요, 옹기가?"

"울고말고. 원하는 만큼 불이 뜨거워지지 않으면, 옹기는 쩡쩡 소리를 내며 울다 금이 간다오. 가마를 빌려 쓸 수도 있소. 하지만 가마를 빌려주는 사람치고, 자기 가마의 약점을 순순히 알려주는 이가 몇이나 있겠소? 남의 가마를 쓴다는 건 그 가마의 강점과 약점을 파악도 못 한 채 옹기를 굽는 것이오. 가마를 만들 줄 모르는 주인을 만난 옹기들만 불쌍하지. 자신이 만든 가마에서 옹기를 굽는다면, 가마의 강점과 약점을 충분히 알지 않겠소? 그럼 훨씬 좋은 옹기가 나올 거고. 난 물레를 배울 때도, 툭하면 가마 근처에 가서 놀았다오. 가마를 닫거나 열 때도 늘 가까이에 있었고. 언젠가는 내 손으로 내 가마를 만들겠단 생각이 컸던 게요. 처음엔 가르쳐주질 않아서 애를 먹기도 했소. 하지만 열 번 스무 번 찾아갔더니, 가마 만드는 법부터 수리하는 법까지 다 알려줬다오. 앉아만 있지 말고 옹기가 어떻게 가마 안에서 익을까 상상이라도 해보오. 가마를 이렇게 손바닥으로 쓰다듬기도 하고."

사흘째 저녁에는 아가다가 왔다. 작업을 모두 마친 홀가분함과 피로가 핼쑥한 얼굴에 함께 묻어났다. 찻잔을 내밀며 말했다.

"꿀차예요. 작업을 마치고 건아꾼들과 다 함께 마셨는데, 들녘 형제님 생각이 나서 가져왔어요."

한 모금 머금으니 따듯하고 달콤했다. 맛도 맛이지만 나를 걱정한 아가다의 마음이 더 좋았다. 아가다는 가마를 돌며, 회장이 했듯이, 손바닥으로 일일이 짚어본 뒤, 다시 내 앞으로 왔다.

"기분이 어떻습니까?"

눈웃음과 함께 최대한 가볍게 인사를 건넸다.

"첫 가마는 늘 조심스러워요. 더 설레고 더 걱정되고. 첫아기를 낳기 위해 기다리는 새댁 심정이 이와 같을까요? 나자렛을 떠나 베들레헴에 도착한 마리아 성모님의 마음도 감히 헤아려보았어요. 가마를 열 때까지 단 하나의 실수나 잘못도 없어야 옹기가 제대로 나오는 법이거든요."

"걱정 마십시오. 매일 세 차례 살펴보고 있습니다만 실금 하나 없습니다. 깨끗하고 튼튼합니다."

아가다가 양손을 비비며 말했다.

"옹기 넣는 날이 내일이네요. 거의 다 왔어요. 가서 잠깐만 쉬고 올게요. 들녘 형제님도 쉬어요. 어찌 보면 내일부터 진짜 시작하니까."

아가다의 뒷모습이 골목으로 사라질 때까지 눈을 떼지 않았다. 내일 첫 불을 넣듯, 그녀에게 내 마음을 고백할 날도 가까웠다는 생각이 들었다. 반도 넘게 남은 꿀차를 천천히 들이켰다. 서늘한 가을바람이 저만치 밀려나는 기분이 들었다.

더운 기운이 언제 식어버렸을까. 식어버린 정도가 아니라 얼음이 얼 만큼 차디찬 기운이 왼쪽 귀와 뺨으로 몰려들었다. 냉수를 채운 도침을 벨 때 느끼는 냉기였다. 여름 더위가 꺾인 뒤에도 도침에 냉수를 넣고 잠을 청하긴 했었다. 자꾸 아가다가 떠올랐기 때문이다. 도침을 챙겨 가마 옆으로 가진 않았다. 다시 말해 도침이라고 느낀 것도 꿈의 일부인 것이다. 냉기가 이번엔 뺨이나 귀가 아니라 두 눈을 향했다. 얼어붙은 폭포를 떠올리며 눈을 떴다. 바로 눈앞에 보인 것은 구렁이의 긴 혓바닥이었다. 손을 들어 구렁이를 밀어내려 했지만 팔도 다리도 움직이지 않았다. 거대한 황구렁이가 내 몸을 칭칭 감았던 것이다. 구렁이가 앞니를 내 이마에 대더니 입을 크게 벌렸다. 어린 양 한 마리를 꿀꺽 삼킬 정도로 쫙 벌어진 입이 단숨에 내 머리를 삼키고 목덜미를 물어뜯을 듯했다. 그 순간 황구렁이의 목이 뒤로 끌렸다. 야고버 회장이 두 손으로 붙들곤 잡아당긴 것이다. 내 몸을 감았던 황구렁이의 힘이 점점 약해졌다. 이번엔 먹구렁이 한 마리가 회장의 두 다리를 감고 올라왔다. 황구렁이도 나 대신 회장을 택해 팔을 감으려 들었다. 황구렁이와 먹구렁이에게 협공을 당한 회장은 땅에 누워 구르기 시작했다. 구렁이들에게 감긴 몸을 풀기 위해서였다. 두 마리 구렁이도 지지 않고 회장의 몸을 감고 감고 또 감았다. 그사이 교인들이 가마 주위로 몰려들었다. 어둠이 완전히 가시진 않았지만 새벽이었다.

"비키시오! 당장 비켜!"

한천겸이 장검을 들고 달려왔고 떡메를 든 최돌돌이 그 뒤를 따랐다. 단숨에 구렁이들을 죽일 기세였다. 나는 그들을 막아섰다. 두 사내가 성난 얼굴로 노려보았다.

"독이 없습니다, 황구렁이랑 먹구렁인."

최돌돌이 나를 밀치며 소리쳤다.

"뭔 소리야 그게? 널 잡아먹으려 했어. 회장님 목숨이 위험하다고. 비켜! 비키지 못해."

"독이 없습니다. 확실해요."

한천겸이 물었다.

"저 구렁이들에게 팔을 내밀 수 있나?"

교인들의 시선이 내게 쏠렸다. 오른팔을 내밀려는데, 멀리서 휘파람 소리가 들렸다. 사람들이 고개를 돌렸다. 짱구가 휘파람을 불며 걸어오는 중이었다. 그 소리를 들은 황구렁이와 먹구렁이가 몸을 뒤쳤다. 가까이 다가선 짱구가 휘파람을 더욱 크게 불자, 뱀들이 회장의 몸을 감싸며 틀었던 똬리를 풀었다. 장엇태는 회장을 업고 조망실의 집으로 달려 내려갔다. 덕실마을에서 몸이 아프면 아이나 어른이나 조망실을 찾아갔다. 궁중에서 대대로 전하는 처방들이 그때그때 약효가 있었다.

"저 사악한 놈들을 모조리 다……."

최돌돌이 떡메를 높이 든 채 나섰지만, 나는 방패처럼 그를 막았다.

"제가 하겠습니다."

최돌돌이 한천겸을 돌아봤다. 한천겸은 장검을 내린 채 고개를 저었다. 최돌돌이 떡메를 어깨에 걸치곤 물었다.

"해보다니, 뭘? 떡메가 필요하오?"

나는 고개를 저었다.

"그럼 장검이 필요한 게요?"

"장검도 필요 없습니다."

아가다가 내게 다가서며 물었다.

"어찌할 작정이죠?"

여전히 걱정하는 교인들을 두루 쳐다본 후 답했다.

"살려 보내겠습니다. 마을에서 멀리 가라고 부탁도 하고요."

최돌돌이 코웃음을 쳤다.

"부탁? 뱀이 사람 부탁을 들어준답디까?"

다른 교인들도 하나같이 그 말을 우습게 여겼다. 나는 고개를 돌려 짱구와 눈을 맞추곤 천천히 휘파람을 불었다. 우리가 장선마을 대장 할배에게 배운 휘파람이 스무 개가 넘었다. 뱀을 굴로 돌아가게 하는 휘파람도 있고, 뱀이 움직임을 멈추고 가만히 있도록 만드는 휘파람도 있고, 뱀을 멀리멀리 내쫓는 휘파람도 있었다. 짱구가 회장을 구하기 위해 불었던 것은 뱀들의 힘을 빼는 휘파람이었고, 내가 분 것은 뱀을 내쫓는 휘파람이었다. 뱀들이 움직이기 시작했다. 먹구렁이가 앞서고 황구렁이가 뒤따랐다. 뱀 두 마리를 앞세우고 당고개를 넘어 괴내까지 갔다. 고개를 돌렸다. 처음에는 많은 이들이 내 뒤를 따랐지만 그곳까지 온 사람은 아가다뿐이었다. 휘파람을 멈추자 뱀들도 멈췄다.

황구렁이와 먹구렁이를 보낸 후 아가다와 나란히 당고개를 넘었다. 아가다가 말했다.

"하나만 말씀드려도 될까요?"

할 말이 있어서 따라온 것이다.

"황구렁이나 먹구렁이에 독이 없다는 건 우리도 알아요. 들녘 형제님은 우리가 독도 없는 뱀을 괜히 미워하고 죽이려 든다고 여긴 거잖아요? 죽이지 말고 살려 보내는 건 장선마을에서 내내 해왔던 것이고요. 그죠?"

내 마음을 정확히 짚었으므로 따로 덧붙일 말이 없었다. 아가다가 이어 말했다.

"교인들이 외교인들을 얕잡아 본다거나 미워한다고 여기진 말아줘요. 대부분은 그렇지 않답니다. 어느 마을에서나 어려움을 극복하기 위해 대대로 전하는 슬기가 있으니까요. 그래야 오늘처럼 난처한 일이 일어나지 않을 거예요."

"난처한 일이라뇨?"

"교인 중에 왜 저를 제외하곤 단 한 사람도 들녘 형제님을 따라 당고개를 넘지 않았을까요?"

구렁이들을 옮기느라, 거기까지 생각한 적은 없었다.

"모르겠습니다."

아가다가 수수께끼 같은 답을 했다.

"걸을 힘도 없을 만큼 슬퍼서 못 온 거예요. 절망, 무릎이 꺾인 듯한 아픔."

수수께끼는 덕실마을로 돌아온 후 풀렸다. 분위기가 너무도 어두웠다. 떡메를 내밀었던 최돌돌이 곁에 와서 설명했다. 가마에 금이 많다고, 구멍 뚫린 곳도 네 군데나 된다고. 먹구렁이와 황구렁이 짓 같다고. 나는 구멍을 채우고 금을 메운 후 옹기를 구우면 되지 않느냐고 물었다. 최돌돌이 고개를 저었다.

"눈에 보이는 게 전부가 아닙니다. 눈으로 보이는 금이 열 개라면, 그것의 열 배 그러니까 보이지 않는 금은 백 개가 넘는다고 생각해야 합니다. 옹기들을 굽기 위해 열기를 더하면, 숨어 있던 금

들이 비로소 드러납니다. 그땐 이미 늦죠."

"그랬던 적이 있었습니까?"

"덕실마을에선 없었어요. 옹기촌에선 종종 일어나는 불행입니다. 손해가 워낙 막심하기에 옹기꾼끼리 싸움이 나고, 그 결과 마을을 떠나거나 스스로 목숨을 끊는 일까지 생깁니다. 우리가 왜 뱀을 싫어하는 줄 이제 알았습니까? 독이 있든 없든, 크기가 크든 작든 상관없어요. 뱀이 흙을 파고들어 굴을 계속 뚫는 한, 옹기꾼들은 뱀을 두려워하고 또 죽이려 들 겁니다."

처음 듣는 이야기였다. 갓 지은 가마에 뱀이 출몰하는 것은 드렁허리가 논두렁을 뚫어 물을 흘려버리는 것보다 백배는 더 심각한 상황이었다. 그것도 모른 채 나는 독 없는 구렁이만 위하고, 옹기꾼인 교인들의 두려움과 슬픔을 살피지 못한 것이다. 조심스럽게 물었다.

"예순 자 새 가마는 못 쓰는 건가요?"

"마흔 자 가마까지 못 쓰게 생겼습니다. 구렁이 두 마리가 나오고 나서, 마흔 자 가마를 다시 살폈더니, 구멍 세 개에 금 일곱 개가 발견되었어요. 엿새 전에 가마 두 개를 꼼꼼하게 봤습니다. 그땐 구멍도 없고 금도 없었거든요. 엿새 만에 뱀들이 이따위 짓을 한 겁니다."

덕실마을엔 불을 넣을 가마가 하나도 없었다. 재앙이었다.

가마를 사용할 수 없다는 것보다도 끔찍한 소식을 전한 이는 짱구였다. 외양간까지 와선 소들 사이에 웅크리고 앉은 나를 기어이 찾아냈다.

"회장님은……?"

나는 차마 그다음을 묻지 못했다. 독이 없는 뱀이긴 해도, 황구렁이와 먹구렁이에게 온몸을 칭칭 감긴 채 죄였으니, 뼈가 부러지거나 꺾였을 수도 있다. 내 옆에 주저앉은 후 답했다.

"깨어나질 않으셔."

짱구가 일어서려는 내 팔목을 붙들고 끌어 내렸다.

"가지 마. 교인들이 모두 조 골놈바 할머니 집에 모여 있어. 지금 가면 그 원망을 고스란히 들을 거야."

"들어야 할 원망이면 들어야지."

조망실의 집에 닿았다. 골목도 마당도 유난히 더 고요했다. 교인들이 각자의 집으로 돌아간 것일까. 아가다가 툇마루에 앉았다가 나를 보곤 고개를 숙인 채 눈물을 훔치곤 뒷마당으로 가버렸다. 나는 천천히 방문 앞까지 가선 말했다.

"들녘입니다."

조망실이 문을 열고 마루로 나와선 속삭였다.

"회장님께 하고 싶은 이야기가 있으면 오늘 다 하도록 해. 나중에 후회 말고."

그녀 역시 뒷마당으로 사라졌다. 방으로 들어선 나는 무릎걸음으로 아랫목에 누워 있는 야고버 회장에게 다가갔다. 얼굴에 핏기가 하나도 없었다. 회장의 인중에 검지를 댔다. 끊길 듯 이어지는 가느다란 숨이 손톱에 닿았다. 어제저녁까지만 해도 물레에 앉아서 마무리 작업에 열중하던 그가 하루 만에 산송장으로 바뀐 것이다. 이 변고가 나로부터 비롯되었다는 사실이 당혹스럽고 안타까웠다. 손을 붙들었다. 외양간을 나와서 조망실의 집으로 향할 때는, 아가다와 함께 읽고 외운, 완쾌를 기원하는 몇몇 기도문을 떠올리기도 했다. 그러나 손을 쥔 채 창백한 이마를 내려다보니, 엉뚱한 약속부터 튀어나왔다.

"꼭 살아나십시오. 제가 대신 죽겠습니다. 정말입니다."

배밀이

말 그대로 배를 미는 도구다. 우선 배밀이를 뜨겁게 달궜다가 살갗이 상하지 않을 만큼 식힌다. 그다음엔 손잡이를 잡고 배에 갖다 댄 후 문지른다. 등이 아프거나 다리가 아플 때도 배밀이를 갖다 댔다. 배밀이 등밀이 다리밀이까지 겸한 셈이다.

야고버 회장은 사흘이 지나도 깨어나지 않았다. 한천겸과 조신숙과 아가다, 세 옹기 대장은 회장 곁에서 논의를 거듭했다. 교인들은 매일 조망실의 집에 들렀지만 실망만 하고 돌아갔고, 새 가마에 들어가선 황구렁이와 먹구렁이가 뚫은 구멍을 거듭 확인하곤 한숨을 내쉬었다. 나는 가마로 들어가진 않고 화목 창고에서 기다렸다. 장엇태가 창고로 와선 내게 말했다.

"왜 혼자 여기 있어? 대장들 회의가 길어질 모양이야. 저녁부터 먹으려니까 건너와."

"생각 없습니다."

"자책하지 마. 회장님 저렇게 되신 게 네 잘못 아니니까. 교우들도 알아. 밥도 안 먹고 창고에서 혼자 이러고 있으면 그게 더 이상해. 네가 굶는다고 회장님이 깨어나시기라도 해? 이럴 때일수록 든든히 잘 먹어둬야 해. 누구보다도 야고버 회장님이 네가 이러는 꼴을 보면 꾸짖으실걸. 널 얼마나 아꼈다고."

"절 아끼셨다고요?"

"하루는 내게 물으시더라. 들녘이 생질꾼 노릇은 괜찮게 하느냐고. 흙을 아끼는 마음이 깊고, 화목까지 두루 알아서, 생질꾼으론 딱이라고 말씀드렸지. 그랬더니 회장님 눈썹이 실룩이더라. 웃음을 참으신 게지. 일 년에 한 번 웃을까 말까 하셔. 눈썹이 움직인 건 네게 마음이 가 있다는 징표야."

"많이 서투릅니다."

"누구나 초보였던 때가 있지. 실수도 하고 실패도 하고, 그러면서 커가는 거야. 건너와. 너 안 먹으면 나도 안 먹어."

교인들이 함께 저녁을 먹고 설거지까지 마친 다음에야, 옹기대장들이 가마로 들어왔다. 그들에게 저녁을 권했지만 셋 다 나중으로 미뤘다. 불통 앞에 세 사람이 나란히 앉으니, 교인들이 그들을 내려다보는 꼴이었다. 가운데 앉은 아가다가 먼저 말했다.

"어제 석 공방을 급히 만나 월령을 내년 봄으로 연기해 달라 청하였지만 거절당했어요. 사또가 가을 서리 내리기 전까진 무슨 일이 있더라도 월령을 받으라 명했답니다."

교인들이 안타까운 얼굴로 동시에 고개를 저었다. 아가다의 왼편에 앉은 한천겸이 붉은 코를 들곤 왼쪽 문 옆에 쪼그려 앉은 나를 쳐다보며 말했다.

"공소 회장부터 새로 뽑는 게 어떻겠습니까? 월령을 기한 맞춰 내려면 다시 힘을 모아야만 합니다. 회장을 중심으로 움직여야지요."

조신숙이 받아쳤다.

"겨우 사흘이 지났을 뿐이에요. 성급합니다."

한천겸이 뜻을 꺾지 않았다.

“성급하다니요? 가을 서리 내릴 때까지 월령을 내려면 한시가 급합니다. 언제까지 기다릴까요? 열흘? 보름? 한 달? 기다렸는데도 야고버 회장님이 깨어나지 않으면 그땐 어떻게 합니까?”

갑자기 한천겸이 오른손을 들어 나를 가리켰다.

“뱀에 박식할 뿐만 아니라 이심전심으로 구렁이들을 배웅할 정도이니 한 가지만 물읍시다. 회장님처럼 구렁이에게 몸을 죄여 기절한 사람은 언제쯤 눈을 뜹니까?”

교인들 시선이 내게 쏠렸다.

“모릅니다.”

“저렇듯 기절한 이에게 특효약이 무엇인지 압니까?”

“모릅니다.”

“영영 깨어나지 못할 수도 있습니까?”

“모릅니다.”

“이것도 모른다 저것도 모른다, 모르는 것투성인데도 그날은 아는 척을 잘도 하였던 게군요.”

한천겸은 고개를 돌려 제일 뒤에 엉거주춤 선 짱구를 보며 말을 이었다.

“세상엔 두 종류의 사람이 있습니다. 아는 게 없는데도 아는 척하는 사람과 아는 게 많은데도 모르는 척하는 사람! 구렁이 두 마리를 배웅까지 한 들녘 형제님이 전자라면, 후자는 누굴까요? 장귀도 형제님이야말로 후자에 딱 맞는 사람입니다. 그럼 장 귀도 형제님이 알고도 모르는 척한 건 무엇일까요? 그걸 지금부터 여러분께 말씀드리죠. 장 귀도 형제님이 천주님의 보살피심으로 불편하던 몸의 반쪽을 고친 건 다들 아실 겁니다. 형제님은 또한 완치된 후로 예지몽을 계속 꿨습니다. 그 꿈에는 꼭 회장님이 등장하셨다죠? 장 귀도 형제님이 최 루가 형제님에게 털어놓은 이야깁니다. 장 귀도 형제님! 꿈에서 회장님을 몇 번이나 보았죠?"

교인들이 모두 고개를 돌려 짱구를 올려다보았다.

"쉰 번은 넘습니다. 나이도 이름도 복색도 직업도 전부 제각각이었지만 딱 한 가지 공통점이 있더군요."

짱구가 잠시 멈춘 후 교인들과 눈을 맞췄다.

"몸의 반쪽을 제대로 쓰지 못하셨습니다."

여기저기서 탄식이 터져 나왔다. 두 손을 모은 채 기도하는 이들도 여럿이었다. 조신숙이 냉정하게 평했다.

"장 귀도 형제님의 몸을 고친 것은 천주님의 뜻이라 하더라도, 그가 꾼 꿈들 역시 천주님의 뜻이라 여길 순 없어요."

맨 앞자리 가운데 앉은 최돌돌이 물었다.

"같은 사람이 꿈에 계속 나온 적 있습니까?"

조신숙이 버텼다.

"흔하지 않다는 것과 천주님의 뜻이라는 것은 전혀 다른 얘깁니다."

한천겸이 받았다.

"조 누시아 자매님 말씀이 옳아요. 당연히 그렇지요. 하지만 천주님 은혜로 병을 고친 이가 병을 고친 직후부터 이와 같은 꿈을 꿨다면, 희한한 꿈 정도로 치부할 순 없습니다. 게다가 그 꿈에서 암시한 대로 야고버 회장님이 쓰러져 사흘이나 깨어나지 않고 계시지 않습니까?"

"회장님은 깨어나지 않으시는 것이지, 장 귀도 형제님이 말한 것처럼 몸의 반쪽이 불편하신 건 아닙니다."

"그래서 제가 암시라고 말씀드린 겁니다. 회장님에게 뭔가 좋지 않은 일이 일어날 것이라는 암시 말입니다. 회장님이 멀쩡하다면 그 꿈은 무시해도 좋겠지요. 하지만 그게 아니라면……."

그때 짱구가 말을 자르며 외쳤다.

"가마에서 황구렁이와 먹구렁이가 나타나기 전날에도 꿈을 꿨습니다. 구멍을 봤습니다. 당고개 전체를 집어삼킬 만한 거대한 구멍 두 개가 뚫려 있었습니다. 큰 구멍으론 해가 들어갔고 작은 구멍으로 달이 들었습니다. 해와 달이 구멍으로 들어가자 사방이 깜깜해졌습니다."

한천겸이 손뼉을 쳤다.

"이 또한 예지몽입니다. 여기에 천주님의 뜻이 담기지 않았다고 누가 말할 수 있겠습니까?"

그때 들려온 것은 놀랍게도 코 고는 소리였다. 교인들은 이렇게 중요한 순간에 누가 코까지 골며 잠들었는지 두리번거리며 찾았다. 짱구가 머문 자리에서 횡으로 뻗은, 창불을 살피는 창문 아래에서 들려온 소리였다. 잠든 이를 흔들어 깨우거나 화를 내며 질책하진 않았다. 오히려 더 소리를 죽였다. 코를 골며 잠든 교인이 조망실이었던 것이다. 그녀가 언제부터 잠들었는지 아는 이는 없었다. 그곳에 들어와서 앉았다는 사실조차도 몰랐다. 옹기 대장 세 사람이 조망실의 집, 그러니까 회장이 누워 있는 방에서 온종일 회의를 하고 올라왔으므로, 조망실도 그들과 함께 왔을 것이다. 어쩌면 그들을 올려보내고, 조신숙의 딸이자 조망실의 잔심부름을 도맡아 하는 사라를 불러, 회장에게 조금이라도 변화가 있으면 당장 가마로 와서 알리라고 당부한 후 뒤늦게 올라왔을 수도 있다. 어쨌든 조망실은 가마로 왔고, 옹기 대장들이 갑론을박하고 짱구까지 끼어들어 요란을 떠는 동안 한마디도 하지 않고 앉았다가 코를 골기 시작한 것이다. 교인들의 시선이 모여들자, 조망실은 심봉사 개안開眼하듯 눈을 크게 떴다. 코를 곤 적도 없고 잠에 빠진 적조차 없는 사람처럼, 지금까지의 논의를 단번에 쓸어버릴 주장을 아무렇지도 않게 툭 던졌다.

"회장을 새로 뽑는 문제는 여기서 의논할 수 없어요. 반쪽 회장 만들 일 있나요? 다 함께 모여야죠. 우리가 가야겠군요. 우리가 왜 가야 할까요?"

교인들은 여전히 조용했다. 나서서 떠들던 한천겸도, 꿈 이야기를 늘어놓던 짱구도 입을 열지 않았다. 조망실이 스스로 답했다.

"화목을 채워 불을 넣을 만한 가마가 여긴 없고 거긴 있으니까."

필세

붓을 씻는 물단지다. 먹을 묻혀 글을 쓴 후 붓을 필세筆洗에 넣는다. 아가리를 넓혀 붓이 닿지 않도록 했다.

조망실이 언급한, 천덕산 미륵골에 있는 교우촌 이름은 '무명無名'이었다. 야고버 회장이 이름을 지었고 교인들도 모두 좋아했다. 세상에 이름 없는 꽃도 없고 이름 없는 길도 없듯이 이름 없는 마을도 없다. 그 은혜를 잊지 말자는 뜻에서 역설적으로 붙인 이름이었다.

"선물이야."

장엇태가 지게를 내 앞에 놓았다. 척 봐도 새로 만든 지게였다. 그동안엔 흙 창고에 남아도는 지게를 지고 다녔는데, 밀삐를 아무리 고쳐 메도 등에 착 달라붙진 않았다.

"이걸 왜?"

"무명마을로 갈 때 주려고 만들었지. 오늘이 그날이네."

덕실마을에서 무명마을로 나아가는 것은 그만큼 특별했다. 계단을 하나 더 올라간 기분이 들었다.

"고맙습니다. 잘 쓸게요."

장엇태가 준 지게는 신기할 정도로 등태가 편했다. 무거운 짐을 오래 져도 등이나 어깨가 거뜬할 것 같았다.

"자, 서두르자고. 옮길 짐이 많아."

흙 창고로 들어가니, 전원오와 감귀남 부부가 기다리고 있었다. 곧이어 최돌돌과 강성대와 고해중 등 건아꾼과 요왕, 다윗, 다니엘, 사라 등 아이들까지 몰려왔다. 장엇태가 지겟작대기를 가볍게 흔들며 말했다.

"어서 퍼 담자고."

제 키에 맞는 독에 흙을 옮기기 시작했다. 무명마을에서 옹기를 빚을 때 쓸 흙이었다.

미륵골 은행나무를 돌아 한참을 올라갔다. 엄마가 절대로 넘어가지 말라고 했던 산신각 옛터가 나왔다. 지리산 범보다 더 크고 사나운 범이 정월 대보름이면 나타나서 산신각을 돌고 간다고 했다. 거기서부턴 길이 없었고, 풀들이 내 키보다 높이 자랐다. 장엇태가 지게에 매달고 온 낫 두 개를 풀더니 하나를 내밀었다. 그가 앞장을 서서 풀들을 베었고 나도 따라 했다. 무엇인가가 발바닥을 찌르는 바람에 넘어질 뻔했다. 돌부리도 아니고 나무뿌리도 아니었다. 고개 숙여 살피니 옹기 조각이었다. 내가 밟은 조각은 한 뼘이 넘었고, 그 주변에 작은 조각들이 군데군데 흩어졌다. 사람들이 비탈을 오갔던 흔적이었다. 뚱뚱한 다니엘이 볼멘소리를 냈다.

"말구 아저씨! 이 길이 맞아요? 길이 아예 없습니다."

장엇태가 돌아보지도 않고 답했다.

"누구 좋으라고 길을 만들어?"

무성한 풀들을 헤치고 나아가자 솔숲이 나왔다. 장엇태는 낫들이 흔들리지 않도록 지게에 매달았다.

"무명마을로 들어가면 한 달은 나랑 같이 지내야 해. 궁금한 건 뭐든 물어."

덕실마을에선 교인들로부터 인정받기까지 외양간에 딸린 방에서 나 홀로 지냈다. 무명마을에서도 녹아드는 시간이 필요한 걸까. 덕실마을처럼 나만 따로 떼어두는 것이 아니라 장엇태와 함께 지낸다니 그나마 마음이 놓였다. 나는 자못 심각하게 고개를 끄덕였고, 장엇태는 누런 얼굴을 흔들며 웃었다. 고개를 두 개 더 넘었다. 동악산, 동이산과 함께 천덕산을 부지런히 넘나들었지만, 처음 들어선 골짜기였다. 곡곰이 일부러 이 골짜기를 피해 나를 데리고 다녔던 것 같다.

곡성에 골짜기가 몇 개나 있는 줄 아는가? 어떤 이는 쉰 개라 하고 어떤 이는 백 개라 하고 어떤 이는 이백 개라 했다. 아전들도 정확한 숫자는 몰랐다. 골짜기들을 전부 다니진 않으니까. 공방 석여벽이 덕실마을을 돌봐주듯, 아전 한두 명과 각별한 관계를 맺는다면, 수년 혹은 수십 년 바깥사람들을 들이지 않고 골짜기에서 지낼 수도 있었다. 당고개처럼 장사꾼들이 오가는, 그래서 주막까지 들어선 곳과는 달랐다. 고요하고 고요했다.

"어서들 오세요."

초가지붕도 하나 보이지 않았지만, 가지가 횡으로 유난히 길게 뻗어 거대한 그늘이 자랑인 뽕나무 뒤에서 맑은 목소리가 들렸다. 강성대의 표정이 순식간에 밝아졌다. 흙을 이고 진 이들이 길을 비켜주었다. 뽕나무에 가장 먼저 닿은 강성대가 마중 나온 여인과 손을 붙잡았다. 이마가 넓고 볼이 두툼하여 보름달을 닮았다. 장엇태가 내게 귀띔했다.

"손녀야. 세상에 딱 하나뿐인 혈육이지. 이름은 수산나! 옛 이름은 강송이!"

나는 알고도 모르는 척했다. 강송이는 강성대와 반갑게 인사를 나눈 뒤 뽕나무 그늘로 모인 이들의 얼굴을 하나하나 확인했다. 뽕나무 뒤에서 다섯 여인이 더 나아와 나를 둘러쌌다. 나중에 이름을 확인해 보니, 최연지崔連芝, 공나나孔蘿蘿, 두은심杜恩心, 가명례賈明禮 그리고 박두영朴斗英이었다. 드디어 산도깨비들을 전부 만난 것이다.

언덕을 하나 더 넘자 뽕나무가 또 나왔다. 강송이가 마중을 나와 기다렸던 뽕나무는 오백 년은 넘은 듯 울창했는데, 이 나무는 줄기는 굵은데 키가 작았다. 장엇태가 걸음을 멈추더니 고개를 들고 뽕나무를 향해 말했다.

"내려오게. 오늘부터 그대 집에서 머물고 싶으이."

사람들 시선이 뽕나무 가지로 향했다. 사내 하나가 가지에 걸터앉았다가 뛰어내렸다. 옹기 배 조동무 임중호였다. 장엇태와 반갑게 손을 잡은 뒤, 강송이가 했듯이 사람들의 얼굴을 하나하나 확인했다. 마지막으로 내게 다가와선 양팔을 벌려 안는 시늉을 했다. 순자강에선 옹기 배와 어울린다 여겼는데, 천덕산에서 만나니 또 이 숲에서 평생을 보낸 사람 같았다. 임중호가 내게 귓속말로 속삭였다.

"아가다가 어젯밤에 미리 와선 옹기를 빚기 시작했습니다. 걸작이 나올 듯싶어요."

떠나기 전 덕실마을을 한 바퀴 돌았지만 아가다는 보이지 않았다. 임중호가 나란히 걸어가며 두 주먹을 으스대듯 흔들었다.

"간밤에 힘 좀 썼지요. 나 아니었으면 천하의 아가다라도 곧바로 물레를 돌리긴 어려웠을 겁니다. 건아꾼 두 사람 몫은 거뜬히 했지요."

"작업할 물렛간이 있었나 봅니다."

"덕실마을로 옹기 대장들이 옮겨 간 뒤론 빈집이었죠. 가끔 아가다가 와서도 물렛간엔 가질 않고, 강 수산나를 비롯하여 여섯 여인이 함께 사는 집에 머물렀습니다. 아가다가 찾지 않더라도 청소는 꼬박꼬박 해뒀죠. 옹기 배에서 내리면 내 집보다 먼저 아가다의 물렛간을 찾았습니다. 오늘 같은 날을 기대한 건 아니지만, 하여튼 곧장 물레를 돌릴 수 있으니 다행입니다."

"어젯밤 작업한 흙은 언제 어디서 마련한 겁니까?"

"무명마을에도 흙을 늘 갖춰둡니다. 옹기를 만들기 위해서라기보다는 아이들을 위해서죠."

"아이들이라고요?"

"어려서부터 이곳 아이들은 흙을 가지고 놉니다. 나이가 들고 손에 힘이 붙으면 옹기 일을 해야 하니까요. 어릴 때부터 흙과 친해지는 게 필요하죠. 아가다가 하룻밤 작업할 흙은 충분했습니다."

아가다에 대한 배려가 남달랐다. 내 마음이 점점 불편해졌다. 임중호가 나를 탑처럼 세워두곤 한 바퀴 돌더니 물었다.

"장 말구 형제님이 주신 선물이죠? 새로 들어온 생질꾼에겐 늘 지게를 만들어 내민답니다. 말구 형제님도 처음 생질꾼이 되었을 때 지게 선물을 받았다더군요. 한데 지게가 몸에 비해 약간 큰 거

같은데, 아닌가요? 무명마을은 초행일 테니 힘들면 제가 대신 지고 가겠습니다. 지게든 뭐든 처음엔 어색하고 서먹서먹합니다. 최소한 열 번은 함께 일을 해야 그때부터 물 흐르듯 편해지죠."

"괜찮습니다."

"이러다간 어깨에 살갗이 벗겨지고 등이 벌겋게 부어오릅니다. 물집까지 잡히고요. 그러면 짧게는 사나흘 길게는 보름 가까이 지게를 못 질 수도 있습니다. 자, 어서 주십시오."

임중호가 반강제로 지게를 빼앗았다. 지겟작대기를 짚고 일어서선 걸음을 떼는 모습이 매우 부드러우면서도, 힘을 실을 부분에선 딱딱 끊어 숨을 돌린 뒤 어금니를 깨물었다. 지게를 익숙하게 지듯 어젯밤 건아꾼 노릇도 깔끔하게 했을 것이다.

"다른 옹기 대장들 물렛간도 청소를 해드렸습니까?"

아가다처럼 하루 전에 오진 않았지만, 이토록 많은 흙을 오늘 옮긴다면, 조신숙과 한천겸도 무명마을에서 옹기를 더 만들 듯했다.

"알아서들 해야죠, 각자 건아꾼들과 의논해서."

아가다에게만 특별 대접을 한 것이다.

"아가다 자매님과 친한가 봅니다."

"나만큼 아가다와 오래 이야기를 나눈 교우는 없을 겁니다. 안전하게 이 일 저 일을 하도록 돕기도 했고요. 그러면서 우리 둘만의 각별한 믿음이 생겼습니다."

옹기 배에 아가다를 싣고 다녔을까. 한두 걸음 더 나아가고 싶었지만, 그와 그런 이야기까지 나눌 만큼 친하지는 않았기에 머뭇거렸다. 임중호가 내게만 알려준다는 듯, 곁에 바짝 붙어 목소리를 낮췄다.

"청혼을 했었습니다, 거절당했지만."

덕실마을에선 아침과 저녁에 다 함께 모여 식사를 했지만, 이곳에선 세 모둠 혹은 네 모둠으로 나눴다. 한 가지 특이한 점은 대부분이 여자와 아이 들이라는 것이다. 덕실마을에선 솔숲으로 경계를 나누고 개들을 군데군데 놓아둬 잡인들의 출입을 멀리했다. 외교인 마을까진 천 걸음도 채 떨어지지 않았다. 그러나 미륵골은 달랐다. 골싸기를 벗어나기 전에는 나무와 돌과 풀과 계곡물 그리고 크고 작은 짐승과 벌레 들이 전부였다. 사람은 없었다.

"여기 사는 줄 몰랐습니다."

"어디 살 줄 알았습니까?"

임중호가 반문했다.

"그거야, 박돌이 다두 사공과 함께……."

"사공과 화장은 하동에 삽니다. 원래 거기가 고향이기도 하고, 다른 마을 옹기도 배에 싣고 다녀야 하니까. 가끔 옹기를 이고 지고 여기까지 오기도 합니다. 여자들이 옹기를 얼마나 좋아하는 줄 모르죠? 옹기 종류가 몇 가지나 될 것 같습니까?"

"쉰 가지쯤."

"줄잡아 삼백 가지는 넘을 거라고 박 사공이 그러시더라고요. 나도 언젠가 헤아려봤는데 일백 가지를 쉽게 넘어갔습니다."

"조동무도 옹기 배를 타야 하지 않습니까?"

하동에서 같이 살지 않고, 혼자만 무명마을에 사는 이유가 궁금했다. 매주 그녀와 재회하기 위해서일까.

"피는 못 속인다고 화장인 박마수가 조동무 역할도 곧잘 합니다. 아직 박 다두 사공도 옹기를 혼자 묶을 만큼 힘을 쓰고 있고.

전 꼭 필요할 때만 가죠. 정 급할 땐 저 대신 다른 조동무를 쓰는 것도 같고."

"사공과 화장은 그럼 지금 하동에 있을까요?"

"하동에만 있으면 할아버지와 손자는 굶어 죽습니다. 따로 농사를 짓는 것도 아니고, 배를 움직여야 먹을 게 나오는 팔자입니다. 떠돌이 신세죠. 경상도 웅천에 옹기 팔 건수가 있어서 배를 몰고 갔습니다. 우린 아직 가마에 불을 넣지 않았으니, 여유가 있는 게지요."

나는 덕실마을에서 무명마을로 걸어오며 추측한 것들을 임중호에게 묻기로 했다.

"무명마을 가마가 덕실마을 가마보다 큰가요? 옹기 대장들이 작업을 더 하겠다고 드는 걸 보니."

임중호가 고개를 끄덕였다.

"당고개 덕실마을에 가마가 둘, 그리고 천덕산 무명마을에 하나, 이렇게 곡성 교우촌이 가진 가마는 전부 세 개입니다. 셋 다 불통 가마이긴 한데, 덕실마을 가마들은, 들녘 형제님도 봤듯이, 예순 자가 하나 마흔 자가 하나죠. 물론 그것도 제법 큰 가마이긴 하지만, 무명마을 가마는 여든24미터 자가 넘습니다. 길이도 길이지만 당고개 가마보다 두 배는 더 높습니다. 여든 자 큰 가마는 전라도에서 여기뿐일 겁니다. 가마가 클수록 불을 골고루 넣기 어려워, 옹기 중에 못 쓰는 놈들이 많아집니다. 땅이 넉넉하더라도 그렇게 크게 짓진 않아요."

"그럼 왜 그렇듯 큰 가마를 만든 겁니까?"

"야고버 회장님이 꾼 꿈 때문입니다."

임중호가 계곡 왼편 비탈을 내려다보며 이야기를 풀어놓았다.

"야고버 회장님이 교인들과 함께 이곳으로 들어온 것이 십 년 전입니다. 그전에도 회장님은 곡성을 오가며 머무셨던가 봅니다. 미륵골에 교인들이 불어난 때는 을해년 이후입니다. 곡성으로 내려오기 전에 회장님이 구병산에서 사십 일 금식 기도를 하셨는데, 마치던 날 꿈을 꾸셨대요. 곡성 미륵골이 먼저 보이고, 그다음은 가마 속에서 교인들이 모여 첨례를 드리는 모습이 보였답니다. 회장님은 직접 가마 불통에서 굴뚝까지 걸으며 길이를 쟀고, 대나무 깃대를 높이 들어 높이도 확인했대요. 가마에 모인 교인들 모습이 너무 아름다워, 이곳으로 오자마자 가마부터 만들었던 겁니다. 그 후로 오 년 동안은 여든 자 가마에서 옹기를 구웠고, 옹기를 넣지 않는 날엔 그 안에서 첨례를 드리거나 모임을 가졌습니다. 이 으뜸네 옹기가 좋다는 소문이 돌자, 당고개 아래로 교인 중 일부를 데리고 나가선 가마를 두 개 더 만들었지요."

"오 년 전에 미륵골 큰 가마로 옹기 굽는 일을 멈춘 이유는 뭔가요?"

"조신숙 누시아 자매님의 어머니 윤덕자尹德子 베로니카 할머니께서 그때 돌아가셨습니다. 지금도 옹기꾼 중에서 가장 불을 잘 만지는 이가 조 누시아 자매님입니다. 조 누시아 자매님은 그 솜씨를 어머니인 윤 베로니카 할머니로부터 물려받았죠. 조 누시아 자매님 말로는 어머니가 자기보다 열 배는 더 능숙하게 불을 다뤘답니다. 여든 자 가마에서도 옹기를 제대로 구웠던 건 윤 베로니카 할머니의 공이 컸어요. 한데 윤 베로니카 할머니가 정월에 갑자기 쓰러져 돌아가신 뒤론, 교인들이 가마를 제대로 다루기 힘들었던 겁니다. 야고버 회장님이 결단을 내렸습니다. 여든 자 가마는 쓰지 않고, 대신 당고개에 그보다 작은 가마를 둘 만들기로! 옹기를 직접 빚고 굽는 이들을 덕실마을로 이사를 시켰습니다. 그래서 오 년 전에 마을이 둘로 나뉜 셈입니다. 회장을 비롯하여 성세를 받은 교인들은 두 마을을 오갔지만, 들녘 형제님처럼 아직 믿음이 깊지 않은 예비 신자는 당고개 덕실마을에서만 받아들였습니다."

"제가 이곳까지 왔다는 건 그럼……."

"벽을 하나 더 넘은 셈입니다. 무명마을로 처음 들어온 이는 최소한 반년은 골짜기를 내려갈 수 없다는 게 지금까지 원칙입니다. 예비 신자를 도와주는 교인이 항상 곁에 머물러야 하고요."

"장엇태 말구 형제님이 함께 지낼 거라고 하셨습니다."

"최고의 생질꾼과 함께이니 일석이조네요. 일도 배울 겸 아주 귀한 시간이겠습니다. 혹시 장 말구 형제님이 힘들게 하면 제게 살짝 귀띔해 주십시오. 이곳 규칙을 어기진 못하겠지만, 그래도 편히 지내는 법을 알려드리죠."

대화를 마무리하고 지게를 넘겨받으려는 순간, 임중호가 숨겨온 발톱을 드러냈다. 내게 긴 설명을 마다하지 않은 이유이기도 했다.

"듣자 하니…… 아가다에게 관심이 많다면서요?"

"누가 그러던가요?"

"그게 중요합니까? 짝사랑은 누구나 할 수 있습니다."

'짝사랑'이란 단어가 명치를 쳤다. 일방적인 사랑임을 전제하고, 임중호가 제멋대로 설명을 이어갔다.

"덕실마을로 처음 들어와서 외양간에 딸린 방에서 먹고 자며, 소와 닭과 개 들을 돌보는 게 무척 힘듭니다. 그때 위로와 격려를 아끼지 않고, 또한 교리와 예수님의 일생에 대해서도 해박하며, 늘 친절한 웃음으로 대하니, 남녀를 불문하고 대부분의 예비 신자들이 아가다에게 의지하게 됩니다. 그중 몇몇 총각들은 사랑이라고 확신합니다. 아가다는 전혀 그럴 마음이 없는데, 혼자서만 품은 짝사랑이지요. 짝사랑까진 좋습니다. 하지만 거기서 더 나아가진 마십시오. 들녘 형제님이 지금부터 아가다의 마음을 얻기 위해 하고자 하는 모든 것을, 제가 이미 다 해봤답니다. 당신이 선물하려는 노리개란 노리개는 제가 다 사서 선물했다 이겁니다. 들녘 형제님에게 넘어갈 아가다였다면 벌써 제 아내가 되었을 겁니다. 일곱 여인이 혼인하지 않고 오로지 예수님만을 신랑처럼 섬기며 함께 살다가 천당으로 가기로 맹세했습니다. 그 맹세를 주도한 이가 바로 아가다예요. 절대로 꺾일 사람이 아닙니다. 안타깝지만, 들녘 형제님이나 저나……. 우리가 어떻게 예수님을 이기겠습니까?"

강송이의 안내에 따라 덕실마을에서 가져온 흙을 창고에 내렸다. 무명마을 흙 창고는 덕실마을보다 서너 배 넓었다. 빈 지게로 나오는데, 오른팔이 없는 사내가 왼손에 검은 대나무를 들고 휘휘 저으며 외쳤다. 사내의 이름은 안드릐아고, 옛 이름은 명덕새明德塞였다.

"자, 이리들 오세요. 잠시만 기다렸다가 함께 움직이겠습니다."

장엇태가 알은체를 했다.

"명 안드릐아! 오죽이 더 길어졌군."

명덕새가 대나무를 쥐곤 장엇태를 향해 뻗었다. 장엇태가 재빨리 두 걸음 물러서지 않았다면 가슴을 찔렸을 것이다. 교인들은 깜짝 놀라며 비명까지 질렀지만, 두 사람은 서로를 노려보다가 동시에 웃음을 터뜨렸다.

"제법인데. 모처럼 만난 벗에게 인사치곤 고약하군."

"검술 가르쳐준답시고 등짝을 매일 수십 번씩 내리친 자가 누구였더라?"

"그건 수련이고, 이건 시비지."

"장 말구 너도 목검을 들든가."

"큰일 날 소리. 옹기 대장들이 흙을 빚기 시작하면, 생질꾼과 건아꾼까지 살생을 금하고 말다툼도 피한다는 걸 알아 몰라? 야고버 회장님께 또 혼나고 싶어?"

"우리가 토끼 사냥 다닌 적이 어디 한두 번이야. 내 기억엔 옹기를 한창 빚거나 구울 때도 사냥을 멈춘 적이 없어. 배는 고프고 이 골짜기엔 유난히 토끼가 많았잖아? 그때도 야고버 회장님은 살생을 금하셨지만, 사냥 가자고 아이들을 꾀어낸 건 장 말구 바로 너라고. 겁이 나면 겁이 난다고 솔직히 말해. 불쌍히 여겨 용서해 줄 테니."

흙 창고에서 사람들이 모두 나오자, 명덕새는 오죽을 높이 들고 돌아섰다. 그를 따라 비탈길을 거의 다 내려갔지만 가마를 찾진 못했다. 십 년이면 강산이 변한다지만 오 년만으로도 여든 자가 넘는 가마를 가렸던 것이다. 좌우로 높이 자란 소나무 가지가 지붕처럼 드리웠고, 풀들이 내 키만큼 자랐다. 화문을 발견하고서야 그곳이 가마란 걸 알았다. 명덕새가 오죽으로 화문을 두드리자 강송이가 열고 나왔다. 명덕새와 강송이가 문 좌우에 섰고, 덕실마을 교인들이 가마 안으로 차례차례 들어갔다. 나는 일부러 비켜섰다가, 장엇태와 함께 제일 마지막에 걸음을 뗐다. 내 뒤를 강송이가 따르며 문을 닫았다. 명덕새는 오죽을 든 채 문밖에서 지켰다.

덕실마을 교인들이 들어가기 전, 벌써 가마는 절반 가까이 차 있었다. 미륵골 무명마을 교인들이었다. 그들은 덕실마을 교인들과 눈으로도 인사하고 손으로도 인사했다. 입을 열어 인사를 건네는 이도 있었다. 마을은 두 군데로 나뉘었지만, 꾸준히 오가며 함께 천주님을 받들어왔기에 서먹함은 없었다. 중요한 첨례는 대부분 무명마을에서 행했다. 주일마다 덕실마을 교인들 대부분이 집을 비우는 이유이기도 했다. 미륵골로 오르기 힘들 만큼 늙었거나 병든 이들과 예비 신자들만 덕실마을에서 따로 공소 예절을 드렸던 것이다. 야고버 회장에 대한 비보를 접한 탓에 무명마을 교인들의 안색도 어둡고 딱딱했다. 손수건으로 눈물을 훔치는 여인들도 있었다. 그렇지만 덕실마을 교인들과 인사를 나눌 땐 웃었다. 그들의 웃음은 이 어려움과 고통을 함께 이겨내고 천당에 꼭 가자는 다짐이었다.

덕실마을 교인들이 앞자리를 채워 앉기 시작했다. 조금씩 뒤로 밀리더니 내 자리는 불통의 앞을 막은 불턱에 겨우 마련되었다. 거기서 더 밀렸다면, 앉지 못하고 강송이와 나란히 섰을 것이다. 엉덩이를 떼고 무릎으로 서선 가마 안을 훑었다. 한천겸과 조신숙은 굴뚝 바로 앞줄에서 찾았지만, 아가다는 보이지 않았다. 아무리 작업이 급하더라도, 이 자리에 불참하진 않았을 것이다. 불통에 단을 높인 자리 좌우 벽에는 등잔이 하나씩 매달려 흔들렸다. 스무 개가 넘는 창불 구멍이 있었지만, 좌우에 하나씩만 열고 나머지는 닫았다. 단상으로 올라선 이는 박돔주 방지거였다. 열 살부터 꼬박 십 년을 심마니로 살았고, 스무 살에 지리산 토굴에서 자다가 불곰의 공격을 받고도 목숨을 건진 후 스스로 무명마을로 찾아와선 교인이 되었다. 교인이 된 후에도 가끔 산삼을 캐러 다녔다. 하루 만에 산삼을 열 뿌리나 발견한 적도 있었다. 심마니 시절엔 그가 삼을 찾아 헤맸다면 교인이 된 후론 삼이 자신을 찾아온다고 했다. 손재주도 남달라 스물다섯 살에 옹기 대장이 되었지만, 오 년 전부터는 무릎이 좋지 않아 물렛간에서 물러났다. 목청이 좋고 산길을 외우듯 문장들도 곧잘 외워, 공소 예절을 드릴 땐 야고버 회장을 도와 복된 말씀들을 먼저 또박또박 낭랑하게 말하곤 했다.

"오늘 우리가 다 함께 마음에 새길 복된 말씀은 「성사聖史 루가」 제칠 편입니다. 야고버 회장님이 쓰러진 지금, 이 말씀으로 인하여 우리가 더욱 굳센 믿음을 가졌으면 합니다. '유시에 예수 나임이란 성에 가실 새, 제자들과 많은 무리 한가지로 행하여 성문에 가까우실 즈음에 마침 죽은 사람을 행상行喪하여 가니 이는 과부의 외아들이라. 성중 사람이 많이 모여 과부와 한가지로 오거늘 주 이 과부를 보시매 불쌍이 여기시는 마음을 움직이사 저다려 이르시되, 울지 말라 하시고, 이에 가까이 오사 상두상여를 만지시니 멘 사람들이 머문지라. 주 이르시되, 아해야 너다려 이르나니 일어나라. 죽은 자 즉시 일어나 앉아 말하는지라. 주 그 어미에게 주시니 모든 이 다 놀라 천주를 송양하야 이르되, 진짓 큰 선지자 우리 가운데 이르렀도다, 진짓 천주 그 백성을 돌아보셨다 하더라.'"

박돔주는 이 말씀을 붙들고 각자 잠시 묵상하며 기도하는 시간을 갖자고 했다. 야고버 회장이 불참했기에, 복된 말씀을 자세하면서도 힘차게 푸는 순서는 건너뛴 것이다. 교인들은 기도하고 또 기도했다. 과부의 죽은 외아들도 살리셨으니, 야고버 회장을 반드시 살려주옵소서! 스산한 바람이 열린 창으로 들어왔지만 가마는 슬픔과 갈망이 뒤섞인 열기로 가득 찼다. 나는 고개를 들고 실눈을 뜬 채 가마 안을 다시 훑었다. 여전히 아가다를 찾지 못했고 짱구도 보이지 않았다.

배물항아리

물항아리라고 부르면 반만 맞고 반은 틀리다. 배에서 요긴하게 쓰인다. 배물항아리가 물항아리보다 두 배 혹은 세 배 두껍다. 흔들리는 배에서 부딪치고 굴러도 깨어지지 않아야 한다. 배물항아리에 담긴 물이 없으면 바다에선 죽은 목숨이다. 출항 전 옹기 배 화장은 배물항아리부터 깨끗한 물로 채운다. 아가다는 배물항아리 같은 사람이다. 이 세상 최고의 배물항아리는 누구이겠는가? 맞다, 나자렛 예수.

지금이 위기라는 사실을 가마에 모인 교인들은 모두 알았다. 가뭄으로 끼니를 잇기도 힘겨웠다. 쌀은 한 톨도 남지 않았고 보리도 구경하기 어려웠다. 여자들은 산나물을 캐고 아이들은 나무껍질을 벗겨 왔다. 가뭄은 옹기 판매에도 악영향을 끼쳤다. 양반과 아전 들이 즐겨 찾는 백자와는 달리, 옹기는 농부를 비롯한 민초들의 그릇이었다. 먹고살기 힘든 판에 새 옹기를 들일 여유가 그들에겐 없었다. 관아에선 월령을 깎아주거나 면해주지 않았다. 오히려 월령을 내지 않고 야반도주라도 할까 싶어 교졸들이 더 자주 옹기촌을 다녀갔다.

월령도 내고 끼니도 잇기 위해, 야고버 회장은 밤낮없이 일했다. 덕실마을과 무명마을을 오가며 교인들을 다독였을 뿐만 아니라, 석여벽을 비롯한 아전들에게 월령 내는 때를 늦춰달라 청했다. 없는 시간을 쪼개 전라도 교우촌들을 돌며 위로하고 격려했다. 큰 바람이 몰아쳐도 끄떡없이 지켜주리라 믿었던, 배물항아리 같은 회장이 쓰러져 깨어나지 못하자, 교인들은 흔들리는 배처럼 불안했다. 대부분은 두려움에 잠을 설쳤지만 그 불안을 기회로 바꾸려는 이도 있었다.

한천겸은 회장을 바꿀 때가 되었다고 목소리를 높였다. 어제는 잔기침에 손을 떨고 감정이 차오를 때는 턱까지 흔들렸지만, 오늘은 자세가 한결 듬직해졌다. 교인들과 두루두루 눈을 맞추며 팔을 들거나 주먹을 쥐거나 손바닥을 제 가슴에 댔다. 잠을 아껴 연습이라도 한 듯했다.

"바로 지금이 그 어느 때보다도 회장을 중심으로 덕실과 무명의 교우들이 똘똘 뭉쳐야 한다는 건 잘 아실 겁니다. 회장 없는 교인은 목자 없는 양 떼와 다를 바 없지요. 서리가 내리기 전까지 어떻게든 옹기를 구워 월령을 맞춰야 합니다. 월령만 맞춘다고 끝이 아니지요. 야고버 회장님이 쓰러지신 게 며칠 되지 않았으니, 좀 더 기다려보자는 주장도 있습니다. 어제 조 누시아와 이 아가다, 두 옹기 대장의 의견이 그러했습니다. 하지만 저는 생각이 다릅니다. 회장님은 반드시 깨어나실 겁니다. 깨어나셔야만 합니다. 빠르면 빠를수록 좋겠지요. 하지만 회장님이 깨어나신다고 우리에게 닥친 문제들이 곧 해결될까요?

지난 십 년 동안 회장님은 일하고 일하고 또 일하셨습니다. 구렁이의 공격을 받아 혼절하셨지만, 쌓인 피로 탓에 쉽게 회복하지 못하시는 겁니다. 깨어나신다고 해도, 예전처럼 일하시겠다면 나서서 말려야 합니다. 긴 시간 정신을 잃었던 사람에게 무거운 짐을 지울 순 없습니다. 따라서 우리는 회장을 새로 뽑아야만 합니다. 덕실과 무명, 두 마을 교우들 다수가 원하는 이를 새로운 회장으로 세웁시다. 예수님의 열두 종도 중 베드루가 으뜸 종도입니다. 그러나 베드루 종도가 모든 곳을 다 가서 전교하진 않았습니다. 열두 종도가 각자 장소와 역할을 나눠 맡았지요. 예수님을 만난 적이 없고, 따라서 예수님에 의해 종도로 선발된 적도 당연히 없는 바오로 종도가 가장 많은 지역에서 전교했다는 사실을 우리는 또한 압니다. 베드루 종도의 업적은 업적대로 인정하면서, 우리에겐 바오로 종도와 같은 회장이 새로 필요하지 않겠습니까? 어떻습니까, 조 누시아 자매님?"

내겐 아직 얼굴이 익지 않은 무명마을 교인 중 상당수가 고개를 끄덕였다. 어제는 아가다와 조신숙에게 동조했던 덕실마을 교인들도 야고버 회장에게 휴식이 필요하다는 주장엔 동의했다. 조신숙은 일어서긴 했지만, 곧장 단상으로 나오진 않고 돌아서선 교인들을 훑었다. 내 추측이 맞다면, 그녀는 한천겸에 대한 반론을 자신이 아닌 아가다에게 맡기고 싶었을 것이다. 아가다는 오늘도 보이지 않았다. 조신숙이 단상으로 나와 교인들을 향해 섰다.

"바오로 종도와 같은 이가 우리 가운데 있다면 저도 새 회장으로 세우는 문제를 고민했을 거예요. 하지만 덕실과 무명에 과연 그처럼 믿음이 굳세고 능력이 출중한 이가 있나요? 솔직히 같은 옹기 대장이긴 해도, 제 솜씨는 야고버 회장님의 절반에도 미치지 못합니다. 그 외에 회장님이 십 년 동안 해오신 일들을 과연 누가 이어받을 수 있을까요. 반의반만큼이라도 감당할 교인이 있다면 그 사람을 회장으로 뽑는 데 동의하겠지만, 아쉽게도 덕실과 무명에는 없어요. 감히 장담하건대, 전라도 나아가 이 나라 전체에서도 야고버 회장님 같은 분을 찾긴 어려울 겁니다. 그렇지 않습니까?"

교인들은 한천겸의 주장을 들었을 때처럼 또 고개를 끄덕였다. 양립하는 입장을 차례로 듣고 나니, 이 말도 옳고 저 말도 옳은 것이다. 아가다가 참석했다면 한천겸의 주장에 어떤 반론을 폈을까. 혹시 이런 대립이 반복될 것을 알고, 일부러 불참한 것은 아닐까. 불참은 확실한 대안이 없다는 무언의 입장일 수도 있었다. 최돌돌이 조신숙의 주장에 반대 의견을 냈다.

"우리는 곡성에 오기 전 야고버 회장님을 이런저런 인연으로 만났고, 그를 따라 곡성까지 내려왔습니다. 야고버 회장님이 아니었다면 주저했을 교인들이 적지 않았을 겁니다. 조 누시아 자매님의 말씀은 충분히 이해하지만, 이렇게 생각해 보는 건 어떨까요? 야고버 회장님도 처음부터 출중하고 탁월하진 않았을 겁니다. 천주님을 처음 만난 날이 있었고 호기심을 갖긴 했으되 믿음이 깊지 않던 시절이 있었습니다. 다들 아시다시피, 회장님이 여러 번 가슴을 치며 고백하고 또 고백하셨듯이, 신유 대군난 때는 배교까지 하셨습니다. 회심 후 교우촌을 위해 헌신한 점은 높이 사지만, 그렇다고 배교한 사실이 없어지진 않습니다. 신유년에 치명한 정약종丁若鍾 아오스딩 회장님을 비롯한 교인들을 우리는 또한 알지 않습니까. 신유 대군난 때는 그들이 야고버 회장님보다 훨씬 더 굳건한 믿음을 지녔던 겁니다. 바오로 종도와 같은 이가 있으면 회장으로 세우겠다는 조 누시아 자매님의 주장은 회장을 바꾸지 말자는 것과 다르지 않습니다. 조 누시아 자매님 말씀대로, 야고버 회장님처럼 헌신하는 분은 야고버 회장님뿐입니다. 지금은 야고버 회장님과 같은 이를 찾지 말고, 앞으로 오 년 혹은 십 년 뒤에 야고버 회장님처럼 성장할 교우를 찾아야 합니다."

목수인 복태우卜泰羽 벨녹스가 짧게 물었다. 무명마을 교인 중 첫 발언자였다.

"하나만 물읍시다. 서툴고 어리석은 교인을 회장에 앉혔다가, 그가 실수를 범하고 잘못을 저지르면 어찌합니까?"

복태우의 아내인 남혜정南惠貞 이사벨이 이어서 물었다.

"회장 잘못 뽑아 사라진 마을에 대한 이야기를 여러분도 들어 알고 계시죠?"

무명마을 여인들이 대부분 고개를 끄덕였고 덕실마을에서도 남혜정에게 동조하는 여인들이 적지 않았다. 한천겸이 다시 나섰다.

"이대로 회장도 없이 우왕좌왕하다간 밀린 월령도 못 내고 곧 닥칠 겨울에 먹을 양식도 마련 못 합니다. 눈앞에 어마어마한 불행이 훤히 보이는데, 야고버 회장님 같은 이가 없다고 한탄만 할 겁니까?"

짧은 침묵이 가마를 덮었다. 최돌돌이 한천겸과 눈을 맞춘 후 일어섰다.

"우선 기도부터 드리면 어떻겠습니까?"

화문 바로 옆에서 아기살片箭처럼 날아든 목소리가 귀에 익었다. 고개를 돌려 확인하니 과연 짱구였다. 뒤늦게 와선 한천겸과 조신숙의 각진 공방을 조용히 지켜본 듯했다. 짱구는 단상으로 나오진 않고 그 자리에 서서 말을 이었다.

"어젠 우리 모두 야고버 회장님을 위해 기도드렸습니다. 회장님의 빠른 회복을 위한 기도는 오늘도 계속 드리고, 거기에 한 가지를 더 얹어보는 건 어떻겠습니까?"

한천겸이 되물었다.

“무얼 얹는단 겁니까?”

“회장을 새로 뽑는 문제죠. 그것 때문에 여기 모이신 것 아닌가요?”

치유의 은혜를 입은 짱구의 주장이기도 했고, 그 주장이 어떤 일을 하든 기도로부터 시작하라는 복된 말씀에 충실했기에, 교인들은 자세를 고치고 두 손을 모았다. 한천겸의 눈짓을 다시 받은 최돌돌은 말을 꺼내지도 못한 채 앉았다. 박돔주가 단상으로 올라왔다.

“장 귀도 형제님의 제안이 참으로 귀합니다. 다 함께 오늘도 기도를 드리도록 하십시다.”

기도가 시작되었다. 나는 가만히 일어나선 화문 옆으로 갔다. 짱구와 이야기를 나누고 싶었던 것이다. 무릎을 꿇은 채 눈을 감고 기도하는 짱구 옆에 앉기도 전에 화문이 살짝 열렸다. 고개를 빼꼼 들이민 사내아이와 눈이 마주쳤다. 옹기 배 화장 박마수였다. 나는 팔을 뻗어 박마수의 어깨를 잡았다.

“웅천에, 할아버지랑 같이 갔던 거 아니니?”

박마수가 동문서답을 했다.

“할아버진 하동으로 새벽에 오셨어요.”

“넌?”

“저는 송 안젤라 아줌마 집에 있다가…… 새벽에 하동에 다녀왔습니다.”

박마수의 대답을 이해하기 어려웠다. 나중에 알았지만, 무명마을에 사는 송숙자宋淑子 안젤라는 밀물과 썰물이라는 쌍둥이 딸을 둔 과부였다. 박마수는 쌍둥이들과 어릴 때부터 동갑내기 친구로 지냈다. 박돌이가 박마수를 데리고 무명마을에 들를 때는 그녀의 문간방에 머무르곤 했다.

"할아버진 지금 어디 계셔?"

박마수가 답하기 전에 화문이 열렸다. 덕실마을 가시나무 집에서 봤던 요안 회장과 아가다 그리고 박돌이가 차례차례 가마로 들어왔다.

기도가 멈췄다. 박마수가 쪼르르 나가서 박돌이 뒤에 섰다. 아가다의 안내를 받으며 단상으로 다가간 요안 회장이 박돔주의 손을 굳게 맞잡았다. 여기저기서 요안이란 이름이 들렸다. 지난번 덕실마을은 몰래 다녀갔지만, 이곳 무명마을에선 새로 번역한 서책을 교인들과 함께 읽고 대화도 나눴던 것이다. 나는 박돌이에게 목소리 낮춰 물었다.

"어떻게 함께 들어오십니까?"

박돌이가 답했다.

"이게 다 천주님 뜻이지. 내가 하동으로 하루만 늦게 왔어도 요안 회장님을 못 뵈었을 걸세. 웅천에서 물동이 스무 개에 자배기를 열 개나 팔았어. 가을 요맘때쯤엔 가끔 된바람이 높은 파도를 몰고 와. 무사히 바닷길로 광양에 닿은 후 순자강을 거슬러 하동 집에 가니 뜻밖에도 마수가 툇마루에 앉았더라고. 내가 데리러 갈 때까지 무명마을에서 밀물이랑 썰물이랑 지내기로 했거든. 저 녀석도 나를 닮아 한군데에 진득하게 머물지를 못해. 한데 마수는 혼자가 아니었어. 방에서 따라 나온 사내가 요안 회장님이셨어. 하동 교인들도 만나고 몇 달 머무르려고 오셨대. 아가다가 마수 편에 전한 서찰을 읽으신 회장님은 곡성으로 가자 하시더군."

"아가다는 그럼?"

"나루까지 마중을 나왔더라고. 요안 회장님 모시고 덕실마을부터 가서 야고버 회장님 문병하고 오는 길일세."

요안 회장이 박돔주를 비롯하여 덕실마을에서 안면이 있는 교인들과 인사를 나누는 사이, 조신숙은 아가다에게 지금까지 나온 의견들을 간략히 전했다. 아가다가 단상으로 올라갔다. 눈을 감고 고개를 숙인 채 기도를 거듭하던 교인들의 시선이 그녀에게 모였다.

"어제까진 저도 여기 있는 조 누시아 자매님과 같은 생각이었습니다. 야고버 회장님을 대체할 사람이 없지 않은가? 대책도 없이 회장부터 덜렁 바꾸는 것은 옳지 않다! ……그런데 곰곰 따져보니 꼭 그렇게 여길 건 아니더군요. 거절당할 때 당하더라도 연락은 드려보기로 했습니다. 다행히 그분이 경상도에서 가장 서쪽 고을 그러니까 하동에 계셨습니다."

요안 회장이 온화한 얼굴로 교인들과 눈을 맞추며 단상으로 올라갔다. 단풍나무 아래로 산책이라도 나온 사람 같았다. 근심 걱정이 나무껍질처럼 들러붙었던 교인들 얼굴도 한결 부드러워졌다. 아직 한 마디도 꺼내지 않았지만, 양 떼를 인도할 목자의 자리를 찾아가는 중이었다. 산들바람처럼 이야기를 시작했다.

"순자강을 제법 여러 번 건넜습니다. 건넌 이유는 다양했지만, 야고버 회장님을 거의 빼놓지 않고 만났지요. 언쟁을 벌인 적도 많았습니다. 교우촌을 하나라도 더 만들 방법과 이미 만든 교우촌을 강건하게 키울 방법과 하루 빨리 탁덕을 모시고 올 방법을 머리를 맞댄 채 궁리하고 또 궁리했지요. 제가 제시한 방법과 야고버 회장님이 제시한 방법이 다른 적도 여러 번이었습니다. 그때 우린 밥도 안 먹고 잠도 안 자고 다퉜습니다. 나도 옳고 너도 옳다며 적당히 체면을 차린 적은 없습니다. 교인들 목숨이 걸린 일이니까요. 교인들이 정성껏 마련한 돈을 쓰는 일이니까요. 희망을 향해 한 걸음이라도 나아가는 일이니까요. 아끼고 존중하며 여기까지 왔습니다.

상상하기 힘든 소식을 어둑새벽에 하동에서 듣고 곧바로 달려오는 길입니다. 야고버 회장님의 빈자리는 여러분들이 상상하는 것보다 훨씬 클 겁니다. 든 자리는 몰라도 난 자리는 안다는 것 아닙니까. 누가 야고버 회장님의 뒤를 이을 것인가 하는 문제는 덕실마을과 무명마을 교인들이 의논하여 정할 일입니다. 다만 새로 뽑히는 교인이 야고버 회장님의 빈자리를 거뜬히 채우리란 기대는 하지 마십시오. 이 세상엔 쉽게 금방 채울 구멍도 있고, 힘겹지만 노력하면 채울 수 있는 구멍도 있지만, 아무리 애써도 절대로 채우지 못할 구멍도 있는 법입니다. 제게 야고버 회장님의 자리는 그 누구도 채우지 못할 구멍입니다.

다만 저는 야고버 회장님과 오래 논쟁하면서, 그가 고민하는 것들, 꿈꾸는 것들, 아끼고 사랑하는 것들을 두루 많이 알게 되었습니다. 덕실과 무명의 교우들에게 그것들을 알리고 함께 고민하며 나눌 수는 있습니다. 내년 입춘까지 지리산과 순자강 인근에 머물 예정입니다. 야고버 회장님이 하루라도 빨리 깨어나시길 저도 기도드리겠습니다."

새벽까지 논의는 계속되었다. 여러 의견이 나왔지만, 요안 회장이 등장한 후로 교인들 마음이 한쪽으로 기울었다. 회장을 새로 뽑지는 않고, 요안 회장에게 입춘까지 임시로 맡아달라 청하기로 한 것이다. 한천겸은 최돌돌과 함께 가장 먼저 가마에서 나가버렸고, 조신숙과 아가다는 서로의 등을 도닥였다. 명절 윷판에서 승패가 결정된 뒤의 풍경 같았다. 한천겸이 제아무리 치명자의 아들이고 옹기 대장이더라도, 야고버 회장의 친구이자 구병산 교우촌들을 이끌어온 요안 회장의 상대가 될 순 없었다.

3장

안팎

구정물독

구정물단지라고도 하고 구정물항아리라고도 하고 구정물 퍼내기라고도 한다. 구정물을 부엌이나 마당에 버리는 건 제 입에 쏟는 것과 같다. 게으른 아낙은 대옹이나 중두리를 쓰고 부지런한 아낙은 좀도리를 쓴다. 독이 클수록 벌레들이 꾀니, 좀도리에 구정물이 찰 때마다 버리는 편이 낫다. 연꽃 한 송이 새긴 마음이 곱다.

그 가을 요안 회장이 일으킨 변화가 야고버 회장의 행적을 지운 것은 아니다. 오히려 요안 회장은 어디서나 야고버 회장의 말이나 행동을 먼저 되새겼고, 변화를 언급하더라도 최소한의 변화에 머물렀으며, 그 변화 역시 야고버 회장의 헌신을 잇는 것이라고 강조했다. 새로운 미담들까지 덧붙었다. 위기에 처한 요안 회장을 야고버 회장이 구한 이야기들이었다. 요안 회장에게 필요한 서학서들을 건넨 이도 야고버 회장이고, 옹기 판 돈으로 종이와 붓을 넉넉히 선사한 이도 야고버 회장이며, 탁덕을 모시고 오기 위해 연경에 사람을 보낼 때 노잣돈을 두둑이 낸 이도 야고버 회장이라는 것이다. 야고버 회장에게 받은 은혜를 갚기 위해 요안 회장이 곡성에 머무르기로 하였으니, 참으로 아름다운 우정이라는 찬탄이 뒤따랐다. 아가다도 말했다.

"야고버 회장님과 요안 회장님은 제겐 스승이자 아버지 같은 분들이십니다."

아가다가 두 회장을 동등하게 두는 것이 낯설었다. 야고버 회장의 신임이 깊다는 것은 알았지만, 요안 회장과의 특별한 관계는 몰랐던 것이다. 나는 조심스럽게 말했다.

"조망실 골놈바 할머니께서 교우촌을 이끄시지 않을까 생각했습니다."

아가다가 말했다.

"요안 회장님을 천거한 이가 바로 조 골놈바 할머니세요. 만에 하나 요안 회장님이 거절하시면, 당신 이름을 꺼내서라도 허락을 받으라 하셨어요. 요안 회장님이 우리 제안을 기꺼이 받아들이셨다고 여기세요? 아니에요. 야고버 회장님이 얼마나 위중한가를 보기 위해 곡성으로 오긴 하셨지만, 나루에 마중 나간 제게도 이건 자신이 맡기엔 벅차다고 하셨어요. 깨어나지 못한 채 누워만 있는 야고버 회장님을 본 후에도 안타까워하셨지만, 자신은 하동에서 따로 할 일이 있다 하셨어요. 그때 마당에서 기다리고 섰던 조 골놈바 할머니가 설득에 나서셨지요. 야고버 회장님이 지난 십 년 동안 교우촌을 훌륭하게 지키고 키워온 것이 오히려 화근이라시더군요. 희미한 실금 하나에 둑이 무너지듯 지옥에 닿을 만큼 교우촌이 추락할지도 모른다 하셨어요."

"야고버 회장님이 해왔던 대로 이어달라 하셨단 말입니까?"

"아닙니다. 바꾸라고 하셨어요. 바꾸되 지킬 것은 지키고, 지키되 바꿀 부분은 바꾸는 지혜를 지닌 이가 지금은 요안 회장님뿐이란 것이죠. 누구보다도 야고버 회장님을 잘 아시는 분이니까요. 안에서만 부풀다간 결국 터지고 말아요. 터지기 전에 송곳을 들어, 미리미리 뚫을 건 뚫고 뒤섞을 건 뒤섞어야 해요. 상처라면 상처겠고 치료라면 치료겠죠."

야고버 회장이 깨어날 때까지라는 단서를 붙이고 일을 맡은 요안 회장은, 덕실마을 교인들부터 무명마을에서 돌려보냈다. 옹기 작업에 필요한 대장과 건아꾼과 생질꾼만 남았다. 생질꾼인 나도 당연히 남으려는데, 요안 회장이 덕실마을로 나를 불렀다. 홀로 미륵골을 내려가서 은행나무를 지나 당고개에 닿았다. 마을로 들어서서도 종종걸음으로 가마를 지나 외따로 떨어진 야고버 회장의 처소까지 올라갔다. 앞마당 평상에 앉았던 요안 회장이 가쁜 숨을 쉬며 들어서는 내게 물었다.

"감옥 같지 않소?"

두 길 넘는 가시나무 울타리가 초가를 둘러쌌으니, 그와 같은 상상을 할 법도 했다. 야고버 회장과 단둘이 머물며 겪은 일들이 떠올랐다. 그것들을 누른 채 에둘러 대꾸했다.

"답답하긴 하네요."

"울타리를 없앴으면 합니다."

"베어버리란 겁니까?"

곡괭 밑에서 벌목까지 맡았지만 피하고 싶은 일이었다. 불편한 마음을 눈치채기라도 한 것처럼, 요안 회장이 답했다.

"울타리를 없앴으면 한다고 했지 가시나무들을 베란 이야긴 하지 않았습니다."

"베지는 말고 울타리는 없애라…… 이 말씀이신가요?"

"집집마다 한 그루씩 옮겨 심으면 어떨까요? 가시에 찔려본 자만이 행실을 조심하는 법이랍니다. 덕실마을을 마치면 그다음엔 무명마을까지 합시다."

미륵골에서 가장 깊고 가파른 곳에 가시나무 울타리로 둘러싸인 초가가 하나 더 있었다. 무명마을에 가면 야고버 회장이 머무르는 처소였다.

"생질꾼입니다, 저는!"

이렇게 나 자신을 규정할 줄 몰랐다. 나는 농부입니다! 평생 이렇게 되뇌며 살 줄 알았다. 요안 회장이 미소와 함께 받았다.

"생질꾼은 여럿이지만, 이토록 큰 가시나무들을 안전하게 옮겨 심을 사람은 그대뿐입니다. 맡으세요."

조망실의 집 앞에서 걸음을 멈췄다. 낮은 돌담 너머로 마당을 살폈다. 나비 한 마리 날지 않았다. 돌담을 한 바퀴 돌았지만 인기척은 없었다. 낮잠이라도 주무시는가. 조망실은 나이가 드니 잠만 늘었다는 이야길 심심찮게 했다. 마당을 지나 도둑고양이처럼 살피다가 건넌방을 살짝 열었다. 빈방이었다. 발소리를 죽여 방으로 다가선 후, 일부러 헛기침했다. 아무런 반응이 없었다. 신발부터 챙겨 들곤 방문을 열고 들어섰다. 야고버 회장만 아랫목에 누웠고 조망실은 보이지 않았다. 무명마을에서 돌아온 교인들과 이야기꽃이라도 피우려고 나갔을까. 나는 무릎걸음으로 다가가선 야고버 회장을 내려다보았다. 허리를 숙였다. 회장의 코에 내 코가 닿을 만큼 가까웠다. 양손으로 귓불을 가볍게 당기기까지 했다. 그리고 무명마을 가마 안에서 벌어진 일들을 이야기하기 시작했다. 가시나무 울타리를 없애라는 요안 회장의 명령을 마지막으로 전한 후 일어섰다. 막혔던 가슴과 배가 뚫리는 듯했다. 또 이 방으로 흰나비처럼 찾아들 것만 같았다. 내 예감이 맞았다.

야고버 회장에게 수다 아닌 수다를 떤 후 부지런히 걸음을 뗐다. 가시나무는 내일부터 옮기기로 했으니, 무명마을을 다녀올까. 아가다를 만나 덕실마을로 가게 된 자초지종을 말할까. 골목에선 아이들이 삼삼오오 모여 떠들었고, 마당에선 여인들이 가을볕 아래 빨래를 널었다. 눈인사를 나누고 계속 걸었다. 요안 회장이 가시나무 울타리부터 없애려는 까닭은 무엇일까. 맞바람이 가슴과 양 볼을 때리듯 불어 올라왔다. 걸으며 하늘을 우러렀다. 마을 위 뭉게구름은 조금도 움직이지 않았다. 구름에서부터 불같은 목소리가 떨어져 내 정수리를 때렸다.

"멈춰!"

멈춰 섰다. 잠에서 깨듯 고개를 흔들며 골목을 살폈다. 그곳은 아가다의 집 앞이었다. 주변을 돌아보았지만 아무도 없었다. 돌담은 겨우 무릎에 닿을 듯해 있으나 마나였다. 앞마당으로 들어서자, 방에서 퍽 하는 둔탁한 소리가 들렸다. 단숨에 마루로 뛰어올라 방문을 열었다. 찬바람이 이마를 밀었다. 뒷마당으로 통하는 창문이 열려 있었고, 방바닥은 흙덩이들로 어지러웠다. 뒷마당까지 뛰어내렸지만, 침입자는 사라지고 없었다. 방으로 되돌아와선 크고 작은 흙덩이들을 모았다. 그냥 뭉친 흙덩이가 아니라 흙으로 빚은 사람의 손이고 발이고 머리고 가슴이고 엉덩이였다.

파편들을 모아 하나하나 맞췄다. 흙으로 빚은 사람은 모두 일곱이었다. 각각 다른 일곱 사람이 아니라, 한 사람의 일곱 가지 모습이었다. 모를 내는 자였고, 벼를 베는 자였고, 길을 걷는 자였고, 허리를 숙인 채 논을 바라보는 자였고, 나물을 뜯는 자였고, 지게를 진 자였고, 흙맛을 보는 자였다. 바로 나였다.

할 수만 있다면 파편들을 이어붙여 반닫이 위에 가지런히 놓은 후 나오고 싶었다. 내겐 그런 재주가 없었다. 조각난 몸들을 방바닥에 흩어두고 떠나긴 싫었다. 비록 흙덩이지만 그것들은 나였다. 이 처참한 꼴을 보고 아가다가 받을 충격을 줄이고 싶었다. 반닫이를 열고 손을 넣으니 시전지詩箋紙가 잡혔다. 일곱 장만 꺼내 차례차례 폈다. 흙 사람을 한 명씩 조심조심 종이 위에 놓고 감싼 후 실로 묶었다. 수의壽衣를 입히는 기분이 들어 마음이 무거워졌다. 나는 언제 어디서 어떻게 죽을 것인가. 어디가 찢기고 어디가 부러지고 어디가 꺾이고 어디가 뒤틀릴 것인가. 반닫이 위에 차례대로 뉘어두곤 방을 나왔다.

가시나무를 나 혼자 옮겨 심기엔 역부족이었다. 최소한 장정 둘 혹은 셋의 도움이 필요했다. 그러나 옹기 대장과 건아꾼과 생질꾼은 무명마을에 남았기에, 덕실마을엔 나이 든 여인들과 아이들밖에 없었다. 일머리가 빠르고 힘도 쓰는 젊은 여인들 역시 무명마을에 머물렀다. 결국 나를 도운 것은 말썽꾸러기 요왕과 다윗과 다니엘이었다. 강보에 싸인 채 덕실마을로 온 그들을 친자식처럼 키운 이는 조신숙이었다. 친딸인 사라가 질투할 만큼 정성을 다했지만, 세 녀석은 조신숙을 고분고분 따르진 않았다. 산과 강으로 다니며 새나 생선을 잡고, 툭하면 옆 마을 아이들과 싸웠다. 셋이서 늘 뭉쳐 덤벼들었기 때문에, 맞고 들어온 날이 손에 꼽을 정도였다. 나무막대에 장끼의 두 다리를 함께 묶어 번갈아 어깨에 멘 채 마을로 돌아오는 아이들을 불러 세웠다. 모처럼 꿩고기로 배를 채울 기대에 찼던 아이들이 슬금슬금 뒷걸음질을 쳤다. 장끼를 빼앗길까 두려운 것이다. 아이들이 달아나기 전에 용건을 꺼냈다.

"날 좀 도와줘. 일을 마치면 밥과 고기반찬을 주마."

"진짜죠?"

아이들 눈이 반짝였다. 가을로 접어들면서부터는 하루에 한 끼 아침만, 그것도 밥 대신 죽으로 겨우 허기를 달랬다. 하루 한 번 죽만 먹고 가시나무를 옮길 수는 없는 노릇이었다. 조신숙과 아가다는 옹기를 빚느라 바빴기에, 조망실이 세 아이를 챙기기로 했다.

"조 골놈바 할머니가 밥해 놓고 기다리실 거다. 하루 앞당겨 오늘부터 주마. 너희들이 잡은 꿩고기까지 곁들여."

아이들은 조망실의 집까지 한달음에 달렸다.

사라

반동이라고도 부른다. 처음엔 아가다가 동이만 세 개 빚었는데, 그 셋을 차례차례 깼다. 다시 동이를 만들겠다는 걸 반동이면 충분하다고 설득했다. 반동이 세 개를 빚었는데, 두 개를 깨고 겨우 저것 하나 남았다. 반동이를 만지면, 믿지 않겠지만, 아가다의 노래가 들린다. 오르막길에서 가쁜 숨으로 불렀던 노래. '천당으로 가려 하면 천당 길을 행할지라. 길도 가지 않으면서 천당 가길 바라는가.'

'어제'와 '오늘'과 '내일'이 없었다면 가시나무 울타리를 없애지 못했을 것이다. 열 살 동갑내기 요왕과 다윗과 다니엘이 돕긴 했지만 그들만으론 가능한 일이 아니다. 땅을 충분히 판 후 줄로 나무를 묶고 끌어당겨 뿌리까지 올린 뒤 달구지에 실어야 했고, 달구지를 끌고 비탈을 내려가야 했고, 구덩이로 나무를 밀어 넣어야 했다. 가장 어린 나무를 울타리에서 끌어 올리지도 못한 첫 밤, 외양간에서 돌보던 황소 생각이 났다. '어제' '오늘' '내일'이란 이름은 내가 덕실마을로 오기 전, 아가다가 소들에게 붙인 것이다.

장선마을에 태어났더라면 논밭을 누빌 황소들이었다. 처음부터 능숙하게 나무를 뽑고 나르고 심지는 못했지만, 소들은 명령에 따라 열 번이고 백 번이고 힘을 썼다. 내가 외양간에서 여물을 넉넉하게 먹였고, 수시로 등을 쓸어줬으며, 이른 새벽부터 늦은 밤까지 솔숲에 머무르도록 배려했음을 소들도 아는 것이다. 첫날은 가시나무 한 그루 옮기는 데도 짜증을 내며 슬슬 물러나던 아이들 낯빛이 소들의 등장과 함께 바뀌었다. 요왕은 어제, 다윗은 오늘, 다니엘은 내일과 짝을 지었다. 조망실을 비롯한 여인들도 틈틈이 나와 세 소년과 세 황소가 합심하여 일하는 모습을 지켜보았다. 박수를 보냈고 시원한 물과 먹을거리까지 내왔다. 아이들은 태어나서 처음 받는 관심에 더더욱 힘을 냈다. 하루에 세 그루면 충분했지만 적어도 여섯 그루는 옮겨 심었고, 아홉 그루까지 늘어난 날도 있었다.

아가다가 덕실마을에 나타난 때는 가시나무가 네 그루밖에 남지 않은 날이었다. 한 그루는 야고버 회장 움집 마당에 두기로 했으니, 세 그루만 옮기면 끝이었다. 요왕과 다윗과 다니엘은 밤을 새워 마무리를 짓고 싶어 했지만 허락하지 않았다. 방심은 금물이다. 나무와 함께 평생 살아온 각우도 한순간의 방심으로 팔 하나를 잃지 않았는가. 살피고 살피고 또 살펴야 한다. 해가 진 뒤 나무를 옮기는 것은 눈이 먼 채 외나무다리를 건너는 것과 같다. 다리에서 떨어지기라도 하면 심각한 부상을 피할 수 없다. 하루만 참으면 감내하지 않아도 될 위험이기에, 아이들의 조급한 바람을 받아주지 않았다.

다음 날 새벽, 어둠이 걷히기도 전에 요왕과 다윗과 다니엘은 외양간으로 갔고, 각자의 소들을 데리고 이제는 단 네 그루밖에 남지 않은 야고버 회장의 집으로 올라갔다. 조망실이 마련한 쌀밥으로 아침을 먹었다. 지금까지 먹은 저녁밥엔 보리에 토란이 섞였다. 아직 마을에 쌀이 남아 있다는 사실이 믿기지 않았다. 나는 세 번이나 사양했지만, 아껴두었다가 좋은 날에 쓰자고 청했지만, 조망실은 고개를 저었다. 마음을 잡지 못하고 산으로 들로 싸돌아다니던 세 아이가 마을을 위해 땀 흘려 일했으니 이보다 더 좋은 날은 없다고도 했다. 요왕과 다윗과 다니엘은 처음엔 놀랐고 다음엔 숟가락질하느라 바빴으며 숟가락을 놓기 전 눈물을 내비쳤다. 지난봄부터 덕실마을 교인들이 쌀밥은커녕 보리밥도 제대로 못 먹었음을 그들도 아는 것이다. 특별한 칭찬이자 격려가 아이들 몸과 마음을 가을비처럼 적셨다. 밥을 먹고 마당으로 나온 아이들에게 물었다.

"오늘은 어느 나무부터?"

세 아이는 똑같이 가장 높고 제일 굵은 나무를 가리켰다. 뿌리를 끊지 않고 그 나무를 뽑으려면 구덩이를 가장 깊고 넓게 파야 했다.

구덩이를 파기 시작했을 때 아가다가 마당으로 들어섰다. 허깨비가 아닐까 잠시 내 눈을 의심했다. 옹기 대장들은 가마에 넣을 옹기들을 더 만들기 위해 무명마을 물렛간에서 두문불출하지 않던가. 아가다는 우선 자기만의 방식으로 아이들을 칭찬했다.

"발로 물레 돌리는 법 배우고 싶다고 그랬지? 이번 가마만 열고 나면 가르쳐줄게."

아이들은 늑대처럼 고개를 들고 소리를 질러댈 만큼 좋아했다. 아가다가 눈짓을 내게 보냈으므로 그녀를 따라 뒷마당으로 갔다.

"이렇게 빨리 끝낼 줄은 몰랐어요."

"요왕과 다윗과 다니엘 그리고 어제와 오늘과 내일 덕분입니다. 내 힘으론 어림도 없었습니다."

"소들이 있다 해도, 다른 교인이라면 절반도 못 했을 거예요."

"먹보라고, 어려서부터 곁을 지킨 황소가 있었습니다. 먹보 덕분에 소들과 사귀는 법을 압니다."

"사귄다……."

"주인입네 부렸으면 아직 멀었겠죠. 하지만 벗으로 대하고 도움을 청하면 적어도 서너 배 더 힘을 냅니다. 가시나무를 전부 옮겨 심고 무명마을로 넘어가면, 혹시 만나려나 했습니다만……. 마쳤습니까, 옹기는?"

아가다가 흙으로 만든 일곱 개의 나에 관한 이야기도 그때 하려 했다.

"아직이에요."

"그런데 어떻게……?"

"고해중 안드릐아 할아버지가 편찮으세요."

입교하기 전까지 수백 마리의 소를 잡았노라며, 비록 팔순이지만 칠순의 강성대 가별보다 더 건강하고 힘이 세다고 자랑했었다.

"뜻밖이네요. 몸이 아프다면, 강성대 가별 할아버지거나 전원오 안또니 형제님일 거라 여겼습니다."

"평생 병치레 한번 않던 분이 잦은 기침과 고열에 시달리며 누우셨으니 더 걱정이에요. 옹기 대장들이 모여 의논을 했답니다. 우선 고 안드릐아 할아버지는 치료에 집중하고 건아꾼을 한 사람 더 뽑기로 정했어요."

"건아꾼을 뽑는다!"

"건아꾼을 어떻게 뽑을까 하는 문제로 긴 시간 또 의논을 했어요. 돌고 돌아 결국 이렇게 정했죠. 새 건아꾼을 원하는 옹기 대장이 지목하기로. 그래서 제가 온 거예요."

"그, 그랬군요."

가슴이 뜨거워졌다. 보이지도 않을 만큼 멀리 물러났던 파도가 순식간에 눈앞까지 닥친 듯했다.

가시나무를 옮기는 작업이 끝날 때까지, 아가다는 조망실의 집에서 기다리겠다며 내려갔다. 아직 깨어났다는 낭보는 없지만, 야고버 회장의 얼굴도 보고 싶을 것이다. 나보다 몇 곱절은 더 슬프고 할 말 또한 많으리라. 마지막 가시나무를 심을 곳이 바로 아가다의 집이었다. 아가다와 그곳에서 대화를 나눌 핑계가 늘어난 셈이다.

두 군데를 마치고 아가다의 집에 닿았다. 앞마당 부엌 옆에 미리 파놓은 구덩이 가까이 달구지를 붙여 나무를 내렸다. 달구지를 끈 황소는 내일이었다. 어제와 오늘은 양옆에서 나무에 줄을 걸고 당겨, 무게가 한쪽으로 기울지 않도록 했다. 뿌리가 부러지거나 꺾이지 않도록 천천히 내린 다음, 흙을 퍼 구덩이를 메워나갔다. 다윗은 내일이 끄는 달구지를 이끌고 우물로 가선 물동이 세 개에 물을 가득 넣어 왔다. 흙을 채운 뒤엔 뿌리가 흠뻑 젖도록 물을 부어줄 예정이었다. 아이들이 맡은 역할을 능숙하게 해나갔으므로, 지적할 것이 없었다. 나는 자주 방으로 눈을 돌렸다. 일곱 흙사람이 궁금했지만, 기다렸다가 아가다와 함께 들어가기로 했다.

아가다가 온 것은 저물 무렵이었다. 나무에 물까지 충분히 주고 나서도 그녀가 보이지 않았으므로, 아이들을 앞세우고 조망실의 집으로 갈까 하던 참이었다. 골목을 돌아 올라오는 아가다의 머리 위로 하늘이 불타오르는 중이었다. 칭찬받기를 기다리는 강아지처럼, 아이들이 어깨와 머리와 팔다리를 흔들어대며 웃었다. 앞마당에 심은 가시나무를 쳐다보는 아가다의 표정이 생각보다 밝진 않았다. 그래도 손뼉을 치며 아이들을 칭찬했다.

"정말 정말 대단한 일을 했네. 어서들 가서 저녁 먹어. 옮겨 심은 나무들이 잘 자라는지 가끔 돌봐줄 수 있지?"

"네!"

아이들 대답이 어느 때보다도 우렁찼다. 아가다가 내게 눈웃음을 보낸 뒤 방으로 들어갔다. 요왕이 내게 물었다.

"내일 아침부턴 무명마을로 갈까요?"

"시작하는 날을 아직 정하진 않았어. 확정되면 제일 먼저 알려줄게."

아가다가 전한 소식이 아니었다면, 당연히 내일부터 무명마을로 일터를 옮겼을 것이다. 더 좁고 더 가파르고 더 가시나무가 많은 울타리이니, 더 조심해야 하고 더 힘을 써야 하며 더 오래 걸릴 일이었다. 아가다와 함께 이 계획이 지워졌다. 건아꾼을 새로 뽑는다고 하지 않는가. 더군다나 건아꾼을 택할 권한이 옹기 대장에게 있다고 했다. 아가다가 직접 그 소식을 들고 내게 왔다는 건 나를 건아꾼으로 뽑겠다는 통보와 다르지 않았다. 당장 내일부터 건아꾼을 시작하면, 무명마을에서 가시나무 울타리를 없애는 일을 맡진 못한다. 나 대신 맡을 사람이 정해지면, 덕실마을의 경험을 바탕으로 작업 과정과 조심할 점들을 하룻저녁 이야기할 수는 있다. 세 마리 황소와 나무 옮겨 심는 데 재미를 붙인 사내아이 셋은 무명마을에서도 큰 힘이 될 것이다.

"나랑 손잡는 꿈 꾼 적 있어요?"

아이들이 가고 나서 아가다가 다시 마당으로 나왔다. 가시나무 아래에서 허리를 젖히며 고개를 들곤 물었다. 진짜 꾼 꿈을 묻는 것인지, 이루고 싶은 바람을 묻는 것인지 헷갈렸다. 전자라면 없고 후자라면 무수히 많았다. 내가 즉답을 못 하자, 아가다가 그 질문이 후자가 아니라 전자라는 걸 이상한 방식으로 확인시켜 줬다.

"나랑 손잡는 꿈을 이레나 계속 꿨대요."

이루어지지 않은 바람이 아니라 진짜 꾼 꿈 이야기다.

"누가 그랬단 겁니까?"

"장 귀도 형제님이에요. 꿈쟁이라고 불러야 할까 봐요. 덕실마을과 무명마을 통틀어 가장 많은 꿈을 꾸는 교인이니까. 어젯밤에 제 물렛간으로 와서 알려줬어요. 같은 꿈을 계속 꾸는데, 아무래도 내가 알아야 할 것 같다더군요. 야고버 회장님이 회장이 아닌 꿈, 몸의 절반이 불편한 꿈을 장 귀도 형제님이 꿨잖아요? 장 귀도 형제님은 저와 손을 잡는 이번 꿈도 예지몽이라 믿더군요. 천주님의 뜻이 담긴……."

"꿈대로 끝난 건 아닙니다. 야고버 회장님은 아직 회장님이시고, 깨어나지 않고 있을 뿐, 몸의 절반을 못 쓰는 건 아니지 않습니까?"

"꿈보다 더 불행하죠. 몸 전체를 못 쓰시니까요. 우리 중 그 누구도 회장님께 변고가 생길 것이라는 상상을 못 할 때, 장 귀도 형제님만 그와 같은 불행이 담긴 꿈을 계속 꿨던 겁니다. 손을 잡는다는 게 어떤 의미인지는 따져봐야 하겠지만, 헛꿈이라며 가볍게 넘길 건 아니겠죠."

아가다의 설명을 듣자마자, 나보다 먼저 덕실마을 그녀 집을 다녀간, 일곱 흙 사람을 부순 이가 누군지 깨달았다.

"장 귀도가 아가다 자매님을 흠모해서 그런 꿈을 꾼 겁니다. 백일홍이 피는 내내 저는 벼에 대한 꿈을 꿔요. 모내기를 마친 후부터 추수할 때까지 논에서 벼들이 커가는 꿈도 꾸고, 벼랑 춤추는 꿈도 꾸고, 벼랑 지리산을 오르는 꿈도 꿉니다. 모내기부터 추수까지 거의 백 일이거든요. 그땐 온통 벼만 생각하니까, 그렇게 꿈에 나오는 거라고, 대장 할배가 말씀하셨어요. 장 귀도도 언제부터인지는 모르겠지만 당신을 흠모합니다. 그래서 그딴 꿈도 꾸고 또……."

"일곱 흙 사람을 부수기도 했죠."

"……알고 있었습니까?"

"장 귀도 형제님이 어제 털어놓았어요. 덕실마을 집으로 가서 놀라지 말라고. 제가 만든 흙 사람들을 보는 순간, 너무 화가 치밀어 견딜 수가 없었다는군요. 곧 후회했지만 이미 일곱 흙 사람을 패대기친 후였답니다. 그리고 어리석은 그 짓을, 이레 동안 계속 찾아든 꿈과 연결해서 생각하진 말아달라고 하더군요. 질투 때문에 한 번이나 두 번 꿈을 꿀 수도 있겠지만, 이레나 계속 같은 자세 그러니까 장 귀도 형제님이 제 손을 쥐고 걷는 꿈을 꾸는 건 다른 뜻이 있는 거라고요."

"그 말을 믿으십니까?"

"자세를 믿어요."

"자세를 믿는다?"

"장 귀도 형제님은 생각과 감정을 숨기질 않아요. 오해를 받고 손해를 입고 의심을 살지라도, 그딴 것 걱정하지 않고, 전부 솔직하게 털어놓는 자세! 그거 쉽지 않거든요. 탁덕이 아니 계시니 고해한 적은 없지만, 자신의 죄를 전부 다 낱낱이 말하는 건 무척 힘들 겁니다. 장 귀도 형제님은 자기 마음의 어두운 부분들을 보여줬어요. 그건 너무나도 어려운 자세예요."

"흙 사람들을 내동댕이친 후 창문을 통해 뒷마당으로 달아났습니다. 제가 그들이 부서지는 소리를 듣고 방으로 뛰어 들어갔거든요. 그 이야기도 하던가요?"

"그럼요. 부끄러웠대요. 친구인 들녘이 들이닥치지 않았다면, 그대로 꿇어앉아 참회의 기도를 올렸을 거라더군요. 같은 꿈을 왜 계속 꿀까. 그 답의 단서를 하나라도 얻을까 싶어 제 빈집으로 들어갔는데, 엉뚱한 짓을 해버린 거죠."

나는 지적하지 않을 수 없었다.

"아가다 자매님에겐 정직한지 몰라도, 적어도 오랜 친구인 제겐 아닙니다. 단 한 번도 당신을 향한 마음을 밝힌 적이 없습니다."

아가다가 옅은 미소와 함께 답했다.

"그런가요? 그 문제는 장 귀도 형제님께 직접 묻는 편이 낫겠네요. 저는 왜 그랬는지 짐작하지만…… 그게 낫겠어요."

아가다가 돌아서선 방으로 들어갔다. 나도 질문을 품은 채 뒤따를 수밖에 없었다.

아가다는 반닫이에 올려놓은, 시전지로 감싼 흙 사람들을 내려 하나하나 풀었다. 뜯기고 잘리고 찢긴 일곱 명의 나였다.

"숨기려 최선을 다해도 누군가에겐 들키기 마련이라고, 야고버 회장님이 십여 년 전에 말씀하신 적이 있어요. 정말 그 누구의 눈에도 띄지 않고 곡성과 구례와 하동의 마을들을 돌아다녔거든요. 들녘 형제님이 살았던 장선마을도 무척 많이 갔지요. 마을에서 저를 보신 적이 있나요?"

나는 고개 저었다. 아가다가 검은 대나무로 둘러싸인 오죽네를 다녀갔다고 이야기해 주기 전까진 전혀 몰랐으니까.

"장 귀도 형제님은 알았대요. 이른 새벽이나 늦은 밤, 고양이처럼 마을로 들어서고 또 나서는 저를 봤답니다. 어느 집에 얼마나 머물렀는지도, 그 집을 나와 어느 집으로 옮겨 갔는지도 다 알더군요. 장 귀도 형제님 눈에 제가 보였는데 왜 제겐 장 귀도 형제님이 보이지 않았을까요? 장 귀도 형제님이 제게 들키지 않으려고 일부러 숨었던 것도 아니에요. 늘 머물던 곳에 누워 있었답니다. 앉는 것조차 자꾸 몸이 오른쪽으로 기울어 힘들었대요. 변명 아닌 변명을 해보자면, 저토록 더럽고 축축한 곳엔 사람이 있을 리 없다고 여겼던 거예요. 바로 그런 곳에서 장 귀도 형제님은 나무와 한 몸이 되고, 돌과 한 몸이 되고, 땅과 한 몸이 되어 머물렀던 것이고요. 그때부터였다는군요. 저란 사람을 마음에 품었던 게……."

짱구의 이야기로 이 소중한 시간을 날려버릴 수는 없었다. 나는 말허리를 자르고 말머리를 돌렸다.

"당신은 언제부터였습니까, 흙 사람들을 만들기 시작한 게?"

아가다는 답을 않고 부서진 흙 사람들을 내려다보았다. 제일 왼쪽에 놓인 흙덩이들을 종이와 함께 끌어당겼다. 머리도 팔도 다리도 떨어져 나간 몸을 집어 들곤, 찬찬히 쳐다보며 말했다.

"예전에도 더러 흙 사람들을 만들곤 했답니다. 옹기는 저 혼자 아무 때나 빚을 순 없거든요. 물레질을 하고 유약을 바르고 가마에 옮기고 불을 넣었다가 가마를 열고 옹기를 꺼내야 하니까요. 건아꾼과 생질꾼의 도움도 필요하죠. 하지만 이렇듯 작은 흙 사람은 언제든 만들 수 있답니다. 가마에 넣을 때도 있지만, 대부분은 흙으로 빚어 그늘에 말리면 끝이에요. 옹기 빚는 법을 배우기 시작할 때부터 흙 사람도 부쩍 많이 만들었어요. 물레를 돌리는 처음엔 실수가 잦은 법이잖아요. 야고버 회장님은 하나를 망치면 열 배 더 시키셨어요. 한 번 물레질을 망치면 열 번 물레질을 해야 했고, 그러다 보니 밤을 자주 새웠죠. 새벽녘에 지쳐 방으로 돌아오면, 몸은 천근만근인데, 잠이 오지 않더라고요. 제가 범한 실수들이 한꺼번에 악귀처럼 몰려든다고나 할까. 그때 흙을 손에 쥐고 오물쪼물 뭔가를 만들면 마음이 편안해졌어요."

아가다가 오른손을 들어 가볍게 주먹을 쥐곤 다섯 손가락을 움직였다. 진흙 한 덩이를 쥔 것처럼. 그러다가 새끼손가락부터 천천히 다섯 손가락을 전부 폈다.

"교우촌에서 흔히 보는 모습을 본따 흙 사람을 만들었답니다. 무릎 꿇고 두 손 모은 채 기도하는 여인, 붓을 들고 복된 말씀을 옮겨 적는 여인, 입술을 열고 천주님을 위한 노래를 읊조리는 여인, 흙을 퍼담는 여인, 나뭇짐 가득한 지게를 진 여인, 의자에 앉아 발로 물레를 돌리는 여인, 화문을 열고 불을 살피는 여인. 그렇게 만든 흙 사람들만 모으니 남자라곤 없는 여인천하였죠."

일곱 흙 사람 중에서 아가다가 처음 만든 것은 허리를 숙인 채 논을 바라보는 나였다.

"뙤약볕 아래 논 한가운데서 꿈쩍도 하지 않더군요. 논물에 이마까지 빠뜨린 채, 머리는 물론 어깨까지 벼에 가려 잘 보이진 않았지만, 거기서 허리 숙여 가만히 멈춘 채 할 일이 기도밖에 더 있겠어요? 벼들이 무사히 자라기를 바랐을까요? 비는 내리고 큰 바람은 멎고 병을 옮기는 벌레들은 사라지기를 바랐을까요? 농부가 무엇을 바라든, 저는 그 소원이 이뤄지게 해달라고 기도했답니다. 얼굴을 확인했느냐고요? 그럼요. 시간이 흐르고 농부는 허리를 폈죠. 얼굴을 보긴 했습니다만, 보기 전에 들녘 당신이란 걸 알았답니다."

"얼굴을 보기 전에 알았다고요?"

"성류 선생님이 그러셨거든요. 아들이 하나 있는데, 벼농사를 기도하듯 짓는다고. 파종부터 탈곡 사이를 무수한 기도로 채운다고. 그 기도는 말로 하지 않고, 팔과 다리로, 손가락으로, 허리로, 어깨로, 등으로 한다고. 비유인 줄 알았더니 사실이더군요."

"나머지 여섯 가지도 기도하는 모습으로 보였나요?"

"무명마을에서 우리 일곱 여인이 지내는 모습과 비슷한 구석이 많았답니다."

"일곱 여인이라면…… 제가 산도깨비라고 여긴 바로 그 여인들입니까?"

"맞습니다. 일곱 사람이 모여 함께 지내긴 해도, 따로따로 고요함에 깃들죠. 당신은 논에서 혹은 강가에서 혹은 검은 대나무숲에서 혹은 방에서 늘 고요하더군요. 그런데 그 고요함이 아무것도 하지 않음은 아닙니다. 무엇인가를 꾸준히 하면서도 삼가는 것이지요."

이번엔 아가다에게 끌려가지 않고 버텼다.

"그게 전부인가요?"

아가다가 내 눈을 피하지 않고 반문했다.

"무엇이 더 남았죠?"

나는 기다렸다는 듯이 답했다.

"관심이겠죠."

말없이 흙 사람들을 내려다보는 아가다에게 나는 또 말했다.

"이끌림이라고 바꾸어도 좋습니다."

아가다가 고개를 들곤 관심과 이끌림을 자기 식대로 풀었다.

"달빛이 고운 밤에 앞들에서 당신을 봤어요. 태풍이 지나간 직후였지요. 소작을 맡은 당신 논이 아니라 옆 논에서, 당신은 눈물을 훔치며 벼들을 세우고 있었어요. 당신 논의 벼들은 단 하나도 쓰러지질 않았더군요. 당신은 내 논 남 논 가리지 않고 쓰러진 벼들을 한 포기라도 살리려고 애쓰고 있었던 거예요. 지극히 고요한 밤에 당신만 벼들의 고통을 함께 느끼며 분주했지요. 그런 당신을 내 손으로 빚어보고 싶었답니다."

내가 말했다.

"흙으로 빚어준 것은 참 고맙습니다. 하지만 흙을 만지기 전에 제게 말을 걸어줬으면 어땠을까요?"

아가다가 얕은 숨을 내쉬었다.

"저는 들녘 당신의 삶에 끼어들 생각이 없었어요. 외교인 중에 우리 일곱 여인과 같은 고요함을 지닌 사람이 있기에, 저 고요함은 어디서부터 왔고 어떻게 만들어졌는지 알고 싶었던 거예요. 가까이 가서 묻고 따라 하면 당신의 고요함이 깨어질 수밖에 없기에, 저만치 두고 바라보면서, 꼭 기억해 두고 싶은 고요함들을 흙으로 빚었던 거예요."

처음에는 가슴이 그다음에는 어깨와 머리가 뜨거워졌다. 나는 시선을 내린 채 열기를 누르고 말했다

"제 삶에 끼어들지 않겠단 생각을 바꾼 거네요. 새로운 건아꾼으로 저를 지목했으니까."

아가다가 고개 저었다.

"저는 당신을 지목하지 않았어요."

혼란스러웠다. 나를 만나러 왔으며, 옹기 대장이 원하는 건아꾼을 새로 뽑기로 했다고 하지 않았는가. 아가다가 당황한 내 얼굴을 보며 이어 말했다.

"들녘 형제님을 건아꾼으로 지목한 옹기 대장은 따로 있어요. 그런데 저는 당신이 그 옹기 대장의 요청을 거절했으면 해요."

나는 짧게 따지듯 물었다.

"누군가요, 그 대장이?"

"한천겸 아브라함이에요."

주기

술그릇[酒器]이다. 당고개 주막에 가면 주전자와 술따르개와 반사발 술잔이 함께 나왔다. 아가다 솜씨다. 사람을 알기 전에 술그릇부터 쥐고 마신 셈이다. 술그릇은 목기도 있고 자기도 있는데, 탁주에는 역시 옹기가 제격이다.

아가다와 밤길을 걸어 덕실마을에서 무명마을로 향했다. 내가 앞장을 섰고 아가다가 뒤따랐다. 단둘이 밤길을 걷는 기회를 놓칠 순 없었다. 아가다가 나를 지목하지 않은 것도 놀라웠지만 한천겸이 나를 원한 것 역시 놀라웠다. 덕실마을로 들어와서 외양간 곁방에 머무는 동안, 자신의 건아꾼으로 들어오라는 한천겸의 권유를 딱 잘라 거절하지 않았던가. 미륵골 은행나무에 닿았다. 달빛에 비친 은행잎들이 바람에 흔들렸다. 나무를 지나쳐 걷다가 뒷목이 서늘해서 돌아섰다. 아가다가 걸음을 멈추고 고개를 든 채 흔들리는 노랑을 올려다보고 있었다. 나는 되돌아가서 옹이가 툭 튀어나온 밑동을 붙들고는 허리를 숙인 채 엎드렸다.

"먼저 올라가세요."

아가다는 내 등을 밟지 않고 서 있었다.

"짚을 곳 디딜 곳 당길 곳을 알려주면서 앞장서세요. 따라갈게요."

치마에 저고리 차림인 아가다로선 나를 발아래 두고 싶지 않았던 것이다. 짚고 디딜 곳이 많더라도, 나무에 오를 만큼 팔심이 있을까 염려스러웠다. 다음으로 미루자고 할까. 계곡물 흐르는 바위에 앉는 것으로 바꿀까. 아가다가 재촉했다.

"뭐 해요? 여길 지날 때마다 올라가고 싶단 생각을 했어요. 혼자선 용기가 나지 않았지만."

"힘들면 바로 도와달라 말하는 겁니다."

"그럴게요."

내가 먼저 오른 다리를 뻗어 옹이를 딛고 올라섰다. 팔을 아래로 내미니 아가다가 그 손을 쥐었다. 내가 당기는 것과 동시에 아가다도 옹이를 디뎠다.

"괜찮죠?"

아가다가 고개를 끄덕이며 눈웃음을 지어 보였다. 나는 팔을 뻗어 부러진 가지를 붙든 후 엄지발가락을 홈에 끼웠다. 서너 번 팔다리를 놀리자 내 키만큼 올라섰다. 아가다는 나를 따라 느리지만 정확하게 팔다리를 놀렸다. 내가 칭찬하기 전에 그녀가 먼저 말했다.

"산도깨비들 중에선 제가 제일 나무를 못 타요. 나머지 여섯 친구는 다람쥐가 따로 없다니까요."

괜히 산도깨비들이 아니었다. 아름드리 줄기가 끝나는 자리에 먼저 오른 뒤, 아가다의 손을 다시 붙들곤 끌어당겼다. 엉덩이를 붙이고 쉴 만한 자리에 겨우 닿았다. 아가다는 앉고 나는 비스듬히 섰다. 아가다가 내 허리를 툭툭 쳤다.

"이리로 와요."

"괜찮습니다."

내 손을 잡아끌었다. 아가다의 오른 어깨에 내 왼 어깨가 닿았다. 바람이 불었다. 은행잎 하나가 아가다의 이마를 스치고 내 허벅지로 떨어졌다. 아가다가 물었다.

"벼들이 나누는 이야길 듣는다고 했지요?"

고개만 끄덕였다.

"나무들 얘기도 들리나요?"

"들리긴 하는데, 사소한 것들이에요."

"사소하다?"

"벼는 나락을 맺을 때까지 농부가 도와야 해요. 그때그때 논물도 조절하고 피도 뽑고! 하지만 천 년 묵은 은행나무는 사람 도움 따위를 바라지 않지요. 문제가 생기더라도 알아서 해결해 왔으니까요. 덕실마을에 들어갔을 때 처음 느낀 건 교우촌이 꼭 이 은행나무와 같다는 겁니다."

"교우촌과 은행나무라…… 왜죠?"

"교우촌이라고 힘겨운 문제가 없겠습니까? 조심할 게 훨씬 더 많죠. 하지만 외교인들 도움 따윈 바라지 않더군요. 천주님의 가르침에 따라 할 일 하고 감당할 고통 감당하고."

"은행나무를 닮은 사람은 들녘 형제님 같아요."

"저라고요?"

"앞들에서 농사짓는 동안 도움을 청한 적 없잖아요? 성류 선생님은 그걸 걱정하셨어요. 농부들에게 도움도 청하고 또 도움도 주면서 살기를 바라신 게죠."

그랬던가. 나는 은행잎을 집어 그 위에 엄마 얼굴을 올려놓았다.

"도움을 청해도 되겠습니까?"

"어떤……?"

은행잎을 집어 그녀와 내 눈 사이에서 빙글빙글 돌렸다.

"지금 도와달라는 건 아니고 나중에 필요할 때……."

아가다가 내 손에서 은행잎을 빼앗았다.

"빚은 갚아야겠죠? 이토록 멋진 곳으로 데려다주셨으니까."

"왜 한 아브라함의 건아꾼이 되지 말란 겁니까?"

아가다가 답했다.

"한 아브라함의 건아꾼이 되지 말란 게 아니에요. 건아꾼을 당장 하지 말란 겁니다. 요안 회장님이 먼저 부탁하신 일도 있잖아요?"

요안 회장이 내게 덕실마을과 무명마을에서 가시나무 울타리를 없애라고 했지만, 아가다가 그걸 근거로 삼는 것은 어색했다. 그녀는 언제나 복된 말씀 위에서 말하고 행동했다.

"가시나무들은 건아꾼을 하고 나서 옮겨도 됩니다."

내가 버티자 아가다는 속내를 비쳤다.

"야고버 회장님은 경계하셨답니다. 한 아브라함은 회장이 되기 위해 무슨 짓이든 할 테니 조심해야 한다고. 제가 요안 회장님을 하동에서 모셔 오지 않았다면, 한 아브라함이 그 자리를 이었을 수도 있지요. 어떻게든 저를 공격하고 싶을 겁니다."

나는 넘겨짚었다.

"말씀대로라면 더더욱 제가 한 아브라함의 건아꾼이 되어야 하지 않겠습니까? 그래야 한 아브라함의 술수를 알아차릴 수 있으니까요. 방비책도 없이 당하는 것보다는 훨씬 낫겠네요. 건아꾼, 그거 제가 하겠습니다."

물렛간으로 들어서자마자, 한천겸은 양팔을 활짝 벌린 채 반겼다. 오른쪽 아래엔 물레가 놓였고, 그 옆엔 흙들이 쌓여 있었다. 벽에는 작업에 필요한 도구들이 가지런히 걸렸다.

"결국 이렇게 될 일이었어. 들녘, 그대를 건아꾼으로 보내달라고 계속 기도했다네. 천주님이 내 기도에 응답하신 게지."

"물렛간이 이렇게 생겼군요."

"내 집이라 생각하고 편히 지내. 하나만 지켜주면 돼. 내 허락 없인 바깥출입을 하지 말 것. 여기서만 일하는 거야. 흙 창고나 나무 창고를 드나들 필요도 없네. 생질꾼들이 가장 좋은 흙과 나무를 내게 주기로 이미 의논을 마쳤어."

목소리를 가라앉히고 말했다.

"왜 하필 저를 원하셨습니까? 덕실마을에 온 지도 얼마 되지 않았고, 생질꾼이 할 일도 이제 배우는 수준이에요. 건아꾼 최돌돌루가의 도움을 받든가 아니면 아예 생질꾼 장엇태 말구를 뽑아 쓰셔도 되지요. 두 사람이 저보다 훨씬 경험도 풍부하고 옹기에 대해 아는 것도 많습니다."

"그 녀석들은 안 돼. 최 루가는 두 가지가 문제야. 첫째는 말이 너무 많아. 이야기를 시작하면 끝낼 줄 몰라. 옹기를 빚을 때는 숨소리도 들려선 안 돼. 그래야 내가 원하는 크기와 모양으로 옹기를 만들 수 있어. 둘째는 욕심 덩어리야. 건아꾼으로 만족하지 않고 호시탐탐 대장 자릴 넘봐. 옹기 빚는 기술을 알려달라고 조른 적이 열 번이 넘어. 다른 옹기 대장들에게도 다 찾아갔을 거고. 난 내키면 뭐든 주지만, 허락 없이 가져가는 건 용서 못 해."

"장 말구 형제님은요? 말수도 적고 생질꾼으로서 자부심도 있지 않습니까? 웬만한 건아꾼보다 일을 더 잘할 겁니다."

"장 말구도 안 돼. 믿음이 너무 강해."

"믿음이 강하면 좋은 것 아닙니까?"

"그 믿음을 말하는 게 아냐. 장 말구는 야고버 회장 사람이야. 충복이라고. 회장이 다른 교우촌으로 갈 때 많이 데리고 다녔어. 어딜 갔다 왔느냐고 물어도 벙어리처럼 입을 닫더군. 그게 천주님 명령이겠어? 회장이 함구령을 내린 게지. 난 때 묻지 않은 사람을 원해."

"야고버 회장님이 때란 겁니까?"

"천주님을 믿는 것과 사람을 믿는 건 다르단 얘기야. 들녘 자넨 누군가를 배신해 본 적 있어?"

"동물도 포함됩니까?"

"포함된다면?"

"먹보라고, 집에서 기르던 황소가 있었습니다. 장선마을 소 중에서 가장 일을 잘했어요. 종일 논밭을 쉼 없이 갈고도 지치지 않았거든요. 먹보는 저를 믿었습니다. 제가 하자는 대로 충실히 따랐지요. 아무리 일이 많아도 묵묵히 해냈습니다. 먹보는 평생 제가 자신을 지켜줄 거라 여겼을 겁니다. 하지만 저는 먹보를 지키지 못했어요. 박 진사에게 빼앗겼거든요."

"자네가 박 진사네 마름을 두들겨 팼다는 소문은 나도 들었어. 말이 나왔으니 하나만 물을까? 덕실마을에 와서도 소들을 맡았었지? 송아지를 다시 키운다면 자신 있어? 소가 자네에게 가진 믿음을 무너뜨리지 않을 자신 말이야."

"빼앗기지 않을 겁니다."

한천겸이 주먹으로 제 이마를 긁적이며 말했다.

"내가 자네라도 그런 맘을 먹었을 거야. 하지만 장담하긴 어렵지. 배신한 자는 다시 배신한다는 말 들어봤는가? 배신해 본 사람은 그 배신이 낳는 상처를 누구보다도 잘 알아. 그래서 다신 배신하지 않겠다는 마음을 먹는다고. 하지만 결심이 아무리 굳건해도, 배신할 수밖에 없는 상황이 만들어지면, 그땐 장담하기 어렵지. 배신한 자가 또 배신한다는 건, 배신할 만한 상황이 그 사람에게 다시 찾아든다는 걸 의미해. 그때도 배신하지 않으려면, 먼저 배신할 때보다 적어도 백 배 아니 천 배 단단해져야지. 목숨을 걸 만큼."

배신한 자가 또 배신한다는 말을 한천겸이 내게 한 이유를 몰랐다. 훗날 야고버 회장과 더 깊은 대화를 나눈 뒤에야 믿음과 배신의 관계를 되새기게 되었다. 한천겸이 나를 자기편으로 끌어들이려 한다는 것만은 명백했다.

뚝메와 꽃메로 흙을 치는 것은 생질꾼인 장엇태가 맡았다. 힘이라면 곡성에서도 당할 사람이 없기에 그러려니 했지만, 깨끼질만은 내가 하고 싶었다. 낫 두 개를 마주 보게 붙인 것 같은 깨끼를 쥐고 흙을 훑어나가다 보면 자갈이나 굵은 모래들이 쇳소리와 함께 걸려들었다. 힘도 들지 않는 일이었지만, 한천겸은 깨끼마저 내 손에서 빼앗았다. 태림 그러니까 길쭉한 사각 모양의 흙판자를 만드는 것부터 물레를 돌려 옹기를 만드는 것까지 도맡아 했다. 나는 주변에 떨어진 흙이나 치우고 도구들이나 정돈하는 것이 전부였다. 할 일이 너무 적어 처음엔 미안했고 점점 나 자신에게 짜증이 났다. 이렇게 하루가 돌아갈 형편이라면, 나를 건아꾼으로 뽑을 이유가 없었다. 차라리 가시나무 울타리로 가선 무명마을 곳곳에 나무들을 옮겨 심는 것이 나왔다.

한천겸이 나를 건아꾼으로 뽑은 이유는 다른 곳에 있었다. 그가 늘 자랑스러워하는, 치명자인 아버지 이야기를 처음부터 끝까지 들어야만 했다.

"하룻밤에 백 리도 뛰어다니던 기골이 장대한 어른이셨어. 붙잡혀 가고 단 하루 만에 앉은뱅이처럼 기셨지. 주리를 틀어 발목과 무릎을 못 쓰게 만든 거야. 아버지는 관아 대문으로 들어서는 순간부터 통성 기도를 시작하셨대. 옥에 갇힌 다른 교인들이 겁에 질려 말문을 닫거나 귓속말로 겨우 안부를 물을 때, 아버지는 달랐던 거지. 처음부터 살아서 나갈 뜻을 버리신 것 같아. 천주님을 높이 부르며 큰 소리로 기도하고 또 기도하셨어. 교졸들이 육모방망이로 난타했지. 아버지의 이마와 뺨이 찢겨나갔고 피가 뚝뚝 흘러내렸어. 그런데도 큰 소리로 웃으며 손뼉까지 치셨대. 새벽 첫닭이 울 때까지 맞고 꺾이고 주리를 틀리고 인두로 지짐을 당한 후, 질질 개처럼 끌려 옥에 던져졌어. 아버지는 그날부터 곡기까지 끊으셨대. 함께 갇힌 교인들에게 권하셨지. 견딜 수 있을 때까지 견디다가, 정 힘들면 아버지 이름을 대라고. 다 아버지가 시켜서 한 일이라 하라고. 배교자가 늘 때마다 아버지의 죄는 점점 무거워졌지. 교졸들은 아버지를 다시 끌고 나갔고, 이번엔 두 팔목과 팔꿈치에 큰 돌을 올려 뼈란 뼈는 모두 바스러뜨렸지. 아버지는 그 어떤 질문에도 답하지 않으셨어. 심문을 기록한 관원들이 애를 많이 먹었다더라고. 질문은 수백 개인데, 대답은 하나도 없으니까. 결국 관원들이 대충 메워서 냈대. 그거 알아? 예수님이야말로 질문이 많았던 분이시란 걸? 답을 쉽게 주진 않으시고 계속 물어보셔. 근데 그 물음들이 하나하나 사람 마음을 아주 깊게 찔러. 삶 자체를 흔들지."

한천겸이 입버릇처럼 되뇌는 말이 있었다. 곡성은 자신이 있을 곳이 아니라는 것이다. 야고버 회장을 따라 곡성으로 들어온 지도 십 년이 흘렀지만, 그는 이 고을에 정을 붙이지 못한 채 떠날 생각만 했다. 십 년 전 한양을 벗어날 땐 멀리 가더라도 황해도나 충청도 정도라고 여겼다는 것이다. 충주와 청주 지나 전주까지 통과하여 순자강에 몸을 실었을 땐 세상의 끝으로 가는 듯했다. 게다가 남원도 아니고 순천도 아닌 곡성은 한천겸 자신처럼 솜씨 좋은 옹기꾼이자 믿음 좋은 교인이 썩을 곳이 아니라는 것이다. 언제든, 머지않아 꼭 다시 상경할 것이라고, 순자강엔 다신 발을 넣지 않을 것이라고 했다. 그리고 넌지시 내게 권했다.

"기회가 오면 같이 가."

한천겸이 나를 왜 마음에 들어 했을까. 나는 옹기에 문외한이다. 순자강을 끼고 흙을 일구며 살던 농부가 한양 가까이 가서 할 일이 무엇이겠는가. 한천겸이 술동이 셋을 빚은 밤, 나는 직접 묻기도 했다.

"왜 하필 저죠? 제가 누군 줄 모르시잖아요?"

한천겸이 콧노래와 함께 답했다.

"그게 궁금해? 예수님의 행적을 따라갈 때마다 나도 궁금해지더라. 예수님이 갈릴래아 호수에서 베드루를 처음 보고 따라오라 했을 때, 베드루도 묻지 않았을까? '왜 하필 저죠?' 또 예수님이 열두 종도를 정하셨을 때, 어떤 종도는 당연히 자신이 뽑힐 만하다고 여겼겠지만 어떤 종도는 묻지 않았을까? '왜 하필 저죠?' 예수님은 그 이유를 설명하지 않으셔. 이유야 있겠지만 말할 필요가 없다 여기신 걸까? 그 정도는 스스로 알아내라고 질문을 되돌려준 걸까? 예수님이 답하지 않으셨는데, 내가 답하면 이상하겠지? 스스로 찾아. 내가 왜 들녘 그대를 엄지손가락처럼 아끼는지."

한천겸은 내가 감귀남과 전원오 부부를 만나는 것조차 싫어했다. 저녁을 먹은 뒤에도 작업할 옹기가 많다며 물렛간에 붙잡아두었다. 잠자는 시간과 밥 먹는 시간을 줄여가며 두 사람을 만나야 했다. 야고버 회장이 쓰러지기 전에, 두 사람에게 만들어보라 청한 노래는 여덟 가지 복을 다룬 〈진팔복가〉였다. 두 사람은 만들고 싶은 소리가 하나 더 있었다. 그것은 바로 예수님의 일생을 옹기꾼의 입장에서 따라가는 판소리였다. 두 사람이 진작부터 정한 제목은 〈옹기꾼의 노래〉였다. 나는 간곡히 거절했다. 소리도 제대로 모르고 예수님의 일생이라면 아가다를 통해 얻어들은 것이 전부니까. 감귀남이 웃으며 나를 달랬다.

"큰 흐름은 전 안또니랑 거의 다 만들었어. 들을 만은 한데, 뭔가 좀 부족해. 기도를 아무리 해도 메워지지 않네. 어디가 문제인지 듣고 솔직하게 알려줘. 예수님 이야기, 들녘도 좋아하잖아?"

좋아하지 않을 수가 있겠는가. 베들레헴에서 골고다 언덕까지, 나자렛 예수의 삶은 흥미진진했다. 그러나 솔직히 두 사람이 만들어 들려준 〈옹기꾼의 노래〉는 그저 그랬다. 마두 말구 루가 요왕, 네 사람이 기록한 예수의 일생을 모아서 적당히 섞은 것이다. 두 가지만 우선 지적했다. 순전히 이야기를 즐기는 입장에서 건넨 주제넘는 품평이었다.

첫째, 이야기는 뺄셈이 중요하다. 이야기를 하고 하고 또 해야 하니까 덧셈이라 여기기 쉬운데, 흥미로운 이야기는 제대로 뺄 건 뺀 이야기다. 예수님의 일생을 그린다고 하여, 태어난 순간부터 혹은 태어나기 전에 아버지와 할아버지와 그 할아버지의 할아버지에 관한 이야기부터 하는 건 번잡하다. 둘째, 예수의 일생에서 가장 놀라운 것 하나에 집중하라. 그게 무엇이겠는가. 물을 포도주로 만드는 것도, 병자를 고치는 것도, 물 위를 걷는 것도 전부 평범한 사람은 결코 할 수 없는 기적이긴 하지만, 죽었다 살아난 것이야말로 제일 중요한 기적이 아니겠는가. 부활! 그 부활이 예수의 삶 전체를 전혀 다른 수준으로 올린다.

아가다의 물렛간으로는 영영 못 들어가는 것이 아닐까 싶었다. 한천겸이 나중에는 감귀남과 전원오를 자신의 물렛간으로 불러들여 만나도록 했으니까. 거기선 〈옹기꾼의 노래〉에 대한 논의도 할 수가 없었다. 대신 이런저런 노래를 부르며 만드노라면, 한천겸은 물레에 홀로 앉아 태림을 두르거나 세운 태림을 수레와 조막으로 뚜드리며 혀를 끌끌 찼다.

"노래는 해서 뭣 합니까. 그 시간에 옹기 하나 더 만들고, 가마에 굽고 나면 탁주 한 사발 더 마시면 그만인 것을."

아침부터 저녁까지 곁에 머무르다 보니, 습관과 함께 비밀도 알아차렸다. 끔찍한 비밀은 바로 술이다. 한천겸은 늦은 밤까지 물레를 돌릴 때마다 자주 물을 마셨다. 약초 달인 물이라며 호리병 세 개를 스스로 가져왔는데, 그중 하나엔 물이 아니라 술이 들었다. 술을 마시고 나면 한동안은 집중해서 물레를 돌렸지만, 점점 숨이 가빠지고 손놀림도 커져 결국 옹기가 망가졌다. 물레를 제 속도로 돌리지도 못하고 태림을 틈 없이 쌓지도 않은 것이다.

보름달처럼 둥글지 않아서, 어딘가는 튀어나오고 어딘가는 들어갔다. 어깨는 지나치게 넓고 목은 이상하게 짧았다. 셋 혹은 네 개의 다리들이 높낮이가 달라 한쪽으로 기울었다. 그럴 때마다 물레를 바꿔야 한다는 둥, 물렛간 밑으로 수맥이 흐른다는 둥, 생질꾼들이 오색토가 아닌 흙을 가져와서 그렇다는 둥 변명이 늘었다. 작업이 뜻대로 안 되면 더 마셨고, 술에 취하면 더더욱 원하는 옹기를 만들 수 없었다. 야고버 회장이 쓰러진 후 교우촌에 남은 옹기 대장이 겨우 셋이었다. 한천겸이 이렇듯 옹기를 빚지 못한다면, 아가다와 조신숙의 어깨가 더 무거울 수밖에 없었다.

한천겸이 호리병의 술을 반도 넘게 마시고 물레에 앉으려다가, 균형을 잃고 물독에 큼지막한 주먹 자국을 냈다. 더는 참지 못하고 술이 든 호리병을 가져왔다.

"다들 열심히 하는데 이게 뭣 하는 짓입니까?"

한천겸의 눈빛이 배려하며 보살피려는 따듯한 눈에서 먹잇감을 단숨에 제압하려는 포식자의 눈으로 바뀌었다.

"뭣 하는 짓이냐니?"

"밤마다 술 마시고 물레에 앉으니, 옹기가 제대로 만들어질 리가 있습니까?"

"술을 마셔? 누가 술을 마신단 말인가? 술 마시고 물레를 돌리는 옹기 대장이 세상에 어디 있다고 그래?"

한천겸이 뻔뻔스럽게 나왔기 때문에 내 목소리도 커졌다.

"그럼 이건 술이 아니고 물이란 말입니까?"

한천겸이 내 손에 든 호리병을 빼앗아 한 모금 마시곤 고개를 돌려 바닥에 뱉었다. 갑자기 멱살을 쥐곤 흔들었다.

"네놈 짓이지? 물이 든 호리병을 술이 든 호리병으로 바꿔치기 한 까닭이 뭐야?"

"호리병 셋을 매일 가져온 이는 내가 아니라 당신입니다."

"단 한 번도 술을 담은 적은 없었어. 최 루가가 줄곧 내 건아꾼이었는데, 불러서 따져 물어볼까? 이게 다 들녘 네가 건아꾼으로 오고 나서 벌어진 일이야."

나는 정색을 하고 물었다.

"그래서 오늘 이 호리병에 술이 담긴 걸 몰랐단 말입니까?"

"옹기에 마음을 쏟느라 몰랐어. 약초 물이 오늘따라 쓰단 생각만 잠시 했을 뿐!"

약초 물과 술을 구별하지 못했다는 주장은 궤변이다. 내가 다시 반박하려는 순간, 한천겸이 과녁을 바꿨다.

"야고버 회장을 사지로 몰더니 이제 내 차례라 이건가?"

"회장님을 사지로 몰다뇨?"

"너만 모르고 다 알아. 아니 네가 가장 먼저 알고 있겠지. 황구렁이와 먹구렁이가 어떻게 새 가마에 들어갔을까? 두 뱀은 밖에서 가마를 뚫고 들어간 것이 아니라, 안에서 가마를 뚫고 나왔어. 그러니 가마 안에 떨어진 흙보다 가마 밖 흙이 세 배나 더 많지. 가마가 식는 동안 곁을 떠나지 않고 지킨 사람이 누구야? 바로 들녘 너라고. 덕실마을 교우들은 모두 뱀을 두려워하고 멀리해. 뱀을 친숙하게 다루는 사람은 들녘 너뿐이라고. 구렁이 두 마리를 가마에 넣은 후, 가마를 뚫고 나온 구렁이들에게 야고버 회장을 공격하라고 시킬 수 있는 사람이 누구겠어?"

"구렁이를 일부러 새 가마에 넣었다고요? 그딴 짓을 제가 왜 합니까?"

한천겸이 기다렸다는 듯이 답했다.

"그게 나도 궁금했어. 그런데 일이 이렇게 되고 보니, 야고버를 대신할 회장으로 요안을 앞세우고, 덕실마을과 무명마을을 맘대로 주무르려는 사람의 꼭두각시 노릇을 한 거였군 그래."

"누구 꼭두각시란 겁니까?"

"그것까지 꼭 내 입으로 말해야 해? 들녘 네가 덕실마을로 들어온 가장 큰 이유이기도 한 그 사람이겠지."

결과적으로 그 밤의 논쟁이 나쁘진 않았다. 호리병에 든 술을 절반이나 마시는 바람에 한천겸이 절체절명의 순간에 쓰려고 숨겨둔 비수를 미리 꺼냈던 것이다. 한천겸과 최돌돌은 뜻대로 일이 돌아가지 않는다면, 내게 모든 잘못을 뒤집어씌우기로 한 것이 아니었을까. 내가 뱀들을 죽이지 않고 친숙하게 다뤄 마을 밖으로 내보내자, 더더욱 누명을 씌우기 좋은 상대로 점찍지 않았을까. 가마에 뱀이 들어가는 것을 못 막은 잘못뿐만 아니라, 가마에 뱀을 몰래 집어넣은 범인으로 몰자는 이야기까지 오갔는지도 모른다. 날벼락처럼 내리칠 이야기를 미리 파악한 셈이었다. 여전히 물증은 없지만, 나는 확신했다. 가마에 뱀 두 마리를 넣은 이는 한천겸과 최돌돌이며, 그들은 여전히 회장 자리를 차지하려고 호시탐탐 기회를 노린다는 것을! 또 이런 질문도 생겼다. 나와 짱구를 이용하려는 이가 한천겸과 최돌돌뿐일까.

약시루

떡은 떡시루로 찌듯 약초는 약시루로 찐다. 약시루 바닥에 뚫린 구멍이 모두 아흔여덟 개다. 백 개를 채우지 그랬느냐고 아가다에게 물었더니, 그걸 헤아린 사람은 내가 처음이라고 했다.

한천겸과의 갈등을 짱구에게 털어놓진 못했다. 짱구가 교인들 앞에서 밝힌 꿈들이 한천겸의 주장을 뒷받침했기 때문이다. 아가다가 요안 회장을 데려오지 않았다면, 한천겸이 회장을 맡았을 것이고, 짱구 역시 교우촌에서 중요한 자리를 차지했을 것이다. 아가다와 손을 잡는 꿈 역시, 짱구와 나 사이를 서먹하게 만들었다. 아가다는 이미 여섯 여인과 함께 동정을 지키며 살기로 거듭 맹세했다. 또한 짱구는 내가 아가다에게 마음이 있음을 누구보다도 먼저 알았다.

짱구는 요안 회장이 건넨 서책을 읽는 데 집중했다. 사흘에 한 차례씩 요안 회장과 독대하여 배웠고, 수시로 찾아가서 질문하는 것도 허락되었다. 아가다가 자주 그 자리에 동석했다. 내가 생질꾼을 거쳐 덕실마을 가시 울타리를 없애고 한천겸의 물렛간에서 건아꾼으로 일하는 동안, 짱구는 손에 흙 한 줌 묻히지 않았다.

야고버 회장 때는 자신에게 일어난 치유의 기적을 여러 교우촌에 간증하러 다니느라 바빴고, 요안 회장이 온 후로는 서책을 읽느라 여유가 없었다. 비슷한 시기에 교우촌에 들어간 두 사람의 삶이 달라도 너무 달랐다.

"꿈은 이제 안 꿔?"

"응. 꿈 없는 잠이네. 왜? 내가 꿈을 더 꿨으면 좋겠어?"

"예지몽이 맞다면, 거기에 천주의 뜻이 정말 담겼다면……."

"요즈음 많이 답답해?"

"넌 우리가 이 고비를 무사히 넘길 수 있을지 궁금하지 않아?"

"고비를 넘기는 것도 천주님 뜻이고, 못 넘기는 것도 천주님 뜻이니까. 매일 준비하며 기다릴 뿐이지."

"흙 만지러 한 번은 올 줄 알았어."

"태어나서 지금까지 내가 제일 많이 꾼 꿈이 뭔지 알아? 오른팔과 다리와 입술과 혀와 눈과 귀가 멀쩡해지는 거였어. 오른쪽도 왼쪽처럼! 그런 꿈 들녘 넌 꾼 적 없지? 순자강을 따라 달리기도 하고, 동악산을 뛰어오르기도 하고, 오른손으로 숟가락질과 젓가락질을 해서 실컷 먹는 꿈. 들에서 농사를 짓든, 강에서 그물을 던져 생선을 낚든, 산에서 지게를 지든, 두 팔과 두 다리로 일하는 꿈. 땀이 뚝뚝 흐르는데도 힘든 줄을 몰라. 그런 꿈 꾼 적 있어?"

"그 꿈 얘기, 예전엔 왜 안 했어?"

"하면 뭐가 달라지는데? 당장 건아꾼이든 생질꾼이든 두 팔과 두 다리로 옹기 만드는 일을 하고 싶어. 하지만 요안 회장님이 그러시더라. 몸은 나았지만 마음은 여전히 아프다고. 뜨끔했어. 비밀을 들켰거든."

"마음이 어디가 어떻게 아파?"

짱구가 매일 읽는 두툼한 서책을 꺼내놓았다.

"아픈 곳은 많겠지만 우선 일곱 가지라도 고쳐보라며 주셨어. 훨씬 더 두꺼운 서책이야. 양반이었던 교인들이 주로 읽으며 마음을 닦아왔지. 그중에서 중요한 대목만 요안 회장님이 언문으로 간략하게 줄여 옮기셨어. 마음을 닦는 일에 양반 상놈이 따로 있지 않다고 하시면서."

겉장에 적힌 제목을 보니 『칠극七克』이었다.

교만, 질투, 탐욕, 분노, 식탐, 음란, 나태. 교인이라면 극복해야 할 일곱 가지를 들었을 때, 나는 짱구에게 적용할 만한 마음의 병 두 가지가 우선 보였다. 첫째는 식탐이다. 짱구는 어려서부터 음식을 앞에 두면 급하게 많이 먹었다. 반신불수 거지였기에 사나흘 굶는 것은 예사였다. 음식 앞에선 수저보다 손이 먼저 나갔고 배가 불러 토할 때까지 멈추지 않았다. 가난하지만 끼니를 거르지 않고 나눠 먹는 교우촌에 들어와서도 이 습성은 바뀌지 않았다. 둘째는 탐욕이다. 짱구는 욕심이 많았다. 여기엔 질투와 분노도 섞였다. 짱구는 욕심이 나면 무조건 제 것으로 만들고 봤다. 법을 어기고 예의에 어긋나더라도 괘념치 않았다. 내가 가진 호미나 괭이도 훔치고, 길치목의 총도 가져간 적이 있다. 짱구에겐 필요 없는 물건들이지만, 내가 괭이를 어깨에 걸치거나 길치목이 총을 겨눌 때 너무나도 멋져 보였기에 갖고 싶었다고 했다. 교인이 되었다고, 그 탐욕이 곧바로 사라질까. 요안 회장은 지적했다, 성세를 받은 후에도 짱구가 지닌 마음의 병은 여전하다고. 나도 요안 회장과 생각이 같다.

내 생각을 그때 짱구에게 전부 털어놓지 않은 것이 후회스럽다. 짱구는 욕심부리지 않고 사는 법을 몰랐다. 그러나 그때 내가 식탐과 탐욕을 줄이거나 없애라고 했다면, 충고를 순순히 받아들였을까. 몸이 불편할 때는 나와 길치목에게 의지하는 날이 많았지만, 기적이 일어난 뒤론 요안 회장이나 아가다의 충고는 들을지언정 내 말은 들으려고도 하지 않았다. 새사람이 되었다고 우겼다.

"그땐 그랬지만 지금은 아냐. 달라졌다고."

요안 회장도 서책만 파고드는 짱구를 경계했던 것일까. 내가 한친검의 건아꾼이 된 후, 무명마을 가시나무 울타리를 없애는 일을 짱구에게 맡겼다. 요왕과 다윗과 다니엘에겐 계속 이 일을 돕도록 했다. 짱구는 낮에는 가시나무를 옮기고 밤에는 『칠극』을 읽어나갔다. 내 충고를 싫어하는 줄 알지만 그래도 몇 마디 건네지 않을 수 없었다.

"나무를 옮기다가 힘든 문제가 생기면 아이들과 의논해. 덕실마을 가시나무들을 나랑 전부 옮겼으니까. 나무를 파내고 옮기고 심는 덴 능숙해. 그래도 풀리지 않는 어려운 부분이 있으면 언제든 말해. 도울게."

짱구가 사양했다.

"내가 알아서 할게."

요왕과 다윗과 다니엘을 몰래몰래 만나 상황을 들었다. 걱정했던 대로, 짱구는 아이들의 경험을 존중하지 않았고 의견도 묵살했다. 일은 더뎠고, 나무를 옮기면서 뿌리를 자르거나 가지를 꺾는 실수가 연거푸 일어났다. 아이들은 내게 돌아오라고 계속 졸랐다. 나는 요안 회장에게 만나기를 청했지만, 글을 써서 올리라는 답만 아가다 편에 전해 들었다. 아이들의 불만을 자세히 적어 올리자 나흘이 지난 뒤 답이 왔다.

—무엇을 걱정하는지는 알겠소. 장 귀도 형제님이 처음부터 능숙하게 나무를 다루진 못하겠지만, 차차 나아질 것이오. 믿고 지켜봅시다.

가시나무를 옮겨 심기 시작한 후, 짱구가 『칠극』을 읽는 시간이 확실히 줄었다. 찬물에 얼굴을 씻고 돌아와 앉아도 밀려오는 졸음을 이기기 어려웠다. 몇 문장 읽지 못하고 벽에 등을 기댄 채 잠이 들었다. 새벽마다 짱구는 자책하며 주먹으로 제 머리를 치곤 했다. 나는 벽을 향해 돌아누우며 잠든 척했다.

해가 진 후 아가다의 건아꾼인 최돌돌이 한천겸의 물렛간으로 찾아왔다. 한천겸이 도끼눈을 떴다.

"웬일인가?"

최돌돌이 어깨를 들어 올리며 답했다.

"요안 회장님 심부름 왔습니다."

"날 찾는다고?"

"아닙니다."

"그럼?"

최돌돌이 나를 보며 말했다.

"회장님이 찾으시네."

한천겸이 버텼다.

"오늘은 곤란해. 일이 많이 밀렸어. 건아꾼이 꼭 필요해."

"지금 당장 데려오라 하셨습니다."

"나도 같이 가겠네."

"일이 많이 밀렸다면서요?"

지금까지 한천겸은 최돌돌을 친동생처럼 챙겼다. 귀한 술이 생기면 둘이서만 몰래 나눠 마신 적이 한두 번이 아니었다. 최돌돌은 한천겸의 말을 따르기만 했지 반박한 적은 없었다. 한천겸이 눈을 부라리자, 최돌돌이 나중에 따로 설명하겠다는 눈짓을 보냈다. 그리고 내게 재촉했다.

"어서 가세나."

요안 회장은 야고비 회장과는 달리 마을을 돌아다니지 않았고, 교인들과의 만남도 피했다. 매주 공소 예절을 이끌었지만 그 외는 모습을 드러내지 않았다. 무명마을에서 제일 높고 가파른, 야고버 회장이 처소로 썼던 초가에서 두문불출한다는 이야기를 전해 들었다. 최돌돌이 향한 곳도 바로 그 초가였다. 그곳에 요안 회장뿐만 아니라 아가다도 기다리고 있으리란 기대를 했다. 그렇지 않고서야 아가다의 건아꾼인 최돌돌이 심부름을 올 이유가 없는 것이다. 마당으로 들어서는데, 아가다가 방문을 열고 나왔다. 나를 보며 눈웃음을 짓고는 비켜섰다.

"건아꾼 노릇이 힘들지 않으시고요?"

나는 실망하며 되물었다.

"가십니까?"

아가다가 고개를 끄덕이곤 최돌돌에게 말했다.

"새벽부터 약시루를 빚어야 하니 자두는 게 좋겠어요."

최돌돌 역시 요안 회장과의 자리에 끼고 싶은 눈치였지만, 아가다가 성큼 걸음을 옮겼기에 따를 수밖에 없었다. 나는 아가다의 뒷모습이 어둠에 묻힐 때까지 돌아보다가 신발을 벗고 툇마루로 올라섰다.

요안 회장이 더덕차를 권했다. 찻잔을 비울 때까지, 그는 시선을 살짝 내린 채 기다렸다. 겨울처럼 혹독한 추위는 아니지만, 가을 골짜기의 찬 기운이 뼈마디로 스몄다. 이 밤에 요안 회장이 나를 찾은 이유가 궁금했다. 차를 마시니 더운 기운이 발끝까지 퍼졌다. 그는 좀처럼 먼저 이야기를 꺼내는 사람이 아니었다. 더덕차를 맛보게 해주고 싶어 부른 것처럼, 빈 잔에 다시 차를 따랐다. 두 번째 잔마저 비운 후 결국 내가 먼저 말했다.

"울타리가 아직 절반이 남았더군요. 그건 건아꾼 일 마치고 나서 제가 하겠습니다. 장 귀도가 열심히 하는 건 맞지만, 이러다가 사고라도 날까 걱정입니다."

"답장에 썼듯이, 장 귀도 형제님에게 맡긴 일입니다."

짱구 때문에 나를 부른 건 아닌 것이다.

"야고버 회장과 내가 매향 그러니까 들녘 형제님의 어머니 덕분에 목숨을 건졌다는 말은 했었죠? 더 자세한 이야기를 듣고 싶어 했는데, 지금도 그러합니까?"

요안 회장은 이런 식으로 뜻밖의 질문을 던져 자신에게 유리한 자리를 확보했다. 상대는 전혀 대비를 못 했고, 자신은 철저하게 준비를 마쳤다.

"알고 싶습니다."

내가 응하자마자 이야기를 풀어놓았다.

"대부분은 교우촌에 머물렀지만, 일 년에 서너 달은 야고버와 둘이서 떠돌았지요. 그땐 회장도 뭣도 아니니, 그냥 야고버라고 부르겠습니다. 신유 대군난 때 치명한 교인들의 행적을 따르고, 더 깊이 숨은 교인들을 찾고, 또 장차 교우촌을 꾸리기에 좋은 땅을 살피기 위함이었습니다. 보는 눈이 많은 큰 고을은 되도록 피했는데, 그해는 특별히 감영이 있는 전주로 가게 되었습니다. 정확하게는 전주로 갔다기보다는 전주성의 장대將臺가 있는 숲정이로 갔던 겁니다. 신유년에 그곳에서 네 명의 교우가 치명하였지요. 유항검 아오스딩의 아내 신희, 제수 이육희, 자부 이순이 루갈다, 조카 유중성 마두가 그들입니다. 더 정확하게는 숲정이로 들어가진 않고 멀리서 눈대중으로 보며 기도문을 마음속으로 외웠습니다.

돌아서선 한참을 걸어 모악산에 올랐지요. 귀신사를 지나 인적이 드문 골짜기까지 들어간 후, 나는 묵주를 돌리며 기도문을 외웠고 야고버는 부러진 오동나무 그루터기 위에 양손을 올려놓고 손바닥과 손등과 주먹으로 장단을 두들겼습니다. 야고버는 어린 시절 『정감록』을 따르는 무리와 함께 떠돌 때 소리북을 배웠다고 했습니다. 즐거울 땐 즐겁다고, 우울할 땐 우울하다고, 슬플 땐 슬프다고 북을 쳤다는군요. 솜씨 좋은 소리꾼들과 어울려 북을 치면, 걱정 근심이 달아나기도 했답니다. 그날은 치명자들을 위한 북이었지요.

그런데 맞은편 풀숲에서 인기척이 났지요. 놀라 달아나려는데, 나는 갑자기 길 한가운데서 주저앉았답니다. 부축하려고 다가왔던 야고버 역시 무릎이 꺾이면서 고꾸라졌습니다. 아직 마흔도 되기 전이라 제 몸만 믿고 무엇을 먹을까 입을까 잘까를 돌보지 않은 탓이었지요. 복통에 열이 오르고 어지러워 다시 걷긴 힘들었습니다. 그때 풀숲에서 두 여인이 우리에게 말을 걸었던 겁니다. 모악산까지 나들이를 왔다가 돌아가던 전라감영 관기들이었습니다. 그들은 우리를 전주성 안으로 데려가려 했지만, 나는 가지 않겠다고 버텼습니다. 문지기에게 붙들리기라도 하면 낭패니까."

"한 사람은 제 어머니 매향일 테고, 나머지 한 사람은 누구였습니까?"

"서진! 동기 시설부터 교방에서 함께 자라 친자매와 다를 바 없었습니다. 매향에는 미치지 못했지만, 서진의 노래 솜씨 역시 뛰어났습니다. 어쨌든 그날 산 아래 주막에 방을 하나 빌렸지요. 매향과 서진, 두 관기가 방값을 치렀습니다. 우리는 힘 좋은 나무꾼에게 업혀 옮겨진 뒤 꼬박 이틀이나 잠에 취했습니다. 깨어나 보니, 매향과 서진이 나란히 앉아 우리를 내려다보고 있었습니다. 그러고도 닷새나 우리는 거동을 못 했습니다. 매향과 서진은 틈날 때마다 와선 찬물에 적신 수건으로 이마를 훔치기도 하고 탕약을 내밀기도 했습니다. 혼자 온 적은 없고 꼭 둘이 같이 왔습니다. 볼에 주근깨가 있고 웃을 때마다 눈가에 주름이 잡히는 서진은 내 곁에 앉았고, 눈썹이 짙고 눈과 코와 입이 모두 큰 매향은 야고버 곁에 머물렀습니다. 자리를 바꾼 적은 없었습니다. 처음 보는 낯선 사내들에게 이토록 마음을 쓰는 까닭이 궁금했지요. 혹시 교인인가 싶어 유심히 살폈지만, 둘 다 소리 외에는 관심이 없었습니다."

"그래서 그들을 전교하셨습니까?"

"너무 앞서가는군요. 우리야 당연히 외교인들을 전교하고자 노력합니다. 하지만 그때 우리는 전교보다도 두 여인의 친절과 배려가 어디서부터 왔는지를 알고 싶었습니다. 우리가 병이 나아 일어나 앉고 마당을 거닐 정도가 되었을 때에야, 두 여인이 우리에게 특히 야고버에게 바라는 것을 알았습니다. 소리북을 가져오더니 쳐달라더군요. 모악산 골짜기에서 야고버가 그루터기를 두드리며 냈던 소리를 들었던 겁니다. 우리 넷은 다시 귀신사를 지나 그루터기가 있는 골짜기까지 올라갔습니다. 낙엽이 더더욱 수북하게 쌓였습니다. 야고버의 북 장단에 맞춰 서진과 매향이 차례차례 시조창을 했습니다. 둘 다 뛰어난 가기歌妓였습니다. 매향이 판소리도 한 대목 부르고 싶다 하여, 춘향과 이도령이 만나는 대목에 북을 쳤습니다. 시조창도 매향이 서진보다 나았지만, 판소리를 들으니 그녀의 솜씨가 하삼도에서도 손꼽힐 정도라는 확신이 들었습니다. 야고버가 매향과 합을 맞추는 사이 서진은 나를 따라 골짜기를 더 올라갔지요."

"그리고 전교하신 것이군요."

"서진은 교인이 되었으나 매향은 애매합니다. 내가 서진에게 성모패를 선물할 때 야고버 역시 매향에게 성모님을 그린 상본을 건네긴 했습니다. 벽에 걸어두고 우러르기에 적당한 십자가도 선물로 주었고! 야고버와 내가 교인이란 사실을 알렸다는 건 그녀들을 믿는다는 뜻이고 그녀들과 가까워졌다는 뜻입니다. 하지만 이것을 남녀 사이의 사랑이냐고 묻는다면, 아닙니다. 야고버와 내가 그때까지도 혼인하지 않았고, 교인끼리는 신분을 따지지 않고 맺어지기도 하므로, 야고버가 매향을 내가 서진을 사랑하고 혼인하는 데 문제가 되는 부분은 없었습니다. 하지만 나도 야고버도 신유 대군난 때 배교했다가 회심하던 아침, 여인을 사랑하고 부부를 이루는 일은 없으리란 다짐을 했습니다. 나와 야고버는 그러했지만, 매향과 서진의 마음이 어떠했는가는 확언하기 어렵습니다. 서진은 나만 괜찮다고 하면 감영을 몰래 빠져나와 교우촌으로 들어가겠다는 이야기까지 했고, 매향은 야고버가 북을 치고 자기는 소리를 하며 팔도를 떠도는 것도 멋지겠다는 이야긴 했습니다. 야고버는 그 자리에서 거절했지만, 나는 서진을 데리고 교우촌으로 가야 할까 심각하게 고민했습니다."

요안 회장이 차를 한 모금 더 마신 후 이야기를 이었다.

"그런데 매향과 서진을 일찍부터 사모한 사내는 따로 있었습니다. 모독이라는, 소리북도 제법 치는 거짓말꾼입니다. 묘한 사내였지요. 매향과 서진과 모독은 열 살 때부터 알고 지냈는데, 어렸을 때 벌써 모독의 거짓말 솜씨는 전라도에서 으뜸이었답니다. 거짓말을 판에서 겨뤄 연전연승했으니까. 전라감사가 모독을 따로 불러 거짓말을 듣고 즐길 정도였습니다. 모독은 낮에는 소리를 익히는 동기들을 위해 소리북을 치다가 밤엔 거짓말을 하러 이곳저곳으로 불려 다녔답니다. 그럭저럭 오 년이 지난 후, 모독은 같은 날 매향에게도 사모한다 고백하고 서진에게도 사모한다 고백했답니다. 매향과 서진은 그 저녁에 함께 자며, 이 고백이 거짓말꾼다운 거짓말이라고 단정했습니다."

나는 엄마를 따라 남원장에 가서 모독의 거짓말을 들었던 날을 떠올렸다. 모독은 배를 타고 순자강을 건너 오죽네까지 왔었다.

"모독이란 거짓말꾼을 만난 적이 있습니다. 남원장에서요."

"그랬군요. 지금은 거짓말 일수 그러니까 조선에서 가장 거짓말을 잘하는 사람이 되었다고 합니다. 솜씨가 좋던가요?"

"무척! 한데 제겐 요안 회장님 야고버 회장님과 엄마의 인연이 더 놀라운 거짓말 같습니다."

"허어, 회장은 거짓말하면 안 됩니다."

요안 회장이 웃으며 이야기를 이었다.

"모악산 골짜기에서 열병이 나고 보름 만에 완쾌되긴 했지만, 우리는 보름을 더 그곳에 머물렀지요. 서진을 데리고 떠날 것인지 아닌지 결정을 내리지 못한 탓이기도 하고, 그 핑계를 대고 매향의 소리에 북을 치고 싶기도 했습니다. 매향과 서진을 따라 네 번째로 숲에 든 날이었습니다. 아무리 늦더라도 미시未時, 오후 1시~3시를 넘기지 않았지요. 그래야 두 관기가 해 지기 전 풍남문을 통과할 수 있기 때문입니다. 한데 그날은 오시부터 첫눈이 내렸고 매향의 발목이 돌아가는 바람에 하산이 늦었습니다. 야고버가 매향을 업고 산길을 더듬어 내려올 수밖에 없었습니다. 주막에 이르렀을 때는 발목이 부어올라 쉬어야만 했지요. 서진이 먼저 감영으로 가 적당히 둘러대기로 했고, 혼자 보낼 수 없어 내가 동행했습니다. 야고버는 매향이 잠시 눈이라도 붙이도록 방에 두고 마당으로 나왔답니다. 그런데 주막을 나섰던 나는 반 시진 만에 되돌아올 수밖에 없었습니다. 교졸들이 우리를 붙잡기 위해 오는 중이었거든요. 매향과 서진이 부쩍 자주 성 밖 출입을 하는 까닭은 죄를 짓고 떠도는 사내들 때문이라고, 모독이 관아에 고변을 했던 겁니다."

"붙잡혔습니까?"

"야고버와 나는 서둘러 주막을 나섰습니다. 우리가 주막을 떠나자마자 곧 감영 교졸 일곱 명이 들이닥쳤지요. 그때 그들을 붙잡은 이가 바로 매향입니다. 야고버와 나는 모악산이 초행이었고, 교졸들은 나고 드는 길이 훤했습니다. 그들이 작정하고 뒤쫓아오면 달아나기 힘들었을 겁니다. 매향이 어떻게 교졸들을 붙잡았는지 아십니까? 소리입니다. 옥에 갇힌 춘향이 부르는 〈옥중가獄中歌〉, '쑥대머리' 대목을 참으로 애절하게 부르자, 교졸들이 그 소리가 끝날 때까지 머문 겁니다. 대목을 마친 매향이 아픈 다리를 절뚝대며 탁주를 손수 따르자, 교졸들이 술독이 빌 때까지 또 머물렀습니다. 매향이 자신을 버리고 멀리 떠난 사내를 붙잡으려고 뒤따랐다가 골짜기에서 나뒹굴며 발목을 다친 사연을 들려주면서 눈물을 쏟자, 교졸들은 일제히 욕을 하며 그놈이 언제 어디로 갔는지 따졌습니다. 매향이 눈 내리기 전 그러니까 점심도 먹지 않고 떠났다고 하자, 교졸들은 뒤따라 잡기엔 늦었다며 혀를 찼고, 매향을 위로한답시고 다시 잔을 채워 마셨지요. 그 후로 나는 종종 전주로 가서 매향과 서진을 만났습니다. 회장이 된 나는 서진에게 대세를 주었고, 서진은 누갈다라는 이름을 얻었지요. 서진이 함께 성세를 받자고 매향에게 권하였으나, 매향은 시간이 더 필요하다며 고개를 저었습니다."

나는 가끔 새벽에 오죽네 벽에 걸렸던 십자가를 떠올렸다.

"엄마는…… 교인은 아니셨군요."

"야고버가 곡성 천덕산 미륵골에 교우촌을 만든 것은 을해 군난1815년 이후지만, 그전에도 야고버와 나는 곡성현의 여러 골짜기에 은거하며 짧게는 한두 달 길게는 한두 해씩 머물렀습니다. 매향은 내게서 그 소식을 듣고, 기적妓籍에서 이름을 지울 기회가 생겼을 때 곡성으로 내려왔던 겁니다. 내가 알기론, 매향과 야고버는 곡성에서 딱 한 번 만났습니다. 모악산 골짜기에서 야고버의 북소리를 매향이 알아들었듯이 천덕산 골짜기에서 매향의 소리를 야고버가 알아들었어요. 그리고 매향의 소리에 장단을 쳤지요. 소리를 마친 뒤 매향도 야고버도 느꼈습니다. 모자라지도 않고 넘치지도 않게, 이것으로 충분하다는 것을."

나는 요안 회장의 긴 이야기를 들으며 새로 생긴 질문을 했다.

"오늘 밤 이 이야기를 제게 하시는 이유가 무엇입니까?"

요안 회장은 허리를 약간 젖히며 따듯한 미소부터 먼저 지었다. 그리고 내 손을 내려다보며 천천히 말했다. 동문서답 같기도 하고 아닌 것 같기도 했다.

"들녘 형제님은 엄마를 쏙 빼닮았습니다. 자기 자신을 채찍질하며 밀어붙여 맡은 일은 빈틈없이 해내지요. 힘든 시절일수록 그런 용기가 필요합니다. 안 그렇습니까?"

장구통

오동나무 장구통은 북통이 둘이지만 옹기 장구통은 하나다. 가는 허리에 뚫린 해처럼 큰 구멍을, 여덟 개의 작은 구멍이 별처럼 둘러싼다. 아가다는 두 스승을 장구에 비겨 이야기하곤 했다. 누가 채로 친 스승이고 누가 손바닥으로 친 스승인지는 당신도 곧 알 것이다.

가시나무 울타리가 절반도 넘게 남은 집을 나와서, 물렛간이 모여 있는 가마 옆으로 걸음을 옮겼다. 세 군데 모두 불빛이 새어 나왔다. 조신숙의 물렛간을 지나 한천겸의 물렛간 앞에서 잠시 멈췄다. 요안 회장과의 대화를 마쳤으니 이곳으로 들어가서 건아꾼을 하는 것이 옳다. 그러나 내 눈은 벌써 그 옆 아가다의 물렛간에서 흘러나온 빛에 머물렀다. 새벽 작업을 위해 일찍 잠자리에 들겠다고 하지 않았는가.

문은 열려 있었지만 아가다는 보이지 않았다. 흐린 등잔이 방을 비췄다. 천천히 걸어 들어가선 물레에 앉았다. 팔만 뻗으면 닿는 자리에 도구들이 놓였다. 도개도 잡고 근개도 쥐고 잣대도 흔들었다. 아가다는 이 도구들을 모두 능숙하게 다룰 것이다. 옹기대장이 되고 싶단 생각은 한 적이 없었는데, 아가다의 물레에 앉고 보니, 그녀를 따라 옹기를 빚고 싶었다. 물렛간 청소라도 하고 물러가기로 했다. 한천겸은 그날 들지 않는 도구나 돌리지 않은 물레도 먼지 하나 없이 닦아놓으라고 했다. 아가다에겐 그 정도의 강박은 없는 듯했다. 최돌돌도 경험 많은 건아꾼이지만, 청소를 자주 하는 편은 아니었다. 바닥엔 먼지도 있고 돌 부스러기도 있었다. 얼굴과 등에서 땀이 흘렀다. 기분 좋은 땀이었다.

청소를 마치고 물레에 다시 앉았다. 눈에 거슬리는 것이 단 하나도 없었다. 내가 정돈하는 물렛간에서 아가다가 옹기를 빚는 상상을 하며, 물레를 돌리기 시작했다. 양손을 허공에 뻗어 상상으로 태림을 쌓아나갔다. 등 뒤에서 갑자기 아가다의 목소리가 들렸다.

"청소했군요."

황급히 일어섰다. 문을 열고 들어오는 소리도 듣지 못한 것이다. 아가다는 물레에 앉더니 방을 둘러보았다. 나는 맞은편에 놓인 둥근 의자에 엉덩이만 붙였다. 덕실마을 외양간에서 거의 매일 교리를 배우고 예수의 일생을 이야기할 때는 이런 자리가 얼마나 귀한 줄 몰랐다.

"불빛이 새어 나와서…… 청소는 늘 하던 거라서……."

구멍 난 소금항아리처럼 속마음이 흘렀다. 그 마음을 감추기 위해 말머리를 돌렸다.

"야고버 회장님과 요안 회장님께 많이 배웠다고 했죠?"

"맞아요. 두 분이 안 계셨으면 지금의 저도 없어요."

"두 분은 무척 다르잖습니까? 누가 옳고 누가 그르다, 누가 낫고 누가 못하다 그런 게 아니라, 교인들을 이끄는 방식이 상반됩니다. 야고버 회장님은 솔선수범하시죠. 어려운 일일수록 늘 나서서 먼저 하십니다. 요안 회장님은 지켜보시더군요. 있는 듯 없는 듯 물러나 계시면서, 교우들이 충분히 논의하도록 기다린 후 거기에 몇 마디 얹으십니다. 상벌을 줄 때도 야고버 회장님은 교우들이 모두 알도록 드러내시고, 요안 회장님은 조용히 처결하시죠."

"두 분이 다른 건 맞아요."

나는 조금 더 용기를 냈다.

"야고버 회장님이 덕실마을과 무명마을에 있는 자신의 처소를 가시나무 울타리로 두른 까닭은 '전수십계'를 어기고 교우촌을 어지럽히는 교우를 엄히 다스린다는 경고겠지요. 요안 회장님이 곡성으로 오시자마자 이 울타리부터 없애고, 가시나무들을 한 그루씩 각자의 집에 옮겨 심은 것은 교우들 스스로 몸과 마음을 바르게 하란 뜻 아니겠습니까?"

"야고버 회장님이 가시나무 울타리를 치자고 할 때는 그만한 이유가 있는 것이고, 요안 회장님이 울타리를 걷자고 할 때는 또 그만한 이유가 있는 겁니다."

"오늘이라도 야고버 회장님이 깨어나신다면? 가시나무 울타리를 다시 만들기 위해 나무를 원래대로 옮겨 심으라 하신다면?"

"회장의 여러 일들을 다시 충실히 맡으신다면, 당연히 야고버 회장님의 뜻을 따라야겠지요."

"교우촌에는 회장이 한 사람밖에 없으니, 회장의 뜻을 따른다는 답은 옳겠습니다. 그런데 두 분에게 가르침을 받을 때, 가르침의 방식이나 내용이 충돌하면 그때는 어찌하였습니까?"

아가다가 눈을 잠시 감았다. 지난날들을 되짚어보는 듯했다. 다시 눈을 뜨곤 답했다.

"충돌한 적이 없었어요."

"없었다고요? 단 한 번도?"

"저를 가르칠 땐 두 분이 미리 의논을 하셨습니다. 제가 무엇을 읽었으면 좋겠고, 어디에 머물렀으면 좋겠고, 누구를 만났으면 좋겠는가까지……."

"십 년 동안 곡성에 머문 것도 두 회장이 의논하여 정한 겁니까?"

아가다는 대답 대신 입꼬리를 올렸다. 답할 필요도 없이 당연하다는 뜻이었다.

종항아리

종은 없지만 종항아리[鍾缸]를 두 개 만들었다. 비둘기 문양 큰 종항아리는 내 것이고, 무늬 없는 작은 종항아리는 아가다 것이다. 종항아리를 땅에 묻으니, 이 항아리에 담겼다가 퍼져 나갈 종소리를 듣고 싶었다. 나는 종소리를 듣고 날아오르는 비둘기들을 두루 새긴 종을 원했지만, 아가다는 민무늬를 고집했다. 아무것도 새기지 않음으로써 전부를 품고 싶었을까.

이제 그 이야기를 할 때가 되었다. 내겐 행운이고 길치목에겐 불운이며 짱구에겐 행운인지 불운인지 판단하기 애매한 일을, 그 가을에 우리는 함께 겪었다. 한배를 탄 사람이 둘 더 있다. 아가다 그리고 강송이.

아가다가 입꼬리를 올렸던 그 밤부터 이 일이 시작되었다고 나는 생각한다. 아가다의 제안은 숨은 맥락을 살피지 못하게 만들었다. 갑작스러운 만큼 가슴이 뛰었다. 아가다는 딱 두 번 내게 말했다.

"이것만 도와주겠어요?"

대화를 마무리하고 일어서려는데 아가다가 물었다.

"제가 도울 일이…… 있습니까?"

한천겸은 물레 근처엔 오지도 못하게 했다. 아가다가 태림들을 가리키며 설명했다.

"쌀 넉 섬이 들어갈 큰 옹기를 만들려고 해요. 절반까진 제가 앉아서 물레를 돌리며 만들겠는데, 그다음부턴 서서 태림을 둘러 세우고 수레와 조막으로 두드려야 하거든요. 그땐 혼자 물레를 돌리는 게 어려우니까, 도와주세요."

아가다가 물레 아래 발판을 내게 보여주려는 듯 가볍게 밟았다. 물레가 부드럽게 돌아갔다. 태림을 그 위에 둥글게 둘러 얹기 시작했다. 한 층 태림을 두른 후 그 위에 다시 한 층을 둘렀고 또 그 위에 한 층을 둘렀다. 세 층을 두르고 안팎을 다듬을 때까지 나는 지켜보기만 했다. 한천겸도 솜씨가 좋았지만 아가다에 비할 바가 아니었다. 태림을 들고 옮기고 붙이는 동안엔 숨도 쉬지 않는 것 같았다. 손은 물론이고 팔도 목도 머리도 하다못해 코끝도 흔들리지 않았다. 오른발로 발판을 밟을 때도 가슴과 어깨는 미동도 없었다. 손으로 태림을 만질 때도 마찬가지였다. 움직이는 부위와 고정된 부위가 명확하니, 집중하는 힘이 막강했다. 어린 나이임에도 야고버 회장이나 한천겸 그리고 조신숙과 어깨를 나란히 하는 이유를 알 것 같았다.

"자, 이제 일어날게요. 이리 와서 서보세요."

아가다가 비켰다. 나는 방금까지 아가다가 앉았던 자리로 갔다. 삼 층으로 쌓은 태림이 허리까지 올라왔다. 발을 뻗어 발판 위에 살짝 얹으니 물레가 돌았다.

"막 돌리면 안 돼요. 제가 태림을 얹을 땐 멈췄다가, 태림을 얹고 다듬은 후 발판을 살짝 밟으세요. 그럼 물레가 돌아갑니다. 제가 태림을 또 들고 오면 그땐 멈춰 기다리는 겁니다. 이걸 반복해보죠. 할 수 있겠죠?"

아가다의 설명은 쉽고 분명했지만, 내가 능숙하게 따르긴 어려웠다. 긴장한 채 발판을 밟는 탓인지, 물레가 너무 많이 돌기도 하고 너무 적게 돌기도 했다. 힘 조절에 실패하는 바람에, 아가다는 태림을 든 채 혹은 태림을 사 층 그리고 오 층 그리고 육 층까지 얹은 채, 순자강 참게처럼 옆걸음을 옮겨야 했다. 층수가 높아질수록 아가다의 몸을 가렸다. 반대쪽에 서면 아예 얼굴과 몸 전체가 보이지 않았고, 좌우로 비스듬히 설 때도 몸의 절반은 가늠만 할 뿐이었다. 아가다의 손이 점점 올라가자 내 눈길도 따라서 높아졌다. 주둥이를 둥글게 이어붙일 때는 아예 의자를 가져와 놓고 그 위에 올라서야만 했다.

“거의 다 했어요. 조금만 더 힘내요.”

“저야 힘 뺄 일이 있나요. 아가다 자매님이 힘쓰는 일은 다 하고 있잖습니까. 게다가 정교하게 다듬기까지……. 제가 좀더 잘했더라면 더 빨리 더 편히 끝났을 텐데, 미안합니다.”

“아니에요. 처음치곤 매우 잘하는 거예요. 이제 마무리 지을게요.”

아가다는 꼿꼿하게 선 채 움직이지 않았다. 두 팔만 바쁘게 주둥이를 두르는 중이었고, 나머지는 두껍진 않지만 단단한 대나무 줄기처럼 우뚝했다. 큰 문제 없이 이렇게 끝난다면, 의자 옆으로 가서 아가다가 무사히 내려서도록 돕고 싶었다. 팔을 내밀어 붙잡는 것이 어색하다면 어깨라도 짚으라고 빌려줄까. 의자 쪽으로 반걸음 옮겼을 때, 아가다가 말했다.

“아, 밟아볼래요? 높이가 살짝 안 맞는 것 같아서…….”

반걸음을 되돌린 후 발판을 찾았다면 전혀 문제가 없었을 것이다. 그런데 나는 반걸음을 딛는 대신 다리를 쭉 뻗어 발판에 얹었다. 발판을 딛는 순간 갑자기 허벅지가 땅기더니 옆구리까지 창에 찔린 듯 아팠다. 나도 모르게 몸이 앞으로 쏠렸고, 그 바람에 발판을 너무 세게 밟아버렸다. 아가다의 몸이 옹기에 붙더니 한 바퀴를 돌아서 나에게 부딪혔다. 아가다를 뒤에서 안은 꼴이 되어 물레 옆으로 쓰러졌다. 연이어 내 키보다 높게 쌓은, 쌀 넉 섬이 들어가도록 만든 옹기가 뭉개지면서 내 등을 덮쳤다. 아가다는 무릎에 피멍이 들었다. 내가 등으로 막으며 쓰러지지 않았다면, 옹기가 고스란히 작은 몸을 눌렀을 것이다.

나도 등을 다쳤다. 하루면 털고 일어나리라 대수롭지 않게 여겼다. 그러나 다음 날도 그다음 날도 천장을 보며 누워만 있었다. 몸을 돌리거나 일어나 앉을 때도 뒷목부터 꼬리뼈까지 통증이 심했다. 구례댁이라 불렸던, 옛 이름이 남혜정인 이사벨이 침을 놓았다. 대대로 침술에 뛰어난 의원 집안의 외동딸이었다. 대침을 써도 효력이 없자, 맥을 뚫기 위해 피까지 뽑았지만, 옹기에 깔리고 사흘이 지난 뒤에도 모로 누워 요강에 오줌을 쌀 처지였다.

가시나무 울타리가 점점 더 빨리 없어졌다. 짱구는 이젠 종일 나무를 옮긴 뒤에도 돌아와 『칠극』을 두세 시진이나 읽었다. 하루에 세 그루를 넘어 한 그루를 더 해치웠다. 일몰부터 일출까지 누워 지내는 내 손발 노릇까지 했다. 엉거주춤 일어나려 하면, 짱구가 서책을 내려놓고 와선 부축했다.

"미안해."

"친구끼리…… 뭐가 미안해?"

"이제 알겠어, 장선마을에서 구걸하던 네가 얼마나 힘들었는지. 걸음 하나 손짓 하나도 무지무지 아프네. 장 귀도, 넌 어떻게 지금까지 살았어?"

짱구가 옆구리를 팔꿈치로 찔렀다.

"그때 정말 고통스러웠던 게 뭔지 알아? 넌 그래도 며칠 쉬면 낫잖아? 하지만 난 목숨이 다할 때까지 오른 다리를 질질 끌어야 한다는 것, 오른쪽 입아귀로 침을 줄줄 흘려야 한다는 것, 오른 손목이 꺾이면서 말려 옆구리에 혹처럼 붙어 있다는 것, 잠이 들어도 오른 눈이 완전히 감기지 않는다는 것, 오른 귀가 먹어 그쪽에서 개들이 달려들면 번번이 물린다는 것, 눈비가 내리거나 안개 자욱한 날이면 오른쪽 몸 전부가 땅으로 꺼지듯 무겁다는 것, 그렇게 꺼지는 몸을 끌어올릴 힘이 내게 없다는 것. 이승 말고 저승에 관한 이야기를 들을 때, 극락이니 뭐니 하는 좋은 세상에 관해 들을 때, 난 먼저 물었어. '거기선 내 몸 오른쪽도 평안합니까?' 평안하지 않다면 여전히 내겐 지옥이니까."

"가시나무들 부지런히 옮기고 있단 얘긴 들었어. 서두르지 말고 한 나무 한 나무 잘 살펴. 울타리일 땐 그 나무가 그 나무처럼 보이지만, 제각각 전부 달라. 높이도 다르고 가지 수나 뻗은 방향이나 각도도 다르고, 가시의 길이도 다르고, 또 뿌리의 굵기도 달라. 옮겨 갈 곳의 구덩이를 충분히 파야 해. 지금 뻗은 뿌리가 아니라 앞으로 뻗을 뿌리까지 상상해서, 최소한 두 배 더 넉넉하게."

"종달새가 따로 없네. 요왕과 다윗과 다니엘도 똑같은 노랠 부르더군. 하지만 그렇게까지 챙길 필요도 없고 여유도 없어. 새 땅으로 옮겨 왔으면 적응하기 위해 스스로 노력해야 해. 네 말대로 구덩이를 넉넉하게 파는 게 나무들을 위해선 좋겠지. 하지만 울타리를 만들기 위해 빽빽하게 심었던 것에 비한다면, 새로 간 곳이 어디든 예전보단 훨씬 나아. 왼쪽 뿌리는 왕성한데 오른쪽 뿌리는 전혀 뻗질 못한다든가 이런 것도 아니잖아? 옮긴 집에서의 삶은 가시나무에게 맡기자고. 들녘 넌 벼나 나무 들에게 지나치게 잘하려고 들어. 그냥 벼고 그냥 가시나무인데 말이야."

농부니까. 어느 농부가 나처럼 하지 않으랴.

나무를 충분히 배려하라는 내 충고를 듣고 나서 짱구는 더욱 바삐 움직였다. 요왕과 다윗과 다니엘을 불러, 해가 질 때까지 하루에 다섯 그루를 옮겨 심겠다고 알렸다. 아이들은 세 그루도 벅차다며 반대했지만 짱구는 묵살했다. 명령을 따르지 않으면, 다른 사람으로 바꾸겠다고 으름장을 놓았다.

하루에 다섯 그루를 맞추려면 앉아서 점심 먹을 여유도 없었다. 그렇게 몰아붙였기에 손등이나 손목을 찔리거나 긁히는 것도 가볍게 여기고 지나갔다. 그것이 문제였다. 짱구의 뒷목이 갑자기 뻣뻣해지더니 열이 올랐다. 가시를 제때 뽑고 치료하지 않아 독이 퍼진 것이다. 고개를 숙이고 다녀야 할 만큼, 뒤통수에 혹이 달렸다는 오해를 살 정도로 살갗이 부풀었다. 결국 일을 쉬고 내 곁에 누웠다. 한나절만 쉬겠다고 했지만, 다음 날도 그다음 날도 고개를 숙인 채 열에 들떠 헛소리를 해댔다.

아가다가 온 것은 짱구와 내가 나란히 누워 이틀을 보낸 뒤였다. 무릎엔 아직 푸른 멍이 빠지지 않았지만, 절뚝거리지도 않고 똑바로 걸었다. 등이 아픈 나는 엎드렸고, 뒷목이 부푼 짱구는 벽에 기댄 채 인사하듯 고개를 숙였다. 아가다가 말했다.

"빨리 오고 싶었는데, 오늘에야 무릎이 제대로 움직이네요. 들녘 형제님 아니었으면 더 심하게 다쳤을 거예요. 고마워요."

"건아꾼에게 가장 중요한 임무는 옹기 대장이 다치지 않도록 지키는 겁니다. 제가 맡은 일을 못 했습니다. 미안합니다."

"아니에요. 잘하셨어요. 정말이에요. 그리고 장 귀도 형제님은 가시나무 울타리를 거의 다 없애셨더군요. 옹기 빚느라 바빠 제때 챙기지 못했는데, 이제 겨우 다섯 그루밖에 남지 않았더라고요. 그 정도는 요왕과 다윗과 다니엘이 맡아도 되는데, 가시 독을 뺀 후 꼭 직접 마무리를 하겠노라 말씀하셨단 이야기도 전해 들었어요. 요안 회장님도 흡족해하십니다. 두 분 다 며칠만 푹 쉬시고 나면, 옹기든 가시나무 울타리 제거든 원하는 마무리를 하실 수 있을 겁니다."

짱구가 갑자기 고개를 들고 아가다와 눈을 맞췄다. 그 눈이 힘차고 생기가 돌았다. 가시 독에 일을 멈추고 고열로 누워 지내는 환자 같지 않았다. 짱구의 눈빛이 저렇게 바뀌었던 순간을 되짚었다. 예지몽이라는 확신이 차올랐을 때였다. 먼저 묻지 않고 짱구가 꿈 이야기를 풀 때까지 기다렸다. 짱구가 아가다에게 넘겨짚듯 말했다.

"그 일에 우리를 쓰십시오."

아가다가 놀란 눈으로 물었다.

"그 일이라뇨?"

"그 일 때문에 오신 것 아닙니까? 우린 이틀만 지나면 툴툴 털고 일어설 겁니다. 그런데 들녘과 저로도 해낼 수는 있지만, 한 사람 더 데려가는 게 좋겠습니다."

아가다는 묻지 않고 쳐다만 봤다. 짱구가 스스로 묻고 답했다.

"의논을 벌써 하셨을 것 아닙니까? 저도 찬성합니다. 들녘 이 친구도 반대할 이유가 없고요."

나는 이틀 만에 등이 나았다. 짱구의 뒷목도 언제 그랬냐는 듯이 가라앉았다. 자시가 가까웠을 때 아가다가 왔고, 짱구와 내가 완쾌되었다는 것을 확인한 후 짧게 청했다. 두 번째 부탁이었다.

"이것만 도와주겠어요?"

겹단지

한여름 우물이나 개천에 넣어둔 겹단지 속 식혜를 마신 적이 있는가. 뚜껑을 열자마자 찬 기운이 이마를 얼린다. 아가리가 두 개다. 나란하진 않고, 아가리 속에 또 아가리가 있다. 바깥 아가리 뚜껑 하나만 여닫는다. 겹단지의 겹은 사람을 이롭게 하지만, 대부분의 겹은 사람을 속이고 괴롭히고 상처를 준다. 당신은 어떤가. 겹단지였던 적이 있는가. 줄곧 겉과 속이 같은 홑단지였는가.

비를 맞으며 옹기 배에 모인 사람은 모두 여섯 명이었다. 짱구와 내가 아가다를 따라 도착했을 때, 배에는 이미 두 사람이 타고 있었다. 한 사람은 사공인 박돌이였고 또 한 사람은 강송이였다. 아가다와 강송이는 보부상 차림으로 남장을 했다. 나는 박돌이와 눈을 맞추곤 물었다.

"조동무와 화장은?"

조동무 임중호와 화장 박마수가 보이지 않았다. 박돌이가 얼버무렸다.

"옹기도 없이 금방 다녀올 거라……."

짱구가 내 팔을 끌어 옆에 앉혔다.

"기다려. 아직 덜 왔으니까."

어둠에 잠긴 강과 벼가 익은 논을 살피며 물었다.

"누가 더 오는데?"

박쥐가 날아들듯, 사내가 옹기 배로 뛰어올랐다. 나는 썩 나서서 아가다를 등 뒤로 두었다. 짱구가 놀렸다.

"날렵한데? 누가 널 느리디느린 농부라 그랬지?"

나를 제외한 사람들이 동시에 웃음을 터뜨렸다. 마지막 승선자는 산포수 길치목이었다.

하동까지 다녀온다고 아가다가 짧게 말했다. 하동? 내가 예상한 고을에 들지 않은 곳이다. 하동까진 걸어가도 하루면 충분하고, 배로는 더욱 빨리 오갈 수 있다. 나는 더 먼 곳을 상상했다. 아가다가 특별히 짱구와 내게 동행을 청하였으니, 최소한 바다로 나가지 않을까. 광양을 지나 멀리 경상좌도 바다나 전라우도 바다를 그려보았다. 배를 타고 그렇게까지 갔던 적은 없었다. 그런데 강을 벗어나지 않는다고 하니 기대가 쪼그라들었다. 곡성 다음은 구례고 구례 다음이 바로 하동인 것이다. 박돌이 말마따나 조동무나 화장도 필요 없을 만큼 가까운 거리였다. 그런데 다시 생각하니 실망하긴 일렀다. 산포수까지 합류시킨 것은 그만큼 중요하고 위험한 일이란 뜻이다. 길치목을 흘끔 올려다봤다. 총을 등에 묶곤 도롱이를 걸쳤다. 호위할 사람이 필요하더라도 길치목은 외교인이 아닌가. 두 여인은 물론이고 짱구와 나 역시 따로 가져갈 무기는 없었다. 혹시 미리 실었을까 싶어 배를 훑었지만 텅 비었다. 길치목은 강송이를, 짱구는 아가다를 뚫어져라 쳐다보았다.

지금까지 아가다가 우리에게 밝힌 것은 하동이라는 고을뿐이었다. 하동에서도 어디에 배를 대고 누구를 언제 만나는지도 알려주지 않았다. 강송이와는 의논을 이미 마친 듯했고, 박돌이와도 정박할 곳을 살폈을 것이다. 짱구 역시 설명을 들었기에 길치목을 추천하지 않았겠는가. 이렇게 따지고 들면, 아무런 귀띔도 없이 배에 오른 사람은 나와 길치목 둘이었다. 나는 답답했지만 길치목은 입아귀가 올라갔다. 무릎이 거의 닿을 만큼 강송이와 마주 앉은 것만도 신이 난 것이다. 그는 배에 오른 여섯 사람 중에서, 긴급한 일이 생겼을 때 맞서 싸울 사람이 자신뿐이란 걸 알아차렸다. 그것은 강송이 역시 그에게 기댄단 뜻이다. 길치목으로선 두렵기보다는 기분 좋은 상황이었다. 그에게 하동이란 고을은 전혀 중요하지 않았다. 하동이든 어디든, 강송이를 무사히 지키겠다는 마음이 앞섰다.

"어디 아파?"

길치목에게 물었다.

"아니!"

"열흘은 굶은 사람 같아! 눈도 퀭하고."

큰 키에 사냥으로 단련된 날렵한 몸매지만, 예전처럼 힘찬 기운이 느껴지지 않았다. 더 마르고 더 핏기가 없었다. 길치목이 제 귓불을 당기며 웃었다. 목소리가 텁텁하고 컸다.

"괜찮아. 끄떡없어."

배가 나루를 떠나자마자 대화는 중단되었다. 빗방울이 굵어지고 맞바람까지 몰아친 것이다. 들에서 듣는 빗소리와 숲에서 듣는 빗소리 그리고 강 위 배에서 듣는 빗소리는 무척 달랐다. 들과 숲에선 비를 만난 농작물과 나무와 풀 들의 소리가 대부분이었는데, 강에서는 비와 함께 새들도 날아가고 강가에서 목을 축이던 들짐승들도 사라지고 생선들도 수면 가까이 올라오지 않았다. 살아 있는 것들의 소리는 거의 없고, 이미 죽어 딱딱해진 나무판들이 삐걱대는 소리만 들렸다. 비바람을 피해 등을 돌려 고물을 바라보았다. 지나온 강은 물이 불어 흙으로 쌓은 둑을 삼킬 듯 넘실거렸다. 비가 이렇듯 쏟아지는 밤에 배를 타긴 처음이었다. 어려서부터 장선 나루에 자주 나갔지만, 비가 내리더라도 대낮에 잠깐 강을 건너는 것이 고작이었다. 어둠이 깔리고 비까지 내리면 나루엔 사람들 발길이 끊겼다. 엄마가 장마 때 한 말이 떠올랐다.

"순자강은 범을 닮았어. 발소리를 죽이곤 다가와 단번에 덮치니까."

박돌이가 그나마 나를 안심시켰다. 비바람이 볼과 가슴을 때려도 즐기듯 웃으며 배를 몰았다. 강가로 붙었다가도 물길이 굽은 곳을 미리 알고 가운데로 나왔다가 돌아가기를 반복했다. 물이 도는 곳과 암초는 멀찍이 피했다. 옹기 배를 처음 타는 길치목과 나는 배가 흔들릴 때마다 얼굴이 굳고 숨이 가빴지만, 강송이와 아가다는 호수를 산책하듯 차분했다. 박돌이의 솜씨를 믿는 것이다.

배가 압록을 지나 구례에 가까웠을 때 잠시 비와 바람이 잦아들었다. 짱구가 기회를 놓치지 않고 아가다에게 물었다.

"얼마나 더 물레를 돌려야 합니까?"

"이 비 그치면 바로 가마에 불을 넣을 거예요. 돌아가면 다 같이 옹기를 가마에 옮겨 쌓아야 해요."

"며칠 더 여유가 있을 줄 알았습니다."

"어젯밤에 옹기 대장들과 요안 회장님이 충분히 의논하여 결정했어요."

"가마에 불 넣는 날을 앞당긴 까닭이 따로 있습니까?"

아가다가 짱구와 나를 차례차례 본 후 답했다.

"덕실마을에서 옹기를 빚고 새 가마를 만들고, 옹기를 무명마을로 옮기고, 큰 가마를 청소하며 손보고, 또 옹기를 더 빚느라 다들 지쳤어요. 지금까지 빚은 옹기면 월령부터 내고 두 마을 교인들이 끼니를 이을 돈을 마련할 정도는 되겠다고 판단했습니다. 욕심부리다가 또 누가 쓰러지거나 아프기라도 하면 안 되니까요."

그때까지 아가다와 또 그녀의 어깨너머로 어두운 강만 바라보던 짱구가 짧게 말했다.

"잘 결정하셨습니다. 모든 일엔 때가 있으니까요."

배가 닿은 곳은 하동 화개동이었다. 곡성의 옹기 배들이 자주 다니는 장이 서는 곳이기도 했다. 전라좌도와 경상우도의 들판과 숲과 바다에서 나는 먹거리들이 한꺼번에 모이는 곳이었다. 멀리 강원도와 충청도 그리고 제주에서도 철마다 물건들이 들어왔다. 박돌이가 옹기 배로 강과 바다를 누빈 이야기를 할 때면, 화개장을 제일 마지막에 짧고 굵게 언급했다. 내 집 안마당이니 길게 떠들 필요가 없다는 표정이었다. 배는 화개동을 지나 오백 보를 더 내려가서 멈췄다. 발길이 잦은 나루는 아니었지만, 굽이가 쑥 들어간 데다가 강가에 굵은 소나무 두 그루까지 있어서 배를 대고 묶기 좋았다. 이 물길을 오래 오간 박돌이가 미리 봐둔 곳이었다. 내일은 장이 서는 날도 아니고 또 장대비까지 내리는 밤이니, 화개 나루에 배를 대더라도 보는 이가 거의 없겠지만 이렇듯 조심한 것이다.

박돌이만 배에 남겨두고 다섯 사람은 내렸다. 아가다가 강송이와 눈을 맞춘 뒤 말했다.

"여기서부턴 나눠 움직이겠어요. 장 귀도 형제님과 들녘 형제님은 저와 함께 가시죠."

강송이와 단둘이 묶인 길치목은 자기만 믿으라는 듯 가슴을 내밀었다. 강송이가 먼저 북쪽으로 방향을 잡았다. 길치목이 바짝 붙어 주변을 살피며 걸었다. 아가다는 남쪽으로 걸음을 뗐고 짱구가 곧 뒤따랐다. 나는 고개를 돌려 배 위에 선 박돌이를 쳐다보았다. 그는 팔을 내밀곤 어서어서 가보라며 손목을 까닥였다. 하늘에서 천둥이 쳤고 곧이어 번개가 번쩍였다.

거기서부터 걸음을 멈출 때까지, 새벽안개 속으로 흐린 빛이나마 스밀 때까지, 그 밤에 갔던 길을 다시 가긴 어렵다. 아가다는 사람이 오가는 길로는 아예 들어서질 않았고, 길이 없는 곳으로만 걸었다. 비까지 내려 진흙이 발등을 덮는 바람에 짚신이 돌보다도 무거웠다. 고개를 넘고 고개를 넘고 고개를 넘었다. 곡성에서 넘나들던 고개보다 서너 배는 높고 대여섯 배는 가파른 고개들이었다. 고개가 높고 가파른 만큼 골짜기도 깊었다. 내려가고 내려가고 내려가도 평지에 닿지 않았다. 끝없이 내려가다 보면 지옥에 이르는 것은 아닐까 두려울 지경이었다.

아가다가 걸음을 멈췄다. 차례차례 짱구도 서고 나도 섰다. 강송이와 만나기로 한 약속 장소인 것이다. 세 사람은 주위를 경계하며 기다렸다. 이각二刻, 30분쯤 지났을까. 아가다가 말했다.

"내려가죠."

짱구가 앞을 막았다.

"우리끼리라도 갑시다."

"안 됩니다. 다시 모이지 못하면 접기로 약속했어요."

아가다가 짱구를 지나 걸음을 떼려다가 멈췄다. 맞은편에 길치목이 서 있었다. 등에 업힌 강송이가 말했다.

"발목을 삐었어요. 심하진 않고."

새벽 어스름이었고, 비는 또 잠시 그쳤다. 짱구가 말했다.

"늦게라도 왔으니 다행입니다. 이제 서둘러 갑시다."

짱구가 돌아섰지만, 아가다는 강송이를 여전히 보며 물었다.

"어디서 어쩌다가 그랬어?"

강송이가 답했다.

"비탈이었는데, 풀숲에서 뭔가 움직였어요. 푸른 불꽃 같기도 하고……."

길치목이 알은체를 했다.

"범이나 매화범의 눈이었을 겁니다. 지리산에 외눈 범이 있단 소문을 들었거든요."

아가다가 길치목에게 확인하듯 물었다.

"뒤따르는 자들은 없었나요?"

"전혀! 따라오는 놈이 있다면 백 보 밖에서도 산포수인 내가 알아차렸을 겁니다. 더군다나 외눈은 우리 뒤가 아니라 앞에 있었습니다. 그 짐승도 비탈을 내려오다 인기척에 놀라 자리를 떴을 겁니다."

길치목의 설명을 듣고서야 아가다는 돌아서서 앞장을 섰다.

고갯마루까지 내려온 구름 탓에 보이진 않았지만, 다섯 사람이 재회한 곳에서 불과 스무 걸음 앞에 가마가 있었다. 오래전에 화전도 일구고 옹기도 굽던 이들이 남긴 흔적이었다. 불을 놓아 만들었던 밭은 다시 숲으로 돌아갔고, 옹기꾼들이 살던 집도 무너져 풀에 덮였다. 그나마 꼴을 갖춘 것은 가마 하나였다. 소나무와 참나무가 주변을 둘러싸고 각종 덩굴이 덮는 바람에, 가까이 가서 손으로 더듬더라도 그것이 가마인지 알기 어려웠다.

"딱 범 나오게 생긴 곳이야."

길치목은 강송이를 내려놓자마자, 양손으로 제 귀를 쓸며, 나와 짱구에게 다가와선 말했다. 산포수인 그의 눈엔 범이 앞발로 할퀸 나무와 먹어치운 동물들의 등뼈나 갈비뼈가 보였던 것이다. 아가다가 화문 앞을 가린 덩굴을 걷어내곤 길치목을 보며 말했다.

"주변을 살펴주시겠어요?"

길치목이 등에 두른 총을 가슴으로 돌려 쥐곤 장담했다.

"걱정 마십시오. 한 방에 쫓아버리겠습니다."

가마로 들어간 사람은 넷이었다. 아가다가 앞장을 서고 짱구와 나 그리고 강송이가 차례차례 들어갔다. 마지막으로 들어온 강송이가 화문을 닫을 때까지, 가마 안은 춥고 어두웠다. 보물이라도 숨겨두었을까. 화문이 닫히자 부싯돌 치는 소리와 함께 불꽃이 튀었다. 그리고 비스듬히 긴 가마의 제일 높고 깊은 곳에서 등잔불이 피어올랐다. 사내의 목소리가 연기처럼 따라 나왔다.

"안 오시면 어쩌나 걱정했습니다."

불도 켜지 않고 숨어 기다린 것이다. 우리 넷은 도롱이를 걸쳤지만, 키가 작고 마른 사내는 맨발에 저고리도 없이 바지만 겨우 입었다. 장대비를 맞고 오느라 젖은 저고리가 점점 무거워지고 온기를 빼앗는 바람에 벗어버린 것이다. 앙상한 갈비뼈가 불빛에 흔들렸다. 갓 스무 살을 넘긴 것 같은 앳된 사내가 창백한 얼굴을 등잔 가까이 대곤 먼저 이름을 밝혔다.

"최 요셉입니다. 지난 초여름 의주에서 정 방지거 선생님을 만나 압록강 건너시는 걸 도왔고, 한 달 전 그 강을 건너 돌아오시는 선생님을 마중 나갔었습니다."

아가다는 인사를 받거나 제 소개를 하는 대신 날카롭게 묻기부터 했다.

"윤 스데파노 할아버지는요? 이십 년 가까이 의주에서 몰래 강을 건너는 일을 도운 교우는 그분이 아닙니까?"

"스데파노 할아버지를 아십니까?"

최 요셉의 입꼬리가 조금 올라갔다. 아가다가 건조하게 답했다.

"뵌 적이 있어요. 귀 아래 혹이 있지요, 왼쪽이었던가?"

"왼쪽이 아니라 오른쪽 귀입니다."

"아, 그렇군요. 제가 착각했습니다. 오른쪽 귀!"

아가다는 좌우를 착각할 사람이 아니다. 최 요셉을 떠보려고 일부러 잘못 말한 것이다. 다시 질문을 던졌다.

"윤 스데파노 할아버지께서 오랫동안 해온 일을 대신 맡으신 건가요?"

"솔직히 저는 맡고 싶지 않았습니다. 윤 스데파노 할아버지처럼 믿음이 깊지도 않고 뜻이 담대하지도 않으니까요. 할아버지는 열여섯 살에 혼인한 적이 있다 하시는데, 마흔 살에 천주님을 영접한 후론 줄곧 혼자셨어요. 가게를 물려받을 아들도 손자도 없었습니다. 할아버지가 가게 점원으로 거둬주시기 전까지, 저는 떠돌며 빌어먹고 살았습니다. 할아버지는 풍병이 드는 바람에 거동이 불편하십니다. 가게에서 천천히 걸어 다니시긴 합니다만, 압록강으로 몰래 나가 강가에서 기다리다가 숨이 찰 만큼 달아나긴 어려우십니다. 저를 불러 가까이 다가앉으라 말씀하신 뒤, 정 방지거를 처음 언급하셨습니다. 이십 년 넘게 정 방지거 선생이 은밀히 압록강을 건너는 것을 도왔다고, 봄에 또다시 강을 건널 예정인데 당신은 몸이 불편하여 배웅도 마중도 어려우니 제게 맡으라고 부탁하셨습니다."

아가다가 끝까지 몰아세웠다.

"어떤 일이 있더라도 평안도를 벗어나선 안 된다는 이야기는 듣지 않았나요?"

"들었습니다. 스테파노 할아버지 앞에서 맹세까지 했지요."

"그런데 평안도 의주에서 경상도 하동까지 왔네요."

"저도 살아서 순자강을 구경할 줄은 몰랐습니다."

강송이가 이어 물었다.

"정 방지거 선생님은 지금 어디에 계십니까?"

"모릅니다."

"모른다?"

최 요셉이 한숨을 길게 내쉰 뒤 자초지종을 이야기했다.

"약조한 시간에 압록강으로 나갔습니다. 바위 뒤에 숨어 강을 바라보았지요. 강의 폭이 가장 좁고 또 계속된 가뭄에 유량이 줄어 저처럼 키가 작아도 물이 어깨에도 미치지 못했습니다. 그런데 해시亥時, 밤 9시~11시 정각이 되었는데도, 정 방지거 선생님은 나타나지 않았습니다. 저는 일각一刻, 15분만 더 기다렸다가 그래도 강 저편에 사람이 보이지 않으면 그대로 돌아갈 작정이었습니다. 일각이 거의 지났을 때, 정 방지거 선생님이 강변에 모습을 드러냈습니다. 그런데 자꾸 허리를 숙였고 비틀대며 걷다가 쓰러지고 또 걷다가 쓰러지시더군요. 저는 기다렸다가 정 방지거 선생님이 강을 건너오시면 맞을 예정이었습니다. 어떤 경우에도 강을 건너가선 아니 된다고, 스데파노 할아버지가 강조하셨거든요. 한데 정 방지거 선생님이 허리를 숙일 때마다 옆구리에 꼬리처럼 얇고 길쭉한 막대가 흔들렸습니다. 화살이었습니다. 화살에 맞은 채, 약속 장소까지 악착같이 온 겁니다. 저는 강을 건너갔습니다. 강 저편에서, 그가 죽어가는 걸 지켜만 볼 순 없었습니다. 강을 건넌 후 선생님을 부축해서 눕혔습니다. 역시 옆구리에 박힌 것은 화살이었고, 등에 부러진 화살이 하나 더 박혀 있더군요. 선생님은 참으로 대단한 분이셨습니다. 화살에 독이라도 발랐던 것인지, 얼굴은 물론이고 목까지 살갗이 새까맣게 바뀌면서 온몸을 덜덜 떨었습니다. 그렇게 죽어가면서도 제게 악착같이 말씀하셨습니다. 순자강으로 가서 소식을 전하라고요."

최 요셉이 거기서 이야기를 끊고, 아가다와 강송이와 나와 짱구를 차례대로 보았다. 짱구가 가마에 들어온 후 처음으로 입을 열었다.

"하면 정 방지거 선생님은 압록강을 건너 귀국도 못한 채 돌아가셨군요. 그런데 왜 그가 어디 있는지 모른다고 답한 겁니까?"

내가 던지고 싶은 물음이기도 했다. 최 요셉이 갑자기 눈물을 흘리기 시작했다. 울음을 그칠 때까지 네 사람은 기다렸다.

"저는 남쪽이 아니라 북쪽으로, 정 방지거 선생님을 남겨둔 채 달아났습니다. 강을 건너갈 땐 어떻게든 함께 강을 건너오리라 각오했죠. 하지만 선생님은 몸을 가누지도 못하는 자신을 부축해서 강을 건너선 안 된다며, 또 지금은 저 혼자 강을 건너지 말라고 하셨습니다. 차라리 북쪽으로 올라가라고. 숲에서 사흘만 숨었다가 기회를 엿보아 남쪽으로 가라고. 멀리서 말 울음소리가 들리더군요. 저는 선생님을 일으켜 세우려 했지만, 선생님은 오히려 제 등을 떠미셨습니다. 결국 저는 선생님이 시키는 대로 북쪽 자작나무 숲을 향해 내달렸지요. 오십 걸음쯤 달렸을까요. 아무래도 선생님을 홀로 두고 가는 것이 마음에 걸려 돌아보았습니다. 선생님이 비틀거리며 천천히 강으로 걸어 들어가고 있었습니다. 강가에서 순순히 붙잡히진 않겠다는, 달아난 저와의 거리를 조금이라도 더 두겠다는 생각이셨겠지요. 걸어 들어가던 모습이 곧 사라졌습니다. 강물이 흐르는 대로 몸을 맡기셨을 겁니다. 그래서 모른다고 답한 겁니다. 십중팔구 강을 벗어나지 못하고 빠져 죽었겠지만, 시신이 어디에 있는지는 모른다는 뜻입니다. 그건 저뿐만이 아니라 선생님을 쫓던 교졸들도 마찬가지일 겁니다.

정 방지거 선생님이 권한 대로 사흘 동안 숲에 숨었다가 압록강을 건너 우선 의주로 왔습니다. 압록강을 비롯한 국경의 소문이 흘러드는 주막에 일부러 가서 하룻밤을 보냈지만, 정 방지거 선생님에 대한 이야긴 없었습니다. 문득문득 떠오릅니다. 제 등을 밀던 선생님의 검은 손. 또 강으로 홀로 들어가는 모습까지. 저는 죄인입니다. 어떻게든 함께 강을 건너왔어야 합니다. 부끄럽습니다."

나도 처음으로 물었다.

"맹세를 어기고 순자강까지 와야 하는 이유가 뭡니까?"

최 요셉은 내 질문을 무시하고 아가다에게 말했다.

"이번까지 치면 세 번이나 낯선 곳에서 기다렸습니다. 힘들단 투정은 아닙니다. 교우들을 잇는 고리들은 철저히 지켜져야 하니까요. 다만 세 번 모두 저는 죽을 고비를 넘겼습니다. 좌포도청 포졸을 특히 조심하란 이야긴 스테파노 할아버지로부터 수도 없이 들었습니다만, 교우들이 가서 기다리라고 은밀히 일러준 장소는 하나같이 견디기 힘든 곳들이었습니다. 한 번은 독충에 물려 열흘이나 앓았고, 또 한 번은 발을 헛디뎌 낭떠러지에서 떨어질 뻔했는데, 이번엔 바로 눈앞에서 범이 지나갔습니다. 범이 산양 한 마리를 물고 있지 않았다면, 제가 대신 범에게 물렸을 겁니다. 용인을 거쳐 구병산을 지나 전주를 돌아서 하동까지 왔습니다. 이번이 마지막이었으면 합니다. 정 방지거 선생님과 연락을 취해온 요안 형제님을 만나게 해주십시오. 지리산에 그분이 계십니까?"

최 요셉은 요안 회장을 만나려고 평안도 의주에서 온 것이다. 아가다가 얼버무렸다.

"요안이란 본명은 흔합니다. 교우촌마다 요안이 한두 명은 있을 겁니다. 정확하게 어떤 요안을 만나고자 하는지 모르니, 확답을 드리기 어렵습니다."

최 요셉이 긴 한숨을 내쉰 뒤 말했다.

"그렇다면 또 새로운, 네 번째 장소와 시간을 제게 알려주려고 온 거겠군요. 저는 듣지 않겠습니다."

짱구가 말꼬리를 붙들었다.

"듣지 않겠다는 건 무슨 소립니까?"

"평안도로 돌아가겠습니다. 여기까지가 제가 버틸 수 있는 한계입니다. 더는 못 가겠습니다. 풍병을 앓는 스테파노 할아버지도 걱정이고요. 하루빨리 가서 수발을 들었으면 합니다. 이번이 마지막이길 바랐는데……. 혹시 요깃거리가 있습니까? 여기서 이틀을 꼬박 숨어 있었습니다. 지리산에 도착하기 전 이틀을 더 굶었고요."

우리 넷은 콩 한 알도 없었지만, 밖에서 경계를 서던 길치목은 말린 멧돼지 고기 한 묶음을 허리에 차고 있었다. 최 요셉이 비에 젖어 눅눅한 고기를 손으로 뜯어 먹었다. 강송이와 아가다는 짱구와 나를 남겨둔 채 가마를 나갔다.

최 요셉이 고기를 다 뜯어 먹을 즈음 돌아온 아가다가 말했다.

"우리와 일단 같이 가도록 해요."

"다행입니다. 정말 다행이에요. 이제야 요안 형제님을 뵙는군요."

안도의 한숨이 긴 만큼, 뒤이은 강송이의 말이 차갑게 들렸다.

"눈을 가리겠어요."

"눈은 왜……."

대답이 끝나기도 전에 길치목이 화문을 열고 들어섰다. 검은 천을 최 요셉에게 들어 보였다.

"손을 묶진 않겠지만, 눈가리개를 풀려고 들면, 그땐 저승으로 보내버리겠소. 명심하쇼."

독널

독무덤, 옹관甕棺이라고도 한다. 독 두 개로 만든다. 큰 독은 유난히 아가리가 큰데, 작은 독을 쉽게 넣기 위해서다. 독널을 완성한 후 아가다가 내게 부탁했다. 독널에 들어갈 테니, 두 개의 독을 맞춰 닫아달라고. 내가 거듭 거절하자, 아가다는 혼자서라도 독널에 들어가겠다며 고집을 부렸다. 죽었다가 사흘 만에 부활한 예수님을 독널에 누워 상상하고 싶다는 것이다. 결국 부탁을 들어줬다. 죽음이 궁금한가. 죽은 자 가운데서 살아나는 기분을 느껴보고 싶은가. 그렇다고 저 독널에 들어가진 말라. 저건 아가다의 키에 맞춘 독널이다. 포도부장, 당신의 뼈란 뼈를 모두 접어도 좁다.

두 패로 나눠 왔던 길로 하산했다. 강송이가 앞장을 서고 눈을 가린 최 요셉을 가운데 놓고 길치목이 마지막을 챙기며 걸었다. 두 번 세 번 주변을 살폈지만 움직이는 푸른 불은 없었다. 강송이는 저만치 앞서 걸었지만, 길치목은 최 요셉의 등 뒤에 가까이 붙어 지형지물을 상세히 설명했다.

짱구와 아가다와 나는 미리 도착했지만, 옹기 배로 가지 않고 바위에 숨어 기다렸다. 비는 그쳤고 높은 하늘엔 구름 한 점 없었다. 배들이 간간이 올라오기도 하고 내려가기도 했다. 짐만 실은 배도 있었고 사람들이 탄 배도 있었고 빈 배도 있었다. 곡성에선 노를 부지런히 놀려 방향과 균형을 잡아야 했지만, 하동은 강폭이 훨씬 넓고 굽이도 적고 강물도 천천히 흘러 사공의 일이 적었다. 나는 최 요셉에게 들리지 않도록 목소리를 낮춰 아가다에게 물었다.

"왜 데려가기로 한 겁니까? 아직 미심쩍은 구석이 많습니다."

아가다가 답했다.

"정 방지거 선생님이었다면 좋았겠지요. 윤 스데파노 할아버지가 오셨더라도 고민하진 않았을 겁니다. 두 분 중 한 분이 왔다면, 우리가 여기까지 나올 필요도 없었겠죠. 요안 회장님이 직접 마중을 나가셨을 겁니다. 하지만 두 분이 아니라 최 요셉이라는 낯선 청년이 찾아온 거예요. 우린 최 요셉이 털어놓은 압록강 사정을 확인할 방법이 없어요. 다만 그가 정 방지거 선생님의 외모나 성격을 정확히 알며, 윤 스데파노 할아버지와도 친분이 있었다는 것 정도는 확인했어요."

"몇 달 뒤로 약속을 다시 잡는 건 어떻습니까? 그사이 의주로 사람을 보내는 겁니다. 윤 스데파노가 정말 풍병 탓에 몸져누웠는지도 확인하고, 정 방지거가 뛰어들었다는 압록강도 확인하고 나서, 최 요셉을 다시 만나는 겁니다."

아가다가 받아쳤다.

"요안 회장님께 저도 똑같이 권했답니다. 하지만 회장님은 최 요셉이 정 방지거 선생님과 윤 스데파노 할아버지와 아는 사이인 것만 확인되면 데려오라 하셨습니다."

짱구가 그제야 뒤늦게 끼어들었다.

"회장님이 서두르는 데는 다 이유가 있겠죠. 아가다와 강 수산나와 함께 들녘과 저, 게다가 외교인인 길치목까지 데리고 밤에 옹기 배를 타고 순자강을 내려가는 게 흔한 일은 아니라서, 곰곰이 따져봤습니다. 제 이야기에 잘못된 부분이 있으면 짚어주십시오. 이십 년 넘게 정 방지거 선생님이 연경을 오간 것은 탁덕을 보내달란 청을 올리기 위함입니다. 연이은 가뭄으로 교우촌들 형편이 최악인데도. 특히 야고버 회장님을 비롯한 전라도 교우촌에선 연경에 사람을 보내는 대신 교인들부터 돌보자는 주장까지 나왔습니다. 하지만 두 명이 가기로 한 처음 계획을 정 방지거 한 명으로 줄이긴 했어도 보내긴 보냈지요. 그렇게 한 명이라도 꼭 보내자고 한 사람은 구병산 인근 교우촌들을 이끄는 요안 회장님이시고요. 맞습니까?"

아가다는 고개를 끄덕이진 않았지만, 문제가 있냐며 반박하지도 않았다. 짱구가 계속 설명했다.

"이 지점에서 그런 질문을 던져봤습니다. 요안 회장님은 교우촌들 상황이 최악인데도 왜 꼭 연경에 사람을 보내려 할까? 답은 간단합니다. 시간을 늦출 수 없는 중요한 이유가 있는 게지요. 그 이유가 최 요셉을 지금 서둘러 만나야 하는 것과 이어져 있단 생각이 듭니다."

"그 이유란 게 대체 뭐야?"

짱구는 질문한 나 대신 아가다를 보며 답했다.

"탁덕이겠지요. 탁덕이 조선으로 들어오기로 확정되었으면, 상황이 최악이라도 서두르는 게 당연합니다. 탁덕을 모셔 오려고 이십사 년이나 기다리지 않았습니까. 기회를 놓치면 또 긴 세월을 기다려야 할지도 모릅니다. 정 방지거 선생님이 요안 회장님에게 전하려는 말이, 이건 어디까지나 추측이지만, 올해를 넘기지 않고 그러니까 겨울에 탁덕을 맞아들이도록 준비하란 이야기가 아니었을까요. 정 방지거 선생님이 이런 소식을 전한다면, 요안 회장님은 무척 바빠지시겠죠. 어느 경로로 입국할 것인지도 파악해야 하고, 길목마다 미리 믿음이 깊고 담대한 교인을 뽑아 보내야 하며, 신유 대군난 이후 지금까지 이 나라 형편과 치명자들의 행적과 교우촌의 현황과 교인들의 어려움들을 모아 탁덕에게 올릴 준비도 해야 하며, 탁덕이 앞으로 할 일 역시 살펴 챙겨둬야 합니다. 요안 회장님은 최 요셉의 입에서 이 한 문장이 흘러나오기를 고대하는 겁니다. '탁덕께서 드디어 조선으로 오고 계십니다.'"

길치목과 강송이가 최 요셉과 함께 도착했을 때는 해가 이미 중천에 떴다.

"발목은?"

"조금 불편하지만 걸을 만해요."

아가다와 강송이는 둘이서만 먼저 옹기 배로 가서 박돌이를 만났다. 검은 천으로 여전히 눈을 감싼 최 요셉은 바위에 기댄 채 잠이 들었다. 뒤따라오는 길치목의 거친 말을 들으며 걷는 것이 힘겹고 두려웠던 탓이다. 최 요셉은 팔이든 어깨든 빌려달라 했지만, 길치목도 그렇게 하는 편이 더 빨리 순자강에 닿는 길이라 여겼지만, 강송이는 허락하지 않았다. 최 요셉이 낮게 코를 골기 시작하자, 나는 길치목에게 물었다.

"강송이와 이야기는 좀 나눴어?"

"강송이와 최 요셉과 나, 이렇게 일렬로 걷기만 했어. 요셉이 발을 헛디뎌 넘어지거나 진창에 빠지면 내가 가서 일으켜 세우는 게 다였지. 송이는 한마디도 끼어들지 않았어."

짱구가 물었다.

"여전히 마음에 들어?"

"열 배 아니 백 배 더!"

내가 물었다.

"이유가 뭐야? 이야기도 못 나눴다며?"

"입을 열지 않고 제 뜻을 알리는 사람도 드물지만 있어."

짱구가 물었다.

"한 남자에게 속하지 않겠다는 마음도 읽었겠네? 너처럼 거칠게 표시를 팍팍 내면서 다가서는 남자를 가장 싫어한다는 것도?"

길치목의 얼굴이 붉으락푸르락 달아올랐다.

옹기 배는 강에 어둠이 완전히 깔린 뒤 떠났다. 물길이 아니라 산길을 이용하면 낮에 움직여도 발각되지 않으리란 길치목의 주장 때문에, 아가다와 강송이는 둘이서 의논을 또 했다. 강송이는 우두커니 기다리느니 최 요셉의 눈을 가린 채 걷자고 했다. 하동부터 구례와 곡성으로 이어지는 산길은 지리산에 비해 낮고, 또 길치목이 손바닥 보듯 훤히 알고 있는 곳이었다. 그러나 아가다는 지난밤 내린 비로 길이 질퍽거릴 뿐 아니라, 계곡물이 불어 위험하다며 반대했다. 최 요셉의 왼쪽 발목이 심하게 부어오르는 바람에 산길로 가자는 주장은 사그라들었다.

다행히 남풍이 불어 강을 거슬러 올라야 하는 옹기 배를 도왔다. 길치목이 먼저 배에 올라 박돌이와 함께 돛을 폈다. 뒤이어 아가다와 강송이가 최 요셉과 함께 탔고, 짱구와 나는 소나무에 묶은 줄을 풀고 마지막으로 승선했다. 고물에 앉자마자 최 요셉이 징징거렸다.

"눈을 가린 천을 벗게 해주십시오. 하동에서 강을 거슬러 올라가면 구례 아니면 곡성이겠네요. 임실이나 순창에서 내려왔을 수도 있겠지만, 제게 요안 형제님이 계실 만한 고을을 택하여 보라고 하면 곡성입니다."

길치목이 총구를 최 요셉의 가슴에 붙이곤 물었다.

"뭘 근거로 그딴 헛소리를 지껄이는 거요?"

요셉이 놀라 급히 답했다.

"윤 스테파노! ……그 할아버지가 가장 아끼시는 것이 물독입니다. 값으로 따지자면 백자나 청자가 몇십 곱절은 나가겠지만, 스테파노 할아버지는 거의 매일 옹기 물독을 끼고 살다시피 하셨죠. 그 물독이 왜 그리 좋으시냐고 여쭸더니, 좋은 흙 좋은 물로 빚어 그렇다고 하시더군요. 거기가 어디냐 다시 여쭸는데, 농담처럼 춘향이와 이몽룡이 놀던 동네 바로 아래라고만 하셨습니다. 춘향과 몽룡이 남원에서 놀았으니 그 아래 동네면 곡성이지 않겠습니까?"

길치목은 총구로 최 요셉의 배를 살짝 찔렀다. 최 요셉이 급히 허리를 숙이자, 길치목이 손바닥으로 등을 탁 소리가 나도록 치며 물었다.

"곡성이 아니면 목을 내놓겠소?"

"모, 목을 말입니까?"

"할 거요 말 거요?"

"안 합니다. 그딴 내기를 왜 합니까!"

구례를 지나 호곡 나루에 이를 때까지는 순조로웠다. 선수의 아가다와 강송이는 좌우 강가를 나누어 살폈다. 고물의 길치목은 마른 헝겊으로 총을 닦느라 바빴고, 짱구는 가부좌를 틀고 눈을 감은 채 꼼짝도 하지 않았다. 나는 최 요셉을 마주 보며, 그가 들려줬던 평안도에서의 이야기들을 곱씹었다. 최 요셉은 작은 소리에도 어깨가 흔들릴 만큼 떨었다. 흙을 디디며 제 발로 걷는 것과 배 위에서 물에 흔들리는 것은 전혀 달랐다. 두려움이 적어도 열 배는 더 자란 듯했다.

"뭐예요, 저건?"

"새가 우는 건가요?"

"강물이 돌기라도 하는 겁니까?"

"아, 아직 멀었나요?"

대답을 그때그때 해주진 않았다. 나 역시 밤에 순자강에서 옹기 배를 탄 적이 없었기에 아는 소리가 매우 적었다. 적어도 나는 소리가 나는 쪽으로 고개를 돌려 흐릿하게나마 물이든 나무든 바위든 보면서 두려움을 눌렀지만, 최 요셉은 그마저도 볼 수 없기에 온갖 불길한 상상에 사로잡힌 것이다.

호곡 나루를 지나자 바람이 강해졌다. 강을 건너는 데만 쓰는 나룻배가 묶인 채 삐걱거렸다. 바람을 제대로 받은 돛이 갑자기 바위라도 밀듯 울었다. 겁을 먹을 대로 먹은 최 요셉이 내 품에 안기며 비명을 질렀다.

"그만!"

바람 방향이 돌변한 것은 바로 그 순간이었다. 곧장 가던 배가 출렁이며 맴을 돌자, 키를 쥔 박돌이를 제외하곤 모두 쓰러져 뒹굴었다. 길치목이 겨우 중심을 잡고 선수로 달려가선 쓰러진 강송이와 아가다를 붙들었다. 머리와 어깨가 배 밖으로 나가버린 최 요셉을 가리키며 아가다가 소리쳤다.

"붙잡아요. 당장 묶어!"

짱구가 천으로 눈을 가린 최 요셉의 뒷머리를 쥔 채 당겼고, 나는 그의 허리를 붙들고 뒷걸음질을 쳤다. 배가 다시 흔들리며 구례 쪽으로 밀려 내려갔다. 길치목이 돛줄을 끊는 것과 동시에, 나는 최 요셉을 돛대로 밀어붙였다. 짱구가 요셉의 두 팔을 꺾어 등 뒤로 당기며 물었다. 질문을 들은 사람은 최 요셉과 나뿐이었다.

"이번 주에 품고 지내야 하는 복된 말씀이 뭡니까?"

최 요셉이 즉답을 못 하자 짱구가 고쳐 물었다.

"성신 강림 후 몇 주나 지났습니까?"

최 요셉의 목소리가 갈대처럼 떨렸다.

"……의주를 떠나 이곳까지 오는 동안 제대로 자지도 먹지도 못했습니다. 솔직히 첨례일을 거룩하게 지킬 수도 없었고요. 하루라도 빨리 요안 형제님을 만날 마음이 급했습니다."

"기억을 잘 해야 할 겁니다. 돛대에 묶이기 싫으면."

"의주에선 스테파노 할아버지가 주일마다 제게 되새길 복된 말씀과 특별히 올릴 기도문을 알려주셨습니다. 의주를 떠나고 나니, 저를 챙기는 이가 아무도 없었습니다. 십자가를 스스로 지고 올라가선 높이 세우는 교인이 되기엔 부족한 점이 너무나도 많다는 걸 깨달았습니다. 일깨워주셔서 고맙습니다."

"결국 모른다는 것이군요."

도끼로 찍은 곳을 다시 찍는 나무꾼처럼, 짱구가 반복했다. 최 요셉의 손목을 돛대 뒤로 당기곤 줄로 꽁꽁 묶었다. 강물이 쳐 올라와선 가슴과 머리를 덮쳤다. 물벼락을 연이어 받은 최 요셉이 턱을 치켜들곤 울부짖었다. 만주 평원을 내달리다가 압록강 앞에 멈춰 둥근 달을 삼킬 듯 노려보는 늑대의 울음이었다.

화살이 날아들어 키를 쥐고 선 박돌이의 명치에 박혔다. 뒤이은 화살 두 발이 박돌이의 오른쪽 어깨와 팔뚝에 꽂혔다. 박돌이가 견디지 못하고 키를 놓자 배가 왼편으로 급격하게 기울며 돌았다. 그 바람에 박돌이부터 강에 빠졌다. 배 네 척이 강으로 나왔다. 두 척은 뒤를 막고 두 척은 앞을 가렸다. 최 요셉의 긴 울부짖음을 신호로 사공을 거꾸러뜨린 후 포위한 것이다. 아가다와 강송이가 고물로 가선 키를 다시 쥐었다. 길치목이 앞뒤의 배들을 노리며 물었다.

"뭐야, 지것들은?"

내가 답했다.

"함정이야. 우릴 잡으러 왔다고."

길치목과 나는 거의 동시에 돛대를 쳐다보았다. 이것이 함정이라면, 우릴 함정에 빠뜨린 자는 최 요셉이다.

"저 쥐새끼가……."

길치목이 달려들어 그때까지도 울부짖는 최 요셉의 턱을 갈겼다. 화살이 길치목의 오른쪽 종아리에 박혔다. 배가 다시 돌며 왼쪽으로 기울었다. 강송이와 아가다가 함께 배에서 떨어졌다. 길치목은 종아리의 화살을 뽑을 틈도 없이 강으로 몸을 날렸다.

옹기 배에는 이제 짱구와 나와 최 요셉뿐이었다. 네 척의 배가 점점 가까이 다가왔다. 뱃전에는 활을 겨눈 궁수가 여럿이었다. 나는 날아오는 화살을 피해 바짝 엎드린 짱구와 돛대에 묶인 채 정신을 잃은 최 요셉을 보았다. 배가 떠오르는가 싶더니 뱃머리가 암초에 걸려 부서졌다. 물이 쏟아져 들어오면서 꽁지부리가 들렸다. 배는 곧 가라앉을 것이다. 짱구가 외쳤다.

"이리 와 빨리!"

짱구는 헤엄을 못 쳤다. 평생 오른쪽 팔다리를 못 썼으니, 길치목과 내가 순자강에서 멱을 감는 동안 발가락도 강물에 넣지 않았다. 짱구에게 가려는데, 정신을 차린 듯 최 요셉이 외쳤다.

"어딨어? 어서 와. 구해줘. 이거 풀어. 살려줘요…… 제발, 천주님!"

배교하고 간자가 되었지만, 우리에게 줄곧 거짓말을 늘어놓았지만, 죽음이 코앞에 닥치자 다시 신을 찾는가. 아가다가 내게 강조했던 문장이 하필 그때 떠올랐다. 원수 같은 짓을 하는 사람도 사랑하라고. 돛대로 갔다. 짱구의 고함이 뒤통수를 쳤다.

"어딜 가? 여기! 나한테 와야지. 야!"

결박한 줄을 풀자마자 최 요셉은 나를 밀치고 강으로 뛰어들었다. 엉덩방아를 찧은 내 다리 사이로 화살이 날아와 박혔다. 물이 벌써 발목까지 차올랐다. 화살을 피해 기다시피 짱구에게 갔다. 짱구는 내 오른팔을 당겨 제 왼팔과 묶었다. 그 순간 돛대가 부러지면서 배가 뒤집혔다.

장선마을에서 잠수를 가장 잘하는 이는 길치목이지만, 나도 어깨를 견줄 정도는 했다. 화살이 비오듯 쏟아졌다. 숨을 참고 강바닥으로 더 내려갔다. 다행스러운 것은 짱구가 양팔을 몸에 붙인 채 꼼짝도 하지 않았다는 것이다. 내가 이끄는 대로 몸을 맡기기로 한 것이다. 만약 짱구가 팔을 휘젓고 발버둥을 쳤다면, 내가 원하는 곳에 이르진 못했을 것이다. 최대한 깊이 내려간 뒤 흐르는 강물에 나 역시 몸을 맡겼다. 네 척의 배로부터, 그 배에서 날리는 화살이 닿지 않을 만큼, 멀리 흘러 내려가는 것밖에 방법이 없었다.

성모

일곱 개의 성모상이다. 크기는 같고 꼴은 다르다. 교우촌으로 돌아가면 산도깨비들과 나눌 선물이라고 했다. 무릎을 꿇고 고개를 살짝 든 성모님은 천사로부터 동정녀 잉태에 관한 예언을 듣는 중이시고, 아기를 품에 안은 성모님은 베들레헴에서 출산 후 아기 예수님을 돌보는 중이시고, 물동이를 품은 성모님은 가족을 위해 식수를 나르는 중이시고, 걷고 있는 성모님은 예수님이 가시는 길을 따르는 중이시고, 앉아서 정면을 바라보는 성모님은 인딕에서 예수님의 발씀을 듣는 중이시고, 가시 면류관을 쓴 아들을 품에 안은 성모님은 십자가에 매달려 돌아가신 예수님을 끌어안고 통곡하는 중이시고, 놀라 두 눈을 동그랗게 뜬 채 하늘을 우러르는 성모님은 부활하신 예수님의 승천을 보는 중이시다.

해가 뜨자마자 가장 먼저 발견된 시신은 박돌이였다. 종종 배에서 내려 옹기 두드리며 노래 한 자락 부르던 압록의 모래밭이 그가 마지막으로 닿은 땅이었다. 두 번째 시신은 해 질 무렵 구례를 지나 하동 두치진에서 떠올랐다. 최 요셉이었다. 옹기 배에서 강으로 뛰어든 사람 중에 시신은 더 없었지만, 그들이 모두 곡성으로 돌아온 것은 아니었다. 구례에서 강변으로 올라온 짱구와 나는 낮에는 숨고 밤에는 걸어 다음 날 밤 무명마을로 들어섰다. 아가다도 강송이도 또 두 사람을 구하기 위해 강으로 뛰어든 길치목도 소식이 없었다.

짱구가 요안 회장에게 자초지종을 설명했다. 잠수에 잠수를 거듭하여 추격하던 배들을 따돌리고 구례에서 강가로 올라섰을 때부터 나는 계속 구토와 설사를 반복했지만, 짱구는 내 손목과 이은 손목에 피멍이 든 것 외에는 멀쩡했다. 요안 회장은 몸과 마음부터 살펴 쉬도록 했다. 조망실이 기도와 함께 약손으로 배를 쓸어준 다음에야 설사가 멎고 복통이 줄어들었다. 내가 잠들기 전에도 짱구는 깨어 앉아 있었고, 잠에서 깬 후에도 그 자세 그대로였다. 나는 천천히 일어나 앉았다. 방에 둘만 있고 마당에도 인기척이 없음을 확인한 짱구가 물었다.

"내가 아니라 최 요셉에게 먼저 간 이유가 뭐야? 놈은 간자였어."

"네가 줄을 꽉 묶는 걸 봤어. 그걸 풀기도 전에 배가 뒤집히면 최 요셉은 죽어."

"배가 뒤집히면 나도 죽어. 태어나서 단 한 번도 헤엄쳐본 적 없단 건 들녘 너도 알잖아? 먼저 나한테 왔어야지. 내가 너라면 난 무조건 너부터 구해. 최 요셉이 묶여 있든, 다쳤든, 뭐라고 고함을 질러대든, 들녘 너부터 구했을 거라고."

"기도했어?"

"뭐?"

"뱃머리부터 물이 들어찰 때 천주님께 구해달라 빌었어? 넌 나한테 구해달라 소리쳤지. 최 요셉도 처음엔 사람에게 특히 자신을 간자로 심고 배를 숨겨둔 채 기다렸던 자들에게 살려달라 외쳤어. 그러다가 천주님께 도움을 청하더라. '제발 천주님!' 친구에게 도움을 청하는 자와 천주님께 도움을 청하는 자, 넌 누구에게 먼저 갈래? 난 최 요셉이 천주님께 드린 기도에 응답한 셈이야."

"다음에 또 이런 일이 생긴대도?"

"내 선택은 같아."

바깥이 시끄러웠다. 짱구와 나는 서둘러 문을 열고 나섰다. 아가다가 서 있었다. 맨발이었고 바지와 저고리엔 진흙이 덕지덕지 묻었다. 병풍처럼 무명마을 사람들이 둘러섰다. 아가다가 오히려 우리 걱정을 했다.

"다행이에요. 다친 덴 없나요?"

큰 가마 화문을 열자마자 귀에 익은 목소리가 들렸다. 길치목이 화를 참지 못하고 씩씩거리는 중이었다. 요안 회장이 맞은편에 차분히 앉았다. 길치목은 짱구와 나를 보고도 하던 말을 끊지 않았다. 목소리가 쩌렁쩌렁했다.

"당장 찾으러 갑시다. 이러고 앉아 있을 틈이 없어요. 강을 각각 잘라 나눠 살피면 이틀 아니 하루 만에라도 찾을 수 있습니다. 최요셉을 데려오라고 명령한 사람이 누굽니까? 바로 요안 회장 당신 아닙니까? 갑시다. 사람 목숨부터 구해야지요."

요안 회장은 대답하지 않고, 가마로 들어온 짱구와 나와 아가다를 쳐다보았다. 가마엔 옹기가 절반도 넘게 찼다. 우리가 선 자리까지 옹기를 넣고 나면, 나무를 쌓고 불을 피울 것이다. 아가다가 길치목을 설득했다.

"교인들이 모두 강으로 가는 건 위험천만한 일이에요. 우리가 왜 천덕산 골짜기에 숨어 마을을 이뤘겠어요? 무명마을이 세워진 후 교우들이 골짜기를 비운 적이 단 한 번도 없어요. 더군다나 배 네 척에 나눠 타고 옹기 배를 포위했던 자들도 두치진 근처를 뒤지고 있을 겁니다. 지금 그곳으로 가는 건 섶을 지고 불로 뛰어드는 것과 같아요."

아가다의 시선을 받은 나 역시 길치목을 설득했다.

"치목아! 하루빨리 찾고 싶은 마음은 우리도 마찬가지야."

짱구가 제안했다.

"우리끼리라도 가서 찾자. 바보 셋이서."

요안 회장에게 허락을 구했다.

"곧 가을 서리가 내릴 겁니다. 예정대로 가마에 불을 넣어야지요. 그렇다고 강 수산나가 돌아오기를 마냥 기다릴 수는 없습니다. 치목과 들녘과 함께 가겠습니다. 저는 옹기 빚는 일에 관여하지 않았고, 들녘은 한 아브라함의 건아꾼이긴 하나 옹기 대장들은 이미 옹기를 다 빚었습니다."

요안 회장이 아가다와 눈을 맞춘 후 답했다.

"각별히 조심해야 합니다. 만에 하나 붙잡히기라도 하면……."

"산포수인 친구를 도와 사냥 다니다가 잠시 쉬러 강으로 나왔다고 둘러대겠습니다. 덕실마을과 무명마을에 대해선 입도 뻥긋 않겠습니다. 치명하더라도!"

짱구의 말에 분위기가 무겁게 가라앉았다. 아가다가 말했다.

"셋 중 하나라도 잡히면 나머지 둘은 곧장 달아나 우리에게 알려야 합니다. 친구를 구한답시고 거기서 셋 다 잡히는 것만큼 어리석은 짓은 없어요. 아셨죠?"

길치목이 화를 삭이지 못한 채 화문을 열고 나갔다. 아가다는 따라 나서지 않고 등 뒤로 문을 닫은 후 돌아섰다. 짱구와 나를 보며 설명했다.

"강 수산나가 저보다 훨씬 헤엄을 잘 쳐요. 화개동이 가까웠을 때 저는 기진맥진했죠. 겨우 고개를 들고 주위를 살피니 세 사람이 보였습니다. 강 수산나와 최 요셉 그리고 길치목. 강 수산나가 팔을 들어 자꾸 저를 가리켰어요. 길 포수에게 저부터 구하라고 한 겁니다. 길 포수는 강 수산나와 저를 번갈아 쳐다보다가 결국 제게 헤엄쳐 왔어요. 강가까지 저를 이끈 다음 다시 강으로 뛰어들었죠. 하지만 그사이 최 요셉과 강 수산나는 보이지 않았답니다. 길 포수는 제가 많이 원망스러울 겁니다. 저만 아니었으면, 끝까지 강 수산나와 함께 갔을 테니까요. 강 수산나를 꼭 찾아내셔야 해요. 강에 빠져 죽을 친구가 아닙니다. 부탁해요, 제발!"

우리는 최 요셉의 시신이 발견된 두치진까지 가서 화개동까지 훑어 올라오기로 했다. 선소를 지나 바다에 이르면 사실상 찾는 것이 불가능했다. 길치목이 길라잡이처럼 앞장을 섰고 짱구와 내가 뒤따랐다. 오르막일수록 더 빨리 걸었고, 내리막에선 내달렸다. 짱구와 나는 뒤처지지 않기 위해 헉헉대며 겨우 걸음을 뗐다.

서쪽 하늘이 서서히 붉어올 때 두치진에 도착했다. 최 요셉의 시신을 발견한 곳이다. 길치목은 당장 강가로 내려가려 했지만, 짱구와 내가 팔을 끌어 말렸다. 길치목과 짱구는 숲에서 기다리기로 하고 나 혼자 나루로 다가갔다. 나루 옆 느티나무 아래 주막엔 손님이 한 명도 없었다. 부엌 옆 툇마루에 앉아 담뱃대를 빨던 주모가 나를 보곤 일어나며 반겨 맞았다. 주모에게 끌려 들어가선 밥과 탁주를 시켰다. 옹기 술잔을 두 개 가져온 것을 보니, 제 잔도 채워달란 뜻이다. 주모에게서 술병을 빼앗아 따르며 물었다.

"왜 이리 손님이 없습니까?"

주모가 울상이 되어 되물었다.

"하동 사람 아닌가 보네? 저기 모래밭에서 사람 하나가 죽어 나왔수. 저 강에 사람 빠져 죽는 일이야 계절마다 한두 번씩 있는 일인데, 어제 새벽부터 아주 귀찮았다우."

"귀찮다뇨?"

술을 두 모금 마시곤 주모가 답했다.

"나랑 무슨 원수를 졌는지…… 느티나무 아래에서 번갈아 떡하니 서서 오가는 사람들을 죄다 째려보고, 맘에 들지 않으면 냅다 잡아가니, 발길이 뚝 끊겨버렸수. 어제 하루 그렇게 몽땅 날리고 오늘도 방금 전까지 주막 근처를 얼쩡거리더니 사라졌네."

"하동 교졸들인가요?"

"아니우. 험악하게 굴어 어디서 왔느냐고 묻지도 못했지만, 하동이나 광양 교졸들이라면 강에서 시신 하나 떠올랐다고 이러진 않지. 전주에서 왔다는 소문도 있고 한양에서 왔다는 소문도 있고. 평복 차림인데도 기세가 등등했어. 술 한 병 더 내올까? 손님도 없을 듯하니 내가 공짜 안주까지 줄게. 마시며 놀다 가."

밤을 꼬박 새워 강가를 훑었다. 최 요셉 외에 시신이 더 발견되지 않은 것만도 다행이었다. 불을 밝히지 못했기에 자주 발이 물에 잠기기도 하고 돌부리에 걸리기도 했다. 호곡 나루 근처에서 옹기 배를 포위했던 관원들이 물러났으니 서둘러 찾아야 했다. 내일 새벽에 또다시 올 수도 있었다. 발소리에 깜짝 놀라기도 했다. 길을 잃고 달려오는 새끼 노루를 길치목이 몸을 날려 붙잡았다. 내가 팔을 잡아끌어 말리며 급히 말했다.

"그만둬. 박마수를 봐서라도."

"박마수가 누군데?"

"옹기 배 박돌이 사공의 손자. 배를 같이 타며 할아버지 밥을 꼬박꼬박 챙기던 화장. 아버지는 진작에 세상 떴고 이제 할아버지까지 천당으로 떠났으니, 그 아이가 얼마나 외롭고 슬프겠어. 그러니 괜한 짓 마."

길치목이 새끼 노루를 내려놓았다. 달아나지 않고 저만치 떨어져 우릴 쳐다보던 어미 노루가 울자, 새끼 노루가 단숨에 그쪽으로 달리기 시작했다.

이틀을 꼬박 하동 강가를 훑었지만, 강송이의 흔적은 없었다. 바다로 떠내려가버린 것은 아닐까. 불길했다. 옹기 배를 댔던 화개동 아래 소나무 두 그루가 심긴 곳까지 두 번을 돌았을 때, 우리는 최악의 상황을 떠올렸다. 내가 짱구에게 말했다.

"곡성에 다녀오자. 찾는다고 찾았지만 짚지 못한 부분이 적지 않아. 서너 명이라도 힘을 보태면 좀더 자세히 뒤질 수 있어."

"아직도 모르겠어?"

짱구의 물음이 워낙 짧고 날카로웠으므로, 나무에 기대 쉬던 길치목이 허리를 당겨 그다음 말을 기다렸다.

"모르다니? 내가 뭘 몰라?"

"긁어 부스럼 만들지 않으려는 게지. 우리 셋만 겨우 내려보낸 건, 강 수산나를 찾으면 좋겠지만 못 찾는다면 그대로 넘어가겠다는 뜻이라고."

길치목이 말꼬리를 잡아챘다.

"그대로 넘어가다니?"

짱구가 시선을 피하지 않고 답했다.

"말 그대로야. 최 요셉을 데리고 무사히 무명마을로 돌아왔으면 좋았겠지만, 요안 회장은 만일의 상황에도 대비책을 세워두었을 거야. 아가다나 강 수산나 그리고 우리 셋과 사공인 박돌이 중에서 무명마을에 못 오는 이가 생기면 어떻게 할 것인가. 교인들을 모두 내보내 끝까지 찾는 것과는 정반대지. 교우촌과의 연결을 끊어야 해. 그래서 붙들려 가더라도 믿음의 힘으로 버틸 아가다와 강 수산나에다가 아직 마을에 들어온 지 얼마 되질 않아서 아는 것보다 모르는 게 훨씬 많은 들녘과 나, 게다가 외교인이라서 아는 게 들녘이나 나보다도 더 적은 길치목을 묶었던 게야. 안으로 품고 밖으론 덮는 수순을 밟겠지. 더 찾아보라고 교인들을 내줄 리 없어. 여기서 포기하고 무명마을로 돌아가면 그걸로 끝이야. 다신 강 수산나를 찾아 강을 뒤질 기회는 없어."

길치목이 강을 따라 내려가기 시작했다. 곡성으로 돌아가 도움을 청하자는 내 제안은 묵살당했다. 나도 요안 회장이 강송이를 더 찾아보라고 교인들을 보낼지는 확신하기 어려웠다. 짱구의 설명을 듣고 나니, 아가다의 태도가 마음에 걸렸다. 가마에 옹기를 넣는 일이 아무리 바빠도, 그 일은 다른 교인들에게 넘길 수도 있다. 단짝 친구를 찾으러 가겠다고 나서지 않은 것부터 마음에 걸렸다. 아가다 역시 요안 회장처럼, 우리 셋만 보내 찾아보게 하고 여의치 않으면 덮을 마음이었을까. 게다가 아가다나 요안 회장이 강송이의 상황을 친할아버지인 강성대에게 알렸는지도 명확하지 않았다. 알리지 않고, 우리가 돌아오기까지 기다리는 걸까. 길치목과 함께 우리는 점점 곡성에서 멀어졌다. 마을로 돌아가더라도 가장 늦게 가겠다고 다짐했다.

묵주를 찾은 사람은 나였다. 최 요셉의 시신이 발견된 곳에서 백 걸음도 떨어지지 않았다. 풀들이 허리는 물론이고 어깨까지 올라왔다. 초록의 담이 흔들리며 강으로 가는 길을 막은 기분이 들었다. 발목까지 푹푹 젖는 진흙밭인 곳도 있었고, 고운 모래가 밟히는 모래밭인 곳도 있었고, 죽거나 꺾인 풀들이 삐쭉삐쭉 솟아

짚신도 뚫고 상처를 내는 잔돌밭인 곳도 있었다. 허리를 숙이고 팔을 뻗어도, 풀 아래를 살피려면 대여섯 걸음씩은 더 강 쪽으로 붙어야 했다. 화개동에서 두치진까지 갈 때는, 길치목을 따라 씩씩 거친 숨을 몰아쉬며, 마치 논에서 피를 뽑듯이, 풀숲을 헤매며 다녔다. 두치진에서 길치목과 짱구가 포기하고 주저앉아버린 다음부터는 내게도 풀을 훑으며 걸을 힘이 남아 있지 않았다. 바닥의 돌을 밟으며 미끄러지는 바람에 모로 쓰러졌다. 옷이 온통 젖고 뺨과 목이 진흙투성이였다. 코피까지 흘렀다. 주먹으로 진흙을 내리쳤다. 이 길고 넓은 강가를 언제까지 수달처럼 훑고 다녀야 한단 말인가. 한숨이 나왔다. 이런 방식은 그만둘 때가 된 것이다. 일어나선 고개를 젖히고 하늘을 우러렀다. 비릿한 코피가 목으로 넘어왔다. 이마를 툭툭 쳤다. 풀숲을 포기하고 허리를 편 채 터덜터덜 걸으려는데, 그 소리가 들렸다.

"멈춰!"

나는 놀란 눈으로 고개를 돌렸다. 길치목이나 짱구가 부르는 걸까. 아니면 최 요셉의 시신을 가져간 포졸들이 나타난 걸까. 둘 다 아니었다. 강가에 주저앉은 두 친구는 아예 보이지도 않았고, 사방을 두루 훑어도 행인이 없었다. 그제야 나는 이 목소리가 내게만 들리는 음성이란 걸 깨달았다. 한 걸음 더 내딛자 다시 들렸다.

"멈춰!"

멈췄다. 이번에는 앞이나 뒤로 걷지 않고, 참게처럼 옆걸음질을 쳤다. 소리가 들리지 않았다. 내게 명령을 내린 이가 원하는 방향인 것이다. 진흙밭이었다. 허리를 숙인 채, 흙 속으로 팔을 집어넣었다. 물이 팔목과 팔꿈치까지 찰랑거리더니, 곧 흙이 묻었다.

힘들었지만 손놀림을 늦추지 않았다. 저것이 신의 목소리라면, 내게 기적을 허락하는 것이다. 나와 두 친구가 그토록 간절하게 찾고자 하는 것을 주려는 것이다. 그리고 진흙 속에서 줄과 연결된 새끼손가락 끝마디만 한 무엇인가를 쥐었다. 강물에 씻어 들고 자세히 보았다. 끝마디보다 작은 것은 흙으로 빚은 여인이었다. 양손을 가슴에 모은 채 기도하는 성모상이었다.

"강 수산나, 그 사람 물건이야."

내게서 성모상을 빼앗아 제 손바닥에 올려놓은 후 길치목이 단언했다. 짱구가 옆에서 보며 말했다.

"묵주에 이토록 작은, 그것도 흙으로 빚은 성모상을 이은 건 흔치 않아."

나는 길치목에게 물었다.

"확실해?"

"내가 산포수란 걸 잊은 건 아니지? 내 눈은 너희들과 두 가지가 달라. 하나는 더 먼 곳을 본다는 것. 또 하나는 한 번 본 건 잊지 않는다는 것. 들녘 너도 산도깨비 일곱 여인을 천덕산에서 봤지? 그녀들이 둥글게 앉아 기도할 때, 손에 쥐거나 손목에 감긴 팔찌 기억해?"

"묵주라더군. 덕실마을로 들어갔을 때, 아가다가 가르쳐줬어."

"일곱 개의 묵주가 제각각 다르다는 건?"

"그것까진……."

기억나지 않았다.

"정확히 말하자면 묵주에 달린 상像이 달랐어. 십자가도 있고, 벌거벗은 사내도 있고, 생선도 있고, 포도송이도 있더라고. 강 수산나가 지닌 건 바로 이렇게 양손을 가슴에 모은 여자였지. 이거야, 바로 이것!"

짱구가 이어 말했다.

"묵주는 평생 소중하게 간직해. 더군다나 성모상이 달린 묵주라면."

길치목이 따져 물었다.

"묵주만 따로 발견된 게 좋지 않은 징조다 이거냐?"

짱구가 답했다.

"최 요셉의 시신으로부터 백 걸음쯤 아래에서 묵주만 나온 걸 어찌 생각해야 할까? 강 수산나도 혹시 이 근처에 있는 건 아닐까?"

묵주를 발견한 곳을 중심으로 이틀을 꼬박 더 뒤졌다. 멈추라는 목소리는 다시 들려오지 않았고 강송이도 없었다. 또 다른 물건도 찾지 못했다. 포졸들이 이틀 후부터 다시 나타났고, 그들 역시 최 요셉의 시신을 발견한 자리부터 강을 따라 수색했기 때문에, 길치목과 짱구와 나는 물러나지 않을 수 없었다. 길치목은 강송이를 찾기 전까진 하동부터 광양 사이를 흐르는 강을 떠나지 않겠다고 고집을 부렸다.

떠나기 직전, 길치목이 내게 묵주를 달라고 했다. 강변에 머무는 동안 지니고 있다가 강송이를 찾으면 직접 건네겠다는 것이다. 죽었을 수도 있다는 가정은 아예 하지 않았다. 묵주를 꺼내 내밀려는 순간, 짱구가 막았다.

"넌 봤으니 됐고, 기다리는 분들이 있어."

길치목이 받아쳤다.

"묵주를 갖고 있으면 꼭 찾을 것 같아. 이 세상에서 강송이를 찾는 사람은 이제 나 하나잖아?"

짱구가 길치목을 설득했다.

"들녘이 별다른 걸 지녀서 이 묵주를 찾았어? 아니잖아. 외교인인 너한테 천주님께 기도를 드리라고는 안 해. 하지만 강 수산나를 찾고 못 찾는 문제를 묵주 탓으로 돌리진 마."

내가 길치목 편을 들었다.

"오죽하면 그러겠어. 묵주를 지니는 게 치목에게 힘이 된다면 주고 싶어. 우리가 당장 이걸 가져가봤자 쓸 데도 없고……."

짱구는 말허리를 잘랐다.

"왜 쓸 데가 없어? 강 가별 할아버지께 보여드려야지. 산도깨비들도 애타게 기다릴 테고."

친할아버지 강성대까지 언급되자 길치목도 버티지 못했다.

짱구에게 잠시 기다리라고 하곤 길치목과 함께 숲길을 걸었다. 마음 같아선 내가 묵주를 찾은 곳으로 함께 가선, 들려온 명령을 털어놓고 싶었다. 내 이야기를 믿지 않을 수도 있지만, 실망과 자책에 빠진 그를 조금이라도 위로하고 싶었던 것이다. 포졸들이 강가를 돌아다닐지도 모르니, 강이 내려다보이는 숲에서 내가 이 묵주를 특별히 귀하게 여기는 까닭을 밝히려 했다. 걸음을 멈추고 강을 향해 나란히 서자마자, 길치목이 먼저 입을 열었다.

"어렸을 때부터 귀울림에 시달렸어. 아버지를 따라 다니면서부터 귀에서 소리가 나기 시작했지. 사냥 다니는 동안에도 종종 들리다가 사냥을 멈추면 잦아들었어."

"왜 얘길 안 했어?"

"짱구랑 네 곁에선 아예 안 들렸거든. 그냥저냥 견디며 지냈는데, 한 달 전부터 부쩍 심해졌어. 예전에는 웅웅거리는 동굴 소리 비슷했는데, 한꺼번에 뒤섞여 들리더라고. 잠들 수 없을 만큼 시끄러웠지."

그래서 눈에 실핏줄이 터지고 마른 대나무처럼 야윈 것이다.

옹기 배에서 귓불을 자주 잡고 목소리가 컸던 것도 귀울림 탓이었을까.

"세상에 없는 소리지만, 짐승들 울음과 비슷해. 범과 멧돼지와 삵 거기에 숲과 강을 나는 새들까지……."

"한 달 전에 무슨 일이 있었는데?"

"곰 사냥. 굴로 숨었는데, 너무 크고 깊고 어두웠어. 입구에 서서 어둠의 아가리를 향해 쏘고, 또 준비해서 쏘고, 또 준비해서 쐈지. 네 마리를 죽였지. 암수 한 쌍에 아기 곰 두 마리까지."

"약은 먹었고?"

"약도 침도 듣질 않았어. 아버진 그동안 사냥한 온갖 짐승들이 악귀로 들러붙은 거라며 무당을 불러 굿을 했지. 꽤 큰 굿판을 열었지만, 귀울림은 하루하루 심해지더라. 잠도 못 자고 깨어 있는 내내 귀울림에 시달리다 보니, 죽고 싶더라고. 이 소리만 들리지 않는다면 저승이라도 가겠다는 생각…… 한 적 없지? 죽으려고 어둑새벽에 절벽까지 혼자 올라갔었어. 뛰어내리려는데 놀랍게도 강송이가 산도깨비처럼 나타난 거야."

"꿈 이야기야?"

"정말 나타났다니까. 사실이라고."

강송이가 따로 길치목을 찾아왔다는 것이다. 아가다가 처음 내 눈에 띌 때와 비슷할까.

"소식 들었다면서, 힘들겠지만 이렇게 스스로 목숨을 끊는 건 죄악이라고. 도와주겠다고. 내게 들리는 소리가 짐승 울음 같다고 하자, 사냥을 당분간 끊으라더군. 그리고 자신의 부탁을 들어주면, 천주님이 내 병을 고쳐주실 거라고도 했어. 천주? 그딴 신을 믿진 않지만, 강송이가 절벽까지 찾아와서 하는 부탁이니 받아들였지. 어차피 귀를 쥐어뜯으며 누워 지내는데, 강송이를 위하는 일을 마다할 까닭이 없으니까. 근데 말야……."

길치목이 말을 끊고 고개를 돌렸다. 나도 고개를 돌려 그의 눈을 보았다. 무엇인가 달라졌다. 길치목이 그 변화를 설명했다.

"옹기 배에서 순자강으로 빠진 뒤, 강물 깊이 내려갔다가 올라왔는데, 고요했어. 화살이 날고 배가 삐걱거리고 관원들이 소리를 질러대는데도, 난 한 달 만에 고요를 느꼈어. 귀울림이 멈춘 거야, 감쪽같이! 그러니 난 반드시 강송이를 찾아내야 하고, 만나야 하고, 이 고요한 날들을 같이 축하해야 해. 난 못 가."

불씨통

불씨를 보관하는 통이다. 아가다가 만든 불씨통은 가마를 닮았다. 불씨를 감싸는 외통에 불씨를 담는 내통이 들었다. 내통은 길쭉한 사각형이 대부분인데, 아가다가 만든 내통은 은어 모양이다. 불씨를 품은 생선인 셈이다. 생각이 많아지고 풀리지 않는 문제들이 쌓이면, 아가다는 나를 불씨통 앞으로 데려갔다. 포기하지 말라고, 불씨만 지키면 다시 불을 피울 수 있다고.

아가다는 두치진에서 내가 찾은 묵주의 주인이 강송이란 사실을 확인해 줬다. 성모상을 직접 빚어 강송이가 열두 살 되던 해에 선물했다는 것이다. 나는 물었다.

"묵주처럼 평생 지니는 게 또 있습니까?"

아가다가 허리춤에서 주머니를 꺼냈다. 그 속에 담긴 묵주에는 새끼손가락 끝마디만 한 십자가가 흔들렸다. 십자가에는 찢긴 바지만 입은 마른 사내가 매달려 있었다. 흙으로 빚은 십자고상이었다. 주머니에는 수건도 한 장 들어 있었다.

"저녁마다 잠들기 전에 십자고상을 닦는답니다. 강 수산나는 성모상을 닦았고요. 성모상과 함께 수건도 선물했습니다. 진달래꽃을 한 귀퉁이에 수놓았지요. 두 장을 만들어 하나는 제가 갖고 하나는 수산나가 갖고. 혹시 수산나의 묵주 곁에 수건이 있던가요?"

"없었습니다."

짱구와 내가 강송이를 찾아 하동 두치진에서 바다 앞 선소까지 뒤지는 동안, 박돌이의 장례가 끝났다. 우리를 쫓던 포졸들보다 먼저 박돌이와 형아우 하던 옹기 배 사공 문흙쇠가 시신을 발견한 것이다. 문흙쇠는 교인은 아니지만 박돌이가 덕실마을 옹기꾼들에게 은혜를 입었다는 사실은 알고 있었다. 문흙쇠는 시신을 자신의 배에 옮겨 곡성까지 올라왔다. 장엇태가 물독을 지고 가선 그 안에 시신을 넣어 무명마을로 왔다. 장례를 치른 뒤 홀로 남은 박마수는 하동에서 곡성으로 이사했다. 송숙자가 박마수를 거두기로 한 것이다. 박돌이가 세상을 떠나지 않았다면, 내년쯤 두 사람이 부부의 연을 맺기로 했다는 풍문이 뒤늦게 나왔다. 우리가 들여다보러 가기도 전에 박마수가 조동무인 임중호와 함께 왔다. 키가 한 뼘이나 더 컸다.

"화살 쏜 놈 혹시 보셨습니까?"

박마수가 앉자마자 짱구와 나를 번갈아 보며 물었다. 길치목까지 셋이서 이미 기억을 더듬은 후였다. 내가 답했다.

"못 봤어, 우린!"

임중호가 끼어들었다.

"그걸 왜 못 봐요? 아주 가까이 붙었다면서?"

"어두웠습니다."

"어두운데 화살은 어떻게 날립니까?"

짱구가 받아쳤다.

"그건 쏜 사람한테 가서 따져야지, 우리한테 던질 물음이 아닙니다."

"답답해서 그러는 것 아닙니까? 옹기 배에 탄 사람이 몇인데, 화살 쏜 놈을 아무도 못 봐."

나는 임중호의 비난을 한 귀로 흘려버리고 박마수에게 말했다.

"보진 못했지만 꼭 찾을게. 찾아서 반드시 알려줄게."

박마수가 눈물을 참으며 짱구와 내 손을 같이 붙들었다.

"알려주셔야 해요, 꼭."

박마수를 보낸 뒤 짱구와 나는 강성대를 만나러 덕실마을로 갔다. 고해중이 고열에 기침이 잦자 무명마을을 먼저 떠났고, 강성대도 옹기 빚는 일이 어느 정도 마무리되자 고해중을 돌보겠다며 덕실마을로 내려갔다. 대문을 열기도 전에 기침 소리가 들려왔다. 아직 고해중이 완치되지 않은 것이다. 탕약을 그릇에 담아 소반에 받쳐 들고 부엌에서 나온 강성대가 우리를 보고 멈춰 섰다. 짱구가 알렸다.

"묵주를 찾았습니다."

나는 가까이 다가가선 성모상이 달린 묵주를 그의 눈앞까지 들어 보이며 설명했다.

"아가다 자매님께 확인을 받았습니다. 자신이 강 수산나에게 선물한 묵주가 분명하다더군요. 성모상도 직접 빚었다 하고."

강성대가 묵주를 보며 고개를 끄덕인 뒤 침착하게 물었다.

"찾은 게 이것뿐인가?"

"그렇습니다."

강성대의 두 다리가 흔들렸다. 나는 팔을 붙들어 부축했고, 짱구는 급히 소반을 잡았다. 탕약이 흔들리긴 했지만 그릇 밖으로 넘치진 않았다. 강성대를 따라 방으로 들어갔다. 고해중이 아랫목에 벽을 보고 누워 있었다. 강성대는 고해중을 안아 일으킨 뒤 탕약을 내밀었다. 고해중이 잔기침을 자주 했기 때문에 강성대는 매일 일곱 번에 나눠 탕약을 먹였다. 나와 짱구는 강성대가 빈 그릇을 부엌에 내다 놓고 올 때까지 기다렸다. 고해중이 방으로 들어선 강성대의 팔꿈치를 쥐곤 말했다.

"꼭 돌아올 걸세. 강 수산나가 자넬 두고 먼저 갈 리 없지. 순자강에선 더더욱 그래. 산을 오르는 것보다 강을 따라 흐르는 것이 백배는 편안하다는 얘길 같이 들었지 않은가?"

강성대가 고해중의 이불을 고쳐 덮어주며 입으로만 웃었다.

"누가 누굴 걱정하는 겁니까? 어서 털고 일어나시기나 하십시오. 고 안드릐아 형님이 이토록 오래 누워 계시니, 꾀병 아니냐고 교우들이 수군거립니다. 모처럼 큰 가마에 불을 넣는다는데, 가서 보셔야지요?"

"봐야지. 암, 그때까진 내 이 지긋지긋한 감환도 낫고, 강 수산나도 돌아올 거야."

고해중이 문을 등지고 벽을 향해 돌아누웠다. 그 자세가 제일 편하고 기침을 줄여주는 듯했다. 나도 고해중의 예측에 마음을 보탰다.

"길치목이라고…… 장선마을에서 함께 자란 제일 친한 친굽니다. 사냥감을 기막히게 찾는 산포수죠. 매화범이든 범이든 놓치질 않습니다. 반드시 강 수산나를 찾아낼 겁니다."

강성대가 말했다.

"수산나는 매화범도 아니고 범도 아냐."

나는 다음 말을 잇지 못했다.

"가서 전하게. 그만두라고. 강 수산나는 교인이야. 산포수가 찾아다니는 짐승들과는 달라. 천주님 뜻에 따라 때가 되면 돌아오겠지. 산포수가 뒤지고 다니다가 괜한 불똥이 튈 수도 있네."

친할아버지인 강성대조차도 길치목이 순자강에서 강송이를 계속 찾는 것이 탐탁지 않은 것이다.

"그래도 여기서 그만둘 순 없습니다."

"그만두자는 게 아냐. 그럼, 하나만 묻지. 강 수산나의 묵주는 누가 찾았는가? 자네들이 자랑하는 그 산포수인가?"

"아닙니다. 제가 찾았습니다."

"들짐승을 쫓아 총 들고 사냥 다니는 포수가 아니라 논밭을 일구며 살아온 농부가 찾았단 겐가?"

"맞습니다."

"그게 바로 천주님 뜻이야. 그렇지 않은가?"

가마에 불을 넣기 위한 준비로 무명마을 전체가 바빴다. 잿물을 입힌 날독들을 가마에 쌓는 일은 박돔주와 한천겸이 맡았고, 화목들을 챙기는 일은 조신숙과 아가다가 책임을 졌다. 고해중과 강성대 두 명의 노련한 건아꾼이 빠졌고, 대신 들어간 나도 최 요셉을 만나러 가는 일에 투입되었기 때문에, 옹기 대장들을 도와 옹기들을 옮기고 또 가마에 요령껏 쌓을 건아꾼이 부족했다. 결국 건아꾼 생질꾼 따지지 않고 모두 함께 일했다. 무겁고 큰 옹기들은 박돔주와 한천겸이 직접 옮겼고, 나머지는 두 사람의 지시를 받은 교인들이 나눠 맡았다. 화목을 옮기는 장소와 수량은 조신숙이 정했지만, 지게를 지고 돌격장처럼 움직인 이는 장엇태였다. 나와 함께 덕실마을에서 가시나무들을 옮겨 심은 요왕과 다윗과 다니엘도 장작을 하나씩 들어 옮겼다. 모처럼 아이들과 함께 창고에서 큰 가마를 오갔다. 가시나무를 옮겨 심는 것에 비한다면 가볍고 쉽고 다칠 위험이 적었다. 열을 올리는 핌불에 쓸, 삼 년 넘게 말린 참나무부터 먼저 챙겼다. 돈움불에서 큰불까지 필요한 소나무 장작들도 넉넉하게 쌓았다.

덕실마을과 무명마을 교인들이 힘을 합쳐 바삐 움직인 사흘 동안, 요안 회장을 본 이는 없었다. 큰 가마로 나오지 않은 것은 물론이고 함께 밥을 먹는 자리에도 보이지 않았다. 박돔주가 요안 회장을 대신해서 복된 말씀을 읽고 기도문을 외웠다. 아가다는 하루에 한 번씩만 가마로 나왔다. 화목과 관련된 일은 조신숙이 결정했으며, 아가다는 잠깐 와서 조신숙과 몇 마디 대화를 나누곤 돌아갔다. 매사에 적극적이며, 특히 옹기를 빚고 굽고 내는 일이라면 잠도 자지 않고 달려들던 예전과는 사뭇 달랐다.

지게를 지다가, 옹기를 옮기다가, 나무를 내리다가, 흙을 고르다가, 문득 고개를 들고 주변을 살폈다. 아가다가 혹시 왔을까 싶어서였다. 그러나 아가다는 없고 대신 눈길을 마주친 이는 짱구였다. 짱구 역시 누군가를 찾는 듯했는데, 처음엔 나처럼 아가다인 줄 알았다. 그러나 아가다가 다녀간 뒤에도 또다시 주변을 훑었다. 요즈음 짱구가 관심을 쏟는 교인은 둘뿐이었다. 꿈에서 내내 손을 잡고 다닌 아가다 그리고 임시 회장 요안.

그 사흘 동안 요안 회장이 머문 곳은 무명마을이 아니라 덕실마을이었다. 사흘째 밤에 나는 덕실마을에서 요안 회장과 만났다. 옹기를 전부 넣고 화목까지 종류별로 챙기고 창솔 구멍을 막을 흙까지 마련하고 나니 해가 졌다. 내일 아침부터 핌불을 넣겠다는 말에 모두 손뼉을 치고 헤어졌다. 드디어 큰 가마에 불을 넣는 것이다.

그 밤에 내가 덕실마을로 간 것은 야고버 회장을 만나기 위해서였다. 정확히 말하자면, 조망실의 집으로 가서 아직도 깨어나지 않는 야고버 회장 곁에 앉아 그동안 벌어진 일들을 들려주기 위해서였다. 이야기가 너무 많이 밀려서 지금이 아니면 영영 못 할 것 같았다. 내가 도착했을 때 조망실은 벌써 건넌방에서 깊이 잠들었다. 안방은 달라진 것이 없었다. 야고버 회장에게 큰절한 후 무릎걸음으로 다가가선 등잔을 들고 얼굴을 살폈다. 두 눈은 움푹 들어갔고 흰 수염은 입술을 완전히 가렸다. 귀를 보니 잔털이 돋았으며 구멍이 더럽고 좁아 보였다. 깨끗한 수건을 들고 부엌으로 가선 찬물에 적셔 왔다. 왼쪽 귀와 오른쪽 귀를 천천히 닦았다. 그리고 내가 한천겸의 건아꾼으로 들어간 때부터 이야기를 시작했다.

야고버 회장은 이번에도 전혀 반응이 없었다. 방문을 닫고 앞마당을 지나 대문을 열고 골목으로 나서는 순간 아가다와 마주쳤다. 동행이 있었다. 바람이 제법 찬 가을인데도 땀을 흘리며 오르막길을 힘들어하는 사내는 공방 석여벽이었다. 석여벽은 나를 보고도 무시했고, 아가다는 반겼다.

"어딜 갔나 했어요. 이렇게라도 만났으니 다행이네요."

"찾았습니까, 나를?"

아가다는 석여벽과 귓속말을 주고받은 후 내게 권했다.

"같이 가요."

"저는…… 무명마을로 돌아가겠습니다."

"길 포수에 관한 논의를 할 거예요. 들녘 형제님도 듣는 게 좋겠습니다."

머뭇머뭇 그녀를 따랐다. 가시나무 울타리를 없앤 야고버 회장 집에는 두 사내가 기다리고 있었다. 한 명은 요안 회장이고 또 한 명은 짱구였다. 요안 회장이 낮고 편안하게 말했다.

"자, 다들 앉읍시다."

공방 석여벽이 두 눈을 크게 뜨곤 곧장 이야기를 시작했다.

"순자강에 빠진 천주교인을 찾는다고 아예 방을 붙이지 그랬나? 저들이 하동 두치진에서 최 요셉의 시신을 찾았다고, 내가 제일 먼저 알려주지 않았는가? 그러면 당연히 가을은 물론이고 내년 얼음이 풀릴 때까진 두치진 근처에 얼씬도 말아야지. 시신을 발견한 근처 주막에 와서 버젓이 탁주에 저녁밥까지 먹으며 이것저것 묻지를 않나, 또 총을 등에 메곤 강변을 오르내리질 않나. 어쩌자는 겐가? 그들이 보통 관원들인 줄 알아? 하동이나 광양 교졸도 아니고, 전라감영 교졸도 아니야. 완전히 처음 보는 자들이라고. 소문으론 좌포도청에서 천주교인들만 전담해서 잡아온 포졸들이래."

요안 회장이 물었다.

"포졸들이 전라도까지 내려왔다고요? 뜬소문 아닙니까?"

"뜬소문이면 나도 좋겠네. 작년에도 내가 야고버 회장에겐 경고했었어. 평안도에서 정 방지거를 쫓는 좌포청 포졸들이 있다고. 그들은 압록강을 건너 연경을 오가는 천주교인을 반드시 잡으라는 밀명을 받았대. 내 짐작이 맞지, 포졸들이 정 방지거를 쫓다가 거기에 이어진 최 요셉을 따라 여기까지 온 게?"

"최 요셉이란 이름은 언제 들으셨습니까?"

"시신을 발견하고 나서지. 왜 내게 귀띔하지 않았나? 나를 못 믿는 건가? 그동안 목숨 내놓고 도운 적이 어디 한두 번이야? 이딴 식으로 굴면 나도 마음을 달리 먹겠네."

아가다가 말했다.

"워낙 급하게 연락이 와서 따로 의논드릴 여유가 없었어요. 정방지거 선생님도 아니고, 그를 도왔던 윤 스데파노 할아버지도 아니고, 윤 할아버지 가게의 점원이라는 최 요셉이란 사내가 대신 왔으니, 더더욱 조심스러우면서도 재빨리 가서 만나야 했답니다."

석여벽이 짜증을 부렸다.

"어서 산포수부터 끌어내. 가마에 가두든 미륵골 은행나무에 묶든, 순자강에서 보이지 않게 하란 말야. 행여 산포수가 포졸들에게 잡히기라도 하면, 그땐 나도 힘을 못 써. 제정신 못 차리는 산포수 한 놈 때문에 곡성 교우촌이 몽땅 망가져도 좋아?"

요안 회장이 목소리를 더 낮추며 단정하게 받았다.

"그래서 이렇게 늦은 밤 모인 것 아닙니까? 말씀 잘 들었습니다. 공방께 피해가 가지 않도록, 또 교우촌의 안전을 가장 중요하게 여겨 조처하겠습니다. 말씀하신 대로 산포수가 홀로 다니며 강수산나를 찾는 짓부터 못 하게 막겠습니다. 약속드리죠."

석여벽이 돌아갔다. 나는 요안 회장이 계속해서 회의를 이끌 줄 알았다. 그러나 회장이 아가다를 쳐다보자, 아가다는 짱구와 내게 말했다.

"나가요. 무명마을로 돌아가면서 이야기 더 나누죠."

인기척은 없었지만, 나는 불 꺼진 부엌에 누군가 있는 듯한 느낌을 받았다. 배웅을 나온 요안 회장도, 먼저 대문을 나선 아가다도, 일부러 부엌을 등지고 걸었다. 짱구도 비슷한 낌새를 알아차렸는지, 슬쩍 곁눈질했다. 덕실마을을 벗어나 천덕산으로 들어설 때까진 셋 다 입을 열지 않았다. 만약을 대비해서, 아가다와 짱구와 내가 백 보씩 거리를 두었다. 미륵골 은행나무를 돌아 오르막 길로 접어들기 전에 아가다는 짱구와 내가 도착하기를 기다렸다가 의논을 시작했다.

"묵주를 발견하고 돌아올 때 산포수까지 동행했으면 지금 같은 문제는 없었을 거예요. 뒤늦게 후회해 봤자 지나간 일이니 대책부터 말해 볼까요. 내 생각은 간단합니다. 오랜 친구 사이니까 두 분이 가셔서 데려와요."

내가 물었다.

"해 뜨면 큰 가마에 불을 넣잖습니까? 넣기 전에 교인 모두 가마 앞에 모여 기도를 드리기로 했고요."

"핌불을 이틀 정도 넣고 나서 돋움불로 가니까, 그사이에 다녀오면 되겠네요."

짱구가 벌처럼 쏘았다.

"그걸 아가다 자매님이 결정합니까?"

내가 던지고 싶은 질문이기도 했다. 아가다가 답했다.

"제 결정이 아닙니다. 요안 회장님께 미리 의논을 드렸어요. 회장님께서 두 분이 다녀오는 게 좋겠다고 먼저 말씀하셨습니다. 교우촌에 들어오고 처음으로 가마에 불을 넣는 자리에 참석하여 함께 기도를 드리는 것도 중요하겠지만, 지금은 산포수를 데려오는 게 더 급한 일이고, 그건 두 분만이 할 수 있으니까요."

나와 짱구가 동시에 다른 답을 했다.

"가겠습니다."

이건 내 답이고,

"우리가 간다고 해결되겠어요?"

이건 짱구의 반문이었다. 아가다는 내가 한 답보다 짱구의 물음에 집중했다.

"다시 한번 말씀해 주시겠어요?"

짱구가 설명했다.

"길치목과 어릴 때부터 친구인 것은 맞습니다. 하지만 우리가 간다고 그가 하동 두치진에서 선소까지 오가며 강 수산나를 찾는 일을 멈추리라 단정 짓긴 어렵습니다. 들녘 같은 농부는 봄 여름 가을 겨울 흐름에 순종하며 일했고, 저 역시 눈비 내리는 날보다 적당히 갠 날에 더 열심히 구걸했지만, 산포수인 길치목은 제멋대로였습니다. 사냥하고 싶으면 며칠 혹은 몇 달씩 종적을 감추기도 했고, 사냥하기 싫으면 일 년을 꼬박 산에 들지 않고 마을에서 놀기만 했습니다. 설득을 해보라고 하시니 가긴 하겠습니다만, 우리가 산포수와 함께 곡성으로 돌아오리라고 기대하진 마십시오. 아무리 친구 사이지만, 마음을 돌이키게 하려면 계기가 필요합니다."

"계기라 함은 무얼 뜻하는가요?"

"여러 가지 있겠지만, 지금 제일 강력한 계기는 두치진에서 선소까지 오갈 필요가 없도록 만드는 겁니다."

"그런 계기를 만드는 게 가능한가요?"

"산포수가 흔히 쓰는 몰이법이 있습니다. 몰이꾼들이 꽹과리를 치고 깃발을 흔들고 함성을 지르며 매화범이든 범이든 몰아가지요. 짐승은 사람들이 없는 곳을 찾아 달아납니다. 그러면서도 자꾸 소리가 들려오는 쪽을 살핍니다. 그때 산포수는 고요한, 사람이라곤 없는 곳처럼 보이는 숲에 숨어 총을 겨눕니다. 대부분 단 한 방에 범 사냥을 끝내지요. 꽹과리와 깃발과 함성을 만들어 범을 몰듯이, 이번에는 산포수를 몰아보는 겁니다. 산포수라면 모름지기 이 속임수를 누구보다도 잘 알 테니 서툴게 굴다간 금방 들킬 겁니다. 산포수가 전혀 의심하지 않을 강력한 물증이 필요합니다."

"그게 뭔가요?"

짱구가 잠시 뜸을 들였다가 답했다.

"아가다 자매님이 지금도 지닌 겁니다."

묵주 닦는 수건을 달라고 했다. 아가다는 짱구의 계획을 묻지도 않고 선뜻 내놓았다. 그 순간 우리 셋은 길치목을 순자강에서 데려오는 데 동의한 것이다. 이를 위해 꾸민 말이 어떤 결과를 낳을지는 몰랐다. 교우촌을 지키는 것이 급선무였다.

짱구와 내가 길치목을 찾은 곳은 두치진 아래 마조도 옆 강가였다. 길치목만 남겨두고 곡성으로 올라올 때만 해도, 그는 강을 살피며 조심조심 강송이를 찾아다녔다. 강둑에 행인이 한 명이라도 있거나 배가 한 척이라도 오가면 몸부터 숨겼다. 그러나 다시 만난 길치목은 숨을 마음이 전혀 없었다. 등에 멘 총도 옷으로 가리지 않았고, 누가 보든 말든 강에 최대한 가까이 붙어 걸었다. 조심하는 마음이 줄어든 만큼 걸음도 느렸다. 흐느적거리는 꼴을 보면, 맨손으로 토끼도 붙잡는 날렵한 산포수란 사실이 믿기지 않았다. 저렇게 다니고도 포졸들에게 붙잡히지 않은 것이 다행이었다.

"돌아가자. 가서 밥이라도 제때 먹고 잠이라도 제때 잔 후 다시 와. 이러다가 너부터 큰일 나. 붙들려 가든가 병들어 쓰러진다고."

늙은 팽나무 아래에서 내가 먼저 설득했다. 길치목은 마조도를 돌아 흐르는 강을 내려다보며 받아쳤다.

"안 잡힐 테니 걱정 마. 십발십중 총이 있는데, 내가 왜 붙들려?

정말 정말 재수가 없어서 잡혀가더라도 곡성에 사는 교인들을 불진 않을게. 그러니 그만 가."

짱구가 나와 눈을 맞춘 후 길치목을 몰기 시작했다.

"강 수산나는 저 강에 없어."

"없다고? 그게 무슨 소리야?"

길치목의 눈이 흔들렸다. 짱구가 불길한 예감을 확인해 줬다.

"천당으로 올라갔으니 없는 게 당연하지."

길치목이 목소리를 높였다.

"찾았어? 강 수산나의……."

"시신을 찾은 건 아냐."

독사의 치켜든 대가리처럼, 길치목이 따졌다.

"천당으로 올라갔다며? 네가 어떻게 알아? 곡성으로 돌아간 놈이 어찌 아냐고?"

곧바로 답하지 않으면 주먹이라도 날아올 분위기였다. 짱구는 천천히 팽나무를 올려다보았다. 나뭇가지와 잎들이 경쾌하게 흔들렸다. 길치목이 주먹을 쥐고 어깨까지 올린 순간, 짱구가 고개를 든 채 물었다.

"수건도 봤지?"

"무슨 수건?"

짱구는 길치목의 뻗지 못한 팔을 쳐다보며 답했다.

"진달래꽃 수를 놓은 수건. 산도깨비들과 함께 기도를 마친 후 그 수건으로 묵주를 닦았을 텐데……."

"아, 그거, 봤지! 기도뿐만 아니라 때때로 틈만 나면 허리춤에서 수건을 꺼내 닦곤 했으니까. 근데 수놓은 꽃이 너무 작아서, 산포수인 나도 두 번까지는 무슨 꽃인지 가리질 못했다가, 세 번째에 겨우 진달래꽃이란 걸 알아차렸어. 들킬 위험을 무릅쓰고, 스무 걸음까지 거리를 좁혔거든. 한데 그게 진달래꽃이란 건 누구한테 들었어?"

짱구가 품에서 보자기를 꺼내 내밀었다. 길치목이 받아 천천히 폈다. 진달래꽃을 수놓은 바로 그 수건이었다. 길치목이 손끝으로 진달래꽃을 만지며 떨리는 목소리로 물었다.

"어디서…… 이걸 찾았어?"

나는 짱구를 보며 마른침을 삼켰다.

"다시 잘 봐? 강 수산나가 쓰던 수건 맞아?"

"맞아."

"확실해?"

"확실하다니까. 어디서 찾았어? 이걸 왜 네가 가지고 있지?"

뻣뻣하던 길치목의 허리가 짱구에게 휘었다.

"석여벽이라고 알지?"

"공방 석여벽?"

"응. 내게 가져온 게 아니라 아가다 자매님께."

길치목이 미간을 찡그리며 물었다.

"석 공방이 왜 그걸 가져다줘? 내가 알아듣게 설명을 해봐."

짱구가 말머리를 돌렸다.

"석 공방이 담양댁 좋아하는 것도 알지?"

"그걸 모르면 장선마을 사람이 아니지."

짱구가 핵심을 짚었다.

"담양댁이 우리 교우야."

"응?"

"담양댁 현월아가 천주교인이라고. 교우촌에서 불리는 이름은 마리아 막다릐나!"

길치목이 짱구와 내 얼굴을 차례로 본 후 처음으로 돌아갔다.

"석 공방은 이 수건을 어디서 찾았대?"

"바다."

"바다?"

"강이 끝나고 짠물이 들어오는 바닷가! 들녘이 성모상 묵주를 찾은 곳에서부터도 반나절은 더 내려가야 하는 곳이야. 자, 수건이 바다에서 발견되었으니, 이제 강이 아니라 남해를 뒤지고 다닐 건가? 그 수건이 바다까지 흘러갔다면 강 수산나 역시 그랬을 거야. 헛수고 말고 곡성으로 돌아가자. 다 끝났어."

길치목은 주먹으로 제 가슴을 치며 고함을 질러댔다. 강송이의 수건이 강이 아니라 바다에서 나왔다는 언급만으로도 무릎이 꺾였다. 두치진에서 선소까지 흐르는 강도 힘겨웠는데, 바다는 덤벼들기 벅찬 괴물이었다. 살피고 살피고 또 살펴도 덩치를 가늠할 수 없는, 걷고 걷고 또 걸어도 발가락 하나 만질 수 없는 괴물이 곧 바다였다. 짱구와 나는 길치목의 등을 번갈아 토닥였다. 강이라면 얼마든지 감내하겠지만 바다는 그가 정한 한계를 넘어선 것이다. 길치목은 우리와 함께 곡성으로 돌아가겠다고 했다. 아무리 오랫동안 따라다녔대도, 사냥감을 놓쳤다는 확신이 서면 돌아서는 꾼이 곧 산포수였다.

양념단지

양념 담는 작은 항아리다. 항아리가 일곱이니 칠형제양념단지다. 쌍단지나 삼형제단지는 흔하고, 당고개 주막에서 사형제단지까진 보았다. 칠형제단지는 아마도 아가다가 처음 만든 게 아닐까 싶다. 일곱 항아리를 전부 채운 적은 없고, 하나나 둘은 꼭 비워뒀다.

무명마을로 돌아갔을 때는 아직도 핌불이 타오르고 있었다. 하루만 더 불을 넣고 참나무에서 소나무로 화목을 바꿔 돋움불을 시작할 예정이었다. 외교인인 길치목과는 동악산 초입에서 헤어졌다. 짱구와 나는 산포수의 두 어깨를 각각 짚으며 며칠 푹 쉬라는 말로 인사를 대신했다.

강송이의 행방을 묻는 것은 교우촌의 금기어가 되었다. 시신이 발견된 사공 박돌이의 장례만으로도 마을 분위기가 가라앉았다. 여기에 강송이의 실종까지 거론하면 그늘이 너무 넓고 짙을 것이다. 가마를 열기 전 강송이가 돌아오면 다 함께 반기며 기뻐하면 되고, 시신이 나오면 눈물 쏟으며 장례를 치르면 된다. 둘 중 하나가 분명하지 않을 때는 침묵하며 기다리자는 것이 요안 회장의 뜻이었다. 내가 두치진을 다녀오는 동안, 요안 회장은 큰 가마에서 가장 가까운 초가로 거처를 옮겼다.

잠시 등만 붙이려고 누운 방에서 꼬박 반나절을 잤다. 단잠이 아니라 지독한 가위에 눌렸다. 누군가가 계속 다리를 잡아당긴 것이다. 끌려 들어간 바닥은 축축했다. 바다든 강이든 우물이든 물귀신이 되긴 싫었다. 발버둥 치려 했지만 두 발이 꿈쩍하지 않았다. 두 팔도 마찬가지였고 혀도 굳었고 입술은 바늘로 기운 듯 딱 붙었다. 발목 무릎 허벅지 엉덩이 옆구리 가슴 목에 머리까지 차례대로 물에 잠겼다. 숨이 막혔고, 이대로 죽는구나 싶었다. 있는 힘껏 숨을 몰아쉬었는데, 그 숨이 코가 아니라 배꼽으로 나왔다. 배꼽이 먼저 수면으로 올라갔고, 그 위로 연꽃이 피었다. 꽃잎이 바람에 흔들리자, 그 잎처럼 내 팔과 다리도 움직였다. 가위에서 풀려나는 순간이었다. 눈을 뜨고도 깜깜한 밤이었다.

짱구는 곁에 없었다. 기도할 것이 남았노라며 나만 두고 나갔는데, 기도를 마친 후에도 돌아온 것 같진 않았다. 나는 방을 나와선 마을을 크게 돌았다. 아직 손바닥이 땀으로 끈적끈적했다. 큰가마 쪽으로는 가지 않았고 첫 집에서 끝 집까지 걸어 올라갔다. 무명마을은 가로보다 세로가 세 배는 긴, 세워놓은 달걀 모양이었다. 이제는 가시나무가 뒷마당에 한 그루만 남은, 야고버 회장의 초가로 들어섰다. 그곳이 무명마을에서 가장 높고 깊은 끝 집이었다. 덕실마을 조망실의 집으로 가서 야고버 회장에게 가위눌린 이야기를 하고 싶었지만 참았다. 가고 싶을 때마다 가면, 큰 가마에 불을 넣어 옹기를 굽는 과정을 차분히 지켜보지 못할 듯했다. 높은 가시 울타리가 막아설 때는 이 집으로 들어가는 것 자체가 벌이었다. 가시나무들이 사라진 집엔 두려움 대신 쓸쓸함만 맴돌았다. 하마터면 검은 고양이를 밟을 뻔했다. 마당에 누워 자던 중이었던지 다가가도 피하지 않았다. 내가 다리를 들자, 고양이는 불청객을 노려보며 슬금슬금 마루 밑으로 기어 들어갔다. 야고버 회장이 물과 먹이를 챙겨줬던 고양이일까. 고양이를 기른다는 이야긴 들은 적이 없다. 제법 많은 고양이들이 무명마을과 덕실마을에 살았다. 발정 난 고양이들은 늦은 밤이나 이른 새벽에 아기 울음을 닮은 소리를 냈다. 자신은 굶더라도 고양이들에겐 음식을 건네는 교우들이 적지 않았다. 야고버 회장도 그러했을까. 교인들은 가시나무 울타리를 바라보는 것조차 꺼렸기에, 고양이가 몇 마리나 울타리를 넘나드는지, 야고버 회장이 고양이를 어떻게 대하는지 아는 사람이 없었다.

끝 집을 지나 더 올라갔다. 집은 없어도 교인들은 종종 이곳까지 올라오곤 했다. 비탈을 깎아내고 둥글게 심은 스무 그루 밤나무 속으로 들어가기 위해서였다. 한꺼번에 백 명은 거뜬히 들어갈 만큼 넓었다. 교인들은 이곳에 모여 묵상도 하고 복된 말씀도 외웠다. 작고 검은 십자가는 가장 우람한 밤나무 줄기에 새겨져 있었다. 이곳에 교우촌을 꾸리자마자, 야고버 회장이 밤나무를 심고 그 줄기에 십자가를 팠다고 했다. 파낸 자리가 차오르면서 딱딱하고 검게 변했다. 계절이 흐르고 나무가 자라자, 십자가의 위치도 점점 높아졌다. 교인들은 나무 아래에서 종종 손을 뻗어 십자가가 얼마나 높은지 살폈으며, 무릎을 꿇고 십자가를 올려다보면서 기도를 드렸다. 밤나무들처럼 그들의 믿음도 자랄 것 같았다. 밤이 떨어져 어깨나 무릎을 때리기라도 하면 화들짝 놀랐다. 가시가 박히지 않았을까 걱정하면서도, 무릎을 꿇고 다시 두 손을 모았다. 기도를 정성껏 올린 교인에게만 밤이 떨어진다는 소문이 돌았다.

밤나무 기도장도 텅 비었다. 십자가를 잠시 올려다보곤 기도는 하지 않고 나왔다. 오르막길이 끝나는 지점에 서자 반대쪽 능선을 탄 바람이 내 가슴과 턱을 동시에 밀었다. 뒷걸음칠 정도는 아니었지만 흘린 땀은 충분히 식혀주고도 남았다. 그곳에선 당고개는 물론이고 곡성 관아까지 훤히 내려다보였다. 당고개 아래 덕실마을엔 불빛이 작고 흐렸지만, 그 너머 관아엔 크고 또렷한 불빛이 많았다. 객사 앞이 특히 훤했다. 객사의 불빛은 어느 날은 밝고 어느 날은 깜깜했지만, 거기서 남서쪽 둥근 울타리 마당의 불빛은 봄부터 겨울까지, 비가 오나 눈이 오나 꺼지지 않고 타올랐다. 곡성 옥獄이었다.

야고버 회장이 천덕산 미륵골에 교우촌을 세운 까닭을 새삼 깨달았다. 천주교인들을 잡아들이려면, 곡성 관아 아전과 교졸 들이 바삐 움직여야 한다. 무명마을에선 관아를 살피면서, 피할 사람은 피하고 숨길 물건은 숨길 여유가 충분했다. 강을 따라 구례와 하동으로 내려갈 수도 있고 산을 넘어 화순이나 보성으로 달아날 수도 있었다. 다른 고을로 피하지 않고 곡성의 백 개 골짜기 중 하나를 택해 숨어들어도 쉽게 잡히진 않을 것이다. 낮에 다시 이 자리로 와서 발아래 풍광을 살피고 싶었다. 돌아서려는데 울음소리가 들렸다. 짐승 울음이 아니라 사람 울음이었다. 그 소리를 따라 걸음을 옮겼다. 심마니들만 겨우 다닌다는 좁고 험한 산길로 들어섰다. 그믐밤에도 나뭇짐을 가득 지고 동이산과 동악산과 이곳 천덕산을 오르내리긴 했지만, 그땐 곡곰이 미리 산길을 꼼꼼히 그린 지도를 줬고, 또 낮에 부지런히 오가며 길의 모양과 넓이 그리고 길에 깔린 흙의 특징을 파악한 뒤였다. 자주 나타나는 들짐승들까지 알아뒀다. 녀석들이 싼 똥이나 먹다 남긴 뼛조각도, 밤에는 나를 위협하고 다치게 만들 수 있었다.

끊길 듯 이어진 울음은 하나가 아니었다. 어둠에 들면 귀가 더 예민해졌다. 적어도 세 사람의 울음이 차례로 들리다가 뒤섞였다. 내 걸음도 점점 빨라졌다. 지금까지 들린 울음과는 또 다른 울음이 하나 둘 셋 더 들렸다. 내리막길로 접어든 아이처럼 달렸다. 마을을 크게 돌며 내내 생각했던 아가다의 울음이 마지막에 내 가슴을 흔든 것이다. 두 발을 더욱 멀리 내디디려는 순간, 아래에서부터 바람이 올라와선 턱과 귓불을 쳤다. 나는 가까스로 걸음을 멈췄다. 절벽 끝이었다.

여섯 여인은 절벽 아래 동굴에 모여 있었다. 거대한 바위 아래 움푹 들어간 그곳까지 가려면, 바위를 끼고 횡으로 난 길을 조심조심 타야 했다. 그 길도 동굴까지 이어지진 않았다. 대숲이 성벽처럼 막아섰기 때문에 노련한 심마니들도 대부분 거기서 걸음을 돌렸다. 빽빽한 대숲을 왼편으로 돌면 새끼 노루 한 마리가 겨우 들어갈 구멍이 있었다. 몸을 한껏 말아 구멍을 통과한 후 두더지처럼 네발로 기어 마흔 걸음을 가면 동굴 입구였다. 동굴로 들어가진 않고 입구 바로 옆 벽에 박쥐처럼 붙어 섰다. 동굴에 모인 이들은 산도깨비 여섯 여인이었다. 최연지, 공나나, 두은심, 가명례, 박두영 그리고 아가다. 담담히 기도문을 읊조리다가도 한 명이 울먹이면 나머지도 따라 눈물을 쏟았다. 기도문과 기도문 사이에 짧은 대화가 오갔다.

"답답해. 살아 있다면 벌써 돌아왔어야 하잖아?"

"많이 다친 건 아닐까?"

"다쳤다 해도, 우리에겐 연락을 줬어야지."

"성모상 달린 묵주 외에 더 찾은 건 없고?"

"석 공방에게 확인은 했어? 더 나온 시신은 없대?"

"시신? 강 수산나가 죽었단 말야?"

"누가 죽었대? 새로운 소식이 있나 물어본 거지."

"시신이란 말은 왜 해? 강에서 붙잡은 여인은 없는지 확인해야지."

"시신이든 붙삽은 여인이든 있긴 있는 걸까?"

"강 수산나에게 생일 선물 하려고 저고리를 만들었어."

"난 보자기."

"난 수산나가 특별히 좋아하는 기도문. 그림까지 그렸어."

"그런데 수산나가 없어. 수산나가 없다고."

뒤섞인 울음이 동굴 밖까지 흘러나왔다. 아가다의 목소리가 들려온 것은 울음이 잦아들 즈음이었다.

"기도하자, 다시! 강 수산나가 제일 좋아하는 기도 할까?"

여섯 여인이 〈성모경〉을 한목소리로 외우기 시작했다.

동굴에서 물러나 능선을 탔다. 밤나무 기도장으로 이어진 길로 내려서려는데, 누군가 내 옷소매를 쥐고 당겼다. 놀라 돌아보니 최돌돌이었고 뒤에 선 사내는 한천겸이었다. 술 냄새가 코를 찔렀다. 최돌돌이 얼굴을 빤히 쳐다보며 물었다.

"허어, 뭘 그리 놀랍니까? 꼭 도둑질이라도 하다가 들킨 사람 같네요."

한천겸이 이어 말했다.

"무슨 일을 하고 돌아다니는지는 모르겠지만, 돌아왔으면 나부터 찾아왔어야지? 내가 네 옹기 대장이고, 너는 내 건아꾼이니까."

가마에 불을 넣는 동안엔 마을 전체가 술을 더욱 철저하게 금했다. 나는 최돌돌의 손을 뿌리치고 서너 걸음 물러섰다. 약이 오른 한천겸이 손짓하며 다가왔다.

"이리 와. 잠깐이면 돼. 이리 와보라고. 옹기 대장을 우습게 알아도 정도가 있지. 오라는 데도 오지 않고 피해? 잡아먹지 않을 테니 당장 와. 마을을 떠나 어딜 가서 뭘 하고 왔는지 낱낱이 말해."

"요안 회장님께서 시키신 일을 했습니다. 회장님 허락 없인 말씀드릴 수 없습니다."

요안 회장을 앞세우고 버텼다.

"옹기 배 박 사공은 왜 갑자기 물에 빠져 죽은 거야? 정말 말도 되지 않는 일이지. 사공 박 다두라면 순자강에 석 달 열흘을 빠졌다가도 헤엄쳐 나올 사람이라고. 다들 큰 가마에 불을 넣었기 때문에 쉬쉬하지만, 강 수산나는 어디로 사라졌을까? 너랑 같이 갔었어? 넌 알지, 수산나가 어디 있는지?"

대답 대신 한천겸의 약점을 찔렀다.

"내가 호리병에 술을 채웠다면서요? 지금 취한 건 누가 술을 병에 넣은 겁니까?"

한천겸은 이번에도 뻔뻔했다.

"술을 마시다니? 누가 술을 마셔? 큰 가마에 불을 넣었는데, 술을 마신다는 게 말이나 돼? 네가 취한 거구나. 또 나를 술주정뱅이로 몰려고? 회장에게 가서 고자질이라도 할 작정인가? 아니지. 이번엔 그렇게 되지 않아. 뭐 해, 최 루가! 놈을 잡아."

달려드는 최돌돌의 사타구니를 걷어찬 후, 한천겸의 명치를 머리로 들이받았다. 급습을 당한 한천겸이 벌렁 넘어졌다. 그 틈을 놓치지 않고 내리막길을 정신없이 달렸다.

큰 가마로 가려던 마음을 바꿨다. 한천겸과 최돌돌이 거기까지 쫓아와 괴롭힐지도 몰랐다. 무명마을 첫 집까지 내려온 발걸음은 골짜기를 벗어나서 당고개로 향했다. 야고버 회장에게라도 이야기를 하고 싶었던 것이다. 빛이 없는 집만 택해 발소리를 죽이며 걸었다. 조망실의 집 마당에도 고양이가 있었다. 고양이 울음을 듣고 조망실이 건넌방 방문을 열었다. 불을 켜지 않아 방 안이 보이진 않았다.

"죄송합니다. 너무 늦게 왔습니다."

따듯하게 받아줬다.

"너무 늦은 때는 없단다. 그래도 이렇게 찾아오는 사람이 고맙지. 큰 가마는?"

"아무 문제 없습니다."

"불대장 조 누시아에게 많이 배우도록 해. 으뜸 중에서도 으뜸이니까."

"무명마을로 건너가시겠다면 언제든 모시겠습니다. 야고버 회장님 돌보는 건 덕실마을 교우들에게 부탁할 수도 있고……."

"고마워. 하지만 난 안 가. 야고버 회장님 간병이 아니더라도, 다들 잘하고 있는데, 괜히 가서 짐이 되긴 싫어. 가끔 이렇게 와서 소식이나 전해줘."

방문을 열고 들어섰다. 심지가 닳았는지 등잔을 켰는데도 여전히 어두웠다. 아랫목으로 가선 야고버 회장의 얼굴을 내려다보았다. 깊이 잠든 듯한 그 표정 그대로였다. 혹시 야고버 회장님도 꿈을 꾸실까. 꾸신다면 참으로 긴 꿈이겠다 싶었고, 악몽이 아니기를 바랐다. 하룻밤 가위에 눌려도 식은땀이 흐르고 온몸이 무거운데, 악몽인 줄 알고서도 깨어나지 못한다면, 그보다 더 끔찍한 일은 없을 듯했다. 가위눌린 적 있으시냐는 물음을 던지며 이야기를 시작하려는 순간, 오른손이 축축했다. 고개를 반만 돌려 손을 내려다보다가 깜짝 놀라 팔을 빼려 했다. 그러나 오른손은 방바닥에 붙어 움직이지 않았다. 땀에 전 야고버 회장의 손바닥이 내 손등을 덮어 누른 것이다. 뒤이어 작고 거친 목소리가 내 이름을 찾았다.

"들녘!"

투호

투호投壺를 놀 때 화살을 받는 항아리다. 항아리에는 팥을 채운다.

돈움불에서 큰불까지는 꼬박 반일半日이 걸렸다. 더 많은 화목들을 더 깊숙이 넣어야 했다. 지금까지 불대장 조신숙을 보조하던 장엇태가 많이 지친 데다가 불똥이 튀어 발등까지 다쳤다. 나는 조신숙과 아가다가 함께 있는 자리에서 장엇태를 대신해서 일하고 싶다는 뜻을 밝혔다.

화목을 고무래로 계속 밀어 넣었다. 내 생애 이렇게 활활 타오르는 불을 본 적이 없었다. 조신숙은 흙을 파고 나르고 빚는 것보다 더 두렵고 힘든 일이라고 했다. 순자강 물이 맑다는 생각은 수없이 했지만, 불이 맑다고 생각하긴 그때가 처음이었다. 탁한 기운을 모조리 살라버린 다음, 잡스러운 구석이라곤 전혀 없는 불 그 자체인 불.

혈구 앞에 흙벽돌을 쌓는 일은 조신숙이 직접 했다. 나는 무릎을 꿇고 곁에 앉아 벽돌을 하나씩 건넸다. 벽돌을 받을 때마다 그녀는 눈을 감고 짧게 기도한 후 정해둔 자리에 내려놓았다. 벽돌을 겨우 한 줄 놓았을 뿐인데도, 불기운이 두 배나 올라갔다.

야고버 회장이 깨어난 것은 분명했다. 팔을 들어 내 손등을 덮었을 뿐만 아니라, 매우 작고 떨렸지만 "들녘!"이라고 불렀으니까. 팔을 쓰고 말을 한 것도 놀라웠지만, 옆에 앉은 이가 나란 걸 아는 것이 더 놀라웠다. 깨어나긴 했지만 쓰러지기 전으로 완전히 돌아온 것은 아니었다. 눈을 떠도 앞이 보이지 않았고 말을 덧붙이지도 못했다. 손을 움직이긴 하되 들어 올리진 못하고 손가락을 아주 천천히 굽히는 것이 전부였다. 내 손등을 감싸고 이름까지 부른 것은 상황이 급박했기 때문이다. 그가 일어나 앉아선 내 손을 꽉 쥐곤 눈을 맞추며 이야기를 들어주기 바랐지만, 거기까진 또 참고 기다려야 했다. 그래도 내가 내민 손등을 감싸곤, 옳거나 좋으면 검지를 굽혔고 그르거나 싫으면 약지를 굽혔다. 나는 거듭 물었고, 야고버 회장은 그때그때 손가락을 움직여 답했다. 숱한 물음 속에서 그가 내게 원하는 것을 알아냈다. 가만히 있을 것. 누구에게도 자신이 깨어났다는 사실을 알리지 말 것. 지금처럼 자주 와서 이야기해 줄 것.

조신숙은 두 시진마다 흙벽돌을 한 줄씩 쌓았다. 반일이 지나니 흙벽돌은 세 줄로 늘었고, 혈구는 절반 넘게 막혔다. 나는 반만 남은 구멍으로 불을 쳐다보았다. 조신숙의 입꼬리가 반일 만에 처음으로 올라갔다.

"나쁘진 않네."

큰불에 이른 것이다.

조신숙이 자리를 비운 뒤, 내 곁으로 다가온 이는 짱구였다. 두치진에서 돌아와 가위에 눌렸던 그날부터 짱구를 볼 수 없었다. 아가다에게 행방을 물었지만 그녀 역시 모르긴 마찬가지였다. 나는 가마 곁을 떠날 수 없기에 요왕과 다윗과 다니엘에게 짱구를 찾아보도록 부탁했다. 무명마을은 물론이고 덕실마을까지 다녀온 아이들은 시무룩한 표정으로 돌아와선 못 찾았다고 했다. 그리고 겨우 한 시진이 지났는데, 짱구가 스스로 나타나선 곁에 앉은 것이다.

"바빴어?"

흩날리는 재처럼 가볍게 물었다. 짱구가 되물었다.

"저게 큰불인가?"

"맞아."

"저 구멍을 언제쯤 다 막아?"

"여섯 시진 후엔 남은 구멍이 보이지 않을 정도까지 흙벽돌을 쌓을 거래. 그다음은 창불을 땔 거고."

"창불?"

"가마 좌우 어깨에 난 창솔 구멍들 너도 봤지? 화목을 거기에 넣으면서 불을 때는 게 창불이지."

"그딴 건 언제 다 익혔어?"

"불대장이 알려줬어. 가마 불이 어떻게 달라질 것인가를 미리 듣고 살펴야 그 차이가 더 잘 보인다면서."

"보여? 차이가?"

"보이는 건 보이고 안 보이는 건 안 보여."

침묵이 흘렀다. 우리는 나란히 앉아 큰불 중에서도 녹임불에 이른 불을 쳐다보았다. 너무 맑고 너무 뜨거웠다.

"창불을 시작하기 전에 잠시 시간 돼?"

"왜?"

"할 얘기가 있어서."

"여기서 해. 가마를 지켜야 해. 가마 속 불을 잘 봐야 한다고."

"둘이서만 나눌 얘기야. 교우들이 곳곳에서 쳐다보는 여기 말고."

"어디로 가?"

"밤나무 기도장."

"거기까지 올라오라고?"

큰 가마에서 가장 멀리 떨어진 곳이다. 무명마을 끝 집인 야고버 회장 초가에서도 한참 더 올라가야 했다.

"응. 거기가 좋겠어."

"그냥 집에서 봐."

"……꿈을 꿨어."

더 묻지 않았다. 짱구가 예지몽을 꺼낼 때는 신의 뜻을 고민할 만큼 중요한 일이란 뜻이다. 나는 불대장에게 말씀을 드려보겠다는 정도로만 우선 답했다. 조신숙이 허락하지 않으면, 짱구가 제아무리 꿈에 밤나무 기도장을 보았다 해도, 내가 가긴 힘들 것이다. 짱구가 꼭 와야 한다고 거듭 말한 후 자리를 떴다.

잠시 후 아가다가 곁에 와서 앉았다. 불대장을 도우며 큰 가마를 지키는 동안, 한 번도 그 자리에 앉은 적이 없었다. 나란히 앉아 불을 보고 있노라니 마음이 점점 불편했다. 야고버 회장이 깨어나기를 누구보다 기다린 사람이 바로 아가다였다. 깨어났다는 사실을 말하지 말라는 명령을 야고버 회장에게 받았지만, 아가다에겐 알리고 싶었다. 둘이서 함께 감사 기도를 올리고 싶었다.

"절벽……."

"덕실……."

둘이서 동시에 이야기를 시작했다가 멈췄다. 나는 '덕실마을에 언제 가서 야고버 회장님을 뵈었어요?'라고 물어보려 했다. 그런데 아가다가 '절벽'이란 장소를 언급한 것이다.

"절벽? 무슨 절벽?"

아가다가 고개 돌려 쳐다보았다. 큰불보다 뜨거웠다.

"우린 그 동굴로 갈 때 발자국을 지우면서 가요. 기도를 마치고 돌아올 때 보니, 발자국이 찍혔더라고요."

"그 사람이 저라는 겁니까?"

시치미를 뗐다.

"마을로 돌아와 찾았지만 없더군요. 집에도 없고 가마 근처에도 없고. 어딜 갔었어요?"

나는 머뭇거렸다. 무명마을과 야고버 회장 이야기로 넘어갈 판을 아가다가 깔아준 꼴이었다. 그대로 나아가서 비밀을 털어놓는 상상을 아주 잠깐 했지만 엉뚱한 대답이 나왔다.

"힘들 때 찾아가 기대고 싶은 사람이 정말 없습니까? 돌아오지 않는 강 수산나 자매님 때문에 가장 힘든 이는 단짝인 아가다 자매님이잖아요? 그토록 힘든데도 다른 다섯 교우들을 다독이느라 정작 아가다 자매님은 눈물 흘릴 틈도 없잖습니까? 맞습니다. 제가 동굴 밖에 서 있었습니다. 처음부터 동굴로 가려던 건 아니었어요. 저는 그 밤 가위에 눌렸습니다. 겨우 잠에서 깨어났을 때, 아가다 자매님이 보고 싶었습니다. 그래서 마을을 돌며 찾기 시작했습니다. 그런데 아무리 찾아도 보이질 않았습니다. 밤나무 기도

장을 지나 곡성 관아의 불빛을 내려다보던 때였습니다. 울음소리가 들렸습니다. 그 울음에 끌려 동굴까지 갔던 겁니다. 아가다 자매님은 동굴에서 돌아와 저를 왜 찾았습니까?"

내 물음에 아가다가 담담하지만 분명하게 답했다.

"걱정했어요. 어두운 밤에 혼자 절벽 아래 동굴까지 왔으니까."

여섯 시진이 흘렀다. 그사이 조신숙이 흙벽돌을 세 줄 더 쌓았다. 아직 혈구가 완전히 막힌 것은 아니지만, 창불을 넣으면서 나머지도 막을 예정이었다. 조신숙이 물었다.

"불을 지키는 동안 어땠어요?"

"처음엔 불만 살폈는데, 마지막엔 옹기를 생각했습니다. 불에게 먹히면서, 옹기는 옹기다워집니다."

"열에 아홉은 다시는 이 짓 못 하겠다고 힘들어하는데……. 좋아요. 다음에 또 기회가 생기면 함께 불을 다스려봐요. 창불이 남았는데, 그것까지 지금처럼 잘 보도록 해요."

짱구의 부탁을 떠올리며 말했다.

"마을을 한 바퀴만 돌고 왔으면 합니다."

"일어나봐요."

무릎을 펴고 엉덩이를 떼다가 왼쪽으로 기우뚱했다. 조신숙이 팔을 붙들지 않았다면 쓰러졌을 것이다.

"불을 잘 지켜보란다고 꼼짝 않고 앉아만 있었던 건가요? 창불은 긴 장작과 짧은 장작을 들고 창솔 구멍을 다니면서 넣어야 해요. 다리와 허리로 단단히 버텨야, 두 팔을 제대로 놀려 원하는 곳에 닿을 수 있죠. 가마 어깨 앞에서 이렇게 기우뚱거리면 장작 넣기도 어렵고 잘못하면 다칩니다. 팔다리 충분히 풀며 동네를 돌고 와요. 한 바퀴로 부족하면 두 바퀴! 다녀와요."

밤나무 기도장으로 올라갔다. 나를 따라 오르막길을 걷는 교인은 없었고, 큰 가마로 내려가는 교인이 대부분이었다. 그들도 지금쯤 창불을 시작한다는 사실을 아는 것이다. 전원오가 아내 감귀남과 함께 내려오다가 내게 물었다.

"혈구는 다 막았는가?"

"아직 조금 열려 있습니다."

"이제부터가 진짜지. 혈구도 굴뚝도 창솔 구멍까지 모두 막아버린 후 가마 안의 불과 옹기를 상상하는 맛에 옹기꾼을 한다니까."

이 좋은 구경을 두고 왜 큰 가마를 벗어나느냐고 묻는 눈길이었다. 나는 조신숙이 만들어준 변명을 그대로 옮겼다.

"불 앞에 너무 오래 앉아 있었는가 봅니다. 두 다리가 번갈아 저리고 쥐가 나서…… 한 바퀴만 돌고 오겠습니다."

감귀남이 말했다.

"가마 곁을 떠나질 않고 밤을 새웠으니 그럴 만도 하지. 다녀와요."

야고버 회장의 집을 지나자 빛도 인적도 사라졌다. 짱구가 밤나무 기도장에서 내게 하려는 이야기가 무엇일까. 그에게도 새로운 비밀이 생긴 걸까. 야고버 회장이 깨어났다는 사실을 그가 모르는 것처럼, 나 역시 그의 비밀을 전혀 모르는 것은 아닐까. 그가 비밀을 털어놓으면 나 역시 비밀을 알려줘야 할까. 질문과 걱정들을 베를 짜듯 이으며 밤나무 기도장으로 들어섰다. 아무도 없었다. 앉지 않고 밤나무들을 손끝으로 쓸면서 천천히 걸었다. 거의 한 바퀴를 돌아 십자가 밤나무 앞에 이르렀다. 나무 뒤에서 손이 나와 내 왼 팔목을 붙들었다. 너무 놀라 뿌리치려고 뒷걸음질 치며 오른 주먹을 뻗으려다가 멈췄다. 아가다였다.

"놀랐잖습니까? 여긴 어떻게 왔어요?"

"제가 묻고 싶은 말이네요."

"장 귀도가 오라 했습니다, 단둘이 할 이야기가 있다며."

"제게도 똑같이 말했어요. 밤나무 기도장에서 둘만 나눌 이야기가 있댔어요."

아가다도 나도 짱구를 떠올렸다. 우리 두 사람을 밤나무 기도장으로 올라오게 하고 자신은 나타나지 않았다. 들통날 거짓말을 한 것이다.

그 순간이었다. 무시무시한 굉음이 천덕산 봉우리에서부터 들렸다. 천둥보다 더 컸다. 땅이 울리자, 밤나무들이 흔들렸고 밤송이들이 우박처럼 떨어졌다. 아가다와 나는 큰 가마를 향해 달리기 시작했다.

미륵나무가 뽑혔는가. 미륵나무가 뽑히면 미륵불이 오고, 미륵불이 오면 천하가 뒤집혀 화평한 세상이 된다는 이야기를 어려서부터 들었다. 그토록 거대한 바위가 뽑힐 리도 없고, 설령 뽑힌다고 해도 세상이 바뀌리란 생각은 단 한 번도 하지 않았다. 아가다와 나는 큰 가마 쪽으로 내려가는 무리에 곧 휩쓸렸다. 그들은 사람이 아니라 들짐승이었다. 멧돼지가 달리고, 뒤이어 고라니와 늑대와 여우와 토끼와 삵이 뒤엉켜 내려왔다. 불을 두려워하며 멀리 피하던 들짐승들이 무명마을로 들이닥친 것이다. 장엇태를 비롯한 몇몇 사내들이 고무래를 비롯한 연장을 들고 막아섰다. 고함을 지르고 북과 꽹과리를 쳐대며 들짐승들을 큰 가마 아래쪽, 물이 흐르는 계곡으로 내몰려 했다. 그러나 멧돼지는 장엇태의 옆구리를 들이받았고, 늑대는 최돌돌의 엉덩이를 물었으며, 여우는 박돔주의 얼굴을 할퀴었고, 삵은 한천겸의 종아리를 밀었다. 겁 많은 토끼들도 요왕과 다윗과 다니엘을 향해 튀어 올라 가슴을 치고 어깨를 밟고 넘었다. 조신숙을 비롯한 여인들은 횃불을 들고 맞섰다. 들짐승들은 횃불을 보고도 걸음을 늦추지 않았다. 불똥이 살갗에 튀고 털을 태웠지만, 짐승들은 오히려 횃불을 머리로 박고 앞발로 치고 입으로 물어 떨어뜨렸다. 방어선이 단번에 뚫렸다.

요안 회장은 사내들처럼 연장을 들지도 않고 여인들처럼 횃불을 쥐지도 않았다. 배수진을 치듯 가마를 등 뒤에 두고, 가시나무처럼 서선 눈을 감은 채 기도했다.

"천주여! 지켜주소서. 지켜주소서."

들짐승들은 멈추지 않고 큰 가마를 향해 돌진했다. 교인들 대부분이 쓰러져 다치거나 달아나 숨었다. 쓰러지지도 달아나지도 않고 그 자리에 선 사람은 요안 회장뿐이었다. 돌아서지도 않았고, 주변에서 신음하는 교인들에게 다가가 위로의 말을 건네며 부축하지도 않았다. 들짐승들은 요안 회장을 넘어뜨리지 않고 지나쳤다. 곰도 여우도 늑대도 멧돼지도 곧장 달려오다가 조금씩 방향을 틀었다. 요안 회장 앞에서 바꾼 방향이 반 뼘에 불과하더라도, 큰 가마가 가까워질수록 틈이 점점 많이 벌어졌다. 벌써 백여 마리가 내려왔지만 큰 가마는 건재했다. 멀리서 어마어마한 울음이 들렸다. 땅 울음과 하늘 울음을 합친 것보다 컸다. 산군이었다. 요안 회장도 그 소리를 듣고 눈을 떴다가 다시 감았다.

"지켜주소서!"

범을 따라 한 무리의 들짐승들이 내려왔다. 나무와 바위가 앞을 가려도 피하거나 멈추지 않고 뛰어넘거나 부딪쳐 쓰러뜨렸다. 그 바람에 다친 짐승들을 짓밟으며 달리고 또 달렸다. 요안 회장도 방금 쓰러진 아름드리 소나무처럼 넘어질 듯했다. 지금까지 들짐승들이 비켜 갔듯이 앞으로도 그러할 것이라고 믿어야 할까. 흔들림 없이 서서 기도하는 모습은 대단했지만, 나는 들짐승들이 만든 땅 울음을 듣고만 있을 순 없었다. 요안 회장을 구하러 나가려는 내 팔목을 아가다가 붙들었다.

"천주님께서 돌보실 거예요. 기도를 방해하지 마세요."

그 팔을 뿌리치고 달려나갔다. 요안 회장과의 거리가 열 걸음도 남지 않았을 때, 하늘에서 목소리가 들렸다.

"멈춰!"

멈추지 않았다. 움찔하며 어깨를 틀어 계곡을 내려오는 범을 보았다. 요안 회장을 피해 갈 기미는 전혀 없었고 오히려 그를 노리며 달려드는 중이었다. 기도에 몰두하던 요안 회장이 고개를 내게 돌리는 순간, 나는 몸을 날려 그를 밀어 넘어뜨렸다. 곧이어 범의 앞발이 내 아랫배를 후려쳤다. 내 몸이 허공으로 떴다가 떨어졌다. 엄청난 열기가 등을 감쌌다. 지옥불이 이러할까, 비명도 지르지 못한 채 정신을 잃었다.

전독

돈항아리라고도 한다. 툇마루 아래를 비롯하여 사람들 눈에 띄지 않는 곳에 묻어둔다. 아가다에게 전독을 만든 까닭을 물었다. 탐욕을 경계하기 위함이라고 했다.

나는 죽었는가. 범의 앞발에 차여 떠올랐다가 가마 천장을 부수고 녹임불에 떨어졌는가. 불 속에서 녹아버렸는가. 그랬다면, 지금 이렇게 질문들을 줄줄이 해대는 나는 누구인가. 어디에 있는가. 여기가 정녕 지옥인가.

내가 눈을 떴을 땐 들짐승들이 가마로 돌진한 후였다. 범이 나를 쓰러뜨린 뒤, 멧돼지나 매화범이나 늑대나 여우 들이 가마로 올라서자, 천장이 내려앉으며 군데군데 불길이 치솟았고, 들짐승들이 함정에 빠지듯 곤두박질친 것이다.

엎드려 누운 내 등으로 바람이 불었다. 수천 개의 바늘이 한꺼번에 찌르는 듯했다. 몸을 웅크리려 하자 고통이 배로 늘었다. 결국 나는 참지 못한 채 오줌을 싸고 혀를 깨물며 다시 기절했다. 기절했다가 깨어나고 벌벌 떨다가 까무러치기를 반복했다. 누군가가 내 이마를 짚기도 하고, 내가 싼 똥오줌을 닦아내기도 하고, 내 등에 약초 물을 붓기도 했다. 익은 살코기 냄새가 코를 찔렀다. 큰 가마를 부수며 타 죽은 들짐승들에게서 나는 냄새였다. 들짐승들을 따로 거둬 묻은 후에도 냄새는 사라지지 않았다. 그러다가 어느 순간 냄새가 없어졌고, 내가 눈을 떴을 때는 새벽이었다. 두 사내가 앞뒤로 나무 판을 들곤 비탈을 오르는 중이었다. 내가 아는 목소리였다. 앞 사내는 장엇태 뒷 사내는 임중호였다.

"거기 그냥 있지. 왜 내려와서 이 꼴을 당해……."

내 귀에 속삭이는 목소리 역시 너무 익숙했다. 짱구였다.

깨어나 등이 아픈 것이 아니라 등이 아파 깼다. 밤송이가 등 가운데 떨어진 것이다. 화상에 짓이겨 진물이 흐르는 살갗에 밤 가시들이 닿자, 몸 전체가 사시나무처럼 떨렸다. 비명을 질러도 이미 여러 번 혀를 깨문 탓에 사람의 말이 아니었다. 아가다가 재빨리 밤송이를 걷어내곤 부드러운 천으로 등을 덮었다. 그리고 내가 제정신을 차리지 못하는 동안 벌어진 일들을 들려줬다.

"미안해요! 밤이 없는 곳으로 골랐는데, 바람이 갑자기 불었어요. 밤송이가 여기까지 떨어질 줄은 몰랐네요. 상황이 아주 안 좋아요. 곡성현감도 굉음을 듣고 미륵골을 살펴보라 명했대요. 공방 석여벽이 천 년 묵은 은행나무에서 교졸들을 막느라 애를 쓰고 있어요. 큰 가마는 완전히 무너졌답니다. 겨울을 넘겨야 다시 고치거나 새로 지을 수 있겠다는 게 불대장 생각이에요. 저도 같은 생각이고요. 덕실마을 교인들까지 전부 모였어요. 교졸들이 들이닥치기라도 하면 피해야 하니까, 밤나무 기도장에 모인 거랍니다. 기도장 위 능선에선 관아가 훤히 보이니까요. 눈을 감고, 쉬어요. 더 쉬어야만 해요. 깨어나줘서 고마워요. 눈 떠줘서 고마워요. 당신을 잃는 줄 알았어요. 요안 회장님을 구하겠다고 달려들었겠지만……."

아가다가 말을 맺지 못했다. 요안 회장의 목소리가 들려온 곳은 십자가 밤나무 아래에 단상처럼 놓인 넓고 평평한 바위였다.

"다 함께 기도드리겠습니다. 우리가 얼마나 큰 잘못을 했는지 천주님께 전부 말씀드리는 것으로 오늘 밤을 보냅시다. 다시는 이런 일이 생기지 않도록 뉘우치고 또 뉘우칩시다. 천주여!"

교인들이 요안 회장을 따라 한목소리로 〈소회죄경〉을 외우기 시작했다.

"천주 예수 그리스도여, 나 중죄인이 우리 천주께 죄를 얻은지라. 이제 네 지선하심을 위하고, 또 너를 만유 위에 사랑함을 인하여, 일심으로 내 죄과를 통회하고, 마음을 정하여, 다시 감히 네게 죄를 얻지 않으려 하오니, 바라건대 천주는 내 죄를 사하소서. 아멘."

뒤이어 교인들이 각자 기도를 이어갔다. 주먹으로 가슴이나 무릎을 치는 교인도 있었고, "천주여! 천주여!" 외치는 교인도 있고, 흐느끼는 교인도 있었다. 그때 짱구가 일어나선 주장했다.

"아닙니다, 이건! 우리가 죄를 많이 지어 큰 가마가 무너진 게 결코 아닙니다."

흐느낌과 자책이 멈췄다. 짱구가 더욱 힘주어 말했다.

"십 년 동안 무명마을의 큰 가마와 덕실마을의 가마에 불을 넣었을 때, 큰불까지 그 불을 끌어올렸을 때, 들짐승들이 밀려든 적이 한 번이라도 있었습니까? 없었습니다. 가마에 불을 넣은 마지막 날부터 지금까지 여기 모인 교우 여러분 중에 들짐승을 불러들일 만큼 무거운 죄를 지은 사람이 있습니까? 저 큰 가마에서 옹기를 구워냈던 지난날과 지금의 차이는 하나밖에 없습니다. 그것이 무엇일까요?"

한천겸이 답했다.

"야고버 회장이 요안 회장으로 바뀌었습니다."

최돌돌이 맞장구를 쳤다.

"맞네 맞아. 그것밖에 없어."

아가다가 반대 의견을 냈다.

"회장이 바뀌었다고 들짐승이 큰 가마로 몰려 내려왔단 겁니까? 큰 가마가 부서진 건 저도 마음이 아픕니다. 하지만 그 책임을 요안 회장님에게 돌리는 건 억지입니다. 요안 회장님이 들짐승을 이곳으로 내몬 것도 아니지 않습니까?"

장엇태도 아가다를 지지했다.

"기도나 계속 드리도록 하십시다. 천주님이 우리에게 시련을 주실 때는 그만한 이유가 있는 겁니다. 요안 회장님 말씀처럼 지금은 우리 죄를 살필 때이지, 야고버 회장님과 요안 회장님을 비교할 때가 아닙니다. 요안 회장님께서 죄를 지으셨을 리도 없고……."

짱구가 말허리를 잘랐다.

"불대장께 여쭙고 싶습니다. 가마에 불을 넣을 때가 되면 야고버 회장님은 어찌하셨습니까?"

조신숙이 답했다.

"여러 교우들도 다들 봐서 아시겠지만, 야고버 회장님은 가마 곁을 떠나지 않으셨습니다. 불대장은 제가 맡았지만, 저보다도 더 불을 자주 보셨지요. 또 각 가마의 장점과 약점을 정확히 아셔서, 어떤 불을 어떻게 얼마나 더하고 뺄 것인지도 끊임없이 저를 비롯한 교우들과 의논하셨습니다. 가마를 열고 옹기를 꺼낼 때까진 가마 생각뿐이셨어요."

아가다가 이어 말했다.

"야고버 회장님이 가마 곁에 늘 머무셨다고, 그렇게 하지 않은 요안 회장님을 비판하려는 건가요? 터무니없는 짓입니다. 야고버 회장님은 옹기 대장이시지만, 요안 회장님은 옹기를 빚거나 가마를 만들거나 불을 조절해 본 적이 없으세요. 그 대신 요안 회장님은 우리가 읽어온 천주 성부님 가르침과 천주 성자님 행적이 담긴 아름답고 귀한 서책들을 역譯하셨습니다. 불을 본격적으로 넣을 땐 요안 회장님도 큰 가마에서 가장 가까운 집으로 거처를 옮기셨습니다."

짱구가 물었다.

"요안 회장님이 큰 가마 바로 옆집으로 오기 전엔 덕실마을 야고버 회장님 댁에 주로 계셨죠?"

요안 회장 대신 아가다가 답했다.

"요안 회장님이 어디에 계시든 그건 회장님이 정하시는 겁니다. 무명마을이든 덕실마을이든 전부 교우촌이에요."

"맞습니다. 두 마을 다 교우촌이죠. 하지만 덕실마을에서 옹기를 만드는 교인들은 대부분 큰 가마가 있는 무명마을로 옮겼습니다. 큰 가마로 옹기를 구워내는 게 그만큼 중요했기 때문입니다. 월령도 월령이지만, 당장 끼니를 잇기 힘들지 않습니까. 세 끼를 두 끼로 줄였고, 또 두 끼를 한 끼로 줄였습니다. 이제 곧 하루에 한 끼도 못 먹는 날이 올 겁니다. 이틀에 한 끼 사흘에 한 끼 나흘에 한 끼 닷새에 한 끼를 먹으면서 우리는 이 겨울에 살아남을 수 있을까요? 교인들이 이렇듯 허기진 채, 큰 가마에 넣을 옹기를 준비하고 있을 때, 요안 회장님은 덕실마을에 머물렀습니다."

아가다가 짧게 물었다.

"하고 싶은 말이 뭡니까?"

기다렸다는 듯이 짱구가 요안 회장에게 물었다.

"거기서 누굴 만났습니까?"

이번에도 아가다가 나섰다.

"제가 두 마을을 오가면서 회장님께 알려드렸습니다. 옹기 대장들이 무명마을에서 더 빚은 옹기들과 큰 가마에 넣을 화목들의 준비 상황 그리고 큰 가마 청소까지."

짱구가 미끼를 문 은어를 낚아 올리듯 말했다.

"그것만 한 게 아니죠. 건넌방 툇마루 아래에 전독을 묻어뒀더군요. 그 독은 요안 회장님이 아니라 야고버 회장님이 묻었을 겁니다. 낯선 손님들이 은밀히 다녀갈 때마다 전독이 채워지더군요. 돈뿐만이 아니라 비싼 패물이며 산삼이며 비단! 교우들은 굶는데, 회장님은 왜 그 귀한 것들을 전독에 감춰두고만 계셨습니까? 저는 아직 성세를 받은 지 얼마 되지 않아서 잘 모르겠습니다. 교우들과 일용할 양식을 나누는 것보다 중요한 일이 무엇인지……. 들짐승들이 큰 가마로 몰려든 까닭을 정확히 아는 이가 과연 여기 있겠습니까? 천주님께서는 당연히 아시겠지만요. 하지만 중요한 건 지금부터이지 않겠습니까? 전독을 덕실마을과 무명마을 교우들을 위해 열면, 밀린 월령을 전부 갚을 뿐만 아니라 겨울을 따듯하고 넉넉하게 보낼 수 있습니다. 그리하시겠습니까?"

다시 침묵이 흘렀다. 나는 할 수만 있다면 고개를 들어 하늘을 쳐다보고 싶었다. 희망의 불이 완전히 꺼졌다고 여겼는데, 마지막 불씨가 샛별처럼 반짝인 것이다. 잠시 후 요안 회장이 말했다.

"지켜주소서!"

요안 회장이 짱구의 물음에 명백히 답하지 않고, "지켜주소서!"만 되뇌이자, 탄식하는 교인들도 있고 다시 흐느끼는 교인들도 있었다. 짱구는 작정한 듯 더 밀어붙였다.

"물러나십시오. 들짐승들이 몰려 내려올 때 '지켜주소서!'란 기도를 드렸지만, 천주님은 기도에 응답하지 않으셨습니다. 들짐승들은 달려들었고 큰 가마는 무너졌습니다. '지켜주소서!'란 기도를 앞으로 드린다고 천주님께서 응답하시겠습니까?"

한천겸이 맞장구를 쳤다.

"응답하시려면 벌써 하셨겠지."

짱구가 교인들을 두루 살핀 후 제안했다.

"새 회장을 뽑아야 합니다. 너무나도 큰 어려움이 우리 앞에 닥쳤습니다. 하루라도 자리를 비워둘 수 없습니다. 우리에겐 천주님의 뜻이 담긴 기적이 필요합니다. 제가 생각하기에 회장은……."

"으흠!"

한천겸이 헛기침을 했다. 자신이 추천을 받으리라고 기대한 것이다. 그러나 짱구의 마음은 다른 곳에 있었다.

"감히 저는 제가 그 일을 하기에 적합한……."

스스로 회장이 되겠다는 뜻을 밝히려다가, 짱구는 말을 멈췄다. 그제야 나는 짱구가 바로 이 말을 하기 위해, 아가다와 나를 속이면서까지 많은 준비를 했음을 깨달았다. 아직 내가 알지 못하는 것들이 칡넝쿨처럼 많이 있겠지만, 짱구가 회장 자리를 꿈꿨다는 것만 해도 큰 충격이었다. 그런데 그 목표에 거의 닿고도 왜 마무리를 짓지 않는 것일까. 엎드린 채 누워 있던 나는 턱을 호미 날처럼 땅에 고정하고 앞을 살폈다. 십자가 밤나무를 향해 앉은 교인들의 엉덩이와 짚신만 겨우 보였다. 더 위를 보기 위해선 양 손바닥을 땅에 대고 팔꿈치를 펴면서 가슴과 배를 들어야 했다. 거친 숨을 몰아쉰 후 양손을 귓불 아래로 옮겼다. 그리고 힘껏 땅을 밀며 팔꿈치를 폈다. 가슴이 들리자 단검으로 베듯 허리가 아팠다. 윗니로 아랫입술을 물어뜯으며 십자가 밤나무를 살폈다. "지켜주소서!"만 계속 낮고 작게 읊조리던 요안 회장이 오른팔을 들었다. 교인들이 모두 고개를 돌렸다. 나도 몸을 틀었다. 거기, 십자가 밤나무 맞은편 밤나무 아래에 낯익은 사내가 서 있었다. 야고버 회장이었다.

쿵! 하는 소리가 십자가 밤나무 쪽에서 들렸을 때, 나는 요안 회장이라고 여겼다. 그러나 돌아봤을 때, 요안 회장은 여전히 그 자리를 지켰고 쓰러진 사람은 짱구였다. 정신을 잃진 않고 고래고래 비명을 질러댔다. 드러누운 채 빙글빙글 돌았다. 교인들이 짱구를 피해 물러섰다. 왼쪽으로 돌아가던 짱구의 머리가 내 어깨에 닿았다. 눈이 마주쳤지만 초점이 전혀 잡히지 않았다. 내가 있다는 사실조차 모를 만큼, 짱구는 끔찍한 고통 때문에 왼쪽으로 돌려고만 했다. 아가다가 와선 왼쪽으로 심하게 꺾인 짱구의 머리를 붙들었다.

"장 귀도!"

아가다가 이름을 부르자, 짱구가 오른팔로 그녀의 어깨를 꽉 쥐곤 부들부들 떨었다.

"아…… 너, 너무 아파. ……아, 안 돼. 내 몸이 왜 이래? 멈추게

해……. 싫어. 안 돌아가. 싫…….”

비명과 함께 짱구의 입과 코에서 피가 쏟아졌다. 부러진 나무처럼 몸이 왼쪽으로 뒤틀리고 꺾인 다음에야 정신을 잃었다. 정신을 잃은 뒤에도 팔과 다리와 머리가 계속 경련을 일으켰다. 오른 다리를 질질 끌며 구걸하던 시절보다도 훨씬 더 흉측했다.

밥통

이 밥통에 둔 밥은 여름에도 쉬지 않고 겨울에도 식지 않았다. 밥통만 봐도 힘이 났다.

해가 뜨기 전 요안 회장은 곡성을 떠났다. 야고버 회장과 요안 회장은 덕실마을로 가선 함께 밤을 보냈다. 두 사람이 그 밤에 나눈 대화를 나는 모른다. 내가 나중에 아가다에게서 들은 것은, 짱구의 설명처럼 툇마루 밑에 전독이 정말 묻혀 있었다는 사실이다. 정 방지거 다음으로 청나라 연경으로 갈 교인을 위해 모은 여비였다. 요안 회장은 탁덕을 모셔 온다는 이십사 년 동안의 꿈을 접을 순 없었다. 그것은 요안 회장의 꿈이자 이 나라 천주교인의 꿈이었다. 요안 회장이 떠난 후, 야고버 회장은 밀린 월령을 공방 석여벽에게 냈다. 옹기를 판 적이 없었으므로, 그 돈은 전독에서 나온 것일 수밖에 없었다. 요안 회장과 야고버 회장은 서로의 주장에서 조금씩 물러난 셈이다.

짱구는 왼쪽 몸이 뒤틀리고 꺾인 다음부턴 매일 다쳤다. 기적같이 몸이 낫고 다니던 대로 움직였다가 마루에서 두 번 마당에서 세 번이나 굴렀다. 머리가 터지고 오른뺨이 벌겋게 부어올랐다. 요왕과 다윗과 다니엘이 곁에 붙어 짱구가 함부로 움직이지 못하도록 지켰다. 내 몸은 나날이 악화되었다. 등과 뒷목과 엉덩이와 허벅지 뒤쪽이 당기면서 턱이 들린 채 머리와 어깨가 활처럼 서서히 휘었다. 찬 수건으로 온몸을 닦아도 열이 끓었다. 자다 깨면 곁에 아가다가 있고 자다 깨면 아가다가 있었다. 고개를 돌리고 괴성을 지르며 그녀를 밀어냈다. 이 흉한 몰골을 보이고 싶지 않았다. 내가 고래고래 고함을 치면, 아가다는 미륵골을 한 바퀴 돌고 오고 또 돌고 왔다. 밀어내다가 내가 먼저 지친 셈이다. 결국 아가다에게 곁을 내주었다.

첫눈이라도 내릴 듯 날이 잔뜩 흐린 날, 아가다와 장엇태의 부축을 받으며 밤나무 기도장으로 갔다. 여전히 턱이 들렸지만, 일어나서 걸음을 떼는 것만도 대단한 성과였다. 평생 누워 지내거나 기어 다닐까 낙담했던 밤이 길었던 것이다. 짱구가 먼저 와서 십자가 밤나무를 바라보며 무릎을 꿇고 앉아 있었다. 왼쪽으로 몸이 뒤틀리는 바람에 가슴은 정면을 향해도 나와 눈이 마주칠 만큼 목과 머리는 왼편으로 꺾였다. 짱구는 나를 보자마자 눈물부터 쏟았다. 큰 가마가 파손되고 한 달 만이었다. 나는 짱구의 왼편에 앉아 그의 달라진 몸을 거듭 만졌다. 손가락과 팔목과 팔꿈치와 어깨와 발가락과 발목과 무릎이 전부 제멋대로 뒤틀렸다. 기적처럼 몸이 나았던 날들이 거짓말 같았다.

굳은 얼굴의 야고버 회장을 따라 교인들이 들어왔다. 덕실마을과 무명마을 교인들이 눈인사를 나누기도 했지만, 반겨 손을 잡거나 마주 보며 웃진 않았다. 군데군데 어른들과 섞여 앉은 아이들도 미리 언질을 받았는지 장난을 치지 않고 다소곳했다. 교인들이 모두 자리를 잡은 뒤에 기도장으로 들어선 사내는 산포수 길치목이었다. 총을 들진 않았지만 살기등등한 기세로 교인들을 쏘아보며 제일 앞줄까지 큰 걸음을 뗐다. 길치목이 짱구의 오른편에 앉기를 기다렸다가, 야고버 회장이 바위로 올라섰다.

"자, 그럼 시작하겠습니다. 흉흉한 소문은 다들 들었겠지요? 천주님께서 곡성 교우촌을 벌하기 위해, 천덕산 들짐승들을 몰아 큰 가마를 부셨다는 소문 말입니다. 회장인 야고버가 구렁이에게 휘감겨 쓰러진 것부터가 징벌의 시작이라고도 하더군요. 제가 회장 자리에서 물러나야 한다고 주장하는 교인들이 아직도 있다는 걸 압니다. 그래서 오늘은 과연 들짐승들에 의해 큰 가마가 부서진 것이 천주님의 벌인지 확인해 보고자 합니다. 그 불행한 사건이 왜 일어났는가를 말할 세 사람이 여기 제일 앞줄에 있습니다. 성세 교인 장 귀도, 예비 신자 들녘 그리고 외교인 길치목! 세 사람은 장선마을에서 함께 자란 친구들이기도 합니다. 한 가지 양해를 구할 것은 장 귀도 형제가 몸 왼쪽이 불편해지면서 숨도 짧고 침도 계속 흐르는 바람에 말을 길게 하지 못합니다. 그나마 오른팔은 괜찮아서 참회하는 글을 썼습니다. 사건이 나고 보름이 지난 후 문방사우를 청했으니, 보름 동안 쓴 글입니다. 들녘과 길치목 두 사람의 대답 사이에 필요하면 장 귀도 형제가 쓴 글을 읽도록 하겠습니다. 누가 먼저 하겠습니까?"

매사에 빨리빨리 해치우기를 즐기는 길치목이 손을 들었다. 야고버 회장이 손짓하자, 일어나 바위 위로 올라섰다.

"신이 내린 벌, 그딴 거 아닙니다. 제가 들짐승들을 마을로 내려보냈으니까요."

교인들이 웅성거렸다. 야고버 회장이 길치목에게 말했다.

"들짐승들을 왜 내려보냈는지, 그 이유를 말해 주겠습니까?"

길치목이 머뭇거리지 않고 설명했다.

"하동 두치진에서 바다와 만나는 선소까지 강을 오가며 강송이, 당신들이 수산나라고 하는 여인을 찾고 있었습니다. 강송이가 강에 빠진 이야기부터 해야 합니까?"

야고버 회장이 답했다.

"그 얘긴 이미 교우들과 나눴습니다. 요안 회장의 명령을 받고 강 수산나, 이 아가다, 장 귀도, 들녘 그리고 길 포수는 사공 박 다두가 모는 옹기 배를 타고 지리산을 다녀오다가 호곡 나루 근처에서 포졸들에게 쫓겼다면서요? 강에 빠진 강 수산나를 찾으려고 애쓴 것이고요."

"맞습니다. 그럼 강송이를 찾던 때부터 이어가겠습니다. 두치진을 오르내리며 흔적을 찾고 있는데, 짱구와 들녘이 저를 만나러 왔습니다. 그리고 석 공방이 바다에서 찾은 거라면서, 진달래를 수놓은 수건을 주더군요. 강송이가 그 수건으로 묵주를 닦는 걸 예전에 본 적이 있습니다. 바다까지 떠내려가 죽었겠구나! 낙담한 후 포기하고 곡성으로 돌아왔습니다. 그런데 바로 그날 밤 짱구가 죽곡으로 저를 찾아왔습니다. 그리고 놀라운 비밀을 털어놓았습니다. 그 수건의 주인은 강송이 수산나가 아니라 이야기 아가다라고요. 저를 강에서 데려오기 위해 거짓말을 했다고. 그렇게라도 하지 않으면 포졸들에게 곡성 교우촌이 발각될까 봐 그랬다고. 이게 다 요안 회장이 시켰고, 자신과 들녘은 따를 수밖에 없었다고. 거짓말해선 안 되는 건데 미안하다고. 그 말을 들으니 정말 화가 나더군요. 교우촌에선 강송이를 찾을 계획이 영영 없는 것이고, 아예 이 일을 덮어버리려 수작을 부린 것 아닙니까? 이대로 넘어갈 순 없다고, 앙갚음을 반드시 하겠다고 말했더니, 짱구가 진심이냐고 물었습니다. 당연히 진심이라고 답하는 제게 큰 가마 이야기를 꺼내더군요. 들짐승들을 모는 건 산포수인 제겐 일도 아닙니다. 몇 군데 길목에 돌이든 나무든 쌓아놓고 차례대로 무너뜨리기만 하면, 제가 원하는 곳으로 들짐승들은 달리니까요. 미륵나무라고 흔히들 얘기하는 바위가 봉우리 가까이 있으니, 화약을 구해 바위 밑에 묻어두고 터뜨렸습니다. 미륵나무를 굴린 겁니다. 들짐승들을 모는 과정에 당신들 신이 끼어들 데는 없습니다. 확실합니다."

짱구가 갑자기 오른손과 발로 땅을 파면서 돌았다. 아가다가 두루마리를 들고 그에게 갔다. 짱구가 오른손으로 힘겹게 두루마리를 펴다가 멈췄다. 아가다는 바위로 올라가선, 짱구가 손가락으로 짚은 부분부터 읽기 시작했다.

"요안 회장님이 시킨 것이 아니라, 제가 그렇게 하자고 제안하였습니다. 요안 회장님은 전혀 몰랐습니다. 거짓말이라도 해서 길치목을 데려오자고 한 사람도 저고, 이 아가다의 수건을 강 수산나의 수건이라고 속이자고 한 사람도 저고, 두치진으로 가서 그 말을 길치목에게 한 사람도 접니다. 제 목표는 길치목을 곡성으로 데려오는 데 그치지 않았습니다. 저는 요안 회장님을 몰아내고 회장이 되고 싶었습니다. 몸이 낫고 나서 거의 매일 꿈을 꿨습니다. 야고버 회장님이 반신불수가 되고 또 회장이 아닌 여러 모습으로 등장하였다는 건 교인들 앞에서 밝힌 적이 있습니다. 그런데 그 꿈엔 똑같이 등장하는 것이, 그 누구에게도 밝힌 적은 없지만, 하나 더 있었습니다. 그건 제가 공소 회장으로 곡성 교우촌을 이끄는 모습들이었습니다. 제가 회장이 되는 것이 천주님의 뜻이라면, 길치목을 잠시 이용하는 것도 괜찮다고 생각했습니다. 그래서 길치목에게 사실을 알려줬습니다. 손수건의 주인이 이 아가다이고, 요안 회장님은 길치목이 두치진 근처를 오가는 것을 원하지 않는다고. 길치목이 들짐승을 몰아 큰 가마를 부수면 요안 회장님이 책임을 져야 할 것이고, 그다음엔 제가 회장이 되어 교우촌을 더 강건하게 일으켜 세우고 싶었습니다."

"헛소리 마! 사탄의 개 같으니라고!"

최돌돌이 일어나선 삿대질을 하며 비난했다. 몇몇 교인들이 합세하여 화를 냈다. 야고버 회장이 바위 아래에서 팔을 들자 아가다가 읽기를 그쳤다. 좌중이 조용해지기를 기다렸다가 야고버 회장이 내게 물었다.

"장 귀도 형제의 글이 모두 사실입니까?"

나는 장엇태의 부축을 받으며 일어섰다.

"장 귀도가 아가다의 수건을 수산나의 수건인 것처럼 해서……."

"안 들립니다."

뒤에 앉은 교인이 외쳤다. 한 달이 흘렀어도 깨문 혀는 여전히 부었고, 목이 당겨 목소리를 내기도 힘들었다. 숨을 몰아쉰 뒤 처음부터 이야기를 다시 천천히 했다.

"장 귀도가 이 아가다의 수건을 강 수산나의 수건인 것처럼 해서 길치목을 데려오자고 제안한 것은 맞습니다. 그다음에 길치목을 찾아간 부분부터는 오늘 처음 듣는 이야기입니다."

야고버 회장이 끼어들었다.

"그 정도면 충분합니다."

그러나 나는 하고 싶은 이야기가 따로 있었다.

"다만 큰 가마를 부순 죄는 장 귀도나 길치목보다도 제가 더 무겁습니다. 제가 한 짓입니다. 다 제 잘못입니다."

교인들 시선이 내게 쏠렸다. 야고버 회장이 물었다.

"그대가 무슨 잘못을 했다는 겁니까?"

나는 교인들을 향해 돌아섰다.

"하늘로부터 목소리를 들은 적이 있습니다. 똑같은 명령이었습니다. '멈춰!' 그땐 순종했습니다. 멈춘 덕분에, 그냥 지나쳤다면 몰랐을 일을 알게 되었습니다. 요안 회장님이 큰 가마 앞에 서 계셨던 건 다들 보셨을 겁니다. 들짐승들이 미친 듯 내려오다가도 회장님을 피했지요. 그 덕분에 큰 가마는 부서지지 않았습니다. 한데 산군 그러니까 범이 달려오더군요. 저는 그 범이 회장님과 부딪칠 것만 같았습니다. 방금 전까지 다른 짐승들이 회장님을 털끝 하나 건드리지 않고 지나치는 것을 제 이 두 눈으로 똑똑히 보고서도 말입니다. 범과 부딪치면 회장님 목숨이 위태로우니, 회장님을 구해야겠단 생각이 들었습니다. 그래서 달려 나가려는데 하늘에서 소리가 들렸습니다. '멈춰!' 하지만 저는 명령을 무시한 채 멈추지 않고 회장님을 밀었습니다. 범은 앞발을 휘둘러 제 배를 때렸습니다. 짐승들은 범을 따라 큰 가마로 내달렸고, 그다음은 다들 아실 겁니다. 제가 하늘의 목소리에 순종했다면, 범이 요안 회장님을 비켜 갔을 수도 있습니다. 그랬다면 큰 가마는 무사했을 겁니다. 제가 신의 명령을 어긴 겁니다. 제 잘못입니다. 벌하여 주십시오."

벌을 청하자마자 주저앉았고, 앉을 힘도 없어 엎드려야 했다. 내가 요안 회장을 구하고 대신 다친 것으로 알았던 교인들은 당황한 얼굴로 웅성거렸다. 장엇태는 기도장을 나가자고 했지만 나는 고개를 저었다. 야고버 회장이 바위에 올라서선 교인들을 향해 말했다.

"자, 이제 큰 가마가 부서진 것이 천주님의 벌이 아님을 아셨을 겁니다."

한천겸이 손을 번쩍 들고 일어나선 짱구와 길치목과 나를 가리키며 물었다.

"저 세 사람을 어찌할 겁니까?"

야고버 회장이 즉답하지 않자, 한천겸이 제 뜻을 밝혔다.

"가둬야 합니다. 셋 다 죄가 있음을 스스로 털어놓지 않았습니까? 저들을 이대로 내보내는 건 위험천만한 일입니다. 관아로 가서 고변이라도 하는 날엔 덕실마을과 무명마을 교인들 모두 붙잡혀갈 겁니다."

박수가 나왔고 옥에 가두라는 고함도 들렸다. 교인들의 목소리가 잦아들 때까지 기다렸다가 야고버 회장이 말했다.

"덕실마을이든 무명마을이든, 교우촌엔 옥이 없습니다."

최돌돌이 나섰다.

"가시나무로 울타리를 만든 이는 회장님이십니다. 교인들을 불러 내내 못 나가도록 하지 않으셨습니까?"

"거긴 옥이 아니라 제 집입니다. 교인으로서 몸과 마음을 더 맑고 굳건하게 하기 위한 방편이었습니다. 교인만 홀로 두지 않고 저도 함께 꼬박 지냈지 않았습니까. 죄를 지었다고, 교우촌을 고변할까 싶어 가둔 것이 결코 아닙니다."

한천겸이 물었다.

"회장님 뜻이 궁금합니다. 이 자리에 오기 전에 미리 정해두셨겠지요?"

야고버 회장이 좌중을 둘러본 후 답했다.

"세 사람 모두 풀어주었으면 합니다."

"풀어준다고요? 아무런 조건 없이?"

"그렇습니다."

"이유가 뭡니까?"

"우선 산포수 길치목은 장 귀도 형제에게 속아서 들짐승을 몰았던 겁니다. 다들 주저할 때 혼자 끝까지 두치진에 남아 강 수산나를 찾으려 한 것은 칭찬받을 일이지 손가락질당할 일이 결코 아닙니다. 큰 가마가 부서지고 한 달 동안, 길 포수는 어디서 무얼 했습니까?"

"두치진에 가 있었습니다. 그 수건이 아가다의 것이라면, 아직 희망은 있는 것 아닙니까? 적어도 봄까진 수산나의 흔적을 계속 찾을까 합니다."

야고버 회장이 좌중에 물었다.

"길치목을 옥에 가둬야 하겠습니까?"

모두 가둘 필요가 없다고 했다. 야고버 회장의 시선이 짱구에게 향했다.

"보름 동안은 글 한 자 쓰지 않다가 참회하는 글을 쓴 까닭이 무엇입니까?"

"천주……님의 사, 사, 사랑을 깨달았기…… 때문입니다."

어떤 교인은 일어섰고 어떤 교인은 차마 욕은 하지 못한 채 삼켰고 어떤 교인은 한숨을 내쉬었고 어떤 교인은 주먹을 쥐었다. 이 상황에서 천주님의 사랑을 언급한 짱구를 향한 분노가 너무나도 컸다. 그러나 야고버 회장은 화를 내지 않고 담담하게 물었다.

"깨달음도 적어두었습니까?"

짱구가 아가다에게 두루마리를 받아 넘기다가 멈췄다. 아가다가 바위로 올라가선 다시 읽었다.

"그 꿈들은 천주께서 제게 미래를 알려주신 예지몽이 아니었습니다. 회장이 되고 싶은 저의 탐욕이 만들어낸 것이었습니다. 저는 그 사실을 깨닫지 못한 채, 회장이 될 생각만 했습니다. 그런데 천주님이 제 몸 왼쪽을 못 쓰게 만드셨습니다. 저는 다시 온전히 걷지도 서지도 눕지도 못하는 사람이 되었습니다. 그제야 저는 깨달았습니다. 제 탐욕을 천주님께서 이렇게 벌하시는구나. 몸의 절반이 다시 나빠지지 않았다면, 끝까지 제가 꾼 꿈들대로 살고자 했을 겁니다. 그걸 천주님의 뜻이라고 착각하면서요. 천주님의 사랑으로 인해, 저는 제 탐욕이 얼마나 더럽고 추한가를 알았습니다. 사람들은 제 이 뒤틀린 왼쪽 몸이 흉하다 하겠지만, 탐욕에 찌든 제 마음은 그보다 천 배 만 배 더 흉합니다."

야고버 회장이 손을 든 후, 짱구에게 물었다.

"교우촌에 계속 머물고자 합니까?"

짱구가 왼 몸을 뒤틀며 답했다.

"자, 장선마을로 돌아가겠습니다. 골목골목을 기어 다니며, 제가 품었던 탐욕이 티끌만큼도 남지 않을 때까지, 구걸하면서 뉘우치고 뉘우치겠습니다."

야고버 회장이 좌중에 물었다.

"장 귀도 형제를 옥에 가둬야 하겠습니까?"

모두 가둘 필요가 없다고 했다. 야고버 회장이 마지막으로 나를 쳐다보았다.

"확인을 위해 다시 묻겠습니다. 요안 회장을 향해 달려든 까닭은 무엇입니까?"

"구하기 위함입니다."

"범은 요안 회장이 서 있던 자리로 달려들었지요?"

"맞습니다. 그래서 범의 앞발을 맞은 제가 큰 가마로 떨어졌습니다."

"천장이 무너졌다면 당신은 녹임불 속으로 사라졌을 겁니다. 당신이 요안 회장의 목숨을 구한 겁니다."

임중호가 이의를 제기했다.

"하지만 들녘이 달려들지 않았다면, 범도 그 전에 다른 짐승들처럼 요안 회장님을 지나쳐 내려갔을지도 모릅니다."

한 달 동안 내가 고민하고 상상한 장면도 그것이었다. 나는 솔직히 고백했다.

"'멈춰!'라는 하늘의 목소리에 순종했더라면, 그래서 제가 멈췄더라면, 범이 요안 회장님을 해치지 않고 큰 가마도 부서지지 않는 기적이 나타나지 않았을까요? 제가 일을 다 망쳐버린 것 같아 두렵습니다."

야고버 회장이 좌중에 물었다.

"다들 들녘 형제와 같은 두려움을 갖고 있습니까?"

교인들이 고개를 끄덕이거나 작게 "예!"라고 답하거나 양손을 모아 쥐거나 했다. 야고버 회장이 나를 보며 말했다.

"천주님이 큰 가마를 지키려 하셨다면, 들녘 형제가 멈추든 뛰어들든 가마를 부수지 않으셨을 겁니다. 사람이 아무리 큰 돌을 들어 순자강에 던지더라도 강물은 흘러 바다로 가고, 아무리 단단한 실로 잎을 동여매더라도 가을이 깊어가면 잎은 시들어 가지에서 떨어지고 그 위에 눈이 내립니다."

"하지만 저는 멈추라는 명령을 들었습니다."

"하늘에서 들렸다는 소리가 천주님 목소리가 분명합니까?"

"예전에도 하늘로부터 똑같은 소리를 들은 적이 있습니다."

야고버 회장이 허리를 돌려 짱구를 향했다가 다시 나를 보며 말했다.

"장 귀도 형제는 똑같은 꿈을 계속 꿨습니다. 회장이 되는 꿈이었죠. 그리고 들녘 형제는 같은 소리를 계속 들었다고 합니다. 회장이 되려는 탐욕이 장 귀도 형제에게 같은 꿈을 꾸게 만들었듯이, 들녘 형제가 들었다는 목소리도 마찬가지 아닐까요? 다시 말해 '멈춰!'는 천주님의 목소리가 아니라, 들녘 형제의 바람이 환청으로 들렸을 수도 있습니다. 멈추고 싶은 마음이 간절해서, 그와 같은 소리가 들렸단 생각은 안 해봤습니까?"

벼락이 친 천덕산 창고로 갈 때, 덕실마을 아가다 집 앞을 지날 때, 강가에서 강송이를 찾아 물풀 더미 진흙을 걸을 때, 그리고 무명마을 큰 가마 앞에서 요안 회장을 구하려고 달려들 때, 나는 멈추고 싶었을까. 멈추고 싶은 바람이 환청으로 들렸던 걸까. 곡곰을 구해야 하지만 불벼락이 내린 창고로 들어가길 두려워하는 마음, 아가다의 집을 둘러보고 싶은 마음, 허리를 숙인 채 푹푹 발이 빠지는 진흙을 더는 걷고 싶지 않은 마음, 범이 달려오는 큰 가마 앞으로 가고 싶지 않은 마음의 소리였을까. 야고버 회장이 보충해서 말했다.

"지금으로선 그것이 천주님의 목소리라고 확정할 수 없습니다. 그대 마음에서 비롯된 환청이 아닌지 거듭 고민해 보기 바랍니다. 사정이 이러하니, 천주님 명령을 어겼다는 죄로 그대를 벌하는 것이 지금으로선 타당하지 않다는 것이 회장인 저의 판단입니다. 들녘 형제, 그대가 요안 회장을 구하고 중화상을 입었다는 것만 확인 가능한 사실입니다."

야고버 회장이 좌중에 물었다.

"들녘 형제를 옥에 가둬야 하겠습니까?"

모두 가둘 필요가 없다고 했다.

탕아

집으로 돌아오는 탕아다. 무명마을을 떠나는 날, 아가다가 나를 위해 빚었다. 눈코입귀를 자세히 넣진 않았지만, 깡마른 사내는 바로 나다. 매일 아침 눈을 뜨면, 손바닥 위에 올려두곤, 내가 돌아갈 집을 떠올렸다.

교인들로부터 옥에 가둘 필요가 없다는 인정을 받던 날, 길치목과 짱구는 무명마을을 떠났다. 나도 떠나고 싶었지만, 열흘을 더 머물렀다. 옥에 나를 가둘 필요가 없다는 답까지 들은 후, 온몸이 불덩이처럼 뜨거워지면서 혼절했던 것이다.

사경을 헤맸다. 큰 가마로 떨어진 뒤 한 달 동안도 극심한 고통에 시달렸지만, 지옥에서라도 이보다 더 아플 수는 없다고 되뇌었지만, 그 열흘은 내 모든 상상을 뛰어넘었다. 힘이 조금이라도 남았을 땐 살얼음이 언 계곡물로 기어가려 했고, 힘이 다 떨어졌을 땐 차라리 녹임불로 던져지길 바랐다.

우리를 옥에 가두지 않는 쪽으로 교인들의 동의를 이끌어낸 야고버 회장은, 자신의 집 건넌방에 나를 가뒀다. 기어 나가지 못하도록 막았을 뿐만 아니라, 교인들이 자신의 허락 없이 그 방으로 들어가는 것도 막았다. 하루에 한 번 아가다가 방문 앞에 일용할 양식을 두고, 나를 위해 기도문을 외우곤 갔다.

내게 마귀가 씌었다는 소문이 돌았다. 이대로 앓다가 죽어 곧 지옥불에 던져질 것이라고도 했다. 열흘이 지나고 열이 조금씩 내렸다. 걷고 앉고 눕고 먹고 쥐는 것은 여전히 힘들었다. 그래도 나는 이제 비틀대더라도 걸을 수 있으니, 무명마을을 떠나겠다고 야고버 회장에게 말했다. 아가다가 반대했다.

"들녘 형제님의 청을 받아들이면 안 됩니다. 길 위에서 쓰러져 죽고 말 거예요. 교우촌에 더 머무르며 치료 받아야 합니다."

야고버 회장이 대답 대신 나를 쳐다보았다.

"오늘부터 이곳에 있는 건 제겐 옥살이입니다."

"그게 왜 옥살인가요?"

"신의 목소리에 이끌려 교우촌으로 오게 되었다 믿었습니다. 하지만 그 믿음의 순간들이 한낱 제 욕심을 지키는 흙담이었단 게 드러났으니, 더는 머물 순 없습니다."

아가다는 내게 할 말이 남은 표정이었지만, 야고버 회장과의 논의가 급한 듯 고개를 돌렸다.

"들녘 형제님을 꼭 내보내시겠다면, 제가 함께 가서 돌보겠습니다."

야고버 회장이 단호하게 막았다.

"허락할 수 없다. 평생 순결을 지키며 동정으로 천주님을 영접하기로 맹세하지 않았는가? 교우촌 밖에서 부부도 아닌 남자와 단둘이 지내는 것은 '천주십계'를 어기는 것이고, 또한 네가 한 동정 맹세를 깨뜨리는 짓이다."

아가다가 나와 눈을 맞추곤, 놀라운 말을 했다.

"혼인하겠어요."

십자가

검붉다. 목사동 골짜기에 들어와 처음으로 빚은 것이다. 서창西窓으로 든 해가 마지막으로 스러지는 동쪽 벽 모서리에 세워뒀다. 십자가와 함께 마치는 하루. 그것이 당신네와 다른 우리 삶이다.

아가다는 곡성을 벗어나 더 먼 곳으로 가자고 했다. 그러나 나는 곡성엔 백 개의 골짜기가 있으니, 그중 한 곳을 골라 숨으면 충분하다고 버텼다. 오래 멀리 걷는 것이 힘겨웠기에 순자강에서 대황강으로 강만 바꾸고, 목사동 골짜기로 들어갔다.

그 겨울과 봄과 여름과 가을과 겨울을 보내고 다시 봄을 지나 여름에 이르렀다. 일곱 계절을 아가다와 단둘이 머물렀다. 목사동 골짜기에서 일어난 일들을 밝히자면, 지금까지 털어놓은 이야기만큼 더 이야기해야 한다. 포도부장 당신에게 그 이야기를 할 기회가 반드시 있었으면 좋겠다.

나는 농부로 돌아갔다. 물이 없어 벼농사를 짓진 못하고 화전을 일궜다. 구름이 몰려들기라도 하면 등과 뒷목부터 당겼다. 그래도 농사를 짓지 못할 정도는 아니었다. 농사 외에 한 일이라곤 집을 지은 것이 전부다. 살림집 외에 아가다를 위한 물렛간과 곁방을 냈다. 가마는 둘이 함께 만들었다. 아가다는 곁방 그러니까 이 방을 가득 채우고도 남을 만큼 다양한 옹기를 빚었다. 건아꾼과 생질꾼은 내 몫이었다.

무명마을을 떠난 후 아가다는 곡성 교인들과 연락을 끊는 대신, 요안 회장과 종종 만나기 시작했다. 아가다가 골짜기를 떠나 몇 번 외유한 적도 있는데, 모두 요안 회장을 돕기 위해서였다. 처음 요안 회장이 목사동 골짜기에 온 것은 목련이 활짝 핀 봄날이었다. 아가다는 물레를 마저 돌리겠다며 얼굴만 내밀곤 다시 물렛간으로 들어갔다. 옹기를 빚기 시작하면 마무리할 때까진 멈추기나 쉬는 법이 없었다.

요안 회장과 나는 목련꽃 아래 앉았다. 큰 가마로 들짐승들이 들이닥치던 날 이후 처음 마주하는 자리였다. 어색하고 서먹서먹했다. 요안 회장이 먼저 입을 열었다.

"화전을 준비한다 들었습니다. 아직 더 쉬는 편이 낫지 않겠습니까? 양식이 필요하다면 구해다 드리겠습니다."

"아가다와 약속했습니다. 골짜기에서 나고 자라는 것만으로 이곳에서의 삶을 꾸리기로. 둘이서 모든 일을 감당하기로."

"그래도 아직은 이릅니다."

"이르든 늦든, 저희가 알아서 하겠습니다."

요안 회장이 고개를 들어 목련꽃을 보며 물었다.

"참 곱죠?"

내 시선도 덩달아 머리 위로 향했다. 요안 회장이 말했다.

"그날 이후로 복된 말씀을 더는 가까이하지 않는다 들었습니다."

아가다가 귀띔한 것이다.

"농사를 짓기에 충분합니다."

"기도문도 외지 않는다 들었습니다."

"농사를 짓기에 충분합니다."

"동정 부부로 지내자는 아가다의 뜻을 받아들여, 방을 두 개 만들어 각각 거한다고 들었습니다."

나는 머뭇거리다가 답했다.

"농사를 짓기에 충분합니다."

요안 회장이 시선을 내려 내게 말했다.

"들녘과 아가다, 두 사람이 동정 부부가 된 것도, 목사동 골짜기로 온 것도, 또 저와 이렇게 재회하는 것도 모두 천주님 뜻입니다."

"그것이 어떻게 신의 뜻이란 말입니까? 단 한 번도 신은 당신의 뜻을 제게 보인 적이 없습니다."

"정말 그렇게 여기십니까? 천주님이 들녘 형제님에게 당신의 뜻을 드러내시는 걸 제가 들었는데요."

"…… 들으셨다고요?"

요안 회장이 일어서더니 목청껏 외쳤다.

"멈춰!"

나는 따라 일어서려다가 무릎에 힘을 싣지 못하여 다시 앉았다. 요안 회장이 설명했다.

"바위라도 부술 만큼 큰 소리에 놀라서, 기도문을 외다가 눈을 떴고 고개를 돌려 들녘 형제님을 쳐다봤었습니다. 짧은 순간이지만 눈이 마주쳤지요. 그때 우리 둘 다 천주님 목소리를 들었던 겁니다."

내 온몸이 부들부들 떨렸다.

"그, 그 소리가 신의 목소리가 맞다면…… 그렇다면……."

나는 신의 뜻을 거역한 것이다. 요안 회장이 다시 앉아선 내 손을 꼭 쥐곤 말했다.

"굉음과 함께 들짐승들이 내려올 때, 저는 천주님께 기도드렸습니다. 두 가지 소원을 말씀 올렸지요. 하나는 큰 가마가 부서지지 않도록 지켜달라는 것이었습니다. 다른 하나는 큰 가마가 부서져야만 한다면, 먼저 제 목숨부터 거두신 다음에 그렇게 하시라 청했습니다. 곡성 교인들이 합심하여 정성껏 만든 가마가 부서지면, 모두 낙담할 겁니다. 그 잘못을 임시 회장인 제 책임으로 돌리게 해달라고, 제가 죽어야 교인들이 똘똘 뭉쳐 다시 시작할 힘을 얻을 것이라고 간청드렸습니다. 기꺼이 희생양이 되고 싶고, 되어야만 했습니다. '멈춰!'란 음성을 들었을 때는 천주님께서 제 기도를, 두 번째 방식으로 들어주신다 생각했습니다. 들녘 형제님이 천주님의 명령에 따라 멈춰 서면, 범이 저를 덮쳐 죽일 테고, 그다음엔 들짐승들에 의해 큰 가마가 부서질 테니까요."

"그런데 제가 멈추질 않았습니다. 신의 명령을 거역한 겁니다."

"제 기도도 이뤄지지 않았습니다. 큰 가마는 부서졌고, 저를 대신하여 들녘 형제님은 중화상을 입었지만, 저는 다친 곳이 전혀 없이 멀쩡했으니까요. 다음 날 서둘러 곡성을 떠난 것도 야고버 회장이 깨어났으니 회장으로서 할 일이 없기도 했지만, 제 기도를 천주님께서 들어주시지 않은 것에 따른 난감함과 슬픔 탓이었습니다. 그런데 거기엔 천주님의 더 깊은 뜻이 담겼다는 걸, 아가다 자매님의 도움을 받아 이런저런 일들을 해나가다 깨달았습니다."

"더 깊은 뜻이라고요?"

"제가 아가다 자매님을 만난다는 것은 곧 목사동 골짜기에서 들녘 형제님을 지금처럼 만나는 것이지 않습니까? 모르시겠습니까?"

나는 질문의 숨은 뜻을 몰라 눈만 껌벅였다. 목련꽃 한 송이가 떨어져 어깨를 쳤다. 요안 회장이 스스로 답했다.

"천주님은 제게 시키실 일이 더 있으셨던 겁니다. 저는 큰 가마 앞에서 죽기를 바랐지만, 천주님께선……."

"제가 요안 회장님을 살려내도록 하셨다 이 말입니까?"

"그렇습니다. 그것이 그분의 깊은 뜻입니다."

"그렇다면, '멈춰!'가 아니라 '구해!'라는 명령을 내리셨어야 하지 않습니까?"

"그랬다면 달려들어 저를 구했을 겁니까?"

"당연히 순종했을 겁니다."

요안 회장이 양손을 펼쳐 손바닥을 하늘로 향하곤 물었다.

"무슨 차이가 있습니까? '멈춰!'라는 명령에도 들녘 형제님은 저를 구했을 테고 '구해!'라고 명령했더라도 저를 구했을 겁니다. 결국 들녘 형제님이 저를 구하도록 천주님은 계획하셨던 거예요."

내 눈에 고였던 눈물이 뺨을 타고 흐르기 시작했다.

"순종과 불복종이 어떻게 같습니까. 저는 불복종한 겁니다."

요안 회장이 받았다.

"저 역시 불복종한 겁니다. 천주님 뜻을 헤아리지 않고, 그날을 죽을 날이라고 단정 지은 채 서 있었으니까요. 들녘 형제님이 어리석다면 저도 어리석고, 들녘 형제님이 불복종하였다면 저 역시 불복종한 겁니다. 그런데 같은 날 같은 골짜기에서 불복종한 들녘 형제님과 저는 지금 확연히 다른 길을 걷고 있습니다. 그래서 천주님이 저를 들녘 형제님이 있는 목사동 골짜기로 보내신 겁니다."

"어떻게 다른 길인지요?"

"저는 천주님 목소리를 다시 듣기 위해 더 열심히 복된 말씀을 되새기고 기도문을 외우며 교인들을 만납니다. 그런데 들녘 형제님은 지금까지 들은 것들이 천주님 목소리가 아니라고 부인한 채 등을 돌렸습니다. 다시 천주님 목소리를 듣고 싶지 않습니까? 천주님이 애타게 찾으셔도 그분 목소리가 아니라고 외면하고 숨고 달아날 겁니까?"

나는 얼굴을 양손에 묻곤 한참을 흐느꼈다. 요안 회장의 질문이 내 마음 깊은 곳에 감춘 고민을 찌른 것이다. 야고버 회장의 해석처럼 그 목소리가 내 바람이 만든 환청이면 차라리 나았다. 그러나 내가 목사동 골짜기에 들어오고서도 두고두고 두려웠던 것은, "멈춰!"라는 그 목소리를 어느 날 다시 듣는 것이다. 내가 만든 환청이 아니라면? 머리를 흔들고 어두운 숲으로 들어가 뱀처럼 똬리를 틀고 웅크린 날이 많았다.

"명령에 불복종한 저를 다시 찾으시겠습니까?"

"당신이 장차 어떤 일을 하길 바라시는지는, 지금 당장은 알기 어렵습니다. 그러나 천주님 목소리를 다시 듣고 순종할 기회를 반드시 주실 겁니다. 그와 같은 날을 기대하려면, 천주님 목소리를 네 번이나 들은 들녘 형제님이 지금부터 부지런히 할 일이 있습니다."

손바닥으로 눈물을 번갈아 닦곤 물었다.

"무엇입니까, 그것이?"

"회두回頭!"

반년 후 영세문답을 마쳤다. 해 질 무렵, 목련나무 아래에서 요안 회장이 새로 얻은 내 이름을 크게 불렀다.

"이시돌!"

"네!"

나는 대답과 함께 무릎을 꿇었다. 아가다가 엷은 미소를 지으며 곁에 서 있었다. 요안 회장이 내 이마를 맑은 물로 씻으며 큰 소리로 말했다.

"내가 너를 씻기되, 성부와 성자와 성신의 이름을 인하여 하노라."

〈1권 마침 2권 계속〉

세례명과 인명 찾아보기

가다리나 가타리나
가별 가브리엘
갸오로 가롤로
골놈바 골롬바
글나라 글라라
나오렌시오 라우렌시오
다두 다테오
더릐사 데레사
도마 토마스
도밍고 도미니코
나사로 라자로
루가 루카
누갈다 루갈다
누시아 루치아
마두 마태오
마지아 마티아
막다릐나 막달레나
말구 마르코
말다 마르타
말셀니노 마르첼리노
바랍바 바라바

바오로 바울로
발바라 바르바라
방지거 프란체스코
베드루 베드로
벨녹스 펠릭스
분도 베네딕토
빌나도 빌라도
살노매 살로메
스데파노 스테파노
아가다 아가타
아오스딩 아우구스티노
안드릐아 안드레아
안또니 안토니오
야고버 야고보
엘니사벳 엘리사벳
요안 세례자 요한
요왕 사도 요한
유다스 가롯 유다
이나시오 이냐시오
이시돌 이시도로
프로다시오 프로타시오

사랑과 혁명1 일용할 양식

초판 1쇄 2023년 9월 20일
초판 3쇄 2023년 10월 25일

지은이 | 김탁환
펴낸이 | 송영석

주간 | 이혜진
편집장 | 박신애 **기획편집** | 최예은 · 조아혜
디자인 | 박윤정 · 유보람
마케팅 | 김유종 · 한승민
관리 | 송우석 · 전지연 · 채경민

펴낸곳 | (株)해냄출판사
등록번호 | 제10-229호
등록일자 | 1988년 5월 11일(설립일자 | 1983년 6월 24일)

04042 서울시 마포구 잔다리로 30 해냄빌딩 5 · 6층
대표전화 | 326-1600 **팩스** | 326-1624
홈페이지 | www.hainaim.com

ISBN 979-11-6714-066-1
ISBN 979-11-6714-069-2 (세트)